DE AMOR E TREVAS

Obras do autor publicadas pela Companhia das Letras

A caixa preta
Cenas da vida na aldeia
Uma certa paz
Como curar um fanático
Conhecer uma mulher
De amor e trevas
De repente nas profundezas do bosque
Do que é feita a maçã (com Shira Hadad)
Entre amigos
Fima
Judas
Os judeus e as palavras (com Fania Oz-Salzberger)
Mais de uma luz
O mesmo mar
Meu Michel
O monte do mau conselho
Não diga noite
Pantera no porão
Rimas da vida e da morte
Sumchi: Uma fábula de amor e aventura

AMÓS OZ

De amor e trevas

Tradução do hebraico e glossário de
Milton Lando

12ª reimpressão

Copyright © 2002 by Amós Oz

Título original
Sipour Al Ahava Vehoshekh

Capa
Raul Loureiro

Foto da capa
Kinderleben — Junge mit Milchkannen © Daniel Frasnay / AKG-Images

Foto da p. 574
Arquivo pessoal do autor

Preparação
Beti Kaphan
Denise Pessoa

Revisão
Ana Maria Barbosa
Carmen S. da Costa
Isabel Jorge Cury

Dados Internacionais de Catalogação na Publicação (CIP)
(Câmara Brasileira do Livro, SP, Brasil)

Oz, Amós, 1939-
De amor e trevas / Amós Oz ; tradução do hebraico e glossário de Milton Lando. —1ª ed.— São Paulo : Companhia das Letras, 2005.

Título original: Sipour Al Ahava Vehoshekh.
ISBN 978-85-359-0647-9

1. Romance israelense (Hebraico) I.Título.

05-2917   CDD-892.43

Índice para catálogo sistemático:
1. Romance : Literatura israelense em hebraico   892.43

Todos os direitos desta edição reservados à
EDITORA SCHWARCZ S.A.
Rua Bandeira Paulista, 702, cj. 32
04532-002 — São Paulo — SP
Telefone: (11) 3707-3500
www.companhiadasletras.com.br
www.blogdacompanhia.com.br
facebook.com/companhiadasletras
instagram.com/companhiadasletras
twitter.com/cialetras

DE AMOR E TREVAS

1

Nasci e cresci num apartamento muito pequeno, ao rés-do-chão, de teto baixo e medindo uns trinta metros quadrados: meus pais dormiam num sofá-cama que, ao ser aberto à noite, ocupava praticamente todo o espaço do quartinho deles. De manhã bem cedo, enfiavam esse sofá bem enfiado dentro dele mesmo, sumiam com a roupa de cama no escuro do caixote que lhe servia de base, viravam, encaixavam, empurravam e comprimiam o colchão, e estendiam uma forração cinza-clara sobre o sofá devidamente fechado e bem prensado. Por fim, espalhavam algumas almofadinhas orientais bordadas, fazendo desaparecer da vista qualquer vestígio do sono noturno. Deste modo, o quarto de dormir servia também de escritório, de biblioteca, de sala de jantar e de sala de visitas.

Em frente a esse quarto e pintado de verde-claro, estava o meu quartinho, onde um armário parrudo ocupava mais da metade do espaço. Um corredor escuro e estreito, baixo e um pouco torto, como um túnel cavado para fugir da prisão, ligava os minúsculos cozinha e banheiro aos dois pequenos quartos. Uma lâmpada fraca, prisioneira de uma gaiola de ferro, espalhava por esse corredor, dia e noite, uma luz mortiça e triste. Havia apenas uma janela no quarto dos meus pais e uma no meu, ambas protegidas por venezianas de metal, ambas tentando desesperadamente vislumbrar através das frestas a paisagem que se estendia a oriente, mas conseguindo apenas avistar um cipreste poeirento e um muro de pedras irregulares. Por uma janelinha gradeada, a cozinha e o banheiro espiavam o pequeno pátio, que se assemelhava ao de uma prisão, com seu piso cimentado, cercado por muros altos. Pátio onde agonizava, por falta de um mísero raio de sol, um pálido gerânio plantado numa lata enferrujada de ervilhas. Sobre o peitoril das nossas janelinhas havia sempre potes de vidro lacrados com pepinos em conserva, ou algum cacto tristonho enterrado numa tigela que, depois de rachada, fora convocada a desempenhar a função de vaso de plantas.

Era um apartamento semi-enterrado: o pavimento térreo do prédio fora escavado na encosta da montanha. E a montanha era o nosso vizinho do outro lado da parede — um vizinho pesado, introvertido e silencioso, uma velha montanha melancólica, com seus hábitos de solteirona inveterada; sonolenta, na sua quietude invernal, nunca arrastava móveis, nunca recebia visitas, jamais emitia algum som, não incomodava, mas pelas paredes que nos separavam alcançava-nos constantemente algo como um leve e persistente relento de bolor, e o frio, a escuridão, o silêncio e a umidade desse vizinho taciturno.

E era assim que ao longo do verão perdurava sempre um pouco de inverno em nossa casa.

As visitas diziam: Como é agradável a casa de vocês nos dias mais escaldantes de *sharav*.* Como é fresquinho e tranqüilo, até frio, mas como é que vocês agüentam isso aqui no inverno? As paredes não ressumam bolor? Não é meio deprimente?

Dois quartinhos, um banheiro mínimo e uma cozinha apertada. Estes, e principalmente o corredor que os ligava, eram muito mal iluminados. Os livros estavam por toda a casa: meu pai lia em dezesseis ou dezessete idiomas diferentes e falava onze (todos eles com sotaque russo). Minha mãe falava seis ou sete idiomas e lia em sete ou oito. Falavam entre si em russo ou polonês quando não queriam que eu entendesse (quase sempre não queriam — quando mamãe disse uma vez na minha presença a palavra "cavalgadura" em hebraico, e não numa das outras línguas, meu pai ficou muito zangado e gritou com ela em russo: "*Sto s tavoi?! Videsh maltchik riodom s nami!*" [Pare com isso! Você não vê que o menino está escutando?]). Se no mais das vezes liam livros em inglês e alemão por razões de ordem cultural, certamente era em ídiche que sonhavam à noite. Mas a mim só ensinaram hebraico: quem sabe temiam que, se eu ficasse conhecendo muitas línguas, também fosse seduzido pelos encantos da Europa maravilhosa e fatal.

Pela escala de valores dos meus pais, quanto mais ocidental fosse uma coisa, mais alta se encontrava no plano da cultura. Por mais que Tolstoi e Dostoievski fossem caros a sua alma russa, tenho a impressão de que a Alemanha — apesar de Hitler — parecia-lhes mais culta do que a Rússia e a Polônia. A França, mais do que a Alemanha. A Inglaterra situava-se talvez um pouco acima da França. Quanto aos Estados Unidos, não estavam muito seguros: afinal, esse era um país onde as pessoas atiravam nos índios, assaltavam trens pagadores, cavavam à procura de ouro e caçavam mocinhas.

A Europa era para eles a Terra Prometida proibida — o continente encan-

---

* Palavras e nomes marcados com asterisco constam do glossário, no fim do volume.

tado dos campanários, das praças calçadas com pedras muito antigas, dos bondes, das pontes e torres de igrejas, das aldeias remotas, das fontes de águas medicinais, das florestas e dos prados cobertos de neve.

As palavras "chalé", "prado" e "pastora de gansos" me fascinaram e comoveram durante toda a infância. Havia nelas a fragrância voluptuosa de um mundo genuíno, sereno, distante do zinco dos telhados empoeirados, dos terrenos baldios com suas carcaças enferrujadas e moitas espinhosas, das encostas áridas da Jerusalém sufocada sob o peso do verão esbranquiçado. Bastava sussurrar para mim mesmo "prado" — e já ouvia os mugidos das vacas com seus sininhos pendurados no pescoço e o murmúrio dos regatos. De olhos fechados, eu contemplava a linda pastora de gansos, que para mim era sexy até as lágrimas, antes mesmo que eu entendesse alguma coisa.

Anos mais tarde, acabei sabendo que, durante o mandato britânico, nos anos 20, 30 e 40, Jerusalém era um pujante pólo cultural, com grandes empresas comerciais, músicos, intelectuais e escritores — Martin Buber, Gerschon Scholem, Shai Agnon* e muitos outros eminentes pesquisadores e artistas. Às vezes, ao passarmos pela rua Ben Yehuda ou pela avenida Ben Maimon, meu pai me sussurrava: "Olhe, aquele ali é um erudito de renome mundial". Eu não entendia o que ele queria dizer. Achava que "renome mundial" tinha a ver, de algum modo, com pernas doentes, pois em geral tratava-se de um velhinho que tateava o caminho com uma bengala, tropeçando enquanto andava, e que mesmo em pleno verão envergava um pesado terno de lã.

A Jerusalém que meus pais avistavam do nosso bairro se estendia quase a perder de vista: era Rehávia imersa em verde e em sons de pianos, eram os três ou quatro cafés com seus candelabros dourados na rua Jafa e na Ben Yehuda, eram os salões da ACM, no hotel King David, onde intelectuais árabes e judeus se encontravam com ingleses cultos e educadíssimos, e onde bebericavam-borboleteavam lindas senhoras de pescoço esguio, em vestidos de festa, apoiadas nos braços de gentis cavalheiros de bem talhados ternos escuros. Lá se encontravam, em jantares finos, ingleses esclarecidos e judeus cultos e árabes eruditos, lá aconteciam recitais, festas, elegantes tertúlias literárias, chás e requintados eventos artísticos. E quem sabe se essa mesma Jerusalém, dos candelabros e dos chás literários, só existia nos sonhos dos habitantes de Kerem Avraham — bibliotecários, professores, funcionários públicos e gráficos. De qualquer modo, aquela Jerusalém não era a nossa. Nosso bairro, Kerem Avraham, pertencia a Tchekhov.

Anos depois, ao ler Tchekhov (traduzido para o hebraico), me certifiquei de que ele era um dos nossos: Tio Vânia, esse era o nosso vizinho de cima. Foi o dr. Samoilienko quem me apalpou com suas mãos grandes e fortes, quando tive angina ou difteria. Laievski, com sua eterna enxaqueca, era um primo em segundo grau de mamãe, e Trigórin, nós íamos ouvi-lo nas manhãs de sábado no salão do sindicato.

Na verdade, em nosso bairro estávamos rodeados de russos de todo tipo: havia muitos tolstoianos, alguns deles até mesmo iguaizinhos a Tolstoi. Quando deparei com uma fotografia em sépia de Tolstoi na contracapa de um livro, tive certeza de já tê-lo visto muitas vezes passeando pela rua Malachi, ou descendo a rua Ovádia, a cabeça descoberta, a barba branca desalinhada ao vento, esplêndido como o patriarca Abraão, os olhos faiscantes, empunhando uma bengala talhada em um galho de árvore, a camisa, de sarja, de camponês, sobre a calça larga, e à guisa de cinto uma corda grosseira.

Os tolstoianos do bairro (meus pais os chamavam de *tolstoitchiks*) eram todos vegetarianos irredutíveis, sempre prontos a consertar o mundo, moralistas ferrenhos, dotados de sentimentos profundos de comunhão com a natureza, amantes da raça humana, defensores intransigentes de todo ser vivo, fosse qual fosse, animados de sentimentos pacifistas, nostálgicos da vida simples e pura, da labuta diária. Todos eles almejavam viver a vida natural do campo, o trabalho primordial com a terra, de sol a sol, nas plantações e pomares da mãe natureza. Mas não conseguiam cuidar nem mesmo da mais singela das plantinhas de vaso — quem sabe as regavam tanto que as coitadinhas acabavam por morrer afogadas. Ou se esqueciam de regar. Ou quem sabe era tudo culpa do governo britânico, inimigo, que costumava misturar cloro na nossa água.

Alguns deles eram tolstoianos saídos diretamente de um romance de Dostoievski: atormentados, falantes, reprimidos em seus instintos, consumidos por idéias. Mas todos, tolstoianos e dostoievskianos, todos no bairro Kerem Avraham estavam, no fim das contas, a serviço de Tchekhov.

Entre nós, o mundo era em geral chamado de "o grande mundo", mas também tinha outros epítetos: esclarecido, exterior, livre e hipócrita. Praticamente só o conhecia pela minha coleção de selos — Dantzig, Boêmia e Morávia. Bósnia-Herzegóvina, Ubangi-Shari, Trinidad e Tobago, Quênia, Uganda e Tanganica.

Era distante, sedutor, maravilhoso, mas, para nós, muito perigoso e hostil: não gostavam de judeus porque somos espertos, perspicazes e bem-sucedidos, mas também porque somos barulhentos e intrometidos. Não gostavam do que estávamos fazendo na Terra de Israel, porque cobiçavam até mesmo essa mísera nesga de terra, pântanos, pedras e deserto. Lá, no mundo, os muros estavam todos cobertos de frases hostis: "Judeu, vá para a Palestina". Muito bem, viemos para a Palestina, e agora o mundo inteiro grita: "Judeu, saia da Palestina".

Não só "o grande mundo", mas também Eretz-Israel* era distante: em algum lugar longínquo, além das montanhas, florescia uma nova raça de judeus heróis, uma raça morena, robusta e prática, nem um pouco parecida com os judeus da Diáspora, nada parecida com os habitantes de Kerem Avraham. Rapazes e moças, pioneiros, corajosos, bronzeados, silenciosos, que haviam conseguido transformar as trevas da noite em aliadas e, igualmente, ultrapassado todas as barreiras no que dizia respeito à relação dos rapazes com as moças e vice-versa. Não sentiam nenhuma vergonha. Aleksander, meu avô, disse uma vez: "Eles acreditam que no futuro isso vai ser tão simples que o rapaz poderá simplesmente ir até a moça e pedir a ela isso e aquilo. E talvez as moças nem esperem que o rapaz lhes peça, elas mesmas irão pedir aos rapazes, como se lhes pedissem um copo d'água". Ao que tio Betzalel, o míope, replicou, sofreando a raiva: "Mas por acaso isso não é puro bolchevismo, que prega a destruição de todo o encanto e de todo o mistério?! A anulação de todo sentimento?! É assim que se transforma toda a nossa vida num copo de água morna?!". Tio Nachmia, do seu canto, saiu-se de repente com dois versos de uma poesia que me soaram como o rugido de um animal desesperado:

Oh, tão longa é a estrada
O atalho recurva e foge
Oh, mame, eu ando e ando
Mas você está tão longe
Mais perto de mim está a Lua!...

Nesse momento, tia Tzipora interveio em russo: "Chega, chega, vocês estão todos loucos? O menino está ouvindo tudo!". E então passaram a falar em russo.

Aqueles pioneiros estavam além do nosso horizonte, na Galiléia, no Sharon, nos vales. Rapazes robustos e cordiais, mas reservados e pensativos, moças saudáveis, espontâneas e disciplinadas, que pareciam saber e compreender tudo, como se já nos conhecessem, com todas as nossas perplexidades, e mesmo assim tratavam-nos com toda a gentileza, seriedade e consideração. Não como criança, mas como homem, embora ainda pequeno.

Aqueles pioneiros e pioneiras me pareciam fortes, sensatos, capazes de guardar segredos, de entoar em volta da fogueira canções de saudade e nostalgia de cortar o coração e também canções engraçadas ou canções de amor atrevidas, que iam muito além do enrubescer da face. Capazes de desencadear um turbilhão ondulante de danças, até se desprenderem de toda matéria e de toda gravidade. Capazes de meditar na solidão e dispostos à vida espartana dos campos e das tendas, prontos para o trabalho pesado, *"lifkudá tamid anachnu, tamid"* [estamos sempre, sempre atentos ao comando]. "A paz pelos arados, teus filhos te trouxeram; hoje, teus filhos te trazem a paz pelos fuzis!", "Para onde nos enviarem, lá estaremos." Capazes de montar cavalos selvagens e de manobrar tratores de esteiras largas, de falar árabe e de conhecer todas as grutas e ravinas; afeitos ao manejo de pistolas e granadas, mas também à leitura de poesia e de livros de filosofia a fim de meditar e refletir. Com opiniões próprias, todavia discretos ao expressá-las, conversavam entre si em vozes muito contidas, à luz de velas, nas tendas, altas horas da noite, sobre o significado de nossas vidas e sobre a escolha serena que haviam feito entre o amor e o dever, entre o chamado da pátria e a justiça.

Às vezes eu ia com meus amigos até o pátio da Cooperativa Agrícola, a Tnuva,* só para vê-los chegar de lugares distantes, de além das montanhas escuras, os caminhões carregados com os frutos do seu trabalho, "cobertos de pó e de armas, com pesadas botinas nos pés". Ficava rondando por ali para sentir o aroma do feno, para me embriagar com o cheiro das distâncias: lá, onde eles vivem, é que tudo acontece de verdade, eu pensava. Lá se constrói um país e se conserta o mundo. Lá desponta uma nova sociedade, uma nova paisagem toma forma e se escreve uma nova história, lá se aram os campos e se plantam vinhedos, lá se escreve uma nova poesia, lá cavaleiros armados patrulham solitários, prontos para responder com fogo ao fogo dos árabes saqueadores, lá se transformam pobres trapos humanos em uma nação altiva e combatente.

Meu sonho secreto era um belo dia ser levado embora com eles, para também me transformar em altivo combatente. Para que a minha vida também se convertesse numa nova canção, uma vida limpa, honesta e pura como um copo de água gelada num dia de *sharav*.

Para além das montanhas escuras, a Tel Aviv daquele tempo também era um lugar excitante de onde vinham os jornais, notícias sobre os espetáculos de teatro e de ópera, sobre os balés e cabarés, sobre a arte moderna, os partidos, ecos de discussões acaloradas e retalhos de vagos mexericos. Havia grandes desportistas em Tel Aviv. E o mar. O mar de Tel Aviv estava cheio de judeus bronzeados que sabiam nadar. Quem sabia nadar em Jerusalém? Quem já tinha ouvido falar em judeus nadadores? Esses tinham os genes completamente diferentes. Mutação. "No milagre, nascerá da larva a borboleta."

Na verdade havia um encanto especial e secreto na palavra Tel Aviv. Quando diziam Tel Aviv, imediatamente me ocorria a figura de um rapaz robusto, de camisa de trabalho azul, bronzeado e de ombros largos, um poeta-trabalhador-revolucionário forjado no destemor, do tipo que chamavam *gente boa*, com um quepe negligentemente pousado em ângulo provocativo sobre o cabelo encaracolado, fumando cigarros baratos e sentindo-se em casa em qualquer lugar do mundo: trabalhava pesado o dia todo, assentando pedras nas calçadas ou carregando areia em betoneiras; ao anoitecer tocava violino; mais tarde, noite alta, dançava com as mocinhas ou entoava-lhes canções tristes na praia, ao luar; pela madrugada, retirava do esconderijo secreto um revólver ou uma metralhadora Sten e se esgueirava pela escuridão para defender casas e campos.

Como Tel Aviv era longe! Durante toda a minha infância estive lá não mais que umas cinco ou seis vezes. Íamos passar os feriados festivos com as tias, irmãs de minha mãe. Não era apenas o fato de que a luz de Tel Aviv era ainda mais diferente da luz de Jerusalém do que é hoje, mas até mesmo as leis da gravidade eram completamente diferentes. Em Tel Aviv as pessoas andavam de um jeito muito especial, apenas tocando o chão: flutuavam, saltando, como Neil Armstrong na Lua.

Nós, em Jerusalém, andávamos sempre um pouco como num enterro, ou como quem chega atrasado a um concerto: primeiro, põe-se a pontinha do sapato para sentir o chão, com todo o cuidado. Depois, quando todo o pé já está assentado, não há nenhuma urgência em movê-lo — dois mil anos se passaram antes que pudéssemos pisar em Jerusalém de novo, então não vamos abrir mão desse direito assim sem mais nem menos. Se levantarmos o pé, logo vai aparecer alguém para tomar nosso pedacinho de terra, na maior sem-cerimônia. Por outro lado, se você já levantou o pé do chão, não tenha pressa nenhuma em pôr de volta: ninguém sabe que ninho de víboras pode estar fervilhando ali. Tramam. Conspiram. Durante dois mil anos pagamos muito caro, com sangue, pelas nossa imprudência, vezes sem conta caímos em mãos inimigas por termos pisado sem antes examinar muito bem onde pisávamos. Era assim que se caminhava em Jerusalém, em geral. Mas em Tel Aviv era completamente diferente! Uma cidade de gafanhotos. As pessoas, as casas, as ruas, as praças, o vento do mar, as dunas de areia, as avenidas, até mesmo as nuvens no céu, tudo flutuava.

Uma vez viemos a Tel Aviv para o Seder,* e, de manhã cedo, enquanto todos ainda dormiam, vesti-me, saí de casa e fui brincar sozinho numa pracinha com um ou dois bancos, balanço, tanque de areia e três ou quatro arvorezinhas, onde já cantavam os passarinhos. Passados alguns meses, no Rosh Hashaná,* a comemoração do ano-novo judaico, viemos de novo para Tel Aviv, e a pracinha não estava mais lá: fora levada, junto com as arvorezinhas, os bancos, o balanço, os passarinhos e o tanque de areia para a outra ponta da rua. Fiquei pasmo: não entendi como é que Ben Gurion e todas as instituições competentes tinham permitido que se fizesse uma coisa daquela. Como é que pode? Onde já se viu de repente pegar uma pracinha e empurrá-la para adiante? E se amanhã alguém resolver empurrar o monte das Oliveiras? A Torre de Davi? Arrastar o Muro das Lamentações?*

Sobre Tel Aviv, as pessoas falavam com inveja e paixão, reverência e algum mistério: como se Tel Aviv fosse um projeto secreto e essencial para o povo judeu, um projeto sobre o qual era melhor não sair por aí dando com a língua nos dentes, pois as paredes tinham ouvidos. Adversários e agentes inimigos pululavam por toda parte.

Tel Aviv. Mar. Céu. Azul. Dunas. Andaimes. Quiosques nas alamedas. Uma alva cidade judia, de traçado simples, que floresce por entre dunas e pomares. Não é apenas um lugar para onde você compra uma passagem de ônibus e então chega lá, mas é outro mundo.

Por muitos anos mantivemos um jeito especial de nos comunicar por telefone com a família em Tel Aviv. Uma vez a cada três ou quatro meses, telefonávamos para eles. Apesar de não dispormos de telefone, nem nós, nem eles. A coisa funcionava assim: primeiro enviávamos uma carta para tia Chaia e tio Tzvi dizendo que no dia 19, uma quarta-feira — e às quartas-feiras tio Tzvi encerrava seu expediente na Cooperativa Nacional de Assistência Médica, a Kupat Cholim, às três —, telefonaríamos às cinco, da nossa farmácia para a farmácia deles. A carta era enviada com bastante antecedência, e então esperávamos a resposta. Na resposta, tia Chaia e tio Tzvi nos garantiam que quarta-feira 19 seria perfeito para eles. Estariam nos aguardando na farmácia um pouco antes das cinco, e não devíamos nos preocupar se não conseguíssemos ligar às cinco em ponto, pois não iriam fugir.

Não lembro se vestíamos roupas mais caprichadas para a ida à farmácia por ocasião do telefonema para Tel Aviv, mas não me surpreenderia se fosse assim. Era uma ocasião festiva. Já no domingo, meu pai dizia à minha mãe: Fânia, você está lembrada de que nesta semana vamos telefonar para Tel Aviv? Na segunda-feira, minha mãe dizia: Árie, não volte tarde depois de amanhã, para não haver contratempos. E na terça-feira, ambos me diziam: Amós, vê se não apronta nenhuma gracinha, está ouvindo? Vê se não se resfria nem leva nenhum tombo até amanhã à tarde. Na última noite me diziam: hoje você vai dormir cedo, para amanhã estar forte na hora do telefonema; não queremos que pensem que você anda passando fome.

Assim, a emoção era construída passo a passo. Morávamos na rua Amós, e a farmácia, na rua Tzefânia, distava cinco minutos a pé, mas lá pelas três horas papai já dizia:

"Fânia, não comece mais nada agora. Para não haver atraso."

"Estou pronta, mas você, com os seus livros, vê se não esquece da vida."

"Eu? Esquecer? Pois estou checando o relógio a cada instante. E Amós vai me lembrar."

Vejam vocês: eu tinha apenas cinco ou seis anos de idade, e sobre meus ombros já recaía uma responsabilidade histórica. Relógio eu não tinha, nem sonhava ter; assim, a todo momento corria até a cozinha, checava o velho relógio de parede e anunciava como o locutor do Centro Espacial: faltam vinte e cinco minutos, faltam vinte, quinze, dez minutos e meio — e quando eu dizia dez minutos e meio, levantávamo-nos, trancávamos a casa bem trancada e púnhamo-nos a caminho, tomando a esquerda até o armazém do sr. Auster, à direita na rua Zachária, à esquerda na rua Malachi, à direita na Tzefânia, e logo entrávamos na farmácia e dizíamos:

"Boa tarde, senhor Heinemann, como tem passado? Viemos telefonar."

Claro que ele sabia muito bem que naquela quarta-feira iríamos telefonar para nossos parentes em Tel Aviv, sabia também que Tzvi trabalhava na Kupat Cholim, e que Chaia tinha um cargo alto na Moetzet Hapoalot, o setor feminino da Confederação dos Trabalhadores, e que Igal iria crescer para se tornar um esportista, e que eram amigos íntimos de Golda Meyerson, mais tarde conhecida como Golda Meir, e de Misha Kolodani, conhecido ali como Moshé Kol. Mesmo assim anunciávamos: "Viemos ligar para os nossos parentes em Tel Aviv". E o sr. Heinemann dizia: "Sim, claro, sentem-se, por favor", e nos contava sua costumeira piada do telefone: "Certa vez, no congresso sionista de Zurique, alguém berrava a plenos pulmões de uma sala. Berl Locker perguntou então a Hertzfeld o que estava acontecendo. Hertzfeld respondeu que o companheiro Rubashov estava falando com Ben Gurion em Jerusalém. 'Falando com Jerusalém?', estranhou Berl Locker. 'Então por que ele não telefona?'".

Papai dizia, então: "Vou ligar agora". E mamãe: "Ainda não, Árie, ainda faltam alguns minutos". Ao que ele respondia: "Sim, mas até conseguir uma linha..." (naquele tempo ainda não havia discagem direta). E mamãe: "Mas e se por sorte recebermos logo a linha e eles ainda não estiverem lá?". E papai respondia: "Nesse caso, nós simplesmente ligamos de novo". E mamãe: "Não, eles vão ficar preocupados, vão achar que perderam o contato conosco".

Enquanto discutiam, já eram quase cinco horas. Papai empunhava o fone, de pé e não sentado, e dizia para a telefonista: "Boa tarde, minha senhora. Por favor, Tel Aviv, 648" (ou coisa parecida: vivíamos então no mundo dos três dígitos). Às vezes acontecia de a telefonista dizer: "Queira aguardar mais alguns instantes, senhor. Neste momento, o diretor dos Correios está falando". Ou o sr. Situn, ou o sr. Neshashivi. E nós ficávamos um tanto aflitos. Como vai ser? O que eles vão pensar de nós, lá longe?

Eu chegava quase a enxergar esse único e bravo fio ligando Jerusalém a Tel Aviv e, via Tel Aviv, ao mundo todo; com aquela linha ocupada, e enquanto estivesse ocupada, estaríamos desconectados do mundo. Aquele fio que serpenteava em curvas sinuosas pelo deserto, por terrenos pedregosos, por vales e montanhas, eu o considerava um grande milagre. E tremia: e se à noite os animais selvagens comessem o fio? E se árabes malvados o cortassem? E se entrasse chuva? E se arbustos secos ao redor dele pegassem fogo? Quem poderia saber, um fio fino daquele fazendo curvas e mais curvas, frágil, desprotegido, exposto ao sol e à chuva, como adivinhar o que poderia acontecer. Meu peito transbordava de agradecimento por aqueles que tinham estendido aquele fio. Dedos hábeis e coração audacioso. Não é pouca coisa estender um fio de Jerusalém a Tel Aviv. Por experiência própria, eu sabia como devia ter sido duro para eles: numa ocasião nós esticamos um fio do meu quarto até o quarto de Elias Friedman, ao todo uma distância de duas casas e um quintal. Fio isolado, tipo espaguete, serviço bem-feito; pelo caminho, árvores, vizinhos, depósitos, cerca, escada, mato.

Depois de aguardar mais um pouco, meu pai supunha que o diretor dos Correios, ou o sr. Neshashivi, havia terminado sua ligação, e novamente erguia o fone e dizia à telefonista: "Perdão, minha senhora, creio haver solicitado uma ligação para Tel Aviv, 648". E ela dizia: "Está anotado aqui, senhor. Favor aguardar". Meu pai dizia então: "Estou aguardando, minha senhora, claro que estou aguardando, mas na outra ponta da linha também há pessoas aguardando". Desse modo ele insinuava que éramos pessoas educadas, mas que havia limite para nossa tolerância. Éramos pessoas civilizadas, e não moleques, não um rebanho para o matadouro. Aquela história — de que todo mundo podia maltratar os judeus à vontade e fazer com eles o que lhes desse na telha —, aquela história tinha acabado de uma vez por todas.

De repente o telefone tocava lá na farmácia, e aquele som sempre provocava um alvoroço, dava um arrepio na espinha — era um momento mágico. As conversas geralmente transcorriam assim:

"Alô, Tzvi?"

"Alô, aqui é Tzvi."

"É Árie, de Jerusalém."

"Alô, Árie, é Tzvi que está falando. Como vocês estão?"

"Aqui está tudo bem. Estamos no telefone da farmácia."

"Nós também. E as novidades?"

"Nada de novo, Tzvi. E vocês? O que você conta?"

"Tudo bem. Nada de especial. Vamos indo."

"Se não há novidades, então está ótimo. Aqui também não há novidades. Vai tudo bem. E vocês?"

"Nós também."

"Ótimo. Agora Fânia vai falar com vocês."

Começava tudo de novo: Como estão? E as novidades? Estamos indo. E depois: "Agora, Amós também vai falar algumas palavras".

E toda a conversa era essa. Como vão vocês? Tudo bem. Ótimo. Então em breve voltamos a conversar. É bom ouvir vocês. Mandaremos uma carta para marcar a próxima vez. Vamos conversar. Tudo bem. Conversar mesmo. Até breve. Então, até logo. Tchau. Lembranças. Para vocês também. Tchau.

Mas aqueles telefonemas não tinham graça nenhuma: a vida pendia por um fio, um fio fino. Agora entendo que eles não tinham nenhuma garantia de que voltariam a se falar de novo. Quem sabe se aquela seria a última vez, quem sabe o que poderia acontecer — irromperem novos tumultos, um pogrom, uma chacina, os árabes poderiam resolver matar-nos a todos, a guerra poderia estourar, sobrevir uma grande catástrofe —, pois os tanques de Hitler já se aproximavam, vindos de duas direções, do Norte da África e também do Cáucaso. Quem sabe que nova desgraça nos aguardava? Aquela conversa vazia não era nada vazia — era apenas espartana.

O que aqueles telefonemas me fazem pensar agora é o quanto era difícil para eles — para todos, não só para meus pais — expressar seus sentimentos mais íntimos. Sentimentos coletivos, eles podiam expressar sem nenhuma dificuldade, eram pessoas sensíveis, e sabiam falar. E como sabiam! Eram capazes de discutir por três, quatro horas ininterruptas, exaltadíssimos, sobre Nietzsche, Stalin, Freud, sobre Jabotinsky, empregar toda a sua energia, chegar às lágrimas, lançar mão de todos os argumentos sobre o colonialismo, o anti-semitismo, a justiça, a "questão territorial", a "questão da mulher", a "questão da arte versus a vida". Mas no momento em que tentavam expressar sentimentos pessoais, o que vinha era sempre alguma coisa desajeitada, seca, até mesmo medrosa, fruto de gerações e gerações de repressão e negação. Num duplo sentido: a educação burguesa européia tinha seu caráter repressivo duplicado pelos condicionamentos da aldeia religiosa judia. Quase tudo era "proibido" ou "não se costumava fazer" ou "não se fazia".

Sem contar que naquele tempo havia uma grande carência de palavras: o hebraico ainda não era uma língua suficientemente natural, que permitisse fazer confissões e expressar intimidades. Era difícil saber o que sairia ao se falar em hebraico. Nunca tiveram certeza absoluta de não estar dizendo, de repente, algo ridículo. Pois o ridículo era o que mais temiam, mais do que qualquer outra coisa, dia e noite. Morriam de medo, de pânico. Mesmo pessoas como meus pais, que conheciam muito bem o hebraico, não o dominavam. Falavam hebraico com cautela exagerada, muitas vezes repetindo a frase, voltando a compor o que tinham acabado de dizer: atitude semelhante à de um motorista míope que tateasse o caminho à noite pelo emaranhado de ruelas de uma cidade desconhecida, num carro que não dominasse muito bem.

Um sábado, uma amiga de minha mãe, a professora Lilia Bar-Samcha, veio nos visitar. No decorrer da conversa, toda vez que nossa hóspede dizia que estava assustada ou que alguém se encontrava em uma situação assustadora, eu desatava a rir, e ninguém parecia entender o motivo da minha hilaridade. Na linguagem corrente, a palavra que a professora usou para dizer que estava assustada significava "peidar". Ninguém parecia achar aquilo engraçado, ou pelo menos todos fingiam que não achavam. E a mesma coisa aconteceu quando alguém disse que tia Clara desperdiçava óleo de fritura: desperdiçar era o mesmo que "cagar". E ainda quando meu pai falava sobre a corrida armamentista ou se enfurecia com a decisão dos países-membros da OTAN de rearmar a Alemanha para deter Stalin. Ele não fazia idéia de que o termo pedante que usava para dizer rearmar significava "foder" em hebraico coloquial.

Do mesmo modo, meu pai ficava visivelmente constrangido toda vez que eu usava a palavra "arrumar", uma palavra tão inocente, nunca pude entender por que lhe dava nos nervos. É claro que ele nunca me explicou, e, para mim, era impossível perguntar-lhe. Anos mais tarde vim a saber que antes do meu nascimento, nos anos 30, arrumar significava "engravidar". "Aquela noite na loja, ele a arrumou, e na manhã seguinte o patife fingiu não conhecê-la." Algumas vezes, com a expressão "arrumar" entendia-se muito simplesmente possuir, ter relações com uma mulher. Assim, se eu dissesse: "A irmã de Uri tinha se arrumado", meu pai costumava franzir os lábios e fechava a cara. Naturalmente nunca me explicou — como poderia?

Nos momentos em que estavam a sós, não conversavam em hebraico, e nos momentos de maior intimidade talvez nem falassem. Calavam. Tudo transcorria à sombra do medo de parecer ridículo.

2

Na verdade, no topo da escala de valores daqueles tempos estavam os pioneiros. Mas os pioneiros moravam bem longe de Jerusalém, nos vales, na Galiléia, no descampado que se estendia às margens do mar Morto. Nós admirávamos de longe a figura robusta e pensativa que se erguia entre o trator e os sulcos abertos pelo arado nos cartazes do Keren Kaiemet,* o Fundo Nacional Judaico.

Um degrau abaixo dos pioneiros estava a comunidade organizada, constituída pelos que durante o verão, de camiseta, na varanda, liam o *Davar*,* o jornal diário porta-voz do Mapai,* o Partido dos Trabalhadores. Ativistas da Histadrut, a Confederação Geral dos Sindicatos dos Trabalhadores de Israel, da Haganá,* o embrião do futuro Exército de Defesa de Israel, e da Kupat Cholim. Vestidos de cáqui, contribuintes voluntários do Fundo da Comunidade alimentavam-se de salada com omelete e iogurte; eles eram a comunidade laica, os defensores intransigentes de uma sobriedade espartana, da responsabilidade, de um estilo de vida estável, do consumo de produtos de Israel, da classe operária, da fidelidade partidária, das azeitonas vindas nos potes da Tnuva. "Azul é o mar e azul é o céu, aqui construímos um porto de Israel! Is-ra-el!"

Em contraste com essa comunidade organizada, do outro lado da cerca estavam os dissidentes terroristas, e também os ultra-religiosos de Meá Shearim,* os comunistas "inimigos do Sião", e ainda um emaranhado de intelectualóides, carreiristas, artistas egocêntricos do tipo cosmopolita decadente, e com eles todo tipo de excêntricos, os individualistas que se safavam de toda responsabilidade, e niilistas indecisos, e *iékes** que ainda não tinham conseguido se curar do seu "iekismo", e esnobes anglófilos de todos os calibres, e sefaraditas* ricos e afrancesados que nos pareciam um tanto maneirosos demais, como *maîtres*, e iemenitas, e magrebinos, e curdos, e os que vieram de Salônica e da Geórgia, todos eles nossos irmãos, de verdade, todos eles extremamente promissores, material humano de primeira linha, verdade mesmo, mas não tem jeito, ainda vamos precisar investir neles muito esforço e muita paciência.

Afora todos esses, havia ainda os refugiados e *ma'apilim*,* os salvos por milagre, os sobreviventes, trapos humanos, e para esses geralmente eram reservadas compaixão e certa repulsa: pobres coitados, refugos do mundo, com toda a sua cultura e inteligência, quem mandou ficarem esperando por Hitler em vez de vir logo para cá? E por que deixaram que os conduzissem como um rebanho para o matadouro em vez de se organizar e resistir com armas na mão? Que parem de uma vez por todas de se lamuriar em ídiche, e não venham nos contar tudo o que fizeram lá com eles, pois o que fizeram com eles lá não eleva ninguém, nem eles, nem nós. Nós, aqui, estamos voltados para o futuro, e não para o passado, e já que estamos falando em passado, nosso passado tem muitos episódios edificantes de heroísmo judaico, dos tempos bíblicos, no Tanach,* os macabeus por exemplo, e não há a menor necessidade de lembrar esse judaísmo deprimente, todo ele só *tzarót*, sofrimentos, e mais *tzarót* (e a palavra *tzarót* era sempre pronunciada em ídiche, *tzures*, com expressão de náusea e sarcasmo, para que o menino soubesse que esses *tzures* todos eram uma espécie de lepra, e que os *tzures* eram deles, e não nossos). Entre os sobreviventes refugiados havia, por exemplo, um sr. Licht, que os meninos da vizinhança chamavam de "Milion Crianzas". Alugou um cubículo na rua Malachi, onde à noite dormia sobre um colchão, que enrolava durante o dia, e mantinha um negócio chamado LAVAGEM A SECO — PASSAMOS A VAPOR. Estava sempre cabisbaixo, com uma expressão de eterno desprezo ou repulsa profunda. Ficava sentado à porta de sua lavanderia, esperando fregueses, e, ao ver passar na sua frente uma criança do bairro, dava uma cuspida para o lado e resmungava entre os lábios enrugados: "Milion crianzas eles mataram! Crianzas como vocês! Assassinos!". Não dizia com tristeza, mas com ódio profundo, com nojo, como se nos xingasse.

Meus pais não tinham um lugar reservado nessa escala, que ia dos pioneiros aos adeptos dos *tzures*: um de seus pés se assentava na comunidade organizada (eram membros da Kupat Cholim e faziam doações para organizações laicas), e o outro pé — no ar. No fundo meu pai estava próximo da ideologia da Resistência,* a reação armada ao domínio inglês, porém muito longe das bombas e dos fuzis. No máximo contribuía para a Resistência com seu conhecimento da língua inglesa, e vez por outra recebia o encargo de redigir os cartazes proibidos e subversivos sobre a *"perfidious Albion"*, a pérfida Inglaterra. O ambiente intelectual de Rehávia atraía, de longe, a simpatia de meus pais, mas os ideais pacifistas do Pacto pela Paz, um acordo sentimental entre árabes e judeus que pregava a renúncia total ao sonho de um Estado judeu e a entrega da iniciativa aos árabes, que em troca se apiedariam de nós e nos deixariam morar aqui, a seus pés, para meus pais esses ideais pareciam servis, humilhantes e imbuídos do mesmo espírito de submissão que caracterizara os séculos da Diáspora judaica.

Minha mãe, que estudara na universidade de Praga e completara os estudos na Universidade Hebraica de Jerusalém, dava aulas particulares a candidatos ao vestibular de história e literatura. Meu pai era formado em literatura pela universidade de Vilna e também diplomado pela universidade do monte Scopus, mas não tinha nenhuma chance de ser contratado como professor por essa instituição, numa época em que o número de professores e eruditos fartamente diplomados em literatura excedia em muito o número de alunos. Para tornar tudo mais difícil, a maioria desses professores exibia diplomas de verdade, cintilantes diplomas de conceituadas universidades alemãs, nada comparável ao modesto diploma polaco-hierosolimita de meu pai. Mas ele conseguiu um emprego de bibliotecário na Biblioteca Nacional do monte Scopus, e à noite escrevia seus tratados sobre o romance na literatura hebraica e uma história concisa da literatura universal. Meu pai era um bibliotecário culto, educado, austero mas ao mesmo tempo um tanto atrapalhado, sempre de gravata, óculos redondos, paletó um pouco gasto, sempre pronto a cumprimentar os superiores com uma leve mesura e a saltar pressuroso para abrir a porta às senhoras. Não abria mão de seus poucos direitos, recitava emocionado trechos de poesia em dez línguas diferentes, esforçava-se para ser agradável e divertido, voltava sempre a contar as mesmas piadas (que ele chamava de anedotas, ou chistes), mas esses rasgos de humor em geral saíam forçados, pois não se tratava de humor verdadeiro, eram antes uma declaração de seu firme propósito de cumprir o dever de ser engraçado naqueles tempos bicudos.

Ao deparar com um pioneiro trajando cáqui, revolucionário, culto, que por vontade própria tivesse se tornado operário, meu pai se sentia bastante embaraçado: lá fora, em Vilna ou Varsóvia, estava perfeitamente claro qual era a forma de se dirigir a um proletário. Cada um sabia qual era o seu lugar, e assim cabia-lhe mostrar claramente a esse proletário o quanto você era democrático e assegurar-lhe que de modo algum iria tratá-lo com arrogância. Mas e aqui, em Jerusalém? Aqui tudo era ambíguo; não virado de cabeça para baixo, como na Rússia comunista, mas ambíguo. Por um lado, meu pai pertencia à classe média — talvez a uma classe média um pouquinho mais para baixo, mas classe média, sem dúvida —, era um homem culto, autor de livros e artigos, detentor de um posto, embora modesto, na Biblioteca Nacional, enquanto seu interlocutor era um suado operário de construção, de macacão e botinas pesadas. Por outro lado, nada impedia que esse operário fosse diplomado em química e um respeitável pioneiro, o sal da terra, um herói da revolução judaica, um verdadeiro trabalhador, enquanto meu pai — bem no fundo do coração — se sentia um intelectual deslocado, míope e com duas mãos esquerdas, meio desertor. Algo assim como um trânsfuga da verdadeira frente de batalha da construção da pátria.

A maior parte de nossa vizinhança se compunha de funcionários de baixo escalão, comerciantes, varejistas, caixas de banco, bilheteiros de cinema, dentistas, professores, funcionários de escolas e professores particulares. Não eram religiosos: costumavam ir à sinagoga apenas no Yom Kippur, o Dia do Perdão, e, às vezes, na festa de Simchat Torá, que comemora o recebimento da Torá pelos judeus aos pés do monte Sinai, na saída do Egito. Mas sempre acendiam velas de shabat. Para manter um toque de judaísmo, mas também, quem sabe, como uma espécie de precaução, para estar do lado seguro. Todos eram mais ou menos cultos, mas não se sentiam muito à vontade com isso. Todos tinham opiniões formadas — sobre o mandato britânico, sobre o futuro do sionismo, sobre a classe trabalhadora, sobre a vida cultural em Israel, sobre a controvérsia entre Marx e Dühring, os romances de Knut Hamsun, a "questão árabe" e a "questão da mulher". Havia pregadores e pensadores de todo tipo, que eram, por exemplo, a favor da revogação do banimento imposto a Spinoza pelos judeus ortodoxos; ou de uma campanha para explicar aos palestinos de Israel que eles não eram realmente árabes, mas sim descendentes dos antigos hebreus; ou a favor da realização, de uma vez por todas, de uma síntese das idéias de Kant e Hegel com as de Tolstoi e as do verdadeiro sionismo, de modo a dar origem a uma vida maravilhosa, pura e saudável em Israel. Ou, ainda, eram propagandistas dos benefícios do leite de cabra. Ou a favor de uma aliança com americanos e mesmo com Stalin, para expulsar os ingleses daqui. Ou a favor da prática de exercícios simples todas as manhãs para espantar a tristeza e purificar a alma.

Esses vizinhos, que se reuniam em nosso quintal nas tardes de sábado para um copo de chá russo, eram, quase todos, pessoas desamparadas. Quando o problema era trocar um fusível queimado, ou a borrachinha da torneira, ou fazer um furo na parede, todos corriam à procura de Baruch, o único em toda a vizinhança que sabia operar maravilhas desse tipo e que por isso mesmo era chamado de "Baruch Mãos de Ouro". Os outros todos sabiam analisar, com uma retórica vigorosa, a importância para o povo judeu do retorno à vida do campo e ao trabalho manual: intelectuais, diziam eles, temos de sobra, o que nos faz falta são os trabalhadores simples e honestos. Mas em nosso bairro, afora Baruch Mãos de Ouro, era difícil encontrar um trabalhador braçal. Também não se encontravam intelectuais brilhantes, de primeira linha: todos liam muitos jornais e adoravam discutir. Alguns sabiam até mesmo bastante sobre vários assuntos, outros eram muito sagazes, mas todos, com poucas variantes, apenas recitavam o que haviam lido nos jornais e numa infinidade de panfletos, brochuras e manifestos partidários.

Criança, eu podia apenas intuir, vagamente, a imensa distância que havia entre o ardor com que se propunham a consertar o mundo e o constrangimento com que esfregavam nervosos a aba do chapéu quando lhes era oferecido um copo de chá, ou o terrível acesso de pudor que lhes enrubescia as faces quando mamãe, ao se curvar (só um pouco) para lhes adoçar o chá, revelava um pouquinho do seu recatado decote, provocando-lhes um tal embaraço nos dedos que estes tentavam se dobrar sobre si mesmos palma da mão adentro, até deixarem de ser dedos.

Tudo isso parecia saído de um conto de Tchekhov — e também o sentimento de estar à margem, longe da vida: havia lugares no mundo em que ainda se vivia a vida real, muito longe daqui, na Europa de antes de Hitler, onde noite após noite milhares de luzes se acendiam, damas e cavalheiros se encontravam para bebericar café com creme chantilly em salões revestidos de lambris de madeira. Sentavam-se nas poltronas confortáveis de cafés luxuosos sob candelabros dourados, indo de braço dado à ópera ou ao balé, acompanhando de perto a vida dos grandes artistas, os amores vulcânicos, as separações devastadoras, a linda amante do pintor que caiu perdidamente apaixonada pelo seu melhor amigo, o compositor, e altas horas da noite correu de cabeça descoberta sob uma chuva torrencial, para se postar desesperada e solitária sobre a velha ponte, cujo reflexo trêmulo cintilava nas águas do rio.

Em nosso bairro nunca aconteciam essas coisas: elas só ocorriam para além das montanhas escuras, em lugares onde as pessoas viviam sem ter de contar cada tostão. Nos Estados Unidos, por exemplo, onde se cavava e encontrava ouro, assaltavam-se trens com malotes postais, pastoreavam-se rebanhos de gado em imensas planícies e onde quem matasse mais índios recebia como prêmio uma linda moça. Assim eram os Estados Unidos do cinema Edison: a linda moça era o prêmio para quem atirasse melhor. O que faziam com esse prêmio? Eu não tinha a menor idéia. Se aqueles filmes nos mostrassem uns Estados Unidos onde, pelo contrário, quem acertasse mais moças no fim recebesse como prêmio um belo índio, com certeza eu acreditaria que era assim e pronto. Assim era naqueles mundos distantes, nos Estados Unidos e em outros lugares maravilhosos do meu álbum de selos — em Paris, Alexandria, Roterdã, Lugano, Biarritz, Saint-Moritz —, lugares onde homens semelhantes a deuses se apaixonavam, lutavam entre si com elegância, perdiam, desistiam da luta, vagueavam, sentavam-se em bancos altos e bebiam solitários noite afora, em bares mal iluminados de hotéis situados nas avenidas de cidades açoitadas pela chuva, vivendo sem contar cada tostão.

Também nos romances de Tolstoi e Dostoievski, sobre os quais todo mundo estava sempre discutindo, os heróis viviam sem ter de prestar contas e morriam de amor. Ou morriam por algum ideal sublime. Ou de tuberculose, ou de coração partido. E aqueles pioneiros bronzeados, nas colinas da Galiléia, eles também viviam sem ter de prestar contas. No nosso bairro ninguém jamais tinha morrido de tuberculose, desilusão amorosa ou por excesso de idealismo. Todos viviam contando os tostões. Não só meus pais. Todos.

Tínhamos uma lei férrea, não comprávamos nada importado, nada vindo do estrangeiro se fosse possível achar algo semelhante produzido em Israel. Mas quando íamos ao armazém do sr. Auster, na esquina da rua Ovádia com a rua Amós, de qualquer modo éramos obrigados a escolher entre o queijo produzido no kibutz e distribuído pela Tnuva e o queijo árabe. Será que o queijo árabe, vindo da aldeia vizinha, Lifta, podia ser considerado produto local, ou contava como importado? Complicado. Porém o queijo árabe era um pouquinho mais barato. Mas se você comprasse queijo árabe, não estaria traindo o sionismo? Em algum lugar, no kibutz ou no *moshav*,* no vale de Yzreel ou nas montanhas da Galiléia, vivia uma jovem pioneira que, talvez com lágrimas nos olhos, tinha embalado esse queijo hebraico para nós — como podíamos dar as costas a ela e comprar um queijo estrangeiro? A mão não iria tremer? Por outro lado, se boicotássemos o produto de nossos vizinhos árabes, estaríamos aprofundando e eternizando com nossas próprias mãos o ódio entre os dois povos, e o sangue que corresse, D'us nos livre, recairia sobre nossa consciência. Pois o humilde camponês árabe, aquele que trabalha com a terra, simples e honesto, cuja alma ainda não foi conspurcada pelos vícios da metrópole, esse humilde camponês é o irmão moreno daquele singelo mujique de alma nobre dos contos de Tolstoi! E nós seremos tão cruéis a ponto de dar as costas ao seu queijo? Será que nosso coração endureceu a ponto de infligirmos a ele esse castigo? Por que a pérfida Albion e os efêndis corrompidos incitam esse pobre campônio contra nós e contra nossos empreendimentos? Não. Desta vez compraremos, altivos, o queijo artesanal árabe, que a bem da verdade é um pouco mais gostoso do que o queijo da Tnuva, além de ser um pouco mais barato. Mas apesar disso, por outro lado, quem sabe se a produção deles não prima pela higiene? Quem sabe como são as condições da ordenha por ali? O que pode acontecer se descobrirem, tarde demais, que o queijo deles estava cheio de micróbios?

Os micróbios faziam parte dos nossos piores pesadelos. Como os anti-semitas: você nunca consegue ver com seus próprios olhos um anti-semita nem um micróbio. Mas sabe muito bem que eles estão sempre por aí, preparando alguma cilada para você. Vêem e não são vistos. A rigor não se pode dizer que nenhum de nós jamais tenha visto um micróbio: eu vi. Fiquei olhando um tempão, com olhar penetrante e concentrado, para um pedaço de queijo velho, até que de repente comecei a ver milhões de pequenos movimentos. Como a gravidade em Jerusalém naquele tempo era muito mais intensa do que é hoje, os micróbios também eram muito maiores e mais fortes. Eu os vi.

Uma pequena discussão aconteceu entre as freguesas do armazém do sr. Auster. Comprar ou não comprar o queijo dos árabes? Por um lado: "Mateus, primeiro os teus" (ou, a caridade começa em casa), e portanto nosso dever era comprar o queijo da Tnuva. Por outro lado, diz a Bíblia: "Haverá uma só lei para vós e para o estrangeiro que vive sob vosso teto", e portanto devemos comprar de vez em quando o queijo dos nossos vizinhos, os árabes, pois: "Juntos viveram na Terra do Egito". E pensando bem, imagine com que profundo desprezo Tolstoi olharia para uma pessoa que comprasse um tipo de queijo e não outro só por causa de diferenças de religião, nacionalidade e raça! E onde ficam os valores universais? Humanismo? Ama ao próximo como a ti mesmo? Mas não obstante, que ofensa ao sionismo, que humilhante, que coisa mesquinha essa de comprar queijo árabe só porque custa dois tostões a menos, em lugar de comprar o queijo dos pioneiros que se esfalfam sob o sol e com o suor da face arrancam o pão da terra!

Vergonha! Vergonha e humilhação! De um jeito ou de outro, vergonha, humilhação!

A vida estava toda cheia de vergonhas e humilhações como essa.

Havia, por exemplo, o seguinte dilema: fica bem ou não fica bem enviar flores para um aniversariante? E se fica bem, que tipo de flores? Gladíolos são muito caros, mas é uma flor clássica, nobre, uma flor cheia de sentimentos, não um mato semi-selvagem como esses daqui. Já anêmonas e ciclâmens, era possível colhê-las à vontade, mas não eram consideradas flores apropriadas para enviar por ocasião de um aniversário, ou de uma noite de autógrafos. Os gladíolos tinham um perfume delicado, especial, que evocava a voz dos tenores, festas em castelos, teatro, balé, cultura, enfim, os sentimentos mais ternos e profundos.

Bem, então compramos e enviamos os gladíolos. Não vamos pensar no preço. Mas a questão era a seguinte: será que sete gladíolos não era um pouco demais? Será que cinco não seria muito pouco? Quem sabe seis? Ou sete, e pronto? Não vamos ficar fazendo contas — enfiamos logo os gladíolos numa selva de aspargos decorativos e mandamos. Seis. Por outro lado, não era uma coisa completamente fora de moda? Gladíolos? Quem ainda manda gladíolos hoje em dia? Será que na Galiléia os pioneiros bronzeados ficam enviando gladíolos uns para os outros? Em Tel Aviv, alguém ainda cogita em dar gladíolos? Para quê? Custam os olhos da cara e depois de quatro ou cinco dias vão direto para a lata de lixo. Mas nesse caso, o que vamos dar de presente? Quem sabe uma caixa de bombons? Caixa de bombons? Nada disso — nada de caixa de bombons. Caixa de bombons é mais ridícula ainda do que gladíolos. Afinal, o mais simples seria dar logo meia dúzia de guardanapos, ou um pequeno jogo de porta-copos, bem bonitos, simples, que vão proteger a mesa dos líquidos, quentes ou gelados. Um presente despretensioso, mas estético e também muito prático, e que não vai ser jogado fora, mas vão usar por muitos e muitos anos, e cada vez que usarem, talvez, por um breve momento, irão se lembrar de nós.

3

Por toda parte podíamos encontrar os mais variados tipos de pequenos emissários da Europa, a Terra Prometida. Por exemplo, aqueles homenzinhos, pequenas figuras de metal que serviam para puxar as cordas da veneziana, para mantê-las abertas durante o dia: quando queríamos fechar a veneziana, bastava virá-los, de modo que eles ficavam a noite toda pendurados de cabeça para baixo. Como penduraram Mussolini e sua amante, Clara Petacci, ao fim da Segunda Guerra Mundial. E foi horrível. Foi macabro. Não porque os enforcaram, isso eles bem mereciam, mas por terem ficado dependurados de cabeça para baixo. Tive um pouco de pena deles, embora fosse inadmissível, totalmente absurdo. O quê? Você ficou maluco? Endoidou? Ter pena de Mussolini? É quase como ter pena de Hitler! Mas fiz uma experiência — dependurei-me pelos pés, de cabeça para baixo, num cano que passava rente à parede: depois de dois minutos, todo o sangue fluiu para a cabeça, e senti que ia desmaiar. E Mussolini e a amante ficaram pendurados desse jeito não por dois minutos, mas por três dias e três noites, e isso depois que os mataram! Achei que era um castigo cruel demais. Até para assassinos. Até para amantes.

Não que eu tivesse a mais vaga idéia do que fosse amante. Em toda Jerusalém não havia naquele tempo uma única amante. Havia "companheira", "parceira", "amiga, nos dois sentidos da palavra". Talvez até pipocassem alguns casos. Diziam, por exemplo, com todo o cuidado, que Tchernichowski tinha "um caso" com a "amiga" de Lupatin, e eu suspeitava, com o coração palpitante, que as palavras "ter um caso" compunham uma expressão misteriosa e fatal, sob a qual se ocultava algo de doce, terrível e vergonhoso. Mas e "amante"? Ali estava um assunto bíblico, um assunto maior do que a própria vida. Inimaginável. Talvez em Tel Aviv existam essas coisas, pensei. Pois lá existe todo tipo de coisas que não existem aqui ou que aqui são proibidas.

Comecei a ler quase sozinho. Quando ainda era bem pequeno. O que mais havia para fazer? Naquele tempo as noites eram muito mais longas, pois a Terra girava muito mais devagar, pois a gravidade em Jerusalém era muito mais forte do que é hoje em dia. As lâmpadas irradiavam uma luz amarela pálida, e essa luz era apagada muitas vezes pelas quedas de energia. Até hoje estão mesclados em minha memória o cheiro de velas acesas, o de lamparina a querosene enfumaçada e a vontade de ler um livro. Desde as sete horas da noite ficávamos trancados em casa devido ao toque de recolher imposto a Jerusalém pelos ingleses. E mesmo que não houvesse toque de recolher, quem ficaria fora de casa no escuro, naquele tempo, em Jerusalém? Estava tudo fechado e bem trancado. As ruas de pedra estavam desertas. Toda sombra que passasse por aquelas ruelas rebocaria atrás de si, no asfalto vazio, mais três ou quatro sombras de sombra.

Mesmo quando não aconteciam interrupções de energia, vivíamos sempre sob uma luz desmaiada, pois era preciso economizar: meus pais trocavam as lâmpadas de quarenta watts por outras de vinte e cinco. Não só pelo preço, mas porque luz intensa é sinal de desperdício, e o desperdício é imoral. Em nosso pequeno apartamento, a parcela sofredora da espécie humana estava sempre amontoada num canto: as crianças famintas da Índia, e por causa delas eu tinha de raspar o prato, os sobreviventes do inferno hitlerista deportados pelos ingleses para campos de detenção em Chipre, os órfãos que ainda vagavam, vestidos com trapos, pelas aldeias nevadas da Europa destruída. Papai trabalhava em sua máquina de escrever até as duas da madrugada sob uma lâmpada anêmica de vinte e cinco watts. Estragava os olhos, mas usar uma lâmpada mais potente não ficaria bem, pois os pioneiros nos kibutzim* da Galiléia passavam noites a fio em barracas, escrevendo seus livros de poesia, ou seus tratados filosóficos, à luz bruxuleante de velas sob o vento. Como ignorar isso? Ficar aí refestelado, feito um Rothschild, sob a luz feérica de uma lâmpada de quarenta watts? E o que dirão os vizinhos ao ver de repente nossa casa iluminada como para uma festa de gala? Assim, ele achava preferível comprometer seus olhos a atrair os olhares dos vizinhos.

Mas não éramos tão pobres. Papai era funcionário da Biblioteca Nacional e ganhava um salário magro porém constante. Mamãe dava algumas aulas particulares. Eu regava toda sexta-feira o jardim do sr. Cohen, em Tel Arza, e ganhava um xelim. E, às quartas-feiras, arrumava garrafas vazias em caixotes nos fundos do armazém do sr. Auster e ganhava mais quatro grush.* E por dois grush a aula, eu ensinava o filho da sra. Finster a ler mapas (a crédito, mas na verdade até hoje a família Finster não me pagou pelas aulas).

Mesmo com todas essas fontes de renda, fazíamos economia e mais economia, todos os dias. A vida naquele pequeno apartamento era como num submarino, tal qual mostraram num filme a que assisti uma vez no cinema Edison:

ao passar de um compartimento para outro, os marinheiros iam fechando as escotilhas atrás de si. Enquanto eu acendia, com uma das mãos, a luz do banheiro, com a outra eu apagava a do corredor para não desperdiçar eletricidade. Puxava com muita parcimônia a correntinha da caixa de descarga, pois não se deve gastar uma caixa inteira só para um xixi. Havia outras necessidades (não as nomeávamos) que justificariam em alguns casos uma caixa-d'água completa. Mas para xixi? Uma caixa inteira? Enquanto os pioneiros no Neguev regavam as mudinhas com a água usada para escovar os dentes? Enquanto nos campos de prisioneiros dos ingleses em Chipre um balde deveria bastar para uma família inteira de refugiados durante três dias? E, ao sair do banheiro, a mão esquerda apagava enquanto a mão direita acendia a luz do corredor, pois o Holocausto acontecera ainda ontem, ainda havia judeus vagando pelos montes Cárpatos e Dolomitas, definhando em campos de expatriados e a bordo de navios de *ma'apilim* arruinados, magros como esqueletos, vestidos com trapos, e porque ainda havia fome e penúria em outras partes do mundo, os cules na China, os pobres colhedores de algodão no Mississippi, as crianças africanas, os pescadores da Sicília, tínhamos obrigação de poupar.

E além disso, quem sabe o que ainda poderá acontecer aqui, entre nós? Pois as *tzarót* ainda não terminaram, e é quase certo que o pior ainda está por vir. Os nazistas foram derrotados, mas o anti-semitismo continua à solta pelo mundo. Na Polônia novamente há pogroms, na Rússia os que falam hebraico são perseguidos, e aqui os ingleses ainda não disseram a última palavra, o mufti fala em exterminar os judeus, e quem pode saber o que os países árabes estão preparando contra nós? E o mundo cínico apóia os árabes, movido pelo frio cálculo — petróleo, mercados e outros interesses. A coisa por aqui não vai ser fácil. Não vai mesmo.

A única coisa que tínhamos em abundância eram livros. Incontáveis, de parede a parede, no corredor, na cozinha, na entrada e em todos os peitoris. Milhares de livros em todos os cantos da casa. Havia um sentimento de que as pessoas vão e vêm, nascem e morrem, mas os livros são eternos. Quando eu era pequeno, queria ser livro quando crescesse. Não escritor de livros, livro mesmo. Gente se pode matar como formigas. Escritores também não são tão difíceis de matar. Mas livros, mesmo se os destruirmos metodicamente, sempre há chance de sobrar algum, nem que seja apenas um exemplar, a continuar sua vida de prateleira, eterna, discreta e silenciosa em uma estante esquecida de alguma biblioteca remota em Reykjavik, em Valladolid ou em Vancouver.

Aconteceu por duas ou três vezes de não termos dinheiro para comprar os mantimentos para o shabat. Então minha mãe fitava meu pai bem nos olhos, e ele compreendia que era chegada a hora da escolha e se aproximava da estante de livros. Era um homem de sólidos princípios morais e sabia que o pão devia preceder os livros e que o mais importante de tudo devia ser o cuidado com o filho. Lembro-me bem de suas costas curvadas ao sair de casa, levando três ou quatro dos seus queridos livros. Com o coração apertado, ele ia à loja do sr. Meyer vender alguns exemplares valiosos como se os cortasse de sua própria carne. Assim curvadas certamente estavam as costas de Abraão ao sair de sua tenda de madrugada, carregando Isaac no ombro a caminho do monte Moriá.

Eu podia adivinhar seu sofrimento: meu pai tinha uma relação sensual com os livros. Gostava de apalpar, sentir, folhear, acariciar, cheirar. Era um insaciável caçador de livros, ia logo pegando e folheando, mesmo na biblioteca de desconhecidos. E a verdade é que os livros daquele tempo eram muito mais sensuais que os de hoje. Havia o que cheirar, e havia o que apalpar e acariciar. Havia livros com letras douradas gravadas sobre perfumadas encadernações de couro, levemente ásperas, cujo toque provocava arrepios na pele, como se você tocasse em algo oculto e desconhecido, algo que estremecesse um pouquinho ao toque dos dedos. E havia livros encadernados em cartão revestido de tecido, colados com uma cola de perfume extremamente voluptuoso. Cada livro tinha seu próprio odor secreto e excitante. Às vezes a encadernação de tecido se soltava um pouco do cartão, deixando entrever uma nesga, como uma saia muito curta, e era difícil resistir à tentação de dar uma espiada naquele espaço ensombrecido entre o corpo e a roupagem, e ali aspirar aquelas fragrâncias vertiginosas.

Em geral, passadas uma ou duas horas, meu pai voltava sem os livros e trazendo sacos de papel pardo com pão, ovos, queijo, e às vezes também uma lata de carne em conserva. Outras vezes acontecia de papai voltar do sacrifício de Isaac esbanjando alegria, com um largo sorriso no rosto, embora sem os queridos livros e também sem a comida: os livros, tinha vendido, mas na mesma loja descobrira por acaso tesouros tão preciosos, desses que aparecem, talvez, uma vez na vida, que não conseguira se conter. Mamãe o perdoava, e eu também, pois a verdade é que eu quase nunca tinha vontade de comer nada além de milho e sorvete. Odiava as omeletes e a carne enlatada. Para ser sincero, às vezes tinha um pouco de inveja daquelas crianças famintas da Índia. Que nunca ninguém obrigava a comer tudo o que havia no prato.

Quando eu tinha uns seis anos de idade, chegou o grande dia para mim: papai esvaziou um cantinho da uma de suas estantes e permitiu que eu transferisse meus livros para lá. Para ser mais preciso, ele me deu uns trinta centímetros, mais ou menos a quarta parte da prateleira mais baixa. Abracei meus livros, que até então viviam deitados sobre o tapete, ao lado da minha cama, e os carreguei até a estante de papai e os arrumei em pé, as costas voltadas para o mundo exterior, e a frente, para a parede.

Aquele foi um ritual de iniciação, o verdadeiro rito de passagem para a idade adulta: o indivíduo cujos livros ficam de pé já é um homem, não mais uma criança. Agora eu era como meu pai. Meus livros estavam de pé.

Cometi um erro terrível. Meu pai foi trabalhar, e eu estava livre para fazer no meu espaço da estante tudo o que quisesse. Mas eu tinha idéias completamente infantis sobre como fazer as coisas. Aconteceu, então, que arrumei meus livros pela altura. Os mais altos eram justamente os que empurravam mais para baixo meu amor-próprio — eram livros infantis, com sinaizinhos indicando as vogais, em versos, ilustrados, que eram lidos para mim quando eu era bebê. Coloquei-os na estante, porque queria preencher completamente todo o espaço que me havia sido cedido na prateleira. Quis que o meu cantinho de livros ficasse repleto, abarrotado, transbordando, como o de meu pai. Ainda estava tomado de euforia quando meu pai chegou do trabalho. Lançou um olhar surpreso para minha prateleira, e depois fitou-me longamente, em absoluto silêncio, de um jeito que nunca vou esquecer: era um olhar de desprezo, de profundo desapontamento, que ia além de qualquer coisa que pudesse ser expressa por palavras, quase um olhar de total desespero genético. Por fim, sibilou entre dentes: "Diga-me, por obséquio, você está maluco? Pela altura? Por acaso os livros são soldados? Ou algum tipo de guarda de honra? É o desfile da banda de bombeiros?".

E se calou. Fez-se um silêncio longo e terrível. Um silêncio tipo Gregor Samsa, como se eu tivesse me transformado numa barata bem na sua frente. De minha parte também houve um silêncio, culpado, como se eu fosse de fato um mísero inseto e só naquele momento o tivesse percebido, e dali em diante tudo estivesse perdido para todo o sempre.

Ao final do silêncio, meu pai me revelou, ao longo de vinte minutos, todos os fatos da vida. Não escondeu nada. Introduziu-me em todos os segredos mais ocultos e recônditos da biblioteconomia. Descortinou ante meus olhos ávidos desde as vias principais até os atalhos nos bosques, do panorama estonteante das variações às nuances, fantasias, vias remotas, sistemas ousados e mesmo excentricidades caprichosas. Podemos arrumar livros pelos títulos, pelos nomes dos autores em ordem alfabética, por editoras, pela cronologia, por idiomas, pelo gênero e pelo assunto, e até pelo local em que foram impressos. Um leque de alternativas.

Foi assim que aprendi os segredos da diversidade: a vida é feita de diversas trajetórias. Tudo pode acontecer de um jeito ou de outro. Por sistemas diversos e por lógicas paralelas. Cada uma das lógicas aceitas é uma lógica consistente com sua própria visão, completa e coerente em si mesma, indiferente a todas as demais.

Nos dias que se seguiram passei horas e horas organizando minha pequena biblioteca — vinte ou trinta livros, que eu arrumava e desarrumava como as cartas de um baralho, arranjava e voltava a arranjar por todo tipo de lógica e segundo todo tipo de gosto.

Assim aprendi com os livros a arte da composição: não pelo que estava escrito neles, mas por eles mesmos, pela sua própria natureza física. Os livros me ensinaram sobre as regiões vertiginosas dessa terra de ninguém, ou zona de sombra, entre o permitido e o proibido, entre o legítimo e o excêntrico, entre o normativo e o bizarro. Essa lição tem me acompanhado por todos esses anos. Quando cheguei ao amor, já não era um recruta inexperiente, sabia que existem diversas combinações possíveis. Há a auto-estrada, há as estradas panorâmicas e há as sendas perdidas, quase inexploradas, que o pé do homem raramente palmilhou. Há o permitido que é quase proibido, e há o proibido que é quase permitido. Tem de tudo.

Às vezes meus pais me deixavam tirar livros das estantes de meu pai e levá-los para fora, para o quintal, a fim de espanar a poeira: não mais de três livros de cada vez, para não alterar a arrumação e ter certeza de que cada um deles retornaria ao seu lugar exato. Era uma responsabilidade e tanto, mas prazerosa, pois achava o cheiro de pó dos livros tão excitante que às vezes chegava a esquecer a obrigação, a responsabilidade, e me deixava ficar no quintal, não voltava para casa até mamãe, preocupada, enviar meu pai em missão de resgate, para verificar se eu havia tido uma insolação ou fora mordido por algum cachorro. E ele sempre me descobria encolhido num canto do quintal, mergulhado na leitura, os joelhos dobrados, a cabeça inclinada e a boca semi-aberta. Quando papai perguntava, num tom que ficava entre a repreensão e o carinho, o que havia comigo, eu precisava de um bom tempo para voltar a este mundo, como alguém que, tendo se afogado ou desmaiado, retornasse bem devagar, contra a sua vontade, de muito longe, de distâncias inimagináveis, ao vale de lágrimas dos singelos deveres cotidianos.

Durante toda a minha infância eu gostei de arrumar coisas, de espalhá-las e arrumar de novo, cada vez de um jeito um pouco diferente. Três ou quatro porta-ovos vazios podiam se transformar numa linha de fortificações, ou numa flotilha de submarinos, ou numa reunião de líderes das grandes potências em Yalta. De quando em quando fazia rápidas incursões nos domínios da mais desenfreada desordem. Havia algo de muito ousado e sedutor naquilo: gostava de espalhar pelo chão o conteúdo de uma caixa de fósforos e depois tentar montar, ou classificar de todas as inúmeras maneiras possíveis.

Durante os anos da Segunda Guerra Mundial meu pai mantinha pendurado no corredor um grande mapa dos diversos campos de batalha na Europa, com bandeirinhas e alfinetes coloridos. Papai mudava as posições a cada dois ou três dias, de acordo com o noticiário do rádio. E eu construí uma realidade paralela: estendia sobre o tapete o meu próprio teatro de operações, uma realidade virtual, onde eu deslocava exércitos e divisões, comandava ataques pelos flancos, empreendia operações destinadas a confundir o inimigo, desmantelava cabeças-de-ponte, executava manobras de cerco, ordenava recuos táticos e os aproveitava para desencadear ataques estratégicos fulminantes.

Eu era um menino com fome de história. Tentava corrigir os erros dos generais do passado, por exemplo, recriando a grande revolta dos judeus contra os romanos, salvando Jerusalém da destruição pelas tropas de Tito, e, ao fazer que a campanha se desenrolasse em território inimigo, levei os batalhões de Bar Kochba* até aos muros de Roma, conquistei rapidamente o Coliseu e hasteei a bandeira hebraica sobre a colina do Capitólio. Para isso bastou transferir a Brigada Judaica do Exército Britânico para a época do Segundo Templo. Tive o prazer de constatar o estrago que duas metralhadoras podiam fazer nas magníficas legiões de Adriano e Tito, apagados sejam seus nomes. Um avião leve, apenas um único Piper, é capaz de fazer, em meu tapete, o arrogante Império Romano se prostrar de joelhos. A luta desesperada dos defensores da Massada* foi transformada em fulminante vitória judaica, com a ajuda de um morteiro e de algumas granadas de mão.

E a verdade é que essa estranha vontade que eu tinha quando pequeno — a de dar uma segunda chance ao que não tem nem vai ter segunda chance — é uma das coisas que impelem a minha mão também agora — toda vez que me sento para escrever uma história.

Aconteceram muitas coisas em Jerusalém. A cidade foi destruída e reconstruída, destruída e novamente reconstruída. Conquistadores tomaram Jerusalém inúmeras vezes. Governavam por um tempo, legavam à cidade alguns muros e torres, vasos de cerâmica e documentos de pergaminho, e desapareciam. Evaporavam como a neblina da madrugada sobre estas montanhas. Jerusalém é uma velha ninfomaníaca. Suga até o tutano e depois sacode com um largo bocejo um amante após o outro. Aranha que devora seus machos ainda em pleno acasalamento.

Enquanto isso, do outro lado do mundo, esquadras zarpavam para o desconhecido e descobriam ilhas e continentes. Mamãe dizia: Tarde demais, menino, desista, Fernão de Magalhães e Colombo já descobriram até as ilhas mais remotas. E eu discutia com ela. Dizia: Mãe, como é que você pode estar tão certa? Pois antes de Colombo se pensava que tudo já era conhecido e que não restava mais nada para descobrir.

Entre o tapetinho, os pés dos móveis e o espaço debaixo da cama eu descobria às vezes não somente ilhas desconhecidas, mas também novas estrelas, sistemas solares ignorados, galáxias completas. Se alguma vez fosse preso, claro que iria sentir falta da liberdade e de outras coisas — mas não sofreria de tédio, desde que me deixassem levar para a cela uma caixa de dominó, ou um baralho, ou duas caixas de fósforos, ou uma dúzia de moedas ou um punhado de botões. Todos os dias me sentaria para arrumá-los. Juntar e separar. Montar, apartar e reaproximar. Dispô-los em pequenas composições. Talvez eu tenha inventado tudo isso por ser filho único: não tive irmãos ou irmãs, e muito poucos amigos, e mesmo eles, depois de algum tempo, cansavam-se de mim, pois queriam ação e não conseguiam se adaptar ao ritmo arrastado dos meus jogos.

Por mais de uma vez comecei a arrumar meus jogos no tapete na segunda-feira e, na terça, pensava durante toda a manhã na escola sobre o próximo movimento, e à tarde executava mais um ou dois movimentos, deixando a continuação para quarta e quinta-feira. Para os meus amigos isso tudo era muito chato, acabavam me abandonando com os meus delírios e iam brincar de pegador pelos quintais, enquanto eu continuava a desenvolver os acontecimentos da minha história tapetal ainda por muitos dias, deslocava exércitos, assediava fortificações e capitais, sofria um revés, voltava a atacar, conquistava, montava unidades secretas nas montanhas, investia sobre fortalezas e sobre linhas de casamatas, libertava uma cidade sitiada, ampliava e contraía fronteiras assinaladas por fósforos. Se por acaso meu pai ou minha mãe pisassem no meu universo, eu anunciava uma greve de fome ou o boicote à escovação de dentes. Até que chegava o dia do Juízo Final. Mamãe não agüentava mais os rolos de poeira e varria tudo, esquadras, unidades combatentes, capitais, montanhas e golfos, continentes inteiros. Como se fosse uma hecatombe nuclear.

Certa vez, quando eu tinha uns sete anos, um velho tio chamado Nachmia me ensinou um ditado francês: "No amor, como na guerra". Naquela época, sobre amor, eu não sabia absolutamente nada, a não ser a ligação nebulosa pressentida no cinema Edison entre o amor e índios mortos. Mas com base no que tio Nachmia disse, cheguei à conclusão de que não valia a pena se apressar. Anos mais tarde percebi que estava completamente errado, pelo menos no que diz respeito à guerra — no campo de batalha, a velocidade, assim dizem, é uma grande vantagem. Talvez meu erro fosse causado justamente por tio Nachmia, ele próprio um sujeito lento e avesso a mudanças: quando estava de pé, era quase impossível fazê-lo sentar-se. Mas quando finalmente estava sentado, não havia jeito de convencê-lo a se levantar. Diziam a ele: Levante-se, Nachmia, por favor. Vamos, tio, o que há com você, já é tarde, levante-se, até quando quer ficar aí sentado? Até amanhã? Até o Yom Kippur? Até a chegada do Messias?

E ele respondia: Pelo menos.

E refletia um pouco sobre o caso, dava uma coçadinha, sorria de si mesmo com expressão perspicaz, como se acabasse de decifrar nossos apelos, e dizia por fim: Nada vai fugir.

Seu corpo, assim como todos os corpos regidos pelas leis da física, tendia sempre a se manter no mesmo estado.

Não sou parecido com ele. Gosto muito de mudanças. Encontros, viagens. Mas também gostava do tio Nachmia. Não faz muito tempo, procurei, mas não encontrei o seu túmulo no cemitério de Givat Shaul — o cemitério se expandiu bastante, em pouco tempo vai chegar até o lago de Beit Nekofá. Fiquei sentado num banco por meia hora, ou uma hora. Uma cigarra obstinada cantava no meio dos ciprestes, um passarinho repetiu o mesmo versículo umas seis ou sete vezes sem parar. Mas de onde eu estava, dava para ver apenas lápides, copas de árvores, montanhas e nuvens.

Depois, passou uma mulher magra vestida de preto, com um lenço preto cobrindo a cabeça, e um menino de uns cinco ou seis anos. Os dedinhos do garoto agarravam com força o vestido da mulher, e ambos caminhavam e choravam.

4

Sozinho em casa num dia de inverno, à tardinha. Cinco ou cinco e meia, fazia frio e já escurecia, a chuva de vento açoitava as venezianas de ferro fechadas. Meus pais tinham ido tomar um chá na casa de Mila e Stashek Rodnitzky, na rua Chancellor, esquina com a rua Haneviim, ou rua dos Profetas, e estariam de volta, assim tinham me prometido, um pouco antes das oito da noite, no máximo às oito e quinze, oito e vinte. E se por acaso atrasassem mais um pouquinho, não devia me preocupar, "pois vamos estar nos Rodnitzky, aqui perto, a quinze minutos de casa".

Em vez de filhos, os Rodnitzky tinham dois gatos angorá, Chopin e Schopenhauer. Durante todo o inverno eles dormiam enrodilhados um no outro, no canto do sofá, ou num almofadão macio chamado pufe, parecendo hibernar, como dois ursos polares. Em uma gaiola, no canto da sala, criavam um passarinho velho, quase totalmente sem penas, cego de um olho e com o bico quase sempre meio aberto. Os Rodnitzky chamavam esse passarinho às vezes de Alma e outras vezes de Mirabel. Para que Alma-Mirabel não se sentisse só, colocaram em sua gaiola outro passarinho, feito por Mila Rodnitzky de uma pinha pintada por ela, com patinhas de palitos de fósforo. As asas eram de papel, decoradas com muitas cores e enfeitadas com cinco ou seis peninhas de verdade. A solidão, mamãe dizia, é como o golpe de um martelo pesado — o vidro, rompe em cacos, o aço, torna mais rijo. Rijo, explicava meu pai, tem a ver com rígido, duro, tenaz.

Papai gostava muito de me explicar em detalhes todo tipo de relação entre as palavras. Relações de proximidade e de oposição, como se de fato as palavras constituíssem uma grande e ramificada família vinda da Europa Oriental, com montes de primos e primas de primeiro, segundo e terceiro graus, tios, tias, noras, cunhados, compadres, filhos, netos e bisnetos. Devemos verificar todas as ramificações, você precisa me lembrar, por favor, de conferir o parentesco de cobra, cobrar, cobrir e cobre, dizia meu pai, ou melhor, apanhe, por gentileza, aquele dicionário grande na prateleira, e vamos dar uma boa olhada juntos. No caminho, tenha a fineza de levar sua xícara para a cozinha.

Nos quintais e nas ruas impera um silêncio amplo e negro, tão profundo que se pode ouvir o correr das nuvens baixas pelos telhados, roçando o topo dos ciprestes. Pode-se ouvir o pingar da torneira no banheiro e um ruído como um resvalar, ou um raspar muito leve, quase inaudível, captado apenas pelas pontas dos fios de cabelo da nuca, ruído que vem do espaço sombrio que fica entre o armário e a parede.

Acendo a luz do quarto dos meus pais, apanho na mesa de trabalho oito ou nove clipes, apontador, duas cadernetinhas, um tinteiro de gargalo comprido com tinta preta, borracha, caixa de tachinhas, e uso tudo isso para montar um novo kibutz na fronteira. Operação Torre e Paliçada* no coração do deserto, sobre o tapete: arrumo os clipes em círculo, coloco o apontador e a borracha dos dois lados do tinteiro alto, minha caixa-d'água, e circundo tudo com uma cerca feita de lápis e canetas, reforçada por tachinhas.

Daqui a pouco virá o ataque: uma quadrilha de bandidos sedentos de sangue (uns vinte botões) vinda do leste e do sul atacará a cidadela, mas vamos usar de um estratagema. Abriremos o portão, deixando que entrem até a praça central — que será o campo de batalha —, em seguida o portão será fechado de modo a não deixá-los bater em retirada, e só então darei ordem de abrir fogo, que será disparado simultaneamente de todos os telhados e do topo do tinteiro representando a caixa-d'água. Os pioneiros irromperão sob o disfarce de peões brancos do meu jogo de xadrez, e com apenas algumas poucas rajadas irão aniquilar a força inimiga presa na armadilha mortal e, "cantando hinos de glória, do sangrento massacre, a história, fazendo ouvir uma canção de vitória", vão converter o tapete no mar Mediterrâneo, a estante de livros, na costa da Europa, o sofá será a África, e o estreito de Gibraltar, o espaço entre os pés da cadeira; umas tantas cartas de baralho espalhadas representarão Chipre, Malta e Sicília, as cadernetas podem ser os porta-aviões, a borracha e o apontador, os cruzadores, as tachinhas, as minas submersas, e os clipes serão os submarinos.

Em casa, faz frio. Em lugar de vestir um segundo suéter sobre o primeiro, como me haviam recomendado, para não desperdiçar eletricidade, vou ligar — só por dez minutos — o aquecedor elétrico. Esse aquecedor tem duas resistências, mas também um seletor, que está sempre na posição "econômica" e permite acender só uma delas, a de baixo. Vou cravar os olhos nele para observar como a espiral vai se acendendo, gradualmente. No começo não se nota nada, só se ouvem uns estalidos muito leves, como o som de sapato ao pisar grãozinhos de açúcar; depois, as extremidades vão se colorindo levemente de um violeta pálido e, em seguida, a partir das extremidades da espiral em direção ao centro vai se espalhando uma espécie de rubor rosa, como o leve corar na face de uma mocinha tímida, que num instante se transforma em fulgor rubro, logo ardendo em laranja lascivo a avançar insolente rumo ao centro da espiral, onde irrompe fogo refletido como um sol selvagem pelo côncavo metálico e brilhante da concha prateada, que quase não se pode fitar; a espiral, agora incandescente, resplandece, cega e excede, não mais suportando o próprio calor, e num momento vai transbordar, despejando toda a sua avalanche de fogo sobre o tapete do mar Mediterrâneo, incontrolável como um vulcão que rompesse em torrentes de lava sobre minha esquadra de destróieres e minha flotilha de submarinos.

Enquanto isso, sua companheira, a espiral de cima, apagada, cochila tranqüila, permanecendo fria e impassível aos acontecimentos. Quanto mais a espiral de baixo se aquece e brilha, mais a de cima parece indiferente. Assiste a tudo da primeira fila, mas dá de ombros: não tem nada a ver com aquilo. De repente estremeço, como se adivinhasse ou captasse na pele a distância abissal entre a incandescente e a fria, e me dou conta de que há um modo simples e rápido de fazer que a espiral indiferente também não tenha outra alternativa senão acender e brilhar, de modo a também irromper em chamas flamejantes — mas é expressamente proibido. Proibido mesmo. De maneira alguma acender ao mesmo tempo as duas resistências, e não só por causa do desperdício inadmissível, mas também pelo perigo de sobrecarga, que pode queimar o fusível e fazer a casa toda mergulhar em trevas, e quem irá procurar Baruch Mãos de Ouro no meio da noite?

As duas espirais, só se eu for maluco, completamente maluco, e ao diabo com as conseqüências! E se meus pais voltarem antes que eu tenha tempo de desligar essa segunda resistência? Ou se desligar e ela não tiver tempo para esfriar e se fingir de mortinha, o que poderei dizer em minha defesa? Assim, melhor me conter, não vou acender as duas e pronto. E também é bom começar a me mexer e ir arrumando tudo direitinho no lugar, tudo o que ficou espalhado pelo chão.

5

Então, o que é autobiográfico nas minhas histórias, e o que é imaginado?
Tudo é autobiográfico: se um dia eu escrever uma história sobre o caso de amor entre madre Teresa e Abba Eban, com certeza vai ser uma história autobiográfica, não há história que não seja confessional. O mau leitor quer sempre saber, e rápido, "o que realmente aconteceu", qual é a história que está por trás, do que realmente se trata, quem está contra quem, quem afinal transou com quem. "Professor Nabokov", perguntou certa vez uma jornalista em transmissão ao vivo numa rede americana de tevê, "professor Nabokov, diga, por favor, *are you really so hooked on little girls?*"

Também me acontece, de vez em quando, de entrevistadores mais afoitos me perguntarem, escudados no "direito público à informação", se por acaso a minha mulher serviu de modelo para a personagem Hana em *Meu Michel*, ou se minha cozinha é suja como a cozinha da personagem-título em *Fima*. Às vezes me pedem: "O senhor poderia nos revelar, por gentileza, quem é na realidade a jovem vistosa de *O mesmo mar*? Por acaso o senhor teve algum filho que andou sumido pelo Extremo Oriente? E o que há de verdade por trás da transa entre Yoel e a vizinha Annemarie em *Conhecer uma mulher*? E o senhor concordaria, por gentileza, em nos revelar, com suas próprias palavras, do que trata, na verdade, o romance *Menuchá Nechoná* [O repouso certo]?

O que realmente querem de Nabokov e de mim esses entrevistadores insolentes? O que quer saber o mau leitor, o leitor preguiçoso, o leitor sociólogo, o leitor fofoqueiro, *voyeur*?

No pior dos casos, armados com um par de algemas de plástico, eles vêm a mim sugar a minha mensagem, viva ou morta. "A moral da história", é o que eles querem. "O que o poeta quis dizer", eles vieram arrancar. Só querem que lhes entregue em mãos, "com minhas próprias palavras", a mensagem "implícita", ou a mensagem "cabeça", ou o testamento político, ou minha "visão de mundo". Em vez de romance, convém lhes dar algo mais concreto, algo que tenha os pés bem assentados no chão, algo que se possa segurar pela mão, um slogan do tipo "o trabalho envilece", ou "a passagem do tempo é marcada pela ampulheta da disparidade social", ou "o amor sempre vence", ou "as classes dirigentes são podres", ou "as minorias oprimidas". Em resumo: que lhes sirva, embalado em saco plástico de necrotério, o picadinho das vacas sagradas sacrificadas à necessidade em seu último livro. Obrigado.

Às vezes estão dispostos a renunciar às idéias e até às vacas sagradas desde que lhes seja revelada a "história que há por trás da história". Querem as fofocas, em suma. Querem espiar, querem saber o que lhe aconteceu de verdade na vida real, e não o que você escreveu em seus livros depois. Querem descobrir, enfim, sem eufemismos nem papo furado, quem na verdade fez o que com quem, como e quanto. É tudo o que querem, com isso se dariam logo por satisfeitos. Dê a eles um Shakespeare apaixonado, um Thomas Mann loquaz, uma Dália Ravikovitz desvendada, as confissões de Saramago, a apimentada vida amorosa de Léa Goldberg.

O mau leitor vem me pedir para que eu descasque especialmente para ele o livro que escrevi. Exige que jogue minhas uvas no lixo com minhas próprias mãos, e lhe sirva apenas os caroços.

O mau leitor é um tipo de amante psicopata que pula em cima e rasga a roupa da mulher que cai em suas mãos. E quando ela já está completamente nua, ele continua em sua sanha e arranca sua pele, impaciente, joga fora sua carne e, por fim, quando já está chupando seus ossos com os dentes grosseiros e amarelados, só então é que se dá por satisfeito: Cheguei. Agora estou dentro, bem dentro, por dentro. Cheguei.

Onde foi mesmo que ele chegou? De volta ao velho esquema batido, banal, à montoeira de clichês vazios que ele, o mau leitor, já conhece de há muito e com os quais, e apenas com eles, sente-se confortável: pois os personagens que aparecem no livro não são senão o próprio autor e seus vizinhos, e o autor e os vizinhos, obviamente, por melhores que sejam, não são seres maravilhosos, uma vez que são bem terrenos, cheios de defeitos como todos nós. Depois de descascar até o osso, sempre se chega à conclusão de que "são todos iguais". E é exatamente isso que o mau leitor procura avidamente (e encontra) em cada livro.

E mais: o mau leitor, do mesmo modo que o entrevistador intrometido, mantém-se sempre de pé atrás, tratando com certa animosidade puritano-justiceira hipócrita a obra, a invenção, a condução da narrativa, o exagero, os jogos de palavras, o duplo sentido, a música e a musa das palavras, a própria imaginação: digna-se às vezes a dar uma espiada em uma obra literária na sua complexidade, desde que lhe seja concedido de antemão aquele prazer "subversivo" que retira do sacrifício das vacas sagradas ou o prazer azedo e arrogante que advém da certeza de lhe terem sido vendidos todos os escândalos e todas as revelações prometidas nas primeiras páginas da imprensa marrom.

A satisfação do mau leitor depende de ele ter a certeza de que sobre o famoso e badalado Dostoievski em pessoa pesava a sombria suspeita de uma mórbida tendência a assaltar e matar velhinhas, e de que William Faulkner, sem dúvida, era inclinado ao incesto, Nabokov, à sedução de menores, Kafka, com certeza, tinha uma alentada folha corrida na polícia (pois não há fumaça sem fogo), e A. B. Yehoshua anda tocando fogo em florestas do Keren Kaiemet (há fumaça e há fogo), para não falar no que o tal Sófocles fez ao pai e à própria mãe, pois, se não tivesse feito, como é que ele saberia descrever com tanta perfeição? E que perfeição! Perfeição é apelido — mais perfeito que a realidade!

Só sobre mim sei contar.
Estreito é meu mundo, como o da formiguinha...
Também meu caminho até lá em cima é igual,
Caminho de dor e angústia,
A mão gigantesca, potente e perversa,
Zombeteira, põe tudo a perder.

Um aluno me fez, certa vez, o seguinte resumo dessa poesia de Rachel:

Quando a poeta Rachel ainda era deste tamanhinho, ela gostava muito de trepar em árvores, mas toda vez que ela começava a subir, aparecia um brutamontes e com um peteleco a fazia voar de volta para o chão. E por isso ela era assim tão coitadinha.

* * *

    Quem procura a essência de um conto no espaço que fica entre a obra e o seu autor comete um erro: é muito melhor procurar não no terreno que fica entre o escritor e sua obra, mas justamente no terreno que fica entre o texto e seu leitor.
    Não que não haja o que procurar entre o texto e seu autor, há lugar para a pesquisa biográfica e há lugar para o mexerico, e é possível que haja mesmo determinado "valor mexerical agregado" quando se pesquisa a influência autobiográfica na concepção de diversas obras. Talvez não se deva menosprezar o valor da fofoca — a fofoca é a prima pobre da grande literatura. É verdade que a literatura culta geralmente nem se digna a cumprimentá-la na rua, mas não se deve ignorar a semelhança de família que existe entre elas, que é justo aquele impulso eterno e universal de espiar os segredos dos outros.
    Se existe alguém que nunca se deleitou com os prazeres do mexerico, que atire a primeira pedra. Mas os prazeres do mexerico não passam de um enorme algodão-doce cor-de-rosa empapado de montanhas de açúcar. O prazer do mexerico está tão longe daquele de ler um bom livro quanto um refresco aromatizado e colorido por uma porção de aditivos artificiais está longe da água pura e do bom vinho.
    Quando eu era pequeno, levaram-me por duas ou três vezes, durante as festividades do Pessach,* a Páscoa judaica, ou do Rosh Hashaná, ao estúdio de Adi Rogoznik, na rua Bograshov, perto da praia, em Tel Aviv. Em seu estúdio havia um homem gigantesco e musculoso, um homem-montanha pintado numa cartolina dura, cujas costas se apoiavam em dois sarrafos, vestindo um calção de banho mínimo nos seus quadris de touro, exibindo montes de músculos e o enorme peito cabeludo bronzeado como cobre. Em vez do rosto, esse gigante de cartolina tinha um buraco, e também uma escadinha na parte de trás. Então mandavam a gente rodear o herói, subir os dois degraus da escadinha e enfiar o rosto infantil na cara daquele Hércules. E então Adi Rogoznik me mandava sorrir, não me mexer, não piscar, e apertava o botão. Passados dez dias, íamos buscar as fotografias nas quais meu rosto emergia pálido, pequeno e sério do vigoroso pescoço taurino circundado pela cabeleira de Sansão, o herói, assentado sobre os ombros de Atlas, o peito de gigante de Heitor e os braços de Colosso.

O fato é que no fim das contas toda boa obra literária nos convida a enfiar a cabeça dentro de alguma das figuras do repertório de Adi Rogoznik. Em vez de tentar enfiar lá a cabeça do autor, como costuma fazer o leitor banal, quem sabe se você poderia enfiar na abertura a sua própria cabeça, e ver o que acontece.

Isto é: o terreno que o bom leitor prefere palmilhar ao ler um bom livro não se encontra entre o texto e seu autor, mas sim entre o texto e o próprio leitor: a questão não é se "Quando Dostoievski ainda cursava a faculdade, ele andava assaltando e matando pobres velhinhas?", mas sim se você, leitor, pode experimentar se colocar no lugar de Raskolnikov para desse modo sentir em sua própria pele todo o horror, o desespero, a humilhação maligna misturada à arrogância napoleônica, as alucinações megalomaníacas, o aguilhão da fome e da solidão, o desejo, a exaustão e a nostalgia da morte para que se possa então fazer a comparação (cujo resultado será mantido em segredo) não entre o personagem da história e os diversos acontecimentos da vida do autor, mas entre o personagem da história e o seu próprio eu, o seu eu secreto, perigoso, infeliz, louco, criminoso, é esse o ser ameaçador que você mantém sempre bem preso, bem no fundo, dentro de sua masmorra mais tenebrosa para que ninguém no mundo jamais suspeite, D'us o livre, de sua existência, nem seus pais, nem as pessoas que você ama, para que não fujam tremendo de medo de você, como fugiriam de um monstro horrível — e então, quando você lê a história de Raskolnikov, e você não é o leitor fofoqueiro, mas o bom leitor, vai poder trazer esse Raskolnikov para dentro de si próprio, para dentro dos seus porões, para os seus labirintos sombrios, para além de todas as trancas, para dentro da masmorra, e lá poderá fazer que ele encontre os seus monstros mais indecorosos, mais obscenos, e assim poderá comparar os monstros de Raskolnikov com os seus próprios monstros, aqueles que na vida civil você nunca poderá comparar com nenhum outro, pois nunca os apresentará a nenhuma alma viva, nem mesmo em sussurros, na cama, ao ouvido de quem se deita com você à noite, para que o outro não arranque no mesmo instante o lençol e nele se enrole, e fuja de você aos gritos de horror.

Assim Raskolnikov conseguirá diminuir um pouco a infâmia e a solidão do calabouço em que cada um de nós é obrigado a trancafiar em prisão perpétua o seu prisioneiro interior. Assim os livros poderão de alguma forma consolá-lo pela tragédia dos seus segredos mais vergonhosos: não só você, meu caro, mas todos nós somos um pouco como você; nenhum de nós é uma ilha, mas todos somos penínsulas rodeadas por quase todos os lados de água muito escura, e ainda assim ligados às outras penínsulas. Rico Donen, por exemplo, no livro O *mesmo mar*, pensa acerca do misterioso Homem das Neves que perambula pelas encostas do Himalaia:

> Aquele que nasceu de mulher carrega seus pais nas costas. Não nas costas. Na dívida.
> Por toda a vida deve carregá-los, a eles e a toda aquela legião, os pais dos pais e os pais desses pais, boneca russa grávida até a última geração.
> Por onde quer que ele ande, está grávido de antepassados, deita-se grávido dos pais e grávido dos pais se levanta, grávido dos pais vai perambular para bem longe, ou fica no mesmo lugar.
> Noite após noite ele divide o berço com o pai e a cama com a mãe, até chegar o seu dia.

E você, não pergunte: O que é isso? São fatos reais? De verdade? É isso que se passa com esse autor? Pergunte a si mesmo. Sobre você. E a resposta, pode guardar para si.

6

Muitas vezes os fatos ameaçam a verdade. Escrevi uma ocasião sobre o verdadeiro motivo da morte de minha avó: minha avó Shlomit chegou a Jerusalém diretamente de Vilna, num dia quente de verão do ano de 1933. Lançou um olhar atônito aos mercados suarentos, às barracas multicoloridas, às ruelas fervilhando de gente, de gritos de vendedores, de zurrar de burros, de balidos de bodes, de cacarejar de galinhas amarradas pelos pés, de pescoços mudos e sangrentos de aves agonizantes, olhou para os ombros e braços dos homens orientais e para o escândalo das cores berrantes das frutas e verduras, olhou para as montanhas em volta e para as rochas solitárias nas encostas, e proferiu a sentença inapelável: "O Levante é cheio de micróbios".

Minha avó viveu em Jerusalém por vinte e cinco anos, teve dias difíceis e alguns ótimos, mas não abrandou nem modificou aquela sentença até seu último dia de vida. Dizem que logo no dia seguinte à sua chegada determinou com férrea disciplina — que a faria renovar a exigência por todos os dias de sua vida em Jerusalém — que meu avô, inverno ou verão, levantasse todas as manhãs às seis ou seis e meia, borrifasse muito bem borrifados com Flit todos os cantos da casa para espantar os micróbios, borrifasse sob a cama e atrás do armário, borrifasse também dentro do sótão e entre os pés do aparador, e depois sovasse bem sovados todos os colchões, colchas e outras cobertas, e os travesseiros, e as almofadas e os edredons. Entre as recordações de minha infância, guardo a de vovô Aleksander, de madrugada, já de pé, na sacada, vestindo camiseta e chinelos, surrando com toda a força as cobertas, como um Dom Quixote arremetendo contra os odres de vinho. Erguia o sovador e espancava mais e mais as cobertas com toda a força de sua infelicidade ou desespero. Vovó Shlomit a tudo observava, atenta, alguns passos atrás dele, inabalável, mais alta do que ele, vestida com uma camisola de seda florida abotoada de cima a baixo, os cabelos presos por uma fita verde com um laçarote, severa e empertigada como uma diretora de internato para moças de boa família, em sua missão diária de observar com atenção o campo de batalha até a vitória final.

Como parte de sua inflexível guerra cotidiana contra os micróbios, vovó manteve, sem concessões, a rotina de ferver frutas e verduras. O pão era esfregado uma ou duas vezes com uma toalhinha umedecida em uma solução de desinfetante químico de cor rosada, chamado Káli. Depois de cada refeição, vovó não lavava os talheres, mas, como se se tratasse dos preparativos para o Pessach, submetia-os a prolongada fervura, e fazia o mesmo com ela própria: cozinhava-se três vezes ao dia. Fosse inverno ou verão, costumava tomar três banhos de imersão quase fervendo, como parte do seu combate diário aos micróbios. Ela foi muito longeva, os micróbios e os vírus a reconheciam de longe e se apressavam em mudar de calçada. Quando ela tinha mais de oitenta anos de idade, depois de dois ou três ataques cardíacos, o dr. Krumholtz a advertiu: Minha cara senhora, se não desistir desses banhos escaldantes, não me responsabilizo pelo que poderá, D'us não permita, lhe acontecer.

Mas vovó não podia abrir mão de seus banhos. O horror aos micróbios era soberano. Morreu no banho.

De fato, teve um infarto.

Mas a verdade é que minha avó morreu por excesso de limpeza, e não de um ataque cardíaco. Os fatos têm o péssimo hábito de ocultar a verdade aos nossos olhos. A limpeza a matou. Talvez o lema de sua vida em Jerusalém, "O Levante é cheio de micróbios", aponte para uma verdade anterior, mais essencial que o demônio da limpeza, uma verdade sufocada e escondida dos olhares, pois, afinal, vovó Shlomit viera para Jerusalém do norte da Europa Oriental, lugar não menos hospitaleiro aos micróbios do que Jerusalém, sem falar de todos os outros tipos de agressores.

Eis aí, talvez, uma fresta por onde será possível dar uma espiada e reconstituir um pouco do efeito das visões do Oriente, suas cores e cheiros, sobre minha avó e talvez sobre os outros imigrantes refugiados, que também vieram de aldeias cinzento-outonais da Europa Oriental e ficaram tão apavorados com a transbordante sensualidade do Levante que decidiram se proteger de suas ameaças construindo um gueto para si próprios.

Ameaças? A verdade é que não era para se proteger das ameaças do Levante que minha avó mortificara e purificara o corpo em banhos escaldantes nas manhãs, tardes e noites de todos os dias de sua vida em Jerusalém, mas sim, ao contrário, pelo fascínio que seus encantos sensuais exerciam sobre ela, pela voluptuosidade de seu próprio corpo, pela atração poderosa dos mercados que transbordavam e fluíam e ondulavam impetuosos à sua volta, deixando-a quase sem respirar, com uma vertigem na boca do estômago e um incontrolável tremor nos joelhos pela abundância de verduras, frutas e queijos tentadores e pelos perfumes penetrantes, entorpecentes de todas essas comidas estrangeiras e estranhas que a excitavam, e as mãos gulosas e insaciáveis que apalpavam-penetravam até o mais recôndito das montanhas de frutas e verduras, e os pimentões vermelhos, e as azeitonas temperadas, e toda a nudez daquelas carnes polpudas, sangrentas, sem pele e sem vergonha que balançavam nos ganchos das feiras, e todos os temperos, e os pós, e as especiarias, até o dissolver dos sentidos, até quase o desmaio, toda sorte de tentações lascivas que lhe lançava esse mundo amargo, azedo e salgado, e também a fragrância pungente do café que a penetrava até o fundo do ventre, e as grandes jarras de vidro cheias de bebidas de mil cores, e nelas pedaços de gelo e de limão, e os carregadores do mercado, robustos, bronzeados, peludos, nus da cintura para cima, com todos os músculos das costas tremendo pelo esforço sob a pele quente, reluzindo ao sol, ensopada de suor. Quem sabe se o culto à limpeza de minha avó não passava de um traje de astronauta, hermético e esterilizado? Ou de um anti-séptico cinto de castidade com que ela cingira voluntariamente a cintura para se resguardar das seduções, desde seu primeiro dia em Israel? E que trancara a sete chaves, jogando-as fora depois?

Por fim, sofreu um ataque cardíaco que a matou. Um ataque, de fato. Mas não foi o coração que a matou, e sim o excesso de limpeza. Ou antes, nem foi a limpeza, mas seus desejos ardentes e secretos a mataram. Ou melhor, nem foram os desejos, mas o pavor de vir a ser tentada pelos desejos. Ou — nem a limpeza, nem os desejos, nem o pavor dos desejos, mas a raiva inconfessa e permanente que tinha desse pavor, uma raiva sufocada, maligna, inesgotável, raiva de seu próprio corpo, raiva do seu desejo, e também outra raiva, ainda mais profunda, a raiva de fugir de seus próprios desejos, raiva opaca, venenosa, raiva da prisioneira e da carcereira, anos e anos de luto secreto pelo tempo vazio que passa e repassa sobre o corpo encolhido pela voracidade sufocada desse mesmo corpo. Foram esses os desejos, lavados milhares de vezes e ensaboados até a náusea, e desinfetados, e esfregados, e fervidos, esse o desejo do Levante, malcheiroso, suado, animalesco, delicioso até o desmaio, mas cheio de micróbios.

7

Quase sessenta anos se passaram, e ainda me lembro do seu cheiro. Chamo-o, e ele volta para mim, cheiro um pouco rude, empoeirado, mas forte e agradável, lembrando o toque de um saco grosseiro de cânhamo, e vizinho, na memória, do toque de sua pele, dos cachos esvoaçantes, do roçar do seu bigode farto em minha face, que me dava tanto prazer como estar num dia de inverno dentro de uma cozinha velha e tépida. Saul Tchernichowski morreu no outono de 1943, quando eu tinha pouco mais de quatro anos de idade, e é claro que essa lembrança sensorial só se manteve porque passou por várias etapas de transmissão e de amplificação. Muitas vezes meu pai e minha mãe costumavam recordar aqueles momentos, porque gostavam de se gabar para os conhecidos de que seu filho se sentara no colo de Saul Tchernichowski e brincara com seu bigode. Sempre me pediam autorização para contar essa gracinha: "É verdade que você ainda se lembra daquela tarde de shabat quando tio Saul, o poeta, pôs você no colo e o chamou de 'traquinas', não é?".

E eu devia recitar para eles o estribilho: "Sim, lembro-me muito bem".

Nunca disse a eles que a imagem guardada na minha memória era um pouco diferente da sua versão.

Não quis estragar aquela lembrança.

O costume de meus pais de repetir essa história, sempre pedindo minha confirmação, com certeza reforçou e preservou a lembrança daqueles momentos para mim, que, não fosse pelo seu orgulho ao se gabarem do acontecido, talvez já tivesse se evaporado. Mas a diferença entre a história contada por eles e a imagem na minha memória, o fato de a lembrança que guardei não ser nem mesmo um reflexo da história contada por eles, mas ter vida própria, o fato de a imagem do grande poeta e do pequeno menino, de acordo com a versão deles, diferir em algo da imagem guardada por mim, é a prova de que a minha história não era apenas herdada da história de meus pais. Na visão de meus pais a cortina sobe, e o menino loiro, de calças curtas, está sentado no colo do gigante da poesia hebraica, apalpa e puxa seu bigode, enquanto o poeta concede ao menino o apelido de "traquinas", e a criança — oh, doce inocência! — devolve ao poeta na mesma moeda, dizendo: "Traquinas é você!", e então, pela versão de meu pai, o poeta de "Lenochah Pessel Apolo" [Na presença da estátua de Apolo] respondeu com as palavras: "Quem sabe nós dois temos razão", e até beijou minha cabeça, beijo esse visto por meus pais como um presságio, como se tivesse me ungido com óleo, como se, por exemplo, Puchkin tivesse se curvado e beijado os cachos do pequeno Tolstoi.

Porém a imagem que guardo na memória, imagem que a luz dos holofotes tantas vezes acesa por meus pais ajudou a guardar, não é exatamente a mesma. Em minha cena, menos encantadora que a deles, não me sentei no colo do poeta, também não puxei seu famoso bigode, mas na verdade escorreguei e caí na casa de tio Yossef, e, ao cair, mordi a língua, que sangrou um pouco, e chorei, e o poeta, sendo também médico, pediatra, alcançou-me antes de meus pais, ajudou-me a levantar do chão com suas grandes mãos, e ainda lembro que me pegou de costas para ele e berrando para toda a sala, e com um impulso virou-me de frente e disse alguma coisa, e mais alguma coisa, claro que nada parecido com a bênção de Puchkin para Tolstoi, e enquanto eu ainda esperneava em seus braços, abriu minha boca com força, pediu que trouxessem gelo, deu uma olhada no machucado e disse:

"Não é nada, é só um arranhão; assim como choramos, logo vamos rir."

Talvez pelo fato de o poeta ter nos incluído a ambos nessas palavras, ou por causa do toque grosseiro e agradável de sua face na minha, como o roçar de uma toalha espessa e tépida, ou, principalmente, por causa daquele seu odor intenso, doméstico, que ainda hoje posso evocar a qualquer momento que ele me escuta e volta para mim (e não é cheiro de loção de barba ou de sabonete, nem de tabaco, mas o cheiro pleno, denso e bom do seu corpo, como gosto de canja de galinha num dia de inverno), logo me acalmei, e pareceu que a dor, como costuma acontecer, era mais medo que dor. E sua bigodeira nietzschiana roçou em mim, fazendo um pouco de cócega, e então, tanto quanto posso lembrar, o dr. Saul Tchernichowski me colocou com cuidado, mas sem exagero, de costas no sofá de tio Yossef (que é o professor Yossef Klausner), e o poeta médico, ou minha mãe, pôs sobre a minha língua um pouco de gelo rapidamente trazido por tia Tzipora.

Pelo que guardo na memória, nenhuma frase lapidar, sutil e brilhante, que merecesse ficar para a eternidade e ganhar citações, foi trocada naquela ocasião entre o gigante dos poetas da geração do renascimento de nossa literatura e o pequeno e soluçante representante da geração seguinte.

Depois desse dia ainda se passaram dois ou três anos até que eu conseguisse pronunciar o nome Tchernichowski. Quando me disseram que era um poeta, não fiquei nem um pouco surpreso. Em Jerusalém, naqueles dias, quase todos eram poetas, ou escritores, ou intelectuais, ou literatos, ou eruditos, ou consertadores do mundo. Quando disseram "doutor" não fiquei nem um pouco impressionado: na casa de tio Yossef e tia Tzipora todos os cavalheiros visitantes eram professores ou doutores.

Mas ele não era simplesmente mais um doutor, ou mais um poeta. Era um pediatra, um homem de cabeleira revolta e cacheada, um tanto distraído, os olhos sorridentes, as grandes mãos quentes e macias, o bigode um pouco emaranhado; sua face era como de feltro, e seu cheiro era único, inconfundível, um cheiro intenso e delicado.

Até hoje, toda vez que vejo Saul, o poeta, seja em fotografia ou desenho, ou num busto esculpido que se encontra, me parece, no hall da Casa do Escritor, em Jerusalém, chamada Casa Saul Tchernichowski, seu cheiro bom e reconfortante volta para mim de imediato e me envolve como um cobertor de lã.

Assim como muitos judeus sionistas do seu tempo, meu pai era um pouco um cananeu disfarçado: a aldeiazinha e tudo o que ela significava, e também os representantes dessa mesma aldeia na literatura moderna, Bialik* e Agnon, o envergonhavam e o deixavam perplexo. Sua vontade era que todos nós nascêssemos de novo, puros, robustos, bronzeados hebreo-europeus, e não mais *ídn**

escorraçados da Europa Oriental. Pois o ídiche era repugnante aos olhos de meu pai, que ao longo de quase toda a sua vida o chamou de "jargão". Segundo ele, Bialik era o poeta da miséria, da "eterna angústia mortal", ao passo que Tchernichowski era o mensageiro da aurora de um novo dia que já se anunciava, a aurora dos "Covshei Cnaan beSofá" [Os derradeiros conquistadores de Canaã]. A poesia "Lenochach Pessel Apolo" [Na presença da estátua de Apolo], meu pai nos declamava de cor, entusiasmado, sem se importar com o fato de que o poeta, na sua ingenuidade, enquanto ronda os pés da imagem de Apolo, compõe uma ode a Dioniso.

Meu pai sabia mais poemas de Tchernichowski de cor do que qualquer pessoa que eu conhecesse, provavelmente mais que o próprio Tchernichowski, e os declamava emocionado e com muito brilho. Inspirado pelas musas e também pela música, poeta sem peias, sem os complexos da Diáspora, que escreve sem nenhuma vergonha sobre o amor e até mesmo sobre os prazeres dos sentidos, meu pai dizia que Tchernichowski não era indulgente com coisas deprimentes, como *tzures* e *krächtchen*.*

Naqueles momentos mamãe observava meu pai com certa perplexidade, como que espantada com a crueza dos seus prazeres, mas preferia se calar.

Ele tinha uma natureza "lituana" bem evidente, meu pai, que por acaso também gostava muito da palavra "evidente" (os Klausner são originários de Odessa, sua origem anterior foi a Lituânia, e sua origem remota deve ter sido Matersdorf, a atual Matersburg, no leste da Áustria, próximo à fronteira com a Hungria). Era um homem sensível e efusivo. Mas durante toda a sua vida teve aversão a qualquer forma de misticismo e de magia. Sempre considerou o sobrenatural como sendo o inegável domínio de charlatães e prestidigitadores. Considerava as histórias hassídicas como puro folclore, e pronunciava a palavra "folclore" sempre com a mesma repugnância com que pronunciava, por exemplo, "jargão", "êxtase", "haxixe" e "intuições".

Minha mãe ouvia suas palavras calada. Em vez de responder, ela nos oferecia seu sorriso triste, e às vezes me dizia: "Seu pai é um homem inteligente e racional, é racional até dormindo".

Anos mais tarde, depois da morte de minha mãe, quando parecia que seu ânimo otimista e falante havia esmorecido, se tornado menos vibrante, também o gosto de meu pai mudou, quem sabe chegando mesmo a aproximar-se do gosto de minha mãe: num dos subterrâneos da Biblioteca Nacional ele descobriu um manuscrito desconhecido de I. L. Peretz em um caderno da juventude, no qual, entre vários rascunhos, esboços e tentativas de poesias, havia um conto até então desconhecido, chamado "Hanekamá" [A vingança]. Meu pai passou alguns anos em Londres, onde escreveu uma tese de doutorado sobre essa descoberta, com o que terminou por afastar-se dos rompantes do Tchernichowski dos primeiros tempos e começou a aprofundar-se nos mitos e sagas de povos remotos, na literatura ídiche inclusive, prosseguindo nesse rumo até ser irresistivelmente atraído, como quem por fim afrouxa os dedos agarrados a um parapeito, pela melancolia misteriosa dos contos de Peretz em particular, e das histórias hassídicas em geral.

Todavia, nos anos em que freqüentávamos a casa de tio Yossef aos sábados, em Talpiót, papai ainda tentava nos educar a todos para que viéssemos a ser pessoas tão esclarecidas quanto ele. Freqüentemente meus pais se envolviam em discussões literárias. Meu pai gostava de Shakespeare, Balzac, Tolstoi, Ibsen e Tchernichowski. Mamãe preferia Bialik, Schiller, Turgueniev, Tchekhov, Strindberg, e também o sr. Agnon, que morava bem em frente à casa de tio Yossef em Talpiót, mas me parecia que eles não morriam de amores um pelo outro.

Uma lufada de gélida polidez, fria como o ártico, soprava instantaneamente quando acontecia de o professor Klausner e o sr. Agnon se cruzarem no beco. Olhos cravados no chão, esboçariam uma levíssima mesura ao tocar rapidamente a aba do chapéu, cada um provavelmente desejando do fundo do coração que o outro caísse no mais fatal esquecimento por toda a eternidade. Tio Yossef não dava a menor importância a Agnon, cuja obra, na sua opinião, era arcaica, provinciana e tinha um tom gongórico e rebuscado que lembrava intrincados ornamentos de *chazanut.**

Quanto ao sr. Agnon, guardou rancor e jurou de pés juntos não esquecer nem perdoar essas opiniões de tio Yossef sobre sua obra, até aparecer a oportunidade de retribuí-las com uma de suas alfinetadas irônicas, retratando-o no personagem ridículo do professor Baklam, no romance *Shirá* [Poesia]. Tio Yossef teve a sorte de morrer logo, antes do lançamento de *Shirá*, poupando-se assim de muitos dissabores. Agnon viveu ainda por muitos anos, ganhou o prêmio Nobel de literatura e a aclamação mundial, mas, não obstante, ainda houve com certeza um despeitado ranger de dentes no dia em que deram à sua ruazinha, um beco sem saída no bairro de Talpiót, o nome de rua Klausner. Desde esse dia até o dia de sua morte, foi condenado a ser "o escritor sr. Shai Agnon, da rua Klausner".

Assim, como a perpetuar a picuinha, até hoje lá está a casa de Agnon, impávida, bem no meio da rua Klausner. Por sua vez, a casa de Klausner foi demolida, e também como a perpetuar a picuinha, em seu lugar foi construído um prediozinho medíocre, quadrado, bem em frente à casa de Agnon.

8

A cada dois ou três sábados saíamos em peregrinação a Talpiót, onde ficava a pequena casa de tio Yossef e tia Tzipora. Nossa casa, em Kerem Avraham, distava uns seis ou sete quilômetros de Talpiót, um bairro judeu afastado e um tanto perigoso. Ao sul de Rehávia e de Kiriat Shmuel, ao sul do moinho de vento de Mishkanót Shaananim, estendiam-se os territórios dessa estranha Jerusalém: os subúrbios de Talbye, Abu Tur e Katamon, a colônia alemã, a colônia grega e Bak'a. (Abu Tur, assim nos explicou uma vez o professor Avishar, tem o nome de um herói, que significa "meu pai touro"; Talbye foi um dia a propriedade de um sujeito chamado Talb; Bak'a é simplesmente Bik'a, o vale das almas, e finalmente Katamon é uma corruptela árabe da expressão grega *kata mons*, que significa "perto do mosteiro".) Mais ao sul ainda, para além de todos esses mundos estrangeiros, para além dos montes de Trevas, no fim do mundo, brilhavam solitárias algumas luzes judias esparsas: Makor Haiim, Talpiót, Arnona e o kibutz Ramat Rachel, quase tocando os arredores de Belém. Da nossa Jerusalém, era impossível ver o bairro de Talpiót, a não ser como um pequeno conjunto acinzentado de copas de árvores empoeiradas no topo de uma colina distante. Uma noite, do telhado do nosso prédio, o sr. Friedman, nosso vizinho engenheiro, apontou para um grupo trêmulo de luzes pálidas ao longe no horizonte, suspensas entre o céu e a terra, e disse: Ali é o forte Allenby, e de lá talvez seja possível ver as luzes de Talpiót ou Arnona. Se ocorrerem novos tumultos, disse, a situação por lá vai ficar complicada. Para não falar em guerra de verdade.

Saíamos depois do almoço, numa hora em que toda a cidade se trancava por trás das venezianas aferrolhadas, mergulhando inteira no torpor das tardes de sábado, e um silêncio profundo reinava nas ruas e quintais por entre as edificações de pedra, com seus alpendres de chapa de zinco. Como se toda Jerusalém se encerrasse em uma bola de vidro transparente.

Atravessávamos a rua Gueúla, penetrávamos no labirinto de ruazinhas da velha cidadela ultra-ortodoxa que ficava a cavaleiro do bairro de Achuza, passávamos debaixo das cordas dos varais carregadas de roupas pretas, brancas e amarelas, por entre gradis de ferro carcomido de sacadas decrépitas e de escadas externas, subíamos mais e atravessávamos Zichron Moshé, com sua permanente nuvem de cheiros da cozinha dos asquenazes* pobres: *tchulent*, feijoada branca, *borsht*, alho, cebolas fritas e repolho azedo. Prosseguíamos atravessando a rua Haneviim. Não se via vivalma pelas ruas de Jerusalém, às duas da tarde do shabat. Da rua Haneviim, descíamos pela rua Strauss, sempre mergulhada na penumbra fresca dos seus velhos pinheiros, à sombra de seus dois muros, de um lado, a massa cinzenta de pedra, tomada pelo limo, do Hospital Protestante das irmãs, e do outro, o lúgubre muro de pedra do hospital judeu Bikur Cholim, com os símbolos das doze tribos de Israel gravados em relevo nos seus maravilhosos portões de cobre. Um vago odor de remédios, velhice e solução concentrada de lisol ultrapassava os muros dos hospitais e ganhava a rua. Atravessávamos a rua Jafa, perto da famosa loja de roupas Mein Staub, e parávamos um pouco em frente à vitrine da livraria Achiassaf, para deixar papai devorar com olhos famintos as capas dos novos livros expostos na vitrine. Depois continuávamos por toda a extensão da King George, passando por lojas luxuosas, cafés com altos candelabros e ricos escritórios. Todos vazios e bem trancados por causa do shabat, mas cujas vitrines nos tentavam por trás das grades de ferro, acenando sedutoras com promessas de mundos distantes, bafejos de opulência dos continentes longínquos, rastro de luzes brilhantes, animadas cidades erguidas às margens de grandes rios, e nelas damas agradáveis e bem vestidas, e cavalheiros endinheirados, refinados e indolentes, que não viviam entre tumultos, pogroms, severos editais do mandato britânico e toques de recolher, livres da necessidade de contar cada tostão, liberados das convocações para o voluntariado e para a vida pioneira, liberados das contribuições para a administração judaica, para a Kupat Cholim, o Fundo de Saúde e o Fundo de Poupança, instalados no bem-estar de suas casas confortáveis, com chaminés surgindo por entre os telhados, ou em amplos apartamentos de modernos edifícios revestidos de carpetes, onde porteiros de uniforme azul estão sempre a postos na entrada dos edifícios, e ascensoristas de uniforme vermelho acionam os elevadores, e empregadas, cozinheiros, mordomos, governantas e zelosos zeladores estão sempre à disposição, e assim cavalheiros e damas se refestelam e gozam a vida. Não como nós aqui.

Ali, a King George e também a Rehávia *iéke* e a rica Talbye árabe-grega, todas estavam mergulhadas em outro tipo de modorra, em nada semelhante ao silêncio ortodoxo das tardes de shabat das vielas estreitas e rejeitadas dos asquenazes: um silêncio diferente, estimulante, como que guardando um segredo, tomava conta da rua King George, vazia naquele momento, às duas e meia de sábado, um silêncio estrangeiro, um silêncio inglês, pois a rua King George, e não só por causa do nome, sempre me pareceu, desde criança, ser uma extensão da Londres deslumbrante que conheci no cinema: fileiras de repartições oficiais, sólidos edifícios alinhavam-se solenes e respeitáveis dos dois lados da rua, sem interrupções de terrenos baldios e abandonados, onde só crescia mato e havia lixo e ferragens retorcidas, como em nosso bairro. Aqui na King George não havia varandas caindo aos pedaços nem venezianas banguelas expondo como bocas velhas as janelas escancaradas. Janelas da miséria, que revelavam aos olhos do transeunte toda a pobreza da casa. Acolchoados remendados, trapos de cores berrantes, móveis amontoados, frigideiras enegrecidas, louças mofadas, panelas esmaltadas deformadas e toda sorte de latas e latinhas enferrujadas. Aqui na King George, de ambos os lados da rua, via-se uma fachada ininterrupta, orgulhosa, em que portões e janelas emolduradas por pesadas cortinas, tudo aludia, com discrição, à riqueza, respeitabilidade, vozes baixas, lindas tapeçarias, tapetes macios, taças de cristal delicadas e à educação mais refinada.

Nas entradas dos prédios viam-se placas de vidro negro anunciando escritórios de advocacia, corretores, médicos, tabeliães, representantes e agentes de respeitáveis companhias estrangeiras.

Em nosso caminho passávamos pelas casas de Talita Kumi. (Papai adorava explicar esse nome estranho, como se não o tivesse feito semanas antes e mesmo meses, e mamãe sempre dizia: Chega, Árie, já ouvimos essas explicações vinte vezes.) Passávamos em frente ao Bor Shiber, as fundações expostas de um prédio que nunca seria construído, e à casa Frumin, mais tarde sede provisória do Parlamento israelense, a Knesset,* e ainda à fachada estilo Bauhaus, arredondada, da Bet ha Maalot, que prometia ao visitante os rígidos prazeres de uma afetada estética germano-judaica, e nos detínhamos por um momento para contemplar as muralhas da Cidade Velha por trás do cemitério muçulmano de Mamila, apressando-nos uns aos outros (Já são quinze para as três, e ainda temos um longo caminho pela frente!), e prosseguíamos passando em frente à sinagoga Yeshuron e diante do amplo semicírculo do edifício da Agência Judaica. (Papai comentava em voz baixa, como se me revelasse segredos de Estado, num tom reverente: "Aqui se reúne o nosso governo, o doutor Weizmann, Kaplan, Shertok, e às vezes o próprio David Ben Gurion. Aqui pulsa o coração do governo hebraico. Pena que não é um governo mais decidido!". E acrescentava uma explicação sobre o significado de "governo das sombras" e sobre o que iria nos acontecer em breve, quando os ingleses finalmente fossem embora — "Irão por bem ou por mal!".)

De lá descíamos em direção ao antigo convento Terra Sancta (onde meu pai trabalhou por uns dez anos, depois da Guerra de Independência e depois do cerco a Jerusalém, quando foi interditado o acesso à universidade no monte Scopus e à divisão de imprensa da Biblioteca Nacional, que encontrou ali um abrigo temporário, num cantinho do terceiro andar).

Do Terra Sancta, uma caminhada de dez minutos até a Torre de Davi, redonda, onde a cidade se interrompia de repente, e atravessávamos campos vazios, chegando à estação de trem, no Emek Rafaim, o vale das Almas. À esquerda se viam as pás do moinho de vento do bairro Yemin Moshé, e mais acima, no declive à nossa direita, as últimas casas de Talbye. Que tensão nos dominava quando saíamos dos limites da cidade judia! Caminhávamos sem uma palavra: era como ultrapassar um marco invisível de fronteira e entrar em um país estranho.

Pouco depois das três, alcançávamos a estrada que separava as ruínas da antiga hospedaria dos peregrinos otomanos — acima das quais ficava o albergue escocês — da estação da estrada de ferro, trancada: uma luz diferente banhava esse lugar, uma luz mais difusa, uma luz antiga, musgosa. De repente esse lugar lembrou à minha mãe uma ruazinha muçulmano-balcânica nos limites de sua cidade natal, na Ucrânia ocidental. Neste ponto papai inevitavelmente começava a falar sobre o tempo dos turcos em Jerusalém, sobre os decretos de Gamal Pashá, sobre cabeças degoladas e os flagelos por açoites que tinham lugar ali, à vista da turba que se juntava na praça calçada de pedras, bem em frente à estação de trem, que fora construída no final do século XVIII por um judeu de Jerusalém chamado Yossef Bey Navon, que obtivera uma concessão do governo otomano.

Da praça em frente à estação de trem, continuávamos na direção de Hebron, ultrapassávamos as construções fortificadas do governo britânico e uma paliçada formada por grandes tambores de óleo combustível, sobre os quais um letreiro em três línguas proclamava: VACUUM OIL. Havia alguma coisa estranha e cômica no letreiro em hebraico, alguma coisa faltando, como se não tivesse nenhuma vogal. Meu pai riu e disse que essa era mais uma prova de que já estava mais do que na hora de modernizar o hebraico escrito, introduzinho letras específicas para as vogais, as quais, disse ele, são os guardas de trânsito da leitura.

À nossa esquerda víamos uma série de ruas íngremes que levavam ao pequeno bairro árabe de Abu Tur, enquanto à nossa direita as encantadoras ruazinhas da colônia alemã — a tranqüila aldeia bávara Shaanan — nos atraíam com a cantoria de passarinhos, os latidos dos cães e o canto dos galos, com os pombais e os telhados de telhas vermelhas que apontavam ali e acolá por entre as copas dos pinheiros e ciprestes, e com seus numerosos jardins cercados por muros de pedra, sombreados pela copa densa das árvores. Todas as casas tinham uma despensa e um sótão, e essas palavras, apenas pronunciadas, davam uma fisgada de nostalgia dolorida no coração de uma criança como eu, que nascera em lugares onde não havia quem tivesse um porão escuro sob os pés e um sótão imerso em penumbra sobre a cabeça, nem uma despensa, nem um armário enorme, nem um gaveteiro, nem um relógio de pêndulo, nem um poço com balde no quintal.

Continuando na direção sul, descíamos a ladeira a caminho de Hebron e passávamos por casas amplas e confortáveis, construídas em pedra rosada, residência de ricos efêndis e de árabes cristãos que exerciam profissões liberais, e de altos funcionários do governo do mandato britânico, e de membros do Supremo Conselho Árabe: Mordom Bey El-Matnaui, o hadji Rashid El-Afifi, o dr. Emil Aduan El-Bustani, o advogado Henry Tauili Totaach e outros figurões endinheirados do bairro de Bak'a. Ali todas as lojas estavam abertas, e dos cafés se ouviam vozes e música, como se tivéssemos deixado o próprio shabat para trás, impedido de passar por um muro imaginário que atravessasse a estrada em algum lugar entre Iemin Moshé e o albergue escocês.

Na larga calçada, à sombra de dois velhos pinheiros, na frente de um café, três ou quatro senhores vestindo ternos marrons estavam sentados em banquinhos de palha ao redor de uma mesa baixa de madeira. Todos traziam uma corrente dourada, que saía de uma casa de botão e descrevia uma espécie de arco pela barriga, para finalmente sumir no bolso da calça. Tomavam chá em copos de vidro grosso ou sorviam café forte de pequenas xícaras decoradas, enquanto lançavam dados sobre tabuleiros de gamão à sua frente. Papai os cumprimentava em árabe, que soava um pouco como russo ao sair de sua boca. Os cavalheiros se calavam por um instante, examinavam-no com espanto contido, um deles murmurava algumas palavras ininteligíveis, ou talvez uma só palavra, ou apenas nos saudavam em resposta ao cumprimento de papai.

Às três e meia percorríamos toda a extensão da cerca de arame farpado do quartel Allenby, a fortaleza do governo britânico na região sul de Jerusalém. Inúmeras vezes eu já havia atacado aquela fortaleza, conquistado e forçado sua capitulação, promovido a rendição geral e hasteado no mastro mais alto a bandeira hebraica em meus jogos de tapete. Dali, da fortaleza Allenby tomada pelas minhas forças num assalto noturno relâmpago, eu prosseguia no movimento de ataque rumo ao coração do governo estrangeiro enviando comandos aos muros do palácio do alto comissariado, situado no topo do monte do Mau Conselho, vezes sem conta capturado pelas minhas tropas hebréias num espetacular movimento de pinça, uma coluna blindada irrompendo no palácio vinda da área a oeste dos quartéis, enquanto o outro braço da pinça, vindo do leste, das áridas colinas orientais que descem para o deserto de Judá, completava a operação, cercando o palácio em um movimento absolutamente inesperado.

Quando eu tinha um pouco mais de oito anos, no último ano do mandato britânico, construí, com dois amigos que dividiam comigo o segredo, um foguete secreto e subversivo no pátio do nosso prédio. Nossa intenção era apontá-lo para o palácio de Buckingham, em Londres (encontrei uma planta detalhada do centro de Londres nas coleções de mapas de meu pai).

Na máquina de escrever de meu pai redigi uma carta de ultimato bastante educada a sua majestade o rei da Inglaterra, o rei George VI, da Casa de Windsor (escrevi em hebraico — com toda a certeza eles tinham quem traduzisse): "Se não saírem de nossa terra em seis meses no máximo, o nosso Dia do Perdão se tornará o dia do Juízo Final da Grã-Bretanha". Mas esse projeto acabou não se realizando, porque não conseguimos construir um mecanismo de pontaria preciso o suficiente (queríamos atingir o palácio de Buckingham, mas não transeuntes inocentes) e porque tivemos certas dificuldades em desenvolver um combustível que pudesse impulsionar nosso foguete desde a rua Amós, esquina com a Ovádia, no bairro Kerem Avraham, até o seu objetivo, no coração de Londres. Enquanto ainda estávamos mergulhados na pesquisa e no desenvolvimento tecnológico, os ingleses refletiram bem sobre os riscos e resolveram cair fora de Israel o mais rápido possível, e assim a cidade de Londres foi salva do meu furor patriótico e do estrago que poderia ter causado o meu foguete, construído com peças de uma geladeira abandonada e restos de uma velha motocicleta.

Um pouco antes das quatro, deixávamos a estrada de Hebron e tomávamos a esquerda, subindo ao bairro de Talpiót, entre renques de ciprestes sombrios nos quais a brisa vinda do oeste sussurrava uma melodia que me deixava assombrado e discretamente orgulhoso. A Talpiót daqueles tempos era um subúrbio ajardinado e tranqüilo, distante do centro da cidade e do burburinho do comércio, na orla do deserto de Judá. O traçado de Talpiót seguia os padrões dos bairros residenciais sofisticados da Europa Central, destinados à tranqüilidade de intelectuais, médicos, escritores e pensadores. De ambos os lados da rua havia casas térreas, pequenas e acolhedoras, cercadas de jardins bem cuidados. Em cada uma delas nós imaginávamos, em nossa fantasia de pobres, quem seria o morador, um grande cientista, um célebre professor ou um erudito mundialmente conhecido, como o nosso tio Yossef, que não tivera filhos e cuja fama se espalhara por todo o país, tendo seus livros sido traduzidos até nos lugares mais distantes do planeta.

Dobrávamos à direita na rua Koré Hadoro, seguíamos até o bosque dos pinheiros, então virávamos à esquerda e finalmente nos encontrávamos em frente à casa de tio Yossef. Mamãe dizia: Ainda são dez para as quatro. Será que eles ainda estão descansando? Quem sabe não nos sentamos um pouco em silêncio no banco do jardim e esperamos? Ou dizia: Hoje estamos um pouco atrasados, já são quatro e quinze e com certeza o samovar já está fervendo e tia Tzipora já está arrumando as frutas na bandeja.

Duas tamareiras de Washington, como sentinelas eretos, cresciam dos dois lados do portão, que se abria para um caminho calçado e cercado de ambos os lados por cercas vivas de tuia. Esse caminho nos conduzia do portão aos largos degraus da escada, por onde subíamos para a varanda acolhedora, chegando à porta de entrada, acima da qual pendia uma placa de cobre, em que fora gravado o lema de tio Yossef: JUDAÍSMO E HUMANISMO.

Sobre a própria porta havia uma placa de cobre um pouco menor e mais brilhante, gravada em hebraico e com letras latinas: PROFESSOR DR. YOSSEF KLAUSNER.

E ainda, abaixo, em uma pequena folha de papel presa à porta por uma tachinha, estava escrito na caligrafia redonda de tia Tzipora: PEDIMOS PARA NÃO NOS VISITAREM ENTRE DUAS E QUATRO. OBRIGADA.

9

Logo no hall de entrada eu era tomado de um temor solene, como se o próprio coração me pedisse para tirar os sapatos e pisar leve, de meias, na ponta dos pés, e respirar educadamente e de boca fechada, como convém.

Afora o cabide de madeira marrom próximo à entrada, que espalhava galhos em todas as direções, e afora um pequeno espelho pendurado na parede e um tapete escuro, não restava naquele hall um mísero espacinho onde não houvesse livros — prateleiras e prateleiras se sucediam do chão até o alto teto, e, nelas, livros em línguas das quais eu não reconhecia nem mesmo o desenho das letras. Livros colocados em pé, e mais outros deitados sobre os que estavam em pé, livros estrangeiros, gordos e vistosos, que se espalhavam folgados, e outros livros, pobrezinhos, que espiavam o recém-chegado do canto para onde tinham sido empurrados e empilhados, como refugiados sobre beliches num navio de *ma'apilim*, livros pesados e vaidosos, encadernados em couro e com gravações douradas, e livros leves, com precárias capas de papel, livros ricaços, enfeitados, obesos, e livros mendigos, perdendo a cor e a coesão das folhas, e entre eles e ao redor deles e por trás deles ainda havia montes de brochuras e revistas, e folhetos, e panfletos, e livretos, e periódicos, e boletins, e suplementos, todo o empurra-empurra suarento e ruidoso que sempre acontece em volta das praças e mercados.

No hall havia uma única janela que espiava por uma grade de ferro, como a janelinha de um frade solitário, as plantas do jardim tristonho. Ali nos recebia, e a todas as visitas, tia Tzipora, uma senhora de idade, gentil, de face clara e ancas largas, vestida de cinza e com um xale preto sobre os ombros, muito russa, de cabelos brancos puxados firmemente para trás, para formar um coque. Oferecia a face a cada um de nós para dois beijinhos. Seu rosto é redondo e sorri com expressão bondosa. É sempre a primeira a perguntar como vamos e em geral não espera pela resposta, mas anuncia, ainda à porta, como vai o nosso querido tio Yossef, que de novo não pregou o olho a noite toda, ou que seus intestinos voltaram finalmente ao normal depois de longo desarranjo, ou que recebeu uma carta esplêndida, maravilhosa, de um professor americano muito, mas muito importante, do estado da Pensilvânia, ou que as pedras nos rins voltaram a importunar, ou que ele deve terminar até amanhã sem falta um artigo extenso e importante para a revista literária *Metsudá*, do sr. Rabidovitch, ou que também desta vez tio Yossef resolveu se abster de dar uma resposta à altura a uma ofensa pesada que lhe dirigiu Itzchak Zilbershlag, ou que foi atacado e acaba de enviar a merecida resposta para um desses sujeitinhos, um dos chefões daquela quadrilha chamada Brit Shalom.

Bem, depois desse pequeno noticiário, tia Tzipora nos lançava um sorriso acolhedor e convidava-nos a segui-la até o próprio tio Yossef:

"Yossef os aguarda na sala de visitas", avisava-nos com um sorriso gentil, ou: "Yossef já está na sala de estar, e com ele estão o senhor Kropnik, e o casal Netanyahu, e o senhor Ionitzman, e o casal Shochtmann, e ainda há visitas importantes a caminho." E às vezes também dizia: "Desde antes das seis da manhã ele está enfiado no escritório, tive até de servir as refeições lá mesmo, mas tudo bem, tudo bem, vocês podem entrar agora, entrem, entrem, ele vai gostar, ele fica sempre tão feliz ao ver vocês, e eu também vou ficar, é bom que ele pare um pouco de trabalhar, que descanse um pouco, senão ele estraga a saúde! Ele não se cuida de jeito nenhum!".

Duas portas se abriam desse hall de entrada: uma, de vidro, decorada com desenhos de plantas e flores, dava para a sala de estar, que também servia de sala de jantar. A outra, de madeira maciça, pesada e escura, dava entrada ao seu escritório, também chamado de "a biblioteca".

Quando eu era criança, o escritório de tio Yossef me parecia ser a antecâmara do Templo da Sabedoria. Mais de vinte e cinco mil volumes, certa vez meu pai cochichou para mim, estão reunidos aqui na biblioteca particular do meu tio, entre eles volumes raros, sem preço, manuscritos dos nossos maiores escritores e poetas, primeiras edições com dedicatórias pessoais dos autores para ele, livros contrabandeados da Odessa soviética pelos meios menos lícitos, valiosas peças de colecionadores, textos sagrados e textos profanos, praticamente toda a literatura hebraica e também uma boa parte da literatura mundial, livros que meu tio comprou em Odessa e livros comprados em Heidelberg, livros que descobriu em Lausanne e livros encontrados em Berlim ou Varsóvia, livros encomendados dos Estados Unidos e livros de que existem cópias apenas na biblioteca do Vaticano, em hebraico, aramaico, sírio, grego antigo e moderno, sânscrito e latim, árabe medieval, russo e inglês, alemão, espanhol, polonês e francês, italiano e em línguas e dialetos dos quais eu jamais ouvi falar, como ugarítico e esloveno, cananeu, maltês e eslavo eclesiástico antigo.

Havia algo de solene e austero naquela biblioteca, nas linhas escuras e retas das dezenas de prateleiras que se estendiam do chão até o alto teto e até mesmo sobre os batentes das portas e janelas, uma espécie de serenidade silenciosa e grave, que não comportava nenhuma leviandade ou brincadeira pueril e nos induzia a todos, até mesmo a tio Yossef, a falar sempre baixinho.

O cheiro da imensa biblioteca de meu tio me acompanhará vida afora: o odor empoeirado e sedutor dos sete saberes ocultos, o perfume de uma vida silenciosa e retirada, dedicada à erudição, a vida quieta de um ermitão, o silêncio espectral que se elevava das profundezas do conhecimento e da doutrina, os sussurros vindos dos lábios de sábios mortos, o murmúrio dos pensamentos secretos de escritores que já então habitavam o pó, o gélido afago de autoridade das gerações passadas.

Também dali, do escritório, três janelas altas e estreitas, emolduradas por cortinas escuras, dão para o jardim tristonho, um tanto abandonado, e a cerca viva desse jardim era o limite do deserto de Judá, que se espraiava em ondulações num declive coalhado de rochas esparsas até o mar Morto: altos ciprestes e pinheiros sussurrantes rodeavam o jardim, e entre os ciprestes e os pinheiros brotavam aqui e ali alguns arbustos floridos de oleandra, moitas de mato selvagem empoeiradas, caminhos de cascalho acinzentado, uma mesa de madeira apodrecida sob as chuvas de muitos invernos e um velho arbusto encolhido e um tanto murcho. Mesmo em pleno verão, mesmo nos dias de *sharav*, havia algo de russo, hibernal e melancólico nesse jardim, onde tio Yossef e tia Tzipora, que não tiveram filhos, alimentavam seus gatos com restos de comida, embora eu jamais os tenha visto passear por ele, ou sentar-se num dos dois bancos descorados à brisa do anoitecer.

Só eu perambulava por ali, sempre sozinho, nas tardes de sábado, e, livre das conversas enfadonhas da sala de estar, caçava leopardos pelo emaranhado dos arbustos, descobria sob as pedras ânforas com pergaminhos antigos, muito antigos, sonhava com a conquista das colinas luminosas que via para além da cerca, num rápido avanço das minhas divisões.

As quatro extensas paredes da alta biblioteca eram tomadas de ponta a ponta por livros, apinhados e comprimidos nas prateleiras, mas bem organizados, fileiras e fileiras de encadernações em tons escuros de azul, verde, marrom, e também negras, gravadas em ouro e prata. Em algumas prateleiras era tal a quantidade de livros que foi preciso arrumá-los apertados em fila dupla, uns na frente dos outros. E havia seções de livros com rebuscadas letras góticas que me faziam pensar em agulhas e torreões de castelos, e outras de livros sagrados hebraicos, vários exemplares do Talmude* e da Guemará,* da Michná* e do Sidurim* para rezas, e coleções do Midrash* e da Hagadá* e das parábolas e livros de orações, códigos de leis e compilações midráshicas, e prateleiras para os escritos judeus da Idade do Ouro na Espanha, e outra para os escritos judeus vindos da Itália; e uma seção com os textos do renascimento judeu, vindos de Berlim e de outros centros do movimento da Haskalá,* e uma parede inteira para o pensamento e a literatura tradicionais hebraicos, a história de Israel e a história do Oriente antigo, Grécia e Roma, história da antiga e moderna cristandade e das diversas culturas pagãs, o pensamento islâmico, as religiões asiáticas, história medieval, e muitas seções dedicadas à história do povo judeu na Antigüidade, no Medievo e na Idade Moderna, e ainda amplos setores eslavos, que para mim eram indecifráveis, e territórios gregos, e também regiões castanho-acinzentadas de pastas de cartolina abarrotadas de recortes e manuscritos. Nenhum cantinho de parede, por menor que fosse, fora deixado vazio de livros. E também sobre o assoalho empilhavam-se dezenas de livros, alguns abertos e virados com a lombada para cima, alguns cheios de pequenos marcadores de páginas, enquanto outros se juntavam, como rebanhos de carneiros assustados, sobre duas ou três cadeiras de espaldar alto destinadas às visitas, e até sobre o peitoril das janelas. Havia uma escada de madeira escura, com rodinhas de borracha que deslizavam sobre um trilho de metal e que, dada a sua altura, permitia alcançar toda a biblioteca, até mesmo as prateleiras mais altas, que tocavam o teto. Algumas vezes me foi permitido percorrer com muito cuidado toda a biblioteca, de seção em seção, de prateleira em prateleira. Ali não havia nenhum quadro ou moldura. Nem vaso de plantas, nem um cantinho com objetos decorativos. Somente livros e mais livros, e silêncio, e aquele aroma maravilhoso, rico, das encadernações em couro e do papel amarelado, e cheiro de mofo, mas sutil, com um estranho traço de algas, e o odor de cola envelhecida, sabedoria, segredos e pó.

No centro da biblioteca, como um destróier grande e escuro ancorado nas águas de uma enseada montanhosa, estava a mesa de trabalho do professor Klausner, completamente tomada por pilhas e pilhas de enciclopédias, dicionários, cadernos e cadernetas, e um sortimento de canetas de diversas cores, azuis, pretas, verdes e vermelhas, e muitos lápis, borrachas e tinteiros, caixinhas cheias de clipes, elásticos e grampos, envelopes pardos e envelopes brancos, envelopes com selos multicoloridos, que despertavam o desejo de possuí-los, folhas e folhetos, bilhetes e cartões, livros abertos em línguas estrangeiras sobre livros abertos em hebraico. E entre os livros abertos havia folhas espalhadas, destacadas de um bloco de espiral, cobertas pela caligrafia indecifrável de meu tio, e ainda muitas palavras riscadas, anotações e correções, e blocos de bilhetinhos em branco. Os óculos de leitura de aro dourado de tio Yossef repousavam no topo da pilha como se pairassem altaneiros sobre o caos. E outro par de óculos, estes de aro preto, coroava outra montanha de livros sobre uma mesinha auxiliar, de rodas, ao lado de sua cadeira, e um terceiro par nos observava por entre as folhas de um caderno aberto sobre um pequeno aparador, ao lado de uma poltrona estofada de tecido escuro.

Sobre essa poltrona, encolhido em posição fetal, coberto até os ombros por uma manta escocesa xadrez, vermelha e verde, lá estava, com sua face lisa e infantil, sem os óculos, o próprio tio Yossef, pequeno e frágil como uma criança, os olhos castanhos parecendo um pouco alegres e um pouco perdidos. Acenou para nós com sua mão de um branco transparente, e sorriu um sorriso cor-de-rosa entre o grisalho do bigode e o branco do cavanhaque aparado. E nos falou mais ou menos assim:

"Entrem, meus caros, entrem, entrem" (apesar de já termos entrado e de estarmos bem à sua frente, mas ainda próximos à porta, meu pai, minha mãe e eu, bem juntos, como um pequeno rebanho perdido que tivesse ido parar num pasto desconhecido), "e me perdoem por não me levantar para cumprimentá-los, não fiquem zangados, já faz duas noites e três dias que estou mergulhado neste trabalho e ainda não fechei o olho, perguntem à senhora Klausner, ela testemunhará a meu favor. Não me permiti interromper nem para as refeições nem para o sono, nem mesmo para dar uma passada de olhos nos jornais, até que termine este artigo, que deverá, caso venha a ser publicado, causar grande celeuma neste país, e não só neste país, pois todo o mundo da cultura acompanha esta polêmica com enorme interesse, e creio que desta vez vou poder calar de uma vez por todas a boca desses obscurantistas, de todos eles! Seus seguidores, mesmo a contragosto, desta vez dirão amém, ou pelo menos serão obrigados a admitir que seus argumentos se revelaram absolutamente improcedentes, e lhes faltará o chão sob os pés. E vocês? Fânia, minha estimada? Lônia, meu caro? E o pequeno Amós, queridíssimo? Como vão vocês? Que novidades nos trazem? Acaso vocês já leram para o querido Amós algumas páginas do *C'shehaUmá Nilchémet leCherutá* [Quando a nação luta pela sua liberdade]? A mim me parece, meus caros, que *C'shehaUmá Nilchémet leCherutá* foi o que de melhor produzi até hoje para servir de alento espiritual à mente tenra do meu querido Amós em particular, e para as mentes desta nossa maravilhosa juventude hebréia em geral. Com exceção, talvez, das descrições de heroísmo e revolta disseminados aqui e ali nas páginas da minha *Toldót haBait haShení* [História do Segundo Templo].

"E vocês, meus queridos? Com certeza vieram a pé. E foi um longo caminho até aqui? De sua casa em Kerem Avraham? Ainda me recordo de como, jovens ainda, há trinta anos, quando residíamos no antigo e tão formoso bairro búlgaro, saíamos aos sábados e caminhávamos de Jerusalém até Beit El ou até Anatót, e por vezes chegávamos mesmo até o túmulo do profeta Samuel. Com certeza, a querida senhora Klausner lhes oferecerá de comer e beber, se não se incomodarem de ir agora ao seu encontro em seus afazeres; eu devo apenas terminar este trecho difícil e logo irei me reunir a vocês, e é possível que ainda hoje venham nos visitar os Wislavski — Uri Tzvi e também Even-Zahav. E o caro Netanyahu com sua graciosa esposa, pois eles nos visitam quase todos os sábados. Venham, meus caros, aproximem-se, vejam com seus próprios olhos, veja você também, meu pequeno e muito querido Amós, observem todos vocês por obséquio as folhas de rascunho sobre minha mesa: depois de minha morte é provável que tragam aqui magotes de estudantes, geração após geração, para verem com seus próprios olhos como para o escritor é exaustivo o escrever, com quanto empenho me dediquei durante toda a vida, quanto sofri, e toda a luta para que meu estilo se tornasse simples, fluido e transparente como o cristal. Quantas vezes apaguei cada linha, quantos rascunhos ensaiei, às vezes mais de meia dúzia de versões diferentes, antes de remeter à gráfica: o anjo inspirador só concede sua graça quando o bater de suas asas encontra o suor da face, e a inspiração provém da persistência e do detalhe. A bênção dos céus paira sobre os que perseveram. E agora, meus diletos, ide ao encalço da senhora Klausner e aplacai vossa sede, não vos farei esperar."

Da biblioteca, saía um corredor estreito e comprido, as vísceras da casa, do qual se podia virar à direita para ir ao banheiro ou a um quartinho de depósito, ou seguir em frente e dar na cozinha (havia ainda um quarto de empregada, mas nunca houve empregada), ou se podia virar à esquerda, saindo na sala, ou continuar até o fim do corredor e dar no quarto de dormir, branco e florido, dos tios, onde havia um grande espelho com moldura de bronze, ladeado de ambos os lados por candelabros ornamentados.

Assim, podia-se chegar à sala por qualquer um dos três caminhos: podia-se tomar a esquerda no hall, ao entrar na casa, ou ir direto para o escritório, sair de lá pelo corredor e virar à esquerda, como tio Yossef costumava fazer aos sábados, e desembocar justo no lugar de honra à cabeceira da mesa de jantar, negra e comprida, que se estendia praticamente por todo o comprimento da sala. Além disso, ainda havia no canto da sala outra passagem baixa, em arco, que conduzia à sala de visitas, de forma oval, como a torre de um castelo, cujas janelas abriam para o jardim da frente da casa, para as tamareiras washingtonianas, a rua calma e a casa do sr. Agnon, bem em frente, do outro lado da rua.

Essa sala de visitas também era chamada de sala de fumar (na casa do professor Klausner não se fumava antes do final do shabat, embora o shabat nem sempre impedisse tio Yossef de trabalhar em seus artigos). Ali havia algumas poltronas pesadas e macias, um sofá coberto de almofadas bordadas em estilo oriental, um tapete grande e macio e um quadro (talvez de Mauricy Gottlib?) de um velho judeu com *tfilim*,* filactérios amarrados no braço e na testa, coberto pelo *talit*, o xale de oração, segurando seu livro de reza. Mas o velho judeu não lia, pois seus olhos estavam cerrados, a boca entreaberta, e o rosto expressava religiosidade torturada e exaltação espiritual. Sempre achei que esse judeu piedoso conhecia todos os meus segredos, os mais vergonhosos, e não os censurava, mas suplicava em silêncio, como se implorasse, para eu retornar ao bom caminho.

Na minha infância, quando toda Jerusalém se comprimia em apartamentos de quarto e sala ou dois quartos, com uma parede divisória separando famílias que brigavam entre si, a mansão do professor Klausner me parecia o palácio de um sultão, ou o palácio dos césares em Roma, e mais de uma vez, antes de pegar no sono, deitado na cama, eu imaginava o ressurgimento do reino de Davi, com batalhões de sentinelas judias montando guarda em seu palácio de Talpiót. Em 1949, quando Menahem Begin, líder da oposição na Knesset, apresentou em nome do partido Herut a candidatura de tio Yossef para disputar com Chaim Weizmann a presidência do Estado de Israel, imaginei o palácio do governo de meu tio em Talpiót, rodeado por tropas hebréias de todos os lados, e dois sentinelas, com uniformes de galões reluzentes, postados dos dois lados do portão sob um cartaz que assegurava aos passantes que judaísmo e humanismo nunca iriam se opor um ao outro, mas seriam um só.

"Esse garoto maluco está de novo correndo por toda a casa", comentavam, "olhem só para ele, correndo de um lado para outro, sem fôlego, suado e corado, como se tivesse engolido mercúrio." E me repreendiam: "O que há com você? Andou comendo pimenta? Ou está correndo atrás do próprio rabo, como um cachorrinho? Você é o pião do Chanukah?* É um ventilador? Você está perdido? Seus navios afundaram? Você está nos deixando a todos com dor de cabeça. E também está atrapalhando bastante tia Tzipora. Por que não se senta e sossega um pouco? Por que é que não pega um bom livro para ler? Será que faltam livros nesta casa? Ou damos papel e lápis de cor, e você senta quieto e desenha para nós um desenho bem bonito? Que tal?".

Enquanto isso eu já ia longe, trotando, fogoso, voltando ao caminho trilhado da entrada ao corredor, ao depósito, ao jardim, visionário, exaltado, tateando e batendo nas paredes com os punhos à procura de espaços vazios e invisíveis, salões ocultos, passagens secretas, catacumbas, túneis, esconderijos, criptas escondidas ou portas secretas e camufladas. Não desisti. Até hoje.

10

Pelos vidros da cristaleira escura na sala de estar se podiam ver serviços de chá decorados com motivos florais, bules de bico comprido, inúmeros objetos de vidro, porcelana e cristal, uma coleção de velhas *chanukiót*,* os candelabros para o Chanukah, e pratos especiais para o Seder, a ceia do Pessach. Sobre o aparador havia duas estatuetas não muito grandes — dois bustos de bronze: um Beethoven colérico, bem em frente a um impassível Jabotinsky, de lábios cerrados, metálico, polido e magnífico em seu uniforme de campanha, trazendo na cabeça o quepe de oficial e a cartucheira de couro atravessada sobre o peito.

Na cabeceira da mesa estava tio Yossef, que falava com voz aguda, uma voz quase feminina, que implorava, seduzia, e por vezes chegava quase a soluçar. Falava sobre a situação do país, sobre o status social dos escritores e literatos, sobre os deveres dos intelectuais e também sobre os colegas professores que não demonstravam grande apreço pelas suas pesquisas, nem por sua obra, nem pela posição que ocupava no mundo da cultura, enquanto ele, por sua vez, não morria de amores por esses colegas, para não dizer que nutria um solene desprezo por sua mesquinharia provinciana, suas modestas realizações e seu egoísmo.

Por vezes ele se voltava para o horizonte amplo da política internacional, expressando temor pela ação de sabotagem dos agentes de Stalin em todos os níveis e lugares, desprezo pelo suposto espírito de cooperação da hipócrita Inglaterra-Albion, medo das intrigas do Vaticano, que não mantivera suas promessas, não tendo concordado e nunca chegado a concordar com o controle de Jerusalém e, por extensão, de Israel pelos judeus, uma leve esperança na consciência das democracias esclarecidas, e uma admiração, embora com reservas, pelos Estados Unidos, que então lideravam todas as democracias, apesar de serem eles próprios presas da vulgaridade e da febre da acumulação desmedida de riqueza material, desprovidos de densidade cultural e espiritual. De modo geral, as figuras heróicas do século XIX, homens como Garibaldi, Abraham Lincoln, Gladstone, foram as grandes libertadoras das nações, nobres de espírito, corajosas e expoentes dos valores civilizados e esclarecidos, enquanto esse novo século tinha nascido sob os tacões das botas de dois açougueiros, o filho do sapateiro da Geórgia, no Kremlin, e o insano maltrapilho que se apoderara da terra de Goethe, Schiller e Kant.

Os convivas o ouviam em silêncio reverente, ou expressavam aprovação em algumas poucas palavras para não interromper o fluxo de suas idéias. As conversas à mesa de tio Yossef não eram conversas, mas exaltados monólogos: o professor Klausner, do seu posto à cabeceira da mesa, criticava, denunciava, relembrava e partilhava com seus ouvintes suas opiniões, idéias e sentimentos sobre os mais diversos assuntos, como, por exemplo, a vileza medíocre da direção da Sochnut, a Agência Judaica, sempre bajulando os cristãos, o status da língua hebraica sob ameaça constante do dilema de Cila e Caríbdes entre o ídiche de um lado e as línguas européias de outro, a miopia de alguns colegas professores, a indigência cultural e a superficialidade dos jovens poetas e escritores, principalmente os nativos de Israel, que não só não dominavam nenhuma língua européia como tropeçavam até mesmo no seu hebraico, ou sobre os judeus da Europa, que não tinham entendido o alerta profético de Zeev Jabotinsky, e os dos Estados Unidos, que mesmo agora, depois de Hitler, ainda se agarravam ao seu bezerro de ouro em vez de vir se estabelecer na terra natal.

Às vezes um dos cavalheiros visitantes fazia uma pergunta ou um comentário, como que juntando mais lenha — um graveto — à já flamejante fogueira. Muito raramente algum deles ousava discordar de um ou outro detalhe secundário, mas em geral todos o ouviam com a devida reverência e expressavam de modo polido sua aprovação ou contentamento com pequenas exclamações, rindo quando tio Yossef resolvia dar uma de suas alfinetadas ou fazia algum comentário engraçado, casos em que sempre explicava se tratar apenas de uma brincadeira.

Quanto às mulheres, estas não participavam da conversa, mas se limitavam a ser ouvintes atentas, sorrindo nos momentos certos e expressando no semblante toda a intensidade do seu deleite ao aparar as pérolas de sabedoria que tio Yossef lhes lançava em generosas porções. Quanto a tia Tzipora, não me recordo de uma única vez que ela também tenha se sentado à mesa: estava sempre indo e vindo apressada entre a cozinha, a dispensa e a sala de estar. Colocava mais biscoitos nos pratos de biscoitos e completava com mais frutas a bandeja de frutas. Acrescentava água fervente ao chá do grande samovar prateado, sempre correndo, usando um aventalzinho na cintura, e que não faltasse chá, que não faltassem biscoitos e docinhos, nem frutas, nem mesmo a conserva doce chamada *varinye*. A tia ficava postada perto da porta que ligava a sala de estar ao corredor, à direita e dois ou três passos atrás de tio Yossef, de braços cruzados, observando bem, até notar que faltava algo, ou que algum dos presentes desejava alguma coisa, fosse um guardanapo macio ou um palito, ou até que tio Yossef lhe pedisse discretamente que fizesse o grande favor de trazer, do canto direito mais afastado de sua mesa de trabalho, na biblioteca, a revista *Lashonenu* [Nosso idioma] ou o exemplar das novas poesias de Itzchak Lamdan, para ele ler um trechinho que deveria reforçar o seu ponto de vista.

Aquela era a ordem invariável do mundo naqueles dias: tio Yossef se sentava à cabeceira da mesa e derramava preciosas gotas de erudição, polêmica e sarcasmo enquanto tia Tzipora, de pé, com seu avental imaculado, servia o lanche ou aguardava que alguém pedisse sua ajuda. E assim viviam o tio e a tia, muito unidos e devotados um ao outro, cheios de amor e apego, duas pessoas idosas que conheceram a falta que os filhos fazem, ele tratando a esposa como se ela fosse um bebê, derramando-se em doçura e afeto, e ela cuidando do esposo como se fosse seu filho único, seu bebê, sempre envolvendo-o com casacos e cachecóis para que não pegasse algum resfriado, e preparando-lhe gemadas misturadas com leite e mel para tratar sua garganta.

Uma vez os vi por acaso, sentados muito juntinhos sobre a cama em seu quarto de dormir, os dedos transparentes do tio envolvidos pela mão da tia, que lhe aparava as unhas com muito cuidado, enquanto arrulhava ternamente para ele carinhos em russo.

Tio Yossef gostava de escrever dedicatórias efusivas: todos os anos, desde os meus nove ou dez anos de idade, ele me dava de presente de aniversário um volume da *Enciclopédia juvenil*, e em um deles escreveu esta dedicatória, com sua caligrafia ligeiramente inclinada para trás como que batendo em retirada:

Para o pequeno Amós, diligente e talentoso,
em seu aniversário,
parabéns, de todo o coração, que cresça e se
torne um exemplo para seu povo.
Do
Tio Yossef

Jerusalém, Talpiót, Lag Ba-Omer,* 5710

Agora, passados mais de cinqüenta anos, fico pensando nessa dedicatória. O que será que tio Yossef sabia de mim, ele, que gostava de acariciar minha face com sua pequena mão fria e perguntar, o bigode branco sorrindo carinhoso para mim, o que eu havia lido nos últimos tempos, qual dos seus livros eu já lera, o que as crianças de Israel estavam aprendendo na escola naqueles tempos, quais poemas de Bialik e Tchernichowski eu já sabia de cor e qual dos heróis bíblicos mais havia me entusiasmado, e, sem esperar pela minha resposta, achava por bem me contar que ele próprio havia escrito alguns trechos sobre os macabeus na *História do Segundo Templo*, que valeria a pena eu conhecer e, sobre o futuro do país, recomendaria ler suas palavras incisivas no artigo publicado na véspera no *Hamashkif* [O observador] ou na entrevista que dera naquela semana para o *Haboker* [A manhã].

Em outra dedicatória, escrita sobre a capa do livro de traduções de David Frishman, ele me desejava, em terceira pessoa:

Que seja bem-sucedido pelo caminho da vida
e aprenda com as palavras dos grandes traduzidas neste livro,
pois devemos trilhar o caminho escolhido pela consciência,
e não o do rebanho humano — que dita as regras neste momento.
De quem gosta de você,
Tio Yossef

Jerusalém, Talpiót, Lag Ba-Omer, 5714

Aos quinze anos de idade, aproximadamente, tomei a decisão de deixar a casa dos meus pais para viver num kibutz. Esperava me tornar um tratorista bronzeado pelo sol, robusto, pioneiro socialista sem complexos e liberado de uma vez por todas das bibliotecas, dos intelectuais, das literatices e das notas de rodapé. Mas tio Yossef não acreditava em socialismo (que chamava de "socialismus" nos seus escritos), não gostava dos kibutzim e congêneres, e esperava me convencer a desistir da idéia: convidou-me para uma conversa particular em sua biblioteca — não no shabat, como de hábito, mas num dia de semana. Preparei-me intensamente para essa conversa — empilhei baterias e mais baterias de argumentos, resolvi enfrentá-lo com coragem, lembrar a ele suas próprias palavras: "Devemos trilhar o caminho escolhido pela consciência, e não o do rebanho humano". Porém, na última hora recebemos da casa de tio Yossef a notícia de que infelizmente ele fora requisitado para resolver um assunto urgentíssimo, e portanto não poderia manter o convite para nossa conversa naquela ocasião, mas esperava, entretanto, que num futuro próximo etc. etc.

E assim fui viver a vida de pioneiro, do trabalho na terra, no kibutz Hulda, sem as bênçãos de tio Yossef e também sem o planejado confronto direto para o qual eu já assumira o papel de Davi diante de Golias, ou o do menino na história do rei nu.

De modo geral, eu pedia licença para me levantar da mesa dos biscoitos, do arenque defumado, do licor de frutas, do creme de leite e do chá com seu aroma de ervas, a mesa que meu tio comandava com mão de ferro, e ia me dedicar de corpo e alma às brincadeiras pelos labirintos da casa ou no jardim. Esse era o jardim da minha infância, com seus atalhos sinuosos e suas bifurcações, que de alguma maneira me lembram os monólogos de tio Yossef: ele adorava levantar âncora e navegar em direção a Odessa ou Varsóvia, citar trechos dos discursos de Hertzl sobre a "questão de Uganda"* e sobre a prática da democracia, sobre o lindo Heidelberg, sobre as montanhas nevadas da Suíça, sobre a revista *Hashiluach* [O envio] e seus adversários, sobre sua primeira viagem a Eretz-Israel, em 1912, e sobre sua vinda definitiva, no navio *Russland*, em 1919, sobre os crimes do "bolchevismus", sobre os perigos do "niilismus", sobre as origens do "fascismus", sobre os filósofos gregos e sobre os poetas da Espanha, sobre os primeiros tempos da Universidade Hebraica e as espertezas dos "helenizantes" (assim chamava, às vezes, aqueles que mais detestava, o professor Magans, reitor da universidade, e os demais professores de origem alemã que fundaram o grupo Brit Shalom, favorável ao Pacto da Paz, que defendia um acordo com os árabes a qualquer preço, estando dispostos até mesmo a abrir mão da luta pela implantação de um Estado judeu), sobre a estatura de Hertzl, Nordau e Zeev Jabotinsky em comparação com a indigência mental dos então pseudodirigentes que rastejavam aos pés dos ingleses, toda espécie de visionários e os demais perdidos que caíram vítimas da miragem do "socialismus" em suas diversas roupagens. E por vezes levantava âncora para navegar por entre rasgados elogios ao renascimento da língua hebraica e os perigos de sua extinção ou de seu suicídio, sobre a linguagem dos ortodoxos, que não conseguiam falar uma única frase em hebraico sem cometer meia dúzia de erros, e sobre o atrevimento dos "idichistas", que reivindicavam um espaço para meter os seus pezinhos aqui na nossa Eretz-Israel, eles que tudo tinham feito para difamá-la e até mesmo para que fosse apagada do coração de nosso povo. Certa vez chegou a reivindicar aos ouvidos de seus convidados o dever premente de assentar agricultores judeus também nas terras da Transjordânia, e mesmo refletir em voz alta sobre a possibilidade de convencer os árabes de Israel, com argumentos sedutores e recompensas em dinheiro, a emigrar de vontade própria para ir viver nos ricos e férteis vales da Mesopotâmia, semidesabitados.

Fosse qual fosse o assunto, tio Yossef costumava chamar a atenção do seu público para a dicotomia existente entre os filhos das trevas e os da luz, os sombrios e os iluminados, ressaltando o fato de que fora um dos primeiros, se não o primeiro, a estabelecer a diferença entre as trevas e a luz, denunciando os que deviam ser denunciados e travando, sozinho, contra muitos, o combate dos justos, e contava ainda como os seus melhores amigos tinham lhe sussurrado que não devia pôr em risco seu nome e sua posição e como não lhes tinha dado atenção, tendo se erguido e mantido na posição aconselhada pela sua consciência, como se declarasse: "Aqui estou eu, não posso ser de outra maneira", e como seus inimigos o tinham desacreditado e prejudicado de todos os modos, lícitos e ilícitos, e como tinham vertido sobre ele o veneno da perfídia, e como, por fim, a verdade viera à luz, pois, como se diz, "quem viver, verá", e como no fim ficava claro quão poucos eram os justos, e como nem sempre é preciso concordar com a maioria, pois a consciência reta remove montanhas: Vejam, aqui está o pequeno Amós, um menino inteligente e capaz como ninguém, que com suas travessuras põe o mundo de pernas para o ar, filho único dos meus queridos Fânia e Yehuda Árie, que de resto não recebeu em vão o nome do provocante profeta "talhador de sicômoros", que teve a coragem de afrontar todos os poderosos de Samaria e lhes dizer, nas palavras de Bialik: "Um homem como eu não fugirá, o passo lento me foi dado pelo rebanho", palavras que expressam, além de coragem e retidão moral, ainda um leve traço de ironia, uma espécie de luva de pelica lançada na face dos tiranos e dos poderosos. Aliás, "talhador de sicômoros" significa aquele que faz leves incisões nos figos, os frutos dos sicômoros, para acelerar a sua maturação, e não me parece que estou exagerando quando digo que, a meu ver, dei uma mão ao nosso Eliezer Ben Yehuda quando precisou encontrar a relação entre este termo enigmático e o homófono *balus*, que significa "não puro", misturado, impuro, sujo e até mesmo imundo e cheio de pústulas, *unrein, gemitsch, mede, malpropre, unclean, mixed*; e em vão os valorosos Krauss, Kohut e Levi se deram ao trabalho de procurar uma raiz persa ou grega, pois a sua interpretação é forçada, artificial. Mas como é que chegamos a Krauss e Kohut? Talvez estivéssemos falando de Eliezer Ben Yehuda, que veio me visitar num sábado de manhã e disse: Escuta, Klausner, você e eu sabemos muito bem que o segredo da sobrevivência dos idiomas reside na sua disponibilidade para absorver palavras e conceitos de onde quer que venham, para os digerir, assimilar e integrar ao idioma que os absorveu, passando então a obedecer à sua lógica e à sua morfologia. Mas os puristas de todos os tipos, com sua visão estreita, ofendem-se e logo pulam para defender nossa língua das investidas dos termos estrangeiros, sem se dar conta, ou sem lembrar quanto nosso idioma recebeu, desde o início, de palavras vindas de no mínimo seis outros idiomas, e não me consta que tenham vindo para destruí-lo, pelo contrário, elas fazem parte dos fundamentos de toda língua viva, especialmente de nossa língua renascida. Assim eu respondi a Ben Yehuda: É justamente nos parâmetros básicos da língua, em sua sintaxe, na construção da frase, em resumo, na sua organização interna, que reside a alma do idioma; seu *geist*, seu *esprit*, sua qualidade mais intrínseca é eterna e imutável, tal como escrevi há já dezenas de anos em meu livrinho *Lashon Avar Lashon Chaiá* [Língua do passado, língua viva], que voltei a publicar aqui em Eretz-Israel com o novo nome de *Hasafá haIvrit, Safá Chaiá* [A língua hebraica, língua viva], e tenho ouvido de diversas pessoas muito importantes que justamente esse meu livrinho lhes abriu os olhos e acertou seu "relógio idiomático" — foi o que tive o privilégio de ouvir pessoalmente do próprio Jabotinsky, assim como de vários outros intelectuais asquenazes, especialistas nos meandros do hebraico bíblico, ainda antes que o "fascismus" e o "nacional-socialismus" tivessem me afastado de tudo o que lembrasse nem que fosse apenas a sombra do mais leve traço de espírito germânico, não como fizeram, infelizmente, e para nossa vergonha, alguns de meus colegas da panelinha do Brit Shalom, que trouxeram à nossa universidade um sopro germano-pacifista, um sopro cosmopolita e antinacional, e agora correm aflitos à Alemanha para conceder-lhe o perdão em troca de um punhado de marcos ou algumas homenagens teutônicas. Também o nosso vizinho, esse do outro lado da rua, também ele se juntou a esses conciliadores, e é possível mesmo que tenha se agregado a eles porque em sua esperteza ele fez as contas e concluiu que a filiação à panelinha do Brit Shalom lhe trará prestígio e aumentará sua fama no estrangeiro.

Mas como foi que chegamos à Alemanha, a Buber, a Magens, a Agnon e ao Mapai? Pois falávamos do profeta Amós, sobre o qual escreverei um artigo destinado a desfazer certas idéias preconceituosas, para não dizer falsas, que ainda persistem em algumas cabeças duras, que se originam nos donos da verdade de Eretz-Israel, sendo que muitos deles nem chegaram a conhecer os profetas de Israel.

E os entendidos em judaísmo, os donos da verdade dos nossos tempos, satisfeitíssimos, cheios de arrogância pelos seus conhecimentos — veja, por exemplo, o gigante de nossas letras, Peretz Smolenski, como foi sua vida? Perambular a esmo e passar miséria. Sofrimento e necessidade. E ele escreveu e lutou até seu último suspiro, para morrer afinal numa solidão desesperada, sem ninguém para ampará-lo no momento em que sua alma se separou do corpo.

E foi melhor a sorte de seu amigo e companheiro de juventude, o príncipe dos poetas das últimas gerações, Saul Tchernichowski?

Pois aqui mesmo em Israel houve dias em que o grande poeta passou fome, isso mesmo que vocês estão ouvindo — fome. E de modo geral, desde o início da nossa literatura e da nossa vida comunitária até os dias de hoje — sempre deparei com essa realidade — e ainda vejo que grande parte da energia e do prestígio do escritor é empregada no seu patos, sua luta incessante contra tudo e contra todos! É verdade que um belo conto ou uma poesia delicada são coisas agradáveis e expandem os sentidos, mas ainda não configuram, de modo algum, uma grande obra. De uma grande obra, o leitor exige que contenha uma mensagem, uma profecia, uma visão de mundo completamente original e inovadora, e o mais importante, que ela apresente uma perspectiva moral.

Pois uma obra desprovida de emoção e de perspectiva moral, afinal de contas, e no melhor dos casos, é apenas folclore, ornamentação, um exercício intelectual gracioso que nada acrescenta ao leitor, como, por exemplo, os contos de Agnon, nos quais, por vezes, acha-se algum encanto, mas de modo geral não se acha nada — nem encanto nem qualquer empenho moral ou ético, só artifício; é evidente que não possuem grande alma, e que neles não se dá uma abordagem profunda, embebida de erotismo trágico e trágica religiosidade, e você não encontrará em Agnon e similares nem uma sombra de tensão moral, ao contrário do que ocorre na prosa de Shneur.

E, de fato, podemos afirmar que em toda grande obra sentimos algo de um sopro divino e outro tanto de poder profético, pois Turgueniev não descreveu em seu magnífico romance *Pais e filhos* o personagem niilista Bazarov, antes que o "niilismus" aparecesse na Rússia? E Dostoievski? O seu *Os demônios* não é uma perfeita e maravilhosa profecia do advento do "bolchevismus"?

Não precisamos de literatura lamuriante, e já nos cansamos de descrições da vida na aldeiazinha dos tempos de Mendele, e também já estamos saturados dos personagens que a compõem, mendigos, cocheiros, trapeiros e outros vagabundos cheios de malandragem; agora, em nosso país, precisamos é de uma literatura verdadeiramente nova, com homens e mulheres ativos, e não passivos, heróis e heroínas que não sejam, D'us os livre, personagens idealizados em cartazes, mas pessoas de carne e osso, com paixões intensas e fraquezas trágicas, até mesmo dilacerados por conflitos interiores, personagens que nossa juventude possa admirar, que lhe permitam se compor à sua luz, inspirar-se em suas idéias e ideais, em seus feitos. Heróis e heroínas de nossa geração e também personagens característicos e trágicos da história antiga do nosso povo, que conduzam ao orgulho e à identificação, e não à repulsa e à piedade. Heróis descritos na literatura de hebreus e europeus, é deles que necessitamos agora no nosso país, e não mais do bando de casamenteiros, mocinhas casadoiras, sujeitos engraçados, provedores de sinagogas e toda sorte de miseráveis folclóricos da Diáspora.

Certa vez tio Yossef falou mais ou menos assim:

"Filhos, não tive, minhas senhoras e meus senhores, e os livros são os meus filhos, por eles dei o melhor do meu sangue e da minha alma, e depois da minha morte serão eles e somente eles que levarão meu espírito e meus sonhos às gerações vindouras."

Ao que atalhou tia Tzipora:

"Chega, chega, *Ússia, shá*,* *Ussnika*. Já chega. Os médicos disseram para você não se emocionar. Com essa história, seu chá esfriou e ficou gelado. Não, não, querido, não tome esse chá, faço agora mesmo outro fresquinho para você."

Às vezes a cólera de tio Yossef contra a falsidade e a mediocridade de seus desafetos o fazia falar alto, mas mesmo no seu tom mais alto sua voz nunca chegou a ser um rugido, parecia antes um piar alto, como um soluço de mulher, e não o brado acusador de um profeta que escarnece. Por vezes ele esmurrava a mesa com sua mão frágil, mas os socos mais pareciam carícias. Certa ocasião, atacando com veemência o bolchevismo, ou o partido Bund,* ou os entusiastas do "jargão judaico-asquenaze" (assim ele chamava o ídiche), entornou e derramou sobre o colo uma jarra de limonada com cubos de gelo, e tia Tzipora, de prontidão no seu aventalzinho, próxima à porta e ao espaldar da cadeira do tio, correu a enxugar sua calça com o avental e, pedindo desculpas a todos, ajudou-o a se levantar e levou-o ao quarto de dormir. Passados uns dez minutos, trouxe-o de volta, trocado, limpo e viçoso, para os braços de seus admiradores, que, educados, o aguardavam à mesa, conversando em voz baixa sobre seus anfitriões, que viviam como dois pombinhos: ele a tratava como uma filha temporona e ela o tratava como um bebê muito querido, a menina dos seus olhos. Por vezes ela entrelaçava os dedos gorduchos nos dedos transparentes dele, e por um momento ambos se entreolhavam e logo baixavam os olhos, sorrindo recatadamente.

E às vezes ela tirava com delicadeza a sua gravata, ajudava-o a descalçar os sapatos, deitava-o no sofá para descansar um pouquinho, o rosto triste sobre seu peito farto, e o corpo pequeno aninhado no dela. Ou quando ela estava solitária na cozinha, lavando louça e chorando lágrimas silenciosas, ele se aproximava por trás e colocava as palmas pálidas sobre seus ombros e começava a sussurrar carinhosamente palavras engraçadas, como quem tentasse acalmar um bebezinho, ou como quem se dispusesse a ser um bebezinho para ela.

11

Yossef Klausner nasceu em 1874 na aldeia de Olkeniki, na Lituânia, e faleceu em Jerusalém em 1958. Quando contava dez anos de idade, os Klausner se mudaram da Lituânia para Odessa, onde o jovem Yossef evoluiu, dentro do sistema da educação judaica tradicional, do *cheder** para uma *yeshivá** não ortodoxa, e dela para os círculos de estudo de Achad Haam e para o movimento Chibat Zion.* Aos dezenove anos de idade, publicou seu primeiro artigo, "Milim Chadashót uKtivá Tamá" [Novas palavras e ortografia], no qual convocava os leitores a ampliar os limites da língua hebraica, mesmo que fosse pela adoção de palavras estrangeiras, para que ela pudesse subsistir como língua viva. No verão de 1897 foi estudar em Heidelberg, no sul da Alemanha, pois na Rússia czarista as universidades eram vedadas aos judeus. Nos cinco anos passados em Heidelberg, estudou filosofia com o professor Kono Fischer, ficou fascinado pelo estudo de história oriental pelo método de Renan e foi profundamente influenciado por Carlyle. Seus estudos em Heidelberg o conduziram da filosofia e da história para a história da literatura e o estudo das línguas semíticas (ele dominava cerca de quinze idiomas, entre os quais sânscrito e árabe, grego e latim, aramaico, persa e amárico ou camito-semita), completando assim o currículo de estudos orientais.

Tchernichowski, seu amigo ainda dos dias de Odessa, estudou em Heidelberg na mesma época, formando-se em medicina, e lá a amizade entre eles se aprofundou e tornou-se uma ligação espiritual intensa e frutífera. "Poeta apaixonado!", era como o descrevia tio Yossef, "poeta hebraico, como a águia, com uma asa sobre a Bíblia e as paisagens de Canaã e a outra sobre a Europa moderna!" E às vezes o descrevia como "uma alma de criança pura e inocente habitando um robusto corpo de cossaco!".

Tio Yossef participou do primeiro congresso sionista na Basiléia, como delegado dos estudantes judeus, e também do congresso seguinte, chegando uma vez a trocar algumas palavras com o próprio Hertzl. ("Era um belo homem. Bonito como um anjo de D'us. De seu rosto emanava uma luz interior. Parecia um rei assírio, com sua barba negra e o rosto transbordante de sonho e espiritualidade! E os olhos, vou lembrar de seus olhos até o último dia da minha vida, Hertzl tinha os olhos de um jovem poeta apaixonado, melancólicos, magníficos, que enfeitiçavam todo aquele que os fitasse. E sua testa ampla conferia-lhe um esplendor real.")

Ao regressar a Odessa, Klausner se dedicou a escrever, a ensinar e à militância sionista, até herdar de Achad Haam, com apenas vinte e nove anos, a função de editor de *Hashiluach* [O envio], a principal revista da nova cultura hebraica. Mais precisamente — tio Yossef herdou de Achad Haam o cargo de editor do boletim *Michtav Iti*, um periódico que o jovem Yossef transformou imediatamente em *Iarchon* [revista], palavra criada por ele próprio.

Na minha infância eu admirava tio Yossef principalmente por ter criado, assim me disseram, algumas palavras simples de uso cotidiano, palavras que pareciam ter existido desde o início dos tempos, entre elas "revista" (*iarchon*), e também "lápis" (*iparon*), "geleira" (*karchon*), "camisa" (*chultzá*), "estufa" (*cha-*

memá), "rosquinhas" (*tzanim*), "carga" (*mitaan*), "monótono" (*chadgoní*) e "variegado" (*ravgoní*), "sensual" (*chushaní*), e "guindaste" (*manof*) e "rinoceronte" (*karnaf*). E o que, afinal de contas, eu iria vestir todas as manhãs se tio Yossef não nos tivesse dado "camisa"? Uma túnica listrada? E com que eu escreveria se não fosse o seu "lápis"? Com um pedaço de grafite? Para não falar de "sensualidade", uma dádiva surpreendente se pensarmos que veio justamente da parte de tio Yossef, tão puritano.

Quem consegue criar uma nova palavra e injetá-la na corrente sangüínea de uma língua me parece que por muito pouco não conseguiria criar as trevas e a luz: se você escrever um livro, talvez com alguma sorte, as pessoas o lerão e apreciarão por um tempo, até livros novos e melhores aparecerem e tomarem o lugar do seu nas prateleiras. Mas aquele que criar uma nova palavra, este tocará a própria eternidade. Até hoje às vezes fecho os olhos e vejo esse homem frágil e franzino, com seu pontudo cavanhaque branco, o bigode macio, as mãos delicadas, os óculos russos, absorto, caminhando hesitante com seus passinhos cautelosos, um pequenino Gulliver num país de gigantes habitado por uma população variegada de imensas geleiras multicores, guindastes altíssimos e maciços rinocerontes, todos eles, geleiras, guindastes e rinocerontes, inclinando-se respeitosamente à sua passagem, em agradecimento.

Em Odessa, ele morava na rua Rimislinaya com a esposa, Fani Veirnik (que a partir do dia do casamento passou a se chamar "querida Tzipora", e na presença das visitas era chamada por ele de "senhora Klausner"). Sua casa logo se tornou uma espécie de centro cultural e ponto de encontro de sionistas e literatos.

Tio Yossef tinha sempre um jeito bem-humorado, quase infantil: mesmo quando falava de sua solidão, de sua desolação profunda, de seus inimigos, suas doenças e suas dores, sobre o destino trágico de quem insistia em remar contra a corrente, sobre as injustiças e humilhações que fora obrigado a suportar durante toda a vida, havia sempre uma alegria contida espreitando por trás dos óculos redondos. Seus movimentos, seus olhos claros, sua face rosada de bebê irradiavam frescor, viço, otimismo e amor à vida, quase como se estivesse se divertindo. "Não consegui pregar o olho a noite toda de novo", dizia sempre às visitas, "as preocupações com o destino da nação, o temor pelo futuro, a falta de visão de nossas lideranças anãs me assaltaram no escuro, afligindo-me ainda mais do que meus próprios e terríveis problemas pessoais, sem falar na minha debilidade permanente, na respiração opressa e na cruel enxaqueca, que não me dão um segundo de alívio, dia e noite." (Se déssemos crédito às suas palavras, chegaríamos à triste conclusão de que ele não tinha conseguido fechar os olhos por um segundo que fosse, pelo menos desde o início dos anos 20 até a sua morte, em 1958.)

Entre 1917 e 1919 Klausner foi assistente e por fim chegou a professor na universidade da cidade de Odessa, que nessa época passava de mão em mão em meio às lutas sangrentas entre Brancos e Vermelhos, na guerra civil que se abateu sobre a Rússia após a revolução de Lenin. Em 1919, tio Yossef, tia Tzipora e a idosa mãe de meu tio, minha bisavó Rachel-Keila, foram de Odessa para Jafa a bordo do navio *Russland*, o *Mayflower* sionista da terceira *aliá*,* a onda de imigração após a guerra. O Chanukah daquele ano já os encontrou morando no bairro búlgaro em Jerusalém.

Meu avô Aleksander e minha avó Shlomit, com meu pai — ainda criança na ocasião — e seu irmão mais velho, David, não emigraram para a Palestina naquela época, embora também fossem sionistas ardorosos, pois as condições de vida em Eretz-Israel lhes pareceram muito asiáticas, e assim foram para Vilna, capital da Lituânia, e só vieram para Israel em 1933, quando o anti-semitismo se acirrou em Vilna, manifestando-se nos atos de vandalismo e brutalidade contra os estudantes judeus. Assim, meu pai, Yossef, e seus pais foram os últimos a emigrar para Eretz-Israel, indo estabelecer-se em Jerusalém. O irmão de meu pai, tio David, com a esposa, Malka, e o filho, Daniel, ainda bebê, um ano e meio mais velho que eu, permaneceram em Vilna: tio David, apesar de judeu, muito jovem ainda fora nomeado docente de literatura na Universidade de Vilna. Era um perfeito cidadão europeu, em todos os sentidos, numa época em que nenhum cidadão que vivia na Europa era um verdadeiro cidadão europeu, com exceção das pessoas da minha família e de alguns outros judeus, parecidos com eles. Todos os outros eram pan-eslavos, pan-germânicos, ou simplesmente patriotas lituanos, búlgaros, irlandeses, eslovacos. Os únicos europeus em toda a Europa nos anos 20 e 30 eram os judeus. Meu pai costumava dizer: Na Tcheco-Eslováquia vivem três nações — os tchecos, os eslovacos e os tcheco-eslovacos, que são os judeus. Na Iugoslávia há os sérvios, os croatas, os eslovenos e os montenegrinos, mas lá também vive um punhado de verdadeiros iugoslavos. E até mesmo sob Stalin há russos, ucranianos, usbeques, chechenos e tártaros, e entre esses povos todos vivem nossos irmãos, cidadãos soviéticos.

Hoje a Europa está totalmente mudada. Está cheia de europeus, de ponta a ponta. E também as pichações nos muros da Europa estão um tanto diferentes: na época da juventude de meu pai, em Vilna, todos os muros da Europa estavam pichados assim: "Judeus, vão para a Palestina!". Passados cinqüenta anos, ao retornar à Europa a passeio, todos os muros lhe berravam: "Judeus, saiam da Palestina!".

Tio Yossef dedicou muitos anos a escrever seu livro sobre Jesus Cristo, no qual afirmava — para horror de cristãos e judeus — que Jesus tinha nascido judeu e morrera judeu, e que nunca lhe passara pela cabeça que um dia viria a se tornar o fundador de uma nova religião. Mais ainda — Jesus lhe parecia "a pessoa mais aferrada aos princípios éticos do judaísmo". Achad Haam implorou a Klausner que expurgasse do livro esse e alguns outros trechos, antes que o mundo judeu fosse sacudido por um terrível escândalo, o que realmente aconteceu, para judeus e cristãos, com o lançamento do livro em Jerusalém, em 1921. Os judeus ortodoxos assim acusaram Klausner: "Os missionários o subornaram com ouro e prata para louvar e glorificar aquele indivíduo". E os missionários anglicanos em Jerusalém, por sua vez, exigiram do arcebispo que destituísse de suas funções o dr. Danby, o missionário que tinha traduzido *Jesus Cristo* para o inglês, livro "envenenado pela descrença, que apresenta o nosso Messias como um rabino reformista, um simples mortal e um perfeito judeu, sem nenhuma relação com a Igreja". Klausner granjeou renome internacional graças, principalmente, a esse livro e à sua continuação, escrita alguns anos mais tarde — *Mi Yeshu ad Paulus* [De Jesus a Paulo].

Certa vez tio Yossef me disse mais ou menos o seguinte: "Na sua escola, meu querido, com certeza ensinaram-no a abominar esse judeu trágico e maravilhoso. Espero que não o ensinem também a cuspir ao passar por sua imagem ou sua cruz. Quando você crescer, querido, leia, ainda que enfurecendo seus professores, o Novo Testamento e se convença de que esse homem era carne de nossa carne e sangue de nosso sangue, um *tzadik*, um homem santo, um ser maravilhoso, um sonhador desprovido de qualquer tino político, mas, com certeza, com seu lugar garantido no panteão dos grandes de Israel, ao lado de Baruch Spinoza, que também foi excomungado e também merece ter sua excomunhão anulada: daqui, desta Jerusalém renovada, é justo que levantemos nossa voz para dizer a Yehoshua Ben Yossef, ou seja, a Jesus, e a Baruch Spinoza: "Você é nosso irmão, você é nosso irmão, e saiba que aqueles que o acusam não passam de judeus do passado, com horizontes estreitos e sem nenhuma percepção da realidade, como vermes enfiados na terra". E você, meu querido Amós, para não se tornar, D'us o livre, um deles, leia os bons livros, leia e leia! E, por falar nisso, o livrinho que escrevi sobre David Shimoni, eu o dei de presente a seu querido pai com a condição de que você também o leia. Portanto, leia, leia e leia! E agora você me faria o obséquio de perguntar à senhora Klausner, isto é, a querida tia Tzipora, onde está o ungüento para a pele? O ungüento que passo no rosto. Mas diga a ela que se trata do ungüento antigo, o novo não serviria nem mesmo de comida para cães. Você sabe avaliar, meu querido, a imensa distância que separa o Redentor, como dizem os góim,* e o nosso Messias, o Ungido? Pois messias é apenas alguém que foi ungido com óleo, todos os *cohanim*, nossos sacerdotes, são ungidos com óleo, e também os nossos reis são ungidos. Assim, a palavra "ungido" em nossa língua é bem prosaica e corriqueira, prima-irmã da palavra "ungüento", não é como na língua dos góim, em que o Messias é o salvador e redentor. Mas vocês por certo ainda não aprenderam essa matéria na escola, portanto corra à tia e peça a ela o que eu pedi a você para pedir a ela. Mas o que foi que pedi? Não consigo lembrar. Quem sabe você se lembra? Então peça a ela que me faça o grande favor de me preparar um chá, pois já dizia o rabino Huna no Talmude babilônico: "Faça tudo o que o dono da casa lhe ordenar". Então, meu caríssimo, vá e cumpra o meu pedido, e não tome mais do meu tempo, como o mundo todo toma do meu tempo sem dó, e não se apieda de meus minutos e minhas horas, minha única riqueza, que me é roubada. Blaise Pascal, o filósofo, descreveu em seus escritos essa sensação terrível, o sentir o tempo que se esvai, roubado. Roubados são seus minutos e suas horas, sua vida é roubada sem cessar, e não podemos reavê-la. Corra então, meu querido, mas tome muito, muito cuidado para não tropeçar ao correr.

Ao vir para Jerusalém, em 1919, tio Yossef assumiu a função de secretário da Comissão do Idioma, antes de ser nomeado professor de literatura hebraica na universidade, fundada em 1925. Esperava também ser nomeado para a cátedra de história do povo de Israel, ou ao menos para o grupo de estudos da história do Segundo Templo, porém "os mantenedores da universidade, do alto de sua germanice, escarneceram-me". No Círculo de Literatura Hebraica, o tio Yossef se sentia, segundo ele, como Napoleão na ilha de Elba: impedido de tomar a iniciativa de ir em frente e conquistar toda a Europa, tão próxima, fazendo-a progredir, tomou sobre seus ombros a tarefa de instaurar a ordem, organizando de maneira impecável sua pequena ilha de exílio. Só vinte anos mais tarde foi estabelecida a cátedra de pesquisas da história do Segundo Templo, finalmente sob a orientação de tio Yossef, que todavia não abriu mão de sua posição no departamento de literatura hebraica. "Absorver a cultura do estrangeiro até digeri-la e transformá-la em carne e sangue da nossa nação e do nosso povo", escreveu ele, "este é o ideal pelo qual me bati todos os anos de minha vida e do qual não me afastarei até meu último sopro de vida."

Achei também em seus escritos mais este trecho: "Um povo e uma nação soberanos em sua terra, é o que queremos ser. Assim, nossos filhos deverão ser feitos de *ferro*!" (o grifo está no original de meu tio). Às vezes apontava para as duas estatuetas de bronze colocadas sobre o aparador da sala de estar, o impetuoso Beethoven, cheio de energia e desprezo, e Jabotinsky, no esplendor de sua magnífica farda, os lábios resolutos, e dizia para os visitantes: "A alma do indivíduo é como a alma da nação — ambas almejam as alturas e ambas se esfarelam sem um ideal". Adotando um estilo churchilliano, gostava muito de empregar regularmente expressões como "Nossa carne e nosso sangue", "Humanistas e nacionalistas", "Ideal", "Lutei por toda a minha vida", "Não recuaremos", "Poucos contra muitos", "Solitários no fracasso", "Gerações vindouras" e "Até meu último sopro de vida".

Em 1929, precisou fugir de Talpiót, atacada pelos árabes. Sua casa, assim como a de seu vizinho Agnon, foi saqueada e incendiada, e sua biblioteca, assim como a de Agnon, foi bastante danificada. "Devemos educar toda a nova geração de um modo inteiramente novo", escreveu no livro *CsheUmá Nilchémet leCherutá* [Quando uma nação luta pela sua liberdade], "devemos insuflar o *espírito de heroísmo* [grifo do original de meu tio], um corajoso espírito de oposição firme, sem concessões ou compromissos [...] A maioria dos nossos professores ainda não venceu sua diáspora interior, seja a diáspora européia ou a diáspora oriental, árabe."

Por influência de tio Yossef, meu avô e minha avó também se tornaram novos-sionistas jabotinskianos, e meu pai cresceu na esfera de influência das idéias do Etzel* — uma organização paramilitar clandestina — e do seu partido político, o Herut, o partido de Menahem Begin, embora Begin despertasse sentimentos um tanto contraditórios nesses jabotinskianos oriundos de Odessa, de formação leiga e visão universalista, que os fazia brindarem-no com certa restrição condescendente: as origens modestas, de *shtetl*,* uma aldeiazinha polonesa, e um excesso de sentimentalismo o tornavam um tanto plebeu e provinciano aos seus olhos, e, embora indiscutivelmente dedicado à causa do nacionalismo, deve ter lhes parecido não homem do mundo o bastante, não charmoso o bastante, desprovido de aura poética, pouco carismático, sem o dom de irradiar grandeza de espírito e sem aquele toque de trágica solidão, todas qualidades que, sentiam, deveriam estar presentes em um líder que tivesse a têmpera de um leão e a envergadura de uma águia. Assim escreveu Jabotinsky sobre o futuro das relações de Israel com as demais nações, depois de se constituir Estado: "Como um leão entre leões". Begin não parecia um leão. Também meu pai, apesar do nome, Árie, não era um leão, mas um simples intelectual, míope e com duas mãos esquerdas. Não seria capaz, nem em sonhos, de se transformar num combatente da Resistência, mas logo foi requisitado para a luta, para escrever, esporadicamente, em inglês, os cartazes da luta clandestina nos quais se denunciava a hipocrisia da "pérfida Albion". Aqueles cartazes eram impressos numa gráfica secreta, e rapazes ligeiros percorriam nosso bairro à noite e os colavam em todos os muros e postes.

Eu também era um menino combatente clandestino. Não foi apenas uma nem duas vezes que cheguei a escorraçar os ingleses flanqueando suas posições com os meus exércitos; afundei, numa brilhante emboscada marítima, a esquadra de destróieres de sua majestade, seqüestrei e levei à justiça o alto comissário e até mesmo o rei da Inglaterra, e com minhas próprias mãos hasteei a bandeira judaica (como aqueles soldados em Iwo Jima desenhados num selo americano) no topo da torre do alto comissariado, no monte do Mau Conselho. Mais tarde, depois de os expulsar de nossa terra, assinei com a Inglaterra um tratado de paz e instituí com os ingleses a aliança dos povos justos e esclarecidos frente às hordas de selvageria oriental, com suas letras em arabesco, suas adagas curvas, furiosos e ensandecidos, que ameaçavam surgir de repente do deserto com seus uivos guturais, capazes de gelar o sangue, para nos assassinar, humilhar e queimar. Eu queria crescer para ficar igual à escultura *Davi* de Bernini, um Davi lindo, com seus cachos e lábios sensuais, tal como aparecia na capa do livro de tio Yossef *Quando uma nação luta pela sua liberdade*: eu queria ser um homem forte e silencioso, que falasse lentamente, com voz grave. Não com a voz fina, um tanto esganiçada de tio Yossef. Eu não queria que minhas mãos fossem como as suas, frágeis mãos de boneca.

Tio Yossef era um homem especialmente sincero, dotado de grande auto-estima, sensível e orgulhoso, transbordante de alegria infantil, um homem feliz, que, no entanto, mantinha sempre uma expressão muito triste. E que por vezes deixava fluir sua veia comunicativa para nos contar sobre suas descobertas, suas realizações, suas insônias, sobre seus inimigos, sobre fatos acontecidos em sua vida, sobre suas conferências, seus livros e seus artigos, que sempre despertaram — todos eles, sem exceção — "um grande impacto mundial", sobre seus encontros, sobre sua rotina de trabalho, sobre sua importância e a dimensão de sua obra.

Era um homem generoso, um tanto mimado, mas doce como um bebê e presunçoso como uma criança prodígio.

Talpiót fora projetada para ser uma réplica de um bairro-jardim berlinense em Jerusalém, uma colina tranqüila dentro de um bosque, na qual, com o tempo, apareceriam telhados de telhas vermelhas por entre as copas das árvores, e em cada casa viveria tranqüilo um intelectual famoso, ou um premiado escritor, ou um aclamado cientista. Lá tio Yossef saía de vez em quando para dar uma volta na brisa da noite na ruazinha que mais tarde se tornaria a rua Klausner. Seu braço fino enlaçado ao braço gorducho de tia Tzipora, mãe, esposa e filha temporona. Passeavam, ele com seus passinhos cautelosos, até parar em frente à casa do arquiteto Kornberg, que às vezes também servia de pequena pensão para hóspedes cultos e educados, no final da rua sem saída, que era também o final do bairro de Talpiót e o final de Jerusalém e o final da terra — dali em diante se esparramavam as colinas áridas e desoladas do deserto de Judá. O mar Morto brilhava para eles ao longe, como uma bandeja de aço polido.

Ainda os vejo lá, no fim do mundo, à beira da vastidão deserta, ambos muito frágeis, como dois ursinhos de lã, de braços dados. Sobre suas cabeças sopra o vento da noitinha de Jerusalém, o sussurro dos pinheiros e um aroma um pouco amargo de gerânios que perpassa o ar seco e transparente. Tio Yossef de paletó e gravata, calçando chinelos, os cabelos brancos ao vento, e a tia com seu vestido escuro, de seda florida, e sobre os ombros um xale tricotado em lã cinzenta. Observam, em toda a extensão do horizonte, os montes de Moav se tornarem azulados para além do mar Morto. Sob seus pés passa a antiga via romana que leva às muralhas da Cidade Velha. E bem diante dos seus olhos, as cúpulas das mesquitas, as cruzes nas torres das igrejas e as luas crescentes no topo das torres dos muezim brilham douradas pelos últimos raios de sol. As muralhas vão ganhando um tom cinzento e se tornam mais e mais pesadas, e para além da Cidade Velha se pode ver o monte Scopus com os edifícios da Universidade Hebraica, tão querida para meu tio, e o monte das Oliveiras, em cuja encosta tia Tzipora ainda seria enterrada, e em cuja encosta ele também almejava ser enterrado, em vão, pois quando ele morreu a cidade oriental pertencia ao Reino Hachemita da Jordânia.

A luz da tardinha tornava ainda mais cor-de-rosa sua face de bebê e sua testa alta. Naqueles momentos pairava em seus lábios um sorriso um tanto pasmo, espantado, como o de alguém que bate à porta de uma casa onde as pessoas costumam receber com toda a hospitalidade, e eis que a porta se abre e um homem desconhecido o fita espantado, como que perguntando: Quem é o senhor, e o que o traz aqui?

Meu pai, minha mãe e eu nos deixávamos ficar ali por mais algum tempo, para finalmente nos despedirmos deles em voz baixa e seguirmos para o ponto de ônibus da linha 7, que por certo chegaria em alguns minutos, vindo da direção de Ramat Rachel e Arnona, pois o shabat já havia terminado. No ônibus da linha 7 íamos até a rua Jafa, e de lá, com o ônibus 3B, íamos até a rua Tzefânia, a cinco minutos a pé de nossa casa. Mamãe dizia:

"Ele não muda nunca — sempre as mesmas coisas, sempre as mesmas histórias e as mesmas piadas. É sempre igual em todo shabat, desde que eu o conheço."

Papai respondia:

"Às vezes você é um pouco crítica demais. Ele não é mais um jovenzinho, e a verdade é que todos nós nos repetimos um pouco. Você também."

Malicioso, eu acrescentava minha paródia de um verso do hino do "Beitar"* de Jabotinsky:

Com sangue e com zhelezo
Vamos erguer a gezho
Orgulhosa, generosa e forte.

(Tio Yossef podia discorrer horas sobre como Jabotinsky escolhia suas palavras. Aparentemente, Jabotinsky não havia conseguido encontrar uma rima adequada em hebraico para a palavra hebraica *geza'*, raça, então, provisoriamente, usou a palavra russa *zhelezo*, ferro, para rimar com *geza'*. O verso ficou assim: "Com sangue e ferro/ Vamos erguer a raça/ Orgulhosa, generosa e forte", até o seu amigo Baruch Krupnik mudar a palavra russa *zhelezo* para a palavra hebraica *yeza'*, suor: "Com sangue e suor/ etc.".)

Meu pai dizia:

"Vamos, chega, com certas coisas não se deve brincar."

E mamãe:

"E eu acho que não existem essas certas coisas, nem é bom que existam."

Aqui meu pai cortava definitivamente o assunto:

"Chega, acabou. Por hoje já é o bastante. E lembre-se, por favor, que hoje você vai tomar um belo banho, incluindo lavar bem a cabeça. Não, nem pensar, disso eu não abro mão. Por que abriria? Você pode me dar um bom motivo pelo qual eu devesse adiar a esfregação da cabeça? Não? Nesse caso é melhor que no futuro você nem tente começar uma discussão se não tem argumento, nem sombra de argumento. E faça o obséquio de lembrar, de uma vez por todas, que por definição 'eu quero' e 'eu não quero' não são, de maneira alguma, argumentos, mas caprichos.

"Por falar nisso, a palavra hebraica *hagdará'*, 'definição', deriva da palavra *gader*, 'grade', 'cerca', pois toda definição estende uma cerca entre o que pertence a ela e o que fica de fora. E no latim acontece exatamente a mesma coisa — da palavra *finis*, que significa 'cerca' e também 'fim', deriva a palavra *definire*, ou seja, 'delimitar', 'proteger', 'cercar'. De *definire* deriva também, com toda a certeza, a palavra *defens*, 'defesa', em numerosas línguas ocidentais. E lembre que *fence* em inglês significa exatamente 'cerca'. E também corte as unhas, faça-me o favor, e bote toda a roupa para lavar — também a roupa de baixo, camisa e meias. E depois pijama, um copo de chocolate quente e cama. Acabou o seu dia."

12

Por vezes, depois de termos nos despedido de tio Yossef e tia Tzipora, se ainda não era muito tarde, visitávamos, por vinte minutos ou meia hora, o vizinho da frente. Entrávamos furtivos na casa de Agnon, sem nada dizer a tio Yossef e tia Tzipora, para não deixá-los tristes. Às vezes, à saída da sinagoga, o sr. Agnon nos encontrava a caminho do ponto de ônibus da linha 7. Agnon então puxava meu pai pelo braço e o ameaçava — se recusar a ir à casa de Agnon e iluminá-la com a beleza da radiosa esposa, entristecida ficará a casa pela ausência da radiosa esposa. E assim Agnon conseguia um leve sorriso dos lábios de minha mãe, e meu pai concordava, dizendo: "Mas só por alguns minutos, desculpe-nos, senhor Agnon, não ficaremos por muito tempo. Temos de chegar ainda hoje a Kerem Avraham, o menino está cansado e deve acordar amanhã cedo para a escola".

"O menino não está nem um pouco cansado", eu dizia.

E o sr. Agnon:

"Ouça bem, meu caro doutor: dos lábios das crianças e bebês iremos haurir nossa energia."

A casa de Agnon ficava no meio de um jardim rodeado por uma cerca viva de ciprestes, e mesmo assim, para maior segurança, de costas para a rua, como se a fachada tivesse escapado para o quintal. De maneira que, olhando da rua, viam-se apenas quatro ou cinco janelinhas estreitas como ameias abertas na muralha. A entrada era por um portãozinho oculto entre os ciprestes, e daí seguia-se por uma calçadinha que contornava a casa até chegar a uma escada de quatro ou cinco degraus. Tocava-se a campainha e se aguardava que abrissem a porta branca e convidassem a entrar, tomar a direita e subir alguns degraus na penumbra até o escritório do sr. Agnon, que dava para um amplo terraço, de onde se descortinava o deserto de Judá e os montes de Moab, ou tomar a esquerda e entrar na pequena sala de estar um tanto atulhada, com janelas que davam para o jardim vazio.

A luz do dia nunca penetrava na casa de Agnon, eternamente imersa em certa penumbra com leve cheiro de café e pão fresco, talvez porque sempre chegássemos um pouco antes do final do shabat, à noitinha, e a luz elétrica não era acesa até que de alguma janela fossem vistas pelo menos três estrelas. E talvez houvesse mesmo alguma luz elétrica acesa, mas era a luz elétrica de Jerusalém, amarelada e um tanto sovina. Por pura economia de energia elétrica, ou por causa das freqüentes interrupções, o sr. Agnon mantinha aceso apenas um lampião a querosene. Daquela penumbra eu me lembro até hoje, quase posso tocá-la com a ponta dos dedos. Penumbra que as venezianas de ferro de todas as janelas como que encarceravam e tornavam ainda mais sombria. Hoje é difícil saber o motivo daquela penumbra, e talvez naquele tempo fosse igualmente difícil. Mas seja como for, a cada vez que o sr. Agnon se levantava para retirar esse ou aquele livro de uma de suas prateleiras, livros que mais pareciam uma seita de religiosos imersos em suas orações, imprensados uns contra os outros e vestindo roupas escuras um tanto surradas, seu corpo projetava não apenas uma sombra, mas duas, três, ou mais. Assim ficou gravada sua figura na minha memória infantil, e assim até hoje me lembro dele: um homem que se move pelas sombras, e três ou quatro sombras diferentes o acompanham, à sua frente, ou à sua direita, atrás, sobre ele ou por baixo dos seus pés.

Às vezes a sra. Agnon fazia alguma observação com voz autoritária, voz aguda e penetrante, e uma vez o sr. Agnon lhe disse, com uma sombra de sorriso zangado a ir e vir de seus lábios: "Permita-me, por obséquio, senhora Agnon, ser o dono da minha casa enquanto as visitas estiverem aqui. Logo que forem embora a senhora voltará a ser a *madame*". Lembro-me claramente dessa frase, não só pelo inesperado tom moleque que estava implícito nela (que hoje, como ontem, tinha um quê de provocação), mas principalmente pelo seu uso da palavra "madame", que era raro em hebraico. Topei com ela vários anos mais tarde quando li seu conto "A madame e o vendedor ambulante". Eu nunca tinha encontrado ninguém, afora o sr. Agnon, que usasse a palavra "madame" no sentido de dona da casa. Ou talvez, com "madame", ele quisesse dizer algo ligeiramente diferente.

Difícil saber: afinal, ele era um homem com três sombras, talvez mais.

Mamãe se comportava na casa do sr. Agnon, por assim dizer, como se estivesse na ponta dos pés. Mesmo quando sentada, ainda estava sobre a ponta dos pés. A ela o sr. Agnon raras vezes se dirigia, falava quase exclusivamente com meu pai, mas, mesmo falando com meu pai, seu olhar parecia sempre pousar em minha mãe. No entanto, justamente nas poucas vezes em que dirigia a palavra a minha mãe, seus olhos a evitavam e pousavam sobre mim. Ou sobre a janela. Ou talvez nada disso acontecesse e esteja apenas anotado em minha memória: pois, como as ondulações na água ou como as vibrações nervosas que percorrem a pele do cervo no segundo que precede a fuga, a lembrança dos fatos vividos surge de repente e adeja um instante, num tremor, em ritmos e focos variados, apenas um vislumbre antes de se congelar e imobilizar em memória de uma memória.

Na primavera de 1965, quando foi lançado o meu primeiro livro, *Artzot haTan* [Terras do chacal], com a mão trêmula enviei um exemplar a Agnon, e na página de rosto escrevi alguma coisa como dedicatória. Agnon me respondeu com uma bela carta, na qual fazia um comentário sobre meu livro, terminando-a assim:

As palavras que você me escreveu sobre seu livro me trouxeram à memória o semblante de sua mãe, que descanse em paz. Lembro-me de uma ocasião, há quinze ou dezesseis anos, quando ela me trouxe, a pedido de seu pai, um livro de sua biblioteca. É possível que você também tenha vindo com ela. Ao chegar, postou-se no umbral da porta e disse umas poucas palavras. Mas sua face, com toda sua beleza e inocência, permaneceu diante dos meus olhos ainda por muitos dias.

Com os melhores votos,
Shai Agnon.

Meu pai, que a pedido de Agnon traduziu para ele alguns verbetes da *Enciclopédia polonesa* com vistas à elaboração do seu livro *Ír uMloá* [A cidade e o que há nela], entortava um pouco os lábios quando definia Agnon como "o escritor da Diáspora": seus contos não levantam vôo, dizia meu pai, não há profundidade trágica, nem mesmo riso saudável, mas apenas gracejos e sarcasmos. E se encontramos em seus livros algumas poucas descrições bonitas, ele próprio não sossega e não considera o trabalho terminado enquanto não as ensopa bem ensopadas em poças de tagarelice cômica e tiradas galicianas habilidosas. Tenho a impressão de que meu pai considerava os contos de Agnon como uma extensão da literatura ídiche, e de literatura ídiche ele não gostava nem um pouco. Em concordância com seu temperamento tipicamente lituano, crítico e racional, meu pai nutria verdadeira aversão pelo sobrenatural, a magia e o sentimentalismo excessivo, por tudo que se envolvesse em penumbras místicas ou românticas, ou fosse expressamente feito para confundir os sentidos e obscurecer a razão. Só nos seus últimos anos de vida seu gosto mudou um pouco.

Assim como no atestado de óbito de sua mãe, vovó Shlomit, que morreu por excesso de higiene, consta apenas que morreu de ataque cardíaco, da mesma maneira no currículo de meu pai está anotado que seu último trabalho foi a pesquisa de um manuscrito ainda não catalogado de I. L. Peretz. Esses são os fatos. Mas a verdade eu não sei, porque sobre a verdade quase não conversei com meu pai. Ele quase nunca falou comigo sobre sua infância, seus amores e sobre o amor em geral, sobre seus pais, a morte do irmão, suas doenças e sofrimentos, e sobre o sofrimento em geral. E também nunca conversamos sobre a morte de minha mãe. Nem uma palavra. Eu também não facilitei as coisas para ele e nunca quis iniciar uma conversa que não se sabia o que poderia revelar no final. Se eu anotasse aqui tudo sobre o que não conversamos, meu pai e eu, poderia encher dois livros. Mesmo assim meu pai me deixou muito trabalho a ser feito. Ainda estou trabalhando.

Minha mãe costumava dizer sobre Agnon:
"Esse homem enxerga muito e entende muito."
E uma vez disse ainda:
"É possível que ele não seja uma pessoa muito boa, mas ao menos ele sabe o que é bom e o que é ruim, e também sabe que não temos muita escolha."
Ela costumava ler e reler, quase todos os invernos, os contos incluídos no livro *Al Capót haMan'ul* [Sobre a fechadura]. Talvez tenha encontrado neles um eco para sua melancolia e sua solidão. Também eu volto às vezes a ler as palavras de Tirtza Mazal, da casa de Mintz, que iniciam o conto "Bidmi Iameia" [Na flor da idade].

Na flor da idade morreu minha mãe. Trinta anos e mais um tinha mamãe ao morrer. Poucos e tristes foram seus dias e anos. Todos os dias ficava em casa e de casa não saía... Silenciosa estava a nossa casa em sua tristeza. A estranhos, suas portas não se abriam. Deitada em sua cama ficava minha mãe, e raras eram suas palavras.

E sobre minha mãe Agnon me escreveu quase exatamente as mesmas palavras: "Ao chegar, postou-se no umbral da porta e disse poucas palavras".
Quanto a mim, ao escrever, muitos anos depois, no livro *Matchilim Sipour* [Começamos um conto] um artigo chamado "Mi Bá?" [Quem chega?] destinado a apresentar o conto "Bidmi Iameia", me detive na frase "Todos os dias

ficava em casa e de casa não saía", que, a rigor, é uma frase tautológica, pois a segunda parte é apenas uma repetição da primeira.

Minha mãe não ficava em casa o tempo todo. Saía bastante, mas também para ela poucos e tristes foram seus dias e anos.

"Seus dias e anos"? Às vezes eu ouço nessas palavras a dualidade da vida de minha mãe, da vida de Léa, da vida da mãe de Tirtza e da vida de Tirtza Mazal, nascida Mintz. Como se também elas projetassem mais de uma sombra na parede.

Anos mais tarde, quando a assembléia-geral do kibutz Hulda aprovou minha matrícula no curso de literatura da Universidade Hebraica, porque a escola de segundo grau do kibutz precisava de um professor de literatura, reuni coragem, e um belo dia toquei a campainha da casa do sr. Agnon. (Ou, na linguagem de Agnon: "Tomei meu coração nas mãos e fui até ele".)

"Mas Agnon não está em casa", respondeu a sra. Agnon, com sua polidez colérica, com que costumava responder aos inúmeros ladrões e bandoleiros que vinham tentar roubar o precioso tempo do seu marido. A sra. Agnon não mentia: o sr. Agnon realmente não estava em casa, mas quem foi que surgiu de repente do jardim dos fundos, de chinelos e pulôver, cumprimentou-me com um "shalom" e logo perguntou, desconfiado: O que deseja? Eu lhe disse então meu nome e o nome dos meus pais, e então, quando ambos estávamos na soleira da porta de entrada (madame Agnon já havia sumido para dentro da casa sem dizer nada), o sr. Agnon se lembrou dos comentários que tinham circulado em Jerusalém alguns anos antes, pousou a mão no meu ombro e, bem próximo, disse-me: Não é você a criança que ficou órfã da pobre mãe e depois deixou o pai para ir viver num kibutz? Não era você aquele pequeno que os pais repreendiam por seu costume de pegar para si as passas do bolo aqui em casa? (Eu não me lembrava disso, nem acreditei na história das passas, mas preferi não comentar o fato.) O sr. Agnon convidou-me, então, para entrar, e fez algumas perguntas sobre minha vida no kibutz, sobre meus estudos (Quais dos meus escritos são agora estudados na universidade? E qual dos meus livros você mais aprecia?), e também quis saber com quem tinha me casado e qual a origem da família de minha esposa, e quando lhe contei que por parte da família paterna minha esposa descendia do santo autor do Shalá, o talmudista Yeshayahu Horowitz, seus olhos brilharam, e ele me contou duas ou três histórias, mas ao cabo de um quarto de hora, quando ele começava a dar claros sinais de impaciência e era evidente que maquinava um modo de me despachar, eu, apesar de estar sentado como se estivesse na ponta dos pés, exatamente como antes de mim mamãe se sentava na casa do sr. Agnon, tomei coragem e contei a ele a razão da minha visita.

Fui visitá-lo porque o professor Gershon Shaked nos havia dado, a nós, alunos do primeiro ano de literatura hebraica, a tarefa de comparar os *Sipourei Yafo* [Contos de Jafa] de Brenner aos *Sipourei Yafo* de Agnon. Li os contos de ambos e tudo o que havia na biblioteca sobre a amizade de Brenner e Agnon em Jafa nos tempos da segunda *aliá* — a segunda onda imigratória — e fiquei surpreso com o fato de duas pessoas tão diferentes terem se tornado tão amigas: Yossef Haim Brenner era um amargo, temperamental, desleixado e colérico judeu russo, uma alma dostoievskiana sempre oscilando entre o entusiasmo e a depressão, entre a compaixão e a fúria, cujo nome se encontrava inscrito no coração da literatura hebraica e do movimento pioneiro já naquela época, enquanto Agnon era (apenas) um jovem e tímido galiciano, muitos anos mais novo que Brenner e quase um estreante em literatura. Um pioneiro transformado em escriba e um dândi elegante no trajar e preciso no escrever, um rapaz franzino e sonhador, embora sarcástico: o que será que os teria aproximado em Jafa nos tempos da segunda *aliá*, a ponto de se tornarem quase um casal apaixonado? Hoje tenho a impressão de adivinhar certas coisas sobre esse caso, mas naquele dia, na casa de Agnon, por pura ingenuidade, fui logo contando a ele qual o trabalho de pesquisa que me tinha sido pedido na universidade, e lhe perguntei, candidamente, se poderia me revelar qual teria sido o segredo de sua íntima ligação com Brenner.

O sr. Agnon estreitou os olhos e me fitou, ou melhor, não me fitou, mas me perscrutou por um bom tempo, de esguelha, com certo prazer e um leve sorriso, como sorriria um caçador de borboletas — e só fui entender isso alguns anos mais tarde — ao ver uma linda borboletinha. E por fim, dando por encerrado o exame, disse:

"Entre mim e Yossef Haim, que D'us vingue sua morte, havia, naquele tempo, uma proximidade cuja origem se encontrava em um amor compartilhado."

Agucei os ouvidos ao máximo, pois estava certo de estar na iminência de receber a mais espetacular das revelações, de estar prestes a tomar conhecimento de um segredo guardado a sete chaves, a apimentada e misteriosa história de amor entre dois jovens corações apaixonados, sobre a qual eu escreveria um artigo sensacional, que me transformaria, do dia para a noite, em uma sumidade na esfera da pesquisa em literatura hebraica.

"E qual teria sido esse amor em comum?", perguntei do fundo da minha jovem inocência, sentindo pulsar o coração.

"Esse é um grande segredo", sorriu o sr. Agnon, não para mim, mas para ele próprio, e quase piscou para si enquanto sorria. "Um segredo profundo que estou disposto a lhe revelar agora sob a condição de não contar a mais ninguém."

Mudo de emoção — ingênuo que eu era! —, só meus lábios calados prometeram guardar segredo.

"Muito bem, que fique apenas entre nós dois, eis o grande segredo: naqueles tempos em que vivíamos em Jafa, Yossef Haim e eu estávamos perdidamente enamorados de Samuel Yossef Agnon."

Claro, era uma daquelas ironias agnonianas que davam suas alfinetadas no seu autor ao mesmo tempo que aguilhoava o ingênuo visitante, que viera até ali tentar subtrair ao dono da casa uma revelação inédita. Não obstante, havia uma pequena semente de verdade oculta ali, a lançar um lampejo sobre o segredo da atração daquele homem corpulento e impetuoso pelo jovem franzino e mimado, não menos que sobre o da atração do jovem e refinado galiciano pelo homem ardente e reverenciado, que estendia sobre o jovem sua asa paternal, oferecia-lhe o ombro de um irmão mais velho.

Na realidade, não era um amor compartilhado, mas antes um ódio compartilhado o que unia os contos de Agnon aos de Brenner: toda a falsidade e a retórica dos egos inflados presentes na atmosfera da segunda *aliá*, toda a mentira e a desfaçatez da realidade sionista daquele tempo, toda a arrogante presunção a donos da verdade e a auto-indulgência burguesa que impregnava a vida judaica naquela época eram igualmente abominadas por Brenner e Agnon. Nos seus escritos, Brenner investia contra todos empunhando a clava de sua fúria, enquanto Agnon os atacava com a agulha fina de sua ironia, esvaziando o ar quente e viciado que os fazia inchar.

Todavia, tanto na Jafa de Brenner quanto na de Agnon, em meio à multidão de tagarelas e embusteiros, podia-se vislumbrar o brilho raro de alguns poucos personagens que fugiam a essa regra, homens simples e sinceros.

Agnon era um homem religioso, um judeu praticante, que guardava o shabat, usava quipá, sendo literalmente um homem temente a D'us: em hebraico as palavras "medo" e "fé" são sinônimas. Nos contos de Agnon há algumas passagens, nas quais, indiretamente, em linguagem camuflada, ele descreve o temor a D'us como um verdadeiro terror. Agnon acreditava em D'us e devotava a Ele grande temor, mas não o amava. "Sou uma pessoa fácil", diz Daniel em seu romance *Oreach Natá Lalun* [Visita por uma noite], "e não creio que o Senhor, bendito seja, queria o bem de todas as suas criaturas." Essa é uma abordagem religiosa paradoxal, trágica e mesmo desesperada, à qual Agnon nunca deu uma expressão discursiva, mas a colocava como palavras ditas por personagens secundários de suas obras, ou a manifestava por meio das reviravoltas no destino de seus heróis. Quando escrevi um livro sobre Agnon explorando esse tema, *Shtikát haShamaim: Agnon Mishtomem al Elohim* [O silêncio dos céus: Agnon se maravilha com D'us], dezenas de judeus religiosos, na maior parte ultra-ortodoxos, entre eles jovens, mulheres e também professores de religião, escreveram-me cartas pessoais, algumas delas verdadeiras confissões, para me dizer, cada um à sua maneira, que dentro de sua alma eles viam o que eu tinha visto nos escritos de Agnon. Mas o que eu tinha visto nos escritos de Agnon, eu vislumbrara em um ou dois instantes fugazes no próprio sr. Agnon, no seu cinismo sarcástico, que chegava às raias de um niilismo desesperado, mas com toques de humor: "O Senhor por certo se apiedará de mim", disse ele certa vez, sobre uma de suas constantes desavenças com o serviço dos ônibus municipais. "E se D'us não se apiedar, talvez a associação de moradores do bairro se apiede, mas tenho a impressão de que a companhia Hamekasher, a companhia de ônibus urbanos de Jerusalém, é mais forte do que ambos."

Durante os dois anos em que estudei em Jerusalém, ainda fui mais duas ou três vezes a Talpiót. Nessa época meus primeiros contos foram publicados no suplemento de fim de semana do jornal *Davar* e na revista trimestral *Keshet*, e minha intenção era entregá-los em mãos ao sr. Agnon e ouvir sua opinião. Mas Agnon se justificou dizendo que "infelizmente nestes dias não estou em condições de leitura", e pediu que eu fosse em outra ocasião. Na outra vez fui de mãos vazias, mas na barriga, sob o suéter, como se fosse uma gravidez embaraçosa, levava o exemplar de *Keshet* no qual meu conto fora publicado. No fim não tive a coragem de dar à luz, senti-me constrangido no papel de explorador do seu tempo, e saí de sua casa como cheguei, "embuchado". Só alguns anos mais tarde, quando meus contos foram reunidos num livro, *Artzot haTan* (1965), foi que me armei de coragem e enviei a ele um exemplar. Três dias e três noites flutuei em passos de dança pelos gramados de Hulda, bêbado de felicidade, cantei e bradei em silêncio canções e rugidos de pura euforia. Rugia e chorava por dentro ao ler a carta do sr. Agnon, na qual estava escrito, entre outras coisas:

> [...] e quando tiver oportunidade de encontrá-lo, direi pessoalmente bem mais do que está escrito aqui. Se D'us quiser, lerei os contos restantes nos dias de Pessach, pois aprecio histórias como as suas, nas quais os heróis deixam transparecer suas emoções.

Certa vez, durante os meus anos na universidade, apareceu em uma revista literária estrangeira um artigo de uma das maiores autoridades no campo da literatura comparada, mundialmente reconhecida (talvez fosse o suíço Emil Steiger?). O autor do artigo considerava que os três escritores mais importantes da Europa Central na primeira metade do século XX eram Thomas Mann, Robert Musil e Shai Agnon. Esse artigo foi escrito alguns anos antes de Agnon receber o prêmio Nobel e me deixou tão entusiasmado que dei um jeito de surrupiar a revista da sala de leitura (naquele tempo ainda não existia xerox) e correr a Talpiót para alegrar o coração do sr. Agnon. E ele realmente ficou feliz, a ponto de ler todo o artigo de pé, emocionado, de uma vez só, na soleira da entrada de sua casa, ainda antes de me convidar para entrar, e depois de ler, releu, talvez tenha lambido os lábios, fitou-me do jeito que às vezes me fitava e perguntou, com fingida inocência: "E você também considera Thomas Mann assim tão importante?".

Uma noite perdi o último ônibus de Rehávia para Hulda, e tive de ir de táxi. O dia todo o rádio noticiou a outorga do prêmio Nobel de literatura, dividido entre Agnon e a poeta Nelly Sachs, e o motorista me perguntou se eu já tinha ouvido falar nesse escritor, "Égnon". "Veja você", disse ele, assombrado, "eu nunca ouvi falar desse cara, e de repente ele nos leva à finalíssima do campeonato mundial! Mas quer saber? Foi chato que no final saímos empatados com essa mulher aí."

Por alguns anos me empenhei para escapar da sombra de Agnon, lutei para distanciar meu estilo da sua influência, da sua linguagem densa, refinada, da sua pulsação ritmada, de certa placidez vinda da religiosidade junto com os tons cálidos da língua, nos quais ecoam as melodias do ídiche e as modulações das histórias hassídicas. Eu devia me libertar da influência de sua linguagem ferina e irônica, do simbolismo intenso e barroco de seus labirintos enigmáticos, da multiplicação dos planos da realidade e dos sofisticados chistes literários.

Mesmo com todo o esforço para me afastar dele, até hoje o que aprendi com Agnon por certo ecoa bastante nos meus livros.

Mas, afinal de contas, o que foi que aprendi com ele?

Talvez seja isto — projetar mais do que uma única sombra. Não catar passas do bolo. Conter e polir a dor. E mais uma coisa que minha avó costumava dizer de maneira mais pungente do que Agnon: "Se já não lhe restam lágrimas para chorar, então não chore. Ria".

13

E de vez em quando eu ficava para dormir na casa dos meus avós. Acontecia de vovó apontar de repente para um móvel, para uma roupa ou para uma pessoa e dizer:

"De tão feio, ele quase chega a ser bonito."

E às vezes dizia:

"Ele é tão inteligente, mas tão inteligente que não sabe nada."

E também:

"Dói, dói, mas dói tanto que chega a ser engraçado."

Passava o dia todo cantarolando melodias que tinham vindo com ela de lugares distantes onde vivia livre da ameaça dos micróbios e livre da grosseria, da qual não parava de reclamar: tudo aqui mexia com seus nervos.

"Como animais", dizia às vezes com repugnância, sem nenhuma razão aparente, sem qualquer provocação ou motivo e também sem se dar ao trabalho de nos explicar quem ela estava comparando a animais. Até mesmo quando sentávamos juntos no banco de um jardim público, à noitinha, e o jardim estava deserto, e uma brisa leve soprava tocando docemente as pontas das folhas ou era tão suave que só as fazia tremer sem realmente tocá-las com as pontas transparentes dos seus dedos, minha avó ainda conseguia expelir, de repente, chegando a tremer de tanto asco e revolta:

"Mas que coisa! Como é possível? Piores do que animais!"

E logo depois voltava a cantarolar suas melodias tranqüilas, que eu não conhecia.

Cantarolava o tempo todo, na cozinha, diante do espelho, na espreguiçadeira da varanda e até mesmo no meio da noite.

Muitas vezes, depois de me terem dado banho, escovado meus dentes e limpado meus ouvidos com um palito com a ponta envolta em algodão, punham-me para dormir ao seu lado, na cama espaçosa (que era a cama de casal, da qual meu avô já havia desertado definitivamente, ou quem sabe fora expulso dali ainda antes do meu nascimento). Vovó me contava uma ou duas histórias, acariciava minha face, beijava a minha testa e imediatamente a esfregava com um lencinho perfumado, que mantinha sempre enfiado dentro da manga esquerda para espanar ou esmagar os micróbios, e apagava a luz. Mesmo no escuro ela continuava a cantarolar e cantarolar, não era bem cantarolar, nem murmurar, nem mesmo um zumbir baixinho, como posso dizer, ela fazia surgir de dentro dela própria uma voz distante, onírica, um som cor de nozes, escuro e agradável, que lentamente se transformava num eco, num tom, um matiz, um cheiro, uma leve aspereza, um calor, uma cálida água de poço, tépido líquido amniótico, toda a noite.

Mas mesmo com todos esses carinhos noturnos, logo de manhã cedinho ela me obrigava a esfregar toda a minha pele com esponja e espuma, bem esfregada, e essa era a primeira coisa, antes da xícara de chocolate sem nata. Eu acordava ao som do sovador de micróbios de meu avô, que já travava sua batalha matinal: cumprindo a promessa feita a vovó, ele acordava todos os dias antes das seis e saía para a varanda, para então, com a fúria de um Dom Quixote, sovar cobertas, almofadas e colchões.

Ainda antes de abrir os olhos, já me esperava uma banheira de água quente, envolta em nuvens de vapor, e tudo recendia a uma solução anti-séptica com cheiro de Kupat Cholim. Na beirada da banheira já me espreitava a escova de dentes, com a sinuosa minhoca branca da pasta dental pousada sobre suas cerdas. Minha obrigação era mergulhar e me ensaboar muito bem ensaboado, esfregando-me com uma espécie de esponja áspera chamada Lipa, e mergulhar de novo, e então minha avó se aproximava, colocava-me de joelhos dentro da banheira, agarrava com força meu braço e ela própria me escovava e esfregava por inteiro, de cima a baixo e de baixo para cima, com uma escova de cerda dura, para cavalos, reminiscência dos pentes de ferro usados pelos torturadores do Império Romano para dilacerar a pele de rabi Akiva e dos outros mártires da revolta Bar Kochba, até minha pele ficar rosada, como em carne viva, e então minha avó me ordenava que fechasse bem os olhos, mantendo-os bem apertados, enquanto ela ensaboava e esfregava minha cabeça com muita espuma, friccionando-a com suas unhas fortes, como Jó ao raspar a própria carne com cacos de telha, e explicava, com sua voz escura e agradável, quanta sujeira e impureza são trazidas à noite, durante o sono, pelas secreções das glândulas do corpo, e como o suor pegajoso e gorduras de todo tipo trazem da lata de lixo do corpo os detritos orgânicos, a caspa da pele, os pêlos caídos, os detritos dos milhões de células mortas e todo tipo de secreções e líquidos infectos, e, enquanto você dorme, não sente nada, e todas essas excreções e resíduos se misturam, untam seu corpo e convidam, convidam mesmo, os micróbios, os bacilos e também os vírus para vir pulular pelo seu corpo todo, para não falar em todos os tipos de parasitas que a ciência ainda não descobriu, e de tudo o que de tão pequeno ainda não podemos ver, nem mesmo com o microscópio mais potente. Mas, mesmo sem vê-los — eles passeiam à vontade durante a noite por todo o seu corpo com seus trilhões de patinhas peludas, sujas e nojentas, patinhas mesmo, como as das baratas, mas bem pequenininhas, que não podemos ver, nem mesmo os cientistas conseguem ver —, eles rastejam de volta para o interior do nosso corpo com essas patinhas nojentas e cheias de sujeira e entram pelo nariz, pela boca e pelo... eu não preciso dizer por onde mais eles entram, principalmente porque esses lugares que eu não preciso dizer quais são, que nunca, mas nunca as pessoas lavam como se deve, e também, quando pensam que limpam, não estão limpando coisa nenhuma, só esfregam e esfregam a sujeira nojenta e a empurram de volta para o corpo pelos milhões de buraquinhos minúsculos que temos espalhados por toda a pele, então tudo lá vai ficando mais e mais repugnante, e o suor, e tudo o mais, principalmente quando a sujeira interna, que o corpo sempre, sempre vai soltando, dia e noite, mistura-se com a sujeira de fora, que gruda no corpo, quando tocamos em coisas não higiênicas que ninguém sabe quem tocou antes de nós, como, por exemplo, dinheiro, ou jornal, ou corrimão de escada, ou maçaneta, ou até mesmo alimentos que compramos, pois quem pode saber se alguém já passou por ali e espirrou sobre eles e até mesmo se alguém, desculpe dizer, assoou o nariz e uma gotinha caiu bem em cima desses papeizinhos de alumínio colorido que você vive catando diretamente da calçada e trazendo para a cama onde as pessoas se deitam, para não falar na sua coleção de rolhas, que você cata diretamente do lixo, e o milho cozido, que sua mãe, que tenha saúde, compra da mão daquele sujeito que, vai ver, nem lavou nem enxugou as mãos depois de fazer você sabe o quê, e como podemos ter certeza de que ele não tem alguma doença? E se de repente ele tem uma tuberculose em estágio avançado? E se tiver cólera? Ou tifo? Ou icterícia ou desinteria? Ou quem sabe algum abscesso, ou alguma doença intestinal, ou eczema, ou psoríase na pele, que é um tipo de lepra ou sarna? E se ele nem for judeu? Você tem idéia de quantas doenças pululam por aí? Quantas epidemias levantinas? E eu estou falando só das doenças conhecidas, não das que ainda ninguém descobriu, nem os cientistas, pois não passa um dia sem que morram pessoas, como moscas, aqui no Levante por causa de algum novo parasita, ou bacilo, ou micróbio, ou algum tipo de verme minúsculo, desses que os médicos ainda nem descobriram, ainda mais aqui em Israel, com esse clima quente e cheio de moscas, mosquitos, insetos, formigas, minhocas, lesmas, baratas e nem sei mais o quê, e as pessoas aqui suam o tempo todo e ficam se encostando e se esfregando nas feridas infectadas umas das outras, e com o suor e com todos os líquidos que saem do corpo, que você, na sua idade, ainda nem precisa saber sobre todos esses líquidos pestilentos, todos podem molhar uns aos outros com a maior facilidade, e os outros nem vão sentir que alguém encostou neles, com essa gente toda se amontoando, esse lufa-lufa, esse empurra-empurra que existe por aqui, só com um aperto de mão você já se contamina com todo tipo de pestes, nem precisa tocar, basta respirar o ar que alguma outra pessoa já respirou e passou por seus pulmões com todos os seus micróbios, e os bacilos, e a sífilis, e o tracoma, e o enfisema, e as condições sanitárias daqui nem chegam aos pés das que existem na Europa civilizada, e a higiene, se você quer saber, pelo menos metade das pessoas daqui ainda nem ouviu falar dela, e o ar cheio de parasitas asiáticos de todo tipo, e uns répteis asquerosos, com asas, que aparecem por aqui vindos diretamente das aldeias árabes, e até mesmo da África, e ninguém sabe quais doenças estranhas e infecções incuráveis esses répteis ficam trazendo o tempo todo, pois o Levante está cheio de micróbios. Agora você vai se enxugar sozinho, como um menino grande, não vai deixar nem um pedacinho molhado, e depois você mesmo vai passar com muito, muito cuidado um pouco de talco no você sabe onde e também no outro você sabe onde. Em toda a volta, bem espalhado, nos dois lugares que eu falei. E no pescoço, quero que você passe o creme desta bisnaga, e depois você vai se vestir com a roupa que vou trazer para cá, que é a roupa que sua mãe, que tenha muita saúde, preparou para você, só que eu passei essas roupas com ferro bem quente para esterilizar e matar todos os parasitas que proliferam e se escondem pelas pregas, melhor do que lavar, e depois venha me encontrar na cozinha, bem penteado, e você primeiro vai tomar uma bela xícara de chocolate, e depois o café-da-manhã.

Ao sair do banheiro ainda resmungava, não com raiva, mas como se deplorasse profundamente:

"Como animais. Pior ainda."

Uma porta com vidro fosco, no qual tinham sido gravados padrões geométricos na forma de cristais de gelo, separava o quarto de minha avó do cubículo chamado pomposamente de "Gabinete do vovô Aleksander". Desse cubículo, vovô tinha uma saída própria, independente, para a sacada, dela para o jardim e, finalmente, dele para a rua, a cidade, a liberdade.

Num canto do seu quartinho estava o sofá de Odessa, estreito e duro como uma tábua, e nele vovô dormia. Embaixo do sofá, como recrutas em uma parada, oito ou nove pares de sapatos dispostos em linha reta, todos pretos, engraxadíssimos e brilhantes: do mesmo modo como vovó Shlomit cuidava de sua coleção de chapéus — verdes, marrons e bordô —, guardando-os como seu bem mais precioso em caixas redondas, vovô Aleksander gostava de comandar sua esquadra completa de sapatos e engraxá-los até brilharem como cristal, todos eles — os de sola grossa, os de bico redondo, os de bico pontudo, sapatos com furinhos, com cadarço, com tiras e sapatos com fivelas.

Em frente ao sofá, havia sua pequena mesa de trabalho, sempre bem arrumada, e sobre ela um tinteiro e um mata-borrão feito de oliveira. A meus olhos, esse mata-borrão parecia um tanque, ou um navio, com uma grossa chaminé, que navegava em direção ao píer, composto por três recipientes prateados e brilhantes — um deles abarrotado de clipes, outro cheio de tachinhas e o terceiro parecia um ninho transbordante de serpentes de elástico, que se enroscavam e se contorciam. Havia também sobre a escrivaninha de vovô um arquivo retangular, de metal, com uma gaveta para cartas a serem enviadas, uma para correspondência recebida, uma com recortes de jornais, mais uma para documentos da prefeitura e do banco, e mais uma gaveta com a correspondência do partido Herut, seção de Jerusalém. Havia ainda uma caixa, feita de oliveira, cheia de selos de diversos valores, uma divisão especial para etiquetas vermelhas com a palavra "expresso", uma divisão para etiquetas "registrado" e mais uma para etiquetas "via aérea". Havia uma repartição especial para envelopes e outra para cartões-postais. Mais atrás se erguia um recipiente prateado com a forma da Torre Eiffel que podia rodar sobre o seu eixo. Continha canetas e lápis de diversas cores, incluindo um lápis espetacular, com duas pontas, azul de um lado e vermelho do outro.

No canto da escrivaninha de vovô, junto às pastas com documentos, havia sempre uma garrafa estreita e escura de licor estrangeiro, e a seu lado três ou quatro cálices esverdeados com a forma de mulherzinhas de corpo bem-feito. Meu avô gostava muito de coisas bonitas e evitava as feias e às vezes gostava também de confortar seu coração solitário e apaixonado com um golezinho de licor. Pensava com seus botões: o mundo não entendia seu coração. Sua mulher não entendia seu coração. Na verdade, ninguém entendia seu coração. Porém seu coração sempre ansiara por feitos heróicos e sublimes, mas todos, todos sempre se uniam para lhe cortar as asas, a mulher, os amigos, os companheiros, todos juntavam forças na campanha destinada a submergi-lo em mil e uma incumbências domésticas, arrumações, arranjos de todo tipo, milhares de pequenos encargos e favores. Era uma pessoa fácil de levar, dessas que se zangam à toa, mas que logo esquecem. Sempre que via algum dever por terra — de qualquer espécie, dever familiar, dever de cidadão, dever moral —, tratava logo de erguê-lo do chão, colocá-lo nas costas e carregá-lo. Mas depois iria se queixar amargamente de mais esse peso nas costas e reclamaria de todos — a começar de minha avó — que se aproveitavam da sua generosidade, encarregando-o de mil e uma tarefas que só faziam apagar sua chama poética, e também por usarem-no como seu menino de recados.

Durante o dia vovô Aleksander trabalhava como representante comercial para firmas do ramo de vestuário, representando em Jerusalém algumas indústrias têxteis, como a afamada Lodzia e outras firmas conhecidas. Dentro das muitas malas que se empilhavam sobre prateleiras que tomavam toda uma parede do seu gabinete, do chão até o teto, ele sempre tinha amostras coloridas de tecidos, de saias, de calças de malha e de gabardine, de meias, de toalhas e de cortinas de todas as cores. A mim era permitido utilizar algumas dessas malas, sem abri-las, na construção de torres, fortalezas e muralhas defensivas. Meu avô ficava sentado em sua cadeira, de costas para a escrivaninha, as pernas esticadas, a face cor-de-rosa quase sempre irradiando bondade e satisfação, sorrindo cordialmente para mim, como se a pilha de malas que crescia no seu quartinho sob minhas mãos estivesse destinada um dia a destruir, de uma vez só, as pirâmides, os jardins suspensos da Babilônia e a Grande Muralha da China. Foi vovô Aleksander quem me contou sobre a Grande Muralha da China, sobre as pirâmides, os jardins suspensos e todas as outras maravilhas do engenho humano, como o Partenon, o Coliseu, o canal de Suez e o do Panamá, o Empire State, as igrejas do Kremlin, os canais de Veneza, o Arco do Triunfo e a Torre Eiffel.

À noite, na solidão de seu gabinete, sentado à sua escrivaninha diante de um cálice de licor, vovô Aleksander era um poeta sentimental que lançava ao mundo indiferente versos de amor, de prazer, de entusiasmo e de melancolia, todos em russo. E seu bom amigo Yossef Cohen-Tzedek os traduzia para o hebraico:

Depois de tantos anos adormecido
Desperta-me, Senhor!
Abre meus olhos com mão amorosa
Para viver mais três dias
E de Dan até Beersheba
Deixa-me percorrer minha terra
Deixa-me errar por seus vales e colinas
E vê-la em sua beleza:
Cada um em paz na sua casa
À sombra de figueiras e vinhas
E a terra frutificar em abundância
E ser toda alegria...

Escreveu poemas em que fez a apologia de figuras como Zeev Jabotinsky, Menahem Begin e até seu irmão famoso, tio Yossef, e também poemas enfurecidos contra os alemães, os árabes, os ingleses e todos os outros inimigos do povo de Israel. Entre todos esses encontrei também três ou quatro poemas de melancolia e solidão:

No sonho, na tristeza
Envolta na luz da Lua,
Eu te vi diante de mim
Teu olhar era um raio de beleza...

Ou:

Pensamentos de luto, de dor e sofrimento me assediam
No entardecer dos meus dias
Uma paisagem de outono e chuva
Despeço-me do vigor da juventude
E da clara luz do Sol...

 Porém, em geral ele não era assim tão envolto em brumas outonais: era um nacionalista, patriota, que sonhava com exércitos, esquadras, vitórias e conquistas. Era um barulhento e ingênuo vendedor ambulante, que acreditava que se nós, judeus, mantivéssemos nosso espírito heróico, nosso ânimo obstinado e intransigente, nossa atitude determinada etc. etc., se finalmente erguêssemos nossa cabeça e deixássemos de nos impressionar com a opinião dos outros povos, poderíamos enfim vencer todos os nossos inimigos e impor o reino de Davi, desde o Nilo até o grande rio, o Eufrates. E todo o mundo gói, vil e cruel, viria se prostrar humildemente a nossos pés. Ele tinha um fraco por tudo que fosse grande, poderoso e reluzente — fardas, galões, o toque dos clarins, bandeiras e estandartes tremulando ao sol, palácios reais e condecorações. Era um homem do século XIX, embora, em sua longa vida, tivesse assistido a mais de três quartos do século XX.
 Lembro-me dele vestindo um terno de flanela clara, de cor creme, ou um terno grafite listrado, bem vincado, e às vezes dava para ver, sob o paletó, um colete de piquê, com uma fina correntinha de prata a rodear sua cintura e sumir no bolsinho do colete. No verão usava um chapéu claro, de palha trançada, com furinhos, e no inverno um chapéu Borsalino, com uma fita de seda escura. Era uma pessoa de temperamento irascível, sujeito a repentinas e furiosas explosões, mas logo se acalmava e perdoava, pedia desculpas, lamentava, um

tanto constrangido, como se o ataque de raiva não passasse de um violento acesso de tosse. De longe já se podia saber como andava seu humor, pois seu semblante mudava de cor, como um farol de trânsito — rosa, branco, vermelho e de novo rosa. Em geral sua face era de um tom rosa satisfeito, mas, se ele se sentia ofendido, empalidecia, se ficasse bravo, enrubescia, porém, depois de alguns instantes, voltava a exibir o rosa satisfeito a anunciar ao mundo que a tempestade tinha passado, o inverno se fora, plantinhas brotavam por toda parte e a (quase) permanente jovialidade de vovô estava de volta, depois de um pequeno intervalo. Num instante já esquecera por completo quem ou o que o havia enfurecido, e sobre quem havia despejado essa fúria. Como a criança que chora por um momento e logo se acalma, sorri e volta a brincar.

14

O rabi Aleksander Ziskind de Horodna, falecido em 1794, conhecido na tradição rabínica como Iosha, as iniciais do seu livro mais famoso, o *Iessód Ushoresh haAvodá* [Fundamento e raiz do trabalho], era um místico, um cabalista, um asceta, autor rigoroso de vários e influentes textos sobre ética. Contam que Iosha se trancava todos os dias num quartinho estreito e estudava a Torá. Nunca beijou os filhos, nem os pegou no colo, nunca teve com eles nenhuma conversa descontraída. Sua mulher mantinha a casa e cuidava dos filhos sozinha. Mas, mesmo assim, esse asceta recomendava: "Adorar a D'us com imensa alegria e grande exaltação" (o rabi Nachman de Bretzlav dizia que ele "era um hassídico, antes mesmo de haver hassidismo"*). Mas toda essa alegria e exaltação não impediram o rabi Aleksander Ziskind de Horodno de deixar instruções para que após sua morte "a Chevra Kadisha* proceda a sete mortes em meu corpo até que todo o corpo seja despedaçado por completo". E instruções bastante detalhadas, como, por exemplo, "que alguns homens me levantem até o teto e de lá me lancem com toda a força contra o piso, sem que haja nenhum obstáculo, seja lençol ou palha, e assim seja feito por sete vezes seguidas, até que meu corpo se esfacele em pedaços. Desejo que a Chevra Kadisha me submeta fielmente a essas sete mortes, e não me poupe dessa ignomínia, pois nessa ignomínia reside minha remissão, para que eu possa me aliviar um pouco do peso do grande Julgamento lá no alto". Tudo isso para expiação de seus pecados e como meio de purificação "para o espírito ou a alma de Aleksander Ziskind, nascido de sua mãe, Rifka". Também se sabe que ele percorreu as cidades alemãs para angariar fundos destinados à colonização de Israel, e sabe-se até que foi preso por isso. Seus descendentes ganharam o sobrenome Baraz (Bnei haRav Aleksander Ziskind), que significa: filhos do rabi Aleksander Ziskind.

Seu filho, o rabi Yossale Baraz, um dos que o pai nunca havia beijado nem posto no colo, foi considerado um *tzadik*, um homem justo e puro que dedicou toda a sua vida à Torá e nunca saía da casa de estudos durante os seis dias úteis da semana, nem mesmo para dormir: só se permitia cochilar, sentado, a cabeça sobre os braços cruzados, e os braços sobre a mesa de estudo, quatro horas por noite, mantendo uma vela acesa entre os dedos, de modo que ardesse até o fim e o acordasse. Também as refeições frugais lhe eram trazidas na casa de estudos, de onde só saía no início do shabat, para retornar a ela no final. Era ascético, tal como o pai. Sua esposa, que administrava uma loja de tecidos, sustentou-o, e aos filhos, durante toda a sua vida, assim como havia feito sua mãe, pois, graças à humildade excessiva, o rabi Yossale se recusou terminantemente a exercer qualquer função de rabino em uma sinagoga, preferindo ensinar gratuitamente a Torá aos meninos pobres. Também se recusou a escrever livros, pois em sua humildade se considerava pequeno demais para dizer qualquer coisa que não houvesse sido dita antes dele.

O filho do rabi Yossale, Aleksander Ziskind Baraz (avô do meu avô Aleksander) era um próspero comerciante de cereais, de linho e até de cerdas de suíno. Seus negócios alcançavam Königsberg, Dantzig e Leipzig. Observava escrupulosamente as *mitzvot*,* os preceitos da religião, mas, ao que se sabe, manteve-se bem longe da ortodoxia do pai e do avô, não deu as costas ao mundo, não se manteve com o trabalho da esposa e não se opôs aos ventos da renovação cultural em curso na época, a Haskalá, o iluminismo judaico. Permitiu que os filhos aprendessem russo, alemão e um pouco da "cultura estrangeira", e até mesmo incentivou sua filha, Rashe-Keile Baraz, a aprender a ler, para tornar-se uma mulher cultivada. E certamente não ordenou à Chevra Kadisha estripar e desmantelar o seu corpo.

Menahem-Mendel Baraz, filho de Aleksander Ziskind, neto do rabi Yossale, bisneto do rabi Aleksander Ziskind, o autor de *Fundamento e raiz do tra-*

balho, se fixou em Odessa no início de 1880, e possuía, junto com a esposa, Perla, uma pequena fábrica de vidro. Antes disso, quando jovem, tinha servido como funcionário do governo em Königsberg. Menahem Baraz era um homem muito bonito, rico, dado aos prazeres do mundo, não conformista, sempre disposto a romper com as convenções, mesmo aquelas do padrão excepcionalmente tolerante da Odessa judaica do final do século XIX. Ateu convicto e sabidamente hedonista, abominando tanto a religião quanto os fanáticos religiosos com o mesmo ardor exaltado com que seu avô e seu bisavô tinham observado cada letra e cada vírgula da Torá, Menahem Baraz exercia sua liberdade de opinião a ponto de ceder ao exibicionismo: fumava em público durante o shabat, devorava com prazer e sem a menor cerimônia comida proibida, *treifá*,* perseguia os prazeres do mundo, levado por uma melancólica consciência da brevidade da vida e por uma apaixonada negação da existência de uma vida após a morte e das noções de castigo e julgamento divinos. Esse seguidor de Epicuro e Voltaire acreditava que o homem deve estender a mão e agarrar com decisão o que a vida lhe oferece, gozando à vontade de tudo o que bem desejar, com a condição de não agredir o próximo, não o humilhar, nem lhe causar sofrimento. Para a irmã de Menahem-Mendel, Rashe-Keile, a filha do rabi Aleksander Ziskind Baraz, foi arranjado um casamento com um judeu simples, da aldeiazinha de Olekniki, na Lituânia (não longe de Vilna). Seu nome, Yehuda Leib Klausner, filho do arrendatário de uma pequena propriedade, Yechezkiel Klausner, descendente do rabi Avraham Klausner, autor do *Sefer haMin'haguim* [O livro dos costumes], que viveu em Vilna no século XIV.[1]

Os Klausner da aldeia de Olekniki, ao contrário dos seus tios mais letrados

---

1. A herança dos nomes: minha filha mais velha recebeu o nome de Fânia, como Fânia, minha mãe. Meu filho é Daniel Yehuda Árie — Daniel como meu primo Daniel Klausner, nascido um ano antes de mim e assassinado, junto com os pais, David e Malka, pelos alemães, em Vilna, aos três anos de idade, e Árie como meu pai, Yehuda Árie Klausner, assim chamado em homenagem ao seu avô, Yehuda Leib Klausner, da aldeia de Olekniki, na Lituânia, filho do rabi Yechezkiel, filho do rabi Kadish, filho do rabi Guedália Klausner-Olknitzky, um descendente do rabi Avraham Klausner, autor do *Livro dos costumes*, que viveu em Vilna no início do século XIV. Meu avô paterno foi Aleksander Ziskind Klausner, assim chamado em homenagem ao seu avô materno, Aleksander Ziskind Baraz, cujo nome também foi dado em homenagem ao seu avô, o rabi Aleksander Ziskind, de Horodna, o autor de *Fundamento e raiz do trabalho*. Três dos meus netos levam os nomes de um dos seus avós (Macabi Zaltzberger, Lota Zaltzberger, Riva Tzukerman). E assim a coisa continua.

da aldeia vizinha de Trakai, eram em geral judeus simples, camponeses robustos, teimosos e simplórios. Yechezkiel Klausner criava gado, ovelhas, tinha um pomar e uma horta, a princípio na aldeia de Popishuk, depois na aldeia de Rodenik e, por fim, em Olekniki, sempre nas proximidades de Vilna. Yehuda Leib, assim como seu pai, Yechezkiel, aprendeu alguma coisa da Torá e alguma coisa da Guemará com um professor da região, seguia os ditames da religião, mas tinha horror às especulações e discussões sobre passagens obscuras dos textos. Gostava da vida ao ar livre e detestava a vida na salinha de estudos.

Depois de se aventurar a negociar suas colheitas com os comerciantes do lugar e falhar, pois eles rapidamente percebiam sua ingenuidade e tratavam de se aproveitar, levando vantagem (com o que terminaram por colocá-lo à margem do mercado), Yehuda Leib Klausner resolveu usar o dinheiro que lhe restara para comprar um cavalo e uma carroça e passou a transportar alegremente pessoas e carga de aldeia em aldeia. Era um carroceiro gentil, calmo e satisfeito com o que lhe coubera, apreciador da boa comida, das canções do shabat, das festas e de um bom trago nas noites de inverno; nunca teve de dar uma única chicotada no cavalo, nem se intimidou com os perigos dos caminhos. Gostava de usufruir suas viagens lentas e solitárias, com sua carroça carregada de madeira ou de sacos de cereais, por bosques sombrios ou regiões agrestes onde não se via vivalma, através de tempestades de neve, sobre a fina placa de gelo que cobria o rio durante o inverno. Certa vez (assim vovô Aleksander gostava de repetir muitas vezes nas noites de inverno) a crosta de gelo cedeu sob as rodas da carroça de Yehuda Leib, ele saltou e agarrou as rédeas do cavalo com suas mãos poderosas e as puxou, salvando assim cavalo e carroça das águas geladas.

Três filhos e três filhas deu Rashe-Keile, da família Baraz, ao seu marido carroceiro. Em 1884, Rashe-Keile adoeceu gravemente, e os Klausner decidiram sair da distante Olekniki, na Lituânia, e se mudar para Odessa, onde vivia o irmão da enferma, um rico empreendedor — Menahem-Mendel Baraz por certo os ajudaria e levaria sua irmã aos melhores médicos da cidade.

Em sua vinda para Odessa, em 1885, tio Yossef, o filho mais velho dos Klausner, uma criança prodígio de onze anos de idade, era um estudioso compulsivo, apaixonado pelo hebraico e ávido de conhecimento. Era mais parecido com seus tios, os Klausner esclarecidos e brilhantes da aldeia de Trakai, do que com os pais e avós, camponeses e carroceiros de Olekniki. Seu tio, o epicurista voltairiano Menahem Baraz, percebeu de imediato seus talentos, previu seu futuro brilhante e o apoiou de todas as maneiras nos estudos. Seu irmão Aleksander Ziskind, por sua vez, com quatro anos na época da mudança para Odessa, era sensível e efusivo, mais parecido com os Klausner camponeses, seu pai e seu avô: não mostrava ter grande pendor para os estudos e desde pequeno gostava de dar longos passeios reparando bem nas pessoas, cheirando e sentindo o mundo, ficando sozinho nos campos e bosques, sonhando. Todavia, sua simpatia, generosidade e bondade o faziam querido de todos que dele se aproximavam. Era chamado de Zissie, ou Zissel, o doce.

Havia ainda o irmão caçula, tio Betzalel, e três irmãs, Sofia, Ana e Daria, que nunca chegaram a Israel. Tanto quanto pude saber, após a Revolução Russa, Sofia foi professora de literatura e depois diretora de uma escola de segundo grau em Leningrado. Ana faleceu ainda antes da Segunda Guerra Mundial, e Daria (ou Dvora) e seu marido, Misha, tentaram fugir para a Palestina depois da Revolução Russa, mas tiveram de se deter em Kiev por causa da gravidez de Daria.

Apesar dos esforços de tio Menahem e de outros parentes em Odessa, todos do ramo Baraz da família, em pouco tempo os Klausner empobreceram: o carroceiro Yehuda Leib, um homem robusto, paciente, que amava a vida e as histórias engraçadas, foi minguando a olhos vistos depois de ter investido as parcas economias que trouxera da aldeia lituana na compra de uma quitanda pequena e sufocante que mal dava para sustentar os Klausner. Seu espírito, porém, saía livre a vagar pelas montanhas desertas, pelos bosques, pelos campos nevados, em busca do cavalo e da carroça, das estalagens e do rio que havia deixado em sua aldeia na Lituânia. Em poucos anos adoeceu, definhou e morreu na penumbra de sua lojinha de teto baixo, com apenas cinqüenta e sete anos. A viúva, Rashe-Keile, ainda viveu vinte e cinco anos após sua morte. Faleceu no bairro búlgaro em Jerusalém no ano de 1928.

Enquanto tio Yossef prosseguia com muito brilho seus estudos em Odessa, e depois na Universidade de Heildelberg, prometendo com seu talento mover montanhas e iluminar todos os quadrantes do céu, meu avô Aleksander deixava a escola aos quinze anos e começava a fazer uma infinidade de pequenos negócios, comprando aqui, vendendo ali, escrevendo arrebatados poemas em russo à noite, lançando olhares sôfregos às vitrines e às montanhas de uvas, melões e melancias, assim como às voluptuosas mulheres do sul, correndo para casa para compor outros poemas ardentes, fazendo, em seguida, uma vez mais, a ronda de bicicleta pelas ruas de Odessa, vestido na última moda, com toda a elegância. Mais parecia um daqueles esplêndidos rapazes do bairro Moldavanka, tal como Isaac Babel os descreve em seus contos, fumando como gente grande, o negro bigode bem aparado e tratado com cera de abelhas. Às vezes descia até o porto, onde contemplava os navios, os estivadores e as raparigas baratas do cais, ou assistia entusiasmado ao desfile de um batalhão de soldados ao som da banda militar, ou passava às vezes uma ou duas horas na biblioteca pública lendo com grande interesse tudo o que lhe caía nas mãos e prometendo a si mesmo, ainda uma vez, tentar competir em erudição com seu irmão mais velho, o prodígio. Entrementes, aprendia a dançar com belas jovens de boa família, a beber um cálice de aguardente, e mais dois ou três, sem perder a compostura, a entabular conversas interessantes e fazer amizade com outros freqüentadores dos cafés e a elogiar o cachorrinho para, assim, puxar conversa com sua dona.

Em seus passeios por Odessa, uma cidade portuária e sensual, banhada de sol e abrigo de tantas nacionalidades diferentes, tornava-se amigo deste e também daquele, flertava com as mocinhas, comprava alguma coisa ali, vendia outra acolá, sentava-se a uma mesinha de café ou num banco de jardim, tirava do bolso um bloquinho de notas, compunha uma poesia (quatro estrofes, oito rimas) e voltava a saltar sobre sua bicicleta, desta vez para cumprir, como voluntário, o papel de menino de recados entre os líderes do movimento Chovevei Zion,* os Amigos de Sião, na Odessa de antes do telefone: levava um recado urgente de Achad Haam para Mendele Moicher-Sfoirim, de Mendele Moicher-Sfoirim para o sr. Bialik, que adorava piadas apimentadas, ou para o sr. Menahem Ussishkin, ou do sr. Ussishkin para o sr. Lilienblum, e enquanto aguardava a resposta na sala de espera, novas poesias de amor a Sião soavam em russo no seu coração: a Jerusalém cujas ruas eram calçadas de jaspe, com anjos a postos em cada esquina, e sobre ela o céu brilhando com a luz radiante dos Sete Firmamentos.

Ainda compunha cantos de amor à língua hebraica, exaltava suas belezas, louvava sua melodia e fazia juras de fidelidade eterna — tudo isso em russo. (Mesmo depois de viver mais de quarenta anos em Jerusalém, meu avô ainda não tinha conseguido aprender o hebraico decentemente: até seu último dia de vida falou um hebraico muito peculiar, infenso a todas as regras de gramática. Ao escrever, cometia erros monumentais. No último cartão-postal que enviou ao kibutz Hulda, um pouco antes da sua morte, escreveu mais ou menos assim:

"Meus muito queridos netos e bisnetos, eu falta muitas, muitas de vocês. Muito, muito ver todos vocês!".)

Em 1933, quando finalmente chegou a Jerusalém com minha avó Shlomit, devorada por mil temores, deixou de vez a poesia e mergulhou nos negócios. Por alguns anos vendeu com muito sucesso vestidos importados de Viena, que tinham estado na moda dois anos antes, para senhoras de Jerusalém ávidas de moda européia. Mas logo apareceu um sujeito mais esperto que vovô, e começou a importar vestidos que tinham estado na moda em Paris no ano anterior, e meu avô, com seus vestidos vienenses, teve de admitir a derrota. Forçado a abrir mão do negócio e do seu gosto por vestidos, passou a fornecer para Jerusalém meias Lodzia, fabricadas em Holon, e toalhas produzidas pela pequena firma Shtofek & Filhos, de Ramat Gan.

A falência e a necessidade trouxeram de volta sua musa, a veia poética que o abandonara nos tempos de sucesso comercial. Novamente se trancava à noite em seu "gabinete" e compunha em russo poemas de puro amor às maravilhas da língua hebraica e aos encantos de Jerusalém — não esta, a Jerusalém modesta, poeirenta, assolada pelo fanatismo ortodoxo e pelo *chamsin*,* mas uma Jerusalém onde as ruas recendiam a incenso e mirra, e um anjo divino pairava sobre cada uma das praças. Nesse ponto entrei na história, no papel do corajoso menino da fábula da roupa nova do rei, e com uma disposição realista impiedosa ataquei severamente os seus poemas: "Vovô, você já vive há tantos anos em Jerusalém e sabe muito bem de que suas ruas são calçadas e o que realmente paira sobre a praça Zion, então por que essa insistência em sempre escrever sobre algo que não existe? Por que você não escreve sobre a verdadeira Jerusalém?".

Ao ouvir essas palavras insolentes, vovô Aleksander entrou em ebulição — num instante passou do rosa satisfeito ao vermelho fúria, deu um murro na mesa e rugiu para mim: "A verdadeira Jerusalém?! Então o que um pirralho como você sabe da verdadeira Jerusalém?! Pois a verdadeira Jerusalém é a que está nas minhas poesias!".

"E até quando você vai escrever em russo, vovô?"

"Ora, seu pirralho metido, pois é em russo que eu faço minhas contas! Em russo, eu xingo a mim mesmo! Em russo, eu sonho meus sonhos à noite! Em russo, eu até..." (mas vovó Shlomit, que sabia muito bem o que viria depois da palavra "até", vem rápido e atalha: "*Shtu s tavoi?! Ti ni normalni?! Videsh maltchik riodom s nami!!*" [O que há com você? Você é normal?! Não vê que o menino está ouvindo?!].

"Você gostaria de voltar para a Rússia, vovô? Para visitar?"

"Já não existe, *propadi* [desapareceu]."

"O que já não existe?"

"O quê, o quê, a Rússia já não existe! A Rússia morreu! Agora existe Stalin. Dazrajinsky. Yijuv. Béria. É uma imensa prisão lá. Gulag! *Yevssekim*! *Aparatnikim*! Assassinos!"

"Mas de Odessa você ainda gosta um pouco?"

"Gosta, não gosta, o que importa, agora? *Tchort ivo znaiet*, o diabo sabe."

"Você não gostaria de voltar a vê-la?"

"Chega, agora, menino, chega. *Tshtob ti propal*. Chega."

Um dia, no seu escritório, enquanto tomava sua xícara de chá com docinhos, os *kichalech*, e um desses escândalos de financiamento ilícito e corrupção que enchiam o país de revolta tinha acabado de ser descoberto, meu avô me contou que, quando tinha quinze anos, em Odessa, "na minha bicicleta, muito rápido, uma vez levei um *depesha*, um bilhete à casa do senhor Lilienblum, membro da diretoria do Chovevei Zion" (além de ser um conhecido escritor judeu, o sr. Lilienblum exercia graciosamente a função de tesoureiro do movimento Chibat Zion em Odessa). "Lilienblum foi, de fato, nosso primeiro ministro da Fazenda", acrescentou meu avô.

Enquanto aguardava que o sr. Lilienblum escrevesse seu bilhete de resposta, o jovem cavalheiro de quinze anos tirou do bolso um maço de cigarros e, com gestos amplos e experientes de homem-feito, alcançou o cinzeiro e a caixa de fósforos que estavam sobre a mesa de reuniões. O sr. Lilienblum o deteve, colocando sua mão sobre a dele, saiu do salão e voltou num instante, trazendo da cozinha outra caixa de fósforos para meu avô. Explicou que os fósforos sobre a mesa tinham sido comprados com verba da diretoria do Chibat Zion, e assim só poderiam ser utilizados durante as reuniões, sendo de uso exclusivo dos membros da diretoria. "Naquele tempo propriedade pública era propriedade pública, não essa terra de ninguém de agora. Não o que se vê aqui em Israel, onde depois de dois mil anos finalmente conseguimos fundar um país ao que parece para poder roubá-lo à vontade. Naquele tempo toda criança sabia o que podia e o que não podia, o que era permitido e o que não era, o que era meu e o que era seu."

Em termos. Nem sempre. Nem tudo. Um dia, talvez no final dos anos 50, entrou em circulação uma bonita cédula de dez libras com a efígie de Bialik. Quando recebi pela primeira vez uma dessas notas, corri direto para a casa de vovô, para mostrar a ele quanto o Estado de Israel considerava e exaltava seu amigo dos tempos da juventude em Odessa. Meu avô ficou emocionado, sua face tornou-se rósea de puro prazer, virou e revirou a nota entre os dedos, observou-a contra a luz, acariciou Bialik com os olhos (que de repente me pareceu devolver ao meu avô uma piscadela travessa, como a dizer: "Está vendo?", ou: "Que tal?"). Por um instante, uma pequena lágrima brilhou no olho de vovô, mas enquanto ele ainda se deleitava com a notícia, seus dedos dobraram rapidamente a nova cédula e sem hesitar a esconderam no bolso interno do paletó.

Naquela época dez libras eram uma quantia respeitável, especialmente para um kibutznik como eu. Fiquei pasmo:

"Vovô, o que é isso? Eu trouxe essa nota só para você ver e ficar feliz, em um ou dois dias certamente uma dessas também vai parar nas suas mãos."

"E daí", disse meu avô dando de ombros, "Bialik ainda me deve vinte e dois rublos."

15

Ainda em Odessa, aos dezessete anos, quando já era um rapaz de bigode, meu avô se apaixonou por uma respeitável jovem senhorita chamada Shlomit Levin, que adorava as comodidades e o luxo. Sonhava tornar-se uma grande dama, freqüentar a alta sociedade, ser amiga de artistas, em resumo, "viver segundo um estilo cultural".

Foi uma paixão desesperada: ela era uns oito ou nove anos mais velha do que seu pequeno Casanova, e ainda por cima quis o acaso que fosse prima do impávido galanteador.

No princípio, a família, estarrecida, não estava disposta nem mesmo a ouvir falar de casamento entre a jovem cheia de predicados e o menino. Não só pela diferença de idade e pelo parentesco, mas também porque o rapaz nem sequer tinha uma instrução digna desse nome, nem emprego fixo, nenhum tipo de renda decente afora seus bicos esporádicos — comprar alguma coisa ali, vender acolá. A todas essas catástrofes ainda se acrescentava o fato de as severas leis da Rússia czarista proibirem terminantemente o casamento entre parentes de primeiro grau, como, por exemplo, primos cujas mães fossem irmãs.

Pelas fotografias, Shlomit Levin — sobrinha de Rashe-Keile Klausner, da família Baraz — era uma moça robusta, de costas largas, não muito bonita, mas elegante, altiva, trajada com sobriedade e discrição. Usava um chapéu redondo de feltro, um Fedora, que traçava uma bela linha inclinada sobre sua testa, descendo do lado direito até o cabelo preso e a orelha esquerda, enquanto o lado esquerdo se projetava para o alto como a proa de um barco que galgasse indômito as ondas, até um cacho de frutas envernizado e lustroso, preso por um alfinete cintilante, acima do qual uma grande pluma se projetava sobranceira sobre o cacho, o alfinete, o chapéu e o mundo, poderosa como a cauda de um pavão. O braço esquerdo de madame, que se vislumbrava através da elegante luva de pele, trazia pendurada pela alça uma bolsa retangular de couro, enquanto o braço direito se entrelaçava ao do jovem vovô Aleksander, e os dedos — também calçados em pele — pousavam levemente sobre a manga de seu paletó preto.

Ele está à sua direita, empertigado e elegantíssimo, escrupulosamente esticado e escovado, as solas grossas acrescentam um tiquinho à sua altura, mas mesmo assim ele permanece um tanto mais baixo e mais franzino que ela, parecendo um irmão menor. Nem mesmo o chapéu-coco, preto e rijo, ajuda a desfazer essa impressão. Sua face jovem é séria, severa, quase triste. O bigode bem tratado se empenha, inutilmente, em camuflar os traços infantis remanescentes em sua face. Seus olhos são luminosos e sonhadores. Veste um paletó elegante, de lapelas largas e ombreiras altas, camisa branca engomada, gravata estreita de seda, traz sobre o braço esquerdo uma galante bengala de passeio cuja ponteira é de metal prateado. Na foto antiga, essa ponteira reluz como a lâmina de uma espada.

Odessa, chocada, repudiou aquele Romeu e sua Julieta. Entre a mãe do Romeu e a mãe da Julieta explodiu uma guerra mundial, que começou com troca de acusações e terminou com juras de silêncio mútuo e eterno. Meu avô resolveu, então, raspar suas minguadas poupanças, vendeu alguma coisa aqui e outra ali, economizou cada rublo, é possível que ambas as famílias tenham ajudado um pouco, quem sabe se só para levar o escândalo para bem longe dos olhos e dos corações, e assim zarparam, meu avô e minha avó, primos e apaixonados, para Nova York — fazendo o mesmo que outras centenas de milhares de judeus da Rússia e dos demais países da Europa Oriental fizeram naquela época. Seu plano era casar em Nova York e adotar a cidadania americana, o que, caso tivesse ocorrido, teria feito que eu nascesse no Brooklyn, ou em Newark, ou Nova Jersey, e tivesse escrito em inglês romances engenhosos sobre as paixões e as angústias dos imigrantes de chapéus altos e sobre as fossas neuróticas da sua progênie deprimida.

Entretanto, a bordo do navio, em algum lugar entre Odessa e Nova York, no mar Negro ou ao largo da costa da Sicília, ou singrando águas noturnas rumo aos milhares de luzinhas cintilantes do estreito de Gibraltar, ou, quem sabe, quando a nave do amor estava deslizando sobre as ruínas de Atlântida, o continente perdido, explodiu um novo drama, ocasionando uma súbita reviravolta na história: o amor ergueu novamente sua terrível cabeça de dragão — oh, jovem coração, coração inquieto, nunca terás alívio dos tormentos...

Resumindo — meu avô, o noivo que ainda não completara dezoito anos, apaixonou-se de novo, perdida, desesperada, loucamente, no convés, no castelo de proa, nos desvãos das escadas, ou em algum lugar nas entranhas da nave, por outra mulher — uma das passageiras —, ela também, ao que se sabe, uma dezena de anos mais velha que ele, mais ou menos.

Mas vovó Shlomit — assim se conta na família — nem sonhava em abrir mão do jovem mancebo; agarrou-o pela orelha e segurou firme, não o largou nem um minuto, dia e noite, até saírem do rabinato nova-iorquino que os declarou marido e mulher pelas leis de Moisés e Israel. ("Pela orelha", assim se comentava alegremente na família, em meio a cochichos e risadinhas, "pela orelha ela o arrastou até o rabinato e não afrouxou o apertão até saírem da *hupá*."* E ainda diziam: "Até saírem da *hupá*? Imagine! Ela nunca mais largou a orelha dele até seu último dia de vida, e talvez até um pouco depois ela ainda continuasse a segurar firme a orelha dele, quem sabe dando uns puxões de vez em quando".)

Eis que surge, então, um grande mistério. Dentro de um ou dois anos, lá estava o estranho casal comprando passagens marítimas de novo — ou talvez as famílias novamente tenham dado uma mãozinha providencial. Embarcaram e, sem um olhar sequer para trás, voltaram a Odessa.

Esse foi um fato completamente espantoso: no espaço de mais ou menos quatro décadas (entre 1880 e 1917), cerca de dois milhões de judeus emigraram do Oriente para o Ocidente, com o propósito de se estabelecer nos Estados Unidos. Para todos eles aquela foi uma viagem só com bilhete de ida — para todos, exceto para meus avós, que fizeram o caminho de volta. Podemos supor que dessa vez provavelmente eles tenham sido os únicos passageiros a bordo, e que portanto meu trêfego avô não deve ter tido por quem se enamorar e assim suas orelhas puderam viajar a salvo até Odessa.

Por que voltaram?

Jamais consegui arrancar deles nenhuma explicação satisfatória.

"Vovó, o que foi tão ruim nos Estados Unidos?"

"Não foi ruim, só tinha muita gente amontoada."

"Gente amontoada? Nos Estados Unidos?"

"Gente demais num país muito pequeno."

"Quem quis voltar, vovô? Foi você, ou foi vovó Shlomit?"

"Chega, menino. Chega de perguntas. O que é isso?"

"E por que vocês resolveram voltar? Do que vocês não gostaram?"

"Não gostaram, não gostaram... Não gostamos de nada, pronto. Cheio de cavalos e de índios."

"Índios?"

"Índios."

Mais do que isso nunca consegui arrancar deles.

A seguir reproduzo aqui a tradução de um poema chamado "Inverno", escrito em russo, como de costume, por meu avô Aleksander:

O vento uiva, minha alma congela
A felicidade e a alegria deixaram meu coração.
A primavera me deixou, veio o inverno,
Eu quis chorar, mas meu pranto morreu.

O Sol já se põe, as sombras me envolvem
Meu espírito é prisioneiro, e minha alma, tristonha.
Meus dias não mais brilharão, e jamais voltarão
As alegrias das minhas primaveras e dos amores felizes...

Em 1972, quando estive em Nova York pela primeira vez, procurei e devo ter encontrado alguém que me pareceu ter traços de índio americano: ela estava na esquina da rua Lexington com a 53, se me lembro bem, e distribuía folhetos de propaganda aos passantes. Não era jovem nem velha, as maçãs do rosto eram largas e salientes, vestia um velho paletó de homem, e um grande xale marrom a protegia do vento frio. Estendeu-me um folheto e sorriu, eu o segurei e agradeci. "O amor te espera", prometia, sob o endereço de um bar para solitários. "Não desperdice nem mais um minuto. Venha agora."

Na fotografia feita em Odessa em 1913 ou 1914, meu avô aparece de chapéu de feltro cinza com uma fita de seda brilhante, vestindo um terno escuro, cujo paletó entreaberto mostra, saindo de uma casa de botão do colete, uma fina correntinha de prata a lhe cruzar o peito, provavelmente presa a um relógio de bolso, um "cebolão". A alva camisa é enfeitada por uma gravata-borboleta de seda escura, os sapatos pretos brilham, uma bengalinha janota está pendurada no braço, como sempre, um pouco abaixo do cotovelo. Com a mão esquerda, segura a mão de um menino de seis anos, aproximadamente, e com a direita a de uma linda menina de uns quatro anos. O menino tem a face arredondada, e sob o chapéu desponta uma franja bem pequena, que cai em linha reta sobre a fronte. Veste um belo casaco de cadete com duas fileiras de botões brancos, muito grandes. Sob o paletó aparece a calça curta e logo abaixo os joelhos muito brancos, engolfados pelas meias altas, brancas e apertadas, provavelmente por ligas elásticas.

A menina sorri para o fotógrafo. Ela parece conhecer muito bem a força dos seus encantos e sabe como irradiá-los até a lente da máquina. Seu cabelo longo e macio, dividido com precisão do lado direito, desce até os ombros e repousa sobre o vestido. Sua face é arredondada, cheinha e alegre. Os olhos são grandes e puxados, quase chineses, e um leve sorriso perpassa os lábios carnudos. Sobre o vestido claro, veste um casaquinho de cadete, idêntico ao do irmão, só um pouco menor e muito gracioso. Usa meias soquete e calça sapatos de verniz, com bonitas fivelas em forma de borboleta.

O menino na fotografia é meu tio David, chamado por todos de Ziuzie, ou Ziújnika. E a menina de grandes olhos puxados, vaidosa, pequena e charmosa, aquela menina é meu pai.

Desde bebê e até seus sete ou oito anos (e já ouvi falar que foi pelo menos até os nove), vovó Shlomit o vestia com roupas de menina, casaquinhos de gola alta ou saias plissadas, bem pequenas e engomadas, que ela própria cortava e costurava, e com sapatos de menina, vermelhos. Seu belo cabelo macio descia até os ombros e era preso por fitas vermelhas, amarelas, azuis ou cor-de-rosa, atadas em laçarotes. Todas as noites a mãe lavava seu cabelo com soluções de perfume delicado, às vezes lavava-o de novo pela manhã, pois se sabe que as gorduras produzidas durante a noite são bem conhecidas como inimigas do cabelo, tiram dele todo o viço e todo o brilho, além de servirem de viveiro para as caspas. Nos seus dedos a mãe colocava lindos anéis, e os pulsos gorduchos, ela enfeitava com pulseiras. Quando iam à praia em Odessa, Ziújnika, tio David, ia com vovô Aleksander para o vestiário dos homens, e vovó Shlomit e a pequena Liúnitchka, isto é, meu pai, iam para o das mulheres, tomavam banho e se ensaboavam muito bem, passe o sabonete muito bem por ali, e ali também, de novo, e especialmente ali, ali passe duas vezes, por obséquio.

Depois de ter Ziújnika, minha avó quis ter uma filha menina. Ao engravidar novamente e dar à luz algo que parecia ser não-menina, ela resolveu no mesmo instante que teria o direito natural e incontestável de criar esse rebento, carne de sua carne e sangue do seu sangue, do jeito que bem entendesse, e que nenhuma força deste mundo ousasse se meter nos seus assuntos e dizer a ela qual deveria ser a educação, a roupa, o sexo ou as boas maneiras de sua Lúnia, ou Liúnitchka. Com que direito?

Vovô Aleksander, ao que parece, não via nisso motivo para revolta: atrás da porta trancada do seu quartinho-gabinete, dentro de sua casca de noz, ele gozava de relativa autonomia e se dava mesmo à liberdade de se dedicar a alguns assuntos que lhe interessavam, como o principado de Mônaco, ou o de Liechtenstein. Nunca lhe passou pela cabeça se rebelar e ensaiar qualquer tentativa de ingerência, e assim pôr em perigo sua frágil soberania, metendo o nariz nos assuntos internos da grande potência vizinha, que confinava de todos os lados com os minguados limites do seu liliputiano ducado de San Marino.

Quanto a meu pai, nunca se queixou. Quase nunca conversou conosco sobre suas lembranças do chuveiro das mulheres e demais passagens "femininas" da sua infância, salvo quando resolvia tentar ser engraçado.

Mas a verdade é que quase sempre suas piadas pareciam ser mais uma declaração de intenções: olhem, vejam e ouçam vocês todos, como um cidadão circunspecto como eu deixa momentaneamente seus afazeres e se propõe a diverti-los.

Minha mãe e eu sorríamos para ele amavelmente, como para agradecer-lhe por seu esforço, mas ele, exultante e emocionado de um jeito que chegava a ser comovente, entendia nossos sorrisos como um convite para continuar a nos divertir, e nos contava duas ou três piadas que já havia nos contado milhares de vezes sobre o judeu e o gói em um trem, ou sobre Stalin e seu encontro com a imperatriz Catarina, e a essa altura já estávamos às gargalhadas, rindo até as lágrimas, e meu pai, radiante de orgulho por ter conseguido nos deixar de tão bom humor, deixava-se arrastar pela animação e voltava à carga com a história de Stalin sentado no ônibus de frente para Churchill e Ben Gurion, e a do encontro de Bialik com Shlonsky no Paraíso e a do encontro de Shlonsky com uma jovem atraente. Até que finalmente mamãe o avisava com muito jeito:

"Você não precisa trabalhar ainda esta noite?"

Ou: "Lembre-se de que você prometeu ao menino que ainda colaria selos no álbum antes de dormir".

Certa vez ele declarou às visitas:

"Coração de mulher! Os maiores poetas tentaram em vão decifrar seus segredos. Vejam vocês, Schiller escreveu em algum lugar que não há em toda a Criação segredo mais profundo que o coração da mulher e seus meandros, e nenhuma mulher no mundo jamais revelou e jamais revelará a nenhum homem todos os seus segredos femininos. Schiller poderia simplesmente ter me perguntado, eu estive lá!"

E às vezes ele brincava do seu jeito não engraçado: "É claro que eu persigo rabos-de-saia, como todos os homens, e até um pouco mais, pois eu já tive muitas saias, e elas me foram tomadas".

Certa vez disse mais ou menos isto: "Se eu tivesse tido uma filha, tenho quase certeza de que ela seria linda". E acrescentou: "No futuro, nas próximas gerações, talvez a separação entre os dois sexos se estreite um pouco. Em geral essa distância é algo trágico, mas quem sabe um dia ainda vai ficar claro para todos nós que se trata apenas de uma comédia de erros".

16

Vovó Shlomit, uma distinta senhora que gostava de ler os bons livros e conhecia o coração dos escritores, foi quem transformou sua casa em Odessa em um salão literário — talvez o primeiro salão literário hebraico. Com sua sensibilidade aguçada, minha avó percebeu que aquela mistura azeda de solidão e desejo de reconhecimento, orgulho, timidez e extravagância, profunda insegurança e narcisismo era a mistura perfeita para estimular escritores e poetas a sair de suas tocas à procura uns dos outros, para se tocar, esfregar, brincar, mexer, irritar, desprezar, argumentar, sentir o pulsar uns dos outros, colocar a mão sobre o ombro ou passar o braço pela cintura, conversar e discutir entre leves empurrões de ombros, espionar um pouco, cheirar o que estivesse cozinhando na panela dos outros, lisonjear, brigar, se exaltar, ser vencido, dar razão, se ofender, pedir desculpas, fazer as pazes, evitar-se uns aos outros e de novo querer bem e se reconciliar.

A dona da casa era sensível, recebia suas visitas sem grande luxo mas com graça e simpatia: a cada uma concedia um ouvido atento, um ombro acolhedor, olhos compreensivos e generosos, coração amigo, servia iguarias originais de peixe, pratos de sopa densa e fumegante para as noites de inverno, doces de creme que derretiam na boca e rios de chá fervente do samovar.

Vovô misturava com maestria todo tipo de licores e mantinha as senhoras bem providas de bombons e biscoitinhos, e os cavalheiros, de *papirossen*, os pungentes cigarros russos. Tio Yossef, que aos vinte e nove anos de idade tinha herdado de Achad Haam o cargo de editor de *Hashiluach* [O envio], a principal revista da nova cultura hebraica (da qual o já conhecido e importante poeta Bialik era editor do Suplemento Literário), já fazia parte do seleto grupo dos que julgavam a literatura hebraica em Odessa, e suas opiniões faziam subir ou descer a cotação do escritor. Tia Tzipora acompanhava tio Yossef às "festas" na casa do irmão e da cunhada, esmerando-se em agasalhá-lo com cachecóis de lã, sobretudos quentes e protetores de orelhas recheados de plumas. Menahem Ussishkin, o líder daqueles precursores do Chovevei Zion, elegantíssimo, o peito estufado como o de um búfalo, exuberante como o ferver de um samovar e a voz tão áspera como a de um oficial russo, reduzia a sala toda ao silêncio com a sua entrada: os convivas emudeciam em sinal de respeito, e sempre havia alguém que saltava da cadeira para lhe ceder o lugar. Ussishkin atravessava a sala com passos de general, abancava-se com gestos largos na cadeira, as pernas abertas, dava duas batidas no chão com a bengala, dignando-se com isso autorizar o reinício das conversas interrompidas. Também o rabino Tshernovitz (cujo pseudônimo era Rav Tsar, o Jovem Rabino) costumava estar entre os convivas. E havia também um historiador jovem e gorducho, que em tempos idos andara cortejando vovó Shlomit ("Mas era difícil estar perto dele, para uma mulher respeitável — ele era muito, muito inteligente, uma pessoa interessantíssima, mas... qual o problema? Sempre aparecia com todo tipo de manchas nojentas no colarinho, os punhos da camisa estavam sempre meio pretos, e às vezes tinha umas migalhas nas dobras da calça. Era um grande porcalhão, sujismundo, éééca, aargh!").

De vez em quando Bialik aparecia por lá à noite. Pálido de aflição ou tremendo de frio e raiva, mas, quando estava alegre, ao contrário, era divertido e podia ser a alma da festa. "E como!", dizia minha avó. "Como um menino! Um garoto levado! Sem limite! Às vezes sabia ser malicioso e brincava conosco em ídiche até fazer as senhoras corarem, e Hana Rovinska o repreendia: '*Nu*,*chega, Bialik! O que há com com você? Chega!'." Bialik adorava comer e beber, adorava todos os prazeres, devorava pão com todo tipo de queijo e como sobremesa pegava um bom punhado de biscoitinhos, servia-se de uma xícara de chá fervendo, de um cálice de licor, e desatava a cantar as maravilhas do idioma hebraico, declarando em ídiche seu imenso amor pela língua.

O poeta Tchernichowski era outro que costumava irromper no salão exaltado, embora tímido, ardoroso e delicado ao mesmo tempo, conquistando corações, tocante em sua inocência infantil, frágil como uma borboleta, mas que muitas vezes podia ser ofensivo. Saía magoando as pessoas a torto e a direito, sem nem mesmo se dar conta. "E sabe de uma coisa? Ele nunca teve intenção de ofender ninguém — era tão ingênuo! Uma boa alma! Alma de bebê que nunca tinha experimentado o gosto do pecado! Não como um bebê judeu triste, nada disso! Como um bebê gói! Cheio de alegria de viver, energia e vivacidade! Às vezes ele parecia um bezerrinho, saltitante, feliz! Fazia mil bobagens na frente de todo mundo, mas só às vezes. Outras vezes aparecia tão tristinho que na mesma hora todas as mulheres queriam afagá-lo e fazer-lhe carinhos! Sem exceção! Velhas, moças, solteiras, casadas, bonitas, não bonitas, todas sentiam uma vontade secreta de afagá-lo. Era um poder que ele tinha, e nem sabia que tinha — *nu*, se soubesse, simplesmente não iria causar esse efeito em nós. Não mesmo!"

Tchernichowski se acendia com um calicezinho ou dois de vodca, e então às vezes nos lia seus poemas, que, transbordantes de entusiasmo ou melancolia, faziam a sala toda se derreter com ele e por ele — sua liberdade, sua cabeleira cacheada, seu bigode anárquico, as jovens que trazia, nem sempre muito cultas e às vezes nem ao menos judias, mas sempre deslumbrantes, capazes de despertar não poucos comentários ácidos ao atiçar a inveja dos outros literatos presentes — "Como mulher, eu lhe digo uma coisa" (vovó de novo), "as mulheres nunca erram nesses assuntos, Bialik sentava e ficava encarando Tchernichowski e as meninas gói que ele trazia de um jeito... acredite em mim, Bialik seria capaz de dar um ano inteiro de sua vida para viver nem que fosse um mês a vida de Tchernichowski!".

Lá se discutia sobre a renovação da língua hebraica e sua literatura, sobre os limites dessa renovação, sobre a relação com a herança cultural judaica e a de outros povos, sobre o partido Bund e o front dos idichistas (tio Yossef, no calor da discussão, costumava chamar o ídiche de "jargão", mas quando estava calmo chamava-o de dialeto "judeo-asquenazita"), sobre as novas colônias na Judéia, ao sul de Jerusalém e na Galiléia, sobre as provações dos judeus nas cidadezinhas de Falach Charson e Falach Harkuv, sobre Knut Hamsun, sobre as potências e sobre o socialismo, sobre a "questão da mulher" e sobre a questão agrária.

Em 1921, quatro anos depois da Revolução de Outubro, depois que a cidade de Odessa trocou de mão algumas vezes nas sangrentas batalhas entre Brancos e Vermelhos, dois ou três anos depois de meu pai ter passado, definitivamente, de menina para menino, meus avós fugiram, levando os dois filhos de Odessa para Vilna, que nesse tempo era parte da Polônia (muito antes de se tornar lituana).

Meu avô sentia repugnância pelos comunistas: "Que ninguém venha me contar histórias sobre os bolcheviques", dizia sempre. "Conheci muito bem esses bolcheviques, eu os conheci antes ainda de se tornarem poderosos, antes de se apoderarem das casas tomadas à força de outras pessoas, e antes mesmo de sonharem em se transformar em *aparatshnikim, yeveshkim, politrokim* e comissários. Lembro-me deles quando ainda eram apenas os desordeiros, o *unterwelt* (isto é, o submundo) do bairro do porto de Odessa — arruaceiros, marginais, brutamontes, batedores de carteira, bêbados e cafetões de todo tipo. É isso aí, e quase todos judeus, judeus, o que se pode fazer. Mas eram judeus das famílias mais pobres, peixeiros do mercado, vindos diretamente da crosta, da escória que gruda no fundo da panela, como se dizia deles. Lenin e Trotski — Trotski, que Trotski, Leibele Bronstein, o filho maluco de um tal de Dovid'l-Gonef Minovka — e essa canalha, eles se vestiam com uniformes de revolucionários, botas de couro, revólveres na cintura, como um porco imundo em camisa de seda, e assim saíam pelas ruas: prendiam gente, tomavam propriedades, e não dava outra, matavam todo aquele cuja namorada ou apartamento os atraísse. Em suma, toda aquela *haliastra*, quadrilha asquerosa, Kameniev era simplesmente Rosenfeld, Maxim Litvinov era Meyer Valach, Karl Radek era apenas um tal de Zobelson, Leiser Kaganovitch era um sapateiro, filho de açougueiros, e daí? Claro que havia também uns góim que tinham se juntado a eles, também raspados do fundo da panela, vindos do porto, da escumalha, eram uns brutamontes, isso sim, uns desqualificados com as meias fedendo."

Dessa opinião sobre os comunistas e o comunismo, meu avô não se afastou um milímetro, mesmo cinqüenta anos depois da revolução bolchevique: alguns dias depois da tomada da Cidade Velha de Jerusalém pelo Exército de Israel na Guerra dos Seis Dias, meu avô sugeriu que as grandes potências dessem seu apoio a Israel para transferir os árabes do Levante "com todo o respeito, sem tocar num único fio de cabelo e sem tirar deles um único frango", de volta à sua pátria histórica, a que ele chamava de "Soádie Arábie", a Arábia Saudita: "Da mesma forma que nós judeus retornamos agora para a pátria de nossos antepassados, também eles têm direito de retornar agora de cabeça erguida à sua pátria, a Soádie Arábie, de onde todos eles saíram um dia para vir parar aqui".

Para encurtar o assunto, perguntei o que ele faria caso a Rússia viesse nos atacar, para poupar seus aliados árabes dos aborrecimentos de uma viagem até a Arábia.

No mesmo instante a face cor-de-rosa de meu avô ficou rubra de raiva, e ele urrou:

"Rússia? De que Rússia você está falando? A Rússia não existe mais, seu pirralho! Acabou! Não existe. Você por acaso está se referindo aos bolcheviques? E daí? Os bolcheviques, eu os conheço desde o tempo em que eram os cafet... os gigolôs da zona portuária em Odessa. Pois é, um bando de ladrões e desordeiros! Rebotalho, grudado no fundo da panela. Todo esse bolchevismo é um blefe gigantesco! Agora que pudemos ver que maravilhosos aviões hebraicos nós temos, e armas, devemos é mandar nossos rapazes voarem até Petersburgo, duas semanas lá e duas semanas de volta, meter neles um bombardeio daqueles, que há tempos estão fazendo por merecer de nós — um buuuuuummmm bem aplicado, e num instante todo esse bolchevismo voa para os quintos dos infernos como um trapo sujo!"

"Então você sugere que Israel bombardeie Leningrado, vovô? E que estoure uma guerra mundial? Você por acaso já ouviu falar da bomba atômica? Da bomba de hidrogênio?"

"Pois tudo isso está nas mãos de judeus, tudo, tanto do lado dos americanos quanto do lado dos bolcheviques, essas bombas modernas estão, todas, inteiramente nas mãos de físicos judeus, e eles por certo vão saber o que fazer e o que não fazer."

"E a paz? Há algum jeito de chegarmos à paz?"

"Sim. Temos de vencer todos os nossos inimigos. Temos de meter um soco nos dentes deles, mas tão forte que venham a nós implorar para fazermos a paz com eles. E aí, bem, aí é claro que vamos conceder a paz a eles, e daí? Vamos recusar? Recusar, como? Pois somos um povo que ama a paz, temos até uma *mitzvá*,* um mandamento sobre isso, perseguir a paz — e daí? Então vamos perseguir a paz, até Bagdá, se precisar, até o Cairo vamos perseguir! E daí? Não vamos? Como não vamos? Vamos!"

Desnorteados, falidos, censurados e aterrorizados pela Revolução de Outubro, a Guerra Civil e o poder vermelho, os escritores judeus e os líderes comunitários sionistas de Odessa se espalharam por todos os lados. Tio Yossef e tia Tzipora, e com eles muitos dos seus amigos, fizeram a *aliá* a Israel no final de 1919, no navio *Russland*, que, em sua chegada ao porto de Jafa, inaugurava a terceira *aliá*. Outros deixaram Odessa para se refugiar em Berlim, em Lausanne e nos Estados Unidos.

Vovô Aleksander e vovó Shlomit com seus dois filhos não foram para Eretz-Israel — apesar do ardor sionista dos poemas russos de meu avô, Israel ainda lhes parecia demasiado asiática, selvagem, remota, abandonada, carente das mais elementares condições de higiene e do mínimo necessário de vida cultural. Assim, eles foram para a Lituânia, de onde tinham vindo os Klausner, os pais de meu avô, de tio Yossef e de tio Betzalel, mais de vinte e cinco anos antes.

Naqueles anos, Vilna estava nas mãos da Polônia, e o anti-semitismo violento e sádico que sempre esteve presente por ali se intensificava a cada ano: na Polônia e na Lituânia recrudesciam o nacionalismo e a xenofobia. Para os lituanos, sujeitos aos poloneses, invadidos e oprimidos, os judeus, uma numerosa minoria, eram aliados das forças estrangeiras que os tinham invadido e os oprimiam. Do outro lado da fronteira, na Alemanha, uma nova visão ia se consolidando: a visão nazista, fria e assassina, do ódio aos judeus.

Também em Vilna meu avô tentava se manter como comerciante, sem sucesso: comprava alguma coisa aqui, vendia alguma coisa lá, e entre comprar e vender às vezes ganhava alguma coisa. Matriculou os dois filhos primeiro na escola judaica e mais tarde no ginásio, no curso "clássico" (ou seja, humanista). Os irmãos David e Árie, ou Ziuzie e Lúnia, trouxeram consigo de Odessa três idiomas: em casa falavam russo e ídiche; na rua, russo; e no jardim-de-infância sionista de Odessa, aprenderam a falar hebraico. No ginásio clássico de Vilna, a estes se acrescentaram, obrigatoriamente, o latim, o polonês, o alemão e o francês. Mais tarde, no departamento de letras da universidade, inglês e italiano foram adicionados à lista, e no departamento de filologia semita meu pai aprendeu o árabe, o aramaico e a escrita cuneiforme. Tio David logo se tornou docente de literatura, e meu pai, Yehuda Árie, que havia concluído seus estudos de bacharelado na universidade de Vilna em 1932, estava pronto para seguir-lhe os passos, mas o anti-semitismo recrudescia e a situação estava ficando insuportável. Os estudantes judeus eram vítimas de humilhações, surras, discriminação e crueldades.

"Mas o que eles faziam exatamente com vocês?", perguntei a meu pai. "Que tipo de crueldades? O quê, batiam? Rasgavam seus cadernos? E por que vocês não se queixavam?"

"Você", dizia meu pai, "nunca vai conseguir entender isso, e é bom que não consiga. Fico feliz por isso. Apesar de saber que você também não vai conseguir entender isso, isto é, por que fico feliz por você não conseguir entender o que aconteceu lá: eu com certeza não quero que você entenda. Não é necessário. Simplesmente agora não é mais necessário. Já acabou. Acabou de uma vez por todas, isto é, aqui não acontecerá mais uma coisa dessa. Vamos falar de outra coisa. Vamos falar do seu álbum dos planetas? Inimigos, é claro que ainda temos. Há guerras e há bloqueios, e as vítimas não são poucas. É claro que isso é inegável. Mas não perseguições — isso não. Nem perseguições, nem humilhação, nem pogroms. Nem o sadismo que sofremos lá. Isso com certeza nunca mais vai se repetir. Aqui não. Nos atacaram? Então devolvemos em dobro. Parece que você colou Marte entre Júpiter e Saturno no álbum. Está errado. Não, não vou dizer nada. Você mesmo deve rever, descobrir onde errou e corrigir sozinho."

Dos tempos de Vilna, restou um álbum de retratos bem surrado. Lá está meu pai e lá está tio David, ambos na idade do ginásio, ambos muito sérios, pálidos, as orelhas grandes aparecendo sob os bonés, ambos vestidos de terno, gravata e camisa de colarinho duro. Lá está meu avô Aleksander, já com um começo de calvície, ainda ostenta um bigode, homem bem cuidado e elegante, talvez um tanto parecido com um diplomata de médio escalão da Rússia czarista. E lá estão algumas fotos das turmas da escola, talvez feitas no final do ginásio. Papai ou tio David? Difícil saber: os rostos estão um pouco borrados. Todos estão de chapéu — os meninos de boné e as meninas de boinas redondas. Quase todas morenas; em algumas, a sombra de um sorriso forçado, um sorriso de Mona Lisa, que está sabendo de algo que você por certo daria tudo para saber mas não vai conseguir porque ela não diz nada para você.

Mas para quem ela contaria? É quase certo que a maior parte desses meninos e meninas que aparecem nessas fotos de fim de ano vai ser despojada de suas roupas, e, completamente nus, eles serão obrigados a correr sem parar pela neve, debaixo de chicotadas, perseguidos por cachorros, esqueléticos, mortos de fome e congelados, até as grandes fossas do bosque Fonar. Quem dentre eles se salvou afora meu pai? Examino a fotografia contra a luz de uma lâmpada potente e tento desvendar algo, talvez insinuado em suas feições: por qual traço de astúcia e determinação, por qual força interior esse rapaz talvez tenha sido impulsionado, o da segunda fileira à esquerda, a pressentir o que os aguardava, a suspeitar de todas as palavras tranquilizadoras e descer enquanto ainda havia tempo para a rede de esgoto sob o gueto, escapar e ir se juntar aos *partisans* nas florestas? Ou essa menina bonita, aqui, bem no meio da foto, dona desse olhar sarcástico-malicioso, não, meu caro, a mim não vão enganar, para vocês ainda sou uma pirralha, mas já estou sabendo de tudo. Estou sabendo de coisas que vocês nem sonham que eu sei. Será que ela se salvou? Foi se abrigar no acampamento da Resistência no bosque Rodnik? Escondeu-se graças à sua "aparência ariana" em um dos bairros de fora do gueto? Conseguiu ser acolhida num convento? Ou se salvou enquanto ainda havia tempo e conseguiu escapar dos alemães e de seus servos lituanos, atravessar a fronteira e chegar à Rússia? Ou emigrou enquanto ainda havia tempo para Eretz-Israel e viveu até os setenta e seis anos uma vida de pioneira, por iniciativa própria montou o conjunto de colméias e o equipamento para produzir mel, ou foi a superintendente da criação de galinhas em um dos kibutzim do Emek?

E aqui está meu pai jovem, muito parecido com meu filho Daniel (chamado também, como meu pai, Yehuda Árie), uma semelhança de arrepiar. Meu pai com dezessete anos, magro e espichado como uma espiga de milho, mas enfeitado pela gravata-borboleta, seus olhos inocentes me observam pelos óculos redondos, um pouco desajeitado e um pouco orgulhoso, bom de papo, mas, ao mesmo tempo, terrivelmente tímido. O cabelo escuro cuidadosamente penteado para cima, seu semblante irradia certo otimismo jovial. Vamos, pessoal, não se preocupem, damos um jeito, tudo vai se arrumar da melhor forma, vamos superar mais essa, de um jeito ou de outro, tudo vai passar, sério mesmo, pessoal, não se preocupem, o que mais pode acontecer de ruim? Vai melhorar, vocês vão ver, tudo bem.

Nessa fotografia meu pai é mais jovem que meu filho. Se fosse possível, eu entraria na foto e os preveniria, a ele e a seus irrequietos colegas, tentaria contar a eles o que estava por acontecer. E tenho quase certeza de que não acreditariam e ainda e se divertiriam às minhas custas, arremedando-me.

E aqui está meu pai de novo, vestido para festa. Com um chapéu russo chamado *shápka*, rema um barco na companhia de duas moças que sorriem para ele, joviais e coquetes. E aqui, vestindo bombachas um tanto ridículas, as meias aparecendo, inclina-se com grande esforço e abraça por trás uma jovem sorridente, de cabelo bem repartido. A jovem se prepara para colocar uma carta na caixa de correio, e a foto está bem nítida, sobre a caixa dá para ler perfeitamente as palavras SKRZYNKA POCZTOWA. Para quem ela enviaria a carta? O que deve ter acontecido ao destinatário? Qual foi a sorte da outra jovem da fotografia, bonita, vestida com saia listrada e segurando uma bolsa pequena, escura e retangular, com suas meias brancas e sapatos brancos? Por quanto tempo ainda, depois dessa foto, aquela beldade manteve o sorriso?

E aqui está meu pai, com um largo sorriso. De repente lembra um pouco a linda menina que a mãe fez dele na infância. Passeia, acompanhado de cinco moças e três rapazes. Estão num bosque, mas vestidos com roupas normais, de cidade, embora as moças já tenham tirado os casacos e ficado só de blusas brancas com gravatinhas. A expressão dos rapazes é otimista, corajosa; provocam o destino ou provocam as garotas? E aqui eles montam uma pequena pirâmide humana, uma jovem gorducha sobre os ombros de dois rapazes, um terceiro rapaz segura firme as pernas da moça enquanto duas outras observam a cena às gargalhadas. O céu claro também sorri, e assim também o corrimão da pontezinha sobre o rio. Só o bosque ao redor parece denso, sisudo, sombrio, esse bosque toma todo o fundo da foto e toda a largura e com certeza se espraia por muito mais. Bosque de Vilna. Será esse o bosque Rodnik? O bosque Fonar? Ou quem sabe será esse o bosque Popishuk ou o bosque Olekniki, seriam esses os bosques que o avô de meu pai, Yehuda Leib Klausner, tanto gostava de atravessar com sua carroça nas noites escuras, confiante no cavalo, na força dos seus braços e em sua boa estrela, mesmo na mais densa escuridão, em meio às nevascas das noites tempestuosas de inverno?

A alma de meu avô era toda voltada para Eretz-Israel, que se construía em pleno deserto, na Galiléia, nos vales, no Sharon, no Gilead e no Guilboa, nos montes de Samaria e nos montes Edom. "Corre, Jordão, corre sempre, tuas ondas bramindo..." Contribuía para o Keren Kaiemet, devorava com avidez todo retalho de notícia vinda da Palestina, emocionava-se às lágrimas com os discursos de Jabotinsky, que passava de tempos em tempos pela Vilna judia e arrebatava corações. Vovô sempre apoiou, irrestritamente, a política nacionalista, orgulhosa e sem compromissos de Jabotinsky, e se considerava um militante sionista. Contudo, apesar de sentir o chão ferver sob seus pés e os de sua família, ele ainda tendia — ou quem sabe vovó Shlomit o fazia tender — a procurar uma nova pátria que fosse um pouco menos asiática que a Palestina e um pouco mais européia de que a Vilna que mergulhava mais e mais na escuridão: entre os anos de 1930 e 1932 os Klausner preencheram petições para emigrar para a França, para a Suíça, para os Estados Unidos (apesar dos índios), para um dos países escandinavos e para a Inglaterra. Nenhum desses países os quis: naqueles anos, em todos eles o lema em relação aos judeus era *"None is too many"* [Nenhum já é demais], assim diziam os ministros no Canadá e na Suíça, e os demais países agiam exatamente da mesma forma, embora sem explicitar.

Um ano e meio antes da tomada do poder pelos nazistas na Alemanha meu avô sionista estava tão cego ao que se passava a ponto de, desesperado pelo anti-semitismo que grassava em Vilna, solicitar a cidadania alemã. Para nossa sorte, eles também se recusaram a recebê-lo. Muitos, em toda a Europa naqueles dias, ansiavam por se livrar de uma vez por todas daqueles europeus entusiastas, com suas fervorosas identidades nacionais, familiarizados com muitos dos seus idiomas, que declamavam seus poetas, acreditavam em suas sublimes conquistas morais, admiravam seu balé e sua ópera, mantinham rigorososamente suas tradições, sonhavam com sua união supranacional e admiravam suas roupas, sua moda e sua etiqueta. Seu amor e sua dedicação à Europa tinham sido incondicionais e sem limites por dezenas de anos e, desde os primórdios da era do iluminismo judaico, fizeram todo o humanamente possível para ser um pouquinho apreciados, para ser aceitos, para cooperar e doar em todos os campos e por todos os meios possíveis, para se integrar, romper com a gelada hostilidade em face dos seus comoventes apelos, ser benquistos, desejados, ser aceitos, pertencer, ser amados.

Em 1933 decidiram então Shlomit e Aleksander Klausner, os amantes rejeitados pela Europa, eles e o filho mais jovem, Yehuda Árie, que acabava de terminar o bacharelado em literatura polonesa e geral, emigrar, um pouco até contra a vontade, para aquela Ásia asiática, para a Jerusalém pela qual os candentes poemas nostálgicos de meu avô ansiavam desde os dias de sua juventude.

A bordo do navio *Italia* eles navegam de Trieste para Haifa, e na viagem posam para fotos junto com o comandante, cujo nome, assim está escrito na borda da fotografia, é Beniamino Umberto Shteindler, nem mais nem menos.

E no porto de Haifa, assim conta a lenda familiar, esperava-os um médico de avental branco, da parte do governo mandatário inglês, que pulverizava com um líquido desinfetante as roupas de todos os que desembarcavam. Ao chegar a vez de vovô Aleksander, assim corre a história entre nós, ele arrebatou o pulverizador das mãos do médico e o aspergiu de alto a baixo com desinfetante: assim será feito em quem ouse nos tratar aqui em nossa terra como se fôssemos ainda estrangeiros. Durante dois mil anos tivemos de agüentar tudo calados. Durante dois mil anos fomos como ovelhas para o sacrifício, mas aqui em nossa pátria não permitiremos, de maneira alguma, que nos condenem a uma nova Diáspora. Nosso orgulho não será mais espezinhado.

* * *

O primogênito, David, ficou em Vilna, onde chegou ainda muito jovem a docente na universidade. Com toda a certeza, diante de seus olhos estava a carreira vertiginosa de tio Yossef, assim como esteve diante dos olhos de meu pai durante toda a sua vida. Lá, em Vilna, tio David se casou, e lá, em 1938, nasceu seu filho, Daniel, que nunca pude ver. Não consegui encontrar uma única foto, em nenhum lugar. Restaram somente cartões-postais e algumas cartas escritas em polonês por tia Malka, ou Mátzia, esposa de tio David:

10.2.39: Em sua primeira noite, Danush dormiu das nove horas da noite até as seis da manhã. Não tem nenhum problema para dormir à noite. Durante o dia, fica deitado com os olhos abertos e as pernas e os braços se agitando sem cessar. Às vezes também berra [...]

Menos de três anos viverá o pequeno Daniel Klausner. Dali a pouco virão matá-lo, para defender a Europa, para evitar que aconteça a consumação do

[...] sonho terrível da sedução de centenas, milhares de moças por asquerosos bastardos judeus de pernas tortas. Com alegria satânica no olhar, o judeu de cabelos negros espreita a moça [...] que ele contaminará com seu sangue repugnante... O objetivo final dos judeus é a destruição da nacionalidade [...] pela abastardização de outras nacionalidades e o rebaixamento do nível racial das nações superiores [...] num objetivo oculto [...] de destruir a raça branca [...] Se levarem cinco mil judeus para a Suécia, em pouco tempo eles se apossarão de todas as posições mais vitais [...] o veneno universal de todas as raças é o judaísmo internacional [...][2]

Mas tio David pensava de maneira diferente: ele reagia com desprezo e se recusava a comentar essas idéias repulsivas, mas disseminadas, o anti-semitismo clerical católico festivo que vicejava entre as muralhas de pedra das altas catedrais, o gélido e venenoso anti-semitismo protestante, o racismo alemão,

2. Adolf Hitler, citado de Hermann Rauschning. *Conversas com Hitler*. Tel Aviv, Editora Rimon-Massada (1941), do testamento de Hitler e de Joachim C. Fest. *Hitler*. Jerusalém, Editora Keter (1973).

a violência homicida austríaca, o ódio polonês aos judeus, a crueldade lituana, húngara, francesa, a sede por pogroms ucraniana, romena, russa, croata, a repulsa belga, holandesa, inglesa, irlandesa e escandinava aos judeus. A ele tudo isso se afigurava como o resto sombrio de selvagens eras passadas, extintas, sobras de ontem, que há tempos já deveriam ter sido erradicadas deste mundo.

Um especialista em literatura comparada, as literaturas da Europa eram sua morada espiritual. Não via por que deveria emigrar e viver lá onde seria um imigrante do Leste Europeu, um lugar estranho e alheio a ele, apenas para agradar anti-semitas ignorantes e assassinos com idéias nacionalistas estreitas. Assim, permaneceu no seu posto, mantendo desfraldada a bandeira do progresso, da cultura, da arte e do espírito sem fronteiras, até os nazistas chegarem em Vilna: judeus amantes da cultura, intelectuais e cosmopolitas não eram do seu gosto, e assim eles assassinaram David, Malka e meu pequeno primo Daniel, cujo apelido era Danush ou Danuska; na sua penúltima carta, datada de 15.12.40, seus pais escreveram que "ele tinha começado a andar [...] e tinha uma memória excelente".

Tio David se via como um homem do seu tempo: um perfeito europeu, extremamente culto, poliglota, fluente, articulado, talentoso, esclarecido, um homem inteiramente moderno. Fazia pouco-caso das idéias preconcebidas e dos tenebrosos ódios étnicos, e de modo nenhum consideraria se render a esses argumentos irracionais, aos provocadores, aos chauvinistas, aos demagogos, aos anti-semitas que vicejavam nas sombras, impregnados de crenças espúrias e cujas vozes roucas prometiam: "Morte aos judeus", e cujos latidos estavam pichados pelos muros: "Judeuzinho — vá para a Palestina!".

Para a Palestina? Certamente não: um homem de seu calibre não irá pegar sua jovem esposa e seu filho bebê, desertar da frente de batalha para ir se esconder das ameaças de um delinqüente juvenil barulhento em alguma província insólita do Levante, onde alguns judeus desesperados tentam estabelecer uma nação belicosa, cuja agressividade foi aprendida, por ironia, dos seus piores inimigos.

Não: tio David com certeza permanecerá aqui em Vilna, na luta, na frente de combate, numa das trincheiras avançadas mais necessárias à Europa culta e iluminada, a Europa dos largos horizontes, paciente e liberal, que se mantém agora altiva e corajosa frente às impetuosas ondas da barbárie que ameaçam afogá-la. Aqui ele permanecerá, não pode ser de outra forma.

Até o fim.

17

Vovó olhou atônita ao redor, e naquele momento pronunciou a famosa frase, que viria a ser seu lema pelos próximos vinte e cinco anos de sua vida em Jerusalém: o Levante é cheio de micróbios.

Daí em diante, a meu avô caberia a missão de acordar todas as manhãs às seis ou seis e meia e aplicar com aquela grande raquete de vime golpes mortais nos colchões e demais roupas de cama, arejar todos os dias tapetes e almofadas, pulverizar a casa toda com Flit, ajudá-la a ferver cruelmente as verduras, as frutas, a roupa a ser lavada, as toalhas e apetrechos de cozinha. A cada duas ou três horas ele tinha o dever de desinfetar com cloro os vasos sanitários e as pias. Os ralos das pias estavam sempre tampados, e sempre havia um pouco de água clorada, ou uma solução de lisol, como os canais cheios d'água à volta das muralhas dos castelos medievais. A função desse nosso canal doméstico era barrar a entrada de baratas e outros seres daninhos que ameaçavam, dia e noite, surgir bem à nossa frente para nos aterrorizar, vindos do mais profundo dos esgotos. E até mesmo aqueles furinhos minúsculos na tampa do ralo das pias, cuja função é drenar a água em caso de enchente incontrolável — até mesmo esses furinhos eram devidamente selados por meio do recurso improvisado de espremer sabão por eles, antes que o inimigo inventasse um jeito de se infiltrar por ali. As telas mosquiteiras que vedavam as janelas tinham um cheiro permanente de DDT pulverizado. Por toda a casa pairava um odor constante e eterno de soluções desinfetantes. Estantes especiais com todo tipo de sabão — sólidos e líquidos, pastas, pós, iscas, desinfetantes e inseticidas de todo tipo, talcos e pulverizadores — estavam presentes nos quartos, e talvez até alguma coisa deles emanasse da própria pele de vovó.

E não obstante, ocasionalmente, à noitinha, alguns jovens escritores eram convidados para a casa dos meus avós, dois ou três livreiros cultos e alguns literatos jovens e promissores. Embora não mais Bialik nem Tchernichowski, nem mais ceias festivas com numerosos convivas. A pobreza, o pouco espaço e a vida difícil obrigaram minha avó a se contentar com eventos bem mais modestos: Hana e Chaiim Toran, Ester e Israel Zarchi, Tzarta e Yaacov-David Abramsky e às vezes também um ou dois de seus amigos refugiados ainda dos tempos de Odessa ou dos tempos de Vilna, o sr. Shaindlevitz, da rua Yeshaiahu, o sr. Katchalsky, comerciante na rua Ielin, cujos dois filhos jovens já eram considerados cientistas do mais alto gabarito, com uma misteriosa alta patente nas fileiras da Haganá, ou o casal Bar-Ytzhar (Ytzlevitch), do bairro de Makor Baruch, ele, de semblante funesto, dono de um armarinho, e ela, de uma confecção de perucas e espartilhos sob encomenda, ambos revisionistas* ferrenhos e inimigos mortais, de corpo e alma, do partido Mapai.

Minha avó dispunha as bandejas e tigelas sobre as mesas da cozinha e da sala, todas polidas, brilhantes e arrumadíssimas como numa parada militar, e enviava muitas vezes meu avô carregado de bandejas à frente de combate, em missão de servir aos convidados beterraba em conserva coberta com um alto iceberg de creme de leite, uma travessa de viçosas tangerinas descascadas, e também frutas da época, e nozes, e amêndoas, e passas, e figos secos, e frutas cristalizadas, cascas de laranja em conserva, geléias, biscoitinhos de vários tipos, doces recheados de geléia, *strudels* de maçã ou um bolo muito especial, assado com especiarias.

Também nesses encontros se conversava sobre fatos da atualidade e sobre o futuro do povo de Israel e do mundo, vitupérios eram lançados contra o corrupto Mapai e seus dirigentes carreiristas derrotistas que se curvavam diante dos góim. Os kibutzim eram vistos daqui como perigosas células bolchevistas, e ao mesmo tempo anarquistas niilistas, permissivas, que disseminavam a perversão e a licenciosidade e conspurcavam tudo o que havia de mais sagrado nesta nação. E eram também parasitas que engordavam suas contas bancárias à custa do dinheiro público, e aproveitadores que roubavam as terras da nação — tudo o que, muito tempo depois, seus inimigos da Keshet haMizrachit [Aliança Oriental] iriam dizer sobre os kibutzim, já era mais do que sabido naquele tempo pelos convidados de meu avô em Jerusalém. Parece que essas conversas à mesa não tornavam seus corações mais doces, pois, se fosse assim, por que faziam questão de se calar no momento em que me percebiam no salão, ou passavam a falar em russo, ou fechavam a porta que ligava o salão à fortaleza de malas e valises que eu construíra no gabinete de meu avô?

133

* * *

Assim era o pequeno apartamento no beco Prag: nele havia uma sala de visitas muito russa, densa, atulhada de móveis pesados e de todo tipo de objetos decorativos, caixinhas de vidro etc. Os odores espessos de peixe e cenoura cozidos e tortas se misturavam aos cheiros do Flit e do lisol. Gaveteiros, cômodas, *taburiétky* [tamboretes], um robusto armário preto, uma mesa escura de pés grossos, um bufê repleto de bibelôs e suvenires atravancavam as paredes à volta. Por toda a sala se viam tecidos decorativos, musselina, cortinas rendadas, almofadas de veludo bordado, brinquedos artísticos e pequenos adornos que se amontoavam sobre qualquer superfície lisa que estivesse disponível, até mesmo sobre o parapeito das janelas, onde, por exemplo, havia um jacaré prateado cuja cauda de escamas podia ser levantada e se podia enfiar uma noz entre as mandíbulas, apertar a cauda e — crac! Ou um cachorrinho poodle artificial, branquinho, em tamanho natural, um ser macio e silencioso, de focinho preto e tristes olhos de vidro, sempre encolhido em atitude submissa aos pés da escrivaninha de minha avó. Nunca latiu, nunca pediu permissão para sair de casa, para fora, para o Levante, de onde poderia trazer sabe-se lá o quê, pulgas, carrapatos, piolhos, lombrigas, vermes, eczemas, bacilos e toda sorte de pragas nojentas.

Aquele ser tristonho, de nome Stach, ou Stashek, ou Stáshinka, era o mais macio e obediente de todos os cães que um dia existiram neste mundo, por ser feito de lã e recheado de roupas e meias que já haviam encerrado a sua missão. Acompanhou obediente os Klausner por suas andanças — de Odessa a Vilna e de Vilna a Jerusalém. Para manter sua boa saúde, o pobre cachorro era obrigado a engolir a cada duas ou três semanas algumas bolinhas de naftalina. Todas as manhãs, deveria suportar humildemente as rajadas de inseticida vindas do pulverizador manobrado por meu avô. Às vezes, durante o verão, ele era posto sentado sobre o peitoril de uma janela aberta para arejar, tomar sol e receber um pouco de luz.

Por algumas horas, Stash permanecia imóvel à janela, os olhos de vidro, negros e melancólicos, contemplavam a rua com uma saudade infinita. Seu nariz feito de lã preta tentava inutilmente sentir o odor das cadelas da ruazinha, as orelhas lanosas sempre estendidas em alerta máximo, tentando captar até o limite das forças os ruídos do bairro pacato, os uivos de um gato apaixonado, o piar alegre dos passarinhos, as espinafrações berradas em ídiche, os gritos aterrorizantes do mascate de velharias, o latido dos cachorros livres, cujo destino era muito diferente do seu. Stach inclinava um pouco a cabeça triste e pensativa, o rabo curto dobrado servilmente por entre as patas, os olhos trágicos. Nunca, jamais deu um latido aos que passavam sob a janela, não pediu socorro aos seus irmãos cachorros da ruazinha, nunca uivou, mas em sua cara, enquanto ficava sentado à janela, deixava transparecer um surdo desespero, de cortar meu coração. Desespero mudo, capaz de penetrar mais, muito mais do que qualquer grito angustiado por socorro, mais do que o mais lancinante dos uivos.

Um belo dia minha avó se levantou e sem pensar duas vezes embrulhou seu Stáshinka em papel de jornal e o jogou diretamente no lixo, tomada de repente pelo horror-poeira ou pelo horror-mofo. Meu avô ficou por certo muito triste, mas não ousou sequer piscar. Eu não a perdoei.

A sala de estar atulhada, cuja cor e até mesmo o cheiro eram marrom-escuros, era usada também como quarto de dormir por minha avó e se abria para o quartinho de meu avô, seu gabinete, sua clausura monástica, com o sofá duro e as prateleiras de mercadorias, a montanha de malas, a estante de livros e a pequena escrivaninha, sempre limpa e impecável como a parada matinal de uma resplandecente divisão de hussardos dos tempos do kaiser Franz-Josef.

Também aqui em Jerusalém ambos viviam, com dificuldade, do comércio incerto de meu avô: de novo comprava algo ali e vendia acolá, formava seu estoque no verão e vendia no outono, percorria com sua mala-mostruário, de porta em porta, as lojas de roupas da rua Jafa e da rua King George, da rua Agripa, do beco Luntz e da rua Ben Yehuda. Costumava viajar uma vez por mês para Holon, para Ramat Gan, para Natanya, para Petah Tiqva, às vezes chegava até Haifa, e lá se reunia com seus fornecedores de toalhas, discutia com fabricantes de roupas de cama e negociava com importadores de confecções.

Todas as manhãs, antes de sair para fazer sua ronda pelas lojas, meu avô embrulhava cuidadosamente pacotes com roupas e tecidos para enviar pelo correio. Alternadamente o nomeavam, cassavam a nomeação e de novo o nomeavam para o cargo de representante comercial de alguma firma atacadista de vestuário e confecções, ou de alguma fabriqueta de capas de chuva. Ele não gostava de comércio e nunca teve nenhum sucesso nele; a custo conseguia algum dinheiro para seu sustento e o de minha avó, mas adorava as longas caminhadas pelas ruas de Jerusalém, sempre elegante no seu terno de diplomata russo, com a correntinha prateada se arvorando até o bolso do colete e as abotoaduras de prata brilhando nos punhos da camisa; adorava sentar-se por horas e horas nos cafés, aparentemente para tratar dos negócios, mas na realidade para bater papo, para discussões acaloradas, o chá escaldante e a espiada nos jornais e revistas. Gostava também de comer em restaurantes. Sempre tratava os garçons com a classe de um cavalheiro muito exigente mas magnânimo:

"Perdão, garçom, mas este chá está frio. Peço que me traga imediatamente o chá bem quente. Bem quente, isso significa que também a xícara deverá estar muito, muito quente. Obrigado."

E mais do que tudo meu avô gostava das longas viagens para outras cidades e encontros de negócios nos escritórios das firmas nas cidades costeiras. Seu cartão de visita era de bom gosto, com moldura dourada e um logotipo na forma de losangos entrelaçados, formando um pequeno diamante. O cartão trazia impresso: "Aleksander Z. Klausner, Importações, Representante Comercial, Agente Geral e Atacadista, Jerusalém e arredores". Costumava estender o cartão ao mesmo tempo que sorria se desculpando como um menino:

"Pois é, a gente tem de viver de alguma coisa, não é mesmo?"

Porém seu coração não estava no comércio, mas sim nas suas paixões secretas e inocentes, que, tal como um ginasiano de setenta anos, abrigava no fundo do coração — nostalgias e sonhos vagos. Se lhe fosse dado viver sua vida novamente, conforme suas preferências e autêntica inclinação, por certo teria escolhido amar as mulheres, ser amado por elas, compreender seu coração, gozar de sua companhia nas férias de verão em meio à natureza, navegar em barquinhos por lagos azuis aos pés de montanhas nevadas, compor poemas apaixonados, ser um homem lindíssimo, delicado, de cabelos cacheados mas de porte masculino, ser amado pelas multidões, ser Tchernichowski, ou Byron. Ou melhor ainda, ser Zeev Jabotinsky: o poeta inspirado e o líder carismático combinados em uma única e maravilhosa pessoa.

Toda a sua vida ansiou por mundos de amor e generosidade de sentimentos. Ao que parece, nunca percebeu a diferença entre amor e admiração: tinha uma sede imensa de ambas as coisas.

Sacudia, às vezes, desesperado, as algemas, mordia o freio bem encaixado na boca, bebia na solidão de seu gabinete dois cálices de conhaque, e nas noites solitárias, noites especialmente tristes e amargas, tomava um copo de vodca e fumava. Às vezes saía sozinho, à noite, para dar uma volta pelas ruas vazias. Sair não era fácil. Vovó tinha um dispositivo natural supersensível, tipo radar, usado para nos rastrear a todos: a cada momento ela devia checar o paradeiro de todos, fazer o inventário, saber sempre com precisão onde cada um de nós se encontrava — Lúnia em sua mesa na Biblioteca Nacional, no quarto andar do prédio Terra Sancta, Zíssia no café Atara, Fânia na biblioteca Bnei Brit, Amós está brincando com seu melhor amigo, Elias, no apartamento do vizinho engenheiro, o sr. Friedman, no primeiro prédio à direita. Somente na pontinha do dispositivo rastreador da minha avó, por trás de escura nebulosa, no canto da tela onde deveriam aparecer seu filho Ziuzie, Ziújnika, com Malka e o pequeno Daniel, que ela nunca viu e em quem nunca deu banho, de lá a fitava, dia e noite, apenas um buraco negro e macabro.

Meu avô passeava por cerca de meia hora pela rua Hachabashim, de chapéu, ouvia o eco dos seus passos e respirava o ar seco da noite, saturado de pinheiros e pedra. Na volta à casa se sentava à escrivaninha, tomava um trago, fumava um ou dois cigarros e escrevia em sua solidão um poema sentimental em russo. Desde o dia em que dera aquela escapulida vergonhosa, quando se apaixonara por outra mulher no convés de um navio a caminho de Nova York, e minha avó fora obrigada a arrastá-lo à força até a *hupá*, nunca mais cogitara em se rebelar: dali para a frente ele se postaria diante da esposa como um servo perante sua senhora, e a serviria com humildade e submissão, respeito e modéstia, dedicação e paciência, e com infinito temor e devoção.

De sua parte, ela o chamava de Zíssia, e nos raros momentos de grande ternura, compaixão e piedade, chegava a chamá-lo de Zíssel e, nesses momentos, o semblante de meu avô se iluminava de felicidade, como se os portões dos sete firmamentos se abrissem diante dele.

18

Ele foi longevo e viveu mais vinte anos depois que vovó Shlomit morreu durante o banho.

Por semanas ou meses, ainda acordava ao nascer do Sol para rebocar colchas e colchões ao parapeito da varanda e lá desferir sua surra violenta e mortal nos micróbios e demais seres daninhos que por certo teriam conseguido penetrar insidiosamente na sua cama e por entre os lençóis durante a noite. É possível que fizesse isso por dificuldade de se livrar dos velhos hábitos. Ou talvez tenha sido a maneira que encontrou de homenagear a memória da falecida. Ou de expressar a saudade da sua rainha. Ou talvez pelo terror de que sua alma o viesse buscar, se um dia interrompesse a pancadaria.

Também não interrompeu imediatamente as desinfecções diárias do vaso sanitário e das pias.

Mas devagar, com o passar do tempo, as bochechas do sorridente vovô ganharam novamente o cor-de-rosa, mais vivo, como nunca fora antes. Um bem-estar permanente baixou sobre ele e o inundou. Embora até seu último dia de vida se esmerasse na limpeza e na arrumação, pois por natureza era um homem organizado e limpo, toda a violência foi esquecida — não mais golpes mortais com a grande raquete de espancar tapetes, não mais pulverizações furiosas de jatos de cloro e lisol. Alguns meses depois da morte de minha avó, a vida amorosa de meu avô começou a florescer esplendidamente. E me parece que aos setenta e sete anos ele descobriu os prazeres da cama.

Antes ainda que meu avô tivesse tempo de espanar dos sapatos o pó do enterro de vovó, sua casa já estava cheia de consoladoras, confortadoras, senhoras solidárias nos momentos difíceis, amigas de todas as horas. Não o deixaram sozinho nem por um minuto, foi empanzinado de comidinhas quentes, encharcado de doce de laranja, e ao que parece se divertia bastante em não dizer a elas o que dizia para si próprio — que estava adorando tudo aquilo, e que por toda a vida sua alma alimentou um fraco especial pelas mulheres, fossem elas quais fossem. Por todas as mulheres do mundo, pelas bonitas e por aquelas cuja beleza os outros homens não tinham sabido descobrir: "As senhoras", assim me disse um dia, não garanto as palavras exatas, "são todas muito lindas. Todas, sem nenhuma exceção. Acontece que os homens", sorriu para mim, "são cegos! Completamente cegos! Não é isso mesmo? Eles só enxergam a si mesmos. E sabe de uma coisa? Nem a si mesmos eles enxergam. Cegos!".

Com a morte de minha avó ele reduziu sua atividade comercial. Ainda gostava de anunciar, esbanjando orgulho, uma "viagem de negócios importantíssima a Tel Aviv, à rua Grozenberg" ou uma "reunião muito, muito importante em Ramat Gan, com toda a diretoria". Ainda sentia grande prazer em puxar seu cartão de visita com moldura dourada e oferecê-lo a quem encontrasse — "Aleksander Z. Klausner, Tecidos, Vestuário, Confecções, Importação e Exportação, Representante Comercial, Agente Geral Autorizado etc. etc.", mas, dali em diante, ficava a maior parte do tempo mergulhado nos negócios do seu impetuoso coração: convidava e era muito convidado para chás, jantares à luz de velas em um restaurante de classe, mas não muito caro ("com a senhora Tzitrin, não com a senhora Shapushnik!").

Passava horas sentado à mesa no discreto segundo pavimento do café Atara, na descida da rua Ben Yehuda, vestido de terno azul-marinho e gravata de bolinhas, com o imaculado lencinho de bolso, todo rosado, sorridente, escovado, bem cuidado, exalando os aromas de xampu, talco e perfume, esplêndido em sua camisa branca engomada e dura como uma tábua, com as abotoaduras de prata, sempre cercado de um séquito de mulheres bem conservadas para seus cinqüenta ou sessenta anos: viúvas com seus espartilhos apertados e suas meias de náilon com a costura na parte de trás, divorciadas penteadas com capricho, todas elas enfeitadas com pulseiras, brincos e broches, bem tratadas nos salões de beleza pelos cabeleireiros, manicures e pedicures, matronas que falavam um hebraico estropiado com sotaque húngaro, polonês, romeno ou balcânico. Meu avô adorava suas amigas, e elas todas se derretiam por seus encantos: sua conversa era sempre interessante e divertida, era um *gentleman* ao estilo do século XIX, beijava as mãos das senhoras, apressava-se a abrir-lhes as portas, oferecia-lhes o braço em todas as escadas ou declives, lembrava-se dos aniversários, ocasião em que lhes enviava buquês de flores ou caixas de bombons. Seu olhar arguto não deixava escapar o feitio de um vestido, ou um novo penteado, sapatos elegantes ou uma nova bolsa, dizia coisas engraçadas mas de bom gosto, declamava uma poesia, conversava com interesse e bom humor. Uma vez abri uma porta e vi meu avô, com noventa anos, ajoelhado diante da viúva de um tabelião, loura, cheinha e sorridente. A senhora piscou para mim por sobre a cabeça de meu apaixonado avô e sorriu divertida, deixando ver duas fileiras de dentes perfeitos demais para serem verdadeiros. Saí e fechei a porta de mansinho, sem que meu avô percebesse.

Qual era o segredo do charme masculino de meu avô? Talvez eu só tenha começado a compreender isso anos mais tarde. Ele tinha uma qualidade que quase não é encontrada nos homens, um atributo fantástico e talvez o mais sexy de todos para as mulheres:

Ele ouvia.

Não fingia que estava ouvindo, interessado, mas que no fundo esperava impaciente que ela terminasse logo, se calasse e desse a vez para ele.

Não cortava no meio a frase da interlocutora para terminá-la por ela, apressado.

Não a interrompia e não se apoderava do assunto para finalizar do seu jeito e seguir adiante com a conversa.

Não deixava a sua interlocutora falando para as paredes, enquanto imaginava sua resposta quando ela finalmente terminasse de falar.

Não fingia que estava interessado e se divertindo, estava interessado e se divertindo de verdade. *Nu*, e então? Era um incansável curioso.

Não tinha pressa. Não tentava virar a conversa dos pequenos assuntos dela para os seus próprios assuntos, estes sim, importantes.

Pelo contrário, gostava muito dos assuntos dela, achava sempre agradável ouvi-los, e, mesmo que ela se estendesse, ele a ouvia com atenção e se divertia com os caminhos imprevisíveis que o papo ia tomando.

Não tinha nenhuma ansiedade, não a apressava, esperava que terminasse sua parte, e, mesmo quando ela terminava, não saltava logo para o "seu" assunto, pelo contrário, gostava de esperar, caso houvesse mais alguma coisa, deixava-a prosseguir.

Gostava de deixar que ela o tomasse pela mão e o levasse aos lugares que eram exclusivos dela, e no seu ritmo. Ele gostava de acompanhá-la, como a flauta acompanha a cantora.

Gostava de conhecê-las. De compreendê-las. Saber. Gostava de descer até o fundo das idéias de suas interlocutoras, e mais um pouco.

Gostava de se dedicar. Ainda mais do que usufruir a dedicação delas a ele.

Elas falavam e falavam com ele, até dizer chega. Tudo o que lhes vinha à mente. Falavam de seus assuntos particulares, os mais secretos e delicados, e ele as ouvia atento, com sabedoria, com doçura, empatia e paciência.

Não, não com paciência, mas com prazer e compreensão.

Há muitos homens por aqui que adoram sexo. E como. O que cair na rede. Mas odeiam as mulheres.

Meu avô, porém, assim me parece, adorava ambas as coisas.

Era delicado, e não calculista. Não contabilizava. Não era afoito em colher o que era seu. Adorava navegar calmamente, sem pressa de lançar âncora.

Teve muitos romances nos vinte anos de sua prolongada lua-de-mel, depois da morte de minha avó, dos setenta e sete anos até o final da vida. Saía às vezes com alguma de suas amadas para passar dois ou três dias num hotelzinho de Tiberíades, numa pensão em Gedera ou em um chalé à beira-mar, em Natanya. Por duas ou três vezes eu o vi passeando na rua Agripa ou na rua Betzalel, de braços dados com alguma senhora, mas não me aproximei — ele não se esforçava para nos ocultar seus amores, mas também não os ostentava. Nunca nos visitou acompanhado de alguma de suas amigas, nem nos apresentou a nenhuma, quase não falava sobre elas. Algumas vezes parecia um amante devotado e arrebatado, tal um rapazinho, de olhos sonhadores, falando sozinho, ora com doçura, ora com veemência, um sorriso distraído perpassando seus lábios. Outras vezes seu rosto entristecia, o cor-de-rosa de bebê desbotava, como o Sol num dia nublado de outono, e então trancava-se em seu quarto e passava suas camisas a ferro, uma após a outra, furiosamente. Meu avô também costumava passar a ferro as roupas de baixo e pulverizar sobre elas o perfume de um vidrinho, com um pequeno bico aspersor, enquanto falava consigo próprio, em russo, às vezes com palavras duras e outras vezes com palavras gentis, ou se embalava com melancólicas canções ucranianas, e assim podíamos adivinhar que talvez alguma porta tivesse se fechado para ele, ou ao contrário — quem sabe se também dessa vez, como tinha acontecido na viagem encantada para Nova York em pleno noivado, tudo se complicara, até o desespero, por viver de novo dois amores ao mesmo tempo.

Certa vez, aos oitenta e nove anos, avisou-nos que faria uma "viagem importante" por dois ou três dias, para não nos preocuparmos de jeito nenhum. Mas como não tivesse voltado em uma semana, ficamos cheios de inquietação: Por onde ele andaria? Por que não telefonava? E se, D'us não o permitisse, tivesse acontecido alguma coisa? Uma pessoa de idade...

Ficamos sem saber o que fazer: avisar a polícia? E se ele estivesse doente, em algum hospital, ou metido em alguma encrenca, nunca nos perdoaríamos por não tê-lo procurado. Por outro lado, se avisássemos a polícia e ele voltasse lépido e fagueiro, como iríamos enfrentar sua furiosa torrente de insultos? Se vovô não aparecesse até o meio-dia de sexta-feira, assim decidimos depois de um dia inteiro de hesitações, seríamos obrigados a avisar a polícia. Não tinha outro jeito.

Ele apareceu na sexta-feira, meia hora, aproximadamente, antes do final do prazo, todo cor-de-rosa de puro prazer, satisfeito da vida, feliz e animado como um garoto.

"Onde você se escondeu, vovô?"

"Por aí, eu estava viajando um pouquinho."

"Mas você não disse que voltaria em dois ou três dias?"

"Disse; eu disse? *Nu?*, viajei com a senhora Hershkovitch, nos divertimos muito. Nos divertimos tanto que nem sentimos o tempo passar: o tempo voou."

"E onde vocês estiveram?"

"Já disse, fomos dar umas voltas. Achamos uma pensão muito tranqüila, uma pensão extremamente civilizada, como na Suíça."

"Pensão? Em que lugar?"

"Lá no alto, na montanha, em Ramat Gan."

"Mas você poderia ao menos ter nos telefonado. Para não ficarmos preocupados."

"Não tinha telefone no quarto. *Nu*, mas isso não tinha importância. Era uma pensãozinha muito jeitosa, muito civilizada!"

"Mas você podia nos ter telefonado de um telefone público, não podia? Eu mesmo dei para você algumas fichas."

"Fichas, fichas, e daí, *shtó takoie*, que fichas?"

"Fichas para o telefone público."

"Ah, os seus *jetons*. Aqui estão eles, tome de volta, seu pirralho. Tome, tome de volta, e pode levar também os furinhos no meio deles. Pegue, pegue, mas faça o favor de contar. Aprenda — nunca receba nada de ninguém sem antes contar como se deve."

"E por que vocês não usaram?"

"Os *jetons*? *Nu, jetons*? Não acredito neles."

E aos noventa e três anos, uns três anos após a morte de meu pai, vovô decidiu que era chegada a hora, pois eu já tinha idade bastante para que ele conversasse comigo de homem para homem. Convidou-me ao seu gabinete, fechou as janelas, trancou a porta com chave, sentou-se formalmente à sua escrivaninha, ordenou-me que me sentasse à sua frente, não me chamou de pirralho, cruzou as pernas, apoiou o queixo no punho fechado, pensou um pouco e disse:

"Chegou a hora de conversarmos um pouco sobre as mulheres."

E logo esclareceu:

"Bem, sobre as mulheres, em geral."

(Eu já tinha trinta e seis anos de idade, estava casado havia quinze e era pai de duas filhas adolescentes.)

Meu avô deu um profundo suspiro, uma tossidinha discretamente protegida pela palma da mão, endireitou a gravata, pigarreou duas vezes e disse afinal:

"Bem, a mulher sempre me interessou. Isto é, sempre. Você que não me venha de jeito nenhum entender coisas feias! O que eu estou dizendo é algo completamente diferente. Bem, só estou dizendo que a *mulher* sempre me interessou. Não, não a 'questão feminina'! Nada disso, a mulher como pessoa."

Sorriu e consertou a frase:

"Bem, sempre me interessou em diversos aspectos. Durante toda a vida sempre observei as mulheres. Sempre, mesmo quando era apenas um pequeno *tchúdak*, um molequinho. E daí que, não, não, de jeito nenhum, nunca olhei para uma mulher como um *pashkudniak*, um cafajeste, nada disso, sempre olhei com todo o respeito. Olhando e aprendendo. Bem, e o que aprendi, é isso que quero ensinar a você agora. Então, preste toda a atenção, é assim:"

Interrompeu-se e olhou bem para um lado e depois para o outro, como se quisesse se certificar de que realmente estávamos a sós. Sem nenhum ouvido estranho. Só nós dois. Deu uma tossidinha.

"A mulher", disse ele, "bem, em alguns aspectos ela é igualzinha a nós. Como nós, igualzinha. Mas em alguns outros aspectos", continuou, "a mulher é completamente diferente. Nada, nada parecida conosco."

Aqui ele fez uma pausa e de novo pensou um pouco, talvez evocando lembranças, imagens, a face se iluminou com o seu sorriso infantil, e finalizou assim sua tese:

"Mas é aí que está: em quais aspectos a mulher é exatamente igual a nós e em quais ela é muito muito diferente de nós? Bem, sobre essa questão", encerrou o assunto e se levantou, "sobre essa questão eu prossigo trabalhando."

Tinha noventa e três anos de idade, e é provável que tenha continuado o seu "trabalho" sobre essa questão até seu último dia. Eu também ainda trabalho nessa questão.

Tinha um hebraico particular, vovô Aleksander, um hebraico todo seu, e de modo algum deixava que o corrigissem nem queria ser repreendido: teimava em chamar o barbeiro de "marinheiro" e a barbearia de "estaleiro".[3] Uma vez por mês, rigorosamente, esse corajoso lobo-do-mar se dirigia ao "estaleiro" dos irmãos Ben-Yakar, abancava-se na cadeira do Capitão Nemo e expedia ao "marinheiro" uma extensa sucessão de comandos inflexíveis e detalhados para a navegação. Também a mim ele repreendia, às vezes: "Veja se vai logo ao marinheiro, com esse cabelo você já está parecendo um pirata!".

Na sua língua, eu era ou *haroshi maltchik*, um bom menino, ou então um *ti durak*, um burro. A cidade portuária de Hamburgo, ele chamava de Gamburgo, *herghel*, hábito, era *rigul*, e à pergunta "Dormiu bem, vovô?", ele sempre respondeu, em todos os dias de sua vida, sem exceção, "Magnificamente!", e como não confiasse muito na língua hebraica, costumava acrescentar, alegre: *harashó! otchen harashó!*, excelente, ótimo!

Certa vez, uns dois anos antes de morrer, falou comigo sobre a morte: "Se, D'us o livre, um jovem soldado, de dezenove, vinte anos, morre em combate, bem, é uma coisa terrível — mas não é tragédia. Morrer na minha idade — aí sim é tragédia! Uma pessoa como eu, com noventa e cinco anos, quase cem, por tantos anos se levanta todas as manhãs às cinco horas, toma uma ducha fria toda manhã, toda manhã, há quase cem anos, até mesmo na Rússia, ducha fria de manhã, até em Vilna, há cem anos come toda manhã, toda manhã sua fatia de pão com arenque, toma uma xícara de *tchái*, e sai toda manhã, toda manhã para dar uma volta de meia hora pela rua, verão ou inverno, toda manhã, toda manhã. Faz bem passear de manhã — é para a *motzion*! Faz muito bem, desperta a *circulátzia*. E logo depois, todo dia, todo dia eu volto para casa e leio um pouco de jornal enquanto tomo outra xícara de *tchái*, bem, é isso, em resumo, esse querido rapazinho de dezenove anos, se ele, D'us o livre, morre, nem deu tempo para se habituar a certas coisas: não teria dado mesmo, não é verdade? Mas na minha idade é difícil deixar certos hábitos, muito, muito difícil: passear na rua

---

3. Em hebraico, *sapan* é "marinheiro", *sapar*, "barbeiro", *maspen*, "estaleiro" e *mispará*, "barbearia".

todas as manhãs já é um hábito muito, muito antigo. E a ducha fria — também é hábito. E viver? Viver, para mim, também é um hábito. E então, depois dos cem anos, quem vai poder mudar assim de repente uns costumes tão antigos? Não levantar toda manhã às cinco? Não ducha e não arenque com pão? Não jornal, não passeio e não xícara de *tchái* quente? Tragédia!".

19

No ano de 1845, o novo cônsul inglês, James Finn, e sua esposa, Elisabeth-Ann, chegaram a Jerusalém, então sob governo turco-otomano. Ambos sabiam hebraico, e o cônsul chegara a escrever sua história do povo judeu, pelo qual sempre teve grande simpatia. Era filiado à Fraternidade Londrina para a Propagação do Cristianismo entre os Judeus, mas pelo que se sabe não se ocupou diretamente de atividade missionária durante sua estada em Jerusalém. O cônsul Finn e sua esposa aceditavam piamente que o retorno do povo judeu a sua pátria aceleraria a redenção do mundo. Mais de uma vez o cônsul Finn defendeu os judeus de Jerusalém das arbitrariedades dos governantes turcos. Acreditava na necessidade de recuperar a "produtividade da vida judaica" e se propunha a ajudar os judeus que estivessem interessados em trabalhar na área da construção ou em agricultura. Para tanto, o cônsul comprou no ano de 1853, ao preço de duzentos e cinqüenta libras esterlinas, uma colina isolada, com algumas rochas esparsas pelas encostas, a alguns quilômetros a noroeste de Jerusalém, que na época era habitada apenas no interior das muralhas da Cidade Velha. Era um espaço desabitado e abandonado, chamado pelos árabes de Karm Al-Halil. James Finn traduziu o nome para o hebraico, Kerem Avraham [A vinha de Abraão], e construiu ali sua casa e seu empreendimento, o Moshavat Charoshet [Colônia Industrial], destinado a oferecer trabalho aos judeus pobres e os qualificar para a vida produtiva. Essa fazenda ocupava uma área de quarenta *dunams** (ou quatro hectares). No topo da colina, James e Elisabeth-Ann construíram sua casa, e em volta dela implantaram a fazenda: o empreendimento agrícola, as oficinas e as benfeitorias. As grossas paredes da casa de dois pavimentos foram erguidas em pedra talhada, e, para cobertura, telhados em estilo oriental, com forros de treliça. Atrás da casa, no pátio protegido por um muro, cavaram-se poços de água e foram construídos um estábulo, um curral, um celeiro, depósitos, uma prensa de uvas para a fabricação de vinho e uma prensa de azeite.

A Colônia Industrial empregava uns duzentos judeus na fazenda dos Finn em trabalhos tais como retirar pedras das encostas, construir cercas, plantar árvores frutíferas, trabalhar na horta, no pomar e também em uma pequena pedreira, e nos ofícios ligados à construção civil. Com o passar dos anos, depois da morte do cônsul, sua viúva construiu uma fábrica de sabão, na qual também empregava trabalhadores judeus. Quase na mesma época, não longe dali, o missionário protestante alemão Johann Ludwig Schneller, de Württemberg, instalou um orfanato para árabes cristãos refugiados dos conflitos entre cristãos e drusos no Líbano. Era uma grande propriedade cercada por um muro de pedra. O Orfanato Sírio Schneller, como a Colônia Industrial do cônsul e da consulesa Finn, tinha por objetivo preparar seus educandos órfãos para uma vida produtiva nos ofícios da construção e nas lides agrícolas. Finn e Schneller, cada um à sua maneira, eram cristãos fervorosos, e a miséria, o sofrimento e o desamparo de árabes e judeus na Terra Santa lhes tocaram o coração. Ambos acreditavam que na medida em que os habitantes se preparassem para uma vida produtiva, uma vida de trabalho, o "Oriente" estaria a salvo das garras do desespero, da degeneração, da miséria e da indiferença. Talvez ambos esperassem, cada um a seu modo, que sua generosidade iluminasse judeus e muçulmanos de modo a encaminhá-los ao cristianismo.

Em 1920, sobre a propriedade dos Finn, foi fundado o bairro de Kerem Avraham. Suas casinhas pequenas foram sendo construídas entre os pomares da fazenda, os vinhedos e os renques de árvores frutíferas e, assim, pouco a pouco foram ocupando toda a área original da propriedade. Após a morte da viúva, Elisabeth-Ann Finn, a mansão do cônsul passou por inúmeras transformações — primeiro se tornou uma instituição britânica para delinqüentes juvenis, depois abrigou uma seção administrativa do governo britânico e mais tarde funcionou como sede do comando militar.

Perto do fim da Segunda Guerra Mundial, o jardim da mansão Finn estava rodeado por uma alta cerca de arame farpado: a propriedade tinha sido transformada em prisão para abrigar os oficiais italianos capturados. Costumávamos nos aproximar sorrateiramente à tardinha para provocar os prisioneiros e brincar com eles, fazendo caretas e gestos. "Bambino, bambino, buon giorno, bambino!", gritavam para nós os italianos, e nós também gritávamos para eles:

"Bambino, bambino! Il Duce morto! Finito il Duce!". E às vezes berrávamos: "Viva Pinóquio!". E apesar das cercas de arame farpado, da língua estrangeira, da guerra e do fascismo, repetíamos sempre, como se fosse a outra metade de um bordão muito antigo: "Gepeto, Gepeto, viva Gepeto!".

Em troca das balas, amendoins, laranjas e biscoitos que atirávamos a eles por cima da cerca de arame farpado, como se fossem macacos em um jardim zoológico, alguns deles nos jogavam selos italianos, ou nos mostravam de longe fotografias de família com mulheres gorduchas e sorridentes, meninos muito pequenos metidos em terninhos, meninos engravatados, meninos de paletó, meninos de nossa idade com o cabelo preto penteadíssimo, bem repartido, com um glorioso topete lançado à frente, reluzente de brilhantina.

Numa dessas incursões, um dos prisioneiros me exibiu através da cerca, em troca de um chiclete Alma de embalagem amarela, a foto de uma mulher nua, sem roupa nenhuma a não ser as meias de náilon e as ligas. Por um instante fiquei pasmo diante dela, paralisado pelo choque, com os olhos estatelados, mudo de horror. Como se em pleno Yom Kippur, em plena sinagoga, alguém se levantasse de repente e gritasse Seu nome inefável; logo dei as costas e fugi de lá, chocado, chorando convulsivamente, em corrida desabalada. Eu tinha então cinco ou seis anos de idade e fugi correndo, como se estivesse sendo perseguido por lobos, corri, corri e não consegui escapar daquela fotografia até os onze anos e meio, mais ou menos.

Após a fundação do Estado de Israel, em 1948, a casa do cônsul e da consulesa serviu sucessivamente de sede para a guarda civil, para a patrulha de fronteiras, para a defesa civil e a Gadná,* movimento jovem paramilitar, antes de se tornar uma escola religiosa para moças ortodoxas chamada Beit Brachá, a Casa da Bênção. Às vezes saio para dar uma volta pelas ruas de Kerem Avraham e pego a rua Gueúla, renomeada Malchei Israel, entro na rua Malachi, viro à direita na rua Zachária, passeio um pouco, indo e voltando pela rua Amós, subo pela rua Ovádia até sua parte mais alta, onde permaneço por alguns instantes diante do portão da mansão Finn. A velha construção encolheu com o passar dos anos, como se um golpe de machado houvesse lhe arrancado a cabeça dos ombros, como se tivesse se convertido e sido circuncidada. As árvores e arbustos foram arrancados, e todo o pátio foi coberto de asfalto. Pinóquio e Gepeto sumiram no tempo. E a Gadná também se foi, como se nunca tivesse existido. Restos de uma *sucá** desabada, remanescente da última comemoração de Sucot,* espalham-se pelo terreno à frente da casa. Duas ou três mulheres usando *shabis*, o véu das religiosas, e vestindo um hábito escuro, próximas ao portão, conversam de quando em quando: calam-se ao perceber que as observo. Não retribuem meu olhar. Voltam a cochichar quando me afasto.

Ao vir para Israel, em 1933, meu pai se inscreveu no curso de preparação para o doutorado na Universidade Hebraica, no monte Scopus, em Jerusalém. No princípio morou com os pais no pequeno apartamento alugado no bairro de Kerem Avraham, na rua Amós, uns duzentos metros a leste da mansão do cônsul Finn. Mais tarde, seus pais foram para outro apartamento. Um casal chamado Zarchi se mudou para o apartamento da rua Amós, mas aquele jovem estudante, em quem os pais depositavam grandes esperanças, continuou alugando o quarto que tinha entrada independente pela varanda.

Kerem Avraham na época era um bairro novo, a maior parte das ruas ainda não tinha sido calçada, e vestígios do vinhedo que tinha lhe emprestado o nome [*kerem*, em hebraico, significa "vinhedo"] ainda se mostravam aqui e ali nos jardins das novas casas: parreiras e pés de romã, figueiras e amoreiras que sussurravam umas para as outras à passagem da brisa. No início do verão, quando as janelas estavam abertas, o cheiro da folhagem invadia os pequenos quartos. Acima dos telhados e ao fim das ruazinhas empoeiradas se podiam ver as montanhas que rodeiam Jerusalém.

Um após o outro foram sendo construídos ali prediozinhos quadrados de pedra, simples, de dois ou três andares, que eram divididos em muitos apartamentos apertados, com dois quartinhos. Nos pátios e nas sacadas havia grades de ferro, que logo eram tomadas pela ferrugem. Nos portões dos prédios soldavam-se estrelas-de-davi ou a palavra "Zion", originalmente nome do monte Sião, um dos montes ao redor de Jerusalém, que, mais tarde, tornou-se a denominação "mítica" da cidade de Jerusalém. Aos poucos, pinheiros e ciprestes foram tomando o espaço das romãs e das parreiras. Aqui e ali ainda floriam alguns pés de romã, que os meninos arrasavam ainda antes de os frutos amadurecerem. Entre as árvores abandonadas e os muros de pedra dos quintais, havia os que plantavam oleandros ou gerânios, mas esses canteiros eram logo esquecidos: sobre eles estendiam-se varais, e eles acabavam pisados ou tomados por moitas espinhosas ou cacos de vidro. Quando não morriam de sede, oleandros e gerânios cresciam ali como mato selvagem. Muitos depósitos foram construídos nos pátios e quintais, construções provisórias de madeira, de folhas de zinco, casebres levantados com as tábuas das caixas que tinham servido para trazer de longe as bagagens daqueles habitantes. Como se houvessem resolvido erguer ali uma cópia de suas vilazinhas natais na Polônia, na Ucrânia, na Hungria ou na Lituânia.

Havia os que amarravam uma lata vazia de azeitonas a uma estaca, construindo assim um pombal, e esperavam inutilmente que as pombas fossem morar lá. Outros tentavam criar duas ou três galinhas no quintal, e outros ainda tentavam cultivar uma pequena horta — rabanetes, cebola, couve-flor, salsinha. Quase todos almejavam mudar dali para bairros de nível mais alto, para Rehávia, para Kiriat Shmuel, para Talpiót ou Beit HaKerem. Todos tentavam se convencer, com todas as forças, de que os dias difíceis iriam passar, o Estado judeu logo iria ser fundado, e tudo iria melhorar rapidamente, pois com certeza sua taça de sofrimento estava quase a transbordar. Shniór-Zalman Robshov, que mais tarde se tornaria Zalman Shazar e foi até eleito presidente do país, escreveu naquela época um artigo em que dizia mais ou menos isto: "Quando finalmente for proclamada a nação judaica livre, nada será como antes! Nem mesmo o amor voltará a ser como era!".

Enquanto isso, as primeiras crianças nasciam em Kerem Avraham, e quase não se conseguia explicar a elas de onde seus pais tinham vindo, por que vieram e o que todos aguardavam com tanto fervor. Em Kerem Avraham moravam pequenos funcionários da Agência Judaica, professores, enfermeiras, escritores, motoristas, revolucionários, tradutores, vendedores, teóricos, bibliotecários, bancários, bilheteiros de cinema, ideólogos, donos de pequenos negócios e velhos acadêmicos que se mantinham com suas magras economias. Às oito da noite todas as varandas eram fechadas, as casas eram trancadas, todas as venezianas eram baixadas, e o lampião de rua formava uma poça de luz amarela e solitária na esquina da ruazinha vazia. Podiam-se ouvir os gritos estridentes das aves noturnas, o latido distante dos cães, tiros esparsos, o rumor que o vento fazia nas copas das árvores do pomar, pois à noite Kerem Avraham voltava a ser um vinhedo. Em todos os quintais sussurravam as folhas das figueiras, das amoreiras e das oliveiras, as macieiras, as parreiras e os pés de romã. As paredes de pedra recebiam a luz da Lua e a devolviam às árvores traduzida num clarão pálido, espectral.

* * *

A rua Amós, nas duas ou três fotos no álbum de meu pai, parecia um rascunho inacabado de rua. Edifícios de pedra, com venezianas e grades de ferro nas varandas. Ali e acolá, sobre o peitoril das janelas, viam-se mudinhas pálidas de gerânio, entre muitos potes de vidro fechados, em que se curtiam pepinos ou pimentões em água com alho picado e louro. No meio, entre os prediozinhos, ainda não havia rua, mas uma espécie de canteiro de obras provisório, um caminho de poeira seca onde se empilhavam materiais de construção, cascalho, pilhas de pedras ainda por cortar, sacos de cimento, latões de metal, ladrilhos, montes de areia ou pedregulho, rolos de arame farpado para as cercas, montes de pedaços soltos de madeira. Aqui e ali ainda brotava, por entre a desordem dos materiais de construção, alguma plantinha espinhosa, esbranquiçada de poeira. No meio desse canteiro de obras ficavam alguns talhadores de pedra trabalhando sentados, descalços e nus até a cintura, com panos enrolados na cabeça e vestindo calças largas de pano grosseiro. O som dos martelos golpeando as talhadeiras e desbastando as pedras subia do chão até encher todo o bairro, como o som do naipe de percussão de uma orquestra acompanhando uma música estranha, insistente, atonal. De vez em quando se ouviam dos extremos das ruas gritos roucos, de alarme: "Bá-rod! Bá-rod!" [explosão], seguidos do trovejar das explosões das pedreiras nas encostas.

Em uma das fotos, mais formal, como se tirada antes de uma festa, vê-se parado bem no meio da rua Amós um *automobil* negro e anguloso como um caixão de defunto. Táxi ou particular? Pela foto não se pode saber. É um *automobil* polido e reluzente, no estilo dos anos 20. Os pneus são estreitos como pneus de motocicleta, as rodas têm uma profusão de finos aros metálicos cromados, a tampa retangular do motor é decorada com um filete de metal niquelado e reluzente. As laterais da tampa do motor são dotadas de fendas de ventilação, como uma veneziana, e bem na frente do *automobil* se projeta, como uma pequena bolha, a tampa niquelada e reluzente do radiador. À frente estão dois faróis redondos, fixados a uma haste niquelada, e esses faróis também brilham e reluzem ao sol.

De pé, ao lado desse *automobil* está o agente comercial Aleksander Klausner, elegantíssimo em seu terno de tropical creme e gravata, um belo chapéu panamá sobre a cabeça, lembrando um pouco Errol Flinn num filme sobre os senhores europeus na África Equatorial ou na Birmânia. Ao seu lado, mais forte, mais alta e maior do que ele, ergue-se a figura imponente da sua distinta esposa, Shlomit, sua prima e senhora, a grande dama, garbosa e polida como uma fragata, trajando um vestido leve de mangas curtas, um colar de contas no pescoço, sobre a cabeça um elegante chapéu estilo Fedora com um véu de musseline velando parcialmente o rosto, colocado em ângulo preciso sobre o penteado perfeito, e em uma das mãos um guarda-chuva, ou guarda-sol, que por certo ela chamava de "pára-sol". Seu filho, Lúnia, ou Liúnitchka, está postado próximo aos pais, como um noivo no dia do casamento. Parece um tanto engraçado, a boca semi-aberta, os óculos de lentes redondas escorregando pelo dorso do nariz, os ombros um pouco inclinados para a frente, todo ele apertado, espremido e mumificado dentro de um terno muito estreito e um rígido chapéu preto. Esse chapéu parece ter sido enfiado à força na cabeça: chega até a metade da testa, como uma panela virada de cabeça para baixo, e parece que, não fossem as grandes orelhas, o chapéu chegaria até o queixo e engoliria o restante do rosto.

Qual teria sido esse acontecimento festivo que fez os três vestirem suas melhores roupas e chamarem um táxi, ou teriam sido levados por um carro particular? Não se sabe. O ano, a julgar pelas outras fotos coladas na mesma folha do álbum, deve ter sido 1934, um ano após sua chegada a Israel, quando ainda moravam no apartamento dos Zarchi, na rua Amós. O número da chapa do *automobil*, eu posso decifrar facilmente — na foto ele é bem legível: M-1651. Meu pai tinha na época vinte e quatro anos, mas nessa fotografia ele parece um garoto de quinze ou dezesseis, fantasiado de respeitável cavalheiro de meia-idade.

Ao chegar de Vilna, os Klausner moraram por um ano, aproximadamente, num apartamento de dois quartos e meio na rua Amós. Um ano mais tarde meus avós encontraram, não longe dali, um apartamentozinho para alugar, um quarto e um cubículo que serviu de "gabinete para meu avô" e refúgio para os dias das tempestades furiosas da esposa e para se manter distante do fio da espada higiênica de sua luta antimicrobiana. Esse apartamentozinho ficava no beco Prag, entre a rua Yeshaiahu e a rua Chancellor, ou rua Strauss.

O quarto da frente do apartamento da rua Amós seria dali em diante o quarto de estudante de meu pai: ali ele colocou sua primeira estante, com os livros que havia trazido ainda dos tempos da universidade de Vilna, ali montou sua velha mesa de trabalho, de madeira compensada e pernas finas, ali pendurou suas roupas, dentro de um caixote comprido, de madeira, com uma cortina, que servia de guarda-roupa, e para lá costumava convidar seus amigos e colegas para conversas intelectuais sobre o sentido da vida, sobre literatura e sobre política nacional e internacional.

Na fotografia, meu pai aparece sentado à sua escrivaninha, magro, jovem e tenso, o cabelo penteado para cima, óculos graves, de aro preto e redondo, camisa branca, de manga comprida. Está sentado confortavelmente, as pernas cruzadas, de costas para a janela, que tem uma de suas duas folhas aberta para dentro do quarto, mas a veneziana de ferro fechada. Réstias estreitas de luz penetram por suas fendas. Na foto, meu pai está imerso na leitura de um grande livro que mantém suspenso no ar, diante dos olhos. À sua frente, sobre a mesa de trabalho está outro livro aberto e um objeto parecido, talvez, com um despertador de costas para o fotógrafo — um relógio de metal, redondo, com pezinhos inclinados. À esquerda de meu pai, há uma estante não muito grande, repleta de livros, sendo que uma das prateleiras vergou para baixo, numa espécie de barriga, com o peso dos livros grossos, ao que parece livros estrangeiros, vindos diretamente de Vilna, que deviam se sentir muito pouco confortáveis ali, no aperto na prateleira abarrotada e em meio ao calor.

Na parede, sobre a estante de livros, vê-se um retrato emoldurado de tio Yossef, que parece austero e sublime, quase profético com seu cavanhaque branco e o cabelo rareando, como se observasse meu pai das alturas, cravando nele um olhar severo, para se assegurar de que não negligenciasse os estudos, não se deixasse encantar pelos prazeres duvidosos da vida estudantil, não esquecesse da missão histórica da nação e da esperança nela depositada por incontáveis gerações e — os céus não o permitissem! — não desdenhasse os detalhes, pois são eles, afinal, que compõem a imagem final.

Abaixo de tio Yossef, pendurado num prego, está um cofrezinho de lata para as doações ao Keren Kaiemet de Israel, com uma grande estrela-de-davi pintada. Meu pai parece estar relaxado e satisfeito consigo próprio, mas sério e determinado como um frade: a mão esquerda suporta todo o peso do livro aberto, enquanto a direita se apóia nas folhas do lado direito do livro, as que já foram lidas, donde se conclui que é um livro escrito em hebraico, que se lê da direita para a esquerda. E onde sua mão surge de dentro da manga da camisa branca, posso ver o pêlo negro e espesso que lhe cobre o antebraço, do cotovelo até o punho.

Meu pai parece um rapaz cônscio dos seus deveres e disposto a cumpri-los a qualquer custo. Pronto a seguir os passos de seu irmão mais velho e do tio famoso. Lá, para além da veneziana fechada de seu quarto, trabalhadores estão cavando uma vala na rua de terra para os tubos da rede de esgotos. Mais além, no subterrâneo de algum prédio antigo habitado por judeus, entre as vielas sinuosas do bairro Shaarei Chessed ou de Nachalat Sheva, nesse mesmo momento rapazes da Haganá de Jerusalém estão se preparando em segredo, desmontando e remontando uma pistola, uma velha parabélum "sete-dias", contrabandeada. Nas estradas que serpenteiam pelas montanhas entre aldeias árabes hostis, os motoristas da Egged e da Tnuva se aferram firmes ao volante com suas mãos fortes e bronzeadas. Nas ravinas que descem para o deserto, silenciosos, vestindo curtas calças cáqui e meias cáqui, com o cinturão de couro e *kafias** árabes, jovens sapadores judeus aprendem a conhecer com os próprios pés os atalhos secretos da pátria. Na Galiléia e em suas encostas, no vale de Beit Shean e em Yzreel, no Sharon e no vale de Chefer, na planície de Judá e no deserto do Neguev, nas margens desoladas do mar Morto, pioneiras e pioneiros musculosos, quietos, obstinados, bronzeados pelo sol, rasgam sulcos fundos em sua terra. E ele, o estudante sério e aplicado vindo de Vilna, rasga aqui mesmo seu sulco.

Um dia ele também será professor no monte Scopus, vai contribuir para a expansão de novos horizontes da cultura e do saber, vai drenar nos corações os pântanos da Diáspora: assim como os pioneiros da Galiléia e do vale de Yzreel fazem florescer a terra ressequida de sua pátria, da mesma forma ele vai contribuir, com todas as suas forças, com toda a sua energia e dedicação, para rasgar, também aqui, os sulcos nos espíritos e fazer florescer a nova cultura hebraica. Está decidido.

20

Todas as manhãs Yehuda Árie Klausner tomava o ônibus da Hamekasher, linha número 9, do ponto na rua Gueúla, atravessando o bairro dos búlgaros, rua Shmuel haNavi, Shimeon haTzadik, a colônia americana e o bairro de Sheikh Jarakh, até o conjunto de edifícios da Universidade Hebraica, no monte Scopus, onde cursava a pós-graduação: história, com o professor Richard Michael

Kavner, que jamais conseguiu aprender o hebraico, lingüística semita com o professor Chaiim Yaakov Polotzky, as escrituras com o professor Umberto Moshé David Cassuto, e literatura hebraica com tio Yossef, ou melhor, com o professor dr. Yossef Klausner, o autor de *Judaísmo e humanismo*.

Tio Yossef costumava realmente incentivar meu pai, e trouxe-o para mais perto de si; era dos seus melhores discípulos, mas fez questão absoluta de não o escolher, no devido tempo, para o cargo de professor assistente, para não dar oportunidade às más-línguas. Era tão importante para o professor Klausner evitar qualquer comentário maldoso que pudesse macular seu bom nome que talvez tenha cometido uma grande injustiça ao negar a nomeação a seu sobrinho, sangue do seu sangue.

Na capa de um de seus livros, tio Yossef, que não teve filhos, escreveu a seguinte dedicatória:

Ao meu querido Yehuda Árie, meu sobrinho, amado como filho.
De seu tio, que o ama como a sua própria alma.
Yossef.

Certa vez meu pai chegou a brincar, com amargura: "Se eu não fosse seu sobrinho, se me amasse um pouquinho menos, quem sabe a esta altura eu já seria professor na faculdade de letras, e não funcionário da biblioteca".

Esse fato foi como uma ferida aberta na alma de meu pai, que sangrou por toda a sua vida. Ele por certo fez por merecer o cargo de professor, assim como seu tio e seu irmão David, que era docente de literatura em Vilna. Meu pai era um intelectual completo, possuidor de uma cultura fantástica e de uma memória espantosa, profundo conhecedor da literatura universal e da literatura hebraica, familiarizado com inúmeros idiomas, profundo conhecedor da Tossafta* e dos Midrashim,* dos poemas da Idade do Ouro espanhola e também de Homero, de Ovídio e dos Utnapishtim, a poesia babilônica, e de Shakespeare, de Goethe e de Mickiewicz. Era um homem cumpridor de seus deveres, diligente e incansável como uma abelha na colméia, reto e preciso como uma régua milimetrada, um educador nato, que explicava de maneira simples e precisa as migrações dos povos, o *Crime e castigo*, o funcionamento de um submarino ou os períodos da órbita solar. Mesmo assim nunca esteve diante de uma classe de alunos, nunca explicou um detalhe obscuro a qualquer estudante, e não passou, durante toda a sua vida, de bibliotecário e bibliógrafo, que escreveu três ou quatro livros de pesquisa e contribuiu para a *Enciclopédia hebraica* com alguns verbetes plenos de erudição, em sua maior parte dedicados à literatura comparada e à literatura polonesa.

Em 1936 lhe foi oferecida uma função medíocre na divisão de jornais e revistas da Biblioteca Nacional, onde trabalhou por vinte anos, a princípio no monte Scopus e depois no prédio Terra Sancta, de início como bibliotecário júnior e no final como vice-diretor da divisão, sendo o diretor o dr. Fefermann. Na Jerusalém daqueles dias, cheia de refugiados da Polônia, da Rússia e da Alemanha nazista, entre eles sumidades vindas de universidades famosas, havia muito mais professores universitários do que alunos, muito mais pesquisadores e eruditos do que estudantes.

Pelo final dos anos 50, depois de sua tese de doutorado ter sido aprovada *cum laude* pela Universidade de Londres, meu pai tentou inutilmente desempenhar uma função modesta, talvez como professor visitante, no departamento de literatura da universidade em Jerusalém: o professor Klausner foi novamente presa do medo, do que poderiam dizer se empregasse seu sobrinho. Depois de Klausner, veio o professor e poeta Shimeon Halkin, que resolveu virar uma nova página no departamento de literatura e ficar longe da herança de Klausner, dos métodos de Klausner, do cheiro de Klausner e, com toda a certeza, do sobrinho de Klausner. Meu pai, então, tentou a sorte na nova Universidade de Tel Aviv, mas também lá não lhe foi dada nenhuma chance.

Em seu último ano de vida ele ainda tentou conseguir a nomeação como professor de literatura no Instituto Acadêmico que estava para ser aberto em Beersheba e que com o passar dos anos se tornaria a Universidade Ben Gurion. Dezesseis anos após a morte de meu pai, fui contratado como professor visitante de literatura na Universidade Ben Gurion, um ou dois anos depois fui nomeado professor titular, e mais tarde me foi concedida a cátedra de literatura, em nome de Shai Agnon. Com o passar dos anos, fui também procurado pela Universidade de Jerusalém, assim como pela Universidade de Tel Aviv, com propostas bastante generosas para integrar seus quadros acadêmicos como professor titular de literatura — eu, que nem sou estudioso, nem erudito, nem literato, nem brilhante, nem especialmente capaz, eu, com minha cabeça que nunca teve nenhum talento para a pesquisa e meu cérebro que é sempre atacado por um sono invencível à vista de qualquer nota de rodapé.[4] O dedo mindinho de meu pai era muito mais professoral do que dez professores "pára-quedistas" como eu.

O apartamento da família Zarchi tinha dois quartinhos e meio, no andar térreo de um prediozinho de três pavimentos. Na parte dos fundos do apartamento, vivia Israel Zarchi com a esposa, Ester, e seus pais, velhinhos. E no quarto da frente morava meu pai, a princípio com os pais, depois sozinho e por fim com minha mãe. Tinha entrada independente pela varanda, e dela — por três ou quatro degraus —, acesso ao jardinzinho estreito na frente do prédio e à rua Amós, que ainda era uma rua de terra poeirenta, sem pista de rolamento para os carros e sem calçadas, cheia de montes e montes de materiais de construção e pedaços de andaimes desmontados, por onde passeavam legiões de gatos famintos e bandos de pombas errantes. Três ou quatro vezes por dia passava por lá uma carroça puxada por um burro, ou por uma égua, trazendo compridos ferros de construção, e ainda a carroça do querosene, a carroça do gelo, a carroça do leiteiro, a carroça do mascate de *Alte Sachen*,* cujo grito rouco me gelava o sangue: por toda a minha infância esse grito veio me alertar para a chegada da doença, da velhice e da morte, ainda bem distantes de mim, mas que se aproximavam sorrateiros, arrastando-se sem parar, dia e noite, obstinados, rastejando ocultos pelos arbustos, à noite, com seus dedos gelados, que de repente me prenderiam pelas costas e me agarrariam direto no pescoço: naquele grito horripilante em ídiche, *Alte Saa...chen*, sempre ouvi um tremendo imperativo: "Não envelheça!", pois soava para mim como as palavras *alt-tezaken* em hebraico, "não envelheça". Até hoje esse grito me provoca um arrepio gelado na espinha.

Nas árvores frutíferas dos quintais, os passarinhos se aninhavam, e pelas

---

4. Os livros de meu pai são repletos de notas de rodapé. Nos meus livros, somente no *Shtikát ha-Shamaim: Agnon Mishtomem al Elohim* [O silêncio dos céus: Agnon se maravilha com D'us] (Jerusalém, Editora Keter, 1993), eu, assim como ele, utilizei notas de rodapé. E a nota de número 92, que aparece à página 192, introduz meu pai, isto é, encaminha o leitor para o livro de meu pai *HaNovela baSifrut haIvrit* [O romance na literatura hebraica]. Ao compor essa nota, uns vinte anos após sua morte, quis dar a ele uma pequena alegria, mas ao mesmo tempo temi que, em vez de se alegrar, ele pudesse vir a me acenar com um dedo em riste, admoestador.

fendas das rochas entravam e saíam lagartos, lagartixas, escorpiões e às vezes se via uma ou outra tartaruga. Os garotos passavam por baixo das cercas, construíam uma verdadeira rede de passagens secretas e atalhos que se estendia por todo o bairro. Ou subiam às lajes das casas para espiar os soldados ingleses dentro dos muros do quartel Schneller ou para observar de longe as aldeias árabes nas encostas das montanhas em volta da cidade — Issávia, Shoafát, Beit Iqsa, Lifta, Nébi Schmuel.

Hoje quase ninguém mais se lembra do nome de Israel Zarchi, mas naqueles dias Zarchi era um jovem e conhecido escritor, cujos livros ganhavam muitas tiragens. Tinha a idade do meu pai, mas já em 1937, aos vinte e oito anos, Zarchi tinha conseguido lançar nada menos que três livros. Eu o admirava porque entre nós corria o comentário de que ele não era um escritor como todos os outros: toda Jerusalém escrevia livros eruditos, extraía livros de bilhetes, livros de outros livros, livros de todo tipo de catálogos e cadernetas, de léxicos, de grossos alfarrábios estrangeiros, de fichários cheios de fichas manchadas de tinta que ficavam pousados sobre as escrivaninhas. Mas o sr. Zarchi era um autor que escrevia "histórias vindas da cabeça". (Meu pai dizia: "Se você rouba seu saber de um só livro, vai ser muito criticado, taxado de plagiador, ladrão literário. Mas se rouba de dez livros, já é considerado um pesquisador, e se de trinta, quarenta livros — um grande pesquisador".)

Nas noites de inverno acontecia de se reunirem em nossa casa, ou em frente, na casa dos Zarchi, alguns remanescentes da antiga turma: Chaiim e Hana Toran, Shmuel Varsas, o casal Breiman. O sr. Sharon-Shavdron, exuberante e surpreendente, o sr. Chaiim Schwarzbaum, o ruivo folclorista, Israel Hananit, que trabalhava nos escritórios da Agência Judaica, e sua esposa, Ester Hananit. Chegavam depois do jantar, às sete ou sete e meia, e se dispersavam às nove e meia, considerada uma hora bem tardia. Entre a chegada e a saída, os visitantes tomavam chá escaldante, serviam-se de pães de mel ou de frutas da estação, discutiam, ardorosos mas educados, todo tipo de assuntos que eu não compreendia, mas que estava certo de que com o tempo haveria de compreender e também discutir com essas mesmas pessoas, e chegaria a trazer novos argumentos que eles nunca teriam imaginado, e talvez eu conseguisse surpreendê-los com algo, quem sabe se eu ainda escreveria histórias vindas da cabeça, como o sr. Zarchi, ou livros de poesia, como Bialik, ou como o vovô Aleksander e Levin Kipnis, ou como o médico dr. Saul Tchernichowski, cuja pele tinha um cheiro inesquecível.

Os Zarchi não só eram os donos do prédio onde nos alugavam o apartamento, eram também amigos leais, apesar das divergências permanentes de opinião entre meu pai, "o revisionista", e Zarchi, "o vermelho": meu pai gostava muito de falar e argumentar, e o sr. Zarchi gostava de ouvir. Minha mãe acrescentava às vezes uma ou duas frases, em voz baixa, e suas palavras podiam fazer toda a conversa mudar, sem que os outros se dessem conta, de um assunto para outro bem diverso, ou de um tom de voz para outro. Ester Zarchi, por sua vez, costumava fazer perguntas que meu pai respondia com prazer, dando a ela explicações detalhadas. Israel Zarchi se dirigia por vezes a minha mãe e perguntava a sua opinião com seus olhos humildes, como se pedisse a ela, em linguagem cifrada, que abraçasse seus argumentos, que o apoiasse na discussão: minha mãe sabia verter sobre tudo uma nova luz. E com poucas palavras, comedidas. E depois de falar, por vezes descia sobre a discussão um clima delicado e sereno, um novo silêncio, um certo cuidado, ou uma leve hesitação perpassava então todos os argumentos. Até que passado algum tempo os espíritos de novo transbordavam impetuosos, e as vozes voltavam a subir ao costumeiro tom apaixonado e repleto de pontos de exclamação.

Em 1947 foi publicado pela Editora Yehoshua Tshitshik de Tel Aviv o primeiro livro escrito por meu pai — *HaNovela baSifrut haIvrit* — *meReshitá ad Sof Tkufat haHashkalá* [O romance na literatura hebraica — Do início até o final da era do Iluminismo]. Esse livro teve por base a tese de mestrado apresentada por meu pai ao seu tio e professor, o dr. Klausner. Na primeira página, lia-se: "Este livro recebeu o prêmio Klausner da municipalidade de Tel Aviv e foi publicado com seu patrocínio e o do Fundo Tzipora Klausner, de bendita memória". O professor dr. Yossef Klausner em pessoa escreveu a introdução para o livro:

É com grande alegria que vejo publicado este livro hebraico sobre o romance, que foi apresentado a mim, na qualidade de professor de literatura em nossa primeira e única Universidade Hebraica, como dissertação final de doutorado em literatura hebraica moderna, pelo meu aluno e sobrinho Yehuda Árie Klausner. Não se trata de um trabalho comum, mas de pesquisa exaustiva e abrangente [...] e o próprio estilo do livro é ao mesmo tempo rico e lúcido, adequado ao seu importante conteúdo [...] é para mim impossível, portanto, não me alegrar [...] Diz o Talmude: "Alunos são como filhos", e desejo que este livro resulte numa maior compreensão, mais ampla e profunda, da nossa literatura nacional, firmemente conectada à literatura do mundo, e que o autor seja abençoado por seu trabalho, que de maneira nenhuma foi fácil [...]

E numa folha separada, a que vem logo depois da capa do livro, meu pai dedica seu livro à memória do irmão, David:

Ao meu primeiro professor de história da literatura — ao meu único irmão,
David
desaparecido nas trevas da Diáspora
Como?

Por dez dias, ou duas semanas, meu pai correu todos os dias após o expediente na divisão de periódicos da Biblioteca Nacional, no monte Scopus, à agência de correios vizinha, no extremo oriental da rua Gueúla, antes da entrada para o bairro Meá Shearim, na esperança de receber exemplares do seu primeiro livro, que já havia sido lançado e até já fora visto por alguém numa livraria em Tel Aviv. Assim, todos os dias meu pai corria até a agência, todos os dias voltava de mãos vazias e todos os dias prometia a si mesmo que se no dia seguinte a remessa dos livros enviada pelo sr. Gruber da Gráfica Sinai não tivesse chegado, ele tomaria uma atitude, iria à farmácia e daria um telefonema em termos enérgicos ao sr. Yehoshua Tshitshik em Tel Aviv: É realmente intolerável! Se os livros não chegarem até segunda-feira, até o meio da semana, no mais tardar até sexta-feira — mas a remessa chegou, não pelo correio, mas por uma portadora, uma jovem e sorridente iemenita que trouxe o pacote até nossa casa, não de Tel Aviv, mas diretamente da Gráfica Sinai (Jerusalém, telefone número 2892).

O pacote continha cinco exemplares de O romance na literatura hebraica, saídos fresquinhos da gráfica, virgens, embrulhados em várias camadas de papel branco e encorpado (no qual provavelmente tinham sido feitas as provas para algum outro livro, provavelmente de ilustrações), e amarrados com barbante bem apertado. Meu pai agradeceu à moça, e mesmo na confusão da alegria não esqueceu de dar a ela uma moeda de um xelim (uma soma respeitável naquele tempo, suficiente para um bom almoço vegetariano no restaurante da Tnuva). Depois meu pai pediu a mim e a mamãe para irmos até sua escrivaninha e ficarmos ao seu lado durante a abertura do pacote.

Lembro-me bem de como meu pai dominou a emoção que o fazia tremer e não arrebentou os barbantes, nem mesmo os cortou com uma tesoura, e nunca vou me esquecer de como desfez os nós apertados, um a um, com infinita paciência, usando alternadamente suas unhas fortes, a ponta da lâmina do abridor de cartas e a ponta de um clipe de metal. Ao terminar, não se precipitou sobre o livro, mas enrolou calmamente o barbante, abriu os pacotes de papel cuchê encorpado, tocou de leve, com a ponta dos dedos, a capa do primeiro volume da pilha, acariciou-o como um tímido amante, ergueu-o à altura dos olhos, volveu algumas páginas ao acaso, fechou os olhos e inspirou profundamente para sentir o cheiro da impressão fresca, o prazer do papel novo, a delícia do inebriante odor de cola de encadernar, e só então começou a folhear, deu uma olhada no índice, examinou a página da errata e dos acréscimos de última hora, voltou ao início para ler e reler a apresentação feita por tio Yossef e a introdução que ele próprio escrevera, voltou a acariciar a capa, e de repente lhe ocorreu que mamãe poderia estar, no íntimo, se divertindo às suas custas.

"Um livro fresquinho da gráfica", disse ele como que se desculpando, "o primeiro livro, é quase como se me tivesse nascido outro filho."

"Quando tiver de trocar a fralda", respondeu mamãe, "tenho certeza de que você vai me chamar."

E com isso deu as costas e se foi, mas voltou alguns minutos depois trazendo da cozinha uma garrafa de vinho Tokay doce, o vinho do *kidush** do shabat, e três pequenos cálices mais apropriados para servir licor, e não vinho, dizendo: Faremos agora um brinde ao primeiro livro de papai. Serviu então o vinho para ela e para ele, e no meu cálice só verteu umas poucas gotinhas, e talvez o tenha também beijado na testa, como a uma criança, enquanto ele acariciava seus cabelos.

À noite mamãe estendeu uma toalha branca sobre a mesa da cozinha, como se fosse para o shabat ou para uma festa, e serviu o prato mais apreciado por meu pai, *borsht* quente com um iceberg de creme de leite flutuando em cima, dizendo: "Meus parabéns". Meus avós também vieram participar da festinha modesta naquela noite, e vovó disse a minha mãe que estava tudo muito bom, muito bonito, e bem gostoso, mas [...] que D'us a livrasse de sair por aí dando conselho, mas é coisa bem sabida, sempre foi, sempre, até pelas meninas mais novinhas, até mesmo pelas gentias que cozinhavam para os judeus, que o *borsht* tem de ser azedinho e só um tiquinho doce, e de jeito nenhum muito doce e só um pouquinho azedo, como fazem os poloneses, que todo mundo está cansado de saber que fazem tudo muito doce, sem medida, sem limites e sem nenhuma razão, e se não tomarmos cuidado são até capazes de afogar o arenque salgado em açúcar, e até o *chrem*,* feito de raiz-forte, são capazes de empapar em marmelada.

Minha mãe agradeceu então a vovó por nos ter transmitido um pouco de sua experiência e prometeu que daquele dia em diante ela só provaria comidas temperadas a seu gosto em nossa casa. E meu pai estava feliz e generoso demais naquele dia para se preocupar com miudezas como aquela. Ofereceu um exemplar do livro com dedicatória de presente a seus pais, ofereceu outro exemplar a tio Yossef, um a seus amigos leais, o casal Ester e Israel Zarchi, outro, não me lembro mais para quem, e o último guardou em sua biblioteca, numa prateleira bem visível, vizinho e também apoiado, como se buscasse proteção, pelos tomos da coleção dos escritos de seu tio e professor Yossef Klausner.

A alegria de meu pai durou três ou quatro dias, e então seu rosto murchou. Assim como ele tinha corrido diariamente até a agência de correio antes que o pacote chegasse, agora corria todos os dias até a livraria Achiassaf, na avenida King George V, onde três exemplares de *O romance* estavam expostos para venda. No dia seguinte, os mesmos três exemplares estavam lá, nenhum deles tinha sido comprado. E no outro dia, a mesma coisa, e no outro depois desse, também.

"Você", disse com um sorriso triste para seu amigo Israel Zarchi, "escreve um novo romance a cada seis meses, e na mesma hora uma garota bonita seqüestra você de uma prateleira e o leva direto para a cama com ela, enquanto nós, os pesquisadores e estudiosos, gastamos anos checando cada detalhe, verificando cada citação, consumimos uma semana inteira numa simples nota de rodapé, e quem se dá ao trabalho de nos ler? Com sorte, dois ou três companheiros, também prisioneiros de suas próprias áreas de pesquisa, lêem nossos livros antes de os reduzir a pedacinhos. Algumas vezes nem isso. Somos simplesmente ignorados."

Passou-se uma semana, e nenhum dos três exemplares da Achiassaf tinha sido vendido. Meu pai não falou mais da sua tristeza, mas ela encheu o apartamento como um odor. Não mais cantarolou melodias populares fora do tom enquanto se barbeava ou lavava a louça. Não mais me recitou de cor os feitos de Gilgamesh ou narrou as aventuras do Capitão Nemo, ou do engenheiro Cyrus Smith em A *ilha misteriosa*, mas mergulhou furiosamente nos papéis e livros de consulta sobre sua escrivaninha, de onde iria nascer seu próximo livro erudito.

E então, de repente, poucos dias depois, na sexta à tarde, ele voltou para casa sorrindo radiante e tremendo de excitação, como um menino que tivesse sido beijado na frente de todo mundo pela garota mais bonita da classe. "Foram vendidos! Eles foram vendidos! Todos num único dia! Não um exemplar vendido, não dois exemplares vendidos, mas todos! O lote todo! Meu livro foi vendido, Shakhna Achiassaf vai encomendar mais exemplares em Tel Aviv! Ele já os pediu. Esta manhã! Por telefone! Não mais três exemplares, mas cinco! E ele acredita que ainda não será o fim dessa história!"

Minha mãe saiu da sala novamente e voltou com o enjoado Tokay doce de novo e os três cálices de licor. Desta vez, entretanto, ela deixou de lado o *borsht* com creme e a toalha branca dos dias de festa. Em vez disso, sugeriu que os dois fossem ao cinema Edison naquela noite para a primeira exibição de um filme de Greta Garbo, que ambos admiravam.

Eu fui deixado com os Zarchi, para jantar com eles e me comportar bem até eles voltarem, entre nove e nove e meia. Você se comporte, está ouvindo?! Não queremos ouvir nem um pingo de reclamação! Quando puserem a mesa, lembre-se de oferecer ajuda à senhora Zarchi. Terminado o jantar, mas só depois de todos terem se levantado da mesa, pegue seu prato e seus talheres e ponha com cuidado sobre o mármore da pia. Com cuidado, está entendendo? Não vá quebrar alguma coisa. E pegue, como faz em casa, um paninho úmido e limpe muito bem as migalhas que sobrarem na toalha de plástico. E fale somente quando se dirigirem a você. Se o senhor Zarchi for trabalhar, arranje algum brinquedo, ou livro, e sente-se num canto, quietinho como um rato! E se, D'us nos livre, a senhora Zarchi se queixar de novo de dor de cabeça, veja lá se não vai aborrecê-la com alguma coisa. Com nada, entendeu bem?!

Saíram. A sra. Zarchi sumiu de vista — talvez tenha se trancado no outro quarto, ou entrado no apartamento da vizinha, e o sr. Zarchi me convidou a entrar no escritório, que, como em nossa casa, também era quarto de dormir, sala de visita e tudo o mais. Esse era o quarto que antes tinha sido de meu pai quando ele era estudante, o mesmo quarto que fora dos meus pais e onde provavelmente fui concebido, o quarto em que moraram desde o seu casamento até um mês antes de eu nascer.

 O sr. Zarchi me fez sentar no sofá e conversou um pouco comigo, não me lembro mais sobre o quê, mas nunca vou esquecer como de repente descobri sobre a mesinha de centro, junto ao sofá, nada menos que quatro exemplares idênticos de O romance na literatura hebraica, empilhados um sobre o outro, como na loja. Um deles eu sabia que meu pai havia dado de presente ao sr. Zarchi com a dedicatória "Ao meu caro amigo e companheiro", e os outros três, eu simplesmente não conseguia entender, e quase perguntei ao sr. Zarchi, mas no último instante me lembrei dos três volumes que naquele mesmo dia tinham sido finalmente comprados, depois de enorme ansiedade, na loja Achiassaf da rua King George, e então fui inundado por uma onda de gratidão e reconhecimento que quase me levou às lágrimas. O sr. Zarchi percebeu que eu havia notado os livros e não sorriu, mas me lançou um longo olhar pelos olhos entrefechados, como se tivesse me agregado silenciosamente a um grupo de conspiradores secretos, não disse uma só palavra, apenas se curvou e tirou da mesinha três dos quatro exemplares e os escondeu na gaveta inferior de sua escrivaninha. Também me calei, não disse uma palavra, nem a ele nem a meus pais. Não contei a ninguém, até o dia da morte prematura do sr. Zarchi e até a morte de meu pai, a ninguém mesmo, a não ser, muitos anos depois, a Nurit Zarchi, que ouviu e não me pareceu surpresa.

 Eu conto dois ou três escritores entre meus melhores amigos, amigos que me são próximos e queridos há décadas, mas não estou certo de que poderia fazer por algum deles o que Israel Zarchi fez por meu pai. Nem sei se teria me ocorrido uma idéia tão generosa como a do sr. Zarchi. Afinal, ele, como todos nós naquele tempo, levava uma vida bastante espartana, e os três exemplares de O romance na literatura hebraica com certeza lhe custaram pelo menos o preço de uma boa roupa de inverno.

 O sr. Zarchi saiu do quarto e voltou trazendo uma xícara de chocolate quente sem nata, pois lembrou-se de que em nossa casa me davam à noite chocolate sem nata, e eu agradeci a ele como me haviam ensinado, com toda a educação, e desejei muito, muito lhe dizer alguma coisa mais, que seria importantíssimo lhe dizer, mas não encontrei palavras, e me deixei ficar sentado no sofá do seu quarto sem dar um pio para não incomodá-lo no trabalho, apesar de o sr. Zarchi não estar trabalhando naquela noite, mas simplesmente sentado no sofá folheando o jornal *Davar*, esperando meus pais voltarem do cinema. Ao chegarem, agradeceram à família Zarchi e se apressaram a se despedir para me levar para casa, pois já era muito tarde, e eu devia escovar os dentes para deitar e dormir logo.

Deve ter sido para esse mesmo quarto que uma noite, alguns anos antes, em 1936, meu pai trouxe pela primeira vez uma estudante tímida, muito bonita, de pele morena e olhos castanhos, de poucas palavras, mas cuja presença sempre provocou nos homens uma necessidade arrebatadora de falar e falar, com todas as forças.

Alguns meses antes ela havia deixado a Universidade de Praga e vindo sozinha para Jerusalém estudar história e filosofia na Universidade Hebraica, no monte Scopus. Não sei como nem quando nem onde Árie Klausner conheceu Fânia Musman, que se matriculou aqui com seu nome hebraico, Rifka, apesar de ter sido chamada em alguns documentos de Tzipora, e em um deles aparecer com o nome de Faiga, mas seus amigos sempre a chamaram de Fânia.

Ele gostava muito de falar, falar, analisar os fatos, e ela sabia ouvir atenta e compreender mesmo nas entrelinhas. Ele sabia tudo, e ela tinha um agudo espírito de observação e por vezes parecia ler seus pensamentos. Ele era um homem correto, honesto, diligente e perfeccionista, e ela sempre buscava entender por que os que defendiam com tanto afinco determinada opinião o faziam, e por que os que discordavam com veemência daquele que havia exposto a primeira idéia sentiam uma necessidade tão imperiosa de defender justamente a idéia contrária. Roupas a interessavam apenas como frestas que lhe permitiam observar o mundo interior dos que as vestiam. Quando estava na casa de conhecidos, costumava observar atentamente os estofados, cortinas, sofás, os suvenires e bibelôs espalhados pelos peitoris das janelas e os vasinhos de plantas ornamentais nas prateleiras, enquanto todos os outros estavam ocupados em conversar, como se lhe tivesse sido delegada uma missão secreta de espionagem. Os segredos das pessoas sempre a apaixonaram, mas quando a conversa passava para o diz-que-diz, em geral a ouvia com um leve sorriso, um sorriso hesitante, como se tentasse anular o próprio sorriso, e permanecia silenciosa. Um silêncio muito longo. Mas quando o rompia para dizer algumas poucas frases, a conversa não seria mais a mesma de antes.

Quando meu pai falava com ela, por vezes se notava na voz dele uma mistura de temor, distância, afeto e respeito: como se tivesse em casa uma adivinha disfarçada, ou uma vidente.

21

Três banquetas de vime trançado havia à volta da nossa mesa de cozinha, sempre coberta por uma toalha plástica estampada de flores. A cozinha era estreita, baixa e escura, o piso era um pouco rebaixado, as paredes enegrecidas por obra do lampião e do fogareiro a querosene. Sua única janelinha dava para um pátio um tanto enterrado, rodeado de paredes cinzentas, de cimento. Às vezes, depois que meu pai saía para o trabalho, eu ia para a cozinha e me sentava no seu lugar para ficar de frente para minha mãe, que contava histórias, enquanto descascava e picava verduras, ou espalhava e escolhia lentilhas, separando as escuras num pratinho. Mais tarde eu alimentava os passarinhos lá fora com elas.

As histórias contadas por minha mãe eram estranhas, nada parecidas com as que se contavam naquele tempo para as crianças em todas as outras casas, nada parecidas com as que eu próprio contei aos meus filhos, mas pareciam envoltas em uma fina névoa, como se não começassem no começo nem acabassem no fim, mas saltassem de repente de uma moita, ficassem à vista por algum tempo, provocando estranheza ou uma pontada de medo, movendo-se na minha frente por alguns instantes, como sombras retorcidas projetadas na parede, surpreendiam, às vezes davam calafrios na espinha e voltavam a sumir na floresta antes mesmo que eu pudesse perceber o que tinha acontecido. De algumas das histórias de minha mãe eu me recordo até hoje, quase palavra por palavra. Por exemplo, a história do antigo velhinho Alleluyev:

> Era uma vez, além das altas montanhas, além dos rios profundos e dos desertos desolados, uma pequena aldeia remota, com choupanas em ruínas. No extremo dessa aldeia, à sombra de uma escura floresta de abetos, vivia um pobre velhinho, mudo e cego, sem nem um parente ou conhecido, de nome Alleluyev. O velho Alleluyev era mais velho do que todos os velhos da aldeia, mais do que todos os

velhos do vale e do deserto. Ele não era apenas muito velho, mas antigo de verdade, antiqüíssimo. Era tão antigo que um leve musgo começou a crescer sobre suas costas curvadas. Em vez de cabelos, nasceram cogumelos negros em sua cabeça, e, em vez de bochechas, tinha buracos dentro dos quais cresciam liquens e bolor. Raízes marrons começaram a brotar dos seus pés, e luminosos vaga-lumes foram viver em seus olhos mortos. O velho Alleluyev era ainda mais velho do que a aldeia, mais velho do que a neve, mais velho do que o próprio tempo. E um belo dia correu o rumor de que no fundo da sua choupana, cujas janelas jamais se abriam, existia outro velho, Tchernitchortin, muito mais velho do que o velhíssimo Alleluyev, ainda mais cego do que ele, mais pobre, mais mudo, mais curvado, mais surdo, mais paralítico e mais enrugado, tão gasto e liso como uma moeda tártara. Nas longas noites de inverno, contava-se na aldeia que, em profundo segredo, ele sustentava o ainda mais velho Tchernitchortin. Limpava e lavava suas feridas, punha a mesa para ele e preparava sua cama, alimentava-o de grãos catados na floresta, dava-lhe de beber água do poço ou de neve derretida, e às vezes, à noite, cantava-lhe canções de ninar: Liu, liu, liu, não trema, meu amigo. E assim os dois adormeciam, abraçados, velho com velho, e lá fora apenas o vento e a neve. E se os lobos ainda não os devoraram, assim eles devem viver até hoje na frágil choupana, e o lobo ainda uiva na floresta, e na chaminé o vento ainda ruge.

Sozinho na cama, antes de dormir, eu tremia de medo e aflição, repetia sempre, para mim mesmo as palavras "velho", "antigo", "mais velho do que o próprio tempo". Fechava os olhos e imaginava, com um terror delicioso, o limo se espalhando lentamente pelas costas do velho Alleluyev, como seriam os cogumelos escuros, o bolor e os liquens, e como cresceriam na escuridão aquelas gulosas raízes marrons serpenteantes. Tentava descobrir, por trás dos meus olhos fechados, o que significava "tão gasto e liso como uma moeda tártara". Assim eu mergulhava no sono ao som do vento que rugia na chaminé, um vento que não existia e que nunca poderia existir em nossa casa, ao som de ruídos que nunca ouvira, a chaminé que nunca vira a não ser nas ilustrações dos livros infantis onde em cada casa havia um telhado de telhas e uma chaminé.

Irmãos e irmãs, eu não tinha. Jogos e brinquedos, meus pais não podiam comprar para mim, a televisão e o computador ainda não haviam nascido.

Durante todos os anos de minha primeira infância vivi no bairro de Kerem Avraham, em Jerusalém, todavia não era lá que eu estava, mas no limite da floresta, perto das choupanas, das chaminés, das ravinas e da neve das histórias de minha mãe e dos livros ilustrados que se empilhavam na minha mesa-de-cabeceira: eu estava no Oriente, e meu coração, em pleno Ocidente, ou "nas estepes do Norte", como eu lia naqueles livros. Sem parar, vagava aturdido por densas florestas virtuais, florestas de palavras, choupanas de palavras, ravinas de palavras. A realidade das palavras empurrou para o lado os quintais batidos pelo *sharav*, as construções provisórias feitas de lata coladas à pedra das casas, as sacadas atulhadas de tinas, baldes e varais, tudo o que havia ao redor não tinha a menor importância. Tudo o que importava era feito de palavras.

Na rua Amós também havia vizinhos velhos, mas seu caminhar vagaroso e dolorido ao passar em frente da nossa casa não era senão uma cópia sem graça, desbotada e malfeita da realidade arrepiante, que me dava calafrios na espinha, de Alleluyev, o velho entrado em anos, o antiqüíssimo personagem das histórias de mamãe. Do mesmo modo que o bosque de Tel Arza era apenas um pálido rascunho da floresta de abetos, das florestas virgens do Norte. As lentilhas que minha mãe cozinhava lembravam apenas vagamente os cogumelos e as frutinhas silvestres que brotavam à sombra das grandes florestas, os arbustos de groselhas, de framboesas e amoras de suas histórias. Toda a realidade não passava de uma tentativa inútil e decepcionante de imitar o mundo das palavras. Aqui está a história que minha mãe me contava sobre uma mulher e os ferreiros, na qual não escolhia as palavras e, sem se preocupar com minha tenra idade, desnudava ante meus olhos a vasta extensão das províncias distantes e pitorescas do idioma, onde os pés de um menino quase nunca tinham pisado, terra habitada pelas aves-do-paraíso da língua:

> Há muitos e muitos anos viviam em uma aldeia tranqüila e distante, no país de Anulária, na província dos vales internos, três irmãos ferreiros, Misha, Eliusha e Antusha. Homens robustos e peludos eram os três, como ursos. Dormiam durante todo o inverno, e só no verão forjavam arados, trocavam as ferraduras dos cavalos, amolavam facas, poliam baionetas, afiavam as velhas lanças. Um belo dia, Misha, o irmão mais velho, acordou e se foi para a província de Troshivan. Por muitos dias esteve desaparecido, e, ao voltar, não voltou só, trouxe com ele uma mulher, mais parecia uma menina risonha, chamada Tatiana, Tânia, Tanitchka. Era a mais bela

das mulheres, e bonita como ela não havia outra em todas as províncias de Anulária. Os dois irmãos mais jovens de Misha rangeram os dentes e nada disseram durante todo o dia. Todas as vezes que um deles a olhava, Tanitchka ria sua risada argentina, até o rapaz se sentir forçado a baixar os olhos. E se, ao contrário, era ela que fitava um deles, então também o irmão que ela tinha decidido fitar estremecia e baixava, tímido, os olhos. Na choupana dos irmãos ferreiros havia apenas um quarto, não muito grande, e nesse quarto moravam Misha e Tanitchka, a fornalha, o fole, as ferramentas de ferrar cavalos, o fogoso irmão Aliusha e o calado irmão Antusha, entre malhos pesados de ferro, bigornas, talhadeiras, barras, correntes e rolos de metal. Mas aconteceu que um dia Misha escorregou e caiu na fornalha em que o ferro estava líquido e rubro, e Aliusha ficou com Tanitchka. Por sete semanas a bela Tanitchka foi mulher do fogoso irmão Aliusha, até que o grande malho de trabalhar na forja caiu sobre ele com todo o peso, esmagou e dilacerou seu peito, e Antusha, o ferreiro calado, enterrou o irmão e assumiu seu lugar. Passadas sete semanas, quando ambos comiam uma torta de cogumelos, Antusha empalideceu de repente, seu rosto ficou azul, e ele morreu sufocado. E desde aquele dia até os dias de hoje, jovens e ardentes ferreiros de todas as províncias de Anulária vêm e ficam naquela choupana, mas nenhum deles jamais ousou permanecer ali por sete semanas seguidas. Um vem e fica uma semana, outro vem para ficar apenas duas noites. E quanto a Tânia? Ora, todo ferreiro de Anulária sabe que Tanitchka gosta de ferreiros, ferreiros que vêm por uma semana, ferreiros que ficam dois ou três dias, ferreiros que vêm para uma noite e um dia, seminus trabalham para ela, malham ferraduras, forjam, soldam. Mas ela não tem e nunca terá nenhuma paciência para qualquer visitante que se esquecer de ir embora. Uma ou duas semanas e chega. Sete semanas, nem pensar.

Hertz e Sara Musman, que viveram no início do século XIX na aldeiazinha de Trofe, ou Trife, próxima à aldeia de Rovno, na Ucrânia, tinham um filho muito bonito, chamado Efraim. Desde a infância, assim nos contavam, Efraim gostava de girar rodas e espirrar jatos d'água. E quando Efraim Musman tinha treze anos de idade, vinte dias depois da festa do seu bar mitzvá, seus pais convidaram mais uma vez os amigos e novamente lhes serviram iguarias, mas desta vez para o casamento de Efraim com uma menina de doze anos, chamada Chaia-Dova: naquele tempo se casavam meninos com meninas, casamentos de faz-de-conta, só no papel, para que não fossem seqüestrados para servir o exército do czar e nunca mais voltassem para casa.

Minha tia Chaia Shapira (chamada Chaia, como vovó Chaia-Dova) me contou, faz muitos anos, o que aconteceu naquele casamento: depois da cerimônia da *hupá* e da refeição festiva, ambos realizados à tarde, no pátio em frente à casa do rabino da aldeia de Trofe, os pais da pequena noiva se preparavam para levá-la de volta à casa para dormir. Estava ficando tarde, e a menina, cansada da agitação do casamento e um pouco tonta dos goles de vinho que lhe tinham dado, deitou a cabeça no colo da mãe e adormeceu. O noivo continuou a correr por ali, suado e quente, brincando de esconde-esconde com seus pequenos amigos dos tempos do *cheder*, a escola. Os convidados já começavam a se despedir das famílias dos noivos, que também se despediam uma da outra com palavras de amizade, e os pais do noivo então o chamaram para subir à carroça e voltar para casa.

Mas o noivinho tinha planos bem diferentes: o pequeno Efraim se postou no meio do pátio, empertigado "como um frangote cuja crista começasse a despontar", bateu o pé e exigiu, irredutível, o que era de seu direito — a esposa: não dali a três anos, nem dali a três meses, mas imediatamente. Naquela noite.

Os convidados caíram na gargalhada, ele lhes deu as costas, atravessou decidido a ruela, bateu à porta do rabino, ficou frente a frente com o sorridente rabino e desatou a citar textos da Torá, a Michná, os códigos da lei e os comentadores. Ficou claro que o garoto tinha preparado sua munição e feito muito bem a lição de casa, decorando tudo o que havia para ser decorado. Exigiu que o rabino julgasse, naquele momento e naquele lugar, sem demora, sua demanda, ele contra o mundo, e que desse logo a sentença: o que dizia a Torá sobre o caso? O que diziam os seis livros sagrados da Michná e do Talmude? O que diziam os *poskim*, os veredictos compilados dos tribunais rabínicos de Israel? Era seu direito, ou não era seu direito? Era sua esposa, ou não era sua esposa? Afinal, tinha ou não se casado com ela sob a *hupá* segundo todas as leis de Israel? Portanto, ou se entregava logo a sua esposa ou se devolvia a *ktubá*, o contrato do casamento, que ficaria, assim, desfeito.

O rabino, pelo que contam, resmungou, gaguejou, pigarreou algumas vezes, alisou atônito o bigode, deu uma coçadinha na cabeça, enrolou e desenrolou as *peiot* — os cachos ao lado da cabeça, que usava conforme a tradição —, talvez tenha mordido alguns fios da barba, mas afinal decidiu, num suspiro profundo, que não havia o que fazer, o menino não só dominava as Escrituras, sabia como argumentar e era esperto, mas também estava coberto de razão: não havia outro conselho possível, sua jovem esposa devia segui-lo, e para ela não havia escapatória — devia obedecer ao esposo.

Assim a noivinha foi acordada, e, alta noite, obedecendo ao veredicto recém-proferido de acordo com as sagradas Escrituras, foram obrigados a levar o jovem casal à casa dos pais do noivo. Por todo o caminho a noiva chorou, apavorada, e a mãe também, abraçada à filha. E o noivo também derramou muitas lágrimas por todo o caminho, ofendido com os risos e chacotas dos convivas. E a mãe do noivo, assim como toda a família, também chorava. De vergonha.

A procissão noturna levou uma hora e meia, entre lamentoso cortejo fúnebre e alegre e ruidosa farândola, pois alguns dos convidados remanescentes, deliciados com o escândalo e embalados por generosas doses de aguardente, riam às gargalhadas das bem conhecidas piadas sobre franguinho e franguinha postos em semelhante situação, perguntando-se como seria enfiada a linha na agulha. Fizeram todo o caminho aos gritos, roncos e gargalhadas, numa grande algazarra.

Enquanto isso, a coragem do jovem noivo o abandonou, e ele começou a se arrepender de sua vitória. Assim, ambos estavam assustados, sonolentos e chorosos, sentindo-se como carneiros a caminho do matadouro ao serem levados para a improvisada câmara nupcial, para a qual, nas primeiras horas da manhã, tiveram de empurrar quase à força as duas crianças — a graciosa noivinha Chaia-Dova e o assustado noivo Efraim. A porta, assim se diz, foi trancada por fora, e todos se afastaram na ponta dos pés para passar o resto da noite num quarto ao lado, tomando chá e roendo o que havia sobrado da festa, tentando consolar-se uns aos outros.

Ao chegar a manhã, é provável que as duas mães tenham se precipitado para dentro do quarto nupcial, armadas de toalhas e bacias de banho, com medo de descobrir se e como as crianças tinham sobrevivido ao embate e o que tinham feito uma com a outra.

Porém, passados alguns dias, já se viam marido e mulher brincando juntos no quintal, felizes da vida, ambos descalços e barulhentos. O esposo chegou a construir uma casinha de bonecas entre os ramos de uma árvore para a esposa brincar, e ele próprio voltou a se divertir com rodas e com as valetas de água, cavadas em todo o quintal, formando rios, lagos e cachoeirinhas.

Até os dezesseis anos de idade o jovem casal foi sustentado pelos pais, Hertz e Sara Musman: *kest-kinder*, era o nome ídiche que se dava aos jovens casais que não se afastavam da mesa dos pais. Chegada a hora da separação, Efraim Musman associou sua paixão pelas rodas àquela pelos fluxos de água, e construiu na aldeia de Trofe um pequeno moinho de trigo, cujas rodas eram acionadas pelas águas do rio. Seus negócios, porém, nunca tiveram sucesso — era um sonhador, ingênuo como uma criança, preguiçoso, dispersivo, criador de casos, mas ao mesmo tempo indeciso. Adorava conversar, despreocupado, da manhã à noite. A vida de Chaia-Dova e Efraim Musman era uma vida de pobreza e necessidade. A jovem noivinha deu a Efraim duas filhas e três filhos, aprendeu os ofícios de parteira e enfermeira e atendia em domicílio. Tinha o hábito de tratar dos doentes pobres sem cobrar nada. Por fim a tuberculose a matou, na flor da idade. Ao morrer, minha bisavó tinha vinte e seis anos.

Num instante, o belo Efraim voltou a se casar com uma nova menina, de dezesseis anos de idade, também chamada Chaia, como sua antecessora. A nova Chaia Musman tratou logo de expulsar de casa os filhos do seu marido, que não tentou detê-la: parecia que ele tinha dissipado de uma vez só seu modesto cabedal de ousadia e coragem na noite em que batera destemido à porta do rabino, exigindo, em nome da sagrada Torá e de todos os seus versículos, o direito de consumar seu casamento.

Desde aquela noite memorável e pelo resto de sua vida, tratou de escapar covardemente de qualquer decisão: hesitava e se protegia atrás da mulher, sempre pronto a abrir mão de seus argumentos ao primeiro sinal de confronto com os argumentos do oponente, qualquer oponente, e apesar disso, para os estranhos, com o passar dos anos, foi criando para si próprio uma aura de ser místico, dotado de poderes paranormais, vindos sabe-se lá de que fontes sagradas e misteriosas. Viveu assim o resto da vida, aparentando humilde santidade, como um bruxo milagroso de aldeia, ou um santo e sábio ancião.

Aos doze anos de idade, meu avô, Naftali Hertz, foi entregue para trabalhar como aprendiz numa propriedade rural chamada Vilchov, próxima a Rovno. Vilchov pertencia a uma princesa solteirona e um tanto excêntrica chamada Kanijna Ravzova. Em três ou quatro anos, já estava claro para a princesa que o jovem judeu que lhe fora entregue quase de presente era rápido, esperto e também cordial e divertido, e ainda mais, quando pequeno tinha aprendido uma ou duas coisas relacionadas à moagem de farinha no moinho de seu pai. E talvez houvesse nele ainda outra coisa: algo em sua personalidade que despertou na princesa introvertida e sem filhos certa candura maternal.

Decidiu então comprar um terreno nos arredores de Rovno, de frente para o cemitério, no final da rua Dovinska, para lá construir um moinho de farinha. A princesa encarregou um de seus sobrinhos herdeiros, o engenheiro Konstantin Smionovitch Stilietski, de administrar esse moinho, e nomeou o jovem Hertz Musman, então com dezesseis anos, auxiliar de Stilietski. Logo ficaram evidentes, em meu avô, seu talento de administrador, seu tato sutil, sua empatia luminosa, que o tornavam querido de todos os que se aproximavam dele, e também um refinado sexto sentido que ao longo da vida sempre o ajudou a intuir as idéias e os sentimentos das pessoas.

Aos dezessete anos de idade, meu avô já administrava, na prática, o moinho. ("Ele, com aquela princesa, subiu muito rápido! Igualzinho à história de José, o Provedor, com aquela, qual era mesmo o nome? Senhora Putifar, não era? Esse engenheiro Stilietski, tudo em que punha a mão para consertar, ele mesmo acabava quebrando, quando estava bêbado. Um terrível alcoólatra, isso é o que ele era! Ainda me lembro dele batendo furiosamente no cavalo e ao mesmo tempo chorando de pena do animal! Chorava lágrimas do tamanho de uma uva, mas não parava de bater no cavalo. Todo dia inventava novas máquinas, aparelhos, rodas e correias de transmissão, como Stevenson. Tinha a centelha do gênio. Mas logo depois de inventar, ficava furioso, esse Stilietski, maluco, e destruía tudo com as próprias mãos!")

E assim o jovem judeu se acostumou a consertar e manter as máquinas em funcionamento, a negociar com os camponeses que lhe traziam o trigo e a cevada, a pagar o salário aos empregados, a pechinchar com os fornecedores e clientes. Assim, tornou-se um moleiro, como o pai, Efraim. Mas, ao contrário do pai, preguiçoso e infantil, meu avô Naftali Hertz era diligente e sensato, destinado a subir na vida.

Quanto à princesa Ravzova, com o passar do tempo ela se tornaria cada vez mais religiosa: só se vestia de preto, desdobrava-se em promessas e jejuns, confabulava com Jesus, viajava de convento em convento em busca de iluminação e terminou por gastar toda a sua fortuna em doações a igrejas, conventos e retiros. ("Uma vez pegou um martelo pesado e bateu um prego na palma da própria mão para sentir exatamente o que Jesus sentira. Então vieram e a amarraram, fizeram curativo em sua mão, rasparam sua cabeça e a trancaram até o fim da vida em um convento próximo à cidade de Tula.")

O pobre engenheiro Konstantin Stilietski, o sobrinho da princesa Ravzova, abandonou-se ao vício depois do triste fim de sua tia. E a mulher de Stilietski, Irina Matvievna, um belo dia fugiu dele para os braços de Anton, o filho de Phillip, o cocheiro. ("Ela também era uma grande *fianitza* — uma bêbada! Mas foi ele próprio, Stilietski, quem a transformou em uma *fianitza*! Às vezes acontecia de ele a perder no jogo de cartas, isto é, perdia por uma noite, e a recebia de volta pela manhã. E na noite seguinte, de novo a perdia!")

Assim, o engenheiro Stilietski afogou sua tristeza na vodca e no jogo de cartas. ("Mas ele também escrevia poemas tão bonitos, lindos poemas, cheios de sentimento, cheios de arrependimento e compaixão! Escreveu até mesmo um tratado filosófico em latim. Sabia de cor todos os escritos dos grandes filósofos, Aristóteles, Kant, Soloviev, e muitas vezes se embrenhava nos bosques para se isolar do mundo. Para se mortificar, costumava se vestir de mendigo e vaguear de madrugada pelas ruas, para revirar as latas de lixo, em meio à neve, como um mendigo faminto.")

Aos poucos Hertz Musman se tornou o braço direito de Stilietski no moinho de farinha, em seguida seu representante e finalmente seu sócio. Aos vinte e três anos meu avô, que uns dez anos antes tinha sido "vendido como escravo" para a princesa Ravzova, comprou de seu sobrinho Stilietski sua parte no moinho.

Logo os negócios de Hertz Musman começaram a prosperar e, entre outras aquisições, engoliu o pequeno moinho de seu pai.

O jovem não guardou rancor por sua expulsão da casa paterna. Pelo contrário: perdoou seu pai, Efraim, que nesse meio-tempo tinha conseguido enviuvar de novo, da segunda esposa, e o instalou numa sala da administração chamada de *kontor*, pagando a ele um salário mensal decente, até o final de sua vida. Lá, no *kontor*, o belo Efraim permaneceu por muitos anos, cultivando uma longa e impressionante barba, como um ser celestial, farta e alvíssima, sem fazer absolutamente nada: deixava seus dias se escoarem bem devagar, tomando chá e se entretendo em longas e agradáveis conversas com os comerciantes e vendedores que vinham ao moinho. Adorava desfiar para seus ouvintes, sem nenhuma pressa, com muitos detalhes e grande prazer, suas teorias sobre o segredo da longevidade, sobre as qualidades da alma russa se comparada à alma polonesa ou à ucraniana, sobre os segredos ocultos do judaísmo, sobre a criação do mundo, suas teorias bastante originais sobre o aprimoramento das florestas, sobre os meios de preservar as lendas populares, sobre a adoção de hábitos mais saudáveis para o sono e para a melhora da visão por meio de exercícios naturais.

Minha mãe se recordava de seu avô Efraim Musman como de uma impressionante figura de patriarca: sua face lhe parecia imponente pela profética barba branca a flutuar majestosa e também pelas sobrancelhas espessas e alvas como a neve, que lhe conferiam uma sublime aura bíblica. Do fundo das abundantes paisagens nevadas de sua cabeleira, de sua barba e das sobrancelhas, espiavam, com uma expressão alegre e infantil, seus olhos azuis como dois lagos de água cristalina: "Vovô Efraim era igualzinho a D'us. Ou melhor, igualzinho à imagem que as crianças fazem de D'us. Aos poucos ele se acostumou a aparecer diante do mundo como um verdadeiro santo eslavo, como um feiticeiro rural, algo entre a materialização da imagem do velho Tolstoi e a figura de Papai Noel".

Efraim Musman tinha algo como cinqüenta anos de idade ao personificar aquela figura de velho imponente e impressionante, mas já estava um tanto senil. Parece que já não conseguia distinguir muito bem entre se parecer com D'us e ser o próprio D'us: começou a ler pensamentos, predizer o futuro, fazer suaves pregações morais, interpretar sonhos, conceder absolvição dos pecados, prodigalizar palavras piedosas e consolar os sofredores. Ficava de manhã à noite bebericando seu chá, sentado diante de sua escrivaninha, numa das salas da administração do moinho. Afora se compadecer, não fazia praticamente mais nada o dia inteiro.

Estava sempre envolto pela fragrância de perfumes caros, e suas mãos eram cálidas e macias. ("Mas de mim", disse aos oitenta e cinco anos minha tia Sônia, com indisfarçável tom de triunfo, "de mim vovô Efraim gostava mais do que de todos os netos! Eu era a sua favorita! E isso porque eu era tão *kratzavitse*, tão linda e coquete como uma francesinha, e sabia como virar a cabeça dele na ponta do meu dedo mindinho, mas a verdade é que qualquer uma poderia virar aquela cabeça bonita com a maior facilidade, de tão bobo e afetuoso que ele era, tão infantil, um grande sentimental, por qualquer coisa já lhe vinham lágrimas comovidas aos olhos; eu ficava horas e horas no seu colo, penteando sua magnífica barba branca, com toda a paciência para ouvir aquelas bobagens que ele gostava de contar. E, além disso, deram-me o nome de sua mãe, Sara, Shurke. Por isso vovô Efraim gostava de mim mais do que de todos os outros, e às vezes me chamava de mamãezinha.")

Era gentil e tinha um bom temperamento, era um homem alegre e suave, falava um pouco demais, talvez fosse um pouco tonto, mas as pessoas gostavam de olhar para ele por causa do seu sorriso agradável e brincalhão, aquele sorriso cativante que se vislumbrava quase sempre entre as rugas de sua face. ("Vovô Efraim era assim mesmo: no momento em que o olhava, você começava a sorrir na mesma hora! Todos, querendo ou não, começavam logo a sorrir, assim que vovô Efraim entrava na sala. Até os retratos pendurados na parede começavam a sorrir no momento em que vovô Efraim entrava na sala!") Para sua sorte, o filho Naftali Hertz o amava incondicionalmente, perdoava-o e fingia não notar que o velho confundia os credores ou abria o cofre do escritório sem permissão para tirar de lá algumas notas, que, assim como o D'us dos contos hassídicos, ele gostava de distribuir entre os pobres agradecidos, depois de lhes ter predito o futuro e sapecado boas lições de moral.

Por dias infindáveis o velho costumava permanecer comodamente sentado no seu escritório no moinho do filho, olhando por longo tempo pela janela, acompanhando com um olhar satisfeito a rotina do moinho e o trabalho dos empregados. Talvez por ser "igualzinho a D'us", ele se considerava em seus últimos anos como sendo o próprio Criador. Era humilde, embora arrogante, talvez um tanto gagá em sua velhice (que já havia começado aos cinqüenta anos). Costumava apresentar ao filho todo tipo de propostas, conselhos, idéias e projetos para bem administrar a empresa e ampliá-la, mas sem insistir demais — em geral, depois de meia hora, ou uma hora, o velho já havia se esquecido de todos os conselhos e projetos, e sua imaginação navegava por novos e distantes horizontes. Tomava chá e mais chá, examinava distraído os livros de contabilidade, e com os visitantes, que o tomavam por engano como sendo o dono da empresa, tinha prazer em conversar, sem desfazer o engano, sobre a fortuna dos Rothschild e sobre os terríveis sofrimentos dos collies na China, que ele chamava de Catai. Suas conversas se prolongavam em geral por sete ou dez horas a fio.

Seu filho, Hertz Musman, não se preocupava — inteligente, cuidadoso, sagaz e perseverante, ele ampliou e expandiu seus negócios, diversificou-os em todas as direções, ganhou dinheiro, casou a irmã Sara, que chamávamos carinhosamente de Shurke, trouxe para perto de si a irmã Jenny e por fim conseguiu também casá-la ("Com um marceneiro chamado Yasha! Um bom rapaz, apesar de muito, muito simples! Mas o que mais se poderia fazer com essa Jenny? Ela já estava chegando aos quarenta anos!"). Empregou também com um bom salário o sobrinho Shimshon, e também o marceneiro Yasha, marido de Jenny, estendeu sua proteção a todos os irmãos, irmãs e parentes. Os negócios se expandiam, seus clientes russos e ucranianos começaram a chamá-lo, respeitosamente, com uma leve mesura e o chapéu colado ao peito, de Gertz Efremovitch. Ele tinha até mesmo um assessor russo, um jovem corroído pela úlcera, filho da nobreza falida. Com a ajuda desse rapaz, meu avô expandiu ainda mais os negócios, e suas representações chegaram até Kiev, Moscou e São Petersburgo.

Em 1909 ou 1910, aos vinte e um anos de idade, Naftali Hertz Musman casou-se com Ita Guedalievna Shuster, a caprichosa filha de Guedália Shuster e de sua mulher, Perl, da família Guibor. Sobre minha bisavó Perl, tia Chaia contou-me que era uma pessoa muito decidida, "esperta como sete comerciantes", com um talento especial para as intrigas da política rural, de língua afiada, louca por dinheiro e poder e também desesperadamente avarenta. ("Dela se contava que por toda a vida juntou cada cacho e cada mecha de cabelo cortados, para estofar almofadas. Cortava, com uma faca, cada cubo de açúcar em quatro cubinhos exatamente iguais.") De Guedália, o pai de minha avó Ita, a neta Sônia se recorda como um tipo gordo, rouco e ranzinza, sempre morto de fome, com uma barba negra e emaranhada, ruidoso e dominador. Dele diziam que sabia arrotar "até fazer os vidros tilintarem nas janelas" e que sua voz rugia "como um barril vazio rolando" (mas morria de medo de qualquer animal, de cachorros e gatos domésticos e até mesmo de carneirinhos ou bezerros).

A filha de Perl e Guedália, minha avó Ita, parecia sempre se sentir como se a vida não a tivesse tratado com o merecido carinho: foi uma jovem bonita, cortejada e, ao que parece, também bastante mimada. Durante toda a vida conduziu suas três filhas com mão de ferro, mas, ao mesmo tempo, como se quisesse que elas a tratassem como sua irmãzinha caçula ou sua filhinha mimada. Mesmo já velha, não cessou de enviar todo tipo de presentinhos, mimos, lembrancinhas infantis para os netos, como se também nos pedisse para considerá-la uma criança pequena, para nos encantarmos com suas gracinhas. E apesar disso tudo, era capaz de agir com polida crueldade.

O casamento de Ita e Hertz Musman se manteve, embora com ranger de dentes, por sessenta e cinco anos de insultos, ofensas, injustiças, humilhações, vexames, tréguas e cortesias mútuas a contragosto. Meu avô e minha avó maternos eram duas almas desesperadamente diferentes e distantes, mas esse desespero estava sempre encerrado entre quatro paredes, trancado a sete chaves, ninguém da família ousava comentar, e eu podia no máximo senti-lo, muito débil, na minha infância, como o cheiro abafado da carne que assa devagar do outro lado da parede.

As três filhas, Chaia, Fânia e Sônia, percebiam o sofrimento profundo no qual estavam mergulhados seus pais e buscaram meios de aliviar um pouco as angústias desse casamento. As três se mantiveram sempre, todos os anos e sem hesitação, ao lado do pai e contrárias à mãe. As três abominavam a mãe, temiam-na, tinham vergonha de ser suas filhas e a consideravam uma mulher vulgar, rude e opressora. Nas brigas entre elas, as três invariavelmente lançavam mão da ofensa: "Você está ficando igualzinha, mas igualzinha a mamãe!".

Somente quando os pais já estavam bem velhos, e quando ela própria já estava ficando velha, tia Chaia conseguiu finalmente separar os pais e interná-los, ele num asilo de velhos em Givat Haiyim, e ela numa casa de repouso perto de Ness Ziona. O que foi feito por sua conta, sem o consentimento de tia Sônia, que via nessa separação um grande erro. Mas por essa época a briga e a cisão entre as duas tias já estava no auge: por quase trinta anos elas não se falaram, nem uma única palavra. Do final da década de 1950 até a morte de tia Chaia, em 1989. (Apesar de tudo, tia Sônia foi ao enterro de tia Chaia, onde nos disse, com tristeza: "Eu a perdôo por tudo, e de coração rezo para que D'us também a perdoe — o que não será fácil, pois Ele terá muito, muito o que perdoar!".)

Um ano antes de sua morte, tia Chaia tinha me dito quase as mesmas coisas sobre a irmã, Sônia.

A verdade é que as três irmãs Musman, desde bebês, e cada uma do seu jeito, eram completamente apaixonadas pelo pai: um homem generoso, afável, cativante, compreensivo, dedicado e apaixonante era meu avô Naftali Hertz (que todos nós, filhas, genros e netos, chamávamos de *papi*). Sua pele era bem morena, sua voz, cálida, os olhos, límpidos, de um azul cristalino, que deve ter herdado do pai, Efraim: olhos agudos e inteligentes, que sempre traziam um sorriso oculto. Ao falar com a gente, parecia penetrar, sem nenhum esforço, até o âmago dos nossos sentimentos, adivinhava o que estava nas entrelinhas, percebia num instante o que a gente tinha dito e por que tinha dito, e ainda decifrava o que tentávamos inutilmente esconder dele. Sorria para nós, às vezes um sorriso inesperado, um sorriso malandro e esperto, acompanhado de uma piscadela, como para embaraçar-nos levemente quando o deixávamos embaraçado com nosso comportamento, mas perdoando-nos, porque afinal de contas um ser humano é apenas um ser humano.

Mas, a seus olhos, todas as pessoas não passavam de crianças desastradas que causavam umas às outras, e a si próprias, muito sofrimento e desilusão, presas todas numa espécie de eterna comédia. Uma comédia bárbara que, em geral, acabava muito mal. Todos os caminhos levavam ao sofrimento. Por isso, aos olhos de *papi*, quase todas as pessoas precisavam de compaixão, e a maior parte dos seus atos lhe parecia merecer certa indulgência, como as mentiras, os truques, as trapaças, os enganos, os fingimentos, a pretensão e a arrogância. Tudo ele perdoava com seu sorriso leve e astuto, como se dissesse (em ídiche): *Nu, má,* e daí?

Só a crueldade fazia *papi* perder sua proverbial e divertida indulgência — a maldade lhe causava asco. Seus olhos azuis e alegres escureciam ao ouvir falar de um ato perverso: "Um bicho ruim? Mas o que é um bicho ruim?", assim ruminava em ídiche. "Mas nenhum bicho é ruim. Nenhum bicho é capaz de ser ruim. Os animais ainda nem descobriram a maldade. A maldade é nosso monopólio, nós, que somos a coroa da Criação. Quem sabe se no Paraíso não comemos do fruto errado? Quem sabe se entre a Árvore da Vida e a Árvore do Conhecimento havia lá outra árvore, uma árvore venenosa da qual a Torá não fala, a árvore do mal?" (Ele a chamava de *etz ha ríshes,* a árvore da maldade.) "E será que nos enganamos e comemos justamente do seu fruto? Será que a serpente mentiu para Eva, garantiu a ela que essa era a Árvore do Conhecimento mas a levou direto para a *etz ha ríshes*? Se tivéssemos comido somente da Árvore da Vida e da Árvore do Conhecimento, quem sabe nem teríamos sido expulsos do Paraíso?!"

E então, com os olhos de novo azuis e desferindo finas centelhas de alegria e deboche, continuava, em voz lenta e agradável, a explicar com palavras bem claras, num ídiche fluente e pitoresco, o que Jean-Paul Sartre viria a descobrir anos depois: "Mas o que é o Inferno? O que é o Paraíso? Tudo isso é interior. Dentro de casa. O Inferno e o Paraíso podem estar em qualquer quarto. Atrás de qualquer porta. Sob qualquer cobertor de casal. Assim é — um pouquinho de maldade, e o homem é o Inferno do homem. Um pouquinho de compaixão, de generosidade, e o homem é o Paraíso do homem".

"Eu disse um pouco de compaixão e generosidade. Mas não disse amor: em amor universal, eu não acredito. Amor de todos para com todos, quem sabe deixamos para Jesus, pois o amor é uma coisa completamente diferente. Não se parece nem um pouco com a generosidade e a compaixão. Pelo contrário, o amor é uma mistura estranha de uma coisa com o seu contrário, a mistura do egoísmo mais egoísta com a mais completa devoção. Paradoxo! Além disso, todo mundo fala o tempo todo em amor, amor, mas o amor não escolhemos, somos infectados por ele, contagiados, como uma doença, como a peste. Então, o que escolhemos? Entre o que e o que as pessoas são obrigadas a escolher quase a cada segundo? Ou compaixão — ou maldade. E isso qualquer criança pequena já sabe, e mesmo assim a maldade é constante e soberana. Como se explica uma coisa dessa? Acho que tudo começou com o fruto que nós comemos lá: comemos do fruto envenenado."

22

A cidade de Rovno, um importante entroncamento ferroviário, se desenvolveu em torno do palácio e dos jardins rodeados de lagos dos príncipes da casa de Lovomirski. O rio Óstia atravessava a cidade de norte a sul. Entre esse rio e o pântano se erguia a fortaleza da cidade, e nos tempos dos russos ainda havia lá um belo lago de cisnes. A linha do horizonte de Rovno era desenhada pela fortaleza, pelo palácio dos príncipes Lovomirski e por algumas igrejas católicas e ortodoxas, uma delas com duas torres gêmeas. Nos anos que precederam a Segunda Guerra Mundial, a cidade tinha cerca de sessenta mil habitantes, dos quais a maioria se compunha de judeus e o restante de ucranianos, poloneses, russos e algumas pequenas comunidades, como as dos tchecos e alemães. E mais alguns milhares de judeus viviam nas cidadezinhas próximas e nas aldeias espalhadas pela região. As aldeias eram rodeadas de pomares, hortas, pastagens, trigais e campos de centeio, que se arrepiavam à passagem da brisa, como se uma leve onda os percorresse. De quando em quando, o silêncio dos campos era quebrado pelo apito de uma locomotiva. Às vezes se ouviam, vindos dos jardins, os cantos das jovens camponesas ucranianas. De longe, soavam como lamentos.

As planícies se estendiam a perder de vista, aqui e ali ondulando-se em suaves colinas, cortadas por córregos e canais, coalhadas de pequenos pântanos e bosques. Na cidade propriamente dita, havia três ou quatro ruas "européias", com alguns prédios de escritórios em estilo neoclássico e uma linha de fachada quase ininterrupta constituída por prédios de dois andares, com sacadas guarnecidas de grades de ferro, onde moravam famílias da classe média. Uma fileira de lojinhas ocupava os pavimentos térreos desses prédios, habitados principalmente por comerciantes. Porém muitas das ruazinhas transversais não passavam de caminhos de terra, lamacentas no inverno e empoeiradas no verão. Em alguns pontos, ao longo dessas ruazinhas secundárias, foram estendidas instáveis calçadas de madeira. Bastava sair de uma das ruas principais para uma dessas ruazinhas secundárias, e logo se viam, em toda a volta, casas eslavas baixas, de aspecto rústico, com estruturas e paredes grossas, telhados baixos, rodeadas por terrenos cultivados e por uma miríade de cabanas de madeira, inclinadas e enegrecidas, algumas delas afundadas até as janelas dentro da terra, com capim crescendo nos telhados.

Em 1919, um ginásio hebreu, uma escola primária e alguns jardins-de-infância da rede Tarbut [Cultura] abriram suas portas em Rovno. Minha mãe e suas duas irmãs foram educadas no sistema de ensino hebraico Tarbut. Entre 1920 e 1930, jornais eram publicados em hebraico e em ídiche, dez ou doze partidos judeus se engalfinhavam com toda a energia em Rovno, e floresciam círculos judeus voltados para a literatura, o judaísmo, a ciência e a educação de adultos. Quanto mais crescia na Polônia o ódio aos judeus nessa época, mais se desenvolvia a corrente sionista e se reforçava a educação judaica, e ao mesmo tempo, sem nenhuma contradição, também se tornavam mais fortes o secularismo e as culturas gentias.

Todas as noites, exatamente às dez horas, partia da estação de Rovno o trem rápido noturno para Zdolvonov, Levov, Lublin e Varsóvia. Nos domingos e feriados cristãos, ouviam-se tocar os sinos de todas as igrejas. Os invernos eram sombrios e nevados, e no verão caíam chuvas mornas. O dono do cinema de Rovno era um alemão de nome Brandt. Um dos farmacêuticos era um tcheco de nome Machatcheck. O cirurgião-chefe do hospital era um judeu de nome dr. Segal, chamado pelos seus desafetos de Segal Maluco. Com ele trabalhava no hospital também o ortopedista dr. Iosef Kupeika, que era um fervoroso revisionista. Moshe Rutenberg e Simcha-Hertz Mayafit eram os rabinos da cidade. Os judeus negociavam com madeira e grãos, possuíam moinhos de farinha, mantinham negócios no ramo têxtil e nos de utensílios domésticos, joalheria, couro, gráfica, vestuário, armarinhos e bancos. Alguns jovens judeus eram levados, por sua consciência social, a se reunir ao proletariado, como gráficos, aprendizes, diaristas. A família Pisiuk fabricava cerveja. Os filhos da família Twischor eram grandes artesãos. A família Strauch fabricava sabão. A família Gandelberg arrendava florestas. A família Steinberg possuía uma fábrica de fósforos. Em junho de 1941, os alemães tomaram a cidade de Rovno, vencendo o Exército soviético, que a havia conquistado dois anos antes. Em dois dias, em 7 e 8 de novembro de 1941, os alemães e seus sequazes assassinaram vinte e três mil judeus da cidade. Os restantes cinco mil foram assassinados no dia 13 de julho de 1942.

De vez em quando minha mãe me falava, com saudade, com sua voz leve, que arrastava um pouco o final das palavras, da Rovno que ela havia deixado para trás: em seis ou sete frases conseguia descrevê-la para mim. Cancelei inúmeras vezes minha viagem para lá para que as imagens descritas por minha mãe não fossem trocadas por outras.

O excêntrico prefeito de Rovno no segundo decênio do século XX, Levdievski, uma pessoa solitária, sem filhos, vivia numa grande casa rodeada por cerca de meio hectare de terra (por volta de cinco *dunams*), com um belo jardim de plantas ornamentais, uma horta e um pomar, no número 14 da rua Dovinska. Ele morava com uma única empregada, não muito jovem, e sua filha pequena — segundo os rumores correntes em Rovno, filha do prefeito. E ainda havia uma parente distante de Levdievski, Liovov Nikittshna, uma aristocrata russa sem um tostão, afirmando ter um parentesco remoto e um tanto nebuloso com a casa real, a família Romanov, e que vivia na casa com duas filhas, de dois maridos diferentes, Tassia, ou seja, Anastássia Sergeivna, e Nina, ou Antonina Bolselvovna. As três se espremiam num pequeno quarto, que, na realidade, era o final do corredor, separado do próprio corredor apenas por uma pesada cortina. E as três aristocratas ainda partilhavam esse espaço com uma imensa, magnífica peça de mobiliário do século XVIII, feita em mogno e entalhada com guirlandas e flores, dentro da qual, por trás de suas portas envidraçadas, podiam-se ver uma infinidade de objetos antigos, peças em prata, porcelana e cristal. Ainda havia uma ampla cama adornada com almofadas bordadas coloridas, onde, aparentemente, as três dormiam juntas.

Essa casa tinha um único pavimento, muito espaçoso, sob o qual havia um vasto porão que servia de oficina, despensa e adega para tonéis de vinho e era repositório de perfumes intensos: uma estranha, inquietante, mas sedutora mistura de aromas de frutas secas, de geléias, de manteiga, lingüiças, aguardente, cereais, *varínie*, *povidlo*, barris de repolho azedo, pepinos em salmoura, condimentos e especiarias diversos, fieiras de verduras e frutas secas penduradas por todo o porão, legumes secos variados em sacos e tinas de madeira e ainda cheiro de alcatrão, querosene, piche e lenha aliados a um leve bafio de mofo e podridão. Uma janelinha próxima ao teto do porão filtrava uma réstia de luz empoeirada, que parecia mais adensar do que dissipar a escuridão reinante. Cheguei a conhecer tão bem esse porão pelas histórias de minha mãe que, mesmo agora, enquanto escrevo, fechando os olhos posso descer até lá e inalar sua inebriante mistura de odores.

Em 1920, pouco antes de os exércitos poloneses do marechal Pilzotzki tomarem Rovno e todo o oeste da Ucrânia dos russos, o prefeito Levdievski ficou em posição vulnerável, graças a manobras de alguns políticos, e foi deposto do cargo. Seu sucessor era um tipo grosseiro e beberrão chamado Boyarski, além de tudo um feroz anti-semita. A casa de Levdievski na rua Dovinska foi comprada a preço de ocasião por Naftali Hertz Musman, e para lá ele se mudou com a esposa, Ita, e suas três filhas, Chaia, ou Niússia, a primogênita, nascida em 1911, Rivka-Feiga, ou Fânia, que nasceu dois anos mais tarde, e a caçula, Sara, ou Sônia, nascida em 1916. A casa, assim eu soube recentemente, ainda existe.

Em um dos lados da rua Dovinska, que os poloneses passaram a chamar de rua Kajarova (rua do Quartel), erguiam-se casas confortáveis, onde moravam os ricos da cidade. Do lado oposto, espalhavam-se os alojamentos do Exército, chamados de *kasarmi*, casernas. A fragrância dos jardins e pomares invadia a rua na primavera, misturando-se por vezes ao cheiro de roupa lavada e pão fresco, ao perfume dos bolos, doces e tortas e ao aroma vivo dos pratos temperados que emanava das cozinhas das casas.

Na ampla casa cheia de quartos continuavam a viver vários inquilinos que os Musman tinham "herdado" de Levdievski. *Papi* não teve coragem de expulsá-los. Assim, a velha empregada Kásnia Dimitriówna, Kasniutchka, continuou a morar atrás da cozinha com a filha, Dora, que talvez fosse, talvez não, filha do próprio Levdievski — todos a chamavam simplesmente de Dora, sem nenhum sobrenome. No final do corredor, no quarto que ficava atrás da cortina divisória, continuavam a viver, sem que ninguém as perturbasse, a nobre e desafortunada sra. Liova, ou Liovov Nikititshna, que afirmava ter certo grau de parentesco com a família real, e suas filhas, Tássia e Nina, as três magérrimas, empertigadas, arrogantes, enfeitadas o tempo todo "como um bando de pavões".

Na parte da frente da casa, num quarto amplo e bem iluminado, chamado de "gabinete", pagando aluguel mensal, morava um oficial polonês (*polkovnik*, um coronel) que se chamava Ian Zakszawski. Era um homem arrogante, preguiçoso e sentimental, na casa dos seus cinqüenta anos, sólido, viril, de ombros largos, não pouco atraente. As moças o chamavam de *pan polkovnik*, o senhor coronel. A cada sexta-feira, Ita Musman enviava uma de suas filhas com uma perfumada travessa de biscoitos de sementes de papoula, saídos diretamente do forno, bater delicadamente à porta do *pan polkovnik*, cumprimentá-lo com uma leve mesura, dobrando o joelho, e lhe desejar em nome de toda a família um shabat shalom. O senhor *polkovnik*, de sua parte, curvava-se e afagava a cabeça da menina, e por vezes também seus ombros e suas costas. Chamava a todas de *tzigankot*, as ciganinhas, e prometia a cada uma que estaria esperando por ela, só por ela, e que com ela iria se casar quando ela crescesse.

Boyarski, o prefeito anti-semita que tinha herdado o cargo de Levdievski, às vezes vinha jogar cartas com o *polkovnik* aposentado, Zakszawski. Os dois bebiam e fumavam "até o ar ficar preto". Com o passar das horas, suas vozes se tornavam roucas e grosseiras, e seus risos altos se enchiam de gemidos e mugidos. Toda vez que o prefeito vinha de visita, as meninas eram afastadas para a parte de trás da casa ou para o jardim para impedir que seus ouvidos fossem alcançados por assuntos e comentários que de forma nenhuma meninas educadas poderiam ouvir. A empregada trazia de tempos em tempos xícaras de chá, salsichas, arenque, ou uma bandeja com compotas de frutas, biscoitos e nozes. Todas as vezes a empregada dizia aos senhores, com toda a humildade, que a senhora dona da casa lhes rogava encarecidamente que abaixassem suas vozes, pois a senhora dona da casa estava com uma dor de cabeça "infernal". O que os dois respondiam para a velha empregada não se sabe, pois ela própria era "surda como dez paredes" (por vezes diziam dela: "mais surda que o próprio D'us"). Ela se persignava de medo, e com uma profunda mesura aos senhores saía do "gabinete" arrastando as pernas doentes e cansadas.

Certa vez, numa madrugada de domingo, antes das primeiras luzes do amanhecer, quando todos os habitantes da casa ainda estavam recolhidos a suas camas, o coronel Zakszawski resolveu experimentar seu revólver. Primeiro deu dois tiros através da janela fechada em direção ao jardim. Por acaso, ou por algum milagre, conseguiu, na mais completa escuridão, acertar uma pomba, que foi encontrada ferida, mas viva, na manhã seguinte. Depois, por alguma razão, acertou um tiro na garrafa de vinho que estava sobre a mesa, outro na sua coxa, dois tiros na luminária do teto, estes não acertou, e com a última bala estourou a própria testa e morreu. Era um homem sentimental, um incorrigível tagarela, sensível, muitas vezes rompia de repente a cantar, ou a chorar, lamentava a tragédia histórica do seu povo, lamentava a sorte de um lindo porquinho morto a pauladas por um sujeito da vizinhança, lamentava o destino amargo das aves canoras à chegada do inverno, lamentava o suplício de Jesus crucificado, lamentava muito a dura sina dos judeus perseguidos havia cinqüenta gerações e que ainda não tinham conseguido ver a luz, lamentava por sua própria vida, que passava sem nenhum propósito ou sentido, lamentava, até o desespero, por certa jovem, Vassilissa, a qual numa determinada ocasião, havia alguns anos, tinha deixado que prosseguisse em seu caminho, e por isso, desde aquele dia e até o dia de sua morte, não cessou de amaldiçoar sua estupidez e sua vida vazia, sem nenhum valor: "Meu D'us, meu D'us", recitava em seu latim-polonês, "por que me abandonaste? E por que nos abandonaste, a todos?".

Naquela manhã fizeram as três meninas saírem de casa pela porta dos fundos, atravessarem o pomar e cruzarem o portão da cocheira, e, quando voltaram, o quarto da frente já estava vazio, limpo e arrumado, e todos os pertences do *polkovnik* já tinham sido embalados em sacos e levados para outro lugar. Só um leve rastro de vinho, da garrafa espatifada pela bala do revólver, tia Chaia se lembrava, ainda permaneceu mais alguns dias no ar.

E certa vez a menina que viria a ser minha mãe encontrou um bilhete numa fresta do guarda-roupa, em polonês bem primitivo, numa caligrafia feminina, em que alguém escrevia para ele, seu lobinho muito querido, que durante toda a sua vida ela não encontrara um homem tão bom e gentil como ele, e que ela própria não merecia nem mesmo beijar a sola dos seus sapatos. Na palavra "sola", em polonês, Fânia encontrou dois erros de ortografia. O bilhete estava assinado com a letra N, e na linha de baixo estavam desenhados lábios entreabertos, prontos para o beijo. "Ninguém", disse minha mãe, "ninguém sabe nada sobre ninguém, nem sobre um vizinho próximo, nem sobre seu marido, ou sua mulher, nem sobre seus pais, nem sobre seu filho. Nada. Nem sobre si próprio. Não se sabe nada. E mesmo que por um momento possa parecer que sabemos alguma coisa, é pior ainda, pois é preferível viver sem saber de nada do que viver no engano. Mas quem sabe? Pensando bem, quem sabe se não é muito mais fácil viver no engano do que viver no escuro?"

Do apertado, escuro, limpo, arrumado, atulhado de móveis, sempre trancado apartamento de dois quartos na rua Wiesel em Tel Aviv (enquanto lá fora persiste um úmido e aborrecido dia de setembro), tia Sônia me leva a passear na casa de seus pais, no bairro Vôlia, a noroeste de Rovno. A rua Dovinska, que depois da conquista da cidade pelos poloneses teve seu nome trocado para Kajarova, cruza a rua principal de Rovno, que costumava ser chamada de Szossianáia, mas que depois da chegada dos poloneses passou a se chamar Tchithego Maia, ou rua Três de Maio, em homenagem à data nacional da Polônia.

Quando você se aproximava da casa, vindo da rua, assim me descrevia tia Sônia em palavras precisas, primeiro atravessava o jardinzinho da frente, um jardinzinho chamado *polossiadnik*, onde cresciam jasmineiros bem cuidados ("e eu ainda me lembro de um pé de jasmim menorzinho, do lado esquerdo, que tinha um perfume muito forte, intenso, e por isso nós o chamávamos de 'o apaixonado'..."). E lá havia flores *margaritky*, e havia também roseiras, *rozotchky*, e das pétalas nós costumávamos fazer um tipo de doce, uma geléia perfumada e muito doce, tão doce que se podia imaginar que ela mesma se lambia quando ninguém estava olhando. As roseiras formavam dois canteiros circulares, rodeados por pedras pequenas, ou tijolos, arrumados em diagonal e caiados, como uma fileira de cisnes apoiados uns nos outros.

Mais atrás dos arbustos havia um banco de madeira pintado de verde, e logo à esquerda estava a entrada principal: havia quatro ou cinco largos degraus e uma grande porta marrom, muito ornamentada, com entalhes decorativos, remanescente do gosto barroco do prefeito Levdievski. A entrada principal dava para um hall, com uma mobília de mogno e uma grande janela com cortinas bordadas que iam até o chão. (Mogno, em hebraico, é chamado de *tolanah*, é isso? Não? Então um dia você vai me explicar o que é *tolanah*.) A primeira porta à direita era a porta do "gabinete" onde o *polkovnik*, o coronel *pan* Ian Zakszawski, morava. O ajudante-de-ordens do oficial, o seu *shamash*,* o *dienszyk*, o empregado, um rapaz do campo de cara redonda e vermelha como uma beterraba, estragada por espinhas e pústulas, daquelas que aparecem quando se pensam coisas feias, dormia em frente à sua porta à noite, sobre um colchão, que durante o dia ficava dobrado e escondido. Esse *dienszyk* cravava na gente, as meninas, uns olhos arregalados, como se estivesse morrendo de fome. Não estou falando de fome de comida, pois comida nós levávamos sempre para ele da cozinha, toda hora, quanto ele quisesse. O *polkovnik* espancava esse *dienszik* dele com toda a violência, depois se arrependia e dava a ele um dinheirinho para gastar.

Podíamos também entrar na casa pela ala do lado direito — havia ali um caminho calçado de pedras avermelhadas, muito escorregadio no inverno. Seis árvores que se chamavam *sirein* em russo — e em hebraico eu não sei, será que existem dessas árvores por aqui? — cresciam ao longo desse caminho. Elas floriam às vezes, davam umas florzitas roxas, de perfume tão intenso que nos deixavam tontas, e costumávamos dar uma paradinha para inspirar bem fundo seu perfume, até os pulmões, até nos sentirmos leves, pairando sobre o jardim, e de repente começávamos a ver todo tipo de manchas se movendo à nossa frente, de cores muito estranhas, que não têm nome. Em geral, acho que há muito mais cores e cheiros do que palavras. O caminho desse lado da casa conduzia até seis degraus pelos quais se subia a uma varanda de entrada, aberta, com um banco. Nós o chamávamos de "banco do amor", por causa de um fato não tão bonito que tinha acontecido, mas que não quiseram nos contar, e que sabíamos que estava ligado, de algum jeito, aos empregados. Nessa varanda havia a porta de entrada dos serviçais, que chamávamos de *tchorny hod*, a entrada negra.

Quando não se entrava na casa pela entrada principal nem pela *tchorny hod*, podia-se continuar em frente pelo caminho que rodeava a casa até o jardim, que era imenso: pelo menos como daqui, da rua Wiesel, até a rua Dizengoff, ou até como daqui até a Ben Yehuda. No meio do jardim havia uma alameda e, de ambos os lados, muitas árvores frutíferas, ameixas de todos os tipos, duas cerejeiras, cuja florada as fazia ficar iguaizinhas a um vestido de noiva, e de suas frutas se fazia *wishniak* e também *pirushky*. Maçãs *Reinette* e *popirovky*, e também *grushi* — peras suculentas e gigantescas, peras *pontowky*, que os meninos chamavam por nomes que não é bonito repetir. Do outro lado havia mais árvores frutíferas, pêssegos suculentos, ainda maçãs, incomparáveis, e pequenas peras esverdeadas, que também delas os meninos diziam coisas que nós, as meninas, para não ouvirmos nenhuma, mas nenhuma palavra, no mesmo instante tapávamos com as mãos os dois ouvidos, com toda a força. E havia ameixas doces e azedinhas, e ameixas mais compridas, boas para fazer geléia, e, entre as árvores frutíferas, cresciam arbustos, pés de framboesa, de morango silvestre e de amora. E tínhamos também macieiras especiais, que dão frutos no inverno, maçãs verdes e durinhas, que deixávamos embaixo de montes de palha no *tcherdak*, que é um tipo de jirau, para amadurecerem bem devagarinho e estarem bem maduras somente em pleno inverno. Também as peras, nós costumávamos deixar lá, bem embrulhadas na palha, para continuar a dormir por mais algumas semanas e acordar no inverno, e assim tínhamos boas frutas durante o ano todo, até no inverno, quando os outros só tinham batatas para comer, e mesmo assim nem sempre. *Papi* costumava dizer que a riqueza é pecado, e a pobreza, castigo, mas D'us parece querer que entre o pecado e o castigo não haja nenhuma ligação. Um peca, e o outro é castigado. Assim é o mundo.

Ele era quase comunista, *papi*, seu avô. Sempre deixava o pai, vovô Efraim, comer com garfo e faca e guardanapo branco em sua mesa, no escritório do moinho, enquanto ele próprio, *papi*, comia sempre com seus empregados, junto ao forno de lenha, comia pão de centeio com arenque em conserva, uma fatia de cebola com sal e uma batata, com casca. Almoçavam sobre uma folha de jornal estendida no chão, e faziam descer com um golezinho de vodca.

Todo feriado, toda véspera de feriado, *papi* distribuía entre seus empregados um saco de farinha, uma garrafa de vinho e alguns rublos para gastar. Apontava para o moinho e dizia a eles — vejam, isso não é meu, é nosso! Ele era como o Guilherme Tell, de Schiller, o seu avô, esse presidente "social" que costumava tomar vinho do mesmo copo com os soldados mais simples.

Com certeza foi por isso que em 1919, quando os comunistas entraram na cidade e imediatamente puseram contra o paredão todos os capitalistas, os industriais e donos de negócios, os funcionários de *papi* abriram a tampa daquela máquina enorme, já não lembro mais como se chamava, aquele motor principal que movia as mós para moer o trigo, esconderam-no lá dentro e o fecharam, e enviaram uma *delegátzia* para o *povodir* vermelho e disseram: Por favor nos ouça, camarada comandante, nosso Gertz Efremovitch Musman, vocês não toquem nele, nem num único fio de cabelo! Gertz Musman — *on nash batka!* Que em ucraniano significa: "Ele é nosso pai!".

E o que acabou acontecendo foi que o governo soviético de Rovno nomeou seu avô o *upravuláiushi* — o diretor — do moinho. Não tocaram em seus direitos, pelo contrário, vieram e disseram: Caro camarada Musman, ouça-nos por favor, de agora em diante, se aparecer por aqui algum empregado preguiçoso ou algum outro que costume faltar ao trabalho, um *svútjnik*, é só você apontar o dedo para ele que nós na mesma hora viremos para levá-lo ao paredão. Claro que seu avô fez justamente o contrário: recorria a todo tipo de artifício para defender os empregados daquele "governo proletário". E ao mesmo tempo fornecia toda a farinha que o Exército Vermelho consumia na nossa região.

Uma vez aconteceu o seguinte: o comandante soviético recebeu uma partida muito grande de trigo completamente podre e entrou em pânico, pois acreditava que daquela vez poderiam colocá-lo, *a ele*, contra o paredão: O que é isso? Por que você aceitou a partida sem inspecionar? Então, o que fez o comandante para salvar a própria pele? Tarde da noite, ordenou que pusessem toda a carga junto ao moinho de *papi* e pediu a ele, pediu não, ordenou que moesse tudo imediatamente, até as cinco da manhã.

No escuro, *papi* e os seus empregados nem notaram que o trigo estava completamente podre. Puseram-se ao trabalho e moeram tudo, trabalharam a noite toda, mas de manhã perceberam que a farinha fedia e estava cheia de vermes escuros. *Papi* compreendeu, na mesma hora, que aquela farinha, do jeito que estava, era agora responsabilidade sua, e só tinha duas alternativas, ou assumia essa responsabilidade, ou culpava, sem nenhuma prova, o comandante soviético por ter lhe fornecido trigo podre: de um jeito ou de outro, enfrentaria o pelotão de fuzilamento.

O que mais podia fazer? Culpar os empregados? Então, simplesmente jogou fora toda aquela farinha podre, com vermes e tudo, e retirou de seus depósitos cento e cinqüenta sacos de farinha da melhor qualidade, não farinha de

Exército, mas farinha boa, bem branquinha, especial para doces e pães, e de manhã, sem uma palavra, entregou essa farinha ao comandante, que por sua vez também ficou bem quieto, embora no fundo devesse estar envergonhado por ter tentado empurrar a culpa para seu avô. Mas o que ele podia fazer? Lenin e Stalin nunca quiseram saber de desculpas e explicações de ninguém: agarravam o sujeito, arrastavam para o paredão e fuzilavam.

É claro que esse comandante estava sabendo muito bem que a farinha que *papi* lhe entregara não tinha sido feita daquele trigo podre, pois aquela não era a farinha grosseira de costume, e que assim *papi* os tinha salvado a ambos às suas próprias custas. E também a seus empregados.

Essa história tem uma continuação: *papi* tinha um irmão, Michael. E Michael tinha a sorte de ser surdo como uma porta. Tão surdo como D'us. Digo sorte porque tio Michael tinha uma mulher horrível, Rakhil, que o xingava dia e noite com sua voz rouca. Mas ele não ouvia nada — vivia mergulhado num silêncio sereno, como a Lua em pleno céu.

Durante todos aqueles anos, Michael ficara perambulando pelo moinho de *papi*, sem fazer nada de nada, bebendo chá com vovô Efraim no gabinete e se coçando, e para isso *papi* lhe pagava um bom salário. Um belo dia, algumas semanas depois do caso da farinha podre, os soviéticos apareceram de repente e alistaram Michael no Exército Vermelho. Porém, nessa mesma noite Michael viu sua mãe, Haia, em sonho, e ela dizia a ele: Rápido, filho, levanta rápido e foge, amanhã eles vêm matar você. Então ele se levantou de madrugada e fugiu do quartel, como se foge de um incêndio. *Dezertir, rastrálki*, um desertor, como se diz. Mas os vermelhos logo, logo o agarraram, e no mesmo dia montaram uma corte marcial e o condenaram ao paredão. Exatamente como a mãe lhe havia avisado em sonho! Só que no sonho ela simplesmente esqueceu de avisar para não fugir, de jeito nenhum, não desertar!

Papi foi à praça se despedir do irmão, não havia mais nada a fazer, quando, de repente, no meio da praça, onde os soldados já apontavam seus fuzis carregados para Michael, sem mais nem menos o tal comandante da farinha podre pergunta ao condenado à morte: Diga-me, por obséquio, *Ti brat de Gertz Efremovitch*? Você por acaso é irmão de Hertz Ben Efraim? E Michael responde: *Da*, camarada general! O comandante então se vira para *papi* e pergunta: É seu irmão? E *papi* também responde: Sim, sim, camarada general! É meu irmão! Com certeza é meu irmão! Então aquele general simplesmente se vira para tio

Michael e diz: *Nu, ídi damoi! Pashol!* Vá para casa! Voe! Suma! E se inclinou levemente ao ouvido de *papi*, para que ninguém mais ouvisse, e o que ele disse baixinho foi isso: "E então, Gertz Efremovitch? Você acha que só você sabe transformar merda em ouro?".

Seu avô, no fundo, era um comunista, mas não um bolchevique vermelho. Stalin sempre lhe pareceu um novo Ivan, o Terrível. Ele era, como eu poderia dizer, um tipo de comunista pacifista, um *narodnik*, um comunista *tolstoitchik*, que se negava terminantemente a derramar sangue. Ele tinha horror do mal que espreita na alma de qualquer pessoa, independentemente da classe social: sempre nos dizia que um dia haverá de surgir um governo popular e comum a todas as pessoas de boa vontade deste mundo. Mas que antes de tudo será necessário desmontar, gradualmente, todas as nações, todos os exércitos e todas as polícias secretas, e só depois disso se poderá começar a nivelar, lentamente, os ricos e os pobres. Cobrar impostos daqueles e os dar a estes, mas não de uma vez, para que não aconteça um derramamento de sangue, e sim por etapas. Ele dizia — *mit arapapalndike* —, num plano inclinado bem suave, que leve muito tempo, umas sete, oito gerações, para os ricos quase não sentirem como devagarinho eles já não são mais tão ricos. O mais importante, segundo ele, era que precisávamos finalmente começar a convencer o mundo de que a injustiça e a opressão são as grandes doenças da humanidade, e a justiça, seu único remédio: está certo, é um remédio amargo, ele costumava nos dizer sempre, um remédio perigoso, um remédio que deve ser tomado bem devagar, gota a gota, até o corpo se acostumar. E se alguém tentar tomar tudo de uma vez só vai provocar uma grande catástrofe, derramar rios de sangue: vejam só o que Lenin e Stalin fizeram com a Rússia e com o mundo todo! Está bem, concordo, é verdade que Wall Street é realmente o vampiro que suga o sangue do mundo, mas você nunca vai espantar o vampiro derramando sangue, pelo contrário, só vai torná-lo maior e mais forte, só vai alimentá-lo com mais e mais sangue fresco!

O problema com Trotski e com Lenin, com Stalin e os amigos deles, assim pensava seu avô, era que tinham tentado endireitar tudo de repente, o mundo, a vida de todos, baseados apenas em livros, livros de Marx, de Engels e de outros grandes pensadores como eles. Devem ter conhecido as bibliotecas muito bem, mas não tinham nenhuma idéia sobre a vida, nem sobre a maldade, nem sobre a inveja, o ciúme, o ódio, a injustiça e o prazer doentio com a desgraça alheia. Nunca, nunca se poderá endireitar a vida das pessoas com base no que se lê num livro! Em nenhum livro! Nem no nosso *Shulchan Aruch* [A mesa posta], nem em Jesus Cristo, nem no *Manifesto* de Karl Marx! Nunca! Ele sempre nos dizia que é melhor se preocupar um pouco menos em arrumar e organizar, e um pouco mais em nos ajudarmos uns aos outros e talvez até em perdoar também. Ele acreditava em duas coisas, seu avô: na compaixão e na justiça, *derbaremen un gerechtikait*. Mas achava também que devemos sempre juntar esses dois conceitos — justiça sem compaixão é um matadouro, e não justiça. Por outro lado, compaixão sem justiça talvez seja mais apropriado para Jesus, e não para simples mortais que comeram do fruto da maldade. Essa era sua postura — consertar um pouco menos e ter um pouco mais de compaixão.

Em frente à "entrada negra", a *tchorny hod*, havia uma imensa castanheira, velha e magnífica, um pouco parecida com o rei Lear, e embaixo dessa árvore *papi* ordenou que se fizesse um banco para nós três — nós o chamávamos o "banco das irmãs". Nos dias claros costumávamos sentar naquele banco e sonhar em voz alta: O que será de nós quando a gente crescer? Qual de nós poderia ser uma engenheira, qual poderia ser poeta e qual seria uma cientista famosa como madame Curie? Esses eram os nossos sonhos. Não sonhávamos, como as outras meninas de nossa idade, com noivos ricos e maravilhosos, pois já éramos meninas ricas, e casar com alguém ainda mais rico do que nós era coisa que não nos interessava.

Se por acaso conversávamos sobre amores, nunca pensávamos em nos apaixonar por um aristocrata, ou por um ator de cinema famoso, mas por homens de nobres sentimentos, por exemplo, um grande artista, mesmo que não tivesse um tostão furado. Não importava. O que sabíamos naquele tempo? Como poderíamos saber, então, que canalhas, que animais eram os grandes artistas? (Não todos! Claro que não todos! D'us me livre se fossem todos!) Só hoje em dia é que não penso mais que sentimentos elevados etc. etc. são a coisa mais importante em nossa vida. Não mesmo. Os sentimentos não passam de fogo de palha: queimam por um momento e logo sobram apenas carvão e cinzas. Você sabe por acaso o que é o mais importante? O que uma mulher deve procurar num homem? Ela deve procurar uma qualidade nada emocionante mas rara como o ouro em pó: a sinceridade. E talvez a generosidade. Hoje, e isso eu quero dizer a você, hoje acho a sinceridade mais importante do que a generosidade. Sinceridade é pão. Generosidade já é manteiga. Ou mel.

No pomar, na metade da alameda, havia dois bancos, um de frente para o outro, e era um bom lugar para ir quando se queria ficar sozinha com os próprios pensamentos, em silêncio, em meio ao canto dos passarinhos e o rumorejar do vento na folhagem.

Lá embaixo, no fundo do terreno, havia um pequeno pavilhão chamado por nós de *ofitzina*, onde, no primeiro aposento, havia um grande aquecedor negro para a lavanderia. Lá costumávamos brincar de prisioneiras na casa da bruxa má Baba-Yaga, que tinha o hábito de cozinhar crianças no aquecedor. Havia também um quartinho de fundo, onde morava o *storoj*, o jardineiro. Atrás da *ofitzina* ficava o estábulo, onde se guardava o *phaeton*, a charrete de *papi*, e morava um cavalo grande, de cor castanha. Ao lado do estábulo ficava um trenó, com duas hastes de ferro em lugar de rodas, e nele Phillip, o cocheiro, ou Anton, seu filho, nos levavam à escola nos dias de neve e gelo. Às vezes Chemi vinha conosco. Chemi era filho de um casal muito rico, Roha e Árie Leib Pisiuk. Os Pisiuk fabricavam conservas e cerveja para toda a região. Possuíam uma fábrica enorme, administrada pelo avô de Chemi, Hertz Meir Pisiuk. A família Pisiuk costumava receber as pessoas famosas que visitavam Rovno: Bialik, Jabotinsky, Tchernichowski. Acho que esse menino, Chemi Pisiuk, foi o primeiro amor de sua mãe. Fânia tinha, talvez, treze anos, ou quinze anos, e queria sempre andar no coche, ou no trenó com Chemi, mas sem mim. E eu me enfiava entre os dois, de propósito. Eu tinha só nove anos de idade, talvez, ou dez, e não os deixava sozinhos, era a caçulinha burrinha, era assim que me chamavam. Quando eu queria irritar Fânia, eu a chamava, na frente de todo mundo, de Chêmutchka, como Chemi, o diminutivo de Nachmia. Chemi Pisiuk foi para Paris estudar, e lá o mataram. Os alemães.

Papi, seu avô, gostava do cocheiro, Phillip, gostava muito dos cavalos, gostava até do ferreiro que costumava engraxar os eixos do coche, mas se tinha uma coisa de que ele não gostava mesmo era de andar de coche, vestindo um casaco de pele com gola de raposa, como um fidalgo, atrás do seu cocheiro ucraniano. Detestava: preferia andar a pé. Não gostava de ostentar de maneira nenhuma. Na sua carruagem ou na sua poltrona, rodeado por aparadores ou candelabros de cristal, sentia-se um pouco como um *komediant*.

Muitos anos mais tarde, quando já tinha perdido toda a sua fortuna, ao vir para Israel de mãos quase vazias, ele não se deixou abater nem um pouco. Não sentia falta de sua fortuna — pelo contrário, era como se estivesse um pouco aliviado. Não se sentia mal usando uma camiseta cinzenta, suando ao sol, carregando nas costas sacos de farinha de trinta quilos. Só minha mãe o fazia sofrer muito. Xingava, gritava com ele, ofendia, cobrava, então, como é que você se deixou cair assim do pedestal? Onde estavam os empregados, e os cristais, e os candelabros?! Por que, naquela idade, ela devia viver como uma mujique, como uma *hoholka*, sem cozinheira, sem cabeleireira nem costureira!? Quando é que ele ia finalmente resolver tomar uma atitude e construir aqui, em Haifa, um novo moinho de farinha para que pudessem recuperar a antiga posição? Como a mulher do pescador na história, assim era mamãe. Mas eu já a perdoei por tudo isso. Que D'us também a perdoe. E ele vai ter muito, muito o que perdoar! E que D'us me perdoe também por falar dela desse jeito, que ela possa descansar em paz. Que possa descansar em paz, como não deixou que *papi* descansasse nem por um minuto em toda a sua vida. Quarenta anos eles viveram em Israel, e todos os dias, de manhã à noite, ela só lhe amargurou a vida. Encontraram uma espécie de barraco, num terreno baldio, cheio de moitas de espinhos, atrás de Kiriat Motzkin, um quarto sem água, nem banheiro, coberto de papelão impregnado de piche — você ainda se lembra do barraco de *papi* e mamãe? Sim? A única torneira ficava do lado de fora, no meio dos espinheiros, a água tinha muita ferrugem, e o banheiro era um buraco no chão, dentro de uma casinha de tábuas, que *papi*, ele mesmo, construiu nos fundos do terreno.

Quem sabe minha mãe não tenha sido assim tão culpada por amargurar a vida dele? Pois ela era muito infeliz por viver naquele lugar. Demais! Era uma mulher infeliz. Nasceu infeliz. Com todos os cristais e candelabros, ainda assim ela era infeliz. Mas era uma infeliz do tipo que precisava, mas precisava mesmo, tornar os outros infelizes também. Essa foi a sina do seu avô.

Papi, assim que chegou a Israel, conseguiu um emprego em Haifa: eles logo viram que ele entendia de trigo, de farinha, de pão, e o encarregaram não de moer e de assar, mas só de transportar sacos de farinha e distribuir o pão com sua carroça e seu cavalo. Depois disso, ele trabalhou por muitos anos na fundição Vulcan, carregando o que lhe davam para transportar — todo tipo de barras de ferro para construção, redondas e compridas.

E às vezes ele levava você para passear de carroça pela baía de Haifa, você ainda se lembra? Na velhice, seu avô ainda ganhava a vida carregando de um lugar para outro tábuas largas para construir forros, ou areia da praia para as novas construções.

Ainda me lembro muito bem de você sentado ao seu lado, um menino magrinho, tenso como um elástico, *papi* deixava você segurar as rédeas, ainda vejo essa cena bem na minha frente: você era um menino branco e pálido, como uma folha de papel, e o seu avô, ao contrário, sempre foi muito bronzeado, forte, mesmo aos setenta anos ele ainda era bem forte, moreno como um indiano, parecia um príncipe indiano, um marajá de olhos azuis e límpidos, que desferiam centelhas de riso. E você, sentado naquele banco de tábua do cocheiro, vestido com uma camisetinha branca, ele ao seu lado, com uma camiseta dessas de trabalho, cinzenta, toda suada. E ele estava alegre, satisfeito com a porção que lhe coubera. Amava o Sol e o trabalho físico, divertia-se bastante com essa atividade. Por toda a vida manteve uma postura proletária, e, em Haifa, até que se sentia muito bem em voltar a ser proletário, como no início do seu caminho, quando era apenas um aprendiz na propriedade rural de Vilchov. Talvez, como cocheiro, gozasse muito mais a vida do que como o dono milionário de moinhos e propriedades em Rovno. E você era um menino sério, um menino que não combinava com os raios do Sol, um menino sisudo aos sete ou oito anos, muito tenso, sentado no banco do cocheiro, com medo das rédeas, sofrendo com o calor e as moscas, um pouco preocupado em não levar uma chicotada do rabo do cavalo, mas, com tudo isso, você agüentava firme, com coragem e sem reclamar. Como se fosse hoje, eu me lembro dessa cena. A camiseta grande e cinzenta e a camiseta pequenina e branca: então pensei com meus botões que você seria muito mais Klausner do que Musman. Hoje, já não estou mais tão certa.

23

Lembro-me de como discutíamos muito, com nossas amigas, com os rapazes, com os professores no colégio, e também em casa, entre nós, sobre assuntos como a justiça, o que é o destino, o que é a beleza, o que é D'us. Discussões desse tipo eram muito comuns em nossa geração, muito mais do que hoje. Claro que também discutíamos sobre Eretz-Israel, assimilação, partidos políticos, literatura, socialismo e sobre os males do povo judeu. Chaia, Fânia e seus amigos eram especialmente inflamados. Eu discutia menos, por ser a caçula. E sempre me diziam — você só pode ouvir, mais nada. Chaia era uma instrutora importante, ou secretária, no movimento sionista juvenil, o Irgun haNoar haChalutzi [Organização dos Jovens Pioneiros]. Sua mãe era do Hashomer Hatzair [O Jovem Sentinela]. E eu também — três anos depois dela — fui para o Hashomer Hatzair. Com vocês, da família Klausner, era melhor nem tocar no assunto Hashomer Hatzair. Os Klausner sempre trataram de evitar que você chegasse sequer a ouvir essas palavras, Hashomer Hatzair, pois temiam muito que assumisse um laivo vermelho só de ouvir falar.

Certa vez, devia ser inverno, no Chanukah, tivemos uma grande discussão, que foi e voltou durante várias semanas, sobre hereditariedade versus livre-arbítrio. Lembro-me, como se fosse hoje, de como sua mãe de repente falou alguma coisa assim, uma coisa muito estranha — que se abrissem a cabeça de uma pessoa e tirassem o cérebro, imediatamente se poderia notar que nosso cérebro não passa de uma couve-flor. Inclusive os cérebros de Chopin e de Shakespeare: nada além de uma simples couve-flor.

Não me lembro a propósito de que Fânia disse aquilo, mas lembro que nós rimos muito. Não conseguíamos parar de rir. Eu tinha lágrimas nos olhos de tanto rir, mas ela nem sorriu; Fânia às vezes tinha esse hábito, de dizer com a cara mais séria uma coisa que iria fazer todos morrerem de rir, sem que ela mesma participasse da gargalhada geral, que, no entanto, ela havia provocado. Fânia só ria quando tinha vontade, sozinha, não junto com os outros, mas apenas quando ninguém mais achava nem uma sombra de graça no assunto da conversa — era bem nesse momento que sua mãe estalava de repente numa sonora gargalhada, mas a verdade é que era bem raro. Mas quando Fânia ria de alguma coisa, todos logo se davam conta do que havia de tão engraçado e começavam a rir junto com ela.

É só uma couve-flor assim, ela dizia, e nos mostrava com as duas mãos o tamanho da couve-flor, e, que maravilha, dentro dela cabem o céu e a Terra, e também o Sol e todas as estrelas, as idéias de Platão, a música de Beethoven, a Revolução Francesa, os romances de Tolstoi, o "Inferno" de Dante, todos os desertos e oceanos, e até os dinossauros e as baleias, tudo cabe folgadamente numa couve-flor dessa, todas as esperanças, todos os desejos, erros, todas as fantasias da humanidade, tem lugar para tudo, até para aquela verruga inchada, com cabelinhos pretos, no queixo de Bashka Dorashka. No momento em que Fânia trouxe à baila a verruga nojenta, com cabelinhos pretos, no queixo de Bashka Dorashka, bem no meio de Platão e Beethoven, todos nós caímos na gargalhada de novo, menos sua mãe, que ficou só nos olhando com um ar pasmo, como se a graça não estivesse na couve-flor, mas em nós.

Tempos depois Fânia me escreveu uma carta filosófica de Praga. Eu tinha então uns dezesseis anos, e ela já era uma estudante de dezenove; em suas cartas para mim ela adotava um tom um pouco superior, *de cima para baixo*, porque eu sempre era considerada a caçulinha boba, mas ainda me lembro de que aquela foi uma longa carta, muito detalhada, sobre hereditariedade versus ambiente e livre-arbítrio.

Vou tentar contar para você o que ela dizia, mas claro que com minhas palavras, não com as de Fânia: não conheço muitas outras pessoas capazes de se expressar como ela. O que Fânia me escreveu era mais ou menos o seguinte: que a hereditariedade e o meio que nos alimenta, assim como a nossa classe social, são como cartas de baralho que nos são distribuídas aleatoriamente, antes de o jogo começar. Até aí não há nenhuma liberdade de escolha — o mundo dá, e você apenas recebe o que lhe foi dado, sem nenhuma outra opção. Entretanto, assim sua mãe me escreveu de Praga, a grande pergunta é o que cada um de nós consegue fazer com as cartas recebidas. Pois há os que jogam muito bem com cartas nem tão boas, e há, pelo contrário, aqueles que desperdiçam e perdem tudo, mesmo com cartas excepcionais! E esta é toda a nossa liberdade: a liberdade de jogar com as cartas que nos foram dadas. Mas mesmo a liberdade de escolher o nosso jogo, escrevia Fânia, depende, por ironia, da sorte de cada um, da paciência, da sabedoria, da intuição, do arrojo. Mas essas também não são cartas que nos foram ou não nos foram dadas antes de o jogo começar, e sem nos perguntarem nada? E então, se for assim, o que é que sobra, afinal, para o nosso livre-arbítrio?

Não muito, escreveu sua mãe, não muito, talvez nos tenha restado apenas a liberdade de rir da nossa situação, ou lamentá-la, participar do jogo ou cair fora, tentar entender mais ou menos o que existe e o que não existe (o que temos e o que não temos), ou desistir e não tentar entender nada. Em resumo — a alternativa é entre passar alerta por esta vida ou numa espécie de letargia. Essas são, mais ou menos, as coisas ditas por Fânia, sua mãe, mas com as minhas palavras. Não com as palavras dela. Com as palavras dela eu não consigo.

Agora, falando em destino em contraposição a livre-arbítrio, em jogo de cartas, tenho outra história para contar a você: Phillip, nosso cocheiro, o cocheiro *ucrainitch* da família Musman, tinha um filho moreno, lindo de morrer, chamado Anton, olhos negros e brilhantes como dois diamantes escuros, os cantos da boca descaindo um pouco como que por excesso de energia e desdém, tinha os ombros largos e uma voz de baixo como a de um touro — os vidros tilintavam na cômoda quando Anton atroava o ar com sua voz. Toda vez que uma moça passava diante dele, na rua, Anton diminuía o passo de propósito, e a moça, sem perceber, começava a andar um pouco mais rápido e também a respirar um pouco mais rápido. Eu me lembro de como brincávamos umas com as outras, nós, as irmãs, e também nossas amigas, quem arrumou a blusa meio assim, desse jeito, por causa de Anton? Quem pôs uma flor no cabelo por causa de Anton? E quem, por causa de Anton, saiu a passear na rua com a saia plissada engomada e as meias soquete brancas como a neve?

Na casa vizinha à nossa, na rua Dovinska, vivia o engenheiro Stilietski, o sobrinho da princesa Ravzova, para quem seu avô tinha sido enviado aos doze anos de idade para trabalhar como aprendiz. Era o mesmo pobre engenheiro que tinha construído o moinho de farinha, para o qual seu avô começou trabalhando como operário, depois como administrador, e de quem, por fim, terminou por comprar o moinho. Ainda sei seu nome completo, com o sobrenome: era o engenheiro Konstantin Smionovitch Stilietski. Sua mulher se chamava Ira, Irina Matvievna, e um belo dia o abandonou, e aos dois filhos, que se chamavam Sania e Kira. Ela simplesmente fugiu com uma valise azul na mão e foi direto para a pequena casa em frente, a casinha que Anton, o filho de Phillip, o cocheiro, tinha construído para si próprio, para além do nosso jardim, no terreno em frente. Não era bem um terreno, era um campo onde as vacas vinham pastar. É verdade que ela tinha bons motivos para fugir daquele jeito do marido: ele podia até ser um tanto genial, mas era um gênio pau-d'água, falador, chorão, que mais de uma vez simplesmente a perdera no jogo de cartas, quer dizer, volta e meia a oferecia por uma noite em pagamento, se é que você entende o que estou dizendo, ele a oferecia por uma noite para aqueles que ganhavam dele no jogo de baralho.

Lembro que uma vez fiz a minha mãe uma pergunta sobre esse caso, e ela se assustou muito, empalideceu e me disse: Sonietchka! Ai, ai, ai, Sonietchka, que vergonha! Pare agora mesmo, você está me ouvindo? Pare imediatamente de pensar nessas coisas horríveis e comece a pensar só em coisas bonitas! Todo mundo sabe que quando uma menina começa a pensar esse tipo de coisa, mesmo sendo apenas dentro do próprio coração, logo começam a nascer pêlos no corpo todo, e ela começa a falar com uma voz grossa e feia, como um homem, e então ninguém mais vai querer se casar com ela.

Assim nos educavam naquele tempo. Mas quer saber de uma coisa? Eu mesma não *queria*, de jeito nenhum, ficar pensando esses pensamentos, pensar em uma mulher obrigada a ir à noite, como pagamento, a um casebre imundo, com qualquer ser desprezível e bêbado. Pensar sobre o destino de muitas mulheres cujos maridos as perdem. Pois há muitos modos de perder uma mulher, não só no jogo de cartas! Mas acontece que os pensamentos não são como a televisão, que se vemos alguma coisa feia é só apertar o botão e mudar de canal. Não! Pensamentos feios são mais como vermes dentro da couve-flor!

Tia Sônia se lembrava de Ira Stilietski como uma mulher delicada, pequena, com um rosto afável, um rosto um pouco espantado e surpreso: "Ela sempre parecia ter acabado de ouvir que Lenin a aguardava no pátio e precisava falar urgentemente com ela".

Ela permaneceu por alguns meses na casa de Anton, talvez por meio ano, e seu marido, o engenheiro, proibiu que os filhos fossem vê-la ou até mesmo respondessem quando ela se dirigisse a eles, mas eles podiam vê-la de longe todos os dias, e ela também podia vê-los. O marido, Stilietski, também a tinha o tempo todo ao alcance da vista, a distância, na casinha de Anton. Anton gostava de erguer Ira bem alto nos braços. Mesmo depois de ter tido dois filhos, ela ainda conservava o corpo esbelto e bonito de uma jovem de dezesseis anos, e Anton a erguia nos braços como se fosse um filhote, rodopiava, fazendo-a girar, arremessava-a para o alto e a apanhava no ar, op, op, opa! Ira gritava de medo e dava socos com seus punhos pequeninos, que a custo talvez lhe fizessem cócegas. Anton era forte como um touro. Com suas mãos, sem nenhuma ferramenta, endireitava os eixos da carroça, se eles entortavam um pouco. Aquela era simplesmente uma tragédia muda. Todos os dias Ira Stilietski podia ver do outro lado, bem em frente, sua casa, seus filhos e seu marido, e todos os dias eles podiam vê-la de longe.

Certa vez aquela pobre mulher, que a essa altura já andava bebendo um pouco demais — começava a beber logo de manhã cedo —, bem, certa vez ela se escondeu atrás do portão de sua antiga casa e e ficou à espera da filhinha, Kira, na volta da escola.

Por acaso, eu passava por ali naquele momento e vi de perto como Kirutchka simplesmente não permitiu que a mãe a tomasse nos braços, pois o pai a havia proibido de ter qualquer contato. A pequena, com medo do pai, estava com receio até mesmo de trocar algumas palavras com a mãe, empurrou-a para longe, deu-lhe pontapés, gritou por socorro, até que Kazimir, o empregado do engenheiro Stilietski, ouviu os gritos e desceu até o portão. Começou imediatamente a sacudir as mãos e a dar uns gritos, como quem espantasse um bicho. Nunca vou me esquecer de como Ira Stilietski se afastou do portão e chorou, não baixinho, como choram as senhoras, não, chorou como uma criada, como uma mujique, chorou e uivou de gelar o coração, uivos inumanos, como uiva uma cadela que vê matarem seus filhotes bem na sua frente.

Tolstoi escreveu algo parecido, você deve se lembrar, em *Ana Karenina*, quando Ana entra escondida em sua casa, enquanto Karenin estava em seu escritório, no governo. Ela consegue se esgueirar para dentro da casa que um dia havia sido dela e até consegue ver o filho por um momento, mas os serviçais a expulsam de lá. Só que em Tolstoi a coisa foi um pouco menos cruel. Quando Irina Matvievna fugia de Kazimir, ela passou bem perto de mim, pertinho, tão perto quanto estou de você agora — afinal, éramos vizinhas —, mas ela não respondeu ao meu cumprimento, e eu ouvi seus uivos dilacerantes, senti seu hálito e compreendi que ela já não estava mais em si. No seu olhar, no choro, no modo de andar, reconheci claramente os primeiros sinais da morte.

E o fato é que, depois de algumas semanas ou meses, Anton a expulsou, ou não, e foi para outra aldeia e a deixou, e Irina voltou para casa e se prostrou de joelhos aos pés do marido, que aparentemente se compadeceu dela e a acolheu de volta, mas não por muito tempo: volta e meia ela ia para o hospital, e por fim vieram uns enfermeiros, vendaram seus olhos, amarraram suas mãos e a levaram à força para o hospício na cidade de Kobel. Eu me lembro bem daquele olhar, mesmo agora, conversando com você, posso ver seus olhos, e é tão estranho, pois quase oitenta anos se passaram, nesse meio-tempo aconteceu o Holocausto, as guerras aqui e nossa própria tragédia, as doenças, e todos, menos eu, já morreram, todos, e mesmo assim os olhos dela ainda me trespassam o coração como duas agulhas de tricô bem pontudas.

Depois daquele dia, Ira ainda voltou para a casa de Stilietski algumas vezes, mais calma, cuidou dos filhos e até plantou algumas roseiras novas no jardim, alimentou os passarinhos e os gatos, mas um belo dia fugiu de novo, para a floresta, e, alguns dias depois de a terem trazido de volta, pegou uma lata de gasolina e se dirigiu para o casebre que Anton construíra para si lá no pasto. O casebre era coberto de telhas de papelão e piche — Anton não tinha morado lá por muito tempo — e ela então riscou um fósforo e ateou fogo ao casebre com todos os trapos velhos de Anton e ela própria dentro. No inverno, quando tudo estava coberto pela neve branca, os caibros enegrecidos da cabana carbonizada irrompiam da neve, apontando para as nuvens e para a floresta como dedos queimados.

Algum tempo depois o engenheiro Stilietski descarrilou de vez: bebia, casou-se de novo, ficou na miséria, no fim simplesmente vendeu a meu pai sua parte no moinho. A parte da *kanijna* (isto é, da princesa) Ravzova, *papi* já havia comprado antes disso. E pensar que ele tinha começado como menino de recados dela, um escravo, um menino pobre, de doze anos e meio, que ficara órfão de mãe e fora expulso de casa pela madrasta.

Agora veja você que voltas estranhas o destino traça para nós: pois você também ficou órfão de sua mãe aos doze anos e meio. Como seu avô. Mas você não foi dado de presente a alguma princesa meio maluca — você foi para um kibutz, como *iéled chutz*,* um menino que vai para o kibutz sozinho, que não nasceu lá. Não vá pensar que não sei o que seja ser *iéled chutz* num kibutz: não foi nenhum paraíso, sei disso muito bem. Aos quinze anos de idade seu avô praticamente já administrava sozinho o moinho da princesa Ravzova para ela, e com essa mesma idade você escrevia poesias. Poucos anos mais tarde, todo aquele moinho já havia se tornado propriedade de *papi*, que no íntimo sempre desdenhou a riqueza. Não só desdenhou — ela o sufocava um pouco. Meu pai — seu avô — foi arrojado, persistente, generoso, e sábio também, de uma sabedoria muito especial. Só não teve sorte.

24

Em volta do jardim havia uma cerca com estacas de madeira que todo ano, na primavera, eram pintadas de branco. Também os troncos das árvores eram pintados de branco para manter os insetos a distância. Na cerca havia uma pequena *kálitka*, uma passagenzinha, e por essa *kálitka* podia-se sair para a *plashádka*, a pracinha. Toda segunda-feira, os *tziganky*, os ciganos, vinham a essa praça. Costumavam estacionar a carroça multicolorida, com suas rodas enormes, ali na pracinha, e ao lado armavam uma grande tenda de lona. Ciganas lindas ficavam andando descalças por entre as casas, indo até as cozinhas, de porta em porta, para ler a sorte nas cartas do baralho, limpar banheiros, cantar músicas em troca de algumas moedinhas e, quando ninguém estava olhando, surrupiar alguma coisa. Elas entravam na nossa casa pelo portão dos empregados, a *tchorny hod*, da qual já falei a você, a entrada lateral.

 Aquela porta dava diretamente para nossa cozinha, que era imensa, maior do que este apartamento inteiro, com uma mesa de refeições no meio e cadeiras para dezesseis pessoas. Havia um fogão com doze bocas de todos os tamanhos, e guarda-louças de portas amarelas, que abrigavam uma variedade de serviços em porcelana e cristal. Eu me lembro de um prato muito grande e comprido, em que se podia servir um peixe inteiro, enrolado em folhas, com guarnição de arroz e cenoura. O que aconteceu com esse prato? Quem sabe se até hoje ele enfeita o aparador na casa de algum gordo *hohol* [camponês]? Em um dos cantos erguia-se uma plataforma, uma espécie de palquinho, com uma cadeira de balanço de estofamento bordado e, ao lado, uma mesinha, sobre a qual sempre havia uma bandeja com uma jarra de suco de frutas bem doce: era o trono da *mama*, sua avó. Lá ela ficava sentada, às vezes em pé, com as mãos apoiadas no encosto da cadeira, igualzinha a um Capitão Nemo na ponte de comando do navio, e dali distribuía ordens e instruções para a cozinheira, a ajudante e para quem mais entrasse naquela cozinha. E não só na cozinha, daquele palco ela podia facilmente ver, por uma porta interna, todo o lado esquerdo, o corredor e as entradas para todos os quartos, e, do lado direito, desfrutava um posto de observação privilegiado, uma janelinha que lhe permitia alcançar aquela parte da casa, a sala de jantar e o quarto da empregada, onde viviam Kásnia e sua bela filha, Dora. Dessa maneira, exercia um controle absoluto sobre todos os seus campos de batalha a partir daquela posição estratégica, que chamávamos de "a colina de Napoleão".

 Às vezes *mama* ficava lá quebrando ovos numa tigela e nos obrigava, Chaia, Fânia e eu, a engolir, cruas, as partes amarelas dos ovos — como se chamam mesmo? gemas? —, e nós tínhamos de engolir aquela coisa amarela e pegajosa em grandes quantidades, mesmo que detestássemos e sentíssemos nojo, pois naquele tempo se acreditava que a gema do ovo protegia contra todas as doenças. E se for verdade? Quem sabe? O fato é que era muito raro ficarmos doentes. Sobre colesterol, ninguém ainda tinha ouvido falar. Fânia, sua mãe, era obrigada a engolir mais gemas do que nós, as outras duas, porque era sempre a criança mais fraca e pálida.

Das três, sua mãe foi quem mais sofreu nas mãos de *mama*, que costumava gritar, um perfeito sargentão, ou um verdadeiro marechal-de-campo. De manhã até a noite ela ficava tomando golezinhos do seu copo de suco de frutas e dando ordens e instruções. Sua mania de economizar exasperava meu pai, ela era uma unha-de-fome doentia, mas em geral ele tratava de evitar o confronto, assumindo uma atitude passiva, que nos irritava muito: nós ficávamos do seu lado nas discussões, pois a razão estava sempre com ele. *Mama* costumava cobrir as cristaleiras e os móveis lindos com lençóis, de maneira que o nosso salão parecia constantemente habitado por fantasmas. *Mama* morria de medo de que qualquer mísero grão de poeira pudesse pousar nos móveis. Entrava em pânico só à idéia de que crianças pudessem pisar em seus estofados com os sapatos sujos.

Os cristais e porcelanas, *mama* mantinha guardados em esconderijos, de onde os tirava somente para receber visitantes ilustres, no Pessach ou no Rosh Hashaná, quando também retirava, por um breve período, os lençóis que cobriam os móveis. Como odiávamos tudo aquilo! Sua mãe, principalmente, abominava aquela hipocrisia: às vezes mantínhamos a *kashrut** em nossa alimentação, e às vezes não mantínhamos, às vezes íamos à sinagoga, às vezes não, em algumas ocasiões exibíamos nossa riqueza, em outras a escondíamos sob mortalhas brancas. Fânia, mais do que as outras, sempre se punha do lado de *papi* e se insurgia contra a tirania de *mama*. Tenho a impressão de que *papi*, ele também, amava Fânia de um modo especial, embora eu não possa provar, pois discriminações nunca encontraram abrigo em seu coração, ele era muito sensível à justiça. Em toda a minha vida nunca conheci uma pessoa que evitasse ofender alguém com tanto empenho como seu avô. Não ferir. No judaísmo, ofender alguém é considerado uma falta mais grave do que derramar seu sangue, e ele era uma pessoa que de maneira alguma ofenderia alguém. Nunca.

Mama brigava com *papi* em ídiche: no cotidiano, eles falavam uma espécie de mistura de russo e ídiche, mas brigar mesmo, só brigavam em ídiche. Conosco, as filhas, com o sócio de *papi*, com as inquilinas, a cozinheira, a empregada e o cocheiro — falavam somente em russo. Com as autoridades polonesas, falavam só em polonês. Depois da anexação de Rovno à Polônia, a nova administração mantinha a exigência severa de que todos começassem a falar polonês.

No Ginásio Tarbut, todos nós, alunos e professores, falávamos quase exclusivamente hebraico. Entre nós três, as irmãs, em casa, falávamos russo e hebraico. Falávamos mais hebraico, para que nossos pais não entendessem. Nunca falamos em ídiche umas com as outras. Não queríamos ficar como *mama*: para nós o ídiche se confundia com suas brigas, desaforos e comandos autoritários. Todo o dinheiro que papai ganhava em seu moinho, com o suor do rosto, ela extorquia dele e gastava em costureiras caríssimas, que faziam roupas luxuosas para ela. Mas essas roupas magníficas, ela quase não usava — sua sovinice a levava a guardá-las enfiadas bem fundo no guarda-roupa, enquanto rodava pela casa sempre vestida com uma camisola velha, cor de rato. Apenas duas vezes por ano *mama* se enfeitava como a carruagem do czar para ir à sinagoga ou a alguma reunião beneficente — para que toda a cidade a visse e estourasse de inveja. Mas, para nós, ela berrava que estávamos arruinando *papi*.

Fânia, sua mãe, desejava que se dirigissem a ela com calma e moderação, não com gritos. Gostava de explicar e gostava que lhe explicassem. Não suportava ordens. Nem dá-las, nem recebê-las. Até mesmo em seu quarto reinava uma ordem particular. Era uma menina organizada, mas se tocassem em sua arrumação, ficava bastante ofendida. E, ofendida, introvertia-se, recolhendo-se em si mesma. Não me lembro de ter ouvido, uma única vez, Fânia levantar a voz. Ou repreender alguém. Respondia com silêncio mesmo a coisas que não deveria deixar sem resposta.

Num dos cantos da cozinha havia um grande forno, e às vezes nos deixavam brincar de pegar a *lopata*, a pá, e pôr a *chalá** no forno: a brincadeira era fazer de conta que levávamos a Baba-Yaga, a bruxa má, e também o *tchorny tshort*, o diabo negro, ao fogo. Havia ainda fogões menores, de quatro bocas, e dois fornos para assar biscoitos e carne. A cozinha tinha três janelas enormes, que davam para o jardim e para o pomar, e que quase sempre estavam cobertas de vapor, ou por uma nuvem de fumaça, que subia do forno e das panelas. Da cozinha, podíamos passar ao banheiro. Naquele tempo, quase nenhum habitante de Rovno possuía um banheiro dentro de casa. Os mais ricos tinham uma casinha no quintal, atrás da casa, com uma tina de madeira que era usada tanto para lavar roupa quanto para tomar banho. Só nós tínhamos um banheiro de verdade, o que fazia nossas amiguinhas morrerem de inveja. Elas chamavam o nosso banheiro de "delícias do sultão".

Quando queríamos tomar banho, enfiávamos dentro da boca aberta na parte de baixo do grande aquecedor alguns pedaços de lenha e um pouco de serragem, acendíamos, e aí bastava esperar uma hora, uma hora e meia, até que o aquecedor esquentasse a água para valer. A água quente dava para seis ou sete banhos. E de onde vinha a água? No quintal da vizinha havia um tipo de *koloditz*, um poço. Para encher o nosso aquecedor, Phillip, ou Anton, ou Vásia acionavam a bomba manual do *koloditz* e assim faziam a água subir e encher o nosso aquecedor.

Lembro-me de como, certa vez, na noite em que se inicia o Yom Kippur, depois da ceia, e dois minutos antes de começar o jejum, *papi* me disse: Shurale, *meine táchtarl*, traga-me por favor um copo d'água do poço. Quando eu lhe trouxe a água, ele colocou três ou quatro cubinhos de açúcar dentro do copo, mexeu, não com uma colher, mas com o dedo mindinho, bebeu e me disse: Agora, graças a você, Shurale, meu jejum vai ser um pouco mais fácil. (*Mama* me chamava de Sonietchka, os professores me chamavam de Sara, mas para *papi* eu sempre fui Shurale.)

Às vezes *papi* gostava de mexer desse jeito, com o mindinho, ou comer com as mãos, como no tempo em que ainda era proletário. Suas atitudes se mantinham proletárias, e suas idéias também. Eu era uma menina pequena, de uns cinco ou seis anos de idade. Não vou conseguir explicar para você — acho que nem para mim mesma consigo explicar — que alegria, que felicidade aquelas simples palavras me deram, de que graças a *mim* seu jejum se tornaria um pouco mais fácil. Mesmo agora, passados quase oitenta anos, ainda fico feliz, do mesmo modo como naquele dia, toda vez que me lembro disso.

Mas parece que há no mundo um tipo de felicidade ao contrário, uma felicidade escura, que as pessoas sentem ao fazer mal umas às outras — e parece que se sentem muito bem agindo assim. *Papi* dizia que fomos expulsos do Paraíso não porque comemos da Árvore do Conhecimento, mas porque comemos da árvore do mal. Pois de outra maneira como explicar a felicidade escura?

Essa que nos faz ficar satisfeitos não pelo que temos, mas pelo que temos e que os outros não têm. Para que os outros nos invejem. Para que se sintam um pouquinho infelizes. *Papi* dizia — toda tragédia é um pouco comédia, e em toda desgraça há sempre uma pitada de satisfação para os que assistem. Me diga, é verdade que em inglês não existe uma expressão para essa alegria de quem vê a desgraça alheia?

Na cozinha, do lado oposto ao banheiro, havia a porta que abria para o quarto de Kásnia e sua filha, Dora, cujo pai, provavelmente, era o antigo dono da casa, Levdievski, o prefeito. Dora era mesmo muito bonita. Tinha um rosto de Madona, um corpo cheio, uma cinturinha de vespa, grandes olhos castanhos de corça, mas um parafuso a menos na cabeça. Aos catorze ou dezesseis anos, apaixonou-se de repente por um senhor bem mais velho, chamado Krinitski, que, ao que parecia, era amante de sua mãe, Kásnia.

Kásnia preparava para sua Dora apenas uma refeição por dia, à tardinha, sempre acompanhada por uma história, ou melhor, pelo capítulo diário de uma história comprida, e nós três corríamos ao seu quarto para ouvir, pois Kásnia sabia contar histórias como ninguém, histórias um pouco estranhas, algumas de arrepiar os cabelos. Em toda a minha vida não conheci ninguém que soubesse contar histórias como ela. Até hoje me lembro de uma dessas histórias contadas por Kásnia Dimitrióvna.

Era uma vez um bobo de aldeia chamado Ianushka, Ianushka Doratshok. A mãe o mandava todos os dias para o outro lado da ponte, levar a refeição dos irmãos mais velhos, que trabalhavam no campo. Para Ianushka, que era bobo e lerdo, a mãe punha apenas um pedaço de pão para o dia inteiro. Um dia, de repente, abriu-se um buraco na ponte, na ponte não, na barragem, e a água começou a escapar por ali, ameaçando inundar todo o vale. Ianushka, que passava por lá naquele momento, pegou aquele único pedaço de pão que sua mãe havia lhe dado e tapou com ele o buraco da barragem, para que o vale não fosse inundado. O velho rei, que por acaso passava por ali, presenciou tudo, ficou muito admirado e perguntou a Ianushka por que ele havia feito aquilo. Ianushka respondeu: Como assim, majestade? Se eu não tivesse feito isso, haveria uma grande inundação, e as pessoas se afogariam, que D'us nos livre. Mas esse não era seu único pedaço de pão?, perguntou o rei. E o que você vai comer hoje? Bem, se eu não comer hoje, majestade, outros comerão, e eu comerei amanhã! O velho rei, que não tinha filhos, ficou tão emocionado com a atitude de Ianushka, e também com sua resposta, que ali mesmo, naquele momento, resolveu fazer de Ianushka seu herdeiro — o rei Durak, isto é, o rei bobo. Mesmo depois que Ianushka já era rei, seus súditos ainda riam dele, e ele também ria de si mesmo: ficava o dia todo sentado no trono fazendo caretas. Mas, aos poucos, todos começaram a perceber que, durante o governo do rei Ianushka, o Bobo, não acontecia nenhuma guerra, pois ele simplesmente não sabia o que era se ofender e procurar se vingar! É claro que, no fim, seus generais o assassinaram e tomaram o poder, e imediatamente se sentiram ofendidíssimos com o cheiro dos estábulos que o vento trazia do outro lado da fronteira, e declararam guerra ao reino vizinho, guerra em que todos morreram, e a barragem que o rei Ianushka Doratshok tinha um dia tapado com seu pedaço de pão, eles explodiram, e assim os dois países foram inundados, e todos os habitantes dos dois países se afogaram alegremente.

Datas — meu avô Naftali Hertz Musman nasceu no ano de 1889, minha avó Ita nasceu em 1891. Tia Chaia nasceu em 1911. Fânia, minha mãe, nasceu em 1913. Tia Sônia nasceu em 1916. As três filhas da família Musman estudaram no Ginásio Tarbut, em Rovno. Mais tarde, Chaia e Fânia foram enviadas, uma após a outra, para estudar durante um ano num ginásio particular polonês, que lhes deu o certificado do segundo grau. Esse diploma possibilitou a ambas, Chaia e Fânia, matricularem-se na Universidade de Praga, pois na Polônia anti-semita dos anos 20 estudantes judeus quase não eram admitidos. Tia Chaia emigrou para a Palestina em 1933 e logo conquistou uma posição de liderança no partido Haoved Hatzioní [O trabalhador Sionista] e na sede de Tel Aviv do Irgun Imahót Ovdót [Organização das Mães Trabalhadoras]. Assim Chaia ficou conhecendo as grandes lideranças do Partido Sionista. Entre seus ardentes admiradores — e ela tinha muitos —, havia algumas estrelas ascendentes do Comitê dos Trabalhadores, mas ela seguiu seu coração e casou-se com um alegre e sincero trabalhador polonês, Tzvi Shapira, que viria a desempenhar diversas funções na administração da Cooperativa Nacional de Assistência Médica, chegando mais tarde a diretor-administrativo do hospital público Donolo-Tzahalon, em Jafa. Durante a segunda metade dos anos 40, um dos dois quartos do apartamento térreo de Chaia e Tzvi Shapira, na rua Ben Yehuda, 175, em Tel Aviv, permaneceu alugado para vários comandantes da cúpula da Haganá. Nos meses em que foi travada a Guerra de Independência, seu ocupante foi o general Igal Yadin, então comandante de operações e subchefe do estado-maior. Às vezes, aquele quarto era palco de deliberações noturnas de alto nível — Israel Galili, Itzchak Sadé, Yaakov Dori, os chefes da Haganá, conselheiros e comandantes. Três anos mais tarde, naquele mesmo quarto, minha mãe poria fim à vida.

Mesmo depois de a pequena Dora ter se apaixonado pelo amante de sua própria mãe, o *pan* Krinitski, Kásnia não deixou de lhe preparar suas refeições diárias, à tardinha, nem de contar histórias, mas a comida passou a ser afogada em lágrimas e também as histórias passaram a ser afogadas em lágrimas. As duas ficavam sentadas, ao entardecer, uma chorava e comia, a outra chorava e não comia; brigas não aconteceram entre elas, pelo contrário, às vezes as duas se abraçavam apertado e choravam juntas, como se ambas estivessem contaminadas pela mesma doença incurável. Ou como se a mãe tivesse contaminado a filha sem querer e agora cuidasse dela com todo o amor, compaixão e infinita devoção. Às vezes, ouvíamos durante as noites o ranger da dobradiça da pequena *kálitka* na cerca do jardim e sabíamos que, naquele momento, Dora estava voltando de lá e que dentro em pouco a mãe iria se esgueirar para a mesma casa de onde Dora havia voltado. Tudo se passava exatamente como *papi* sempre dizia: toda tragédia é também um pouco comédia.

A última coisa que Kásnia queria era que a filha engravidasse. Dava-lhe explicações intermináveis, faça assim, não faça assim, e se ele disser assim, você diz assim não, e se ele fizer questão de que seja assim, você, então, faz assim e assim. Dessa maneira também ouvimos alguma coisa e aprendemos, pois nunca ninguém nos explicou coisas não bonitas como essas. Mas de nada adiantaram aqueles conselhos — apesar de tudo, a pequena Dora engravidou, e entre nós se comentava que Kásnia foi pedir dinheiro ao *pan* Krinitski, ele não quis dar e fingiu nem saber quem era Kásnia nem quem era Dora. Assim D'us nos criou: a riqueza é pecado, e a pobreza é castigo, mas o castigo não recai sobre o culpado, mas sim sobre quem não tem dinheiro para se livrar desse castigo. A mulher, por sua natureza, nunca poderá negar que está grávida. Já o homem, esse vai negar quanto quiser, e não se pode fazer nada. D'us deu ao homem o prazer, e a nós, o castigo. Ao homem, ele disse, com o suor do teu rosto comerás o pão, o que é uma recompensa, e não um castigo, de qualquer maneira, tirem o trabalho do homem e ele rapidamente perde a razão; e, a nós, mulheres, Ele nos concedeu o privilégio de sentir o cheiro do suor no rosto dos homens, que não é exatamente um grande prazer, e também acrescentou a promessa de que "com dor parirás". Sei que talvez seja possível entender essas palavras de um jeito um pouco diferente.

A coitada da Dorinha, quando estava chegando ao nono mês, vieram pegá-la e a levaram para uma aldeia no interior, para uma prima de Kásnia. Acho que foi *papi* quem deu a elas algum dinheiro. Kásnia levou Dora para essa prima e voltou alguns dias depois, pálida e doente. Kásnia. Não Dora. Dora só voltou depois de um mês, nem pálida nem doente, mas corada e saudável, como uma maçã madura e suculenta. Voltou sem nenhum bebê e também não parecia nem um pouco triste, só, como se fosse possível, ainda mais infantil do que era antes do parto. E olha que antes ela já era bastante infantil! Mas depois de voltar da aldeia, Dora começou a falar conosco o dia inteiro como se fosse um bebezinho, a brincar com bonecas, e, quando chorava, era igualzinho a uma menina de três anos. E começou a dormir como um bebê — vinte horas por dia, essa moça dormia, e só acordava para comer alguma coisa, e beber, e ir você sabe para onde.

E com o bebê, o que aconteceu? Quem sabe? Proibiram-nos de fazer perguntas, e éramos muito obedientes. Não fizemos perguntas, e ninguém nos disse nada. Só uma vez, à noite, aconteceu de Chaia nos acordar de repente, a Fânia e a mim, para dizer que estava ouvindo muito claramente, vindo da direção do jardim, no escuro — era uma noite de vento e chuva —, um choro de bebê. Quisemos vestir algum agasalho e sair, mas tivemos medo. Até Chaia conseguir acordar *papi*, já não ouvíamos mais nenhum choro, mas mesmo assim *papi* saiu para o jardim com uma grande lanterna e procurou por todos os cantos, voltou e disse tristemente: Chaiúnia, parece que você andou sonhando. Não discutimos com nosso pai, mesmo porque não iria adiantar nada. Embora nós três soubéssemos muito bem que não tinha sido um sonho de Chaia, mas que realmente uma criança estivera chorando no jardim, e a prova era que não só Chaia, mas também Fânia e eu tínhamos ouvido o choro, e ainda hoje me lembro dele: fino e alto, penetrante, de gelar o coração, não como o de um bebê que está com fome e quer mamar, mas como o de um bebê que está sentindo muito frio, um bebê que sente muita, muita dor.

Depois disso, a bela Dora adoeceu, com uma doença rara, de sangue, e de novo *papi* deu dinheiro para ela ser examinada por um professor muito importante em Varsóvia, um professor renomado como Louis Pasteur, mas ela nunca mais voltou. Kásnia continuou contando suas histórias à tardinha, mas por fim as histórias foram ficando cada vez mais grosseiras, isto é, mal-educadas, e às vezes até entravam nas histórias palavras não tão bonitas, e nós não queríamos mais ouvir. Ou melhor, queríamos mas evitávamos, pois éramos três meninas bem-educadas, como antigamente se educavam as jovens, não como hoje em dia.

E sobre Dorinha? Sobre ela nunca mais falamos nem uma palavra sequer. Kásnia Dimitrióvna também nunca mais tocou no assunto ou lembrou o seu nome. Como se a tivesse perdoado por ter lhe roubado o amante, mas não a tivesse perdoado por ter sumido em Varsóvia. Substituiu a filha por dois graciosos passarinhos na varanda, em uma gaiola, e eles resistiram muito bem até o inverno. No inverno, congelaram. Os dois.

25

Menahem Gelerter, que escreveu o livro sobre o Ginásio Tarbut, em Rovno, trabalhou nessa escola como professor de estudos bíblicos, de literatura hebraica e de história do povo de Israel. Encontrei em seu livro *Al Pi Meitav Zichronai* [Por minhas melhores lembranças], entre outras coisas, um pouco do que estudaram minha mãe, suas irmãs e suas amigas no currículo de hebraico daquela escola, nos anos 20, "apesar da falta crônica de livros didáticos de hebraico":

> [...] O livro da Hagadá, obras escolhidas dos poetas da Época de Ouro na Espanha, a filosofia judaica na Idade Média, antologias dos escritos de H. N. Bialik e Saul Tchernichowski, e também obras escolhidas de Shneur, Yaakov Cohen, Berditchevsky, Frishman, Peretz, Cholem Ash, Brenner (todos esses pela editora Túshia), Mendele, Cholem Aleichem, Berkovitz, Kabak e Burlá. E também em traduções, a maioria delas publicada pelas editoras Shtibel e Omanut, estudavam-

se, no Ginásio Tarbut, uma seleção das obras de Tolstoi, Dostoievski, Pushkin, Turgueniev, Tchekhov, Mickiewicz, Sienkevitch, Krasinski, Metterlink, Flaubert, Romain Rolland, Schiller, Goethe, Heine, Gerhart Hauptmann, Wassermann, Schnitzler, Peter Altenberg, Shakespeare, Byron, Dickens, Oscar Wilde, Jack London, Tagore, Hamsun, *As aventuras de Gilgamesh*, traduzidas por Tchernichowski etc. E também: a *História de Israel*, de I. N. Simchoni, a *História do Segundo Templo*, de Yossef Klausner, *O livro da Grécia*, de Nathan Hannover, a *Tribo de Judá*, de Yehuda Even Virga, o *Livro das lágrimas*, de Shimon Berenfeld, e *Israel na Diáspora*, de B. Z. Dinaburg.

Todos os dias — contava-me tia Sônia — de manhã cedo, antes de começar o calor, às seis, ou até mais cedo, desço lentamente a escada para jogar o saco de lixo na lata, fora do prédio. Antes de subir de volta, tenho de descansar um pouco, sentada por alguns minutos sobre a mureta perto dos latões de lixo, pois a escada acaba com meu fôlego. Às vezes, encontro uma imigrante vinda há pouco da Rússia, Varia, que todas as manhãs varre nossa calçada, na rua Wiesel. Lá na Rússia era uma executiva de alto nível. Aqui, varre calçada. Ela não aprendeu quase nada de hebraico. Às vezes nós duas ficamos por alguns minutos ao lado dos latões de lixo batendo papo em russo.

Por que ela trabalha varrendo calçada? Para manter suas duas filhas, muito talentosas, na universidade, uma estuda química, a outra, odontologia. Marido — não tem. Parentes em Israel — também não têm. Na comida — economizam. Nas roupas — economizam. Morar, moram as três no mesmo quarto. Tudo para que não falte nada para os estudos e livros didáticos. As famílias judias sempre foram assim: acreditam que o estudo é a garantia do futuro, a única coisa que ninguém, nunca, vai poder tirar dos seus filhos, mesmo que sobrevenha, D'us não permita, outra guerra, outra revolução, outra emigração de país para país, mais leis discriminatórias — o diploma sempre se pode dobrar e esconder rápido nas costuras das roupas e fugir para onde for permitido aos judeus viverem.

Na Rússia, os góim costumavam dizer de nós: o diploma — essa é a religião dos judeus. Nem riqueza, nem ouro. O diploma. Mas por trás dessa confiança no diploma se esconde outra coisa, um pouquinho mais complicada, um pouquinho mais secreta, que é o seguinte: às jovens daquele tempo, mesmo a jovens modernas como nós, que tinham estudado no ginásio e depois na universidade, sempre ensinaram que a mulher pode legitimamente aspirar a se tornar culta e tomar parte na vida comunitária — mas somente até o nascimento dos filhos. A vida da mulher pertence a ela apenas por um breve lapso de tempo: do momento em que deixa a casa dos pais para viver sua vida até a primeira gravidez. Desse momento em diante, a primeira gravidez, éramos obrigadas a viver em função dos filhos, exatamente como fizeram nossas mães. Até mesmo varrer a rua pelos filhos, pois seu filho é o pintinho, e você é apenas a clara do ovo. Você é tão-somente o que o pintinho devora para crescer e ficar forte. E quando seu filho já estiver crescido, nem mesmo assim sua vida voltará a pertencer a você, simplesmente porque, de mãe, você se tornará avó, e a avó é a ajudante, a serva de suas filhas na educação dos filhos delas.

É verdade que mesmo naquele tempo houve não poucas mulheres que foram à luta e construíram carreiras. Mas todos as censuravam pelas costas, vejam essa egoísta, participa de reuniões de trabalho enquanto os coitados dos filhos ficam por aí, perambulando pelas ruas: são eles que pagam o preço.

Bem, agora o mundo mudou, é um mundo novo. Parece que hoje finalmente dão à mulher um pouco mais de liberdade de viver sua própria vida. Ou será apenas uma ilusão? Será que nas gerações mais jovens a mulher também ainda chora todas as noites com o rosto enterrado no travesseiro, depois que o marido adormece, por se sentir obrigada a escolher entre isso ou aquilo? Não quero julgar — este não é mais meu mundo. Para comparar, eu deveria ir de porta em porta saber quantas lágrimas de cada mãe correram naquele tempo, no escuro, no travesseiro, depois que o marido adormecia, e comparar as lágrimas daquele tempo com as de agora.

Vejo às vezes na televisão, e às vezes até daqui, da varanda, como casais jovens, depois de um dia de trabalho, fazem tudo juntos — lavam, penduram as roupas para secar no varal, trocam fraldas, cozinham, uma vez até ouvi no armazém um jovem dizer que no dia seguinte ele e sua esposa iriam, ele disse assim — amanhã nós vamos fazer o teste de gravidez. Quando o ouvi dizer isso, deu-me um nó na garganta: quem sabe se, apesar dos pesares, o mundo não está um pouquinho mudado?

As brigas entre políticos certamente não diminuíram, entre religiões, entre povos e classes sociais também não, mas quem sabe se não diminuíram um pouco entre os casais? Nas famílias jovens? Ou talvez eu esteja apenas me iludindo. Talvez seja tudo só uma grande farsa, e o mundo continue igualzinho ao que era antes — a mãe gata amamenta os gatinhos, enquanto o sr. Gato de Botas se lambe, ajeita o bigode e corre a perseguir suas delícias pelos quintais?

Você ainda se lembra do que está escrito na Bíblia, no Livro dos Provérbios? Filho sábio, alegria do pai, filho tolo, tristeza da mãe. Se o filho se tornou um garoto inteligente, o pai festeja, vangloria-se e recebe todos os louros. Mas se o filho sai, D'us não permita, um fracassado, um bobão, um tipo problemático, ou se tiver um defeito de nascença, ou se se tornar delinqüente — bem, aí não há dúvida de que a culpada é a mãe, e todos os encargos e as dores recaem sobre ela. Uma vez, sua mãe me disse: Sônia, aprenda isto, só existem duas coisas — não, estou sentindo um nó na garganta de novo. Vamos falar sobre isso outra hora. Agora, vamos falar de algo diferente.

Às vezes, não tenho muita certeza se me lembro direito, se essa princesa, Liovov Nikitítshna, que morava conosco atrás da cortina com suas duas filhas, Tássia e Nina, e que dormia com as duas na mesma cama antiga, já não tenho muita certeza se ela era mesmo a mãe delas. Ou será que era apenas a *guvernantka* das meninas? Que pareciam ter dois pais diferentes, pois Tássia era Anastássia Serguiévna, e Nina era Antonina Bolselvóvna. Havia algo nebuloso ali. Algum assunto não mencionado entre nós, na família, ou no qual se tocava, mas com certa sensação de embaraço. Lembro-me de que as duas meninas chamavam a princesa sempre de *mama*, ou *maman*. Não seria talvez porque elas já não se lembravam mais do nome da mãe verdadeira? Não estou em condições de afirmar isso com toda a certeza, nem isso nem o contrário, pois a hipocrisia já imperava naquele tempo. Havia muito disfarce na vida das pessoas duas ou três gerações atrás. Hoje, talvez exista menos. Ou quem sabe se os disfarces mudaram? Inventaram disfarces novos?

Se disfarce é bom ou ruim, não sei. Não estou em condições de julgar os hábitos atuais, porque, como todas as moças de minha geração, passei por uma lavagem cerebral. Apesar de tudo, parece-me que "entre ele e ela", como se diz, você sabe a que me refiro com essa expressão, será que hoje em dia as coisas se tornaram de alguma maneira mais simples? No tempo em que eu era menina, quando era o que se convencionou chamar de "moça de boa família", "entre ele e ela" havia muitas facas, lâminas carregadas de veneno, sombras ameaçadoras. Era como andar descalça no escuro, num porão cheio de escorpiões. Ficávamos completamente no escuro. Simplesmente ninguém falava a respeito.

Mas falavam sem parar da vida alheia — diz-que-diz, comentários invejosos, intrigas, fofocas maliciosas —, falavam sobre dinheiro, sobre doenças, sobre ter sucesso na vida, sobre boas famílias e outras nem tanto, num discurso repetitivo e infindável, também falavam sem parar sobre o caráter das pessoas, essa é desse jeito, e aquela não é daquele jeito. E idéias! Como se falava sobre idéias naquele tempo! Hoje nem se imagina uma coisa dessa! Falavam sobre judaísmo, sionismo, o Bund, comunismo, falavam sobre anarquismo e niilismo, falavam sobre os Estados Unidos, sobre Lenin, falavam até sobre a "questão da mulher", a emancipação da mulher. Sua tia, Chaia, era a mais ousada das três nas discussões sobre a emancipação da mulher — claro que a ousadia era só nas conversas e nas discussões. Fânia também era um pouco sufragista, mas ainda hesitava. Eu era a caçulinha bobinha, para quem sempre diziam: Sônia, você fica quieta, Sônia, não atrapalhe, cresça e apareça. Então eu calava a boca e só ficava ouvindo.

A juventude daqueles tempos agitava o dia inteiro a bandeira da liberdade: liberdade assim e liberdade assado. Mas "entre ele e ela" não existia nenhuma liberdade: só havia pés descalços no escuro, num porão cheio de escorpiões. Era isso que havia, na verdade. Não passava uma semana sem que ouvíssemos terríveis rumores sobre uma mocinha que teria experimentado o que acontecia com as mocinhas que não tomavam cuidado, ou sobre uma mulher honesta e respeitável que tinha se apaixonado e enlouquecera, ou sobre uma empregada que alguém seduzira, ou sobre a cozinheira que fugira com o filho dos patrões e voltara sozinha com um bebê, ou sobre uma professora casada, culta, de status social bem definido, que se apaixonara de repente por algum sujeito e jogara-se aos pés dele, só para no fim acabar sozinha, infeliz e malfalada. É assim que se diz? Malfalada? Não? Bem, você sabe o que quero dizer. Naquele tempo, quando éramos jovens, a castidade era ao mesmo tempo uma gaiola e o único parapeito entre você e o abismo. A castidade pesava sobre o peito da moça virtuosa como uma pedra de trinta quilos. Até nos sonhos que sonhávamos à noite a castidade continuava vigilante, postada ao lado da cama para nos impor quais sonhos eram apropriados a uma jovem e quais não o eram, devendo, ao contrário, até deixá-la muito envergonhada ao acordar de manhã, mesmo que mais ninguém viesse a saber.

Toda essa questão "entre ele e ela" talvez esteja um pouco menos encoberta hoje em dia. Um pouco mais simples, talvez? Nas sombras que então pairavam sobre esse assunto, era muito mais fácil para o homem se aproveitar da mulher. Por outro lado, agora tudo isso é tão mais simples — e isso é bom? Não acaba ficando uma coisa feia?

Fico até espantada de estar falando com você sobre isso. Na mocidade, às vezes ficávamos cochichando umas com as outras. Mas com rapazes? Nunca, em toda a minha vida, falei sobre esses assuntos com homem nenhum. Nem com Buma, que nós, D'us queira, logo faremos sessenta anos de casados. Como é que fomos parar nesse assunto? Estávamos falando sobre Liovov Nikitítshna e as suas Tássia e Nina. Se um dia você for a Rovno, poderá fazer um trabalho de detetive e descobrir se por acaso eles ainda têm, na prefeitura, algum documento que possa esclarecer esse segredo. Verificar se essa aristocrata, ou princesa, era ou não a mãe das duas meninas. E se ela era mesmo princesa, ou se apenas de família nobre. E descobrir se Levdievski, o prefeito, o antigo dono da casa, por acaso era o pai de Tássia e de Nina, assim como era, provavelmente, o pai da pobre Dora.

Mas, pensando bem, com certeza todos os documentos que porventura lá existissem a esta altura já devem ter sido queimados pelo menos umas dez vezes — por ocasião da invasão polonesa, da invasão do Exército Vermelho, e depois pelos nazistas, que simplesmente prenderam-nos a todos, fuzilaram-nos dentro de fossas e depois nos cobriram de terra. Depois veio Stalin de novo, com a NKVD, e Rovno foi jogada de mão em mão como um filhote de cachorro sendo maltratado por moleques: Rússia — Polônia — Rússia — Alemanha — Rússia. E agora não pertence mais nem à Polônia, nem à Rússia, mas à Ucrânia, ou talvez à Bielo-Rússia, a Belarus? Ou a alguma "autoridade" local? Nem eu mesma sei mais a quem Rovno pertence agora, nem me interessa saber: o que foi já não existe mais, e o que é agora, em alguns anos, também vai desaparecer.

O mundo todo, se você se afastar um pouco para observar, não vai continuar como é por muito tempo. Dizem que um belo dia o sol vai se apagar e tudo retornará à escuridão. Por que os homens se massacram uns aos outros ao longo da história? Será que importa muito quem governa a Caxemira ou a quem pertence o Túmulo dos Patriarcas em Hebron? Em vez de comermos do fruto da Árvore da Vida, ou da Árvore do Conhecimento, parece que recebemos da serpente um fruto venenoso da árvore do mal, e o devoramos com grande apetite. É assim que termina o Paraíso e começa o Inferno.

Há tanto mais — ou: sabemos tão pouco sobre as pessoas, inclusive sobre quem vive com você sob o mesmo teto. Pensamos que sabemos muita coisa — para descobrirmos mais tarde que no fim das contas não sabíamos nada. Sua mãe, por exemplo. Não, desculpe, acho que ainda não consigo falar sobre ela, só indiretamente, caso contrário a ferida começa a doer de novo. Não vou falar sobre Fânia — só sobre as coisas que a rodeavam. O que havia ao redor de Fânia também era um pouco Fânia. Quando a gente gosta de verdade de alguém — havia um ditado assim —, então gostamos até do seu lenço. Ficou meio sem graça, em russo fica melhor, mas a idéia, você com certeza entendeu, não?

Veja isto, por exemplo. É algo que posso mostrar e que você pode tocar com suas mãos, assim você vai saber que tudo que contei até aqui não era só conversa fiada: veja isto, por favor — não, não é um guardanapo, é uma pequena fronha, uma fronha bordada, como outrora as moças de boa família aprendiam a fazer: esta foi bordada pela princesa, ou duquesa Liovov Nikitítshna, que a deu de presente para mim. Esta cabeça bordada aqui, como ela mesma me disse, é a silhueta da cabeça do cardeal Richelieu. Quem foi esse cardeal Richelieu? Isso eu já nem lembro mais. Talvez nunca tenha sabido. Não sou culta, como Chaia e Fânia: elas foram estudar no colégio e, depois, foram a Praga para cursar a universidade. Eu era mais boba. Sobre mim, todos sempre diziam: Essa Sonietchka é tão engraçadinha, mas um pouco boba. Enviaram-me ao hospital militar do Exército polonês para estudar e me formar enfermeira. Mas ainda me lembro muito bem de que, antes de deixar a casa dos meus pais, a princesa me disse que era a silhueta do cardeal Richelieu.

Você por acaso sabe quem foi esse cardeal Richelieu? Não importa — outro dia você me conta, ou não precisa. Na minha idade já não tem muita importância encerrar a vida sem ter o grande privilégio de saber quem é, ou o que é esse cardeal Richelieu. Cardeais, há muitos por aí, e quase todos odeiam nosso povo.

No fundo, também sou um pouco anarquista, como *papi*. Sua mãe também era um tanto anarquista, no fundo do coração. Claro que na casa dos Klausner ela nunca pôde revelar essa faceta: mesmo assim, eles a consideravam um pouco estranha, mas sempre a trataram com muita educação. De modo geral os Klausner sempre colocaram a boa educação em primeiro lugar. Seu avô paterno, vovô Aleksander, se eu não puxasse sempre a mão, bem rápido — ele a beijaria. Sabe a história do Gato de Botas? Sua mãe se sentia, na casa dos

Klausner, como um pássaro na gaiola, pendurada no salão de uma família de gatos de botas.

Sou um pouco anarquista, por uma razão muito simples: nunca nenhuma coisa boa saiu de nenhum cardeal Richelieu. Só de Ianushka Doratshok, você se lembra dele? O bobo da aldeia, da história que Kasniótshka, nossa empregada, contava para nós. Ianushka Doratshok, que, por se compadecer das pessoas simples do povo, privou-se do único pedaço de pão que tinha para comer e usou-o para tapar o buraco da ponte, sendo mais tarde coroado rei por causa disso — só alguém como ele, às vezes, tem pena de nós. Todo o resto — os reis e os governantes — não tem pena de ninguém. E a verdade é que nós, gente comum, também não temos assim tanta pena uns dos outros. Não tivemos pena da menininha árabe que morreu na barreira da estrada a caminho do hospital, pois na barreira devia estar um soldado tipo cardeal Richelieu, sem coração! Um soldado judeu, mas cardeal Richelieu. Tudo o que ele queria era cair fora logo e voltar para casa, e então a menininha morreu, a menininha cujos olhos devem torturar nossas almas para que não possamos dormir, mesmo que eu não tenha visto seus olhos, pois os jornais mostram só fotos das nossas vítimas, e nunca mostram os olhos das vítimas deles.

E você pensa que o povo, o povo simples, é flor que se cheire? Não é mesmo! O povinho é tão burro e cruel quanto seus governantes. Essa é a verdadeira moral da história de Andersen sobre a roupa nova do rei, que o povo é tão tolo quanto o rei, seus cortesãos e o cardeal Richelieu. Mas, para Ianushka Doratshok, não importava que rissem dele à vontade — só importava que todos continuassem vivos. Tinha compaixão pelas pessoas, pois todos, sem exceção, precisam de um pouquinho de compaixão. Até o cardeal Richelieu. Até o papa, e você com certeza viu pela televisão como ele está fraco e doente, e nós aqui não tivemos nenhuma compaixão, nós o obrigamos a permanecer horas de pé sob o sol, com seus pés doentes. Não se condoeram de um homem velho e muito frágil, que, dava para ver mesmo pela televisão, sentia dores terríveis enquanto estava de pé. Mas agüentou firme e ficou à vista de todos em posição de sentido por meia hora, sem pausa, em pleno *chamsin*, no Yad Vashem [o memorial do Holocausto], só para não nos fazer desfeita. Dava pena vê-lo. Tive muita pena dele, sim.

Nina foi uma grande amiga de sua mãe. Tinham exatamente a mesma idade, e eu fiquei amiga da pequena, de Tássia. Moraram conosco por muitos anos, com a *maman* delas, a princesa. Chamavam-na de *maman*. *Maman* é apenas mamãe em francês. Mas sabe lá se ela era mesmo a mãe delas? Ou era somente a governanta? Eram muito pobres, acho que não pagavam nem um tostão de aluguel. Parece que as herdamos, junto com Kásnia e Dora, do prefeito Levdievski, e permitíamos a elas entrar em casa não pela entrada de serviço, o *tchorny hod*, mas pela entrada principal, chamada *faradnaya hod*. Eram tão pobres que essa princesa, a *maman*, sentava-se à noite em frente ao lampião e costurava saias de papel plissado para meninas ricas que estudavam balé. Papel bem vincado, e sobre ele colava muitas estrelinhas de papel dourado.

Até que um belo dia essa princesa, ou duquesa Liovov Nikitítshna, largou as duas meninas e viajou de repente para a Tunísia, para todos os lugares, para procurar uma parenta distante, sumida, chamada Yelisveta Franshóvna. E agora, faça-me um favor, veja por você mesmo como a memória brinca comigo! Onde foi que acabei de pôr meu relógio? Isso, eu não consigo lembrar de jeito nenhum. Mas como se chamava essa tal Yelisveta Franshóvna, que nunca vi em toda a minha vida, Yelisveta Franshóvna, que um belo dia, há uns oitenta anos, aquela nossa princesa Liovov Nikitítshna saiu a procurar justo num país chamado Tunísia, bem, disso eu me lembro tão claramente como brilha o Sol ao meio-dia! Quem sabe se o meu relógio também sumiu em plena Tunísia?

Em nossa sala de jantar havia um quadro na parede, com moldura dourada, obra de um *hudojnik* (artista), um pintor muito caro: lembro-me que no quadro havia um jovem lindo, de cabelos claros e cachos esvoaçantes. E esse jovem mais parecia uma menina mimada do que um rapaz: alguma coisa entre menino e menina. Do rosto, já não lembro, mas recordo perfeitamente que usava uma camisa bordada, com mangas bufantes, trazia um grande chapéu amarelo pendurado ao ombro por uma tira — talvez fosse mesmo uma menina, no fim das contas —, e dava para ver que usava três anáguas, uma sobre a outra, pois um lado, um pouco levantado, deixava entrever uma barra rendada, primeiro uma anágua amarela, de um amarelo muito forte, como o amarelo de Van Gogh, sob essa outra anágua, de renda branca, e, por fim, uma terceira anágua, azul-celeste, de sob a qual despontavam as pernas da menina. Esse quadro parecia bastante inocente, mas na verdade não era tanto. Era uma pintura em tamanho natural. Aquela menina, tão parecida com um menino, estava simplesmente no meio de um campo, rodeada de verde e ovelhas brancas, no céu viam-se algumas nuvens esparsas, e ao longe vislumbrava-se uma faixa de bosque.

Lembro-me que uma vez Chaia disse que uma jovem tão bonita não deveria pastorear ovelhas, mas sim permanecer dentro dos muros de um palácio, e eu disse que a terceira saia, a mais interna, e o céu eram exatamente do mesmo azul, como se tivessem aproveitado um pedaço do céu para costurá-la. E de repente Fânia explodiu num acesso de fúria selvagem contra nós duas e disse: Calem a boca, vocês duas, como é que podem dizer tamanha bobagem, não estão vendo que é uma pintura mentirosa, que encobre uma enorme podridão moral? Foram essas, mais ou menos, as palavras que usou, mas não exatamente, pois não consigo reproduzir a fala da sua mãe, ninguém consegue imitar o modo de Fânia falar. Você ainda se lembra, mais ou menos, de como ela falava?

Não consigo esquecer aquela explosão, nem a expressão do seu rosto naquele momento. Fânia estava, já não posso dizer com exatidão, mas devia estar com uns quinze para dezesseis anos na época. Lembro-me de tudo, exatamente como aconteceu, porque era algo insólito nela, aquele comportamento: Fânia nunca levantava a voz. Nunca, nem quando a machucavam. Aí, retraía-se no mesmo instante. Com ela, precisávamos sempre adivinhar o que estava sentindo, o que lhe agradava. E de repente — lembro-me de que foi numa noite, depois do shabat, ou depois de alguma festa, talvez Sucot? ou Shavuot?* —, de repente ela se enfureceu e gritou conosco daquele jeito. Quanto a mim, vá lá, afinal sempre fui a caçulinha bobinha, mas repreender Chaia daquela maneira! Nossa irmã mais velha! A dirigente do Círculo Juvenil! Com todo o seu carisma! Chaia, que o ginásio inteiro admirava!

Mas sua mãe, como se tivesse sido tomada de repente por grande revolta, começou subitamente a desdenhar aquela pintura artística que tinha estado pendurada na nossa sala de estar por todos aqueles anos. Criticava-a por adoçar a realidade. Tudo falso! Pois na vida real os pastores de ovelhas se vestem com andrajos, e não com roupas de seda, e seus rostos exibem feridas de frio e fome, não são rostos angelicais, e os cabelos são sujos e emaranhados, cheios de piolhos e pulgas, e não cachos dourados como esses. E falsear dessa maneira o sofrimento é quase pior do que provocar sofrimento, e esse pintor transforma a vida real numa caixa de bombons suíços.

Talvez sua mãe tenha ficado possessa com aquele quadro na sala de jantar porque aquele *hudójnik* alienado pintou como se já não existissem mais desgraças neste mundo. Acho que foi isso que a deixou possessa. E na época dessa explosão, creio que ela estava mais infeliz do que qualquer um de nós poderia imaginar. Desculpe minhas lágrimas. Ela era minha irmã e me amava muito, e os vermes a devoraram. Chega, pronto, parei de chorar. Toda vez que me lembro daquele quadro enfeitado, toda vez que vejo um desenho artístico com três saias como roupa de baixo e nuvens parecidas com plumas no céu, surgem diante dos meus olhos os vermes devorando minha irmã, e começo a chorar.

26

Seguindo as pegadas de sua irmã mais velha, Chaia, Fânia foi enviada, em 1931, aos dezoito anos, para estudar na Universidade de Praga, pois as universidades polonesas estavam literalmente fechadas para os judeus. Assim, minha mãe cursou história e filosofia em Praga. Seus pais, Ita e Hertz, como todos os judeus de Rovno, eram então testemunhas e vítimas do anti-semitismo, que aumentava dia a dia entre seus vizinhos poloneses e entre os ucranianos e os alemães, católicos e cristãos ortodoxos, de atos de vandalismo perpetrados por arruaceiros ucranianos e do aumento significativo das medidas discriminatórias por parte do governo polonês. E como o soar longínquo de trovões, ecoava em Rovno o incitamento mortal à violência e à perseguição aos judeus na Alemanha de Hitler.

Os negócios de seu avô também entraram em crise: a inflação do início dos anos 30 pulverizou do dia para a noite todas as suas economias. Tia Sônia me contou a respeito dos "montes de cédulas polonesas, de milhões e trilhões, que *papi* me dava, e eu as colava nas paredes, montando painéis decorativos. Todos os dotes e enxovais que ele acumulou durante dez anos para as três filhas evaporaram em dois meses". Chaia e Fânia logo foram obrigadas a abandonar os estudos em Praga, quando o dinheiro do pai já tinha quase terminado.

Num negócio apressado e malfeito, foram vendidos o moinho de trigo, o pomar e o casarão da rua Dovinska, assim como o coche com os cavalos e o trenó. Ita e Hertz Musman chegaram, portanto, quase sem nada a Eretz-Israel em 1933. Alugaram um casebre frágil, coberto por telhas de papelão impregnado de piche próximo a Kiriat Motzkin. *Papi*, que em toda a sua vida gostou de estar próximo à farinha, conseguiu um emprego modesto na padaria Pat. Mais tarde, já perto dos cinqüenta anos, comprou uma carroça e um cavalo e se mantinha primeiro distribuindo pão e mais tarde fazendo carretos de materiais de construção ao longo da baía de Haifa. Lembro-me bem dele naquele tempo, um homem bastante moreno, de pele bronzeada, pensativo, em suas roupas de trabalho, a camiseta suada, de cor cinza, o sorriso um tanto tímido, mas os olhos azuis desferiam centelhas sorridentes, e as rédeas pendiam frouxas das mãos, como se do banco de tábua que tomava toda a largura da carroça ele percebesse o lado bom e engraçado das coisas à vista na baía de Haifa, a linha recortada do monte Carmelo, as refinarias, os guindastes do porto e, mais ao longe, as chaminés das fábricas.

Desde jovem se via como um proletário. Agora que não era mais um homem rico e tinha voltado à condição de trabalhador braçal, parecia rejuvenescido. Era fácil perceber nele uma permanente e contida euforia, uma alegria de viver na qual também estava presente uma centelha anarquista. Igualzinho a Yehuda Leib Klausner, da aldeia de Olekniki, na Lituânia, o pai de meu outro avô, Aleksander. Meu avô Naftali Hertz Musman também gostava do trabalho de cocheiro, do ritmo calmo e solitário das viagens lentas e intermináveis, do contato com o cavalo e seus odores penetrantes — o estábulo, a ração, os arreios, o saco de cevada, as rédeas, o freio.

Sônia era uma jovem de dezesseis anos quando seus pais emigraram, e permaneceu em Rovno por mais cinco anos, até obter seu diploma na escola de enfermagem que funcionava junto ao hospital militar polonês da cidade. Chegou ao porto de Tel Aviv dois dias antes do final de 1938, onde a esperavam os pais, as duas irmãs e Tzvi Shapira, recém-casado com Chaia. Em Tel Aviv Sônia casou-se ao fim de alguns anos com seu antigo instrutor no movimento juvenil sionista em Rovno, um jovem honesto, pedante e obstinado de nome Avraham Gandelberg, o Buma.

E em 1934, um ano depois de seus pais e de sua irmã mais velha, Chaia, e uns quatro anos antes de sua irmã mais jovem, Sônia, Fânia também chegou a Eretz-Israel. Alguns de seus conhecidos mais próximos disseram que, em Praga, ela teria vivido um caso de amor complicado. Mas ninguém soube me contar os detalhes. Quando estive em Praga, caminhei a esmo algumas noites pelo emaranhado das ruelas calçadas de pedra nas imediações da Universidade, fiz alguns desenhos e imaginei algumas histórias.

Um ano depois de sua chegada, minha mãe se matriculou na Universidade Hebraica, no monte Scopus, para prosseguir seus estudos de história e filosofia. Quarenta e oito anos mais tarde, e provavelmente sem saber o que sua avó havia estudado na juventude, minha filha Fânia se matriculou na Universidade de Tel Aviv, nos cursos de história e filosofia.

Não sei se minha mãe interrompeu seus estudos na Universidade de Praga só porque seus pais deixaram de enviar dinheiro. Ou terá sido o ódio violento aos judeus que se espalhava pelas ruas e campi europeus nos meados dos anos 30 que a fez vir para cá, ou sua formação no Ginásio Tarbut e no movimento juvenil sionista. O que minha mãe esperava encontrar aqui, o que encontrou, o que não encontrou? Qual foi sua primeira impressão de Tel Aviv e Jerusalém, para quem cresceu numa família rica de Rovno e chegou aqui vinda diretamente da beleza gótica de Praga? Como soava o hebraico falado por aqui aos ouvidos educados de uma jovem que trouxe consigo do Ginásio Tarbut o hebraico literário e primoroso, com todas as suas regras precisamente aplicadas? O que disseram à minha jovem mãe as dunas de areia, as bombas d'água dos laranjais, as encostas salpicadas de rochas, os passeios arqueológicos, os remanescentes das eras bíblicas, as ruínas das cidades existentes na época do Segundo Templo, as manchetes do *Davar* e os lanches da Tnuva?

E os *wadis*,* o *chamsin*, as cúpulas e minaretes das mesquitas rodeadas de muralhas, as fontes de água gelada, as noites culturais ao som do acordeom e da gaita-de-boca, os motoristas dos ônibus da Egged, a companhia de ônibus intermunicipais, e da Dan, a companhia de ônibus municipal que serve a região da grande Tel Aviv e arredores, com suas curtas calças cáqui, o som do inglês, a língua dos governantes, os bosques sombrios, os chamados do muezin, as caravanas de camelos transportando cascalho, os tabeliães judeus, os pioneiros bronzeados do kibutz, os operários das construções com seus quepes surrados? O quanto a atraíram, ou a repeliram, as noites plenas de discussões acaloradas, rompimentos e reaproximações políticas, os passeios no shabat, a agitada vida partidária, os preparativos secretos dos membros da Resistência e seus simpatizantes, a mobilização de voluntários para o trabalho agrícola, as noites escuras e azuis, perfuradas pelos uivos dos chacais e pelo ecoar de rajadas distantes?

Quando cheguei à idade em que minha mãe poderia ter me contado sobre sua infância, sua juventude e seus primeiros tempos em Israel, seus pensamentos já estavam muito distantes de tudo isso, imersos em assuntos de outra natureza. As histórias de ninar que me contava eram habitadas por gigantes, por bruxas e feiticeiros, pela mulher do camponês e a filha do moleiro, cabanas remotas no coração da floresta. Se falava do passado, da casa dos pais, do moinho de farinha, da cadelinha Frima, algo de amargo e desesperado repassava às vezes sua voz. Algo um pouco dúbio, de impaciência nebulosa, um toque dolorido, de contido escárnio, algo que era complexo demais, ou fino demais para a minha compreensão, algo que atraía mas inquietava.

E talvez por causa disso eu não gostava daquelas suas histórias e pedia para me contar algo mais simples e próximo, sobre as seis esposas enfeitiçadas, ou sobre o cavaleiro morto que continuava a percorrer planícies e montanhas como um esqueleto, vestido com seu elmo, armadura e esporas de fogo.

Não sei nada sobre a vinda de minha mãe a Haifa, sobre seus primeiros tempos em Tel Aviv nem sobre seus primeiros anos em Jerusalém. Em lugar disso vou trazer um pouco do que me contou tia Sônia: como e por que veio para Israel, o que esperava encontrar por aqui e o que encontrou.

No Ginásio Tarbut aprendemos não apenas a ler, escrever e falar um hebraico impecável, que a vida agora já conseguiu estragar. Estudamos a Bíblia e a Michná, poesia hebraica medieval, mas também biologia, literatura e história da Polônia, arte renascentista e história da Europa. E o mais importante — durante todos os anos no Ginásio Tarbut aprendemos que para além do horizonte, além do rio e da floresta, para além das montanhas longínquas existia um país para o qual logo teríamos de ir, pois o tempo dos judeus na Europa, o nosso tempo, na Europa Oriental, estava terminando.

A premência do tempo era sentida por nossos pais de maneira bem mais aguda do que por nós — mesmo aqueles que enriqueceram, como *papi*, e algumas outras famílias que montaram indústrias modernas em Rovno, ou profissionais liberais, médicos, engenheiros, advogados que conseguiram prestígio e posição social, ou aqueles que mantinham laços culturais excelentes com as instituições públicas e a elite intelectual, mesmo eles sentiam que estávamos vivendo sobre um vulcão: pois estávamos exatamente na tensa fronteira entre Stalin, Greivski e Filsodski. Sobre Stalin, sabíamos muito bem que sua meta era apagar, apagar definitivamente, à força, todo traço de existência do judaísmo, assim todos se tornariam bons comunistas e todos passariam a denunciar uns aos outros. Por outro lado, a Polônia tratava os judeus assim: com asco, como quem tivesse mordido um pedaço de peixe estragado. Nem engolir, nem vomitar. Para eles não ficava bem nos vomitar na presença das nações do Tratado de Versalhes, no clima da Carta de Direitos das Nações, de Wilson, da Liga das Nações. Nos anos 20, os poloneses ainda ficavam um pouco constrangidos: queriam fazer bela figura. Como um bêbado que tenta caminhar em linha reta, de modo que ninguém possa vê-lo cambalear. Os poloneses ainda queriam se parecer, na medida do possível, com os outros países. Somente por baixo do pano eles oprimiam, humilhavam, atormentavam, para nos forçar a ir, todos nós, aos poucos, para a Palestina, a fim de não nos verem mais por ali. Foi por isso que eles chegaram a incentivar e apoiar a educação sionista e os ginásios judeus: que nos tornássemos uma nação, claro, justo, por que não? Contanto que nos vissem finalmente pelas costas, rumo à Palestina, ufa, graças a D'us caíram fora.

 O medo que pairava sobre toda casa judia, o medo do qual quase nunca se falava, era-nos inculcado apenas de forma sutil, como veneno, gota a gota, o tempo todo. Vivíamos o pavor de talvez não sermos pessoas limpas, adequadas; quem sabe não éramos mesmo barulhentos demais, oportunistas, fura-filas, espertos demais, loucos por dinheiro. Quem sabe se nossas boas maneiras não eram assim tão boas. Havia um terror difuso, o terror de, D'us nos livre, não causar boa impressão aos góim, e isso os deixar encolerizados a ponto de, por essa razão, fazerem novamente conosco coisas tão horríveis que melhor seria nem pensar nelas.

 Mil vezes enfiaram na cabeça de toda criança judia para se comportar com relação a eles da forma mais educada e gentil possível, mesmo que estivessem bêbados, ou fossem arrogantes, ou grosseiros, que nunca, de jeito nenhum, nunca se devia irritá-los, jamais discutir com um gói, ou pechinchar demais, jamais provocá-los, jamais levantar a cabeça, e sempre, sempre falar com eles com voz contida e um sorriso nos lábios, que não digam que somos barulhentos, e falar sempre no polonês mais perfeito e castiço, que não venham dizer que estragamos seu idioma, mas também não falar num polonês culto demais, para não dizerem que éramos arrogantes e nos prevalecíamos deles, e que não pensassem que éramos uns esfomeados, e que, D'us nos livre, não viessem dizer que nossas saias estavam manchadas. Em resumo, tínhamos que fazer o possível e o impossível para causar a eles a melhor impressão do mundo, e que nenhuma criança ousasse estragar essa boa impressão, pois um só menino que não tivesse lavado muito bem a cabeça e trouxesse piolhos podia levar a má fama para todo o povo judeu. De qualquer modo, assim ou assado, eles já não nos suportavam, e de maneira alguma se devia dar a eles, D'us nos livre, mais razões para não nos suportarem.

Vocês, que já nasceram aqui em Israel, nunca vão entender como esse martelar lento, constante, implacável distorcia todos os sentimentos, corroía a auto-estima como ferrugem e lentamente transformava o sujeito, tornando-o desonesto, um adulador hipócrita, astuto como um gato. De gatos, não gosto mesmo. Nem de cachorros. Mas se tiver de escolher, vou preferir um cachorro. O cachorro é como o gói, você logo vê o que ele pensa e sente. O judeu na Diáspora — esse era um gato, um gato no mau sentido, se você entende a que me refiro.

Mais do que tudo, o que nos aterrorizava era a turba, os motins. Ficávamos apavorados com o que poderia acontecer no intervalo entre governos, por exemplo, se os poloneses fossem escorraçados e os comunistas viessem tomar o seu lugar: pairava o medo de que no vazio surgissem bandos de ucranianos, ou de bielo-russos, ou mesmo a multidão polonesa incitada contra nós, ou, mais ao norte, os lituanos. Era um vulcão em permanente erupção, exalando um perene odor de fumaça. "Nas trevas, eles afiam as facas", assim se dizia entre nós, sem precisar quem: num momento poderiam ser esses ou aqueles. A turba. Aqui em Israel ela também mostra a cara — a turba de judeus — e também é meio monstruosa.

Só dos alemães não tínhamos tanto medo. Lembro-me de que em 1934 ou 1935 eu ficara para trás em Rovno para terminar meu curso de enfermagem quando o resto da família já tinha partido, e havia alguns que ainda comentavam entre nós que se ao menos Hitler viesse, pelo menos na Alemanha havia ordem e disciplina e cada um sabia qual era seu lugar, não importava muito o que ele dizia, o que importava era que controlava a Alemanha com mão de ferro, e a multidão morria de medo dele. Fosse como fosse, com Hitler não havia quebra-quebra nas ruas nem anarquia — entre nós, ainda se pensava que a anarquia era o que havia de pior. Nosso pesadelo era que um belo dia os padres começassem a atiçar seus fiéis de dentro das igrejas, a dizer que o sangue de Jesus corria de novo por culpa dos judeus, e começassem a tocar aqueles seus sinos aterradores, os camponeses iriam então se encher de aguardente, empunhar suas foices e seus machados, era assim que sempre começava.

Ninguém imaginava o que na verdade estava por acontecer. Mas em plena década de 1920 quase todos já sabiam, bem no fundo do coração, que para os judeus não havia mais futuro, nem com Stalin, nem na Polônia, nem na Europa Oriental, e portanto se fortalecia entre nós a idéia de Eretz-Israel. Não entre todos, claro; os religiosos, por exemplo, eram radicalmente contrários, e também os partidários do Bund, e os idichistas, os comunistas, os assimilados que já se achavam legítimos poloneses, mais poloneses do que Paderewski, do que Wojciehowski, mas nos anos 20 muitos dos cidadãos comuns de Rovno já tratavam de matricular seus filhos no Tarbut para que aprendessem hebraico, os que tinham bastante dinheiro já enviavam os filhos para Haifa, estudar no Technion, a escola de engenharia, ou para Tel Aviv, no ginásio, ou para as escolas agrícolas, e as notícias que recebíamos vindas desses jovens eram simplesmente maravilhosas — só esperavam pelos pais — quando é que vocês vão vir? Enquanto isso todos liam jornais em hebraico, discutiam, cantavam as canções vindas de Eretz-Israel, declamavam Bialik e Tchernichowski, dividiam-se entre uma porção de partidos e tendências, costuravam bandeiras e uniformes, havia um entusiasmo imenso por tudo o que se relacionava à nacionalidade. Era muito parecido com o que vemos hoje por aqui com os palestinos, mas sem derramar sangue, como eles fazem. Hoje em dia quase não se vê mais entre os judeus um nacionalismo tão arrebatado.

Claro que sabíamos como era dura a vida em Israel: sabíamos que era muito quente, um deserto, pântanos, desemprego, sabíamos que havia árabes pobres nas aldeias, mas podíamos ver muito bem no grande mapa pregado na sala de aula que os árabes não eram muitos, que viviam aqui talvez meio milhão deles, certamente bem menos do que um milhão, e tínhamos certeza absoluta de que havia bastante espaço para mais alguns milhões de judeus, e que os árabes eram apenas incitados contra nós, como os poloneses ignorantes, mas era possível explicar a eles que só iríamos lhes trazer vantagens e bênçãos, bênçãos agrícolas, médicas, culturais, tudo. Pensávamos que logo mais, em alguns poucos anos, os judeus já seriam maioria em Israel, e então mostraríamos ao mundo inteiro como nos portamos de maneira exemplar com os árabes, a nossa minoria; nós, que sempre fomos a minoria oprimida, sufocada, trataríamos a minoria árabe com retidão e justiça, com generosidade compartilharíamos com eles a nossa pátria, dividiríamos tudo, de jeito nenhum iríamos transformá-los em gatos aduladores. Sonhamos um bonito sonho.

Em todas as salas de aula do jardim-de-infância Tarbut, do curso primário Tarbut e do Ginásio Tarbut havia uma grande foto de Hertzl, um grande mapa abrangendo de Dan até Beersheba, com destaque especial para as colônias pioneiras, cofrinhos azuis e brancos do Keren Kaiemet, desenhos retratando pioneiros em sua dura labuta e todo tipo de lemas pinçados de poesias e canções. Por duas vezes tivemos a visita de Bialik em Rovno, Saul Tchernichowski também nos visitou duas vezes, e Asher Barash também, se não me engano, ou talvez algum outro escritor. Importantes sionistas da Palestina vinham a Rovno quase todo mês: Zalman Rovshov, Tabenkin, Yaakov Zerubavel, Zeev Jabotinsky.

Nessas ocasiões fazíamos grandes desfiles em sua homenagem, com bandeiras desfraldadas e tambores, enfeites e lanternas de papel, com entusiasmo, com palavras de ordem patrióticas, braçadeiras e canções. O próprio prefeito polonês ia ao encontro dos ilustres visitantes na praça, e assim, às vezes, já começávamos a nos sentir como uma nação, e não como refugo. Talvez seja um pouco difícil para você entender, mas naqueles anos todos os poloneses estavam bêbados de patriotismo polonês, os ucranianos, de patriotismo ucraniano, para não falar dos alemães, dos tchecos, de todos, e até dos eslovacos, lituanos e letões, mas para nós simplesmente não havia lugar nesse grande carnaval nacionalista, pois não pertencíamos a nenhum grupo, nem éramos desejados por ninguém. Não admira que também quiséssemos ser uma nação, como os outros. Que outra alternativa tinham nos deixado?

Mas a educação não era chauvinista. O Tarbut seguia uma linha humana, liberal, democrática, e também artística e científica. Tentavam conceder os mesmos direitos a meninos e meninas. Ensinaram-nos a respeitar todos os outros povos: todos fomos criados à Sua imagem, embora Ele constantemente se esqueça disso.

Desde muito pequenos nossos pensamentos estavam em Eretz-Israel, sabíamos de cor a situação das colônias pioneiras, o que se colhia nos campos de Beer Túvia e quantos habitantes tinha Zichron Yaakov, quem construiu a estrada Tvéria—Tzemach e quando subiram ao monte Guilboa. Sabíamos até como se vestiam e o que se comia em Eretz-Israel. Quer dizer, pensávamos que sabíamos. No fundo, os próprios professores não conheciam toda a realidade, e portanto, mesmo que quisessem nos falar dos aspectos negativos, não poderiam — não tinham a menor noção. Todos os que vinham de lá — instrutores, dirigentes, representantes das instituições — e todos os que tinham estado lá e retornavam descreviam para nós as cenas mais encantadoras. E se aparecesse alguém e nos contasse coisas não tão boas, fazíamos questão de nem ouvir. Simplesmente o fazíamos calar e o tratávamos com desprezo.

O diretor do nosso ginásio era um homem encantador, charmoso, cativante, um educador fantástico, dotado de uma inteligência viva, muito perspicaz, e com um coração de poeta. Chamava-se Reiss, doutor Reiss, Issashchar Reiss. Veio da Galícia e rapidamente se tornou o ídolo dos jovens. Todas as meninas o amavam em segredo, inclusive minha irmã Chaia, que se destacava no ginásio como organizadora e líder natural, e Fânia, a sua mãe, sobre quem o doutor Reiss exerceu uma influência mística, e que ele encaminhou com muito tato para os estudos de arte e literatura. Era um homem bonito e másculo, um pouco como Rodolfo Valentino e Ramon Navarro, do cinema, esbanjava calor humano e empatia natural, quase nunca se zangava, e quando se zangava chamava depois o aluno à sua sala e sem hesitar lhe pedia desculpas.

Toda a cidade estava encantada por ele. Acho que todas as mães sonhavam com ele durante a noite e todas as filhas se derretiam por ele durante o dia. E os meninos também, não menos do que as meninas: tentavam imitá-lo. Falar como ele. Tossir como ele. Interromper a frase no meio, como ele, para ir até a janela e lá ficar por alguns momentos imerso em pensamentos. Ele poderia ter sido um grande namorador, mas não foi — pelo que sei, era casado, e não muito feliz, com uma mulher que não chegava aos seus pés —, comportava-se como um chefe de família exemplar. Poderia também ter obtido sucesso como líder comunitário — ele tinha esse dom especial de fazer as pessoas se disporem a segui-lo pela água e pelo fogo, prontas a fazer qualquer coisa que provocasse nele um sorriso de reconhecimento e uma palavra agradecida. Suas opiniões eram as opiniões de todos nós, seu humor se tornou nossa marca registrada. E ele achava que somente em Israel os judeus conseguiriam se curar das suas neuroses e poderiam assim mostrar a si mesmos e ao mundo todo que também tinham qualidades.

E o doutor Reiss não era o único. Tínhamos outros professores maravilhosos, como Menahem Gelerter, que nos ensinava a Bíblia como se ele próprio tivesse presenciado o combate entre Davi e Golias no vale de Elá, ou palmilhado as verdes pastagens de Anatot, ou o templo dos filisteus em Gaza. Também nos ensinava literatura hebraica e literatura universal, e me lembro muito bem de como, em aula, ele nos demonstrou, comparando linha por linha, que Bialik não perdia em qualidade para Mickiewicz. Toda semana Menahem Gelerter nos levava a passear por Israel — uma vez pela Galiléia, outra pelas colônias judias de Judá, outra no vale de Jericó, outra pelas ruas da cidade de

Tel Aviv: ele trazia mapas e fotografias, recortes de jornais e trechos de literatura e poesia, páginas da Bíblia e de livros de geografia, história e arqueologia, até os alunos se sentirem cansados, de um cansaço gostoso, como se tivessem mesmo percorrido aqueles lugares, não só com a imaginação, mas com os próprios pés, sob o Sol e sobre a areia, entre as laranjeiras e as cabanas de guardar ferramentas nos vinhedos, entre as cercas vivas de figos-da-índia e as barracas dos pioneiros nos vales. E foi assim que cheguei a Israel muito antes de ter chegado a Israel.

27

Em Rovno, Fânia tinha um amigo, um universitário que a cortejava, um rapaz culto e educado chamado Tarla, ou Tarlo. Eles mantinham uma espécie de pequeno grêmio de estudantes sionistas, do qual participavam sua mãe, Tarlo, minha irmã, Chaia, Estérke Ben Meir, Fânia Waissman e talvez também Fânia Zonder, Lilia Kalish, que depois se tornou Léa Bar-Samcha, e outros mais. Chaia era a líder natural desse grupo, até partir para estudar em Praga. Eles se reuniam e faziam todo tipo de planos, como iriam viver em Eretz-Israel, como trabalhariam lá em prol da vida artística e cultural, e como manteriam, também lá, seus vínculos "rovnistas". Depois que as moças deixaram Rovno, algumas para estudar em Praga e outras para ir a Israel, esse Tarlo começou a me cortejar. Esperava-me todo final de tarde no portão do hospital militar polonês. Eu saía com o vestido verde e o avental branco, e íamos passear, nós dois, pela Tchithego Maia, pela rua Topoliova, que depois se tornou rua Pilsódski, pelos jardins do palácio, pelo parque Grávni e às vezes caminhávamos em direção ao rio Óstia, na parte velha da cidade, perto da fortaleza onde se erguia a grande sinagoga e também a igreja católica. Entre nós nunca houve nada além de conversas, nunca. No máximo, por duas ou três vezes, talvez, passeamos de mãos dadas. Por quê? É difícil para mim explicar, vocês não vão entender mesmo. Acho que até ririam de nós: mantínhamos naquele tempo uma castidade terrível, viviamos soterrados sob montanhas de medo e vergonha.

Esse Tarlo se considerava um grande revolucionário, mas tudo o fazia corar: se deixava escapar, por exemplo, a palavra "mulher", ou "amamentar", ou "vestido", ou até mesmo a palavra "pernas", ele logo corava até as orelhas, como uma hemorragia, e logo começava a pedir desculpas e a gaguejar um pouco. Conversava comigo, interminavelmente, apenas sobre ciência e tecnologia — se eram uma bênção ou uma maldição para a humanidade. E falava com enorme entusiasmo sobre um futuro em que logo já não haveria mais miséria, nem injustiça, nem doenças, nem mesmo a morte. Era um pouco comunista, o que não o ajudou em nada: quando Stalin chegou, em 1941, ele simplesmente foi preso e sumiu.

De toda a Rovno judia, não sobrou quase nenhuma alma viva — restaram só aqueles que vieram logo para Israel e uns poucos que fugiram para os Estados Unidos, e aqueles poucos que conseguiram de algum jeito atravessar incólumes os punhais do regime bolchevista. Todos os outros, os alemães assassinaram, fora os que Stalin assassinou. Não, não quero ir visitar Rovno. Para quê? Para de novo sentir nostalgia de Eretz-Israel, que também já não existe e talvez nunca tenha existido, exceto em nossos sonhos juvenis? Para chorar os mortos? Mas, para chorar os mortos, não preciso nem sair da rua Wiesel, ou mesmo daqui de casa. Fico sentada aqui nesta poltrona e lamento pelos mortos algumas horas, todos os dias. Ou olho pela janela e lamento. Não lamento pelo que houve e passou, mas pelo que não houve. Não tenho mais o que lamentar por Tarlo, são passados já quase setenta anos, de qualquer modo ele não estaria mesmo vivo hoje, já teria morrido, se não por Stalin, por aqui mesmo, na guerra ou em algum atentado, e se não fosse na guerra, de câncer, ou de diabete.

Não! Só lamento pelo que nunca houve. Pelos lindos desenhos que fazíamos para nós mesmas e que agora já descoloriram.

Em Trieste embarquei num navio cargueiro romeno, *Constanza*, esse era o nome, e me lembro que, embora já não tivesse nenhuma religião, recusava-me a comer carne de porco — não por causa de D'us, pois afinal foi D'us mesmo quem criou o porco e ele não lhe desagrada, e quando se mata um porquinho, e ele grita e implora com voz de criança pequena torturada, e D'us vê e ouve cada rumor, então Ele se apieda do porquinho, como se apiedaria de qualquer pessoa. Ele não tem menos pena do porquinho do que de qualquer um desses seus rabinos santos e justos, que cumprem todos os preceitos e dedicam a Ele toda a sua vida.

Não foi por causa de D'us, mas simplesmente porque não ficava bem para mim, naquele navio, justamente na viagem rumo a Eretz-Israel, comer porco defumado, porco em conserva e lingüiça de porco. Então, durante toda a viagem, preferi comer o pão branco que serviam, excelente, um pão saboroso e delicado. À noite eu dormia no dormitório da terceira classe, sob o convés, perto de uma jovem grega com um bebê de, talvez, seis semanas, não mais. Toda noite nós duas embalávamos a criança num lençol, como se fosse uma rede, assim ela parava de chorar e dormia. Falar, não falávamos uma só palavra, não tínhamos uma língua em comum, e talvez por isso mesmo nos separamos, eu e a jovem grega, esbanjando juras de amor.

    Lembro-me até que num dado momento, naquela viagem, passou pela minha cabeça: Por que estou indo para Eretz-Israel? Só para viver com judeus? Pois essa grega, que não deve nem saber o que é judeu, está mais próxima de mim do que todo o povo judeu! Por um momento todo o povo judeu me pareceu um monte de gente suarenta que tentava me atrair para que eu também entrasse pelas suas tripas para ser digerida pelos seus sucos gástricos, e disse para mim mesma: Sônia, é isso mesmo que você quer? Engraçado que, em Rovno, nunca tive esse medo — de ser engolida e digerida pelos sucos gástricos do povo judeu. Em Israel, também, essa idéia não reapareceu. Só ali no navio, a caminho, por um momento, quando o bebezinho grego adormeceu no meu colo e eu o senti através do vestido como se fosse carne da minha carne, de verdade, apesar de não ser judeu, apesar de Antíoco, o malvado, e apesar daquela canção nem um pouco bonita, "Maoz Tzur", da qual talvez seja melhor nem lembrar a letra um pouco nazista. Talvez não se deva dizer nazista, mas em todo caso a letra daquela música é muito feia.

    Numa manhã, cedo, sou até capaz de precisar a data e a hora para você — foi exatamente três dias antes do final do ano de 1938, quarta-feira, 28 de dezembro de 1938, um pouco depois da festa do Chanukah —, era um dia muito limpo, quase sem nuvens, e às seis da manhã eu já estava vestida e bem agasalhada com suéter e casaco, subi ao convés e olhei as nuvens cinzentas que se aglomeravam sobre o mar. Fiquei olhando por uma hora talvez, e só pude ver algumas gaivotas. De repente, quase ao mesmo tempo, acima da linha das nuvens apareceu um sol hibernal e abaixo das nuvens surgiu no horizonte a cidade de Tel Aviv: fileira após fileira de casas brancas e quadradas, nada parecidas com as casas na cidade ou no campo na Polônia ou na Ucrânia, nada parecido com Rovno, Varsóvia ou Trieste, mas muito parecido com as figuras penduradas em todas as salas de aula do Tarbut, desde o jardim-de-infância até o ginásio, e com os desenhos e fotos que o professor Menahem Gelerter costumava nos mostrar, de modo que fiquei surpresa e não surpresa ao mesmo tempo.

Não dá para descrever a alegria que me assomou à garganta, de repente só quis gritar e cantar: É meu! Tudo isso é meu! É tudo meu de verdade! Engraçado, nunca antes desse dia em minha vida eu havia tido uma sensação tão forte e profunda de pertencer, de possuir alguma coisa, a alegria da propriedade, não sei se você me entende, nem em nossa casa, nem em nosso pomar de árvores frutíferas, nem no moinho de farinha. Nunca em toda a minha vida, nem antes nem depois daquela manhã, experimentei uma alegria dessa: finalmente aqui seria meu lar, finalmente aqui poderia fechar as cortinas e esquecer os vizinhos e fazer exatamente o que me desse na telha. Aqui não precisaria me esforçar para ser bem-educada o tempo todo, não precisaria ter vergonha de ninguém, não precisaria me preocupar com o que os camponeses poderiam pensar de nós, nem com o que os padres diriam, nem com a opinião da *inteligentzia* sobre nós, e não teria de tentar causar uma boa impressão nos góim. Mesmo quando compramos nosso primeiro apartamento, em Holon, ou este aqui, na rua Wiesel, não senti de maneira tão forte como é bom se sentir em casa. Foi essa sensação que me lavou a alma naquela manhã, eram talvez sete horas, diante de uma cidade na qual eu nunca havia estado. Diante de um país no qual nunca havia pisado, diante das casinhas estranhas, brancas e quadradas, diferentes de qualquer coisa que eu já tivesse visto! Você talvez não consiga entender, não é? Parece meio exagerado, não? Ou bobagem? Não?

Às onze da manhã descemos com nossa bagagem para um pequeno barco a motor, e o marinheiro que estava ali, um grande ucraniano peludo, todo suado e um tanto assustador, quando agradeci educadamente em ucraniano e quis lhe dar uma moeda, ele riu e de repente me disse em puro hebraico: O que é que há, bonequinha, deixa disso, por que você não me dá um beijinho em vez dessa moeda?

Era um dia agradável, um pouco friozinho, e me lembro de um cheiro, um cheiro inebriante, muito bom, um cheiro forte, do asfalto que fervia em grandes latões, e, do meio da fumaça espessa — pelo jeito estavam asfaltando alguma rua, ou calçada por ali —, surgiram de repente minha mãe sorridente e atrás dela *papi*, com os olhos marejados de lágrimas, e minha irmã Chaia, com o marido, Tzvi, que eu ainda não conhecia, mas que no mesmo instante me fez pensar: Que rapaz legal ela encontrou aqui! Bem bonito e também simpático e alegre!

E só depois de ter abraçado e beijado todos eles é que notei que minha irmã Fânia, sua mãe, também estava lá, um pouco separada dos outros, um pouco mais distante dos latões de asfalto. Vestia uma saia comprida e um suéter azul, tricotado. Esperava em silêncio para me abraçar e beijar depois de todos os outros.

Assim como percebi num relance que minha irmã Chaia havia desabrochado por aqui, estava tão animada, corada, confiante e afirmativa, com a mesma rapidez percebi que Fânia não estava tão bem: pareceu-me muito pálida e ainda mais calada que de costume. Tinha vindo de Jerusalém especialmente para me receber, pediu desculpas por Árie, o marido — seu pai —, não ter vindo, pois não lhe tinham dado um dia de folga, e me convidou para ir visitá-los em Jerusalém.

Só depois de uns quinze minutos ou meia hora foi que me dei conta de que ela não se sentia bem ficando de pé por tanto tempo. Antes que ela ou alguém da família me dissesse, descobri na mesma hora que aquela gravidez, isto é, você, não estava sendo fácil para ela. Acho que estava só no terceiro mês, mas suas bochechas me pareceram um pouco chupadas, os lábios, pálidos, e a testa parecia, como dizer, nublada. Sua beleza não havia desaparecido, pelo contrário, aparentava apenas estar recoberta por um véu cinzento.

Chaia sempre foi a mais brilhante e extrovertida das três, interessante, efusiva, apaixonada, mas quem quer que observasse com um pouco mais de atenção veria que a mais bonita das três era Fânia, sem dúvida. Eu? Eu quase não contava, sempre fui apenas a caçulinha bobinha. Acho que nossa mãe dava mais valor a Chaia, e se orgulhava dela, e *papi*, por sua vez, quase conseguia disfarçar a verdade, mas seu coração sempre se inclinou para Fânia. Nunca fui a queridinha nem de meu pai nem de minha mãe, talvez só de meu avô Efraim. Todavia, sempre amei a todos: não tive ciúme e não fiquei amargurada. Quem sabe, se a pessoa menos amada não for ciumenta nem amargurada, quem sabe ela não consegue tirar de dentro de si cada vez mais amor? O que você acha? Bem, não estou bem certa do que acabo de dizer. Talvez seja só uma história da carochinha que eu conto a mim mesma para dormir. Quem sabe todos não contam esses contos da carochinha para si mesmos, antes de dormir, para que a vida seja um pouco menos terrível? Sua mãe me abraçou e disse: Sônia, que bom que você veio, é bom estarmos todos juntos de novo. Aqui vamos precisar ajudar bastante umas às outras, e, principalmente, vamos ter de amparar nossos pais.

O apartamento de Chaia e Tzvi distava talvez uns quinze minutos do porto, e o heróico Tzvi carregou quase sozinho a maior parte da minha bagagem. No caminho vimos operários construindo um grande edifício, era o seminário que até hoje está lá, na rua Ben Yehuda, um pouco antes da esquina com a alameda Nordau. Aqueles operários me pareceram à primeira vista uns ciganos, ou turcos, mas Chaia me disse que eram apenas judeus bronzeados. Judeus como esses, eu nunca tinha visto, só em figuras. E então me vieram as lágrimas — não só porque aqueles judeus eram tão alegres e robustos, mas também porque entre eles havia uns dois ou três meninos pequenos, de uns doze anos, no máximo, e cada um levava uma espécie de escada de madeira nas costas carregadas com pesados tijolos. Chorei um pouco quando os vi, de alegria, mas também de tristeza. É difícil para mim explicar.

Na rua Ben Yehuda, perto da Jabotinsky, no pequeno apartamento de Chaia e Tzvi, aguardavam-nos Ygal e uma vizinha que tinha ficado tomando conta dele. Ele estava talvez com uns seis meses, esperto e sorridente como o pai, e logo lavei bem as mãos e estendi uma fralda sobre meu peito, levantei Ygal e o abracei, ternamente, e dessa vez não senti nenhuma vontade de chorar, também não senti a alegria selvagem que senti a bordo, mas só uma certeza absoluta, vinda bem de dentro, do mais profundo do meu ser, como se fosse do fundo do poço, de que era muito bom todos estarem aqui, juntos, e não na casa da rua Dovinska. E também senti, de repente, muita pena por não ter dado àquele marinheiro bronzeado e suado o beijinho que ele me pedira. Qual a relação? Até hoje não sei, mas foi o que senti naquele momento.

À noite, Tzvi e Chaia me levaram para dar uma volta por Tel Aviv, isto é, me levaram da Allenby até a alameda Rothschild, pois naquele tempo a rua Ben Yehuda ainda não era bem Tel Aviv, e a parte norte da rua Ben Yehuda, então, era o fim do mundo. Eu me recordo de como tudo me pareceu limpo e arrumado à primeira vista, à noite, com os bancos novinhos e os lampiões de rua, e todas as placas em hebraico: como se toda a cidade de Tel Aviv fosse uma linda exposição no pátio do Ginásio Tarbut.

Isso foi no final de dezembro de 1938, e desde aquele dia não saí de Israel, nem uma vez, exceto, talvez, em pensamento. Nem pretendo sair. Não porque Israel seja tão fantástica, mas porque hoje já acho que toda viagem a passeio é uma grande tolice: a única viagem da qual nem sempre voltamos de mãos vazias é a viagem para dentro de nós mesmos, onde não há fronteiras nem alfândega e podemos chegar até as estrelas mais distantes. Ou passear por lugares que já não existem, visitar pessoas que já não existem. Até entrar em lugares que nunca existiram, e talvez não tenham podido existir, mas onde me sinto bem. Ou pelo menos — não de todo mal. E você? Posso fazer agora, antes de você ir embora, uma omelete com umas fatias de tomate, pão e queijo? Ou você quer um pouco de abacate? Não? Você está morrendo de pressa de novo? Não vai dar para tomar nem um copo de chá?

Na universidade no monte Scopus, ou talvez num dos quartinhos apertados em Kerem Avraham, Gueúla ou em Áchva, onde moravam naquele tempo estudantes pobres, moças e rapazes, dois ou três em cada quarto, foi que Fânia Musman e Yehuda Árie Klausner se conheceram. Isso foi em 1935 ou 1936. Soube que minha mãe morava então num quarto alugado na rua Tzefânia, 42, com duas de suas amigas vindas de Rovno, elas também estudantes na universidade, Estérke Wainer e Fânia Waissman. Soube também que muitos a cortejavam. E na verdade, uma vez ou outra, ao sabor dos jovens corações, assim me disse Estérke Wainer, ela manteve namoros mais ou menos sérios.

Quanto a meu pai, assim me contaram, era interessadíssimo em companhias femininas, falava pelos cotovelos, tinha uma conversa brilhante, brincava, era alvo das atenções e é possível que fosse também um pouco alvo de troça: "a enciclopédia ambulante", assim o chamavam os estudantes. Se alguém precisasse saber alguma coisa, e mesmo que não precisasse, ele adorava causar sempre grande impressão a todos mostrando conhecer, por exemplo, o nome do presidente da Finlândia, como se diz "torre" em sânscrito ou onde o petróleo é citado na Michná.

Se se interessava por alguma estudante, desdobrava-se para ajudá-la a escrever seu trabalho, levava-a para passear à noite em Meá Shearim ou pelas passagens estreitas de San'hédria, comprava refrigerantes para ela, participava de excursões a lugares bíblicos e escavações arqueológicas, gostava de discussões intelectuais e de ler em voz alta e emocionada os poemas de Mickiewicz ou Tchernichowski. Mas, ao que tudo indica, suas relações com as garotas iam só até as discussões sérias e os passeios noturnos: parecia que elas se sentiam atraídas apenas pelo seu cérebro. Provavelmente sua sorte não foi muito diferente da dos outros rapazes naquele tempo.

Não sei como nem quando meus pais se aproximaram, e também não sei se antes que eu os conhecesse ainda havia amor entre eles. Casaram-se num dos primeiros dias do ano de 1938, na cobertura dos escritórios do rabinato, na rua Jafa, ele com um terno escuro, risca de giz, gravata e um lenço branco dobrado em ponta no bolsinho do paletó, e ela com um vestido branco, comprido, que realçava sua pele morena e a beleza dos seus cabelos negros. Fânia se mudou, com seus poucos pertences, do quarto que dividia com suas colegas na rua Tzefânia para o quarto de Árie, no apartamento dos Zarchi, na rua Amós.

Alguns meses depois, com minha mãe já grávida, eles se mudaram para um prédio que ficava do outro lado da rua, para um apartamento térreo de dois quartos, semi-enterrado, onde nasceu seu filho único. Às vezes meu pai brincava do seu jeito amargo, dizendo que naqueles anos o mundo por certo não merecia que nele nascessem mais bebês. (Meu pai gostava de empregar a expressão "por certo", e também as expressões "ao frigir dos ovos", "de certa forma", "público e notório", "abrupto", "num piscar d'olhos", "descomunal" e "vergonhoso".) Talvez, ao dizer que o mundo por certo não merecia os bebês, estivesse me dirigindo uma censura implícita por ter nascido de uma gravidez precipitada e irresponsável, contrariando seus planos e suas esperanças de conseguir o que planejava conseguir na vida, e pelo fato de que portanto, por culpa do meu nascimento, seus planos tiveram de sofrer um atraso. E quem sabe talvez não tivesse intenção de insinuar coisa alguma, mas só de fazer uma gracinha, bem ao seu estilo — muitas vezes meu pai tentava dizer algo engraçado só para romper o silêncio. Todo silêncio sempre lhe pareceu ser dirigido contra ele. Ou ser culpa dele.

28

O que comiam os asquenazes pobres na Jerusalém dos anos 40? Nós comíamos pão preto com fatias de cebola e azeitonas, e às vezes, também, com pasta de anchova; comíamos peixe defumado e peixe em conserva, que vinham das profundezas perfumadas dos barris encostados no canto do armazém do sr. Auster; às vezes, raramente, comíamos sardinhas, consideradas entre nós uma iguaria.

Comíamos abóbora, abobrinha e berinjela cozida, berinjela frita e também salada de berinjela com bastante azeite, alho picado e fatias de cebola.

De manhã, havia pão preto com geléia e às vezes pão preto com queijo. (Quando estive em Paris pela primeira vez na vida, saído diretamente do kibutz Hulda, em 1969, revelei aos meus surpresos anfitriões que em Israel só existiam dois tipos de queijo — queijo branco e queijo amarelo.) Pela manhã me davam, em geral, aveia Quaker com gosto de cola, e quando anunciei uma greve de fome começaram a me dar mingau de semolina, que salpicavam com um pouco de canela em pó. Toda manhã minha mãe tomava um copo de chá com limão, às vezes acompanhado de um biscoito escuro marca Frumine. Meu pai comia uma fatia de pão preto com geléia amarela, um tanto grudenta, meio ovo cozido, azeitonas e fatias de tomate, pimentão e pepino descascado, e também a coalhada da Tnuva, que vinha em potes de vidro grosso.

Meu pai sempre se levantava bem cedo, uma hora, uma hora e meia antes de minha mãe e de mim: às cinco e meia da manhã ele já estava em frente ao espelho do banheiro, misturando a neve com o pincel e espalhando sobre o rosto, e, enquanto se barbeava, cantava baixinho músicas patrióticas, num tom desafinado de arrepiar os cabelos. Depois de fazer a barba, tomava sozinho um copo de chá na cozinha e lia o jornal. Na época das laranjas, espremia algumas num pequeno espremedor manual, para servir um copo de suco de laranja na cama para mamãe e para mim. E pelo fato de a época das laranjas ser justamente no inverno, e porque naquele tempo se acreditava que bebida fria num dia frio causava resfriado, meu diligente pai acendia o fogareiro a querosene ainda antes de espremer as laranjas, colocava sobre ele uma panela com água e, quando a água já estava quase fervendo, meu pai mergulhava com todo o cuidado os dois copos de suco na água quente e mexia vigorosamente com uma colherinha, de modo que o suco que estava mais próximo à parede do copo não ficasse mais quente do que o suco do meio do copo. E assim, barbeado, vestido e engravatado, o avental xadrez de mamãe atado na cintura sobre o terno barato, acordava mamãe (no quarto dos livros) e eu (no quartinho que ficava na ponta do corredor) e estendia para cada um de nós um copo de suco de laranja esquentado. Eu tomava aquele suco como quem engole um remédio, enquanto papai me observava postado ao lado da cama, com o avental xadrez, a gravata discreta, o terno de cotovelos surrados, esperando que eu devolvesse a ele o copo vazio. Enquanto eu tomava o suco, meu pai procurava alguma coisa para dizer: sempre se sentiu culpado por qualquer silêncio, então tentava brincar comigo do seu jeito, sem nenhuma graça:

*Tome, meu filho o seu suco
antes que cante o cuco.*

Ou:

*Quem muito suco beber
com alegria há de viver.*

Ou ainda:

*Cada gole para a gente
reforça o corpo e a mente.*

E às vezes, nas manhãs em que sua veia poética não estava tão inspirada quanto sua veia discursiva:

"Os laranjais são o orgulho de nosso país! Todo o mundo aprecia as laranjas tipo Jafa! E falando nisso, o nome Jafa, assim como o nome bíblico Yefet, derivam, ao que tudo indica, da palavra para beleza, *yofi*, uma palavra muito antiga, vinda talvez do assírio *faya* e que no árabe tomou a forma *wafy*, enquanto em amárico, me parece, *tauafa*. E agora, meu *belo* jovem", a essa altura ele já estava sorrindo, secretamente satisfeito com o jogo de palavras que lhe tinha ocorrido, "termine seu *belo* suco de laranja, poupe a energia do seu pai e devolva *belamente* o copo vazio à cozinha".

Essas demonstrações etimológicas e jogos de palavras, chamados por ele pelo estranho nome de calembur ou paronomásia, davam a meu pai um prazer imenso; ele sempre julgou, por toda a vida, que nelas havia algo como um impulso para o bem, capaz de expulsar qualquer melancolia e preocupação e levar o bom humor a quem as ouvisse. E minha mãe se admirava de como qualquer fato, por exemplo, a doença grave do nosso vizinho, o sr. Lamberg, conseguia despertar nele esse fluxo ininterrupto de humor e lingüística. E, na verdade, a minha mãe sempre pareceu que para ele a vida era uma espécie de festa de fim de ano da escola, ou uma reunião de descasados, com charadas, torneios culturais e adivinhações engraçadas do tipo "o que é, o que é". E o repreendia por isso. Meu pai então considerava com todo o cuidado as palavras incisivas de minha mãe, pedia desculpas pelas gracinhas (que ele chamava de chistes), garantindo porém que a sua intenção tinha sido a melhor possível, pois, convenhamos, de que adiantaria ao sr. Lamberg se ficássemos aqui como carpideiras, em lamentações fúnebres, enquanto ele ainda estava vivo? E mamãe respondia: "Mesmo que sua intenção seja boa, o fato de brincar com a doença demonstra mau gosto — ou você passa por arrogante, ou por alguém ansioso demais para agradar, e em ambos os casos você acaba sendo desagradável, fazendo piada da miséria alheia". E daí em diante eles passavam a falar em russo, em vozes contidas.

Ao meio-dia, quando eu voltava do jardim-de-infância da sra. Pnina, minha mãe se empenhava em uma batalha comigo, na qual valia tudo: subornar, implorar, ameaçar, contar histórias repletas de princesas e demônios, o que fosse preciso para me convencer a engolir um pouco de abóbora cozida semipastosa ou abobrinhas viscosas (que chamávamos pelo nome árabe *kússa*) e almôndegas de pão misturado com um pouco de carne moída, cujo gosto de pão era camuflado com um pouco de alho moído).

Às vezes me obrigavam a comer em meio a lágrimas de repulsa e revolta todo tipo de bolinhos de espinafre, ou creme de espinafre, ou beterraba em conserva, ou couve em conserva, ou cenoura crua ou cozida. Outras vezes me era imposta a missão de atravessar desertos de grãos de trigo e cevada, aplainar montanhas feitas de couve cozida sem nenhum sabor, e de todo tipo de legumes deprimentes em forma de carocinhos, como ervilha, feijão, fava, lentilha. No verão, meu pai costumava fazer uma salada de tomate, pepino, pimentão, cebola e cheiro-verde, tudo cortado em fatias finíssimas e ensopado de azeite marca Itzhar.

Em ocasiões muito especiais, eis que surgia, como astro convidado em apresentação única, um pedaço de frango submerso numa porção generosa de arroz ou encalhado em dunas de purê de batata, suas velas e mastros enfeitados com uma profusão de bandeirolas de salsinha, e sobre o convés, em formação compacta, uma guarda de honra de cenouras cozidas com fatias de abobrinha temperada. Dois pepinos em conserva compunham a proa e a popa dessa nau encalhada, e quem conseguisse devorá-la toda ganharia, como prêmio de consolação, um pudim cor-de-rosa feito com pó para pudim em caixinha, ou uma gelatina amarela feita com pó para gelatina em caixinha, à qual chamávamos pelo seu nome francês de *gelée*, e daí o caminho era curto para Júlio Verne e o misterioso submarino *Nautilus*, comandado pelo Capitão Nemo, que se enfastiou de toda a humanidade e rompeu com ela, vivendo daí em diante recluso em seu refúgio misterioso nas profundezas do oceano, onde, dentro em breve, o que para mim já eram favas contadas, iria me juntar a ele.

Para o shabat e em outras ocasiões festivas minha mãe costumava se antecipar e comprava uma carpa ainda no meio da semana. Durante todo o dia aquela carpa prisioneira ficava nadando obstinada em nossa banheira, ida e volta, de uma borda a outra, tateando sem descanso todo o contorno, numa desesperada busca por uma secreta passagem submarina da banheira para alto-mar. Eu a alimentava com migalhas de pão. Meu pai me ensinou que na língua secreta, só entre nós dois, "peixe" seria chamado de *nun*.[5] Logo fiz amizade com o meu *nun* — já de longe ele sentia os meus passos e nadava na minha direção à borda da banheira, e se esticava para fora d'água para me fazer lembrar de coisas nas quais seria melhor nem pensar.

Por uma ou duas vezes me levantei e me esgueirei no escuro, para ver se o meu amigo estava mesmo dormindo à noite naquela água fria, o que me parecia muito estranho e mesmo contrário às leis da natureza, ou quem sabe se depois de apagadas as luzes o meu *nun* não encerrava sua jornada de trabalho e dava um jeito de pular para fora da banheira e rastejar até o cesto de roupa suja, para lá se enrodilhar todo e dormir aconchegado entre toalhas fofinhas ou confortáveis ceroulas de flanela, esgueirando-se silencioso de volta à banheira só ao raiar do dia, a fim de cumprir o restante do seu serviço militar na esquadra carpense?

Certa vez em que fui deixado sozinho em casa, resolvi alegrar um pouco a monótona vida daquela carpa por meio de ilhas, estreitos, bancos de corais e dunas submersas, construídos com diversos apetrechos de cozinha mergulhados na água da banheira. Paciente e obstinado como o Capitão Ahab, munido

---

5. A letra correspondente ao "n" no alfabeto hebraico.

de uma concha, eu perseguia incansável o meu Moby Dick, que conseguia sempre escapar do meu assédio em manobras sinuosas para esconderijos aquáticos que eu próprio havia espalhado para ele no fundo do mar. Por um momento toquei suas escamas frias e escorregadias e tremi de medo e repulsa por outra descoberta apavorante: até aquela manhã, para mim, todo ser vivo, pintinho, criança, gato, tudo o que vive era sempre morno e macio. Só os que morriam se tornavam duros e gelados. Mas ali estava a exceção — a carpa era rija e gelada, mas vivia, toda ela lisa, úmida, escorregadia, escamosa, cartilaginosa, debatia-se e rabeava com toda a sua energia ágil e gelada entre meus dedos. Essa rabeada violenta me despertou de repente e me fez puxar a mão apavorado, e fui lavar, agitar, passar o sabonete e esfregar os dedos, isso tudo por três vezes, em rápida sucessão. E com isso dei minha caça por encerrada. Em lugar de perseguir meu *nun*, ainda tentei, por um longo tempo, observar o mundo pelos olhos redondos e estáticos de um peixe, sem pestanas, sem pálpebras e sem remela.

E assim me encontraram meu pai, minha mãe e meu castigo, ao chegar em casa e ir até o banheiro sem que eu os percebesse, para me encontrar petrificado em posição de Buda sobre a tampa da cesta de vime, a boca entreaberta, a face morta e inexpressiva, os dois olhos vidrados, fixos em algum ponto no infinito sem piscar, como duas contas de vidro. Logo depararam também com os utensílios de cozinha mergulhados pelo filho maluco no fundo da água da carpa para que fizessem as vezes do arquipélago e das fortificações submarinas de Pearl Harbor. "Vossa alteza", observou meu pai tristemente, "mais uma vez terá de responder pelos seus atos. Sinto muito."

Uma sexta-feira à noite, no dia do shabat, vieram meu avô e minha avó, e também "Lilinka da Mamãe" com seu rechonchudo marido, o sr. Bar-Samcha, cuja face se escondia por trás de uma barba cinzenta, espessa e emaranhada como a palha de aço de arear panelas. Suas orelhas eram estranhas, não tinham o mesmo tamanho, parecia um cão pastor com uma das orelhas esticada e a outra molenga.

Depois da canja com bolinhas feitas de farinha de *matzá*,* minha mãe serviu, de repente, o cadáver do meu *nun*, inteiro, da cabeça à cauda, mas cruelmente cortado na transversal em sete postas pela faca impiedosa. Magnífico e ajaezado como o corpo de um imperador no esquife, transportado por uma carreta da artilharia rumo ao panteão. O real cadáver repousava num molho denso de cor creme sobre uma plataforma do mais alvo arroz, enfeitada por ameixas cozidas e fatias de cenoura, salpicada de folhinhas verdes e decorativas. Mas o olho bem aberto, acusador e irredutível do meu *nun* estava cravado em todos os seus assassinos com a expressão petrificada de acusação e agonia do seu último grito de sofrimento.

Quando os meus olhos cruzaram com aquele olhar terrível — "nazista, traidor e assassino" me dizia aquele olho penetrante —, comecei a chorar em silêncio, a cabeça inclinada sobre o peito, tentando não ser notado. Mas Lilinka, a amiga e confidente de minha mãe, alma de professora de jardim-de-infância num corpo de boneca de porcelana, assustou-se e começou a me consolar. Primeiro sentiu a minha testa e decretou: Não, ele não está com febre. Depois, afagando meu braço de cima a baixo, disse: Mas ele está mesmo com um pouco de calafrios. Em seguida se inclinou bem, mantendo nossas cabeças quase encostadas, sua respiração sufocando a minha, e disse: Parece que se trata de algo emocional, e não físico. Dito isso, olhou para meus pais com expressão de dever cumprido e arrematou dizendo que já havia tempos ela tinha dito a eles que esse menino, assim como todos os futuros artistas, os complicados, os vulneráveis, os sensíveis, esse menino parecia estar chegando à adolescência muito antes dos outros, e o melhor a fazer era deixá-lo em paz.

Meu pai pensou um pouco no que ela havia dito, ponderou, e resolveu:

"Tudo bem, mas primeiro faça o obséquio de comer o peixe. Todos estão comendo."

"Não."

"Não? Por que não? Qual o problema? Vossa alteza real por acaso cogita demitir sua equipe de cozinheiros?"

"Não vou comer."

E eis que surge o sr. Samcha em meu socorro, transbordante de doçura, compreensão e boa vontade, e se põe a implorar com a melhor das intenções, tentando intermediar um acordo com sua voz fina e conciliadora:

"Então quem sabe você come só um tiquinho? Uma mordida, simbólica, não pode ser? Por sua mãe e seu pai, e em homenagem ao shabat?"

Porém, Lilinka, sua esposa, uma alma muito sensível, resolveu me defender:

"Não tem sentido pressionar o menino! Ele deve estar com algum bloqueio emocional!"

Lilinka era Léa Bar-Samcha, ou Lilia Kalish,[6] e foi nossa amiga íntima pela maior parte dos anos da minha infância em Jerusalém: uma mulher pequena, triste, pálida, frágil, de ombros caídos. Durante muitos anos foi professora e educadora do curso primário e chegou a escrever dois livros muito bem-aceitos sobre a alma da criança. De costas, Lilinka parecia uma menina magra de doze anos de idade. Por muitas e muitas horas, ela e mamãe cochichavam, sentadas nos banquinhos de vime da cozinha, ou nas cadeiras levadas por elas ao canto do quintal, trocando confidências ou, as cabeças quase se tocando, inclinadas sobre um livro aberto em seu colo ou um álbum de obras-primas da pintura que ambas mantinham aberto com as mãos lado a lado.

Em geral Lilinka vinha nos visitar durante as horas de trabalho de meu pai: tenho a impressão de que entre os dois imperava aquela aversão mútua e polida que ocorre muitas vezes entre maridos e a melhor amiga das esposas. Se eu me aproximasse das duas durante suas sessões de confidências, ambas se calavam no mesmo instante, para voltar a conversar logo que eu me afastasse. Quando eu me aproximava, Lilia Bar-Samcha sempre sorria para mim com seu sorriso tristonho, que entende e perdoa tudo por causa do emocional, mas minha mãe queria logo saber do que eu estava precisando, assim eu caía fora e as deixava a sós. Tinham muitos segredos em comum.

Certa vez Lilinka veio à nossa casa quando meus pais não estavam, observou-me por muito tempo com olhar piedoso e compreensivo. Meneou a cabeça afirmativamente como se concordando em gênero, número e grau com ela própria e garantiu gostar de mim de verdade, mas de verdade mesmo, desde que eu era bebê, e disse que se interessava muito mesmo por mim. Interessava-se não como os outros adultos, com um interesse banal, do tipo que sempre pergunta se você é bom aluno, se gosta de jogar futebol ou se coleciona selos, ou, ainda, o que você quer ser quando crescer e outras perguntas chatas desse naipe. Não! Ela se interessava pelos meus pensamentos! Pelos meus sonhos! Pela minha vida emocional! Pois para ela eu era um menino tão especial, tão interessante! Uma alma de artista em formação! Ela gostaria de tentar — não agora! — se comunicar com o lado mais íntimo e mais sensível da minha jovem personalidade (nessa época eu tinha uns dez anos de idade): por exemplo, interessava-se em saber o que eu pensava quando estava inteiramente só: o que se passava bem no

---

6. Modifiquei alguns nomes, por diversos motivos.

fundo da minha imaginação? O que me alegrava de verdade e o que me entristecia de verdade? O que me comovia? O que me assustava? O que provocava a minha repulsa? Que tipo de paisagem me fascinava? Será que eu já tinha ouvido falar de Yanush Kortshak? Eu já tinha lido o livro *Yotam haKassam* [Yotam, o feiticeiro]? Será que eu já nutria pensamentos secretos acerca do sexo frágil? Será que ela poderia — e gostaria muito de — ser, como se diz, um ouvido atento? Minha confidente? Corresponder-se comigo? Apesar da diferença de idade etc.?

Eu era um menino educadíssimo. À primeira pergunta, o que eu penso etc., respondi com toda a educação: "Sobre todo tipo de coisas". À rajada de perguntas "o que comove, o que assusta", respondi com as palavras: "Nada em especial". E sobre sua oferta de eterna amizade, respondi delicadamente: "Obrigado, tia Lilia, é muita gentileza de sua parte".

"Se um dia você sentir necessidade de conversar sobre alguma coisa difícil de conversar com seus pais, não hesite! Me procure! Fale comigo! E é claro que guardarei segredo! Podemos trocar confidências, só nós dois!"

"Obrigado, tia."

"Coisas sobre as quais você não tem com quem se abrir. Pensamentos que deixam você talvez um pouco solitário."

"Obrigado, muito obrigado. Aceita um copo d'água? Mamãe volta em um minuto. Foi só até a farmácia do senhor Heinemann. Ou a senhora gostaria, enquanto isso, de ler um jornal, tia Lilia? Posso ligar o ventilador para a senhora?"

29

Vinte anos mais tarde, em 28 de julho de 1971, algumas semanas depois do lançamento do meu livro *Ad Mavet* [Até a morte], recebi uma carta dessa amiga de minha mãe, já então pelos sessenta anos de idade:

[...] eu sinto que não tenho me portado bem em relação a você desde a morte de seu pai, z'l.* Tenho andado muito deprimida e incapaz de fazer qualquer coisa. Eu me fechei aqui em casa (um apartamento pavoroso, mas não tenho ânimo para mudar nada) e simplesmente tenho medo de sair — essa é a verdade. Encontrei algo semelhante no personagem do seu conto "Ahavá Meuchéret" [Amor tardio], ele me parece tão familiar e tão próximo. "Ad Mavet", eu ouvi dramatizado certa vez numa trans-

missão no rádio, e você leu alguns trechos em sua entrevista na tevê. Foi maravilhoso, de repente, ver você no aparelho de televisão que fica no canto do meu quarto. Fico imaginando quais teriam sido suas fontes de inspiração para esse conto — ele é muito especial. Para mim é difícil imaginar o que se passou dentro de sua cabeça ao descrever aquelas situações de humilhação e de terror. É macabro. E as descrições de judeus — personagens fortes, e de modo nenhum vítimas [...] me impressionaram muito. E também a descrição da água que corrói o ferro devagar [...] e a descrição de uma Jerusalém irreal, à qual não se chega caminhando, mas que é a imagem idealizada, só anseio e saudade de um lugar que não existe neste mundo. Você descreve a morte nesse seu conto de um jeito que nunca me passou pela cabeça, e pensar que ansiei por ela, não faz muito tempo [...] penso agora, mais do que nunca, nas palavras de sua mãe, que previu meu fracasso na vida. Eu, que me gabava de ser fraca apenas na aparência, convencida de que, na verdade, era como o aço forjado. Agora me sinto desmoronar [...] Engraçado, sonhei por tantos anos em vir para Israel, e agora que o sonho se materializou, estou vivendo um pesadelo aqui. Não dê atenção às minhas palavras, estou apenas desabafando. Não precisa responder. Da última vez que o vi, naquele diálogo emocionado com seu pai, não senti você uma pessoa triste [...] todos da minha família estão mandando lembranças. Em breve serei avó!
Com amor e amizade,
Lilia (Léa)

E em outra carta, datada de 5 de agosto de 1979, assim me escreve Lilinka:

[...] mas vamos imaginar que um dia nos encontraremos, e então vou conversar com você sobre muitas incertezas que as suas palavras, nos contos, despertam em mim. O que você está insinuando agora, em Reshimá al Atzmí [Inventário sobre mim], o seu livro [...] quando fala sobre sua mãe, que se suicidou, você diz "de tanta decepção ou nostalgia. Alguma coisa deu errado"? Desculpe-me se toco na ferida. A ferida do seu pai, z'l, sua ferida em particular, e até mesmo — a minha. Você não imagina a falta que Fânia me faz, especialmente nos últimos tempos, como me sinto só e desolada no meu mundinho tão pequeno e estreito. Sinto saudade dela. E também de outra amiga nossa, chamada Stafa, que deixou este mundo em meio à angústia e ao desespero, em 1963 [...] ela era pediatra e sua vida era decepção e mais decepção, talvez por acreditar nos homens. Stafa simplesmente se negava a entender do que alguns homens são capazes (peço que não considere essa uma alusão pessoal a

você). Nós três éramos muito unidas durante os anos 30. Sou dos "últimos moicanos" da nossa turma, das amigas e amigos que já se foram. E tentei me suicidar por duas vezes em 1971 e 1973, e não consegui. Não vou tentar de novo [...] ainda não chegou o momento de conversarmos sobre fatos relativos a seus pais [...] já se passaram anos [...] não, não sou capaz de expressar por escrito tudo o que gostaria. E pensar que antigamente só conseguia me expressar por escrito. Talvez nos vejamos de novo — e até lá muita coisa pode mudar [...] e por falar nisso, saiba que sua mãe, eu e mais algumas do nosso grupo do Hashomer Hatzair, em Rovno, considerávamos a pequena burguesia a pior coisa que já havia acontecido no mundo. Todas nós vínhamos de casas desse tipo. Sua mãe nunca foi "de direita" [...] só quando se ligou à família Klausner talvez tenha fingido ser como eles. Na casa de "tio Yossef" havia sempre todos os jornais de Eretz-Israel, menos o Davar. O mais invejoso de todos era o irmão, Betzalel Elitzedek, aquele homem educadíssimo cuja esposa cuidou do professor Klausner depois que ele enviuvou. De todos eles, só do seu avô, Aleksander, que D'us o tenha, eu gostava muito [...].

E novamente, na carta datada de 28 de setembro de 1980:

[...] tua mãe veio de uma família destruída, e destruiu a família de vocês. Mas não teve culpa. Lembro-me de que certa vez, em 1963, você estava em nosso apartamento [...] e eu prometi a você que um dia iria escrever sobre sua mãe [...] mas é muito difícil. Até escrever uma simples carta é difícil para mim [...] se você soubesse o quanto sua mãe queria ser artista, ser uma pessoa criativa — desde criança. Se ao menos ela pudesse ver você agora, ler seus livros! E por que não conseguiu? Talvez numa conversa particular com você eu consiga ser mais corajosa e contar coisas que não ouso colocar no papel.

Com amor,
Lilia

Meu pai ainda chegou a ler meus três primeiros livros antes de morrer (em 1970), mas não os apreciou muito. Minha mãe, como é óbvio, chegou a ler apenas minhas composições escolares e alguns versinhos infantis que escrevi na esperança de tocar as musas, sobre as quais ela tanto gostava de me contar. (Meu pai não acreditava em musas, assim como a vida toda desdenhou a crença em fadas, feiticeiras, piedosos e míticos rabinos, anõezinhos noturnos, em todos os tipos de santos e justos, intuição, milagres, fantasmas e almas penadas de qualquer espécie. Considerava-se "um livre-pensador" e acreditava no raciocínio lógico e na dura e permanente atividade intelectual.)

Se minha mãe tivesse lido os dois contos do livro *Ad Mavet*, será que teria reagido como reagiu sua amiga Lilinka Kalish, "anseio e saudade de um lugar que não existe neste mundo"? É difícil saber. Uma fina película de tristeza sonhadora, de sentimentos secretos e de angústias românticas envolveu a imaginação e os anseios daquelas moças de boas famílias de Rovno, como se suas vidas tivessem continuado a se desenrolar entre os muros do seu querido ginásio, pintadas para sempre nas cores da sua escola secundária, com uma paleta que continha apenas dois tons: o melancólico e o festivo. Todavia minha mãe se rebelava às vezes contra esses tons.

Alguma coisa no currículo daquele ginásio nos anos 20, ou talvez um clima de profundo romantismo que se infiltrou no coração de minha mãe e de suas amigas na juventude, a densa névoa russo-polonesa dos sentimentos, algo entre Chopin e Mickiewicz, entre Os *sofrimentos do jovem Werther* e Byron, algo na zona crepuscular entre o sublime, o atormentado, o sonho e a desolação, todo o espectro das luzes traiçoeiras de "anseio e saudade" que rondaram minha mãe impiedosamente durante a maior parte de sua vida e a seduziram, até ela ceder à sedução e se suicidar em 1952. Estava então com trinta e oito anos. E eu com doze anos e meio.

Nas semanas e meses que se seguiram à morte de minha mãe, em nenhum instante cheguei a pensar no seu sofrimento. Fiz-me surdo para o inaudível grito de socorro que ela havia deixado ecoando atrás de si e que continuava a ressoar, dia após dia, no ar do nosso apartamento. Piedade, eu não sentia, nem um pingo. Nem saudade. E também não me senti de luto pela morte dela: estava tão ofendido e com tanta raiva que não sobrou espaço para nenhum outro sentimento dentro de mim. Ao ver, por exemplo, seu avental xadrez, que continuou pendurado por mais algumas semanas depois de sua morte num gancho na porta da cozinha, eu me enchia de raiva, como se aquele avental borrifasse sal. Os apetrechos de higiene de minha mãe, o pó-de-arroz, a escova de cabelo na prateleira verde, que era dela, no banheiro, me feriam como se tivessem sido deixados de propósito para escarnecer de mim. O setor da estante onde ficavam os livros dela, os sapatos vazios, o eco do seu perfume que ainda continuou por algum tempo a soprar em minha face toda vez que eu abria a porta do lado de mamãe do guarda-roupa, tudo me provocava uma ira incontrolável. Como se o suéter dela, que de alguma maneira tinha ido se misturar aos meus, me expusesse ao ridículo, um ridículo grosseiro de perversa e zombeteira alegria.

Fiquei muito zangado com ela por ter desaparecido sem se despedir, sem um abraço, sem explicação: afinal, nem mesmo de uma pessoa completamente estranha, nem mesmo do carteiro ou do mascate que batia à porta vendendo miudezas minha mãe conseguia se despedir sem oferecer um copo d'água, sem um sorriso, sem um pedido desajeitado de desculpas e duas ou três palavras gentis. Durante toda a minha infância ela nunca me deixou sozinho no armazém, num quintal desconhecido ou num jardim público. Como pôde fazer uma coisa dessa? Fiquei zangado com ela também por meu pai, humilhado dessa maneira pela esposa, para expô-lo como um objeto vazio e descartável. Como nas comédias do cinema, ela sumiu, desapareceu de supetão, como se tivesse fugido de repente com um homem estranho. Eu, por exemplo, em toda a minha infância, se eu desaparecia, mesmo que fosse por apenas duas ou três horas, logo vinham me repreender com toda a energia e me castigar: tínhamos uma regra rígida que determinava que quem saísse sempre devia avisar para onde ia, quanto tempo ia ficar fora e a que horas voltaria para casa. Ou, no mínimo, deixar um bilhete no lugar de sempre, sob o vaso de flores.

Nós três.

E então? É assim que se faz, cair fora de repente sem avisar? No meio da frase? Isso é papel? Pois era ela quem mais se esmerava em agir sempre com tato, com boas maneiras, com atenção permanente para não magoar as pessoas, não ofender, a preocupação extrema com o próximo, a boa educação: como ousou fazer isso?

Eu a odiei.

Algumas semanas mais tarde, passou a zanga. E junto com a zanga, perdi uma espécie de camada protetora, uma espécie de envelope de chumbo que tinha me protegido nos primeiros dias contra o choque e dor. Dali em diante, eu estava exposto — a descoberto.

À medida que o ódio a minha mãe arrefecia, comecei a desprezar a mim mesmo. Ainda não havia em meu coração nenhum cantinho livre para acolher o sofrimento de minha mãe, sua solidão, a opressão que crescera dentro dela até a estrangular, o terror desesperado de suas últimas noites. Eu ainda vivia a minha tragédia, e não a tragédia dela. E não fiquei zangado com ela, mas, ao contrário, culpei a mim mesmo. Se eu tivesse sido um filho melhor, mais amoroso, se não tivesse espalhado as roupas pelo chão, se não a tivesse azucrinado nem aborrecido com miudezas, se tivesse feito as lições de casa a tempo, se tivesse descido o lixo todas as noites sem que para isso eles fossem obrigados a insistir comigo, se não tivesse amargurado suas vidas, se não tivesse feito tanto barulho, esquecido de apagar a luz, se não tivesse voltado para casa com a camisa rasgada, ficado andando pela cozinha com os sapatos cheios de lama!

Se tivesse dado um pouquinho mais de atenção às suas enxaquecas e ao menos me esforçado um pouco para satisfazer sua vontade de que eu fosse um pouco menos fracote e pálido, tivesse comido sem reclamar tanto de tudo o que ela preparava e me servia, se tivesse sido um pouco mais sociável e menos introvertido, um pouco menos magro e abatido e mais bronzeado e atlético, como ela gostaria de ter me visto!

E se fosse justo o contrário? E se eu tivesse sido muito mais fraco, cronicamente doente, preso a uma cadeira de rodas, tuberculoso ou até cego de nascença? Bem, aí sim, sua natureza boa e generosa não lhe permitiria abandonar um filho golpeado pelo destino, deixá-lo entregue a sua própria desgraça e desaparecer. Se ao menos eu tivesse sido um menino aleijado, sem pernas ou que tivesse atravessado a rua correndo, sido atropelado por um carro e amputado as duas pernas? Então o coração de minha mãe se encheria de piedade? Não nos teria abandonado? Teria ficado, para continuar cuidando de mim?

Se minha mãe tinha me abandonado dessa maneira, sem olhar para trás, então era um claro sinal de que nunca tinha me amado: quando se ama, assim ela própria tinha me ensinado, quando se ama, tudo é perdoado, menos a traição. Os aborrecimentos são perdoados, e também o boné perdido, e também as abobrinhas que sobraram no prato.

Abandonar é trair. E ela nos traiu, a ambos, a meu pai e a mim. Eu nunca a teria abandonado desse jeito, como ela fez, apesar de suas enxaquecas, apesar de saber agora que nunca tinha nos amado, eu nunca na vida a teria abandonado, apesar de todos os seus longos silêncios, da sua mania de se trancar num quarto escuro e dos seus acessos de mau humor. Às vezes eu tinha ficado de mal com ela. Talvez até tivesse ficado um ou dois dias sem falar com ela. Mas não a teria abandonado para sempre. Jamais.

Todas as mães amam os seus filhos: é uma lei da natureza. Até a gata. Ou a cabra. Até as mães de assassinos e criminosos. Até as mães dos nazistas. Até as mães de retardados que vivem babando. Até as mães de seres monstruosos. O fato de que só a mim não tinha sido possível amar, o fato de minha mãe ter fugido de mim, isso só demonstrava que simplesmente não havia nada em mim para se amar, que eu não merecia ser amado. Havia alguma coisa errada comigo. Algo de muito terrível, que repelia e aterrorizava as pessoas, algo espantoso de verdade, mais repulsivo do que alguma invalidez, algum retardo ou loucura. Algo de irremediavelmente repulsivo. Algo tão horrível que até mesmo minha mãe, uma mulher amorosa, de sentimentos nobres, uma pessoa que sabia estender seu amor a um passarinho, a um mendigo na rua, a um cãozinho perdido, nem ela tinha conseguido me agüentar, e tivera de tomar afinal a decisão de fugir, de escapar de mim para o lugar mais remoto que pudesse. Em árabe, há um ditado assim: *Kul kird beain imô — razal*, todo macaco aos olhos da mãe é um cervo. Menos eu.

Fiz por merecer. Se eu tivesse sido legal e carinhoso, pelo menos um pouquinho, como todos os filhos do mundo são com suas mães, até os filhos mais feios e malvados, até os mais violentos e desordeiros, que são sempre expulsos da escola, até mesmo Bianca Shor, que tinha esfaqueado o avô com uma faca de cozinha, até Yani, o deformado, doente de elefantíase, que abriu o zíper no meio da rua e tirou para fora para exibir às meninas — se eu tivesse sido um bom filho — se ao menos tivesse me comportado como ela me pediu mil vezes, e eu, como um idiota, fingi não escutar — se ao menos não tivesse quebrado, no final da noite do Seder, aquele prato de cristal azul que a mãe do seu avô havia lhe deixado como herança — se ao menos tivesse escovado os dentes bem direitinho todas as manhãs, escovado também para cima e para baixo, dando voltas com a escova e também nos cantos da boca, sem blefar — se ao menos não tivesse roubado aquela meia libra da sua carteira, e ainda mentido para ela ao negar terminantemente — se ao menos tivesse parado com aqueles pensamentos feios, e nunca tivesse permitido à minha mão penetrar, nem por um segundo, à noite, na calça do pijama — se ao menos tivesse sido como os outros garotos, eu ainda teria a minha mãe.

* * *

Depois de um ou dois anos, quando abandonei minha casa e fui viver no kibutz Hulda, comecei lentamente a pensar nela, algumas vezes. À tardinha, depois das aulas e depois das horas de trabalho e do banho, quando todas as crianças do kibutz iam, de banho tomado, escovadas, penteadas, vestidas com roupas limpas para a noite, passar algum tempo na casa dos pais, deixando-me sozinho e perdido entre as casas vazias, eu ia me isolar no banco de madeira da sala dos jornais, numa construção de madeira que ficava atrás do depósito de roupas.

Sem acender a luz, deixava-me ficar sentado ali por meia hora ou mais e fazia passar diante dos meus olhos, imagem após imagem, o final da vida de minha mãe. Nessa mesma época eu já tentava começar a adivinhar sozinho um pouco do que nunca tinha sido dito, nem entre mim e minha mãe, nem entre mim e meu pai, e possivelmente nem entre eles dois.

Minha mãe tinha trinta e oito anos quando morreu. Mais jovem do que minha filha mais velha e um pouco mais velha do que minha filha caçula no dia em que estas linhas foram escritas. Dez ou vinte anos depois de ter estudado no Ginásio Tarbut, quando minha mãe, Lilinka Kalish e mais algumas de suas amigas daquela época sentiram os golpes desferidos pela crua realidade da Jerusalém dos ortodoxos, da miséria e do diz-que-diz maligno, quando as sensíveis ex-ginasianas se viram de repente em meio à áspera realidade do dia-a-dia das fraldas, maridos, enxaquecas, filas, cheiros, naftalina e pias de cozinha, devem ter percebido naquela ocasião que o currículo do Ginásio Tarbut dos anos 20 de pouco valeria para elas, pelo contrário, seria mais um fardo a carregar.

Ou talvez tenha sido algo diferente, não ao estilo de Byron ou de Chopin, mas próximo daquela aura de solidão e melancolia que envolve as moças introvertidas de boa família retratadas nas peças de Tchekhov e também nos contos de Gnessin: uma espécie de promessa da infância que vem a ser inevitavelmente frustrada, espezinhada e exposta ao ridículo pela monotonia da própria vida. Minha mãe cresceu envolta em magia espiritual, numa sublime visão cultural de mística beleza, cujas asas acabaram destroçadas contra o chão de pedra da Jerusalém nua, quente e empoeirada. Tinha crescido como a fina e delicada filha do dono de um moinho, chegou à adolescência na mansão da rua Dovinska, numa casa com pomar, empregados e cozinheira, onde provavelmente foi educada como a pastora daquele quadro que ela detestava, como a pastora idealizada, de faces rosadas e três anáguas sob o vestido.

Aquela explosão furiosa que tia Sônia relembrou, ainda pasma, setenta anos mais tarde, quando a jovem Fânia de dezesseis anos explodiu num intempestivo e inesperado ataque de fúria e quase cuspiu no quadro da jovem pastora com expressão sonhadora e uma profusão de anáguas de seda, talvez tenha sido uma explosão das forças vivas represadas dentro de minha mãe, tentando inutilmente escapar das teias de aranha que já se teciam ao seu redor.

Atrás das janelas envidraçadas e das cortinas bordadas que tão bem protegiam a infância de Fânia Musman, o *pan* Zakszawski desferiu um tiro na própria coxa e com outro estourou os miolos. A princesa Ravzova transpassou a palma da própria mão com um prego enferrujado para aliviar um pouco do sofrimento do Salvador ao recebê-lo na própria carne. Dora, a filha da inquilina perpétua, engravidou do amante de sua mãe, o bêbado Stilietski perdia a mulher à noite para seus eventuais companheiros no jogo de cartas, e ela, Ira, a mulher de Stilietski, acabou morrendo queimada no fogo ateado por ela própria no casebre vazio do belo Anton. Mas todas essas coisas aconteceram do lado de fora, para além das vidraças duplas e do círculo iluminado e alegre da vida no Ginásio Tarbut. Nada disso pôde alterar ou perturbar seriamente a tranqüilidade da infância de minha mãe, uma tranqüilidade à qual se misturava uma pitada de melancolia que não chegava a empanar-lhe a doçura, mas apenas a coloriu de um matiz diferente.

Alguns anos mais tarde, no bairro de Kerem Avraham, na rua Amós, num pequeno e úmido apartamento semi-enterrado, sob os Rosendorf e ao lado dos Lemberg, entre os telhados de folha-de-flandres e os pepinos em conserva, sob os oleandros que brotavam das latas enferrujadas de azeitonas, cercada dia e noite pelo cheiro de couve, roupa suja, peixe cozido e urina seca, minha mãe começou a desmoronar, a fenecer, a se extinguir. Talvez ainda pudesse agüentar firme, os dentes cerrados, em face da desgraça e da perda. Em face da miséria. Em face das decepções do casamento. Porém, assim me parece, de modo algum poderia enfrentar a falta de gosto, a vulgaridade.

E em 1943 ou 1944, se não antes disso, ela já sabia que todos tinham sido assassinados nos arredores de Rovno. Já houvera quem tivesse vindo contar como os alemães, os lituanos e os ucranianos, armados com metralhadoras, tinham feito toda a cidade marchar, velhos e moços, até o bosque Sussanky — o bosque onde todos gostavam de passar os dias de verão em plena natureza, fazendo jogos de escoteiros com as crianças, varar a noite cantando em volta da fogueira, dormir às margens do riacho sob o céu estrelado. Lá, no bosque Sussanky, entre folhagens, pássaros, cogumelos e frutinhas silvestres, os alemães abriram fogo, à beira de grandes fossas, contra vinte e cinco mil pessoas[7] — assassinando-as todas em dois dias. Quase todos os colegas de classe de minha mãe morreram. Junto com seus pais, com todos os vizinhos, os conhecidos, os concorrentes nos negócios e os inimigos, todos os que se gostavam e os que se odiavam; ricaços e proletários, ortodoxos, assimilados e convertidos ao cristianismo, rabinos e tesoureiros das sinagogas, seus mantenedores, os *chazanim*,* os cantores de sinagoga, e os *shochatim*,* os mascates e os aguadeiros, os comunistas e os sionistas, artistas e literatos, e ainda os vagabundos da aldeia, e algo como quatro mil bebês. Os professores de minha mãe também morreram ali, e Issashchar Reiss, o diretor de presença carismática e olhos hipnóticos, cujo olhar penetrante trespassara os sonhos de tantas alunas, e Ytzchak Berkovsky, sonolento, distraído e eternamente perplexo, e Eliezer Bolsik, o irascível, que ensinava cultura judaica, e Fanka Zaidman, professora de geografia, biologia e também de ginástica, e seu irmão Shmuel, o pintor, e o dr. Moshé Bergman, sisudo e exigente, que ensinava história geral e história da Polônia com os lábios quase cerrados. Todos.

Pouco depois, numa noite de verão de 1948, quando a artilharia da Legião Árabe Transjordaniana bombardeava Jerusalém, outra amiga de mamãe morreu de repente, atingida diretamente por um projétil. Chamava-se Pirushka, ou Piri Yanai, e tinha saído ao quintal por um instante para apanhar um pano de chão e um balde.

Quem sabe se alguma coisa das promessas da infância de minha mãe já estava minada por uma espécie de crosta romântico-venenosa que associou as musas à morte? Ou foi algo no currículo excessivamente refinado do Ginásio Tarbut? Ou talvez tenha sido um traço burguês eslavo, um traço melancólico,

---

7. O equivalente a quase toda a população de Arad, onde moro agora, e mais do que a totalidade de judeus mortos durante os cem anos de guerras e escaramuças com os árabes.

com o qual deparei novamente poucos anos depois da morte de minha mãe, nas páginas de Tchekhov e Turgueniev e também nos contos de Gnessin e um pouco nos poemas hebraicos de Rachel? Alguma coisa fez que minha mãe, cuja vida não cumpriu nenhuma das promessas da juventude, imaginasse a morte como um amante fogoso, mas também protetor e sereno, o último amante, um bálsamo que viria finalmente curar as feridas do seu coração solitário?

Há muitos anos persigo esse velho assassino, o antigo e esperto sedutor, o ancião perverso e repelente, deformado de tão velho, mas que sempre volta, disfarçado em garboso príncipe dos sonhos. É ele o ladino caçador dos corações partidos, ele é o galanteador vampiro de voz melíflua, tão doce e pungente como o som da corda tangida pelo arco do violoncelo nas noites solitárias: o impostor que escolhe a presa, refinado e polido, o trapaceiro de todas as artimanhas, o flautista encantador que atrai ao seu manto de seda os solitários e os desesperados, o velho *serial killer* das almas fustigadas pela decepção.

30

Onde começa minha memória? A lembrança mais antiga de todas é um sapato: um sapato pequeno, marrom, novo e cheiroso, com dois cadarços e um forro macio e gostoso. Claro que era um par, e não um único sapato, mas a minha memória guardou apenas um deles, novo, ainda um pouco incômodo de usar. Eu adorava aquele cheiro, a mistura feliz de couro novo e brilhante, quase vivo, e de cola de sapateiro, intenso e estonteante, a tal ponto que parece que tentei, no início, calçar aquele sapato novo no rosto, no nariz, como uma espécie de máscara, para me embebedar daquele perfume.

Minha mãe entrou no quarto, atrás dela meu pai, e com ele vários tios e outras pessoas, apenas conhecidos. Claro que a eles eu parecia uma gracinha inocente, com o rostinho enfiado no sapato, pois todos caíram na gargalhada e me apontavam, e um deles gargalhava incontrolavelmente e dava firmes palmadas nos joelhos, e outro engasgou de tanto rir: Rápido, rápido, uma máquina fotográfica!

Bem, máquina fotográfica não havia em casa, mas aquela criança, eu quase posso vê-la: dois anos de idade, ou dois anos e pouco, o cabelo claro e liso, os olhos grandes, redondos e pasmos. Mas bem debaixo daqueles olhos, em lugar de nariz, em lugar de boca e queixo estava aplicado o calcanhar de um sapato com a sola nova e clara, a sola de couro ainda sem uso, brilhante, uma sola virgem, que ainda não havia iniciado o seu caminhar. Dos olhos para cima, aquele era um menino pálido, e das bochechas para baixo parecia um peixe-martelo ou alguma espécie de passarinho pesado, sem penas, primitivo.

 Qual era o sentimento do bebê? Posso responder a essa questão de forma bastante precisa, porque herdei daquele bebê o que ele sentia naquele momento: uma alegria fulgurante, uma alegria selvagem, inebriante, que surgia pelo fato de toda aquela gente estar olhando para ele, surpresa com ele, achando graça, apontando para ele. Ao mesmo tempo, sem nenhuma contradição, a criança estava também assustada e alarmada com tanta atenção, que ele era tão pequeno para conter, seus pais e umas pessoas desconhecidas, todos berrando, rindo, apontando para ele e para a sua cara, e rindo de novo enquanto gritavam uns com os outros: Uma máquina, rápido, busquem uma máquina fotográfica!

 E também desapontado porque cortaram justo no meio o prazer intoxicante e sensual de inalar o cheiro fresco de couro e a embriagadora fragrância da cola, que o faziam tremer por dentro.

 Na cena que se segue não há público. Minha mãe me calça uma meia quente e macia (pois aquele quarto é frio), e então começa a me encorajar: empurra o pé, com força, empurra, mais forte, como se estivesse ajudando o parto do meu pezinho pela estreita abertura virgem do meu sapato novo, perfumado.

 Até hoje, todas as vezes que empurro o pé para calçar um sapato, ou uma bota de borracha, e até mesmo neste momento em que escrevo, volto a sentir na pele o prazer do pé que penetra pela primeira vez o interior daquele primeiro sapatinho: o frenesi da pele ao encostar e se aninhar pela primeira vez na vida entre as paredes de couro macio que acariciam e afagam de todos os lados ao se ajustar ao meu pé que penetra e penetra mais e mais guiado pelas mãos de minha mãe a me incentivar — Empurra o pé, empurra, só mais um pouquinho. Com uma das mãos ela empurra meu pé suavemente, mais fundo, mais fundo, enquanto a outra mão segura o sapato pela sola, puxa e faz pressão, com delicadeza, a rigor contra o meu pé, mas na verdade ela só ajuda o encaixe, até o final, quando sinto a pressão da língua cálida e macia sob os cordões e sob o nó. Esse é o apertar que sempre me causou cócegas e arrepios de prazer. E eis que estou afinal bem rodeado, apertado, protegido pelo couro do primeiro sapato da minha vida.

Naquela noite pedi que me deixassem dormir com os sapatos calçados: não queria interromper a emoção. Ou que pelo menos me deixassem dormir com os sapatos novos sobre o travesseiro, pertinho do meu rosto, para que eu adormecesse sentindo os perfumes do couro e da cola de sapateiro. Só depois de muitos argumentos e muita discussão banhada em lágrimas, eles concordaram afinal em deixar os sapatos sobre uma cadeira encostada à cabeceira da cama, e com a condição de você não tocar neles, nem uma encostadinha com o dedo, durante toda a noite, pois você já lavou as mãos, você só pode olhar para eles e espiar quanto quiser para dentro do seu fundo escuro, sorridente e convidativo, e também cheirar à vontade o seu perfume, até adormecer perto deles, você também sorrindo feliz em pleno sono, os sentidos saciados.

Na minha segunda lembrança, estou trancado por fora, sozinho, dentro de um cubículo, em completa escuridão.

Aos três anos e meio, quase quatro, costumavam me deixar, alguns dias por semana, na casa de uma vizinha nossa, viúva, já não tão jovem, sem filhos, uma mulher que sempre cheirava a lã molhada, também um pouco a sabão de lavar roupa e fritura. Seu nome era sra. Gat, mas nós a chamávamos de tia Gerta, exceto meu pai, que às vezes colocava a mão sobre seu ombro e a chamava de Gretchen, ou Gert, e brincava com ela como um perfeito ginasiano de outros tempos: "Bater um papinho com Gerta querida/ Sempre me deixa feliz da vida!" (parece que era esse o seu jeito de cortejar as mulheres). Tia Gerta enrubescia e, como ela morria de vergonha por ter enrubescido, aí sim sua face ficava vermelha, de um vermelho intenso e escuro, um vermelho quase violeta.

O cabelo louro de tia Gerta era preso por uma grossa trança, que ela costumava atar como uma corda em volta de sua cabeça redonda. Nas têmporas, já começava a surgir algum cabelo grisalho, pequenos arbustos cinzentos na campina loura. Seus braços roliços eram salpicados de inúmeras sardas marrom-claras. Sob os vestidos de algodão, estilo camponesa, que ela costumava usar, tia Gerta tinha coxas amplas e pesadas, que lembravam muito as de uma égua de carga. Um sorriso pasmo, um tanto envergonhado, pairava às vezes ao redor dos seus lábios, como se tivesse sido apanhada naquele mesmo instante fazendo alguma coisa muito feia, ou mentindo, e ela era a primeira a ficar perplexa consigo mesma. Sempre tinha dois dedos enfaixados, ou um, ou às vezes três, ou porque tinha se cortado com a faca da salada, ou porque tinha prendido a unha na gaveta, ou porque batera a tampa do piano sobre os dedos: apesar dos constantes problemas com os dedos, ela era professora particular de piano. E um pouco, também, babá de crianças pequenas.

 Depois do café-da-manhã minha mãe me colocava em pé sobre um banquinho de madeira junto à pia do banheiro, esfregava com uma toalha de rosto macia meus lábios, bochechas e testa, para tirar qualquer vestígio do ovo quente, umedecia meu cabelo e traçava com o pente uma risca fina e precisa, do lado, e me entregava em mãos um saco de papel pardo contendo uma banana, uma maçã, uma fatia de queijo e alguns biscoitos. E assim, escovado, penteado e infeliz, minha mãe me levava ao quintal que ficava por trás da quarta casa à direita, e no caminho eu ainda era obrigado a prometer a ela me comportar bem, obedecer a tia Gerta, não irritá-la com bobagens, e principalmente não coçar a casca da ferida que tinha se formado no meu joelho, pois essa casca, ou crosta, é parte da recuperação da ferida, e em breve vai cair sozinha, mas se você, D'us o livre, ficar cutucando, ela pode infeccionar, e então o único jeito vai ser aplicar mais uma injeção.

 Chegando à porta, minha mãe desejava a mim e a tia Gerta que ambos passássemos uma ótima manhã juntos e, dito isso, despedia-se. Tia Gerta tirava então os meus sapatos e me deixava só de meias, sentado sobre um tapete para brincar, bem quietinho. Todas as manhãs me aguardavam no canto do tapete cubos de madeira, colherinhas, almofadas, guardanapos, uma pantera flexível, de veludo, pedras de dominó e também uma boneca princesa um tanto surrada, com um leve cheiro de mofo.

 Para mim esse inventário era suficiente para horas e horas de batalhas e feitos heróicos — a princesa era prisioneira de um feiticeiro mau (a pantera) que a mantinha encarcerada numa caverna (embaixo do piano); as colherinhas eram uma esquadrilha de aviões farejadores que voavam à procura da princesa sobre o oceano (o tapete) e para além das montanhas (as almofadas); as pedras de dominó eram os lobos maus que o feiticeiro tinha espalhado pela floresta, em volta da caverna onde a princesa estava presa.

 Ou ao contrário — o dominó eram tanques, os guardanapos, as tendas dos árabes, a boneca macia era agora o alto comissário britânico, as almofadas eram as muralhas de Jerusalém, e as colherinhas, sob o comando da pantera, tinham sido promovidas a lutadores macabeus ou a tropas guerrilheiras de Bar Kochba.

No meio da manhã, aproximadamente, tia Gerta me trazia um suco de framboesa bem espesso, viscoso, numa xícara pesada, nada parecida com as nossas. Às vezes ela recolhia a saia e a mantinha bem apertada para poder se sentar ao meu lado no tapete: ficava, então, fazendo todo tipo de sonzinhos carinhosos, como o piar de passarinho, o estalar de lábios, que acabavam sempre em muitos beijinhos grudentos sabor geléia. Às vezes me deixava tocar um pouco — com cuidado! — as teclas do piano. Se eu comesse tudo o que minha mãe tinha preparado no saco de papel, tia Gerta me dava de sobremesa dois pedaços de chocolate ou dois cubinhos de marzipã. As venezianas do seu quarto estavam sempre cerradas para os raios de sol, as janelas, fechadas por causa das moscas, e as cortinas estampadas de flores, essas, então, estavam sempre bem fechadas e apertadas uma contra a outra, como um par de joelhos recatados, para se resguardar de olhares curiosos.

Às vezes tia Gerta resolvia me calçar os sapatos e enfiar na minha cabeça um bonezinho cáqui com a viseira rija, como a de um policial inglês, ou como usavam os motoristas dos ônibus da companhia Hamekasher. Depois me examinava de alto a baixo com olhar penetrante, abotoava minha camisa direitinho, dava uma cuspidinha no dedo e esfregava energicamente as migalhas de chocolate ou marzipã que tinham sobrado em volta dos meus lábios e colocava seu grande chapéu redondo, de palha, que escondia metade do rosto mas acentuava o corpo arredondado. Encerrados todos esses preparativos, saíamos, ela e eu, por duas ou três horas, para "dar uma espiada no grande mundo".

31

De Kerem Avraham se podia chegar ao grande mundo com o ônibus número 3A, que parava na rua Tzefânia, em frente ao jardim-de-infância da sra. Chassy, ou então com o ônibus 3B, cujo ponto ficava no outro extremo da rua Amós, na rua Gueúla, esquina com Malachi. O grande mundo se estendia ao longo da rua Jafa, pela King George abaixo, em direção ao convento Rathisbone e aos prédios da Sochnut, a Agência Judaica, na Ben Yehuda e arredores, na rua

Hillel, na rua Shamai, nas proximidades do cine Studio e do cine Rex, que ficavam na descida da rua Princesa Mary, e também rua Julian acima, até o hotel King David.

No cruzamento das ruas Julian, Mamila e Princesa Mary havia sempre um policial bastante enérgico, de calças curtas e braçadeiras brancas. Instalado numa ilhazinha de concreto, esse policial reinava, protegido por um guarda-sol redondo, feito de chapa metálica. Dessa ilha, ele comandava o tráfego como um semideus todo-poderoso, munido de um apito de som estridente, a mão esquerda pára, a direita faz seguir. A partir desse cruzamento se espraiava o grande mundo, que continuava pelo centro comercial judeu sob a muralha da Cidade Velha, e que às vezes se estendia até os limites dos recantos árabes nas imediações da porta de Damasco, na rua Sultan Suleiman, e ainda ao mercado no interior das muralhas.

Em todos esses passeios tia Gerta me rebocava para três ou quatro lojas de roupas femininas, e em cada uma delas gostava de vestir, despir e vestir de novo na penumbra dos provadores um sem-número de vestidos vistosos, magníficas saias e blusas, esplêndidas camisolas e uma variedade de roupões e robes que ela chamava de *negligées*. Certa vez experimentou até uma estola de pele: o olhar sofredor da raposa morta me aterrorizou. A cara daquela raposa me deixou muito abalado, pois ela parecia tão astuta e perversa quanto desolada de cortar o coração.

Tia Gerta desaparecia continuamente dentro do escuro do provador para, depois de um tempo que a mim parecia os sete anos maus, reaparecer exuberante e esplendorosa, uma sublime Afrodite de farto traseiro, que renascia radiante à nossa frente por entre a espuma das ondas, para logo sumir outra vez atrás da cortina e voltar numa nova encarnação, ainda mais colorida e espetacular que a anterior. Para mim, para o vendedor e para os demais fregueses presentes, tia Gerta dava uma ou duas voltas na frente do espelho: apesar de suas coxas grossas, ela se divertia realizando uma pirueta delicada e coquete e perguntava a cada um de nós em separado: Aquela roupa lhe caía bem? Realçava seu porte? Combinava com a cor dos olhos? Estava na medida? Não engordava? Não era vulgar? Não era cafona? Não era um tanto escandalosa? E ao dizer isso sua face corava, e como corar a deixava embaraçada, enrubescia mais até que rosto e pescoço ganhassem um tom vermelho intenso, quase violeta. Por fim, prometia solenemente ao vendedor que com toda a certeza voltaria no mesmo dia, na verdade daqui a pouco, logo depois do almoço, ou no fim da tarde, depois de mais uma voltinha, só para dar uma espiada nas vitrines, ou, no mais tardar, amanhã.

Pelo que me lembro, ela nunca retornou a nenhuma dessas lojas, pelo contrário: sempre tomava todo o cuidado de não aparecer por lá durante uns meses depois de cada visita.

E também jamais comprou nenhuma roupa: todas as incursões, das quais eu participava como acompanhante, consultor de moda e confidente, todas, sem exceção, terminavam de mãos vazias. Talvez não tivesse dinheiro, ou quem sabe aqueles provadores isolados por cortinas nas lojas de moda feminina em Jerusalém não eram para tia Gerta mais ou menos o que era para a boneca princesa um tanto surrada o castelo encantado que eu construía para ela com os cubos, no canto do tapete.

Até que uma vez, num dia de inverno fustigado por um vento que fazia redemoinhar montes farfalhantes de folhas secas na luz cinzenta, tia Gerta e eu, de mãos dadas, chegamos a uma esplêndida loja de roupas femininas, bem ampla e moderna, talvez numa das ruas árabe-cristãs. Como de costume, tia Gerta logo embarafustou pela loja carregando montes de saias, camisolas e vestidos coloridos e desapareceu dentro do provador, não sem antes me dar um beijo pegajoso e me botar sentado num banquinho, para esperá-la bem na frente da sua cabine mágica, defendida por uma pesada cortina. E você vai me prometer que não vai, D'us me livre, sair daí para nenhum lugar, para canto nenhum, mas vai ficar esperando bem quietinho, e, principalmente, não vai falar nada, nem uma palavra com pessoas estranhas até tia Gerta sair do provador, ainda mais bonita, e, se você for um bom menino e se comportar direito, vai ganhar de tia Gerta uma pequena surpresa, adivinhe o que é?

Enquanto eu a esperava sentado no banquinho, triste mas obediente, passou rápida na minha frente, em passos ligeiros, uma menina pequena, fantasiada como para o Purim,* ou então muito empetecada: devia ser ainda mais nova do que eu, que tinha três anos e meio (ou talvez quase quatro). Por um instante, tive a impressão de que os lábios da menininha estavam pintados de batom, mas como era possível? E tinham arranjado nela uns seios como de mulher, de verdade. Mas a forma de sua cintura não parecia nada com a de uma criancinha, era uma cintura fina, como de mulher-feita, e, nas suas perninhas, ainda deu para ver as meias de náilon com a costura na parte de trás. Aquelas meias transparentes-não-transparentes terminavam num par de sapatos vermelhos, de salto alto e pontudos. Eu nunca tinha visto uma menina-mulher como aquela — pequena demais para ser mulher e enfeitada demais para ser menina. Então pulei do banquinho, confuso e intrigado, e como que arrebatado por uma visão fantástica comecei a seguir aquela menininha para conferir o que eu tinha visto, ou melhor — o que quase tinha visto, porque a menina tinha surgido de repente das araras carregadas de vestidos bem atrás de mim e passara correndo na minha frente. Eu queria vê-la de perto. Queria que ela também me visse. Queria fazer, ou dizer a ela, qualquer coisa que a surpreendesse: eu tinha um repertório de duas ou três expressões já testadas, que sempre provocavam nos adultos gritos de admiração, e mais uma ou duas que funcionavam razoavelmente com crianças, em especial com meninas pequenas.

A menina fantasiada levitou rápida entre fileiras de estantes cheias de rolos de tecidos e voou para dentro das passagens estreitas como túneis, formadas por altos troncos enfeitados com vestidos, os galhos quase vergando ao peso daquela colorida folhagem de roupa. Apesar do seu peso, esses troncos podiam girar apenas com um leve empurrão.

Aquele era um mundo feminino — um labirinto de passagens sombreadas de onde emanava um perfume especial, sedosos becos de seda e aveludados becos de veludo, fileiras espessas e tentadoras se dividindo em mais fileiras e fileiras de araras abarrotadas. O cheiro da lã, naftalina e flanela se misturavam ali numa vaga sugestão de fragrâncias indefinidas que pairavam como uma onda perfumada sobre a densa floresta de vestidos, suéteres, blusas, saias, cachecóis e lencinhos brancos e cor-de-rosa, roupões, e uma variedade de espartilhos, e ligas, e anáguas, e camisolas, e casaquinhos, e blazers, e tailleurs, e casacos de pele, e o ruge-ruge da seda, e todos farfalhavam, sussurravam e sopravam como a suave brisa do mar.

Aqui e acolá se abriam à minha frente pequenos vãos escuros, ocultos por cortinas espessas. Aqui e acolá, no fim de um túnel sinuoso, uma lâmpada mortiça bruxuleava medrosa. Aqui e acolá essas passagens se bifurcavam em outras menores e igualmente sombrias, como trilhas numa espessa floresta tropical, estreitas e serpenteantes, e conduziam a cavernas apertadas, provadores fechados e uma infinidade de armários, balcões, estantes, expositores e prateleiras. E ainda havia muitos cantos escondidos por grossas capas e cortinados.

Os passos da garotinha de salto alto eram muito rápidos e precisos — ti-ta-tac, ti-ta-tac, ti-ta-tac (e eu na minha aflição ouvia: "Vem pra cá, vem pra cá, vem pra cá", ou, numa provocação zombeteira: "Seu fedelho, seu fedelho, seu fedelho"). Não eram mais do que os passos de uma menininha pequena, mas eu tinha toda a certeza, só em vê-la de costas, que era bem mais baixa do que eu. E já havia entregado a ela todo o meu coração, estava encantado, fascinado, e tudo o que eu queria, a qualquer custo, era surpreendê-la, ver seus olhos se arregalarem de surpresa.

Acelerei meu passo. Estava quase correndo atrás dela. Com a cabeça cheia de histórias de fadas, desfilavam rápidas diante dos meus olhos as imagens de princesas misteriosas e de nobres cavaleiros, que, como eu, galopavam para salvá-las das garras do dragão ou das magias de perversos feiticeiros. Tinha de alcançá-la, tinha de ver bem de perto a face dessa ninfa dos bosques. E, quem sabe, salvá-la? Matar por ela um ou dois dragões? Conquistar sua eterna gratidão? Temi perdê-la para sempre na escuridão do labirinto.

Mas não tinha como saber se aquela menina, que ziguezagueava vertiginosamente pela floresta das roupas, havia ou não percebido o valoroso cavaleiro que galopava obstinado em seu encalço, alargando cada vez mais os passos para não perdê-la de vista. Se tinha me percebido, não deu nenhum sinal — não olhou para trás nem uma única vez.

De repente, a fadinha mergulhou embaixo de uma árvore de capas de chuva cheia de galhos carregados, sacudiu-a um pouco, e num instante sumiu da minha vista, engolida pela sua espessa folhagem.

Tomado de inaudita coragem, arrebatado por uma ousadia cavalheiresca, mergulhei sem hesitar na espessa moita de tecidos depois dela e, nadando contra a corrente, encontrei meu caminho através do amontoado sussurrante de roupas. E assim, tremendo de excitação, fui emergir — aos trambolhões — numa espécie de clareira pouco iluminada da floresta. Lá decidi esperar o tempo que fosse pela jovem ninfeta dos bosques, de quem eu imaginava poder perceber o rumor dos movimentos e quase sentir a doçura do hálito nos ramos mais próximos. Iria arriscar minha vida para enfrentar de mãos nuas o feiticeiro que a mantinha prisioneira em sua masmorra. Iria desafiar o monstro, romper as cadeias de ferro que atavam seus pés e mãos, libertá-la, e então manter-me a distância, a cabeça inclinada sobre o peito em atitude de silenciosa modéstia, e aguardar pela minha recompensa, que não tardaria a vir, e por suas lágrimas agradecidas, e pelo que mais viesse — não saberia dizer exatamente o quê, mas por certo me deixaria bastante orgulhoso.

Pequena, miudinha, frágil, quase um bebê: tinha o cabelo castanho e muitos cachos que desciam até os ombros. E sapatos vermelhos de salto alto. E um vestido de mulher adulta, com um decote que deixava entrever seios de mulher, e entre eles um vale profundo. E tinha lábios largos, entreabertos, pintados de vermelho-vivo.

Quando finalmente tomei coragem para fitá-la, seus lábios se torceram numa expressão de maldade e escárnio, num sorriso mortal e venenoso que deixava ver os pequenos dentes afiados e, entre eles, um repentino brilho de ouro. Uma camada espessa de pó-de-arroz, com ilhas de ruge, cobria sua testa e tornava sua face pálida e assustadora, chupada como a de uma bruxa velha e má: como se fosse a cara daquela raposa morta, de expressão astuta e perversa, mas ao mesmo tempo infeliz de cortar o coração.

Pois a menininha que levitava rápida, a fadinha esperta e graciosa dos passos ágeis, a minha ninfa encantada, que eu tinha perseguido, enfeitiçado, até as profundezas da floresta, não era nenhuma criancinha: nem fada, nem ninfeta dos bosques, mas uma mulher zombeteira, quase velha, uma anã, um tanto corcunda. Vistas de perto, suas feições assemelhavam-se às de um corvo, o bico adunco, os olhos vidrados. Era em suma uma criatura disforme, assustadora, uma horrenda miniatura, o velho pescoço enrugado como as mãos que ela abriu e estendeu de repente na minha direção, enquanto ria um riso baixo, velado, pavoroso, fingindo que iria me agarrar e me prender entre seus dedos encarquilhados e unhas curvas como as garras de uma ave de rapina.

No mesmo instante me virei e fugi, sem ar, aterrorizado, soluçante, corri, petrificado demais para gritar, corri loucamente, gritando um grito estrangulado dentro de mim, socorro, salvem-me, socorro, corri desabaladamente por entre túneis farfalhantes no escuro, errando o caminho, ficando cada vez mais perdido naquele labirinto. Nunca em toda a minha vida, nem antes nem depois, experimentei um tal terror. Eu tinha descoberto o seu terrível segredo

— ela não era uma menina, mas uma bruxa disfarçada de menina, e nunca mais iria me deixar sair de sua tenebrosa floresta.

Em plena corrida, caí de repente dentro de um pequeno vão, uma espécie de passagem com uma porta de madeira, que na verdade não era uma porta de altura normal, mas uma portinhola, como de uma casinha de cachorro. Engatinhei para dentro com o resto das minhas forças e lá me escondi da velha bruxa, amaldiçoando-me por não ter fechado atrás de mim a porta daquele esconderijo. Eu estava paralisado pelo terror, com medo demais para deixar aquele abrigo, mesmo que fosse apenas por um instante, para estender a mão e fechar a porta.

E assim me espremi num canto daquele lugar, que talvez fosse apenas um pequeno depósito, um espaço triangular, fechado, sob um lance de escadas. Lá, entre um amontoado confuso de canos de metal, malas que se desintegravam e pilhas de tecido mofado, encolhido e enrodilhado como um feto, as mãos protegendo a cabeça, e a cabeça enfiada entre os joelhos, desejando me anular, desaparecer, juntar meus pedaços e sumir dentro do meu próprio ventre, tremendo, encharcado de suor, com medo de respirar, tomando cuidado para não deixar escapar um pio, em pânico porque com certeza o ruído estrondoso da minha respiração iria me delatar, uma vez que devia ser facilmente audível do lado de fora.

A todo momento eu imaginava estar ouvindo o tiquetaquear dos seus passos, "morre traidor, morre traidor, morre traidor", chegando mais perto do meu esconderijo, ela estava me caçando, sua cara de raposa morta, a qualquer momento ela iria cair em cima de mim, puxar-me com força para fora e me apalpar com seus dedos viscosos como os dedos de um sapo, me machucando, e de repente iria se curvar sobre mim rindo com seus dentinhos afiados e injetaria um tremendo veneno enfeitiçado no meu sangue, que me transformaria também, instantaneamente, em raposa morta. Ou em pedra.

Mil anos depois alguém passou. Será que foi um dos empregados da loja? Prendi a respiração e cerrei meus punhos trêmulos. Mas o homem não ouviu as pancadas do meu coração, apenas passou apressado e, na passagem, aproveitou para fechar a porta do meu esconderijo, e inadvertidamente me trancou lá dentro. Agora eu estava trancado. Para sempre. Na mais completa escuridão. No fundo de um oceano silencioso.

Eu nunca tinha estado numa escuridão e silêncio semelhantes antes, ou até ali. Pois não era uma escuridão noturna, que em geral é negra azul-marinho, e onde quase sempre se podem vislumbrar lampejos, cintilações que a perfuram ou pontuam, estrelas, pirilampos, faróis que passam distantes, uma janela ao longe, enfim, tudo o que se consegue distinguir nas trevas da noite, onde sempre é possível se orientar, de bloco escuro em bloco escuro, por esses lampejos, halos ou bruxuleios, e sempre é possível tentar perceber na escuridão sombras um pouco mais escuras do que a própria noite.

Não ali: eu estava no fundo do mar de tinta nanquim.

Também não havia ali o silêncio da noite, aquele silêncio perfurado por muitos barulhinhos — alguma bomba de irrigação soando ao longe, os grilos que fazem tremer o silêncio com seu ruído, os corais de sapos, mugidos, o ruído de um motor distante e o zunido dos mosquitos, e, de tempos em tempos, o lamento de um lobo.

Mas aqui eu estava não dentro de uma noite viva e pulsante de um azul noturno, mas imerso nas trevas das trevas e no mais profundo silêncio. O silêncio que só existe no fundo de um mar de tinta nanquim.

Por quanto tempo?

Agora não tenho mais a quem perguntar: Gerta Gat morreu durante o cerco à Jerusalém judia, em 1948. Um franco-atirador da Legião Árabe Transjordaniana, um atirador com uma cartucheira de couro em diagonal sobre o peito e *kafia* vermelha xadrez, disparou uma bala precisa, vinda da direção da escola de polícia, por sobre a linha de trégua que dividia a cidade. A bala, assim se contava no bairro, penetrou pelo ouvido esquerdo de tia Gerta e saiu pelo olho. Até hoje, quando tento me lembrar do seu rosto, só o imagino com um olho vazado.

Também não tenho meios de descobrir onde era, em Jerusalém, aquela loja de roupas, cheia de passagens estreitas, túneis, labirintos, cavernas, florestas e clareiras. Há sessenta anos? E seria uma loja árabe? Ou armênia? E o que existe agora em seu lugar? Qual foi o destino daquelas florestas de roupas e seus meandros serpenteantes? E os nichos isolados por cortinas, e as prateleiras e os provadores? E o vão da escada onde fui enterrado vivo? E a bruxa disfarçada de ninfeta dos bosques, aquela em cujo encalço me atirei impetuoso para logo escapar horrorizado? Qual terá sido o destino da primeira mulher a me fascinar, que pelos seus encantos me arrastou atrás dela até as profundezas dos labirintos, determinado a abrir caminho até o esconderijo onde ela me revelou de repente a sua face, e que, ao fitá-la, meu olhar transformou num ser monstruoso — a face da raposa morta, tramando perversidades mas também infeliz, de cortar o coração.

É possível imaginar que tia Gerta, quando se dignou ressurgir cintilante, mais uma vez, do interior do seu casulo encantado, esplêndida em um vestido florido, tenha sido tomada de pavor ao não me encontrar esperando por ela onde havia determinado, sobre o banquinho, bem em frente ao provador. Sem dúvida se assustou, e seu rosto enrubesceu intensamente, até ficar quase violeta. O que tinha acontecido com o menino? Ele, que era quase sempre uma criança tão responsável e obediente, um menino tão cuidadoso, nada aventureiro e nem mesmo dos mais corajosos.

Suponho que no começo tia Gerta tentou me encontrar por conta própria: talvez tenha imaginado que o menino houvesse esperado e esperado até perder a paciência, e naquele momento estivesse brincando de esconde-esconde com ela para castigá-la por sua ausência prolongada. Será que o diabinho se esconde ali, atrás das prateleiras? Não? Ou ali, entre os casaquinhos? Ou talvez esteja admirando os manequins seminus da vitrine? Ou talvez tenha escapado para ficar olhando os transeuntes na rua através das vitrines? Ou quem sabe se o menino simplesmente procurou e encontrou um banheiro? Ou um bebedouro para tomar um pouco d'água? Era um menino inteligente, muito responsável, disso, não havia dúvida, mas meio distraído, confuso, sempre mergulhado em mil devaneios, sempre se perdendo em meio às histórias que eu lhe conto ou que ele conta para si mesmo. Quem sabe saiu sozinho para a rua? Ficou assustado, pensou que eu o tinha esquecido na loja, e no desespero está tentando agora encontrar sozinho o caminho de volta para casa? E se aparecer um estranho, estender a mão para ele e prometer todo tipo de delícias? E se ele cair na conversa desse homem? E se for embora? Com um estranho?

Mas à medida que o pavor de tia Gerta aumentava, ela parou de enrubescer, e, ao contrário, ficou pálida e começou a tiritar, como se estivesse com muito frio. Por fim, é claro que ela resolveu erguer a voz, irrompeu em choro, e todos os que estavam na loja, empregados e fregueses, com certeza correram a ajudá-la e se puseram a me procurar. Talvez tenham gritado meu nome e dado uma varrida em todas as passagens do labirinto, checando inutilmente todas as trilhas da floresta espessa. E como provavelmente aquela era uma loja árabe, podemos supor que muitos meninos um pouco maiores do que eu tenham sido postos a me procurar por lá, por ali e acolá, por becos e buracos, pela plantação vizinha de oliveiras, pelo pátio da mesquita, na gruta das cabras que fica na encosta da montanha, pelas ruelas que vão dar no mercado.

Será que lá havia um telefone? Nesse caso, será que tia Gerta ligou para a farmácia do sr. Heinemann, na esquina da rua Tzefânia? Chegou ou não chegou a assustar meus pais com a notícia terrível? É provável que não, pois se tivesse sido assim, eles teriam repetido aquela história por anos a fio. Por qualquer desobediência me jogariam na cara aquela terrível falta de juízo e a aflição que aquele garoto maluco tinha causado a eles, e como em uma ou duas horas os cabelos de ambos tinham embranquecido quase completamente.

Lembro-me de não ter gritado dentro da escuridão absoluta. Não emiti nenhum som. Não tentei forçar a porta trancada nem a esmurrei com meus pequenos punhos: talvez por ainda estar tremendo de medo da bruxa com rosto de raposa morta, que poderia estar ainda no meu encalço. Lembro-me de que ali, no fundo silencioso do oceano de tinta, o medo foi se transformando numa estranha sensação de conforto: estar lá era um pouco como me aconchegar à minha mãe sob o calor de um cobertor de inverno, enquanto rajadas de vento e frio açoitavam os vidros da janela. Um pouco como brincar de menino cego e surdo. Um pouco como se sentir livre de todos. Completamente livre.

Esperava que logo mais me encontrassem e me tirassem de lá. Mas logo mais, não imediatamente.

Eu até tinha encontrado um objeto pequeno e duro, uma espécie de ostra metálica, arredondado e agradável ao toque, do tamanho certo para ser empunhado pela minha mão, e seu contato fez a alegria dos meus dedos, que o seguravam, sentiam, apalpavam, apertavam um pouco e afrouxavam um pouco, e às vezes puxavam e soltavam — só um pouquinho — o inquilino fino e elástico que se escondia dentro dele, como a cabeça de uma lesma curiosa que sai por um instante para dar uma espiadinha, se contorce para lá e para cá e logo volta a ser engolida pelo seu abrigo blindado.

Era uma trena, uma fita metálica estreita e flexível enrolada sob a tensão da mola dentro de uma embalagem metálica. Brinquei com aquela trena durante bastante tempo, no escuro, puxar, esticar, soltar de repente, de uma vez, fazendo a cobrinha de aço voar rápida como um raio de volta ao seu refúgio, até que a caixinha a tivesse sugado inteira para dentro, engolido todo o seu comprimento, com um leve tremor final, um trêmulo clique que causava grande prazer à minha mão que o empalmava.

E de novo puxar, soltar, esticar, desta vez expondo a cobra em todo o seu comprimento, bem longe, para dentro do espaço negro, e com ela apalpo os cantos das minhas trevas, ouço os leves estalidos das suas delicadas articulações enquanto a estico até o fim e sua cabeça se afasta de sua carapaça. No final eu permitia que ela voltasse para casa bem devagarinho, afrouxo um pouco e prendo, afrouxo mais um pouquinho e prendo, tento adivinhar — pois eu não enxergava nada, absolutamente nada — depois de quantos leves clique-cliques vou ouvir o clique definitivo do final, indicando o desaparecimento completo da cobra, da cabeça até a ponta da cauda, de volta ao seu esconderijo, do qual só permiti que desse uma saidinha.

Como foi que essa boa trena foi parar na minha mão? Já não lembro se a recolhi pelo caminho, durante uma investida de nobre cavaleiro errante, em alguma bifurcação do labirinto. Ou se a encontrei apalpando o meu esconderijo, depois de enterrado na minha sepultura.

É razoável imaginar que tia Gerta tenha pensado e decidido que era melhor não informar meus pais sobre o acontecido: não teria sentido assustá-los depois do evento, quando tudo já estava bem. Talvez também sentisse medo de que dali em diante meus pais não a considerassem mais uma babá responsável, fazendo-a assim perder uma modesta mas segura e tão necessária fonte de renda.

Entre mim e tia Gerta nunca mais se tocou, nem de leve, no assunto da minha morte e ressurreição na loja árabe de roupas: nem uma palavra. Nem uma piscadela cúmplice. Talvez ela esperasse que com o passar do tempo a lembrança daquela manhã se desvanecesse, e nós dois acabássemos nos acostumando à idéia de que nada daquilo tinha de fato acontecido, apenas tínhamos sonhado um sonho assustador. É possível que ela tenha ficado um pouco constrangida com suas expedições desmioladas às lojas de vestuário feminino: depois daquela manhã de inverno, nunca mais fui convocado a participar dos seus pecados. E talvez ela tenha conseguido, por minha causa, fazer diminuir sua obsessão por lojas e roupas. Algumas semanas, ou meses, depois, fui separado daquela tia e matriculado no jardim-de-infância da sra. Pnina, na rua Tzefânia. Todavia continuamos a ouvir por mais alguns anos o som do piano de tia Gerta, de longe, à tardinha, velado, insistente e solitário, misturado com os outros ruídos vindos da rua.

Não tinha sido um sonho: os sonhos se desfazem com o tempo e cedem lugar a novos sonhos, mas aquela bruxa anã, a menina velha, a cara de raposa morta, ainda ri de mim escarnecedora, com seus dentes pequenos e afiados, entre eles um dente de ouro.

E não só a bruxa; também a trena que eu trouxe da cidade, a trena que eu tinha trazido da floresta, bem escondida de papai e mamãe, e da qual às vezes, quando estava sozinho em casa, ousava puxar a cabeça e brincar um pouco com ela debaixo do cobertor, provocando longas esticadas e fugas relâmpago para dentro de sua toca.

Um homem cor de avelã, com grandes bolsas sob os olhos bondosos, um homem nem jovem nem velho, com uma fita métrica verde e branca de alfaiate que passava por trás do pescoço e descia ao peito por duas pontas pendentes. Seus movimentos me pareceram um tanto lentos. Sua tez era escura, a face larga, sonolenta, e um sorriso tímido a iluminava por um instante para logo se apagar sob o bigode ralo e grisalho. Esse homem se curvou em minha direção e me disse alguma coisa em árabe, algo que não entendi mas mesmo assim traduzi em palavras compreensíveis para mim mesmo: Menino, não se assuste, agora você não precisa mais temer.

Lembro-me de que ele, o homem que me salvou, usava óculos de leitura retangulares, de armação marrom, uns óculos que não combinavam com um vendedor de loja de modas femininas; melhor estariam, talvez, num marceneiro corpulento e idoso, um tipo de andar arrastado, resmungão, com um resto de cigarro apagado entre os lábios e um velho e gasto metro de marceneiro dobrado e espiando do bolso da camisa.

O homem me observou por alguns momentos, não pelas lentes dos óculos que haviam escorregado um pouco pelo nariz, mas por sobre os óculos. E depois de ter me observado muito bem, e de ter escondido mais um sorriso, ou mais uma sombra de sorriso atrás do seu bigode aparado, o homem resmungou alguma coisa para seus botões e envolveu a minha mãozinha gelada de medo na sua mão cálida, como se aquecesse nela um pintinho congelado, e com isso me tirou daquela gaveta das trevas e de repente me ergueu no ar e me apertou com força contra o peito, e então comecei a chorar.

Ao ver as minhas lágrimas, ele colou minha face em sua face larga e disse, com voz de baixo, empoeirada e agradável, uma voz que me fez lembrar de um caminho de terra no meio do campo à noitinha, e com um hebraico de árabe fez uma pergunta que ele mesmo respondeu, resumindo:

"Tudo bem? Tudo bem."

E me levou no colo até o escritório que ficava nos fundos da loja, e lá o ar estava saturado do cheiro acre de café, do odor de cigarros, de tecidos de lã e da loção de barba do homem que tinha me encontrado. Diferente do cheiro de meu pai, muito mais denso e amargo, um cheiro que eu gostaria que fosse o de meu pai. E o homem que tinha me encontrado ainda falou algumas palavras em árabe a todos os presentes, pois no escritório havia muitas pessoas de pé e sentadas, interpostas entre nós e tia Gerta, que estava soluçando, quieta, num canto da sala. E também disse uma frase a tia Gerta, que enrubesceu muito, e então, com um gesto amplo, lento e responsável, como um médico que apalpa para saber exatamente onde dói, o homem me entregou aos braços da tia chorosa.

Apesar de eu não estar tão ansioso assim para ficar no colo dela. Ainda não. Só queria continuar mais um pouco colado ao peito do homem que me tinha salvo.

Depois disso ainda falaram mais um pouco, os outros, não o que tinha me salvado, este apenas me afagou a face, deu duas palmadinhas no meu ombro e se foi. Qual seria o seu nome? Será que ainda vive? Em sua casa? Ou na poeira e miséria de algum campo de refugiados?

Depois, voltamos no ônibus 3A. Tia Gerta lavou seu rosto e também o meu, para que não vissem que tínhamos chorado. Deu-me uma fatia de pão com mel, arroz cozido e um copo de leite morno. E, de sobremesa, deu-me dois cubinhos de marzipã. Depois me despiu e me pôs para dormir em sua cama, enchendo-me de carinhos, gracinhas e cafunés, que terminaram em beijos melados. E me cobriu dizendo: Durma, durma um pouco, meu menino querido. Talvez quisesse com isso apagar os vestígios. Talvez quisesse me fazer dormir para que eu acordasse à tarde pensando que tinha sido tudo um sonho e assim não contasse nada aos meus pais, e, mesmo se contasse, ela poderia dizer sorrindo que eu sempre tinha essas histórias na cabeça, histórias que alguém deveria escrever e realmente publicar num livro com muitas figuras bonitas, bem coloridas, que certamente faria sucesso com as crianças.

Mas eu não dormi, só fiquei deitado quieto debaixo do cobertor, brincando com minha trena metálica.

Aos meus pais nunca contei nada, nem sobre a bruxa, nem sobre o fundo do mar de tinta, nem sobre o homem que tinha me salvado: não queria que me tomassem a trena. Também não saberia explicar a eles onde a tinha encontrado. Como dizer a eles que a trouxera de um sonho, como lembrança? E, se contasse a verdade, eles ficariam muito, muito zangados com tia Gerta e comigo. Como se explica isso, vossa senhoria?! Roubou? Será que vossa alteza enlouqueceu de vez?

E na mesma hora voltariam comigo para lá, me obrigariam a devolver a trena e ainda a pedir desculpas.

E depois viria o castigo.

À tarde meu pai veio me apanhar na casa de tia Gerta. Ao chegar, anunciou, no seu estilo: "Será que hoje vossa alteza está me parecendo um tanto pálido? Terá sido um dia difícil para vossa excelência? Seus navios infelizmente afundaram todos? Ou quem sabe seus palácios caíram presas de mãos inimigas?".

Não respondi, apesar de certamente ter como ofendê-lo: eu poderia, por exemplo, dizer a ele que desde aquela manhã eu tinha mais um pai, árabe.

Enquanto me calçava os sapatos, ele brincou um pouco com tia Gerta, como era seu costume, galanteando as mulheres por meio de jogos de palavras, ou então falando e falando, sem deixar uma brecha, de um segundo que fosse, para o silêncio. Por toda a sua vida meu pai teve horror ao silêncio. Sempre se considerou o responsável pela vida da conversa, e também sempre se sentiu culpado se a conversa esmorecesse, ainda que por um momento. Então se punha a compor versinhos em homenagem a tia Gerta, assim, ou coisa parecida:

De verdade de verdade
Não estou cometendo pecado
Se com Gerta querida
Bato um bom papo animado.

E talvez exagerasse um pouco ao dizer a ela:

Gerta Gat
Cara senhora
Em meu coração
Você mora.

Tia Gerta então corava, e como o corar da face a deixava constrangida, enrubescia até que seu rosto e pescoço ganhassem um tom vermelho intenso, quase violeta, como uma berinjela, e mesmo assim conseguia gaguejar:
"Por favor, por favor, senhor doutor Klausner, o que é isso." Suas coxas tremiam um pouquinho, como se quisessem fazer também uma pequena pirueta em sua homenagem.

Naquela mesma noite meu pai me levou para um passeio longo e detalhado entre as ruínas da civilização inca: animados e sedentos de saber, nós dois sorvemos juntos montanhas e mares, cruzamos rios e desertos sobre o grande atlas alemão. Com os nossos próprios olhos, contemplamos as cidades misteriosas e os restos dos santuários na enciclopédia e também nas páginas de um livro polonês ilustrado. Durante a noite inteira, mamãe ficou lendo, na poltrona, sentada sobre as pernas encolhidas. No aquecedor a querosene, brilhava silenciosa uma chama azul.

E de tempos em tempos, no espaço talvez de alguns minutos, o silêncio da sala era acentuado pelo leve murmúrio de três ou quatro bolhas de ar atravessando as artérias do aquecedor.

32

O jardim não era bem um jardim, mas apenas um retângulo, não muito grande, de terra de quintal pisada e compactada até ficar dura como cimento: nem arbustos espinhosos conseguiam nascer ali. Estava sempre na sombra, por causa de um muro de concreto, tal como um pátio de prisão. E também ficava à sombra dos altos ciprestes que cresciam do outro lado da cerca, no quintal da família Lamberg. No canto, uma pimenteira capenga, cujas folhas eu gostava de esfregar entre os dedos para sentir seu cheiro tentador, rangia os dentes, procurando sobreviver. Em frente a essa pimenteira, junto à cerca, crescia um pé de romã, ou melhor, apenas um arbusto, um amargurado sobrevivente dos tempos em que Kerem Avraham ainda era um pomar, e não um bairro. Apesar de tudo, esse arbusto teimava em florir e dar frutos ano após ano. As crianças não esperavam as romãs amadurecerem, arrancavam sem piedade as frutinhas ainda bem pequenas, pouco maiores que botões num vaso de plantas. Depois enfiávamos em cada uma delas um pauzinho de um dedo ou um dedo e meio de comprimento, e assim as transformávamos em cachimbos, como os que os ingleses fumavam, ou alguns homens ricos do bairro que queriam se parecer com os ingleses. Todos os anos abríamos no canto do quintal uma loja de cachimbos. Como as romãzinhas eram vermelhas, às vezes parecia que havia uma brasa acesa na ponta de cada um dos nossos cachimbos.

Certa vez recebemos a visita de amigos entusiastas da vida no campo, entre eles Stashek Rodnitzky, da rua Chancellor. Ele me trouxe de presente três saquinhos de papel com sementes de rabanete, tomate e pepino. Meu pai sugeriu, então, que tentássemos fazer uma pequena horta: "Nós dois vamos ser agricultores", disse ele animado. "Vamos fundar um pequeno kibutz atrás do pé de romã, e assim vamos tirar o pão da terra com o suor do nosso próprio rosto!"

Nenhuma família da rua Amós tinha pá, picareta ou enxada. Também não tinham ancinho ou foice. Essas coisas pertenciam aos novos judeus, bronzeados, que viviam para além das montanhas escuras, nas novas colônias, nos kibutzim, na Galiléia, no Sharon e nos vales. Com as mãos quase nuas, nos dispusemos, meu pai e eu, a conquistar o deserto hostil e cultivar uma horta.

No shabat, de manhã bem cedinho, enquanto mamãe ainda estava no sétimo sono, assim como o bairro inteiro, nós dois nos esgueiramos rumo ao quintal, vestindo camisetas brancas e calças curtas de cor cáqui e chapéus de abas largas na cabeça. Magros, de peito estreito, típicos urbanóides até a raiz dos cabelos, pálidos como duas folhas de papel mas bem protegidos do sol por uma grossa camada de creme que passamos, um nas costas do outro (o creme se chamava Velveta, e sua função era desencorajar aquele sol de primavera de qualquer má intenção que pudesse lhe ocorrer).

Meu pai marchava na frente, calçando sapatos fechados, e empunhava um martelo, uma chave de fenda, um garfo da cozinha, um rolo de corda, alguns sacos de juta vazios e ainda uma faca tirada de sua escrivaninha, a pobre espátula de abrir envelopes. Eu marchava atrás dele, esbanjando entusiasmo e energia, tomado de ímpeto agrícola. Levava uma garrafa d'água e dois copos, uma caixinha com esparadrapo, um vidrinho de iodo e um palito com algodão para passar o iodo, um rolo de gaze e tesoura. Era uma caixa de primeiros socorros pronta para o que desse e viesse.

    Primeiro meu pai empunhou sua espátula e num gesto teatral e solene, como quem traça as fronteiras entre países, inclinou-se e traçou quatro linhas na terra seca, marcando definitivamente com isso os limites da nossa gleba, algo como dois metros por dois metros, um pouquinho maior do que o mapa-múndi pendurado no corredor, entre as portas dos dois quartos. Depois me ordenou ficar de joelhos e segurar bem, com as duas mãos, uma haste pontuda de madeira, que meu pai chamava de espeque: seu plano era fincar quatro dessas estacas nos quatro cantos de nossa horta, para depois cercá-la com cordas esticadas. Porém a terra do quintal, de tão pisada, tornara-se compacta e dura como cimento, e resistiu impassível a todas as investidas, recusando-se a aceitar as hastes do meu pai. Então ele deixou de lado o martelo, tirou os óculos, humilhado, e os colocou com todo o cuidado sobre o peitoril da janela da cozinha. Retornou ao nosso campo de batalha e tentou fincar de novo aquele espeque, golpeando com energia redobrada, banhado em suor. Como estava sem óculos, por duas ou três vezes quase esmigalhou com o martelo os meus dedos, que seguravam a haste, já bem achatada.

    Depois de muito trabalho, conseguimos finalmente vencer a camada superficial e fazer as estacas penetrarem por essa crosta meio dedo de profundidade, mas dali em diante elas empacaram como burros teimosos, que nenhuma força deste mundo conseguiria mover. Recusaram-se a penetrar um milímetro mais que fosse. Assim, tivemos de calçar cada um dos espeques com duas ou três pedras grandes, e também desistir de uma parte do nosso plano de esticar as cordas, pois, esticando, com certeza iríamos arrancar as hastes, apenas cravadas na superfície. Assim nossa gleba foi delimitada por quatro cordas frouxas. E na ausência de tensão, em cada uma dessas cordas formou-se uma barriguinha. Mesmo assim, era inegável que tínhamos conseguido criar algo de completamente novo neste mundo: daqui até aqui será o espaço de dentro — a nossa horta —, dali até lá será o espaço de fora — o resto do mundo.

    "É isso", disse meu pai com modéstia, enquanto assentia com a cabeça quatro ou cinco vezes, como que concordando inteiramente consigo próprio, e avaliava a grandeza da missão cumprida.

E eu respondi, com o mesmo movimento vertical de cabeça:

"É isso."

Dito isso, meu pai anunciou um pequeno intervalo. Ordenou-me que enxugasse o suor, tomasse água e me sentasse nos degraus da escada para descansar um pouco. Ele não se sentou na escada ao meu lado, mas apanhou os óculos e os colocou, foi até o nosso retângulo de cordas, fez um balanço dos sucessos e insucessos da nossa empreitada até aquele momento, refletiu um pouco sobre eles, planejou o próximo lance da batalha, analisou os erros cometidos naquela fase, tirou as conclusões e me ordenou que retirasse temporariamente os espeques e as cordas e os encostasse na parede organizados em fileira: pois seria melhor primeiro quebrar os torrões de terra, abrir os canteiros e só depois voltar a demarcar os limites da horta, de outro modo as cordas iriam atrapalhar o nosso trabalho. E também ficou decidido molhar a gleba com quatro ou cinco baldes d'água, aguardar uns vinte minutos até que a água tivesse sido bem absorvida e logrado amaciar um pouco a blindagem de aço — e só então empreender o segundo assalto.

Até o meio-dia de sábado meu pai lutou com bravura e mãos praticamente nuas contra a fortaleza de terra compactada: com as costas dobradas e doloridas, empapado de suor, inspirando e expirando ruidosamente como um afogado, seus olhos sem óculos me pareciam descalços e desesperados. Mais uma vez e uma vez mais desferia marteladas sobre o solo impassível, mas seu martelo era muito leve, um martelo doméstico, um martelo absolutamente civil, que de modo algum se destinava a derrubar fortalezas blindadas, mas apenas a quebrar nozes ou bater um preguinho na porta do banheiro. Como quem atira pedrinhas sobre a armadura de Golias, o Filisteu, meu pai batia mais uma vez e uma vez ainda com seu martelo leve, como quem golpeia as muralhas de Tróia com uma frigideira. A "unha" do martelo, usada para arrancar pregos, servia ao mesmo tempo como picareta, ancinho e enxada.

Grandes bolhas logo começaram a aparecer na pele fina das palmas de suas mãos. Mas meu pai cerrou os dentes e as ignorou, mesmo quando as bolhas começaram a estourar, deixando escorrer o líquido e transformando-se em feridas. Também não se deixou impressionar pelas bolhas que surgiram no lado mais macio e delicado dos seus dedos de intelectual. Continuou a erguer seu martelo e golpear com toda a energia, erguer de novo e golpear. Enquanto ele lutava com as forças da natureza e a terra primeva do Gênesis, seus lábios murmuravam saraivadas de imprecações contra aquela terra obstinada em grego ou latim, ou talvez em amárico, ou algum dos antigos dialetos eslavos, ou, quem sabe, em sânscrito.

Até que desferiu uma martelada, com toda a força, sobre o próprio sapato. Urrou de dor, mordeu os lábios, descansou por um momento e sussurrou a palavra "brilhante", ou a palavra "ótimo" para repreender a si próprio pela falta de cuidado. Secou o suor, tomou água, limpou com o lenço o gargalo da garrafa, ordenou-me que também tomasse e voltou ao campo de batalha, mancando, mas disposto a enfrentar o que desse e viesse, e tornou ao golpear heróico contra a terra impenetrável.

Até que a terra empedernida resolveu finalmente se compadecer, ou quem sabe enjoou da própria teimosia, rendeu-se afinal à persistência de meu pai e começou a rachar, pelo comprimento e pela largura. Por essas frestas meu pai enfiou rápido a chave de fenda, como se temendo que a terra voltasse atrás em sua boa disposição e se tornasse novamente uma fortaleza blindada. Então ele alargou e aprofundou essas frestas com as unhas e, com os dedos pálidos e trêmulos pelo esforço, começou a arrancar torrões de terra que espalhava a seus pés, um por um, de barriga para cima, como dragões derrotados. Pedaços rompidos de raízes se bifurcando em várias direções apareceram nesses sulcos, contorcidos, como tendões arrancados da carne.

Minha missão era seguir o rasgo irregular sobre a terra, endireitar com a lâmina da espátula de cortar papel os sulcos em ziguezague que meu pai conseguira cavar, arrancar os pedaços de raízes e jogá-los no saco de juta, tirar as pedras grandes e pequenas, desfazer todos os torrões duros e, finalmente, usar o garfo apanhado na cozinha como um ancinho, passando-o de leve pelo fundo do sulco, para alisar seus calombos e topetes.

E assim chegou a hora de adubar. Esterco de vaca e de galinha, não havia nem poderia haver, e as fezes das pombas no telhado estavam fora de cogitação pelo perigo de transmitir doenças. Assim meu pai recolheu numa panela, durante alguns dias, sobras das refeições. Era um caldo espesso de aveia, trigo, cascas de frutas e verduras, abobrinhas passadas, já se desintegrando, restos de pó de café e de folhas de chá usadas, sobras de conservas de diversos vegetais e restos de verduras cozidas, escamas de peixe, óleo de fritar usado, leite azedo e todo tipo de líquidos gordurosos, restos variados, pedaços e pedacinhos bastante duvidosos que boiavam sobre essa espécie de sopa espessa, apodrecida pelo tempo.

"Isso deve enriquecer nossa pobre terra", disse meu pai enquanto descansávamos lado a lado sobre os degraus da escada com as camisetas suadas, sentindo-nos como uma equipe de trabalhadores braçais de verdade, abanando o rosto afogueado com nossos chapéus cáqui. "Temos de alimentar esses sulcos com tudo o que irá, devagar, transformar-se, lá dentro, de restos de comida em adubo rico em compostos orgânicos, para dar a nossas sementes o alimento sem o qual elas se desenvolveriam em plantas mirradas e doentes."

E adivinhou direitinho o pensamento que passou pela minha cabeça, pois se apressou em esclarecer para me tranqüilizar: "Não há por que se preocupar — nós não vamos comer, por intermédio das plantas que deverão nascer em nossa horta, o que agora pode parecer a você que são restos apodrecidos e nojentos. Não e não! De modo algum! O adubo não é algo nojento, mas uma fonte de nutrientes — gerações e gerações de camponeses compreenderam por instinto essa verdade misteriosa. O próprio Tolstoi fala em algum lugar sobre a alquimia mística que ocorre no útero da terra, a metamorfose maravilhosa que traduz o putrefato em adubo e o adubo em grãos, em flores, em verduras, em frutas e tudo o mais que cresce no campo, no jardim e no pomar.

Enquanto enterrávamos de novo os espeques nos quatro cantos de nossa plantação e esticávamos a corda entre eles com cuidado, meu pai tornou a explicar as palavras para mim, de um modo simples e preciso, na seguinte ordem: restos putrefatos, composto orgânico, adubo, místico, alquimia, metamorfose, colheita, Tolstoi, mistério.

Quando mamãe veio nos avisar que o almoço estaria pronto em meia hora, a operação "Conquista do Deserto" já havia terminado: nossa nova horta se estendia de espeque a espeque e de corda a corda, cercada por todos os lados pela terra árida do quintal, mas destacando-se dela pela sua cor marrom-escura e por sua textura lisa e fofa, bem acabada. Alisada pelo garfo, como o cabelo bem penteado, assim era nossa horta. Trabalhada, semeada, adubada e úmida, dividida em três colunas de igual tamanho, uma para tomates, uma para pepinos e uma para rabanetes. E como placas provisórias que se costumam fincar sobre as sepulturas onde ainda não foi colocada a lápide, fincamos pequenas ripas de madeira na cabeceira de cada um dos canteiros, e em cada ripa pusemos o saquinho esvaziado das sementes. Assim tínhamos, por enquanto, pelo menos até que as sementes começassem a germinar, uma horta de desenhos coloridíssimos — o desenho de tomates bem maduros, de um vermelho exuberante, nos quais duas ou três gotas de orvalho transparentes corriam pela face, o desenho de pepinos viçosos, de um verde vivo, brilhante e tentador, e o apetitoso desenho de rabanetes bem lavados e esfregados, cintilantes, impetuosos de tão saudáveis, nas cores vermelho, verde e branco.

Depois de adubar e semear, regamos e tornamos a regar, com todo o cuidado, cada um dos canteiros com um regador improvisado, composto por uma garrafa d'água e um pequeno coador da cozinha, o coador que na vida civil servia para recolher as folhinhas de chá sobre as quais se vertia água fervente.

Meu pai disse:

"E assim, de agora em diante, todas as manhãs e todas as tardes, nós regaremos os nossos canteiros com a quantidade certa de água, sem exagerar nem deixar faltar, e você deverá correr até lá todas as manhãs, logo ao levantar, para verificar se as sementes já deram sinal de estarem começando a brotar, pois dentro de alguns dias caulezinhos muito pequenos vão começar a endireitar as costas e sacudir da cabeça os grãozinhos de terra, igualzinho a um moleque que atira longe o boné ao sacudir a cabeça. Toda semente e toda planta, assim diziam nossos sábios de bendita memória, tem um anjo particular que vela por ela e dá em sua cabeça um piparote dizendo: Cresça, plantinha!"

E meu pai me disse mais:

"E agora tenha a bondade, vossa suada e empoeirada alteza, de apanhar em seu armário roupa de baixo, camisa e calças limpas e entrar no banheiro. E lembre-se, vossa alteza, de se ensaboar muito bem ensaboado também naquelas partes. E faça o obséquio de não adormecer embaixo d'água como é seu deplorável hábito, pois estarei humildemente aguardando minha vez na fila."

No banheiro, depois de ter me despido e ficado só de cueca, subi descalço no vaso e espiei para fora pela janela basculante, será se já dá para ver alguma coisa? O primeiro broto a romper a terra? Uma folhinha verde? Mesmo que seja pequena como a cabeça de um alfinete?

E, ao espiar pela janela do banheiro, vi meu pai, que se deixou ficar ainda por uns dois ou três minutos admirando sua nova horta, modesto e humilde, mas feliz como o artista que posa para a foto ao lado de sua obra, cansado, ainda mancando por causa do golpe do martelo nos dedos do pé, mas orgulhoso como um desbravador de continentes.

Meu pai era um falador incansável, transbordante de ditados e citações, sempre pronto a esclarecer algum ponto obscuro e a citar alguma obra, ávido por despejar sobre quem quer que fosse, a qualquer momento, toda a exuberância de sua erudição e de sua memória privilegiada: palavras que não se pareciam mas tinham a mesma origem, palavras similares de origens diversas, jogos de palavras, significados encobertos, fatos engraçados, um dilúvio de citações, num esforço desesperado para divertir todos os presentes, distrair e alegrar, até se fingir de bobo não diminuía em nada sua auto-estima, contanto que não se fizesse silêncio, nem por um instante.

Uma figura magra e tensa, a camiseta molhada de suor e a calça de cor cáqui, curta mas bem larga, quase chegando aos joelhos frágeis. Seus braços e pernas finos eram muito brancos, cobertos por uma densa penugem preta. Meu pai parecia um rapazinho tímido arrancado de repente das sombras do Beit Midrash, o recinto onde estudam os discípulos do rabino, fantasiado de pioneiro, de roupa cáqui e camiseta, atirado sem piedade ao sol inclemente do meio-dia. Seu sorriso hesitante se dirigia às pessoas como se pedisse, como se puxasse pela manga e implorasse por um pouco de atenção e carinho. Os olhos castanhos se fixavam na gente um tanto distraídos, até mesmo assustados, através dos óculos redondos: como se naquele mesmo instante tivesse acabado de lembrar que havia esquecido alguma coisa, quem sabe o que teria sido, esquecido exatamente a coisa mais urgente e importante de todas, esquecido algo importantíssimo, que de modo algum poderia ter sido esquecido.

Mas o que foi que esqueceu? Não consegue se lembrar, de jeito nenhum. Com licença, você sabe por acaso o que foi que esqueci? Foi algo urgente? Que não poderia ser esquecido, de jeito nenhum? Será que você poderia me fazer o grande favor de me lembrar o que teria sido?

Nos dias que se seguiram, eu corria a cada duas ou três horas para nossos canteiros de hortaliças, aflito, impaciente para ver, como um rei Davi, se porventura a figueira tinha dado seus frutos e as romãs tinham despontado, examinar bem de perto, de joelhos, se alguma das nossas plantinhas já tinha dado sinais de germinar, pelo menos algumas leves mexidinhas na superfície alisada da terra. Regava e regava nossa horta até que os canteiros se derretiam em pura lama. Todas as manhãs eu pulava da cama e corria descalço, de pijama, para ver se por acaso não tinha se produzido o esperado milagre durante a noite. E assim, passados alguns dias, numa manhã bem cedo, descobri que os rabanetes tinham tomado a dianteira e exibiam uma bateria de miniperiscópios.

De pura alegria corri a regar sem parar aquele canteiro.

E logo instalei um espantalho feito de uma velha combinação de mamãe, com uma lata de conservas vazia no lugar da cabeça, na qual desenhei uma boca e um bigode, e uma testa com cabelo preto penteado de lado como Hitler, e olhos, mas um deles saiu meio torto, como se o espantalho estivesse piscando ou achando graça em alguma coisa.

Um ou dois dias depois despontaram as cabecinhas dos pepinos. Mas seja lá o que for que rabanetes e pepinos tenham visto, alguma coisa deve tê-los ofendido ou assustado muito, pois decidiram bater em retirada. Empalideceram, seus caules amoleceram e se curvaram do dia para a noite, as cabecinhas tocaram a terra, secas, murchas, derrotadas, até se tornarem não mais do que fiapos de palha. Os tomates, então, nem chegaram a brotar — devem ter checado as condições do nosso quintal, debatido entre eles em assembléia-geral e decidido abrir mão de nossa companhia. É possível que, desde o início, nada pudesse germinar em nosso quintal, por ser semi-enterrado, rodeado de todos os lados por muros e ainda sombreado por renques de altos ciprestes. Nem um mísero raio de sol o atingia. Também acho que exageramos um pouco na irrigação. Ou na dosagem do adubo. Quem sabe se o meu espantalho-Hitler, que não chegou a impressionar os passarinhos, não aterrorizou os rebentos bebês? Esse foi o final melancólico da nossa tentativa de fundar um pequeno kibutz em plena Jerusalém e de poder comer o fruto de nosso trabalho.

"E diante disso", disse meu pai com tristeza, "impõe-se a conclusão dura mas incontestável de que nós, sem dúvida nenhuma, erramos em alguma etapa, erramos redondamente. E agora, portanto, encontramo-nos diante da obrigação ineludível de pesquisar incansavelmente e sem limites até descobrir a causa do nosso fracasso. Quem sabe exageramos um pouco no adubo? Ou foi na irrigação? Ou, pelo contrário, será que pulamos alguma etapa essencial? Pois afinal de contas não somos camponeses, filhos de camponeses, mas apenas dois amadores tentando seduzir a terra, e seduzir sem nenhuma experiência, desconhecendo seus segredos.

Naquele mesmo dia, ao voltar de seu trabalho na Biblioteca Nacional, no monte Scopus, meu pai trouxe, por empréstimo, dois livros bem grossos sobre jardinagem e hortaliças, um deles em alemão. Leu e leu, pesquisou e pesquisou, mas logo em seguida suas idéias voaram para outros assuntos e para outros livros completamente diferentes, a extinção inexorável de alguns idiomas falados por minorias nos Bálcãs, a influência das baladas dos trovadores medievais nos primórdios do romance, palavras gregas na Michná, o significado dos escritos ugaríticos.

Porém, numa bela manhã, ao sair de casa para o trabalho com sua pasta preta já bem surrada, meu pai me viu agachado ao lado dos brotos moribundos com lágrimas nos olhos, empenhado de corpo e alma num último e desesperado esforço para salvá-los por meio de gotas para o nariz e gotas para o ouvido, que havia tirado sem autorização do armário de remédios do banheiro e estava administrando com conta-gotas, uma para cada mudinha agonizante. Naquele momento meu pai teve pena de mim — ergueu-me no colo e me abraçou, mas rapidamente me pôs no chão. Estava embaraçado, confuso, quase desconcertado. Antes de sair, como quem bate em retirada do campo de batalha, ainda assentiu duas ou três vezes com a cabeça, o ar pensativo, resmungando mais para si próprio do que para mim: "Veremos o que mais ainda se pode fazer".

Em Rehávia, na rua Ibn Gabirol, havia uma construção conhecida como Beit haChalutzot [Casa das Pioneiras], ou talvez fosse a Casa das Operárias, ou Fazenda das Imigrantes e Veteranas, não me lembro. Atrás desse pequeno edifício se estendia uma pequena reserva agrícola, uma espécie de comuna cultivada por mulheres. Um *dunam* [cerca de mil metros quadrados] ou um *dunam* e meio de árvores frutíferas, horta, galinheiro, colméias. No início da década de 1950, ergueu-se nesse local uma construção de madeira, a famosa residência oficial do presidente Itzchak Ben Tzvi.

Foi para essa pequena reserva experimental que meu pai se dirigiu depois do trabalho. Com toda a certeza contou a Rachel Yana'it ou a alguma de suas auxiliares a história completa de nossa derrota agrícola e pediu a elas orientação e conselhos; por fim saiu de lá e voltou para casa tomando dois ônibus e carregando uma pequena caixa de madeira com terra e trinta ou quarenta mudinhas viçosas. Entrou em casa discretamente e escondeu-a de mim atrás da cesta de roupa suja ou sob o armário da cozinha, esperou que eu adormecesse e se esgueirou para o quintal, armado de lanterna, martelo, chave de fenda e espátula de cortar papéis.

Ao acordar de manhã meu pai me falou com voz neutra e inexpressiva, sem tirar os olhos do jornal, como se me avisasse que meu sapato estava desamarrado ou que havia um botão solto na minha camisa:

"Bem, tive a impressão de que o remédio que você pingou ontem acabou ajudando um pouco nossas plantinhas doentes. Por que vossa excelência não vai dar uma olhada para ver se há algum sinal de recuperação? Ou será que foi só impressão minha? Seria bom você fazer uma inspeção e voltar para me contar o que achou, e então veremos se temos mais ou menos a mesma opinião, certo?"

Os meus pobres brotinhos, que tinham amolecido, amarelado e secado mortalmente, que até o dia anterior eram míseros fiapos de palha, tinham se transformado de repente, da noite para o dia, em mudinhas eretas, robustas e viçosas, vendendo saúde, de um verde intenso e saudável. Deixei-me ficar ali pasmo, imóvel, incapaz de acreditar que esse tinha sido o resultado daquelas dez ou vinte gotinhas para nariz e ouvido!

E enquanto eu admirava a nossa horta renascida, dei-me conta de que o milagre era maior do que parecia à primeira vista. Os brotos de rabanete tinham saltado durante a noite para o canteiro dos pepinos, enquanto no primitivo canteiro de rabanetes tinham surgido mudinhas desconhecidas, talvez de berinjela ou de cenoura. E mais inacreditável ainda, no canteiro à esquerda, onde havíamos plantado sementes de tomate e nada havia germinado, naquele canteiro no qual eu não havia sequer pingado minhas gotinhas mágicas, deparei com três ou quatro pequenos arbustos jovens, com muitos ramos e com alguns botões cor-de-rosa em meio à folhagem, no alto.

Uma semana se passou, e novamente a doença rondava a nossa horta, de novo começava a agonia das plantinhas, seus caules já se curvavam submissos e indefesos, pendiam as cabecinhas derrotadas. Adoeceram, descoloriram e voltaram a definhar, fracas e doentias como os judeus perseguidos na Diáspora, as folhas caíram, os caules amarelaram, e dessa vez nada adiantou, nem as gotinhas do nariz, nem o xarope da tosse — nossa horta feneceu e morreu em lenta agonia. Por duas ou três semanas as estacas ainda permaneceram eretas, para nada, ligadas entre si por quatro cordas empoeiradas, e em duas ou três semanas também elas tombaram derrotadas, só o meu inútil espantalho-Hitler sobreviveu impávido por mais algum tempo.

Meu pai encontrou consolo em suas pesquisas sobre as origens do estilo romanesco na literatura lituana, ou sobre o surgimento do romance a partir das baladas dos trovadores medievais. E eu, de minha parte, semeei pelo nosso quintal muitas e muitas galáxias, milhões de estrelas estranhas, luas, sóis, cometas e planetas, e parti para uma jornada repleta de perigos e aventuras de estrela em estrela, à procura de outros sinais de vida.

33

Verão. Tardinha. Final da primeira série ou talvez começo da segunda, ou o verão que fica entre elas. Estou sozinho no quintal. Todos já foram embora, menos eu. Danush, Álik, Uri, Lúlik, Eitan e Ami foram procurar aquelas coisas entre as árvores na encosta do bosque de Tel Arza, mas não me convidaram para fazer parte da gangue da Mão Negra porque eu não iria querer soprar. Danush encontrou uma entre as árvores, cheia de cola com cheiro ruim que secou, e Danush a lavou bem lavada numa torneira, e quem não tiver coragem para soprar não será admitido na Mão Negra, e todo aquele que não tiver coragem de colocar e fazer um pouco de xixi lá dentro, como um soldado inglês, não terá a menor chance de ser admitido na Mão Negra. Danush tinha nos explicado como a coisa funcionava. Todas as noites os soldados ingleses levavam moças para Tel Arza, e lá, no escuro, era assim: no começo o soldado e a moça ficavam uma porção de tempo se beijando na boca. Depois ele ficava passando a mão em todas as partes do corpo da moça, até por baixo da roupa. Depois ele tirava a sua cueca e a calcinha da moça e colocava uma destas e deitava em cima da moça, e aí ele molhava. E inventaram isso aqui para ela não se molhar demais. E era isso que acontecia todas as noites no bosque Tel Arza, e era assim que acontecia todas as noites com todos, até o marido da professora Zissman fazia isso à noite com a professora Zissman. Até os pais de vocês. O seu também. E o seu.

Todos. E isso fazia o corpo sentir um monte de coisas muito gostosas e agradáveis, e também fortalecia os músculos e dava uma boa limpada no sangue.

Todos se foram sem mim, meus pais também não estão em casa. Estou deitado de costas sobre o chão de cimento no fundo do quintal, atrás das cordas dos varais, e fico observando como o dia se acaba. O cimento é duro e frio sob meu corpo. Estou de camiseta. Penso, mas não penso até o fim. Que tudo o que é duro e tudo o que é frio vai permanecer duro e frio para sempre, e só o que é macio e quentinho é macio e quentinho só por enquanto. Pois todas as coisas deverão passar, mais cedo ou mais tarde, para o lado dos duros e frios, onde nada se mexe, nada pensa, nada sente, nada se aquece, para todo o sempre.

Estou deitado de costas, e meus dedos encontram uma pedrinha e a colocam na boca. Que sente o seu gosto de cal e poeira, e ainda algo um pouco salgado, não salgado de verdade. A língua apalpa todo tipo de protuberâncias, carocinhos e cavidades, como se essa pedrinha fosse um mundo como o nosso, com seus vales e suas montanhas. E se descobrirem que o nosso mundo, e até o universo inteiro, não passa de uma simples pedrinha sobre o piso de cimento do quintal de algum gigante? E o que aconteceria se por um instante um menino imenso, que não dá nem para imaginar o quanto é imenso, cujos amigos riram dele e foram brincar sem ele, então, e se o menino simplesmente pegar todo o nosso universo entre dois de seus dedos e o enfiar na boca e também começar a nos explorar com a língua? E se ele também começar a pensar que talvez a pedrinha que está dentro de sua boca seja, na verdade, um universo completo, com vias lácteas e sóis, e cometas, e meninos, e gatos, e roupa secando no varal? E quem sabe se o universo daquele menino imenso, tão imenso que nós somos apenas uma pedrinha em sua boca, quem sabe se o universo dele não é mais do que uma pedrinha no chão do quintal de um menino ainda mais imenso do que ele, e mais, e mais, e mais, como uma boneca russa, universo dentro de pedrinha dentro de universo dentro de pedrinha, e isso tanto no sentido do que se torna cada vez maior quanto no sentido do que se torna cada vez menor? E se todos os universos forem pedrinhas e todas as pedrinhas forem universos? Até que de tanto pensar a gente começa a sentir um pouco de vertigem enquanto a língua apalpa essa pedrinha como se fosse uma bala, e agora também parece haver um tiquinho de gosto de giz na língua. Danush, Álik, Uri, Lolik e Ami e toda a Mão Negra, daqui a sessenta anos estarão todos mortos e depois todos os que ainda se lembrarem deles estarão mortos e depois todos os que se lembrarem de quem se lembrou deles também. Os ossos se transformarão em pedras, como esta que está aqui dentro da minha boca: e quem sabe se esta pedra que está na minha boca é o que restou de meninos que morreram há trilhões de anos? Que também foram procurar aquelas coisas no bosque e também entre eles havia um menino de quem todos riam por não ter coragem de soprar e colocar? E também deixaram-no sozinho no quintal e ele também ficou deitado de costas e também colocou na boca uma pedra que um dia foi um menino que um dia foi uma pedra. Vertigem. E enquanto isso aquela pedra ganha um pouco de vida, já não é dura e fria, mas molhada e morna, e até começa a devolver suavemente, dentro da boca, as cócegas que recebe da ponta da língua.

Por trás dos ciprestes detrás da cerca na casa dos Lamberg, uma luz elétrica foi acesa de repente, e dali, de onde eu me encontrava deitado, não dava para ver quem estava lá, se a sra. Lamberg, ou Shula, ou Eva, quem tinha acendido a luz, mas vi a eletricidade amarela se espraiar para fora como cola líquida, tão densa que a custo se espalhava, a custo abria caminho, um caminho de líquido viscoso, borrachudo, amarelo, que se derramava como se fosse um óleo grosso para a tardinha, que momentos depois já se tornava de um azul cinzento, e que a brisa tocava e lambia ligeira. Cinqüenta e cinco anos mais tarde, ao escrever num caderno sobre aquela noite, sentado à mesa do jardim em Arad, sopra de novo aquela mesma brisa da tarde, e da janela dos vizinhos também nesta noite se derrama o líquido grosso e amarelado da luz elétrica, denso como óleo de motor — conhecer, nós nos conhecemos já faz muito tempo, é como se não houvesse mais surpresas. Mas há: pois a noite da pedrinha na boca no quintal em Jerusalém não vem a Arad para reviver coisas esquecidas ou para trazer saudade e melancolia, mas, pelo contrário, aquela noite cai sobre esta noite. É mais ou menos parecido com a mulher que conhecemos há tempos, já não atrai mas também não deixa de atrair, mas sempre que nos encontramos ela diz mais ou menos as mesmas palavras surradas, e sempre que nos encontramos ela tenta um sorriso, ou no máximo dá um tapinha convencional no peito da gente, mas desta vez, de repente, ela não, definitivamente não, de repente, ela estende os braços para você e te toca, e o segura pela camisa, não de maneira educada, mas com todas as unhas, com desejo e desespero, os olhos cerrados com toda a força, a face retorcida como se fosse de dor, insiste em conseguir o que é dela, ela quer, exige, não desistirá, e a ela já não importa o que há com você, não faz a menor diferença se você quer ou não, não importa, ela agora precisa, agora ela não agüenta mais, agora ela avança e se crava em você como um arpão de caçadores submarinos, e começa a puxar e puxar, e te rasga, mas não é ela quem começa a puxar, ela só crava as unhas, e é você quem puxa e escreve, puxa e escreve como um golfinho preto que se debate, o arpão já cravado em sua carne, e ele puxa com toda a força para fugir, puxa e puxa o arpão e espadana na água, e puxa também a corda presa ao arpão, e puxa também a bóia amarrada à corda, e puxa também o barco dos seus caçadores amarrado à bóia, puxa e tenta escapar, puxa e espadana na água, puxa e mergulha no fundo escuro, puxa, escreve e puxa mais, se puxar ainda mais uma vez, com todas as forças, quem sabe se eles desistem, se desesperam, libertam você do que está cravado em sua carne, do que te morde, do que te perfura e não afrouxa, você puxa, e ele morde com mais força, você puxa mais e mais, e aquilo penetra mais e mais, e você nunca vai poder retribuir dor com dor, e essa desgraça que penetra mais, machuca mais porque é ele o caçador e você é a presa, ele é o arpão e você é o golfinho, é ele quem dá, e você é quem pega, ele é a noite que aconteceu em Jerusalém, e você é esta noite aqui, que acontece agora em Arad, ele é seus pais que morreram, e você puxa e escreve.

Todos foram sem mim ao bosque de Tel Arza, e eu, que não tive coragem para soprar, estou deitado de costas sobre o piso de cimento no fundo do quintal, atrás das cordas de roupas do varal, observando a luz do dia se render aos poucos. Logo será noite.

Certa vez, de dentro da caverna dos quarenta ladrões que eu tinha no vão entre o armário e a parede, vi vovó, a mãe de minha mãe, que tinha vindo a Jerusalém do casebre coberto de papelão impregnado de piche na saída de Kiriat Motzkin, eu a vi gritar e agredir terrivelmente minha mãe, sacudindo perto do seu rosto o ferro de passar, os olhos em brasa, e despejar palavras terríveis sobre ela em russo ou em polonês misturado com ídiche. Elas não imaginavam que eu estivesse escondido ali, retendo a respiração, vendo e ouvindo tudo. Minha mãe não respondeu às ofensas gritadas por sua mãe, mas permaneceu sentada na cadeira dura, a cadeira não estofada e sem braços que ficava no canto do quarto, sentada ereta, os joelhos retos e apertados e as mãos postas imóveis sobre os joelhos e os olhos baixos fixos nos joelhos, como se tudo dependesse dos joelhos. Como uma menina que leva uma descompostura em regra, assim minha mãe se deixava ficar lá sentada, enquanto sua mãe disparava contra ela uma pergunta venenosa atrás da outra, todas viperinas e sibilantes, mas minha mãe não respondia nada, e seus olhos, que se mantinham baixos e fixos nos joelhos, concentravam-se ainda mais nos próprios joelhos. Seu silêncio obstinado levava sua mãe a se enfurecer ainda mais, e, de repente, como se estivesse completamente fora de si, os olhos lançando faíscas furiosas, a face desvairada com um fio de espuma aparecendo nos cantos da boca entreaberta, os dentes pontiagudos à mostra, minha avó atirou com toda a força o ferro de passar, que foi se espatifar na parede, e ela chutou e derrubou a tábua de passar, saiu batendo a porta com um estrondo que fez tilintarem todos os vidros das janelas e todos os copos e louças.

E minha mãe, sem saber que eu assistia à cena, levantou-se então da cadeira e começou a se flagelar, arranhou a face, puxou o cabelo com violência, pegou um cabide e golpeou a cabeça e as costas até chorar em desespero, e também eu, de dentro da minha caverna, no vão entre o armário e a parede, comecei a chorar em silêncio e a morder minhas mãos, morder e morder até aparecerem relógios doloridos. Naquela noite jantamos peixes recheados trazidos por minha avó do casebre coberto com papelão impregnado de piche na saída de Kiriat Motzkin, peixes com molho adocicado e cenouras cozidas também um tanto doces, e todos conversaram com todos sobre os especuladores, o mercado negro, a Solel Boné, a companhia estatal de obras públicas, a iniciativa privada e sobre a ATA, a indústria têxtil estatal perto de Haifa, e finalizaram o jantar com a compota de frutas cozidas, que também tinha sido feita por minha avó, a mãe de minha mãe, e que também estava doce e melada como calda de açúcar. Minha outra avó, a de Odessa, vovó Shlomit, terminou educadamente de comer a compota, limpou os lábios com um guardanapo de papel branco, voltou a limpar com um novo guardanapo, tirou de sua bolsa de couro decorado o batom e um espelhinho redondo e dourado e começou a acentuar a linha dos lábios, e depois, enquanto ainda fazia seu batom, uma ereção vermelha de cachorro, descer para se alojar de novo em sua embalagem cilíndrica, resolveu dizer:

"Querem saber de uma coisa? Doce tão doce como este, nunca provei em toda a minha vida. O Todo-poderoso deve gostar muito de Volínia [Ucrânia], e eu digo isso porque Ele a afundou inteira no mel — até o açúcar de vocês é mais doce do que o nosso, o próprio sal de vocês é doce, a pimenta, até a mostarda em Volínia tem gosto de geléia, até o *chrem*, a pasta de raiz-forte de vocês, o alho, o *chametz*,* o *maror*,* tudo com vocês é tão doce que se pode adoçar até o próprio Malach Hamavet, o Anjo da Morte."

Disse, e mergulhou de repente num silêncio completo, como se temesse ter enfurecido o Anjo da Morte com suas palavras vãs, perigosamente irresponsáveis.

Então minha segunda avó, vovó Ita, a mãe de minha mãe, abriu um sorriso divertido nos lábios, não um sorriso de vitória, nem um sorriso de alegria pelo sofrimento alheio, mas um sorriso bondoso, puro e inocente como a música dos anjos no céu, e respondendo à queixa de que seus pratos eram doces a ponto de se poder adoçar com eles o *chametz*, o *maror* e até mesmo o Anjo da Morte, respondeu a vovó Shlomit com estas simples palavras:

"Mas a você não conseguiriam adoçar, comadre!"

Ninguém ainda voltou do bosque Tel Arza, e eu continuo deitado de costas sobre o piso de cimento, que agora parece estar um pouco menos duro e frio. A cor da noite vai se infiltrando, vai se tornando cinzenta por sobre as copas dos ciprestes. Como se alguém tivesse desistido das cores lá no alto, nas alturas acima das copas das árvores, acima dos telhados e de tudo o que existe aqui nesta rua, acima dos quintais, e das cozinhas, muito, muito alto, acima dos cheiros da poeira, da couve e do lixo, mais alto que o piar dos passarinhos, longe como o céu é longe da terra, acima do som das orações lamentosas que erram pelo ar e reaparecem aos retalhos, vindas da direção da sinagoga, na descida da rua.

Alta, transparente e impassível, a luz da tardinha se estende agora sobre as caixas-d'água e a roupa estendida em todas as lajes, bem acima dos restos de ferro-velho apodrecido e dos gatos vira-latas, sobre todas as melancolias e todos os telhados de zinco nos quintais, sobre todas as juras e promessas, sobre os latões e as decepções, as tinas de lavar roupa e os cartazes colados pelos membros da Resistência Armada, sobre o cheiro das conservas de beterraba, a solidão dos jardinzinhos abandonados, os restos das árvores frutíferas remanescentes dos tempos em que este bairro era um pomar, e então, em um instante, ela se espalha e torna a noitinha tranqüila e transparente, leva paz às alturas, esparrama-se sobre as latas de lixo e sobre os sons de um piano hesitantes de cortar o coração, mais uma vez aquela menina não bonita, Menúchale Stein, tenta tocar uma escala de tons simples e de novo tropeça, sempre no mesmo lugar, tropeça, tropeça de novo e volta a tentar a escalada, e um passarinho, por sua vez, responde a ela novamente com as cinco primeiras notas de "Pour Elise", de Beethoven. Um céu amplo e vazio, que se estende de horizonte a horizonte no final de um dia quente de verão. Posso ver três nuvens pluma e dois pássaros escuros. O Sol já se pôs por trás dos altos muros do quartel Schneller, mas o céu não quer deixá-lo ir e tenta agarrá-lo, fincando-lhe as unhas com toda a força até conseguir arrancar a fímbria do seu manto multicolorido, e então aprecia o seu butim, usa duas ou três nuvens pluma como modelos para vesti-lo, envolve-as em luz e depois as despoja e observa como resplandecem os tons esverdeados, como combinam os filamentos fugidios de azul, como os reflexos cor de laranja se mesclam ao halo violeta-azulado em um padrão raiado e como em toda a sua extensão irrompem fugazes centelhas prateadas, trêmulas como as linhas de prata quebradiças e fugidias que percorrem a água à passagem rápida de um cardume. E ainda brilham alguns lampejos de cor-de-rosa, violeta, verde-limão, e então o céu se envolve em um esplêndido manto púrpura, e dele fluem rios inteiros de clarões encarnados, e em um ou dois minutos se desfaz dessa túnica colorida e veste outra, em carne viva, que, golpeada, deixa jorrar duas ou três torrentes de sangue, cujas margens escuras já começam a se reunir nas pregas do veludo negro, como se num relance não mais se tratasse das alturas das alturas, mas sim das profundezas das profundezas, como se o vale das sombras se abrisse e se expandisse pelo firmamento, como se tudo isso não se desenrolasse diante dos olhos de quem contempla as alturas, e o observador não estivesse deitado de costas, abaixo, mas ao contrário, o manto dos céus agora é profundo despenhadeiro, e aquele que está deitado de costas não mais está deitado, mas paira sobre o abismo no alto e se despenha como uma pedra mergulhando nos recessos do manto de veludo negro. Você nunca vai esquecer esta noite: você tem apenas seis anos, ou, no máximo, seis anos e meio, mas pela primeira vez em sua curta vida se desvela diante dos seus olhos algo de imenso e assustador, algo de grave e severo, algo que se estende de horizonte a horizonte e vem a você, mudo e gigantesco, e assim de repente ele o penetra, e o descerra, e o revela, revela-o a si próprio, de tal maneira que agora você também é maior e mais profundo do que você mesmo, e agora a sua voz que não é a sua, talvez até venha a ser, talvez essa seja a sua voz daqui a trinta, quarenta anos, uma voz que não se permite nem alegria nem ingenuidade, e ela ordena que você nunca se esqueça nenhum detalhe desta noite, por menor que seja: lembre e guarde bem os seus cheiros, lembre a sua imensidão e a sua luz, lembre os seus pássaros, o som do piano, o crocitar dos corvos e as nuances do céu cambiante de horizonte a horizonte diante dos seus olhos, e tudo isso é para você, apenas para os olhos de quem um dia deverá descrevê-los. E que não se esqueça nunca de Danush, nem de Ami, de Lolik, nem das moças com os soldados no bosque, nem do que disse sua avó para sua outra avó, nem do peixe doce que boiava, morto, no molho temperado de cenoura. Nunca se esqueça de todas as asperezas daquela pedrinha molhada que há mais de meio século esteve aninhada em sua boca, mas cujo eco do sabor cinzento, o sabor de giz com um pouquinho de cal e um rastro salgado, ainda teima em permanecer na ponta da sua língua. E nunca se esqueça de todos os pensamentos provocados por aquela pedrinha, que você nunca se esqueça, jamais, do universo dentro do universo dentro do universo. Que nunca se esqueça da vertigem do tempo dentro do tempo dentro do tempo e também de todos os clarões do céu, e de como ele toma, mistura, separa e volta a misturar todas as cores e luzes assim que o Sol se põe, púrpura, lilás, limão, laranja, ouro, carmim, escarlate, coral, violeta, dourado e o encarnado que jorra como o sangue, e de como, devagar, sobre tudo isso desce solene um azul-cinzento apagado e profundo como a cor do silêncio e cujo cheiro é o do som de um piano que em vão se repete num soar incerto, subindo e descendo numa escala quebrada, enquanto um passarinho responde com as cinco primeiras notas de "Pour Elise" — Ti-da-di-da-da.

34

Meu pai tinha um fraco pelo grandioso e pelo sublime, enquanto minha mãe era fascinada pela compaixão, pela renúncia. Meu pai era um entusiástico admirador de Abraham Lincoln, Louis Pasteur e dos discursos de Churchill — "sangue, suor e lágrimas", "nunca tantos deveram tanto a tão poucos", "combateremos nas praias". Minha mãe se encontrava, com um leve sorriso, na poesia de Rachel:

> *Não cantei para ti, ó terra minha*
> *e teu nome não exaltei*
> *em feitos heróicos*
> *só uma trilha os meus pés abriram*
> *sobre os teus campos [...].*

Meu pai costumava ser tomado de repente por acessos de fervor inspirado junto à pia da cozinha, e sem nenhum aviso prévio se punha a declamar:

> *[...] e em Israel surgirá uma geração*
> *que romperá o ferro de suas cadeias*
> *e seus olhos verão a luz!*

E outras vezes:

> *[...] Yodfat, Massada,*
> *Betar aprisionada*
> *Mostrai teu poder e esplendor!*
> *Hebreu, mesmo escravo, desamparado e errante*
> *és nobre — nasceste príncipe*
> *e tua é a coroa de Davi!*

Quando estava de excepcional bom humor, meu pai se punha a cantar em voz retumbante, desafinando a ponto de fazer os defuntos tremerem na tumba: "Ó minha pátria, minha terra, altos montes de pedra nua!". Até que minha mãe resolvesse finalmente lembrar a ele que os Lamberg, os vizinhos do lado, e provavelmente os outros vizinhos, os Bichovski e os Rozendorff, deviam estar escutando o seu recital às gargalhadas; no mesmo instante meu pai era tomado por um terror súbito, interrompia a cantoria envergonhado, constrangido como se tivesse sido pego roubando doces.

Minha mãe, por sua vez, gostava de passar as noites sentada no canto da cama disfarçada de sofá, os pés descalços cruzados e escondidos sob as pernas, as costas curvadas, a cabeça inclinada sobre um livro pousado nos joelhos, vagando por horas e horas pelas veredas dos jardins outonais batidos pelo vento dos contos de Turgueniev, Tchekhov, Iwaszkiewicz, André Maurois e Gnessin.

Ambos vieram parar em Jerusalém diretamente das paisagens do século XIX. Meu pai crescera à base de uma dieta saturada de romantismo teatral-patriótico, de um romantismo sedento de batalhas (A Primavera das Nações,* *Sturm um Drang*), cujos cimos de marzipã eram borrifados, como por um jorro de champanhe, pelo viril desvario de Nietzsche. E minha mãe, por sua vez, pautava sua vida por outro cânone romântico, o introspectivo e melancólico menu da solidão, num tom menor, embebido no sofrimento dos corações partidos, das almas sensíveis à margem, mergulhado em imprecisas fragrâncias outonais da decadência *fin de siècle*.

Kerem Avraham, nosso subúrbio, com seus mascates, seus caixeiros, seus fregueses regateadores, seus donos de armarinho idichistas, seus religiosos entoando melodias sinuosas de *chazanut*, seus pequeno-burgueses marginalizados e seus intelectuais perplexos, prontos para consertar o mundo, aquele bairro não se ajustava, nem a ela, nem a ele. Ao longo de todos aqueles anos sempre houvera um sonho tímido rondando a nossa casa, o sonho de se mudar para um bairro mais culto, Beit HaKerem, por exemplo, ou Kiriat Shmuel, até mesmo Talpiót ou Rehávia: não naquele momento, mas um dia, no futuro, quando for possível, quando fizermos um pé-de-meia, quando o menino estiver mais crescido, quando seu pai tiver conseguido uma primeira cátedra acadêmica, quando sua mãe tiver emprego fixo como professora, quando a situação melhorar, quando o país estiver mais desenvolvido, quando os ingleses forem embora, quando surgir o Estado judeu, quando soubermos o que será disto aqui, quando as coisas finalmente começarem a ficar mais fáceis para nós.

"Lá em Sião, na terra amada por nossos pais", cantaram meus pais em sua juventude, ela na cidadezinha de Rovno, e ele em Odessa e em Vilna, assim como milhares de jovens por toda a Europa Oriental nas duas primeiras décadas do século XX.

Lá todos os sonhos irão se materializar
Lá iremos viver e criar
Uma vida pura e uma vida livre.

Mas que sonhos eram esses? Que tipo de "vida pura e livre" meus pais esperavam encontrar aqui?

Era tudo bastante nebuloso. Talvez esperassem encontrar na Israel renovada algo menos judeu-pequeno-burguês e mais europeu e moderno. Menos materialista-grosseiro e mais idealista, menos febril-tagarela e mais equilibrado e reservado.

É possível que minha mãe tenha sonhado viver em Israel uma vida de professora culta e criativa numa escola do interior, que nas horas vagas escrevesse poemas líricos e talvez até contos repassados de sutilezas e sentimentos. Tenho a impressão de que ela esperava estabelecer aqui relações delicadas com artistas refinados, marcadas pela sinceridade na exposição dos próprios sentimentos e pensamentos, e assim se livrar de uma vez por todas dos berros da mãe, escapar da mofada camisa-de-força do puritanismo e do mau gosto, fugir do materialismo e da mesquinharia, ao que tudo indicava exacerbados, do lugar de onde ela tinha vindo.

Meu pai, por sua vez, via-se como um predestinado a tornar-se um estudioso e pesquisador de grande originalidade em Jerusalém, um bravo pioneiro da renovação do espírito hebraico, um legítimo herdeiro do professor Yossef Klausner, um destemido comandante do exército intelectual dos Homens da Luz em sua luta heróica contra as Forças da Escuridão, o perfeito sucessor da gloriosa dinastia de pesquisadores que teria se iniciado com tio Yossef Klausner, que não tivera filhos, e continuaria com o seu devotado sobrinho, amado por ele como um filho. Exatamente como o seu famoso tio, e por sua inspiração direta, meu pai era capaz de ler textos eruditos em dezesseis ou dezessete línguas. Tinha estudado nas universidades de Vilna e de Jerusalém, e aos cinquenta anos elaborou e apresentou sua tese de doutorado na Universidade de Londres, cujo tema é a vida e a obra de I. L. Peretz. Por anos e anos, vizinhos e também estranhos se dirigiam a ele como "senhor doutor" ou "com sua licença, doutor Klausner", mas somente aos cinqüenta anos de fato obteve o título, e, além do mais, em Londres. Ele ainda estudou, por conta própria, história antiga e moderna, história da literatura, etimologia hebraica, filologia geral, estudos bíblicos, arqueologia, história do pensamento judaico, literatura medieval, um pouco de filosofia, estudos eslavos, história renascentista e estudos românicos: assim, de posse dessa bagagem invejável, estava preparado e pronto para se tornar um professor assistente e percorrer todas as etapas da carreira acadêmica até atingir o grau de professor titular, chegando, por fim, a livre-docente; estava, enfim, destinado a se tornar um luminar das letras com teses originais, que sem dúvida não deixaria de sentar-se à cabeceira da mesa nas tardes de shabat para se lançar em doutos monólogos destinados a sua atenta e maravilhada audiência de devotos admiradores na hora do chá.

Mas ninguém por aqui quis saber dele nem de suas setenta e sete sabedorias. Assim meu pai foi obrigado a levar a desventurada existência de um bibliotecário mal pago na divisão de periódicos da Biblioteca Nacional, escrevendo seus livros sobre a história do romance e a história da literatura à noite, com o que lhe sobrava de energia, enquanto a sua "filha da gaivota"[8] ficava o tempo todo na sua casa semi-enterrada, cozinhando, lavando roupa, limpando, assando, cuidando do filho doentio e, quando não estava lendo romances, ficava postada à janela segurando um copo de chá que esfriava. Se aparecia a oportunidade, dava aulas particulares.

Eu era filho único, e ambos descarregavam todo o peso de suas frustrações sobre meus pequenos ombros. Antes de mais nada, eu deveria comer muito bem, dormir bastante e me lavar direito, para aumentar as minhas chances de realizar pelo menos um pouquinho das promessas de juventude dos meus pais. Empenharam-se para que eu aprendesse a ler e escrever ainda antes da idade escolar, competindo entre si para ver quem se superava em subornos e seduções que me fizessem aprender as letras (o que era desnecessário, pois de qualquer maneira elas já me encantavam e foram aprendidas sem nenhum esforço), e quando comecei a ler, aos cinco anos, ambos trataram de me arranjar cardápios de leitura saborosos mas também ricos em vitaminas culturais.

Muitas vezes me incluíam em conversas que outras famílias nem sonhariam ter com crianças pequenas. Mamãe me contava histórias de bruxas, anões noturnos, demônios, choupanas mal-assombradas no meio da floresta, mas também conversava seriamente comigo sobre todos os assuntos — sobre pessoas desajustadas, sobre sentimentos, sobre a vida e as angústias dos artistas geniais, sobre as neuroses e sobre as emoções dos animais. ("Se você observar bem, vai notar que cada pessoa tem um atributo especial que o faz parecer com

---

8. A "filha da gaivota" é uma referência à personagem da peça *A gaivota*, de Tchekhov.

um animal, um gato, ou um urso, ou uma raposa, ou um porco. Nos traços do rosto e na forma do corpo podemos ver, em cada pessoa, com qual animal ela se parece.")

E meu pai me revelava os segredos do sistema solar, do sistema circulatório das pessoas, o Livro Branco* inglês, a teoria da evolução, a vida exemplar de Theodor Hertzl, as aventuras de Dom Quixote, a história da escrita e da imprensa, e também as bases do sionismo. ("Na Diáspora, a vida dos judeus era muito ruim, aqui em Eretz-Israel ainda não está fácil para nós, mas em breve surgirá o Estado judeu, e tudo será bom e promissor. O mundo todo ainda vai se assombrar com o que o povo judeu será capaz de realizar aqui.")

Meus pais, meus avós, os amigos mais próximos da família, bons vizinhos, tias enfeitadíssimas, pródigas em abraços apertados e beijos pegajosos, todos ficavam sempre absolutamente maravilhados com qualquer palavra que saísse da minha boca: esse menino é *tão* inteligente, tão original, tão sensível, tão especial, tão precoce! É um filósofo, esse menino, um portento, entende tudo, tem olhos de artista!

De minha parte, eu ficava tão assombrado com o assombro dessa gente que acabei por me assombrar também. Pois afinal eles eram adultos, isto é, pessoas que sempre sabiam tudo e sempre tinham razão, e todos ficavam me dizendo sem parar que eu era tão inteligente... Então com certeza eu devia mesmo ser. Todos eles viviam dizendo que eu era tão interessante, bem, como podia deixar de concordar com eles? E também que era tão sensível, criativo e um pouco isso e também um pouco aquilo (ambos em polonês), e também tão original, tão adiantado, tão talentoso e também tão lindo etc. etc.

Como eu tinha grande respeito pelo mundo dos adultos e pelos valores aí vigentes, e como não tinha irmãos, irmãs ou amigos que contrabalançassem o culto à personalidade que me envolvia o tempo todo, não tive outra alternativa senão concordar, humilde mas cabalmente, com a opinião dos adultos sobre mim.

E assim, aos quatro ou cinco anos de idade eu tinha me tornado um pequeno ser presunçoso e exibido no qual meus pais e o resto do mundo adulto depositavam grandes esperanças, oferecendo assim um generoso crédito à minha arrogância.

Às vezes, nas noites de inverno, acontecia de ficarmos conversando, nós três, à mesa da cozinha, depois do jantar. Falávamos em sussurros, porque a cozinha era baixa e apertada como uma cela solitária, e sem nunca interromper as palavras uns dos outros (meu pai via nisso uma precondição para qualquer conversa). Conversávamos, por exemplo, sobre o que um cego ou um alienígena teria feito do nosso mundo. E quem sabe se no fundo todos nós não passávamos de um bando de alienígenas cegos? Conversávamos sobre as crianças da China e da Índia, sobre os filhos dos beduínos e dos camponeses árabes, as crianças do gueto, as crianças vindas com os *ma'apilim*, e também sobre as crianças do kibutz, que não pertenciam aos pais mas já na minha idade começavam a viver uma vida coletiva numa comunidade independente, onde eles próprios eram responsáveis por tudo, limpando seus próprios quartos por turnos e decidindo por votação todos os assuntos, como, por exemplo, a que horas apagariam a luz para ir dormir.

A luz elétrica, fraca e amarelada, ficava acesa também durante o dia naquela pequena cozinha. Lá fora, na rua, que já estava vazia antes das oito horas da noite, fosse pelo toque de recolher imposto pelos ingleses, fosse por puro costume, o vento uivava nas noites de inverno. Ele brincava com as tampas dos latões de lixo colocados ao lado dos portões das casas, assustava os ciprestes escuros e os cachorros da rua e, com seus dedos negros, testava a resistência dos telhados de zinco presos sobre as varandas. Às vezes o eco de um tiro distante ou o som abafado de uma explosão chegava até nós, vindo das trevas da noite.

Terminado o jantar, fazíamos fila, os três, como numa parada militar, primeiro meu pai, depois mamãe e depois eu, com os rostos voltados para a parede escurecida pela fumaça do lampião a querosene e de costas para a cozinha. Meu pai se curvava sobre a pia, lavava, ensaboava e enxaguava talher por talher, prato por prato, e os colocava com todo o cuidado no secador, de onde mamãe tirava os pratos ainda pingando e os copos molhados e os enxugava, colocando-os, um por um, no respectivo lugar. A operação secagem dos garfos, colheres e colherinhas ficava sempre por minha conta. Assim como separá-los e guardá-los arrumados na gaveta. A partir dos seis anos, mais ou menos, permitiam que eu enxugasse as facas usadas à mesa, mas de jeito nenhum, nem pensar, a faca do pão, e muito menos as de cortar verduras e a de carne.

Para eles não bastava que eu fosse inteligente, racional, generoso, sensível, criativo, filósofo e ainda tivesse olhos sonhadores de artista. Além de tudo isso, eu ainda devia descobrir os segredos, prever o futuro, ser o mago e o adivinho da família, o profeta do quintal: pois é sabido que as crianças estão próximas da natureza, do seio mágico da Criação, e ainda não foram estragadas pelas mentiras nem envenenadas por considerações interesseiras e egoístas.

E portanto eu devia assumir o papel da pitonisa de Delfos, ou de santo maluco. Enquanto eu trepava no pé de romã no canto do quintal, ou corria de muro a muro sem pisar nas linhas do chão de cimento, meus pais me chamavam para dar a eles e às eventuais visitas algum sinal genuíno vindo do céus que os ajudasse a chegar a um consenso sobre se deviam ou não ir visitar os amigos no kibutz Kiriat Anavim, comprar ou não (em dez pagamentos) a mesa redonda de madeira escura e as quatro cadeiras, pôr ou não em risco a vida dos refugiados fazendo-os entrar clandestinamente no país em barcos precários, convidar ou não os Rodnitzky para o jantar na noite do shabat.

Minha função era dizer algum pensamento vago, ambíguo, algo muito além da compreensão das crianças da minha idade, uma frase obscura baseada numa mistura de palavras pescadas nas conversas dos adultos, uma expressão nebulosa que pudesse ser tomada de um jeito ou de outro, enfim, algo que permitisse as mais variadas interpretações. Era desejável que minhas profecias incluíssem alguma vaga comparação, e altamente recomendável que nelas comparecesse a expressão "na vida". Por exemplo: "Toda viagem é como o abrir de uma gaveta". "Na vida há manhã e noite, verão e inverno." "Fazer pequenas concessões é como não pisar em seres pequeninos."

Estas sentenças enigmáticas, que reforçavam a tese de que "da boca das crianças virá toda a verdade", faziam meus pais vibrarem de emoção, seus olhos brilhavam, e eles se punham a analisar, virando e revirando pelo avesso as misteriosas palavras proferidas por mim, a Torá das setenta faces, descobrindo nelas uma expressão oracular da mais pura e secreta sabedoria da própria natureza.

Mamãe literalmente se derretia de amor por mim como resultado dessas profecias, que eu sempre tinha de repetir, ou então bolar novas, especiais, na presença de parentes surpresos e de visitantes boquiabertos. Logo aprendi a produzir frases em linha de montagem, tão obscuras quanto intrincadas, de acordo com a ocasião e o gosto do maravilhado público consumidor. E aprendi a extrair não um, mas três prazeres distintos de cada profecia. Primeiro, a vista dos olhos ávidos da minha audiência cravados nos meus lábios, aguardando ansiosa pelas minhas profecias para, assim que a ouvissem, mergulhar em abismos de incansáveis especulações místicas e interpretações contraditórias. Segundo, a vertigem de sentir-me detentor de uma sabedoria salomônica — meu status era o de autoridade máxima sobre os adultos presentes e juiz de suas querelas ("Será possível que você não ouviu o que ele disse sobre as pequenas concessões? Você ainda teima em não viajar para Kiriat Anavim?"). E um terceiro prazer, e o mais secreto e intenso de todos, era a minha generosidade. Não há no mundo prazer que se compare, a meu ver, à sensação de doar, à satisfação da entrega. A eles, aos adultos, faltava algo, algo que só eu poderia lhes dar. Eles estavam sedentos, e eu lhes dava de beber. Eles careciam de algo que eu lhes fornecia à vontade. Como foi bom ter nascido! O que fariam eles sem mim?

35

Na verdade eu era um menino fácil de cuidar — obediente, esperto, apoiando inadvertidamente a ordem social vigente (mamãe e eu éramos subordinados a papai, papai lutava bravamente para se manter colado à poeira dos pés de tio Yossef, o próprio tio Yossef, apesar do seu viés oposicionista, estava sujeito, como todos os outros, à aprovação de Ben Gurion e das demais "instituições competentes"). Além disso, eu era incansável na busca de expressões de admiração vindas dos adultos: meus pais, visitantes, tios, vizinhos e conhecidos.

Todavia, uma das performances mais requisitadas do repertório familiar, a comédia favorita, com enredo fixo, desenvolvia-se em torno de uma transgressão que implicava, em conseqüência, uma conversa muito séria de esclarecimento seguida de um castigo retumbante. Depois do castigo vinha o remorso, a indispensável manifestação de arrependimento, o perdão, a remissão de metade do castigo, ou mesmo de todo ele, e, por fim, a lacrimosa cena do perdão e da reconciliação acompanhada de abraços e mútuo compadecimento.

Um dia, imbuído da mais pura curiosidade científica, eu despejo pimenta em pó no café de mamãe.

Mamãe bebe um gole, engasga, cospe o café no guardanapo, os olhos cheios de lágrimas. A essa altura eu já estou profundamente arrependido, mas me calo: sei muito bem que a próxima fala será de meu pai.

Meu pai, no papel do investigador imparcial, curva-se e prova com todo o cuidado um pouco do café de mamãe. Apenas molha os lábios. Então vem o diagnóstico esperado:

"Parece que alguém fez o favor de temperar um pouco o seu café. Alguém com idéias bem apimentadas. Desconfio que foi obra de sua excelência."

Silêncio. Como demonstração de boas maneiras, prossigo comendo colheradas do mingau de semolina do meu prato, limpo os lábios com o guardanapo, aguardo um tempo e volto a comer duas ou três colheradas. Bem calmo. Bem ereto. Educadíssimo. Uma perfeita ilustração de tudo o que está escrito num manual de boas maneiras. Hoje vou comer o meu mingau até o fim. Como um menino exemplar. Raspar o prato até aparecer o fundo.

Enquanto isso meu pai prossegue num tom pensativo, como se expusesse em suas linhas mais gerais os enigmas da química. Não olha em minha direção. Só se dirige a minha mãe, ou a si mesmo:

"Poderia ter acontecido uma tragédia! Como se sabe, existem não poucas misturas de dois elementos em que cada um por si é absolutamente inofensivo e apropriado à alimentação humana, mas, ao serem misturados, podem pôr em perigo a vida de quem os provar! Aquele que hoje despejou o que despejou no café poderia facilmente ter misturado sabe lá quais outros elementos. E então? Envenenamento. Hospital. Até mesmo perigo de vida."

Um silêncio mortal se abate sobre a cozinha, como se a tragédia anunciada tivesse mesmo acontecido.

Minha mãe, em silêncio, afasta um pouco, com o dorso da mão, o veneno a ela destinado.

"E então?", continua meu pai, pensativo, e meneia algumas vezes a cabeça afirmativamente, como quem sabe muito bem o que esteve prestes a acontecer, mas resolve não chamar a quase tragédia pelo nome.

Silêncio.

"Proponho então que aquele que fez essa gracinha — claro que por engano, claro que como uma piada que não deu certo — demonstre coragem e se levante agora para ficarmos todos sabendo que, se temos em nossa casa um indivíduo muito imprudente, ao menos não temos um covarde, um indivíduo destituído de qualquer brio, honestidade e amor-próprio!"

Silêncio.

Chegou a minha vez.

Levanto-me e falo com jeito de pessoa adulta, com voz igualzinha à de meu pai:

"Fui eu. Sinto muito. Foi realmente uma enorme bobagem. E não vai acontecer de novo."

"Não?"

"Não, de modo algum."

"Palavra de honra?"

"Palavra de honra."

"A confissão, o arrependimento e o compromisso, esses três fatores apontam para uma redução do castigo. Desta vez nos daremos por satisfeitos se você fizer o obséquio de beber. Sim. Por gentileza."

"O quê, esse café? Com pimenta dentro?"

"Precisamente."

"O quê? É para eu beber?"

"Por obséquio."

Porém, depois do primeiro gole, hesitante, mamãe interfere. Propõe que já chega. Sem exageros. O menino tem estômago sensível. E por certo já aprendeu a lição.

Meu pai não escuta a proposta conciliadora. Ou finge que não escuta. Pergunta:

"E o que vossa alteza está achando da sua poção? Sabe a maná caído do céu? Ou não?"

Faço uma careta de desesperada repugnância, angústia, pesar e arrependimento, de cortar qualquer coração. Então meu pai decreta:

"Está bem. Chega. Desta vez já foi o bastante. Vossa senhoria já declarou por duas vezes o seu arrependimento. Por que então não passamos uma esponja no que foi feito e não vai acontecer nunca mais? Podemos até fazer um brinde à esponja com um tablete de chocolate, para tirar o gosto ruim da boca. E depois, se você quiser, podemos nos sentar, nós dois, à minha escrivaninha e classificar alguns selos recém-chegados, está bem assim?"

Cada um de nós gostava muito do respectivo papel (imutável) na comédia. Meu pai adorava fazer o papel de uma espécie de entidade vingadora, que tudo vê e pune os delitos, um Jeová doméstico de olhos fulgurantes, desferindo terríveis raios e trovejando irado, mas também magnânimo, compassivo, bom e amoroso.

Porém, às vezes se desencadeava uma onda cega de verdadeira fúria, não de fúria teatral (principalmente quando eu aprontava alguma coisa que poderia me colocar em perigo). Aí meu pai me aplicava, sem nenhum aviso prévio ou jogo de cena, dois ou três tapas extremamente bem aplicados na face.

Algumas vezes, quando eu era surpreendido brincando com eletricidade ou subindo aos galhos mais altos, ele me ordenava tirar a calça e preparar a bunda (que ele chamava apenas de "O traseiro, por obséquio!"). Em seguida, sacudia o cinto e aplicava impiedosas seis ou sete lambadas ardidas, dolorosas, de esfolar a pele e humilhar o coração.

Mas em geral a ira do meu pai não se manifestava por pogroms como esses, e sim por palavras sarcásticas, demolidoras, envoltas em luvas de pelica: "Vossa alteza novamente houve por bem esta noite respingar a lama da rua por todo o corredor. Ao que parece, tirar os sapatos antes de entrar em casa como nós, pessoas simples do povo, costumamos fazer nos dias de chuva, é algo humilhante para vossa nobreza. Mas temo que desta vez vossa magnificência deverá sacrificar um pouco de sua magnífica condição e limpar com suas próprias e delicadas mãos suas reais pegadas. Feito isso, queira vossa alteza real se trancar no banheiro sozinho, no escuro, por uma hora, a fim de ter tempo suficiente para refletir sobre seus atos e também acerca das suas atitudes no futuro".

Nesse momento minha mãe apelava para um abrandamento do rigor da sentença:

"Meia hora já basta. E não no escuro. O que há com você? Qualquer dia você ainda proíbe o menino de respirar!"

"Para a grande sorte de vossa alteza, sempre aparece por aqui uma defensora entusiástica, incondicional, de vossa alteza."

"Se fosse possível castigar com o mesmo rigor o senso de humor capenga...", mas essa frase, ou equivalente, ela nunca terminava.

Passado outro quarto de hora, era o momento da cena final do teatrinho: meu pai vinha pessoalmente me tirar do banheiro, estendia os braços para me abraçar rapidamente e resmungava confuso uma espécie de pedido de desculpas:

"Sei muito bem que você não enlameou o corredor de propósito, foi só pela sua incrível distração. Mas é claro que você sabe que nós o castigamos para o seu próprio bem, para você não se tornar outro professor distraído quando crescer."

Eu o fitava direto nos olhos castanhos e ternos um tanto constrangidos, e lhe prometia que dali em diante iria prestar atenção e tirar os sapatos na entrada de casa. E ainda, minha fala nesse ponto do teatrinho era dizer, com olhar compungido, falando como uma pessoa bem mais velha e com expressões emprestadas das falas de meu pai, que eu, sem dúvida nenhuma, sabia que os castigos eram para o meu próprio bem. A minha parte fixa também incluía um pedido à minha mãe para não sentir tanta pena de mim e não ter tanta pressa em aliviar meu castigo, pois eu estava plenamente de acordo em assumir as conseqüências dos meus atos, disposto a sofrer as merecidas penas. Até duas horas no banheiro. Até no escuro. É a justiça, não me importo.

E não me importava mesmo, pois entre a solidão do castigo no banheiro com a porta trancada por fora e a minha costumeira solidão no quarto ou no quintal, ou no jardim-de-infância, não havia quase nenhuma diferença. Durante grande parte da minha infância fui um menino solitário, sem irmão ou irmã e quase sem amigos.

Alguns frascos de perfume, dois sabonetes, três escovas de dentes e um tubo de pasta de dentes usado pela metade, e mais uma escova de cabelo, cinco grampos de mamãe e uma bolsinha com o aparelho de barba de papai, e também o banquinho, o vidro de aspirina, o esparadrapo e o rolo de papel higiênico, isso tudo me daria folgadamente um dia inteiro de batalhas, jornadas, construções de monumentos imensos e aventuras radicais em que eu era alternadamente sua alteza e o escravo de sua alteza, caça e caçador, desbravador de florestas e vidente do futuro, juiz, marinheiro, engenheiro-chefe dos construtores do canal do Panamá e de sua ligação com o canal de Suez por vias escavadas nas altas montanhas, podendo assim ligar a eles todos os mares e lagos do banheiro e lançar, desde o fim do mundo, navios mercantes, submarinos, navios de guerra, navios piratas, caça-minas, baleeiras e também caravelas de descobridores de continentes e ilhas remotas nunca dantes palmilhados pelo homem.

E quando me condenavam às trevas das masmorras, eu também não me assustava: fechava, no escuro, a tampa do vaso, onde me abancava para empreender todas as minhas guerras e minhas aventuras de mãos vazias, sem sabonetes, nem escovas, nem grampos, e sem sair do lugar. Eu me sentava de olhos fechados e acendia dentro da minha cabeça todas as luzes que eu quisesse, e assim deixava a escuridão para fora enquanto o lado de dentro da minha cabeça ficava feericamente iluminado.

Quase posso afirmar que gostava dos castigos na solitária. "Aquele que não sente falta de ninguém", dizia meu pai, citando Aristóteles, "ou é um deus, ou é um bicho." E eu durante horas e horas aproveitava para ser ambos. Não me importava.

Todas as vezes que meu pai me chamava, brincando, de sua honorável alteza ou sua majestade, eu não me ofendia. Pelo contrário: no fundo, eu concordava com ele. Adotei esses títulos honoríficos. Mas me calava. Não dava a ele nenhuma pista que pudesse revelar o meu contentamento. Como um rei que tivesse sido desterrado, mas que conseguisse cruzar a fronteira e se introduzir na sua cidade de volta, andando pelas ruas disfarçado de cidadão comum. Mas um dos súditos pode me reconhecer, perplexo, e fazer uma profunda reverência, até tocar o chão, e me chamar de sua alteza real. Dentro do ônibus ou entre as pessoas que circulam pela praça. Porém eu ignoro a reverência e o título. Não dou a perceber o menor sinal. Talvez eu tenha optado por essa atitude porque minha mãe um dia me ensinou que é possível identificar os verdadeiros reis e nobres exatamente por não darem importância a seus títulos e por saberem muito bem que a real nobreza consiste em usar de humildade e modéstia no trato com os humildes, como se se fosse um deles.

E não apenas como um deles, mas, mais do que isso, tratando sempre de comportar-se amavelmente, de corresponder às expectativas dos súditos: parece que eles gostam de me vestir e me calçar, não é? Muito bem, então eu lhes estendo com prazer os meus quatro membros — braços e pernas. De uns tempos para cá mudaram seus gostos? De agora em diante eles preferem que eu me vista e calce os sapatos sozinho, sem a sua ajuda? Muito bem, que seja, com toda a boa vontade do mundo, enfio-me sozinho em minhas roupas. Gosto de ver como cenas assim os fazem se derreter de satisfação. Se não consigo abotoar a camisa, ou dar o nó no cordão do sapato, peço suavemente que me ajudem.

E eles quase competem entre si para ver quem terá o direito de se ajoelhar aos pés do pequeno monarca para atar os cordões de seus sapatos, pois ele costuma agradecer com um abraço aos súditos fiéis. Não há menino no mundo que saiba agradecer com cortesia e altivez esses pequenos serviços como ele. Certa vez chegou a prometer a seus pais (que se entreolhavam com olhos úmidos de orgulho e felicidade, ambos derretidos, acariciando-o num silêncio feliz) que chegará o dia em que eles estarão muito velhinhos, como o nosso vizinho, o sr. Lamberg, e então ele virá amarrar-lhes os sapatos e ajudá-los com os botões, em paga de todos esses favores que eles lhe prestam agora.

É bom para eles escovar meus cabelos? Ou explicar os movimentos da Lua? Ensinar os números até cem? E me vestir um suéter sobre o outro? E até me dar todos os dias uma colher de repugnante óleo de fígado de bacalhau? Tudo bem, é com grande alegria que lhes permito fazer o que lhes der na telha, deliciarem-se comigo do jeito que quiserem. De minha parte, tenho prazer em constatar como a minha simples e pequena existência lhes causa uma alegria incessante. Óleo de fígado de bacalhau, por exemplo, causa-me repugnância, a custo me contenho para não vomitar, ainda antes de meus lábios tocarem aquele líquido abominável. Mas por isso mesmo é agradável dominar o nojo e engolir a colher de óleo de fígado de bacalhau inteira, de uma vez só, e até mesmo agradecer a eles por fazerem que eu cresça forte e saudável. E com isso posso me divertir secretamente com seu espanto: É claro que esse menino não é como os outros! Esse menino é tão especial!

E assim a expressão "menino como os outros" foi ocupar o degrau mais baixo na minha escala do desprezo: melhor seria crescer e se tornar um cachorro vira-lata, melhor seria ter um defeito de nascença, ou ser retardado, ou — pior ainda — ser menina. Tudo, menos ser um "menino como os outros". Muito, mas muito melhor continuar sendo, sempre e a qualquer custo, "um menino tão especial!" ou "um menino que não é como os outros!".

Como não tenho irmãos ou irmãs, e como desde a mais tenra infância meus pais se dedicaram com todo o empenho do mundo à mais escancarada tietagem, só me restou subir ao palco, ocupá-lo sozinho em toda a sua extensão e encantar o grande público. E assim, a partir dos três ou quatro anos, se não antes, lá estava eu, como único protagonista no meu teatrinho particular em sessão contínua, estrela solitária obrigada a improvisar o tempo todo, a emocionar, divertir e encantar o seu público cativo. De manhã à noite eu tinha que roubar a cena. Por exemplo, numa manhã de sábado, vamos visitar os Rodnitzky, Mila e Stashek, na rua Chancellor, esquina com Haneviim. No caminho, sou lembrado de que de jeito nenhum, mas de jeito nenhum posso esquecer que tio Stashek e tia Mila não tiveram filhos, e que é muito triste para eles não ter tido filhos, e que então devo fazer o possível para ser gentil com eles, mas, preste atenção! — nunca, jamais, D'us o livre, perguntar, por exemplo, quando é que vocês vão ter um bebê? E de modo geral, que me comporte de maneira exemplar. Esse casal de tios me tem, há tempos, na mais alta consideração, então trate de não fazer nada, mas nada mesmo que possa estragar essa opinião deles sobre você.

Tia Mila e tio Stashek podem não ter filhos, mas em compensação têm um casal de gatos angorá aristocratas, muito felpudos, muito gordos e de olhos azuis, chamados Chopin e Schopenhauer, em homenagem ao compositor e ao filósofo. (Nesse ponto, enquanto subimos a grande ladeira da rua Chancellor, sou contemplado com duas breves explicações, Chopin pela minha mãe e Schopenhauer pelo meu pai. Cada uma dessas explicações teve o tamanho de um verbete de enciclopédia.) Esses dois gatos passam a maior parte do dia dormindo, enroscados um no outro no canto do sofá ou numa espécie de almofadão, chamado pufe, como se fossem dois ursos polares, e não simples gatos. E na gaiola pendurada num canto, sobre o piano preto, os Rodnitzky tinham um passarinho muito velho, quase sem penas, meio doente e cego de um olho. O bico parece sempre um pouco aberto, como se estivesse com sede. Os Rodnitzky o chamavam às vezes de Alma, e às vezes de Mirabel. Para aliviar sua solidão, outro passarinho foi posto na gaiola, feito por tia Mila de uma casquinha de sorvete em forma de cone, pintada e apoiada sobre duas perninhas de palitos. O bico também era feito de um palito de dentes pintado de vermelho-vivo. Nesse novo passarinho foram coladas asas feitas de penas de verdade — talvez essas penas tenham caído, ou sido arrancadas da própria Alma-Mirabel e pintadas de turquesa e cor de maravilha.

Tio Stashek fica sentado e fuma. Uma de suas sobrancelhas, a esquerda, está sempre levantada como se, em permanente estado de dúvida, perguntasse: É isso mesmo? Não está exagerando um pouquinho? A falta de um dente incisivo o faz parecer um moleque de rua que levou um soco. Minha mãe quase não fala. Tia Mila, uma senhora loura que usa o cabelo recolhido em duas tranças, às vezes soltas com elegância sobre os ombros, outras vezes presas em guirlanda apertada em volta da cabeça, oferece aos meus pais um copo de chá e doce de maçã. Ela consegue descascar maçãs de modo que a casca sai em uma espiral inteiriça, que se enrola sobre si mesma como um fio de telefone. Os dois, Stashek e Mila, sonharam um dia ser agricultores. Viveram num kibutz por uns dois anos e, então, tentaram por mais um ou dois anos se adaptar à vida num *moshav*, até descobrirem que tia Mila era alérgica à maioria das plantas do campo, e tio Stashek, ao sol (ou, como ele gosta de dizer, o sol é que é alérgico a ele). Então, agora tio Stashek é funcionário do Correio Central, enquanto tia Mila trabalha nos dias ímpares da semana como assistente de um conhecido dentista. Quando ela nos traz o chá, meu pai não resiste a cumprimentá-la com uma de suas gracinhas:

Mila, Mila, suas tortas
do Paraíso são as portas!

Mamãe diz:
"Árie, chega."
E para mim — com a condição de comer até o fim uma grossa fatia de doce, como um bom menino — tia Mila reserva uma grande surpresa: um refresco gasoso feito em casa. O seu refresco gasoso caseiro compensava a escassez em bolinhas borbulhantes (evidentemente a garrafa de soda com sifão tinha sofrido as conseqüências de ter passado tempo demais destampada) com uma concentração tão alta de xarope vermelho que ficava quase impossível tomar, de tão doce.

Eu aceito, então, educadíssimo, a torta de maçã (que não estava nada má), prestando toda a atenção para mastigar de boca bem fechada e usar corretamente faca e garfo para não sujar os dedos. E ainda me mantenho alerta para o perigo das manchas, para o perigo das migalhas e para o perigo da boca cheia demais. Espeto cada pedacinho de doce com os dentes do garfo e o transporto pelo ar com extremo cuidado, como se levasse em conta a possibilidade de aviões inimigos virem derrubar o garfo e a sua preciosa carga no percurso entre o prato e o interior da boca. Mastigo a iguaria com a boca bem fechada e engulo delicadamente, sem espichar a língua para lamber os lábios. No caminho, colho e prendo no peito, sobre o meu uniforme de piloto, os olhares embevecidos dos Rodnitzky e os olhares orgulhosos dos meus pais. E ganho também, afinal, o grande prêmio prometido: um copo de refresco gasoso feito em casa, com poucas bolinhas borbulhantes mas com muito, muito xarope, muito, muito doce.

Tão muito muito doce que de jeito nenhum, definitivamente — e caso encerrado —, é impossível de tomar. Nem uma lambida. Nem um pingo. Seu gosto é mais repugnante do que o do café com pimenta de minha mãe: revoltante, espesso, parecido com o de xarope contra a tosse.

Então aproximo aquele "copo de horrores" dos meus lábios, faço de conta que dou um bom gole e, para tia Mila, que me fita interessadíssima, assim como para o resto do público, que aguarda ansioso o veredicto, asseguro (com o tom de voz e as palavras de meu pai) que suas duas obras-primas, a torta de maçã e o refresco gasoso, são "verdadeiramente muito maravilhosas".

Tia Mila se apressa em dizer:

"Tem mais! Tem muito mais! Já vou servir mais um copo para você! Preparei uma jarra cheia!"

Meu pai e minha mãe, por sua vez, lançam-me olhares mudos e amorosos. Com meus ouvidos espirituais, sou capaz de ouvir suas ruidosas aclamações de incentivo, e com minha cintura espiritual faço uma profunda reverência de agradecimento ao respeitável público.

Mas o que se pode fazer neste momento? Antes de mais nada, ganhar tempo. E para ganhar tempo, eu preciso distraí-los. Devo lançar mão de uma pequena pérola de sabedoria, algo profundo, que não é para a minha idade, algo que eles gostem de ouvir:

"Tudo o que na vida é assim tão delicioso precisa ser sorvido em pequenos goles."

Como sempre, a expressão "na vida" me ajudou bastante: Pítia deu o ar da graça de novo. A voz pura e transparente da própria natureza soou da minha boca. Sorver lentamente o sorriso deles, em pequenos goles. Goles saboreados um a um.

Aí está, com o auxílio de uma frase ditirâmbica e bajulatória, consegui desviar a atenção deles. Que não percebam que eu ainda não bebi nem um pingo da sua cola de marceneiro. Enquanto isso, eles se envolvem em discussões elevadíssimas, e o copo deprimente continua no chão, perto de mim. Pois se deve sorver a vida devagar, em pequenos goles.

Quanto a mim, estou imerso em profundas reflexões, meu cotovelo sobre o joelho e o punho sob o queixo: corporifico para eles exatamente a estátua do *Jovem pensador*, filho do *Pensador*, de Rodin, cuja foto me mostraram certa vez num álbum ou numa enciclopédia. Passados um ou dois minutos, eles já desviaram a atenção de mim. Seja porque não se deve cravar os olhos em alguém cujo espírito flutua rumo a mundos superiores, seja porque chegaram mais visitas e a conversa tomou novo alento e enveredou para os *ma'apilim*, a contenção da economia e o alto comissariado.

E então aproveito rapidamente a oportunidade, esgueiro-me, sem que ninguém perceba, rumo ao hall de entrada empunhando o copo fatídico e o aproximo do focinho de um dos gêmeos angorás, o músico ou o filósofo, não tenho muita certeza de qual dos dois. O urso polar gordo cheira, retrai-se um pouco e pisca ofendido. Fica surpreso com minha oferta, as pontas do bigode tremem: Não, muito obrigado, de maneira alguma, é muita gentileza sua, obrigado. E bate em retirada com um ar entediado em direção à porta da cozinha. Quanto a seu irmão, aquele ser estufado, nem se dá ao trabalho de abrir um olho em minha homenagem. Quando lhe ofereço a bebida, ele apenas franze um pouco o focinho como quem diz: Que é isso, cara, está me estranhando?, e abana em minha direção uma das orelhas cor-de-rosa. Como se espantasse uma mosca.

Será que eu poderia, talvez, derramar esse veneno mortal dentro da tigelinha de água da gaiola de Alma-Mirabel, o passarinho cego e careca e sua companheira, a casquinha cônica e alada? Peso os prós e contras e decido que a casquinha ainda pode me denunciar, enquanto o filodendro plantado no vasinho certamente não vai dar um pio nem vai me trair, mesmo que o interroguem sob tortura. Minha escolha, portanto, recai sobre a plantinha, e não sobre as aves. (Que elas também, assim como tia Mila e tio Stashek, não tiveram filhos, e também para elas não devo nunca, jamais, perguntar, por exemplo, quando é que vocês vão botar um ovo?)

Algum tempo depois, tia Mila percebe meu copo vazio. E no mesmo instante fica evidente quanto eu a tornei feliz por ter apreciado a sua beberagem. Sorrio e digo, como os adultos fazem, e com o tom de voz que os adultos costumam adotar nessas circunstâncias: "Obrigado, tia Mila, muito obrigado. Estava simplesmente delicioso". Então, sem perguntar nem mesmo esperar por confirmação, ela corre a encher meu copo de novo, lembrando-me de que ainda não acabou — ela preparou uma jarra cheia até a boca. Talvez o seu refresco não tenha muitas bolinhas, mas é doce como chocolate, não é verdade?

Concordo, agradeço mais uma vez e volto a esperar pelo momento certo para me esgueirar sem que me vejam, como um guerrilheiro a caminho das estações fortificadas de radar do governo inglês, e enveneno também o cacto do outro vasinho.

Mas nesse momento sou tomado por uma vontade incontrolável, como um mosquito que não se deixa apanhar, como um frouxo de riso que ataca a gente em plena aula, por um desejo repentino de abrir o jogo: levantar e declarar em alto e bom som que o refresco deles é uma porcaria, que fede tanto que nem mesmo os gatos e os passarinhos o quiseram beber de tanto nojo, e que despejei tudo nas plantinhas deles, e que elas não tardarão a morrer.

Eu seria então duramente castigado, mas enfrentaria todo o castigo como um herói. Sem me arrepender jamais.

Está claro que não fiz nada disso: minha vontade de encantá-los foi muito mais forte do que a minha vontade de chocá-los. Sou o *Jovem pensador*, não sou Gêngis Khan.

No caminho de volta à casa mamãe me olhou bem nos olhos e disse com um sorriso cúmplice:

"Não pense que não vi. Vi tudinho."

E eu, com o ar mais cândido deste mundo, meu coração culpado batendo descompassado dentro do peito, como o de um coelhinho assustado:

"Viu tudo? O que você viu?"

"Que você se aborreceu muito. Mas conseguiu dominar o tédio, e por isso eu fiquei muito orgulhosa."

Meu pai acrescentou:

"Hoje o menino realmente teve um comportamento exemplar. Mas foi bem recompensado por isso, ganhou um pedaço de torta e dois copos de refresco gasoso que nós nunca compramos para ele, apesar de sempre nos pedir, ao passarmos pelos quiosques. Mas como saber se aqueles copos dos quiosques são limpos de verdade ou se só parecem limpos?"

E mamãe:

"Eu ainda não tenho muita certeza se esse refresco estava assim tão gostoso mesmo. Mas prestei atenção e vi que para não ofender tia Mila você tomou os dois copos inteirinhos, e por isso estamos orgulhosos de você."

"A sua mãe", disse meu pai, "tem a capacidade de ver tudo, ela percebe no mesmo instante não só o que você diz ou o que você faz, mas o que você pensa que ninguém mais percebeu. Mas para ela nem sempre é facil passar dias e noites alerta, percebendo tudo."

"E quando tia Mila ofereceu a você o segundo copo de refresco", continuou minha mãe, "prestei bem atenção e vi que você agradeceu a ela e tomou tudo, até o fim, para alegrá-la. Quero que você saiba que não são muitas as crianças da sua idade, ou melhor, não há muitas pessoas, crianças ou adultos, capazes de tamanha gentileza."

Nesse momento, por muito pouco não revelei a eles que não tinha sido eu, mas as plantinhas da família Rodnitzky que tinham sido capazes de tanta gentileza, pois elas é que beberam até o fim aquela horrível gororoba.

Mas como eu poderia arrancar do meu peito e lançar aos pés de minha mãe todas as condecorações com as quais ela acabara de me honrar? Como poderia ferir meus pais dessa maneira, causando-lhes um desgosto tão pouco merecido? Pois eu não não tinha acabado de aprender com minha mãe que, quando se trata de escolher entre dizer uma mentira ou ferir os sentimentos de alguém, temos de optar não pela verdade, mas pelo tato, pela sensibilidade? Entre causar alegria e falar a verdade, entre não ferir e não mentir, temos de optar sempre pela generosidade, e não pela honestidade. E agindo assim, você se ergue acima do comum das pessoas e recebe o melhor dos prêmios — ser um menino muito especial. Não ser um menino como os outros.

Papai então pacientemente nos explicou que em hebraico a palavra para designar falta de filhos não deixa de estar relacionada com a palavra escuridão, porque ambas implicam uma ausência, seja de filhos, seja de luz. Há outra palavra relacionada, que significa poupar ou salvar. "Aquele que economiza a autoridade odeia seu filho, está escrito no livro dos Provérbios, e eu concordo plenamente com essa afirmação." E prosseguindo no rumo de uma digressão em árabe, sugeriu que a palavra para escuridão está relacionada à palavra para esquecimento.

E bem de acordo com o seu estilo, meu pai acrescentou:
"Logo que chegarmos em casa, queira vossa alteza se dignar recolher todos os brinquedos que ficaram espalhados pelo chão ao sairmos, e arrumá-los, cada coisa em seu lugar."

36

Tudo o que não conseguiram, tudo o que não lhes foi dado na vida, meus pais jogaram sobre os meus ombros. Em 1950, na noite do dia em que se conheceram por acaso na escadaria do edifício Terra Sancta, Hana e Michel (no meu romance *Meu Michel*) voltam a se encontrar no Café Atara, na rua Ben Yehuda, em Jerusalém. Hana incentiva o aturdido Michel a contar algo sobre si próprio, mas ele fala sobre o pai, viúvo:

> Seu pai acalentava grandes esperanças. Não estava disposto a admitir que o filho viesse a ser apenas um jovem qualquer. Por exemplo, comentando com grande interesse os trabalhos que Michel preparava para o curso de geologia, seu pai costumava cobri-lo de elogios, sempre com as mesmas palavras: "Esse é um trabalho científico, um trabalho extremamente minucioso". O maior desejo de seu pai era que Michel se tornasse professor em Jerusalém, pois seu falecido avô, o pai de seu pai, fora professor de ciências naturais no Seminário Hebreu para Professores, em Grodno. Professor célebre. Seria bonito, na opinião do pai de Michel, se a corrente passasse de geração em geração.
> Eu disse: (assim conta Hana)
> "Família não é corrida de revezamento, e profissão não é tocha."

Por muitos anos meu pai não abandonou a esperança de que finalmente o manto de tio Yossef viesse pousar sobre seus ombros, e que pudesse passá-lo para mim quando chegasse a hora, caso eu seguisse a tradição familiar e me tornasse um erudito. E se por causa do seu horrível trabalho, que só lhe deixava as noites para as suas pesquisas, o manto porventura não tocasse a ele, talvez seu filho pudesse herdá-lo. Quem sabe seu único filho poderia conseguir?

E tenho a impressão de que minha mãe sempre desejou que eu crescesse para conseguir na vida tudo aquilo que ela não havia conseguido.

* * *

Nos anos seguintes eles constantemente me lembravam, com um sorriso discreto de prazer muito bem disfarçado, na presença de todas as visitas, os Zarchi, os Rodnitzky, os Chanani, os Bar-Itzhar, os Abramsky, eles adoravam me lembrar de como, aos cinco anos de idade, talvez uma ou duas semanas depois de ter aprendido o alfabeto, eu escrevera com letras de fôrma, no verso de um cartão do meu pai, o anúncio: AMÓS KLAUSNER, ESCRITOR, e o pregara com uma tachinha na porta do meu quarto.

Ainda antes de aprender a ler, eu já sabia como os livros eram escritos. Eu entrava sorrateiramente no escritório e ficava na ponta dos pés espiando por trás das costas de meu pai, curvado sobre sua mesa, a cabeça exausta como que flutuando no círculo de luz amarela projetado pela sua lâmpada de trabalho, enquanto devagar, penosamente, ele escalava o *wadi* íngreme que passava no meio da sua escrivaninha entre duas pilhas de livros, consultava os livros que ficavam abertos à sua frente, recolhia os mais variados tipos de dados, aproximava-os da luz da lâmpada e os examinava com cuidado, ponderava, escolhia, copiava-os minuciosamente em uma das suas pequenas fichas, para então montá-los no lugar exato do quebra-cabeça, como um ourives compondo as pedras preciosas de uma tiara.

A verdade é que eu também trabalho como ele. Um trabalho de relojoeiro, ou de um ourives dos antigos — com um olho meio fechado e o outro grudado numa lente de relojoeiro, uma pequena pinça entre os dedos, e à minha frente não as fichas de meu pai, mas cartõezinhos nos quais anoto palavras diversas, verbos, adjetivos, advérbios e também pilhas de trechos desmontados de frases, cacos de idéias, fragmentos de definições e as mais diversas tentativas de combinações. De tempos em tempos, com os braços delicados da pinça, ergo com todo o cuidado um desses tênues fragmentos de texto, coloco à altura dos olhos e examino à luz, observo por todos os lados, e então volto a curvar-me sobre a escrivaninha, aparo as arestas e dou um polimento, e de novo ergo e examino à luz, dou novo polimento e insiro com todo o cuidado a palavra ou a expressão no tecido do texto que estou tecendo. Então a observo de cima, de lado, a cabeça um pouco inclinada, olhando diretamente, olhando de esguelha, e, ainda não completamente satisfeito, tiro aquele fragmento recém-encaixado e o substituo por alguma outra palavra, ou tento colocar a mesma palavra num trecho diferente da mesma sentença, retiro, dou mais uma polida, tento inserir de novo, talvez numa posição ligeiramente diferente. Talvez com um sentido um pouco diferente. Ou no final da frase. Ou no comecinho da frase seguinte. Ou é melhor picar logo a ficha em pedacinhos e criar uma frase de uma só palavra desta vez?

Levanto. Dou uma voltinha pelo escritório. Retorno à mesa de trabalho. Examino por alguns minutos, ou mais, o que já foi feito, apago toda a sentença, ou arranco de uma vez a folha do caderno, amasso e rasgo em pedacinhos. Desespero-me. Amaldiçôo a mim mesmo em voz alta, e aproveito para amaldiçoar também o ofício de escritor e a língua inteira, qualquer que seja ela, mas não obstante recomeço, e me ponho a combinar tudo de novo.

Escrever um romance, eu disse uma vez, é mais ou menos como montar toda a cordilheira dos montes Edom com pecinhas de Lego. Ou como construir uma Paris inteira, edifícios, praças, avenidas, torres, subúrbios, até o último banco de jardim, usando apenas palitos e meios palitos de fósforo colados.

Para escrever um romance de oitenta mil palavras é preciso tomar no decurso do processo algo como um quarto de milhão de decisões. Não só decisões sobre o enredo, quem vai viver ou morrer, quem vai amar ou trair, quem vai ficar rico ou sobrar por aí, quais vão ser os nomes e as caras dos personagens, seus hábitos e ocupações, qual vai ser a divisão em capítulos e o título do livro (essas são as decisões mais simples); não apenas o que narrar e o que ocultar, o que vem antes e o que vem depois, o que revelar em detalhes e o que apenas insinuar (essas também são decisões bem simples); mas é preciso ainda tomar milhares de minúsculas decisões como, por exemplo, na terceira sentença do começo do parágrafo deve-se escrever "azul" ou "azulado"? Ou seria melhor "azul-celeste"? Ou "azulão"? Ou "azul-marinho"? Ou poderia ser "azul-cinzento"? Bem, que seja, "azul-cinzento", mas onde colocá-lo? No começo da frase? Ou seria melhor aparecer só no final? Ou no meio? Ou deixá-lo como uma frase bem curta, com um ponto antes e ponto e parágrafo depois? Ou não, quem sabe seria melhor fazer esse "azul-cinzento" aparecer no fluxo de uma frase longa, cheia de subordinações? Ou quem sabe melhor seria simplesmente escrever as quatro palavrinhas "a luz da tarde", sem tentar pintá-las seja de "azul-cinzento", seja de "azul-celeste" ou de qualquer outra cor?

Desde a mais tenra infância fui vítima de uma sistemática e prolongada lavagem cerebral: o santuário dos livros de tio Yossef em Talpiót, a camisa-de-força dos livros de papai em nosso apartamento em Kerem Avraham, o esconderijo de livros de mamãe, as poesias de vovô Aleksander, o rosário de romances escritos pelo nosso vizinho, o sr. Zarchi, as fichas e os jogos de palavras de papai e também o abraço perfumado de Saul Tchernichowski e as passas roubadas do sr. Agnon, aquele que projetava várias sombras ao mesmo tempo ao redor de si.

Mas a verdade é que secretamente eu já havia desistido daquele cartão pregado na minha porta com uma tachinha: por anos a fio não deixei de sonhar em segredo que um dia iria crescer para abandonar de vez todos aqueles labirintos livrescos e me tornar bombeiro. O fogo e a água, a farda, o heroísmo, o capacete prateado, o uivo das sirenes e os olhares extasiados das garotas, os lampejos frenéticos das luzes de emergência, o tumulto na rua, o deleite da velocidade resplandecente dos carros vermelhos que abrem caminho como o golpe de uma espada cortando o mundo em dois, deixando um rastro de pânico e terror atrás de si.

E as escadas e mangueiras que se alongam, estendendo-se até quase o infinito, e o brilho das chamas refletido como sangue derramado no vermelho dos carros de bombeiros, e por fim o clímax, a jovem ou mulher desmaiada nos braços do seu salvador, o herói destemido, que surge impecável das chamas, o sacrifício auto-imposto ao dever, a pele, pestanas e cabelo chamuscados, o inferno da fumaça sufocante. E imediatamente depois — a glória, as torrentes de lágrimas de mulheres em frenesi desvanecendo-se de admiração e gratidão por você, e em especial a mais bonita de todas elas, aquela que você bravamente resgatou das chamas com a força dos seus braços ternos.

Mas quem era aquela que na minha imaginação, durante a maior parte da infância, eu salvava e voltava a salvar repetidamente do inferno das chamas para, no fim, ser premiado com o seu amor? Talvez esta pergunta deva ser assim reformulada: Que terrível, inacreditável visão premonitória veio se insinuar no coração arrogante daquele menino tolo e sonhador, sugerindo, sem desvelar o que estava por vir, assinalando, sem lhe dar a menor chance de interpretar, enquanto ainda era tempo, o indício tênue do que iria acontecer a sua mãe numa noite de inverno?

Aos cinco anos, na verdade, eu já me imaginava, muitas e muitas vezes, como um bombeiro de infinita coragem, com sangue-frio, magnífico em meu uniforme e capacete prateado, lançando-me corajosamente por entre as chamas ardentes, arriscando a própria vida para resgatá-la, desmaiada, do incêndio (enquanto meu pai, fraco e falante, deixava-se ficar atônito, paralisado pelo terror, apenas observando o incêndio da calçada em frente).

E assim, como a perfeita encarnação aos seus próprios olhos da coragem do novo homem hebreu forjado no fogo (exatamente como seu pai lhe havia descrito), o resoluto bombeiro se lança às chamas e a salva, e, assim fazendo, arranca-a, a mãe, de uma vez por todas do domínio do pai e estende sobre ela suas próprias asas.

Mas com que fios escuros consegui tramar essa fantasia edipiana que não me deu trégua por vários anos? Era possível, como um remoto cheiro de fumo, que a figura daquela mulher, Irina, Ira, tivesse penetrado naquela minha fantasia do bombeiro e da que é salva das chamas? Irina Stilietskaia? A mulher do engenheiro de Rovno, que a perdia todas as noites no jogo de cartas? A pobre Ira Stilietskaia, apaixonada por Anton, o filho do cocheiro, que perdeu os filhos e um belo dia despejou sobre si mesma uma lata de querosene e ateou-se fogo dentro do casebre coberto pelo telhado de papelão impregnado de piche? Mas tudo isso aconteceu uns quinze anos antes de eu nascer, e num país que eu nunca conheci, e com certeza minha mãe não teria sido tão louca a ponto de contar essa história terrível a uma criança de quatro ou cinco anos de idade, teria?

Quando meu pai não estava em casa, eu ficava sentado à mesa da cozinha escolhendo lentilhas, e minha mãe ficava de pé, de costas para mim, descascando legumes, espremendo laranjas ou enrolando bolinhos de carne sobre a pia de mármore, enquanto me contava as histórias mais estranhas, que não raro eram assustadoras. O pequeno Peer, o filho órfão de Jon, neto de Rasmus Gynt, deve ter sido bem como eu, quando ele e sua pobre mãe viúva, Aase, sentavam-se sozinhos na sua casinha entre as montanhas, durante as longas noites de vento e neve; e ele assimilou e guardou em seu coração as suas histórias místicas, quase loucas, sobre o palácio de Soria-Moria do outro lado do fiorde, sobre o rapto da noiva, sobre os *trolls* do reino da montanha e sobre as filhas verdes do demônio, sobre o homem que arrancava os botões, sobre fantasmas e sobre Boig, o Terrível.

A cozinha, com suas paredes enegrecidas e seu piso afundado, era baixa e sufocante como uma cela. Ao lado dos lampiões, tínhamos duas caixas de fósforos, uma de fósforos novos e a outra de usados, que nós, por economia, usávamos para passar a chama de um lampião para o outro ou de um lampião para um queimador do fogareiro.

Bem estranhas eram as histórias de mamãe. Assustadoras mas empolgantes. Povoadas de torres, cavernas, aldeias abandonadas e pontes pênseis que se rompiam ao meio, bem sobre o precipício. As histórias não eram nada parecidas com as que se contavam naquele tempo para as crianças em todas as outras casas, nem com as que eu próprio contei aos meus filhos e tampouco com as que conto agora para os meus netos. As histórias de minha mãe não começavam no começo e não acabavam bem, mas pareciam se envolver em uma fina névoa, giravam sobre si mesmas, surgiam por momentos da neblina, surpreendiam, causavam vertigem e de novo sovertiam na escuridão, antes que eu pudesse entender o que se passava diante dos meus olhos. Assim era a história que mamãe contava sobre o velhíssimo Alleluyev, a história de Tanitchka e seus três maridos, os irmãos ferreiros que se mataram uns aos outros, a história do urso que adotou um menino morto, a do demônio das cavernas que se apaixonou pela esposa do lenhador e a do fantasma de Nikita, o cocheiro, que voltou do mundo dos mortos para encantar e seduzir a filha do seu assassino.

Suas histórias eram sempre repletas de framboesas, bolotas de carvalho, morangos selvagens, groselhas, sementes e folhas das árvores forrando a terra, arbustos de frutinhas selvagens, cogumelos e teias de aranha. E sem se preocupar com minha tenra idade, mamãe me levava a lugares onde poucas crianças haviam pisado antes, e no caminho desdobrava diante de mim um fantástico leque de palavras, como se me pegasse e erguesse bem alto nos braços para me descortinar a vastidão prodigiosa do idioma: seus campos eram inundados de sol ou rorejados de orvalho, suas florestas eram densas e impenetráveis, as árvores eram altíssimas, os prados, verdejantes, a montanha, a montanha primeva, esfumaçava-se ao longe, os campos se estendiam a perder de vista, os castelos e palácios dominavam o horizonte com suas torres altas e esbeltas, as planícies dormitavam tranqüilas, e nos vales relvados, que ela chamava de várzeas, fontes, torrentes e regatos límpidos brotavam, murmuravam e serpenteavam.

Minha mãe tinha uma vida solitária, passava a maior parte do tempo fechada em casa. Afora suas amigas Lilinka, Estérke e Fânia Waissman, que se reencontraram em Jerusalém, todas vindas do Ginásio Tarbut, de Rovno, minha mãe não achou nenhuma graça em Jerusalém: os locais sagrados e a infinidade de sítios arqueológicos célebres não lhe interessavam. Sinagogas, escolas talmúdicas, igrejas, conventos e mesquitas, tudo isso lhe parecia de uma mesmice melancólica que tresandava a suor azedo de religiosos de raros banhos. Mesmo sob o cheiro pesado do incenso, suas narinas sensíveis captavam enojadas os vapores dos corpos não lavados.

Meu pai também não gostava de religião: os sacerdotes de todos os credos sempre lhe pareceram um tanto suspeitos, homens ignorantes que fomentavam antigos ódios, semeavam medo, difundiam falsas doutrinas, derramavam lágrimas de crocodilo, eram mercadores de objetos sagrados, de falsas relíquias e de todo tipo de crenças vãs e preconceitos. Ele suspeitava de qualquer um que tirasse o seu sustento da religião como de uma espécie de praticante de um charlatanismo açucarado. Gostava de citar bem-humorado uma observação de Heinrich Haine, segundo a qual tanto rabino quanto padre, ambos fediam. (A versão suavizada de papai: "Nenhum deles exala perfume! E com toda a certeza não o mufti muçulmano, hadji Amin al Hussein, admirador de nazistas!".) Apesar disso, às vezes meu pai acreditava numa espécie de vaga providência, num certo "espírito protetor da nação" ou "rochedo de Israel", ou nas maravilhas do "gênio criativo judeu", e também depositava suas esperanças nos poderes de redenção e de renovação da arte: "Sacerdotes da beleza, o pincel dos artistas", costumava citar o soneto de Tchernichowski:

Sacerdotes da beleza, o pincel dos artistas
e aqueles que dominam o místico encanto dos versos
Irão redimir este mundo por música e poesia!

Ele estava certo de que os artistas eram superiores aos outros seres humanos, mais perceptivos, mais honestos e invulneráveis à feiúra. O fato de que alguns tivessem sido capazes, apesar de tudo, de se juntar a Stalin, ou até mesmo a Hitler, era um assunto que o perturbava e entristecia. Muitas vezes discutia consigo mesmo sobre essa questão: artistas que eram seduzidos por tiranos e se colocavam a serviço da opressão e do mal não mereciam, segundo ele, o título de "sacerdotes da beleza". Algumas vezes tentava explicar para si mesmo que eles tinham vendido a alma ao diabo, como em *Fausto*, de Goethe.

O fervor sionista dos construtores dos novos bairros, que compravam e cultivavam terras virgens e pavimentavam estradas, se despertava em meu pai certo entusiasmo, em minha mãe não causava o menor efeito. O jornal, ela geralmente dispensava depois de uma olhada rapidíssima nas manchetes. Na política, só via desgraça. Conversa fiada e fofocas a entediavam. Quando recebíamos visitas, quando íamos tomar chá com os tios Klausner em Talpiót, ou com os Zarchi, os Abramsky, os Rodnitzky, ou na casa do sr. Agnon, ou na dos Chanani, ou de Hana e Chaiim Toran, minha mãe participava muito raramente da conversa. Na verdade, sua simples presença induzia os cavalheiros a falar sem parar, enquanto ela os observava calada, com um leve sorriso, como se tentasse descobrir nas discussões por que, afinal de contas, o sr. Zarchi tinha determinada opinião e o sr. Chanani, opinião radicalmente contrária. Teriam os seus argumentos sido diferentes se eles de repente trocassem de posição, e cada um defendesse as idéias que tinham sido do outro e atacasse as que tinham sido anteriormente suas?

Roupas, objetos, penteados e mobília interessavam a minha mãe apenas como frestas pelas quais ela poderia espiar o interior das pessoas: em todas as casas onde entravam, e até mesmo nas salas de espera de escritórios, minha mãe se sentava sempre no canto, ereta, as mãos cruzadas no colo, como a aplicada aluna de um tradicional internato para moças de família aristocrática, e observava tudo, sem pressa, a cortina, o tapete, a forração, os quadros na parede, os livros, os móveis, os bibelôs nas prateleiras, como um detetive diligente coletando a maior quantidade possível de detalhes, que, reunidos, talvez lhe dessem pistas.

Os segredos das pessoas a seduziam e fascinavam, mas não como diz-que-diz, quem gosta de quem, quem namora quem e quem inveja quem, mas como um impulso perene para encaixar em seu lugar exato as peças de um mosaico ou de um complicado quebra-cabeça. Ouvia atentamente todas as conversas e, com aquele sorriso leve, um tanto ausente, pairando nos lábios, observava o tempo todo quem detinha a palavra, prestava atenção nos seus lábios, nos movimentos das rugas na face e no que faziam as mãos, e no que dizia o corpo e no que ele tentava ocultar, para onde erravam os olhos, quando sua postura na cadeira mudava um pouco, e se os pés estavam calmos ou agitados dentro do sapato. Ela mesma participava muito pouco da conversa, e só ocasionalmente.

Mas se quebrava o seu silêncio e dizia uma ou duas frases, a conversa em geral não voltava a ser o que era.

Ou talvez fosse pelo fato de que às mulheres coubesse apenas o papel de ouvintes nas conversas daqueles tempos. Se uma das mulheres dissesse, de repente, uma ou duas frases, ela despertaria certa comoção.

Minha mãe, esporadicamente, dava algumas aulas particulares. De tempos em tempos comparecia a conferências na Universidade Hebraica, ou a eventos literários no salão do Beit HaAm, o Centro Comunitário. A maior parte do tempo ficava em casa. Não zanzando sem fazer nada, mas trabalhando duro, silenciosa e eficiente. Nunca a ouvi cantarolar ou sussurrar para si própria enquanto trabalhava em casa. Cozinhava, assava, lavava roupa, fazia compras com bom senso, passava a ferro, limpava e arrumava a casa, estendia a roupa no varal, recolhia a roupa seca e a dobrava. Mas quando a casa estava afinal arrumada, na cozinha toda a louça lavada, a roupa dobrada e colocada em ângulo reto sobre as prateleiras, então minha mãe se enrodilhava em seu canto para ler. Aliviada. Respirando profundamente. Sentava-se no sofá e lia. As pernas dobradas sob o corpo, e lia, toda inclinada em direção ao livro aberto sobre os joelhos, e lia. As costas curvadas, o pescoço distendido, o corpo todo em forma de meia-lua, e lia. Sua face meio escondida pela cortina dos cabelos negros, inclinada sobre o livro, e lia.

Lia todas as noites, enquanto eu brincava no quintal e meu pai trabalhava em suas pesquisas na sua mesa de trabalho, compilando dados de fichários repletos, e lia também depois do jantar e da louça lavada, e lia enquanto meu pai e eu nos sentávamos, juntos, à sua mesa de trabalho, minha cabeça inclinada, apenas tocando seu ombro, classificando selos pelo catálogo e colando-os no álbum, e lia também depois que eu ia dormir e papai voltava a preencher suas fichas, e lia depois que as venezianas eram fechadas e o sofá se convertia em cama de casal, e mesmo depois de a luz do teto ter sido apagada e de meu pai ter tirado os óculos, dado as costas para ela e adormecido o sono dos justos, dos que têm certeza absoluta de que logo mais as coisas vão melhorar, ela continuava lendo: sofria de insônia, que com o tempo foi se agravando, tanto que em seu último ano de vida diversos médicos lhe receitaram soníferos poderosos e os mais variados tipos de infusões bem testadas para o sono, e sugeriram duas semanas de repouso completo em alguma pensãozinha em Tzfat ou numa casa de repouso da Kupat Cholim, a Cooperativa Nacional de Assistência Médica, em Arza.

Para isso meu pai pediu emprestadas algumas libras de meus avós e se comprometeu a cuidar do filho e da casa, e assim mamãe viajou sozinha para a pensão em Arza. Mas lá estando, não deixou de ler, pelo contrário, varava os dias e as noites lendo. De manhã à noite ficava na espreguiçadeira armada no bosque de pinheiros no topo da colina, e lia, e à noite lia na varanda iluminada, enquanto os outros hóspedes dançavam, ou jogavam cartas, ou participavam de grupos de debates sobre diversos assuntos. E quando todos iam dormir e a luz da varanda era apagada, ela descia ao pequeno salão ao lado da recepção, sentava-se num canto e lia, no silêncio daquelas desoras, quase a noite inteira, para não perturbar o sono de sua companheira de quarto. Lia Maupassant, Tchekhov, Tolstoi, Gnessin, Balzac, Flaubert, Dickens, Adelbert von Chamisso, Thomas Mann, Jaroslaw Iwaszkiewicz, Knut Hamsum, Kleist, Moravia, Hermann Hesse, Mauriac, Agnon, Turguêniev, assim como Somerset Maugham, Stefan Zweig e André Malraux. Quase não desgrudou os olhos dos livros durante todo o tempo em que esteve em Azra. Ao voltar para casa, em Jerusalém, parecia exausta, pálida, olheiras profundas apareciam sob os olhos, como se tivesse passado as noites na farra. Quando pedimos a ela, papai e eu, que contasse se tinha aproveitado as férias, ela respondeu, sorrindo: "Nem pensei nisso".

Uma vez, quando eu tinha sete ou oito anos de idade, e estávamos sentados no penúltimo banco de um ônibus a caminho do posto da Kupat Cholim ou de uma sapataria, minha mãe me disse que embora os livros possam mudar ao longo dos anos, assim como as pessoas, a diferença está em que, enquanto as pessoas sempre nos abandonam quando percebem que não podem mais obter nenhuma vantagem, prazer, interesse ou pelo menos um bom momento de nós, um livro nunca vai nos abandonar. Você com certeza vai abandoná-los, algumas vezes por muitos anos, ou até para sempre. Mas eles, os livros, mesmo traídos, nunca vão lhe dar as costas: vão continuar esperando por você silenciosa e humildemente nas suas prateleiras. Eles nos esperam até por dezenas de anos. Não se queixam. Até que numa noite, quando de repente você vier a precisar de um deles, mesmo que seja às três da madrugada, e mesmo que seja um livro que você tenha desprezado e quase apagado de seu coração por muitos e muitos anos, ele não vai decepcioná-lo — descerá da prateleira e virá conviver com você num momento difícil. Não fará contas, não inventará desculpas e não se perguntará se vale a pena, se ele merece, se você merece, se você ainda tem algo a ver com ele, mas virá a você no momento em que você pedir. Jamais vai trair você.

Qual foi o nome do primeiro livro que eu li sozinho? Isto é, papai me leu tantas vezes esse livro para dormir que, por fim, eu já o sabia de cor, palavra por palavra, e uma vez em que ele não pôde ler para mim, levei o livro para a cama comigo e o recitei de cabo a rabo para mim mesmo, fingindo que estava lendo, fingindo que eu era meu pai, virando as folhas exatamente no mesmo ponto entre duas palavras em que ele costumava virar toda noite.

Na noite seguinte, pedi a meu pai que acompanhasse a leitura com o dedo, e segui direitinho o percurso do seu dedo, e, tendo feito isso por cinco ou seis vezes, em alguns dias eu já podia identificar cada palavra pela sua forma e pela sua posição na linha.

E então chegou o momento de pregar neles o grande susto. Num sábado de manhã, apareci na cozinha ainda de pijama e, sem dizer uma palavra, abri o livro sobre a mesa entre eles e fui apontando para uma palavra de cada vez e, ao reconhecê-las, proferia-as em voz alta no instante em que meu dedo as tocava. Meus pais, radiantes de orgulho, caíram direitinho, sem imaginar nem de longe o tamanho do embuste, ambos convencidos de que seu menino especial tinha conseguido aprender a ler sozinho.

Mas, no fim da contas, aprendi mesmo. Aprendi que cada palavra tem sua forma particular. Assim como se pode dizer, por exemplo, que a palavra *dov*, isto é, "urso", tem a guardá-la, da esquerda para a direita, um gancho, um prego e uma caverna, pode-se também dizer que *sus*, "cavalo", tem dois bornais presos à sela. Desse modo, consegui ler linhas e até páginas inteiras.

Depois de algumas semanas comecei a me familiarizar com as próprias letras. A letra Lamed (do alfabeto hebraico) que aparece na palavra *degel*, "bandeira", parecia uma bandeira ondulando ao vento, no começo da palavra. Já a letra Schin parecia um tridente, um tridente que se podia tocar, um tridente que aparecia, claro, na palavra tridente. E "papai" e "mamãe" eram muito parecidos, menos no meio, onde papai tinha uma porta larga, como duas mãos que se estendiam para me abraçar, enquanto mamãe tinha um cachorrinho sem rabo, sentado bem quietinho. Passadas duas ou três semanas eu já estava conhecendo bem todas as letras do alfabeto, e assim podia ler todas as palavras com facilidade.

* * *

O primeiro livro gravado em minha memória, talvez ainda no berço, foi uma história ilustrada de um urso grande e gordo, muito satisfeito consigo mesmo, um urso preguiçoso e dorminhoco, que se parecia um pouco com o nosso amigo, o sr. Abramsky. E esse urso adorava lamber mel, mesmo sem autorização. Na verdade ele não apenas lambia, mas se empanturrava de mel. O livro tinha um final triste, seguido de outro final muito triste, e só depois do final triste e do muito triste é que chegava o final feliz: o urso preguiçoso era picado por milhares de abelhas raivosas, e como se não bastasse sua gula era castigada com uma terrível dor de dentes. No desenho, as bochechas inchadas pareciam dois morrinhos, e em volta da sua cara infinitamente infeliz, de cortar o meu coraçãozinho, havia um curativo branco arrematado por um enorme laço sobre a cabeça daquele urso insaciável, bem entre as orelhas, e lá estava a moral da história escrita em grandes letras vermelhas:

NÃO É BOM COMER MEL DEMAIS!

No mundo de meu pai não havia nenhuma desgraça que não resultasse em redenção: Os judeus sofreram muito na Diáspora? Bem, logo surgirá o Estado judeu, e tudo mudará para melhor. O apontador sumiu? Amanhã compramos um novo, melhor do que o antigo. A barriga está doendo um pouco hoje? Até casar, sara. E quanto ao urso picado pelas abelhas, aquele urso sofredor, cujos olhos pareciam tão infelizes que enchiam de lágrimas também os meus olhos? Veja, lá estava ele feliz e saudável na página seguinte, e mais esperto dali por diante, não mais um urso preguiçoso, pois tinha aprendido a lição: com as abelhas, por exemplo, ele firmou um pacto de paz bom para ambas as partes, incluindo uma cláusula que lhe dava direito a uma ração fixa de mel, desde que razoável, uma ração frugal, mas para toda a vida.

Assim, a última figura mostrava um urso animado e simpático, construindo uma casinha para si como se ao final de todas as aventuras malucas ele tivesse resolvido aderir à classe média. Na última figura, o urso se parecia um pouco com papai de bom humor: dava a impressão de que estava prestes a nos brindar com um versinho, ou com um jogo de palavras, ou a me chamar de sua alteza real (só de brincadeira!).

Na verdade, tudo isso estava mais ou menos escrito numa única linha da última página, e talvez tenha sido aquela a primeira linha na minha vida que li não pelas formas das palavras, mas letra por letra, e dali por diante em cada letra eu veria não mais uma figura diferente, mas um som diferente:

URSO, MEU URSINHO, VOCÊ ESTÁ TÃO ALEGRE!
URSO, MEU URSINHO, VOCÊ ESTÁ FELIZ!

Exceto pelo fato de que ao fim de duas semanas a felicidade se convertera num grande problema: meus pais eram incapazes de me afastar dos livros, de manhã até a noite, e mais longe ainda.

Eles é que tinham dado o impulso para eu aprender a ler, e agora eles é que eram o meu aprendiz de feiticeiro, pois eu tinha virado a água que não podia ser parada. Eu era como o Golem de Praga, de quem não havia quem tirasse de sob a língua o papel com as palavras mágicas. Venha só dar uma espiada, seu filho está praticamente pelado sentado no chão do corredor, e, você não vai acreditar, lendo. O menino foi se esconder debaixo da mesa para ler. Esse menino maluco se trancou de novo no banheiro e está sentado no vaso lendo, se é que ainda não caiu lá dentro com livro e tudo. Ele só estava fingindo que dormia, mas na verdade estava esperando eu me afastar para, depois que eu saísse do quarto, esperar mais alguns minutos e acender a luz, sem licença, e agora deve estar sentado com as costas apoiadas na porta, de modo que nem eu nem você possamos entrar. E adivinha o que ele está fazendo? Esse menino já lê correntemente sem pontinhos.[9] E você quer saber do que mais? Agora o menino diz que vai sentar e esperar até eu terminar de ler uma parte do jornal. De agora em diante, vamos ter aqui em casa outro emérito leitor de jornais. Esse menino não saiu da cama o fim de semana inteiro, exceto para ir ao banheiro, para onde também vai com o livro debaixo do braço. Ele lê o dia inteiro, indiscriminadamente, contos de Asher Barash e de Shofmann, romances de Pearl S. Buck passados na China, a Hagadá, as *Viagens de Marco Polo*, *As aventuras de Fernão de Ma-*

---

9. O hebraico é escrito quase sem vogais, que devem ser deduzidas pelo leitor. Por volta do ano 1000, foi reunido um conselho de filólogos que propôs um sistema de sinais, "pontinhos", que representam as vogais, ao serem acrescentados às palavras. Esses sinais ajudam muito as crianças e os que aprendem a ler, que podem dispensá-los quando não são mais necessários. (N. T.)

galhães e *Vasco da Gama*, o *Guia para idosos gripados*, o *Jornal do Conselho de Moradores de Beit HaKerem*, o livro *Os reis da casa de Davi*, o *Diário dos tumultos de 1929*, os *Cadernos da colonização agrícola*, números atrasados do *Davar HaPoelet* [Jornal da Operária], e a continuar nesse ritmo, daqui a pouco vai começar a comer livros e beber tinta de impressão. Temos de fazer alguma coisa. Precisamos dar um basta nisso: já está começando a ficar estranho, eu diria mais, um tanto preocupante.

37

O prediozinho na descida da rua Zachária tinha quatro apartamentos. O do casal Nachnieli ficava no segundo andar, nos fundos do edifício. As janelas davam para um quintal abandonado, em parte cimentado, em parte coberto de um mato que, aos primeiros *chamsin* do verão, transformava-se em secas armadilhas espinhosas. O quintal ainda abrigava alguns varais bambos, latões de lixo, vestígios de fogueiras, um caixote velho, um telhadinho de zinco, restos de uma *sucá* arruinada e uma cerca coberta de trepadeiras de flores azuis.

O apartamento tinha uma cozinha, um banheiro, um corredorzinho de entrada, dois quartos e oito ou nove gatos. Depois do almoço, a professora Isabela e seu marido, o comerciário Nachnieli, usavam o primeiro quarto como sala de estar, enquanto o outro, mais apertado, servia de quarto de dormir para o casal e sua legião felina. Os dois acordavam cedo toda manhã, empilhavam a mobília no corredor, e de lá arrastavam e arrumavam em cada um dos quartos três ou quatro pequenas carteiras escolares e dois ou três bancos, que acomodavam dois alunos cada um.

E assim, entre oito da manhã e meio-dia, aquele apartamento se convertia em uma escola doméstica particular, chamada Pátria da Criança.

Havia duas professoras e duas turmas na Pátria da Criança, com oito alunos na turma *alef* e mais seis na turma *bet*, ou seja, o máximo que o pequeno apartamento podia comportar. A professora Isabela Nachnieli era a dona da escola e exercia também as funções de diretora, controladora do material escolar, tesoureira, responsável pelo currículo, sargento-mor da disciplina, enfermeira, mantenedora, faxineira, professora da turma *alef* e responsável por todas as atividades práticas. Nós a chamávamos de Morá-Isabela, professora Isabela.

Era uma mulher cheinha, de uns quarenta anos, falante e risonha, com uma verruga peluda que parecia uma baratinha errante sobre o lábio superior. Irritável, temperamental e severa, era, todavia, transbordante de uma bondade um tanto rude. Seus vestidos simples e folgados de algodão tinham muitos bolsos estampados de grandes círculos brancos. A Morá-Isabela parecia mais uma experiente casamenteira de alguma aldeiazinha judia, uma casamenteira esperta, de braços gorduchos e olho vivo, que num instante ficava sabendo tudo sobre a gente, por dentro e por fora: com uma olhada perspicaz e três ou quatro perguntas inocentes mas sagazes, ela nos dissecava em segundos, até a medula — o caráter e todos os nossos segredos mais secretos. E enquanto fazia a varredura completa, as mãos rosadas apalpavam incansáveis seus inúmeros bolsos, como se estivesse para sacar do fundo de um deles uma noiva perfeita para a gente, ou uma escova de cabelo, ou um vidrinho com conta-gotas para resfriado ou, no mínimo, um lenço limpo para remover aquela secreção esverdeada que tinha secado dentro do seu nariz.

A Morá-Isabela era também uma pastora de gatos: aonde quer que ela fosse, estava constantemente rodeada por uma manada de gatos admiradores que ficava sempre na sua cola, esfregando-se nas suas pernas, rente à barra da saia, e que não a largava nunca. Obstruíam seus passos, quase a derrubavam, mas lhe dedicavam um amor incondicional. Pretos, brancos, cinzentos, malhados, ruivos, pintados e listrados, todos escalavam o seu vestido com as unhas, e acabavam por se acomodar sobre os seus ombros amplos, ou por se enroscar na sacola de livros, ou agarrados aos seus sapatos, brigando entre si com miados lancinantes pelo direito ao colo. Em todas as aulas sempre estavam presentes mais gatos do que alunos, todos em profundo e respeitoso silêncio para não perturbar o bom andamento dos trabalhos, todos amestrados, como cães, todos educadíssimos, refinadíssimos, como moças de boa família num colégio interno. Subindo na mesa, no colo, nas pernas, no nosso pequeno colo, sobre os nossos cadernos, no peitoril das janelas e sobre as caixas de equipamentos de ginástica e de trabalhos manuais.

Às vezes a Morá-Isabela os repreendia ou dava ordens severas — com o dedo em riste, ameaçava um ou outro com o corte imediato de orelhas e rabo, se não providenciasse, naquele mesmo instante, a melhora substancial do seu comportamento. Por seu lado, os gatos prestavam a ela uma obediência rápida, imediata, irrestrita. "Tenha vergonha nessa cara, Zerubavel!", ela trovejava de repente. No mesmo instante um pobre gato se levantava do grupo embolado no tapetinho sob a mesa da professora e começava a caminhar, arrasado, morto de vergonha, a barriga quase tocando o chão, o rabo entre as patas, as orelhas deitadas para trás, percorrendo sozinho o caminho em direção ao canto da sala. Todos os olhos, os das crianças e os dos gatos, grudavam nele para testemunhar toda a ignomínia da sua desgraça. Assim se afastava o acusado, quase se arrastando, até um canto da sala, abatido, infeliz, desprezado, humilhado e ofendido, profundamente envergonhado e amargamente arrependido dos seus pecados, talvez contando, desesperado, até o último instante, com o milagre de um perdão imediato, mas bem sabendo que viria só depois do seu castigo.

Do canto da sala o coitado nos enviava olhares contritos, comoventes, piscando muito, olhares culpados e suplicantes, de profundo sofrimento, como se dizendo: Ai, pobre de mim!

"Seu porcaria!", rosnava baixinho a Morá-Isabela, com profundo desprezo. Depois acenava para ele:

"Está bem, chega, pode voltar. Mas lembre-se, se acontecer de novo...".

Essa frase, ela nem precisava completar, pois o criminoso, contemplado naquele instante com a remissão dos céus, já saltitava para ela em passos de balé, decidido a seduzi-la, desta vez para sempre, gozando a felicidade recém-conseguida, a cauda ereta, voltado em nossa direção com as orelhas lançadas para a frente, pairando sobre as macias almofadinhas das patas, bem consciente de seu charme e do seu poder de sedução, disposto a exercê-los plenamente de modo a reconquistar nossos corações, o bigode escovadíssimo, o pêlo sedoso, e nos olhos brilhantes, uma centelha maliciosa de fingida santidade felina, como se piscasse para nós, jurando que dali para a frente não haveria no mundo gato mais obediente e correto do que ele.

Os gatos da Morá-Isabela tinham sido educados para uma vida produtiva, eram gatos úteis: ela os ensinou a trazer um lápis, ou giz, ou um par de meias do armário, ou encontrar debaixo dos móveis uma colherinha que tentava inutilmente se esconder por ali. Postar-se na janela e dar miados de reconhecimento à aproximação de amigos e miados de alarme à aproximação de estranhos (a bem da verdade, a maior parte dessas habilidades nós nunca vimos com nossos próprios olhos, mas acreditávamos piamente. E acreditaríamos se ela nos dissesse que eles também tinham aprendido a resolver palavras cruzadas).

Quanto a Nachnieli, o pequeno marido da Morá-Isabela, quase nunca o víamos: em geral, ao chegarmos, ele já havia saído para o trabalho, e mesmo quando ficava em casa ele fazia seus trabalhos durante as nossas aulas em silêncio, na cozinha. Não fosse pelo fato de que tanto ele quanto nós ocasionalmente tínhamos permissão superior para utilizar o banheiro, nunca saberíamos que o sr. Nachnieli era apenas Getzel, aquele rapaz pálido e miudinho, o encarregado do caixa do armazém. Era quase vinte anos mais jovem do que a esposa. Se quisessem, poderiam com a maior facilidade passar por mãe e filho.

Uma vez ou outra, quando ele tinha de (ou ousava) chamá-la durante a aula, fosse porque os bolinhos estavam queimando, fosse porque tinha derramado algum líquido fervente sobre si mesmo, ele nunca a chamava de Isabela, mas de mãe, que provavelmente era como os seus gatos também a chamavam. Ela, por sua vez, chamava seu jovem esposo por vários nomes carinhosos do mundo aéreo: Canarinho, Pintassilgo, Pardalzinho e às vezes Bulbul. Só não o chamava de Nachnieli.

Havia duas escolas de primeiro grau distantes da nossa casa não mais do que meia hora de caminhada para uma criança. A primeira, socialista demais; a segunda, religiosa demais. O Educandário para Filhos de Trabalhadores Berl Katznelson, na parte norte da rua Haturim, desfraldava, no topo do telhado, ao lado da bandeira nacional, a bandeira vermelha da classe trabalhadora. Lá festejavam o Primeiro de Maio com entusiásticas cerimônias. O diretor era chamado de "companheiro" por professores e alunos. No verão, os professores usavam calças curtas cáqui e sandálias em estilo bíblico, feitas de grossas tiras de couro. Na horta existente nos fundos da escola, os alunos eram preparados para a vida no campo e para a realização pessoal como pioneiros num kibutz ou *moshav*. Nas diversas oficinas, aprendiam ofícios produtivos como marcenaria, serralheria, mecânica, construção civil, e uma coisa vaga mas fascinante chamada mecânica fina.

Na sala de aula era permitido aos alunos sentar-se onde quisessem, até mesmo menino com menina. Quase todos vestiam camisas azuis guarnecidas com fitas vermelhas ou brancas, sinalizando os respectivos movimentos juvenis. Os meninos vestiam calças curtas, com a barra dobrada para fora, e as meninas, shorts curtíssimos, presos na coxa por elástico. Os alunos chamavam os professores pelo nome próprio, Nadav, Eliachin, Edna etc. As matérias eram matemática, geografia, literatura, história, mas também havia matérias sobre a história dos assentamentos judeus na Terra de Israel, história do movimento operário, sobre os fundamentos da colonização pioneira, ou as principais etapas na evolução da luta de classes. E cantavam entusiasmados todos os hinos do movimento operário, começando com a "Internacional" e acabando com "Somos todos pioneiros" e "Camisas azuis vitoriosas".

A Bíblia era estudada no Educandário para Filhos de Trabalhadores como uma série de textos que versavam sobre questões atuais — os profetas lutavam pela justiça, pelo progresso e pelo bem dos mais pobres, enquanto reis e sacerdotes representavam a continuidade da ordem social vigente. O jovem rei Davi, pastor de ovelhas, era um corajoso guerrilheiro engajado no Movimento de Libertação Nacional contra a dominação dos filisteus. Porém, uma vez coroado, esse mesmo Davi se tornava um rei colonialista-imperialista, invasor de nações, tirano de povos, capaz de tomar para si o único bem de um homem pobre e de explorar descaradamente o suor dos trabalhadores.

E à distância de quatrocentos metros desse educandário vermelho, numa rua paralela, ficava a escola nacionalista-conservadora Tchachmoni, filiada ao movimento religioso Mizrachi,* na qual todos os alunos usavam obrigatoriamente o quipá. Em sua maior parte, vinham de famílias pobres, salvo alguns que provinham da antiga aristocracia sefaradita-hierosolimita, apeada do poder pela invasão dos asquenazes. Os alunos eram chamados apenas pelos seus sobrenomes — Buzo, Valero, Danon, Cordovero, Saragosti, Alfassi —, enquanto os professores eram chamados de sr. Neiman, sr. Alkalay, sr. Michaeli, sr. Avissar, sr. Benveniste e sr. Ofir. O diretor era chamado de senhor diretor. A manhã se iniciava com a oração "Modé Ani" [Agradeço], seguida do estudo da Torá acompanhado pelos comentários do Rashi,* e prosseguia com aulas em que os alunos, sempre com o quipá, mergulhavam na leitura do *Pirkei Avot* [A ética dos pais] e outros trabalhos da sabedoria rabínica, o Talmude, o texto e a história das orações e hinos religiosos, os mandamentos e todos os preceitos divinos, as bênção e as *mitzvót*, os atos meritórios, a compilação das regras básicas do judaísmo, partes do *Shulchan Aruch* [A mesa posta], a história e o significado das datas festivas, a história das comunidades judias no mundo, a vida dos grandes sábios judeus através dos tempos, algumas histórias com lições de moral e ensinamentos éticos, alguma coisa sobre os comentários bíblicos e um pouco de poesia, com a leitura de Yehuda Halevi e Bialik; no meio de tudo isso também ensinavam gramática hebraica, matemática, inglês, música, história geral e noções elementares de geografia. Os professores usavam paletó, mesmo no verão, e o senhor diretor, o sr. Ilan, sempre se apresentava vestindo terno de três peças.

Minha mãe queria que eu estudasse, a partir da primeira série, no Educandário para Filhos de Trabalhadores, por não haver separação entre meninos e meninas, e porque o Tchachmoni, com seus antigos e pesados pavilhões de pedra construídos ainda no tempo do Império Otomano, parecia-lhe antiquado e deprimente, muito ao estilo da Diáspora quando comparado ao Educandário para Filhos de Trabalhadores, que tinha janelas amplas e salas arejadas, bem batidas de sol, canteiros e hortas exuberantes e uma espécie de animação juvenil contagiante. É possível que o Educandário lhe recordasse, de alguma maneira, seus dias no Ginásio Tarbut, em Rovno.

Quanto a meu pai, mostrava-se bastante em dúvida em relação a esse assunto: sua vontade era que eu fosse estudar com os filhos dos professores da universidade em Rehávia, ou pelo menos com os filhos dos médicos, dos professores e dos funcionários públicos em Beit HaKerem, mas aquele era um tempo de tumultos e tiroteios, e tanto Rehávia quanto Beit HaKerem estavam a dois ônibus de distância da nossa casa em Kerem Avraham. O Tchachmoni era estranho à visão laico-nacionalista de meu pai e ao seu espírito esclarecido e cético. Mas, por outro lado, o Educandário lhe parecia ser um triste reduto de doutrinação esquerdista e de lavagem cerebral proletária. Não lhe restava outra alternativa senão avaliar bem a ameaça do perigo negro frente à do perigo vermelho, e optar finalmente pelo mal menor.

Depois de muito hesitar e contrariando a tendência de mamãe, meu pai afinal decidiu me matricular no Tchachmoni. Ele acreditava que não precisava ter medo de que me convertessem num menino religioso, porque de qualquer modo o fim da religião estava próximo, visto que o progresso a estava expulsando rapidamente. E mesmo que eles conseguissem me transformar num pequeno ser ortodoxo, eu logo cairia no mundo e espanaria dos ombros toda aquela poeira arcaica, desistindo de observar qualquer prática religiosa, pois as orações e práticas iriam sumir do mesmo modo que os judeus religiosos, que dentro em pouco iriam desaparecer da face da Terra junto com as suas sinagogas, deixando como vestígio apenas uma vaga lembrança folclórica.

Enquanto o Educandário, na visão de meu pai, implicava o risco de uma séria ameaça ideológica. A onda vermelha estava brotando em nossa terra, difundindo-se pelo mundo todo, e a doutrinação socialista era um caminho sem volta rumo ao desastre. Se matricularmos o menino no Educandário, eles logo vão lhe aplicar uma boa lavagem cerebral e encher sua cabeça com todo tipo de serragem marxista, transformando-o num instante num fiel bolchevique, um dos soldadinhos de Stalin, e vão empurrá-lo para um dos seus kibutzim, de onde nunca se volta. ("Nenhum dos que para lá foram jamais retornou", dizia meu pai.)

Acontece que o caminho da nossa casa até a escola Tchachmoni, que era exatamente o mesmo que o caminho até o Educandário, passava ao lado do quartel Schneller. De suas guaritas sobre os muros do Schneller, protegidas por sacos de areia, os soldados ingleses, nervosos, ou cheios de ódio contra os judeus, ou simplesmente bêbados, de vez em quando mandavam bala em quem passasse ali embaixo. Uma vez mataram a tiros de metralhadora o burro que puxava a carroça do leiteiro por suspeitar que os latões de leite estavam cheios de explosivo, como tinha ocorrido no atentado ao hotel King David. Outras vezes sucedia de os motoristas dos jipes britânicos atropelarem e matarem pedestres que não tinham sido rápidos o suficiente em se desviar de suas rodas.

Aqueles eram dias pós-Segunda Guerra Mundial, dias de movimentos clandestinos e de terrorismo, de atentados aos quartéis britânicos, de dispositivos explosivos infernais plantados pelo Irgun no porão do hotel King David, de ataques ao comando do serviço secreto britânico na rua Mamila e às diversas instalações do Exército e da polícia.

Assim, meus pais decidiram adiar a frustrante escolha entre as trevas medievais e a armadilha stalinista por mais dois anos e me enviaram, enquanto isso, para cursar a primeira e segunda séries na Pátria da Criança sob a direção da professora Isabela Nachnieli. A grande vantagem daquela escola doméstica cheia de gatos úteis estava na distância: a um grito de nossa casa. Bastava apenas sair pelo quintal, dobrar à esquerda, passar em frente à casa dos Lamberg e do armazém do sr. Auster, atravessar com cuidado a rua Amós em frente à varanda da família Zahavi, descer uns trinta metros pela rua Zachária, transpor, prestando bastante atenção, uma cerquinha cheia de trepadeiras com flores azuis, e o gato branco e cinza, a sentinela de turno, já miava da janela anunciando a nossa chegada. Vinte e dois degraus depois, já se podia pendurar o cantil no cabide, na entrada da menor escola de Jerusalém: duas turmas, duas professoras, uma dúzia de alunos e nove gatos.

38

Quando terminei a primeira série, passei diretamente da autoridade vulcânica da Morá-Isabela, a rainha dos gatos, para as mãos frias e silenciosas da professora da segunda série, Morá-Zelda. Ela não tinha gatos, mas irradiava uma espécie de aura azul-cinzenta, que imediatamente me encantou, atraindo-me para a sua órbita.

A Morá-Zelda falava tão baixo que, se quiséssemos ouvi-la, não bastava fazer silêncio absoluto: tínhamos de nos inclinar sobre a carteira. Então passávamos o tempo todo esticados para a frente, desde o começo da manhã até o meio-dia, porque não queríamos perder nem uma palavra. Tudo o que a Morá-Zelda dizia era interessante e um pouco inesperado. Como se estivéssemos aprendendo com ela uma nova língua, não muito distante do hebraico, todavia diferente e sedutora — por vezes chamava as estrelas de "astros celestes", as montanhas, de "penedos", os precipícios, de "escarpas abissais", e os atalhos, de "veredas", embora na maior parte das vezes ela chamasse cada coisa pelo seu nome mais comum. Se gostasse da idéia apresentada por algum aluno, a Morá-Zelda o apontaria e diria com sua voz suave — vejam todos, aqui está um menino radiante de luz. Se alguma aluna estivesse sonhando de olhos abertos, a Morá-Zelda nos explicaria que, assim como ninguém tinha culpa de ter insônia, também não se podia culpar Noa pelos sonhos que às vezes a dominavam, mesmo acordada.

A gozação, fosse qual fosse, a Morá-Zelda chamava de "veneno". A preguiça, ela chamava de "chumbo". A mentira, de "queda", ou "quebra". O mexerico, de "olhos da carne". A arrogância, ela chamava de "chamuscador de asa", e a renúncia, mesmo uma renúncia mínima, a uma borracha, por exemplo, ou à sua vez de distribuir folhas de desenho para a turma, toda renúncia era chamada por ela de "cintilação". Duas ou três semanas antes da festa do Purim, para nós a festa mais importante do ano, ela nos disse, de repente: "E se a festa do Purim não acontecer este ano, e se não a deixarem passar?".

Não deixarem? A festa? Como pode ser? Grande comoção na turma. Não ficamos com medo só de perder a festa do Purim, mas também apavorados com essas forças poderosas e desconhecidas, forças terríveis sobre as quais nunca nos tinham dito nada, que podiam, a seu bel-prazer, acender e apagar festas como se fossem simples palitos de fósforo.

A Morá-Zelda, de sua parte, não nos deu grandes detalhes, apenas insinuou que o apagar ou não apagar de festas dependia basicamente dela própria: de algum jeito ela estava conectada às forças ocultas que detinham o poder de decidir entre festa e não-festa, entre o sagrado e o profano. Portanto, se não quiséssemos que a festa do Purim fosse apagada, assim dissemos uns aos outros, o melhor que tínhamos a fazer era redobrar os nossos esforços e fazer pelo menos o pouco que estava ao nosso alcance para agradar a Morá-Zelda. Mesmo um pouquinho, ela dizia, é bastante para quem não tem nada.

Lembro-me bem dos seus olhos: alertas e amorosos, capazes de guardar segredo, mas não felizes, olhos judeus com um traço tártaro.

Às vezes ela decretava um intervalo, liberava-nos para que fôssemos brincar no pátio, mas permanecia na sala de aula com dois escolhidos, que ela julgava merecedores de continuar a aula. Os exilados no recreio não se divertiam nem um pouco, pois invejavam os escolhidos.

E às vezes, quando o horário de aula já tinha terminado, a turma da Morá-Isabela já fora mandada de volta para casa havia um bom tempo, os gatos já estavam liberados e se espalhavam por todo o apartamento, pelas escadas e pelo pátio, parecia que só nós tínhamos sido esquecidos sob as asas das histórias da Morá-Zelda, e, fascinados, continuávamos inclinados sobre a carteira para não perder uma só palavra, até que uma das mães, preocupada, viesse se postar na porta de avental, mãos na cintura, esperando, a princípio impaciente, depois surpresa e logo mais curiosa, como se ela também se transformasse numa menina absolutamente maravilhada, esticando-se como todos nós para não perder uma só palavra do que iria acontecer no final da história com a nuvem perdida, a nuvenzinha mal-amada cujo manto tinha se emaranhado nos raios da Estrela de Ouro.

Se algum dos alunos dissesse que gostaria de contar algo para a turma, mesmo que não tivesse nada a ver com o assunto da aula, a Morá-Zelda lhe pedia que se levantasse e se sentar à sua mesa, a mesa da professora, enquanto ela se sentaria no pequeno banco do aluno. Assim, de um salto miraculoso ela o promovia à condição de professor, contanto que ele tivesse algo de interessante para contar, ou alguma idéia original para expor. Enquanto suas palavras estivessem interessando a ela ou aos colegas, ele poderia continuar montado na sela, como um caubói no rodeio. Mas se por acaso falasse bobagens ou só quisesse chamar atenção, sem ter nada a dizer, a Morá-Zelda o interrompia com a sua voz mais gélida e calma, num tom de quem falava sério e não estava para brincadeiras: "Mas isso é meio bobo".

Ou:

"Chega de bobagens."

Ou:

"Chega, acabou, agora você só está se expondo ao ridículo aos nossos olhos."

Abatido e cabisbaixo, ele voltaria ao seu lugar.

Logo aprendemos a ter cuidado — falar é prata, calar é ouro. Não há nenhum sentido em dizer palavras vãs. Nunca tente roubar o espetáculo se você não tem nada de bom a dizer. Sim, é muito legal e até emocionante ser professor por algum tempo, sentado àquela mesa, mas a queda pode ser rápida e dolorida. A banalidade e a vontade de ser mais espertinho do que os outros acabam por fazê-lo passar vergonha diante dos colegas. Antes de falar em público, é bom se preparar muito bem. Pense sempre se não será melhor ficar quieto: quem não se expõe não vai ser alvo de chacota.

Ela foi meu primeiro amor: era solteira e tinha uns trinta anos de idade, a Morá-Zelda, ou srta. Schneersohn. Eu ainda não tinha nem oito anos, mas ela já me arrebatava e acionava um metrônomo interno, até então inerte, e que até hoje não parou de vibrar.

Eu acordava de manhã, e ainda na cama a via bem diante de mim com os olhos fechados. Vestia-me e tomava o café da manhã a toda, pegava as minhas coisas e voava para ela. Minha cabeça fundia com o esforço de escolher e preparar algo de novo e interessante para ela todas as manhãs, a fim de receber a luz de seu olhar enquanto ela apontava para mim dizendo: "Vejam, nesta manhã temos entre nós um menino radiante de luz".

Todas as manhãs eu assistia à sua aula em êxtase, desfalecendo de amor. Ou devastado pelo ciúme. Eu estava sempre tentando descobrir quais dos meus encantos mais a atrairiam. E pensava febrilmente em jeitos de sabotar os encantos dos outros, de modo a me interpor entre eles e ela.

De volta para casa, deitava-me na cama e pensava como seria só nós dois.

Estava apaixonado pela cor da sua voz, pelo perfume do seu sorriso e pelo farfalhar dos seus vestidos (de manga comprida e em geral marrons, azul-escuros, cinzentos, com um colarzinho simples cor de marfim, ou uma echarpe de seda de cor neutra). No final do dia, eu fechava os olhos e puxava o cobertor sobre a cabeça e a tomava só para mim. No sonho, eu a abraçava, e ela me beijava quase na testa. Um halo de luz a envolvia e me iluminava também. Para que eu fosse um menino radiante de luz.

Claro, eu já sabia o que era o amor: pois já havia devorado montes de livros, livros para crianças e para jovens, e também livros considerados não adequados para a minha idade. Assim como toda criança ama sua mãe e seu pai, assim ela vai se apaixonar, quando estiver um pouco mais crescida, por alguém de outra família. Alguém que antes era completamente desconhecido, mas de repente, como ao encontrar um tesouro no bosque Tel Arza, a vida de quem se apaixona muda completamente. Eu sabia, pelos livros, que no amor, como na doença, não temos vontade de comer nem de dormir. E de fato eu não comia muito, mas dormia profundamente, e também durante o dia eu esperava o escurecer para ir dormir. Esse sono não combinava com a descrição do amor como eu havia lido nos livros, e portanto não tinha bem certeza de estar mesmo apaixonado, como os adultos, pois nesse caso eu deveria ter insônia. Ou será que a minha paixão ainda era uma paixão infantil?

Eu sabia dos livros, dos filmes que tinha visto no cinema Edison e também sabia assim, do ar, que por trás do amor, do outro lado, da mesma forma que a paisagem que se descortinava do monte Scopus por detrás da cordilheira dos montes Moab, havia uma nova paisagem, completamente diferente, assustadora, que não dava para ver daqui, e que provavelmente era bom mesmo que não se pudesse ver. Lá existia alguma coisa aninhada, cabeluda, vergonhosa, algo misturado às trevas, algo que pertencia àquela fotografia que por tanto tempo tentei esquecer, mas de que também tentava me lembrar de um detalhe que não tinha conseguido ver direito, a foto que o prisioneiro italiano tinha me mostrado pela cerca de arame farpado e da qual fugi correndo antes ainda de poder vê-la. E pertencia também às peças de roupas que as mulheres usavam, mas não nós, e não ainda as meninas da minha turma. Havia algo que vivia no escuro e se mexia, pululava, fervilhava, era úmido e peludo, algo de que, para mim, por um lado, era muito melhor não saber nada, mas por outro, se eu não soubesse nada, o resultado era que meu amor continuava sendo apenas um amor infantil.

O amor infantil é algo diferente, não dói e não envergonha, como Yoavi e Noa, ou como Ben-Ami e Noa, ou mesmo como Noa e o irmão de Avner. Mas comigo não se tratava de uma menina da turma ou da vizinhança, uma menina mais ou menos da minha idade ou um pouco maior, como a irmã mais velha do Ioazar: a minha paixão era por uma mulher. E pior, muito pior, pela minha professora. E não havia ninguém no mundo de quem eu pudesse chegar perto e com quem pudesse conversar sobre isso sem em troca ouvir uma sonora gargalhada de gozação. Ela chamava gozação de "veneno". Mentir, ela chamava de "quebra", ou "queda". E decepção, ela chamava de "tristeza", ou "tristeza dos sonhadores". E arrogância, sem dúvida, era "chamuscador de asas". E a vergonha, ao contrário, ela chamava de "imagem de D'us".

E eu? Para quem às vezes ela apontava na aula e chamava de menino radiante de luz, será que agora, por culpa dela, eu era um menino radiante de trevas?

E assim, de repente, eu não quis mais ir à escola Pátria da Criança. Eu queria ir para uma escola de verdade, com salas de aula, sino e recreio, não metida dentro do apartamento dos Nachnieli, com seu bando de gatos, uma escola sem pêlo de gato por todo lugar e até no banheiro, onde grudava em nosso corpo, sob a roupa, e sem o eterno cheiro de xixi velho de gato que tinha secado debaixo de algum móvel. Escola de verdade, dessas que a diretora não vai puxar de repente o lenço e me mandar assoar o nariz, e o marido não é o caixa do armazém, e ninguém mais vai me chamar de "radiante de luz". Escola sem paixões e esse tipo de coisa.

E assim, depois de uma briga feia entre meus pais, uma briga sussurrada em russo, que meu pai aparentemente deve ter vencido, ficou decidido que ao final da segunda série, terminando a Pátria da Criança, depois das férias, eu seria matriculado na terceira série do Tchachmoni, e não do Educandário: dos males o menor, o preto, e não o vermelho.

Mas entre mim e o Tchachmoni se estendia ainda um verão inteiro de amor.

"O quê? Você já vai correr de novo para a casa da Morá-Zelda, às sete e meia da manhã? Você não tem amiguinhos da sua idade?"

"Mas ela me convidou. Disse que posso ir quando quiser, até todas as manhãs."

"Ela disse? Muito bem, então ela disse, mas me diga uma coisa, você, por obséquio, não acha isso um tanto estranho, um garoto de oito anos de idade grudado desse jeito no avental da professora? Ou melhor, ex-professora? Todos os dias? Às sete da manhã? Em plenas férias de verão? Não acha meio exagerado? Não seria um pouco mal-educado? Pense nisso, por favor. De cabeça fria!"

Enquanto isso, eu me apoiava ora numa perna, ora na outra, morto de impaciência, esperando o final do discurso para emendar: "Tudo bem, vou pensar! De cabeça fria!".

Dizia isso já correndo, arrebatado por poderosas asas de águia até o pátio do seu apartamento térreo na rua Tzefânia, bem em frente ao ponto de ônibus da linha 3, em frente ao jardim-de-infância da sra. Chassy, nos fundos da leiteria do sr. Langerman, com seus latões de ferro que chegavam às nossas pobres ruazinhas diretamente das alturas da Galiléia "dos campos ensolarados, dos montes e dos vales, espere por nós, ó terra querida, *tal milmata ulvaná meal*, o orvalho sob nossos pés, a Lua no céu, diretamente de Beit Alfa e Nahalal". Mas a Lua estava aqui mesmo: a Morá-Zelda era a Lua. Lá nas terras dos vales e montanhas, no Sharon e na Galiléia, lá se estendiam as terras do Sol, domínio dos pioneiros robustos e bronzeados. Não aqui. Aqui na rua Tzefânia, mesmo nas manhãs de verão, ainda se alongavam as sombras da noite enluarada.

Todos os dias, antes das oito da manhã, lá estava eu postado à sua janela, o topete bem assentado com um pouco d'água, a camisa limpa e bem passada, bem enfiada e presa pelo cinto, sem escapar para fora. Oferecia de bom grado os meus préstimos para ajudá-la nos seus afazeres matinais: corria ao verdureiro e ao armazém, dava uma varrida no pátio, regava os gerânios em suas latinhas, pendurava no varal suas poucas roupas lavadas ou recolhia as que já tinham secado, pescava para ela uma carta de dentro da caixa de correio, cujo cadeado tinha enferrujado. Ela me oferecia um copo d'água que, no seu jeito especial de falar, não era só um copo d'água, mas um copo de "água viva". O pãozinho se tornava um "brioche", o vento vindo do ocidente se tornava "brisa marinha", e quando esse vento passava pelas agulhas dos pinheiros, não apenas as movia, mas as "tocava levemente".

Ao terminar as poucas tarefas domésticas, trazíamos para fora dois banquinhos de palha e nos sentávamos no quintal, sob a janela da Morá-Zelda, voltados para o norte, na direção da escola de polícia e da aldeia árabe Shoafat. Viajávamos sem viajar. Eu, que era o menino dos mapas, sabia que além do minarete de Nebi Samuel, que ficava no topo da montanha mais alta e distante visível no horizonte, encontrava-se, oculto aos nossos olhos, o vale de Beit Horon, e sabia que mais para além se estendiam as terras de Biniamin e Efraim, a Samaria, e depois os montes Guilboa, e depois os vales, o monte Tabor e a Galiléia. Nunca tinha estado nesses lugares: uma ou duas vezes por ano viajávamos a Tel Aviv para as festas; por duas vezes estive na casinhola coberta por telhas de papelão impregnado de piche da vovó-*mama* e vovô-*papi*, nos arredores de Kiriat Motzkin, um subúrbio de Haifa; uma vez estive em Bat Yam, e afora isso não conhecia nada de nada. Com certeza não conhecia nada daqueles lugares maravilhosos descritos pela Morá-Zelda, o rio Charod, os montes de Tzfat e as margens do lago Kineret, em Tiberíades.

No verão seguinte àquele nosso verão, Jerusalém seria sacudida pela artilharia posicionada no topo daquelas elevações que se encontravam bem à nossa frente, e que todas as manhãs contemplávamos sentados no quintal. Ao lado da aldeia de Beit Iqsa e do monte Nebi Samuel, seriam entrincheirados os canhões da artilharia britânica, que estavam à disposição da Legião Árabe Transjordaniana, e de lá despejariam milhares de projéteis sobre a cidade sitiada e esfomeada. E muitos anos mais tarde aquelas encostas à nossa frente se apinhariam de construções, Ramot Eshkol, Ramot Alon, Maalot Dafna, Givat HaTachmoshet, a Colina da Munição, e Givat HaMevater, a Colina Francesa, e Givat HaCzarfatit, e "todas as colinas vão se confundir", como escreveu o profeta Amós. Mas no verão de 1947 todas elas ainda eram simples colinas desoladas cobertas de pedras, encostas sarapintadas de manchas de pedras mais claras e arbustos escuros. Aqui e ali os olhos se detinham num pinheiro solitário, velho e teimoso, recurvado por obra dos furiosos ventos do inverno, que tinham entortado as suas costas para sempre.

Ela lia para mim o que de qualquer modo, provavelmente, teria lido naquela manhã: contos hassídicos, lendas rabínicas, histórias um tanto obscuras de santos cabalistas que detinham poderes ocultos e conseguiam evocar forças sobrenaturais, produzindo milagres e maravilhas. Às vezes, se não tomavam os setenta e sete cuidados no esforço de salvar a própria alma ou a dos pobres e oprimidos, quando não a de todo o povo de Israel, esses cabalistas podiam provocar terríveis desastres, frutos de algum pequeno engano nas invocações ou de um grãozinho de impureza que tivesse se infiltrado por entre as palavras sagradas.

Às minhas perguntas, ela dava respostas inesperadas, estranhas, por vezes suas respostas me pareciam quase descabidas, ameaçadoras, solapando a estabilidade da sólida lógica de meu pai.

Ou, pelo contrário, ela às vezes me surpreendia justamente pela resposta simples e esperada, mas satisfatória como o pão preto. Mesmo ao dizer a coisa mais esperada, esta sempre me parecia um tanto inesperada. E eu a amava, e ela me emocionava pelo que tinha de bizarro e excêntrico, um tanto apavorante em quase tudo que dizia ou fazia. Os "pobres de espírito", por exemplo, que ela dizia que pertenciam a Jesus Cristo, mas dos quais também havia tantos aqui entre nós, em Jerusalém, e não exatamente como "aquele Homem", Jesus, os entendia. Ou as "almas silenciosas", presentes na poesia de Bialik, que a rigor são os trinta e seis *tzadikim*, os justos ocultos que asseguram a existência do mundo. E outra vez ela leu para mim uma poesia de Bialik sobre seu pai, um homem de alma pura, que vivera em meio à devassidão das tavernas, mas cuja sordidez todavia nunca o tocara. Só o seu filho poeta foi tocado por ela, e muito tocado, como ele próprio descreve nas duas primeiras linhas de seu poema "Avi" [Meu pai], duas linhas nas quais ele fala apenas sobre si próprio e descreve sua impureza ainda antes de nos contar sobre seu pai. E ela achava estranho que os literatos nunca tivessem notado que a poesia sobre a alma pura do pai começava justamente com as confissões tão amargas sobre a vida ignóbil do filho.

Ou quem sabe talvez ela não tivesse dito tudo isso, pois eu não me sentava ao seu lado com lápis e caderno na mão anotando o que ela me dizia. E mais de cinqüenta anos se passaram. Muitas das coisas ouvidas de Zelda naquele verão estavam além da minha compreensão. Mas dia após dia ela conseguia elevar, cada vez mais, a minha capacidade de compreender. Lembro-me, por exemplo, do que ela me contou sobre Bialik. Sobre sua infância, suas decepções e sobre sua vida devassa. Coisas impróprias para a minha idade. E entre outros poemas, ela me leu "Avi", e falou sobre os ciclos de pureza e de devassidão.

Mas o que ela disse exatamente?

Agora, em meu escritório, em Arad, num dia de verão no fim do mês de junho de 2001, tento reconstruir, ou antes adivinhar, convocar aquelas lembranças, quase criar a partir do nada: como os paleontólogos nos museus de história natural, que são capazes de reconstituir um dinossauro completo com base em dois ou três ossos.

Eu gostava do jeito como a Morá-Zelda ordenava as palavras. Às vezes ela punha uma palavra banal, do dia-a-dia, ao lado de outra igualmente comum, e de repente, só porque elas estavam próximas uma da outra, uma espécie de faísca elétrica saltava entre elas e me deixava sem ar:

Pela primeira vez estou pensando
Sobre uma noite em que as constelações são apenas um rumor...

Naquele verão, Zelda ainda estava solteira, mas às vezes um homem surgia naquele quintal; não me parecia jovem, e dava a impressão de ser religioso. Ao passar entre nós, ele rasgava inadvertidamente aquela teia invisível que se tecia ali e nos envolvia a cada manhã. Às vezes me cumprimentava com um levíssimo aceno de cabeça, acompanhado de um resto de sorriso, e então, dando-me as costas, entabulava com a Morá-Zelda um longo papo, de sete anos seguidos. Ou setenta e sete. Até dizer chega. E em ídiche. Para eu não entender nem uma palavra. Por duas ou três vezes ele conseguia fazê-la dar uma sonora gargalhada. Um riso de menina, que eu nunca consegui extrair. Nem em sonhos. Ela premiava aquele homem com moedas e mais moedas de riso. E eu, pobre de mim, enquanto isso, media com os olhos, em detalhes, a betoneira ensurdecedora que há alguns dias moía pedras e cimento na subida da rua Malachi: na barriga dessa betoneira eu iria atirar de madrugada o corpo gargalhante da Morá-Zelda depois de tê-la matado à meia-noite.

Eu era um menino falante, falava pelos cotovelos, sem parar. Ainda antes de abrir os olhos, de manhã, eu já embarcava num discurso que continuaria quase sem interrupção até o apagar da luz à noite, e ainda mais adiante, no meu sono.

Mas não tinha ouvintes: aos ouvidos das crianças da minha idade, tudo o que eu dizia era como língua bantu ou algaravia, enquanto os adultos também discursavam como eu, da manhã à noite, apesar de não haver quem prestasse atenção. Ninguém ouvia ninguém naqueles dias em Jerusalém. E também talvez ninguém ouvisse a si próprio (à exceção do bom vovô Aleksander, que sabia ouvir com toda a atenção e se divertia muito com os frutos colhidos nos discursos alheios, mas ele só ouvia mulheres, não a mim).

Em todo o mundo não havia, portanto, um ouvido disposto a escutar as minhas palavras, só muito raramente. E mesmo quando alguém se dignava a ouvir-me, em três ou quatro minutos já estava cansado, embora por mera educação continuasse fingindo que ouvia e até que estava gostando.

Só a Morá-Zelda me ouvia: e não como uma tia bondosa que emprestasse, resignada, de pura pena, seus ouvidos experientes para um garoto agitado. Não. Ela me ouvia calma e séria, como se estivesse aprendendo comigo coisas que a agradavam, ou que lhe despertavam a curiosidade.

Mais do que isso, a Morá-Zelda me respeitava. Quando queria que eu falasse, fazia sutis provocações, atirava gravetos à fogueira, mas quando achava que já era suficiente, não hesitava em dizer:

"Chega, por enquanto. Agora pare de falar, por favor."

Outras pessoas deixariam de me ouvir depois de três minutos, mas não se importariam se eu continuasse falando quanto quisesse, até por uma hora sem interrupção, enquanto fingiam me ouvir e pensavam em seus próprios assuntos.

Isso tudo aconteceu depois de concluída a segunda série, depois de terminar meus dois anos na Pátria da Criança e antes de começar o Tchachmoni. Tinha oito anos de idade e já me acostumara a ler jornais, revistas e todo tipo de publicações, afora os cem ou duzentos livros devorados naquela época (quase tudo que me caía nas mãos, e quase sem selecionar nada). Dei uma varrida na biblioteca de meu pai e cravei os dentes em quase todo livro escrito em hebraico contemporâneo, indo devorá-lo no meu canto.

Eu também escrevia poesias: sobre a Brigada Judaica, sobre a guerrilha clandestina, sobre Josué, que atravessou o Jordão para conquistar a Terra de Canaã, e ainda sobre o besouro esmagado e a melancolia do outono. Eu costumava levar essas poesias pela manhã para a Morá-Zelda, que as lia com cuidado, consciente da sua responsabilidade. De seus comentários sobre cada uma delas, não me lembro. Das poesias, também me esqueci faz tempo.

Mas não me esqueci do que ela me disse sobre poesia e sons: não sobre vozes imaginadas que falam da alma do poeta, mas sobre os diferentes sons de que as palavras são feitas: *ivshá*, "sussurro", por exemplo, é uma palavra sussurrante, a palavra *tzlil*, "som", é muito delicada, e assim por diante; ela tinha um repertório completo de palavras e seus sons, e eu estou pedindo mais à minha memória agora do que ela é capaz de me dar.

Naquele verão em que estávamos tão próximos, talvez eu também tenha ouvido isto da Morá-Zelda: Se você, por exemplo, for desenhar uma árvore, desenhe só algumas folhas, não é preciso desenhar todas elas. E uma pessoa, por exemplo, não há necessidade de desenhar cada fio de cabelo. Mas nesse ponto ela não era assim tão consistente: uma vez me disse que aqui e ali eu tinha escrito um pouco demais, e em outra ocasião me disse que ali, pelo contrário, seria bom eu me estender um pouco mais. Mas como saber? Até hoje procuro resposta para essa pergunta.

A Morá-Zelda também me revelou um hebraico que eu nunca tinha ouvido, nem na casa do professor Klausner, nem na nossa casa, nem na rua, nem nos livros que eu havia lido. Um hebraico estranho, anárquico, um hebraico de contos assustadores, histórias hassídicas e parábolas, dessas com "moral da história". Um hebraico saturado de ídiche, desobediente a todas as regras, misturando masculino e feminino, passado e presente, adjetivos e advérbios, um hebraico lasso e confuso. Mas que vitalidade tinham aquelas histórias! Quando me contava sobre a neve, parecia que a própria história tinha sido escrita com palavras de neve, e quando me contava sobre incêndios, era como se as próprias palavras queimassem. E que doçura estranha, hipnótica, havia em suas histórias sobre milagres e revelações! Como se as letras houvessem sido impregnadas de vinho. As palavras deliravam vertiginosas na boca.

Naquele verão, a Morá-Zelda me abriu o caminho para os livros de poesia, livros que a bem da verdade não eram nem um pouco apropriados para um garoto da minha idade. Poemas de Léa Goldberg, de Bat Marim e de Ester Rav, poemas de Y. T. Rimon.

Aprendi com ela que às vezes há uma palavra que precisa de silêncio total em torno dela, precisa ter muito espaço: as palavras são como quadros pendurados na parede, e há quadros que não toleram vizinhos.

Aprendi bastante com ela na escola e também no seu quintal. Parece que não se importava de dividir comigo alguns dos seus segredos.

Mas só alguns: por exemplo, eu não tinha a menor idéia, ela nunca deu nenhum indício de que não era apenas a minha professora e a minha amada, mas era também Zelda, a poeta, e que alguns de seus poemas já haviam sido publicados em suplementos literários e em algumas revistas independentes. Não sabia que ela era, assim como eu, filha única. E não sabia que era parente do rabino-chefe do Beit Chabad, prima do rabino Lubavitch, Menahem-Mendel Schneersohn (seus pais eram irmãos). E também não sabia que tinha estudado pintura, participado de um conjunto teatral e já gozava até de certa reputação entre os círculos de jovens poetas. E não imaginava também que o meu concorrente, o outro cortejador, era o rabino Chaiim Mishkovsky, que pela sua altura era chamado de Vida Longa (*Chaiim*, "vida"). Nem que dois anos depois do nosso verão, meu e dela, eles iriam se casar. E não sabia que a vida dele não seria longa. Não sabia nada sobre ela.

No início do outono de 1947, comecei a estudar na terceira série da escola ortodoxa para meninos Tchachmoni. Novos sentimentos vieram preencher a minha vida. E não ficava bem continuar colado como um bebê à barra da saia da professora da turma dos menores, dos pirralhos: os vizinhos já fingiam não vê-la na rua, os filhos dos vizinhos já começavam a rir de mim, e eu também ria um pouco de mim mesmo: O que é que há com você? Correr para ela todas as manhãs? Como é que vai ficar a sua cara quando daqui a pouco todo o bairro começar a falar daquele garoto maluco que tira as roupas do varal para ela, e varre o quintal, e à meia-noite, quando surgem as estrelas, sonha se casar com ela?

Algumas poucas semanas mais tarde, tumultos sangrentos explodiram em Jerusalém, e então vieram a guerra, os bombardeios, o sítio a Jerusalém e a fome. Afastei-me da Morá-Zelda: não mais corri ao seu encontro às sete da manhã, de banho tomado e topete úmido, para me sentar junto dela no seu quintal. Não mais levava para ela os poemas que tinha escrito na noite anterior. Se por acaso nos encontrávamos na rua, eu resmungava apressado: "Bom dia, Morá-Zelda, como vai", sem nenhum ponto de interrogação, e fugia sem esperar resposta. Estava envergonhado por tudo o que tinha se passado. E também estava envergonhado pelo modo tão repentino como tinha terminado com ela, daquele jeito, sem lhe dizer que tínhamos terminado, sem lhe dar nenhuma explicação. E também estava envergonhado pelo que ela estava pensando, pois ela sabia muito bem que bem lá no fundo, nos meus pensamentos, eu ainda não havia terminado com ela.

Depois disso, afinal, nos mudamos de Kerem Avraham, fomos morar em Rehávia, o bairro dos sonhos de meu pai. Depois, minha mãe morreu, e eu fui viver e trabalhar no kibutz. Quis muito considerar Jerusalém como uma página virada em minha vida. Desfiz todos os laços. De vez em quando deparava com uma bela poesia de Zelda em algum suplemento literário, e assim ficava sabendo que ela ainda estava viva e que ainda era uma pessoa sensível. Mas desde a morte de minha mãe passei a evitar um pouco todos os sentimentos, e, em especial, quis me distanciar das mulheres sensíveis, fossem quem fossem.

No ano da publicação do meu terceiro livro, *Meu Michel*, cujo enredo se passa, mais ou menos, no nosso bairro, foi lançado também o primeiro livro de Zelda, *Pnai* [Tempo livre]. Pensei em escrever-lhe algumas linhas saudando seu livro, mas não escrevi. Pensei em enviar a ela o meu livro, mas não enviei. Como saber se ela ainda morava na rua Tzefânia, ou se havia se mudado? De qualquer modo, *Meu Michel* foi escrito para estender um fio me conectando de novo a Jerusalém, e não a ela. Entre as poesias de *Pnai*, descobri os parentes da Morá-Zelda e encontrei alguns dos nossos vizinhos. Depois disso foram publicadas as poesias de *HaCarmel Haí Nir'é* [O Carmelo invisível] e de *Halo Har, Halo Esh* [Nem montanha, nem fogo], que despertaram o entusiasmo de milhares de leitores e lhe valeram o prêmio Brenner e o prêmio Bialik, além de verdadeira aclamação, aonde quer que fosse, mas a Morá-Zelda, uma mulher sem filhos, deve provavelmente ter passado por todas essas honrarias sem nem mesmo se dar conta.

Nos anos da minha infância, no final do mandato britânico, toda Jerusalém ficava em casa e escrevia. Quase ninguém tinha um aparelho de rádio. Nem televisão, nem vídeo, nem CD player, nem walkman, nem internet, nem correio eletrônico, nem mesmo telefone. Mas todos tinham lápis e caderno.

Toda a cidade se trancava dentro de casa às oito da noite, graças ao toque de recolher imposto pelos britânicos, e nas noites em que não havia toque de recolher Jerusalém se trancava por conta própria, e nada se movia lá fora exceto o vento, os gatos vira-latas e os halos de luz dos lampiões de rua. E mesmo eles tentavam se esconder mergulhando nas sombras à aproximação do jipe de patrulha britânico, com seu holofote e sua metralhadora. As noites eram muito mais longas do que são agora, pois o movimento de rotação da Terra ao redor do seu eixo era muito mais lento, porque a força da gravidade era maior. A luz elétrica era fraca, porque todos eram pobres e economizavam lâmpadas e energia. E às vezes havia interrupção por algumas horas, ou alguns dias, e a vida continuava sob a luz dos lampiões enegrecidos ou à luz de velas. As chuvas de inverno também eram muito mais fortes do que são agora, e com elas as venezianas de ferro eram socadas pelos punhos do vento e pelos ecos dos raios e dos trovões.

Todas as noites, nós cumpríamos um ritual de trancamento. Meu pai saía para fechar as venezianas por fora (pois só se conseguia fechá-las por fora). Era um ato de heroísmo. Corajosamente ele saía a arrostar as garras da tormenta, a escuridão e os perigos da noite, como aqueles homens peludos de Neanderthal, que deixavam o calor das cavernas para trazer alguma caça ou para defender suas mulheres e crianças. Ou, como o pescador de *O velho e o mar*, meu pai saía solitário para enfrentar as forças incontroláveis da natureza, cobria a cabeça com uma espécie de saco vazio dobrado ao contrário e partia para o confronto com o desconhecido.

Todas as noites, no seu retorno da operação veneziana, ele aferrolhava a porta por dentro, passando uma tranca (na aduela da porta havia dois ganchos, um de cada lado, onde meu pai encaixava uma barra de ferro que tornava a porta invulnerável a saqueadores e invasores). As grossas paredes de pedra nos defendiam de qualquer perigo, além das venezianas de ferro e da montanha sombria, que se encontrava bem do outro lado da nossa parede dos fundos, a nos defender com todo o seu peso, como um guerreiro gigante e silencioso. Todo o mundo exterior ficava bem isolado lá fora, e dentro, em nossa célula blindada, ficávamos nós três, o aquecedor e as paredes cobertas de livros e mais livros, do piso ao teto. Assim a casa era lacrada, noite após noite, para afundar lentamente, como um submarino estanque, sob a superfície do inverno. Pois o mundo acabava muito perto de nós. Do nosso quintal virava-se à esquerda e, duzentos metros adiante, no final da rua Amós, tomava-se novamente à esquerda e seguia-se por mais trezentos metros até a última casa no final da rua Tzefânia, e lá estava o final da rua, o final da cidade e o final do mundo: dali em diante, só escarpas vazias de morros salpicados de pedras, a densa escuridão, fendas, cavernas, montanhas, vales, aldeias de pedra açoitadas pela chuva e pelas trevas, Lifta, Shuaft, Beit Iqsa, Beit Hanina, Nebi Samuel.

Assim, todas as noites os habitantes de Jerusalém permaneciam trancados em suas casas, como nós, e escreviam: os professores e os intelectuais em Rehávia, em Talpiót, em Beit HaKerem e Kiriat Shmuel, os poetas e os escritores, os ideólogos, os rabinos, os revolucionários, os teólogos e os filósofos. Se não escreviam livros, escreviam artigos. Se não escreviam artigos, compunham versos ou escreviam fascículos, panfletos e brochuras de todo tipo. E se não escreviam cartazes ilegais contra o mandato britânico, escreviam cartas à redação. Ou escreviam cartas um ao outro. Toda noite, Jerusalém inteira sentava-se curvada sobre uma folha de papel, corrigindo e apagando, escrevendo e refinando o texto: tio Yossef e o sr. Agnon, um de frente para o outro, em cada lado da pequena rua em Talpiót. Vovô Aleksander e a Morá-Zelda. O sr. Zarchi, o sr. Abramsky, o professor Buber, o professor Scholem, o professor Bergman, o sr. Toren, o sr. Netanyahu, o sr. Wislavski e talvez até minha mãe. Meu pai pesquisava motivos sânscritos que tinham permeado a literatura épica nacional lituana. Ou influências homéricas na poesia bielo-russa. Como se içasse um pequeno periscópio do nosso pequeno submarino à noite e dali observasse a cidade de Dantzig, ou a Eslováquia. Do mesmo modo, o vizinho da direita, o sr. Lamberg, sentava-se para escrever suas memórias em ídiche, e era grande a probabilidade de que os Bichovski, os vizinhos da esquerda, também escrevessem todas as noites, e os Rozendorff, do andar de cima, também, como os vizinhos Stein, no prédio defronte. Somente a montanha, nossa vizinha postada logo atrás da parede do fundo, permaneceu sempre silenciosa e nunca escreveu uma única linha.

Os livros eram a fina linha de vida que ligava o nosso submarino ao mundo lá fora. Estávamos cercados de todos os lados por montanhas, cavernas e desertos, pelos ingleses, os árabes, a guerrilha clandestina, rajadas de metralhadora à noite, explosões, emboscadas, prisões, buscas nas casas, temores reprimidos do que ainda nos aguardava em breve. E em meio a tudo isso se estendia a fina linha de vida que nos ligava ao mundo real. No mundo real havia o lago e a floresta, a choupana, os prados e os campos, o vale, os cervos, e também o castelo com suas seteiras, torres e cumeeiras. E lá estava também o foyer do teatro, com seus adornos rebrilhantes de ouro puro, veludo e cristal, iluminado por uma profusão de luzes, com o esplendor de sete firmamentos.

Naqueles anos eu gostaria de ser livro quando crescesse.
Não escritor, mas livro mesmo — de tanto medo.
Porque, lentamente, na mente de todos aqueles cujos parentes não tinham chegado a Israel, foi se consolidando a certeza de que os alemães teriam assassinado todos eles. Havia um pânico em Jerusalém, que as pessoas tentavam com

todas as forças enterrar bem fundo no peito. Os tanques de Rommel chegavam quase à fronteira de Eretz-Israel. Aviões italianos bombardeavam Haifa e Tel Aviv. E quem podia saber o que os ingleses ainda nos fariam antes de voltar para casa. E, depois que tivessem ido, milhões de árabes sedentos de sangue, multidões de muçulmanos ensandecidos se levantariam e em questão de dias viriam nos assassinar, a todos. Não deixariam uma só criança com vida.

É claro que os adultos tentavam de todas as maneiras dar um jeito de não conversar sobre seus temores na frente dos filhos. Pelo menos, não em hebraico. Mas às vezes uma palavra escapava. Ou um grito, no sono. Os apartamentos eram todos pequenos e apertados, como gaiolas. À noite, depois de as luzes terem sido apagadas, eu ouvia os sussurros de meus pais na cozinha, enquanto provavelmente tomavam um copo de chá com biscoitos Frumin, e eu podia captar Chelmno, nazis, Vilna, *partisans*, *Aktionen*, campos de extermínio, trens da morte, tio David, tia Malka e o filho Daniel, meu primo, da minha idade.

De qualquer maneira, o medo se insinuava em mim. Meninos da sua idade nem sempre sobrevivem. Imagine que agora eles são, às vezes, mortos ainda no berço. Ou no jardim-de-infância. Na rua Nachmia, um encadernador teve uma crise nervosa, foi à varanda e gritou judeus, socorro, judeus, rápido, me salvem, logo eles vão nos queimar a todos. O ar estava saturado de terror, e talvez eu já tivesse compreendido o quanto era fácil matar pessoas.

Livros, também não era assim tão difícil de queimar, é verdade, mas se eu crescesse para ser um livro, sempre haveria a chance de pelo menos um exemplar conseguir sobreviver, num canto de uma biblioteca esquecida sabe lá D'us onde. Afinal, eu já tinha visto, com meus próprios olhos, como os livros conseguem se esconder e submergir anônimos na escuridão poeirenta de fileiras atopetadas, sob pilhas e pilhas de revistas e jornais, ou achar um lugar escondido atrás de outros livros...

39

Trinta anos mais tarde, em 1976, fui convidado a passar uns dois meses em Jerusalém e dar algumas palestras como visitante na Universidade Hebraica. Recebi da universidade um apartamentinho no Har HaTzofim, o monte Scopus, onde todas as manhãs eu trabalhava no conto "Adon Levi", o sr. Levi, incluído no livro *Har HaEtzá HaRaá* [O monte do Mau Conselho]. Esse conto se passa na rua Tzefânia, no final do governo britânico, e assim fui dar umas voltas pela rua Tzefânia e imediações, para ver o que tinha mudado por ali desde aquela época. A escola particular Pátria da Criança há muito tempo havia fechado. Os quintais encheram-se de escombros e ferro-velho. As árvores frutíferas tinham secado. Os professores, os funcionários, os tradutores, os encadernadores, os caixas de lojinhas, os eternos amantes das exaltadas discussões caseiras, os freqüentadores assíduos da seção "Cartas dos Leitores", quase todos já tinham desertado do bairro, que se encheu de judeus ortodoxos pobres com o passar dos anos. Os nomes de quase todos os nossos vizinhos tinham sumido das caixas de correio. A única pessoa conhecida que logrei ver foi a sra. Stein, a mãe inválida de Menúchale Stein, a menina baixotinha, uma vez, de longe, cochilando num banco num quintal abandonado, não distante dos latões de lixo. Todos os muros traziam roucas ameaças, como magros punhos cerrados contra os pecadores, prometendo para eles as mortes mais inusitadas: "Os muros da castidade foram derrubados!", "Grande foi a ruptura!", "Não toquem no meu Messias!", "As pedras dos muros gritarão sua sentença de morte!", "Os céus estão atônitos por essa coisa imunda que jamais se viu em Israel". E assim por diante.

Por trinta anos eu não havia posto os olhos em minha professora da segunda série na escola Pátria da Criança, e de repente lá estava eu, bem diante da sua casa. No lugar da leiteria do sr. Largman, que nos vendia o leite de pesados latões redondos de ferro, na frente do prediozinho havia agora uma loja de quinquilharias de algum proprietário ultra-ortodoxo, que vendia artigos de armarinho, tecidos, botões, dedais, puxadores e franjas de cortinas. A Morá-Zelda por certo não morava mais ali?

Mas entre as caixas de correio envelhecidas, lá estava a dela, a mesma de onde eu conseguia pescar a sua correspondência, pois o cadeado enferrujara, e a caixa não mais se abria. Agora a caixa de correio estava arrombada: alguém, com certeza um homem, deve ter sido mais impaciente do que a Morá-Zelda e eu, e arrebentara o cadeado de uma vez por todas. O nome também havia mudado: em lugar de "Zelda Schneersohn" agora estava escrito "Schneersohn Mishkovsky", sem Zelda, mas também sem hífen e sem o "e". E o que vou fazer se o marido abrir a porta? O que vou dizer para ele? Ou para ela?

Quase virei as costas e fugi de lá, como um galanteador surpreendido numa comédia de cinema. (Não sabia que ela havia se casado, nem que enviuvara, e não me ocorreu que, da última vez que estivera em sua casa, eu contava oito anos de idade, e agora estava com trinta e sete. Mais velho do que ela, quando a abandonei.)

Dessa vez, como naquela época, era de manhã bem cedo.

Claro que o certo seria ter telefonado antes de vir visitá-la, ou ter escrito algumas linhas. E se ela estivesse zangada comigo? E se ainda não tivesse me perdoado por tê-la deixado? Pelo silêncio de tantos anos? Por não ter lhe dado os parabéns pelo lançamento dos seus livros de poesia, nem pelos prêmios literários que tinha ganhado? Quem sabe se ela, assim como alguns outros antigos habitantes de Jerusalém, também considerava que em *Meu Michel* eu tinha cuspido no prato em que comera? E se ela estivesse mudada e irreconhecível? E se fosse uma pessoa completamente diferente agora, vinte e nove anos depois?

Fiquei uns dez minutos parado em frente à sua porta. Dei uma volta pelo quintal, fumei um ou dois cigarros, toquei nas cordas dos varais de onde eu retirava suas roupas discretas, saias bege e cinzentas, descobri a rachadura numa das lajes do piso do quintal, que eu mesmo tinha feito tentando quebrar nozes com uma pedra. E fiquei observando os telhados vermelhos do bairro búlgaro, além das colinas abandonadas ao norte. Mas já não se viam colinas, e muito menos abandonadas, e sim um amontoado compacto de prédios residenciais, Ramot Eshkol, Maalot Dafna, Givat HaMivtar, Givat HaCzarfatit e Givat HaTachmoshet.

Mas o que eu iria dizer a ela logo ao entrar? Bom dia, cara Morá-Zelda? Espero não estar atrapalhando? Meu nome é hummmm... fulano? Bom dia, senhora Schneersohn Mishkovsky? Fui seu aluno, será que por acaso a senhora ainda se lembra? Com licença, posso falar com a senhora só por alguns minutos? Gosto muito dos seus poemas. A senhora ainda está com ótimo aspecto. Não. Não, não vim entrevistá-la.

Não me lembrava de como eram escuros aqueles pequenos apartamentos térreos em Jerusalém, até mesmo numa manhã de verão. As sombras me abriram a porta, repletas de cheiros intensos. E de dentro das sombras a voz clara, que eu bem lembrava, a voz de uma jovem segura de si, que gostava das palavras, disse-me:

"Entre, Amós, pode entrar."

E logo em seguida:

"Você vai querer se sentar no quintal, não vai?"

E depois:

"E para sua limonada gelada, só um pouco de concentrado."

E depois:

"Devo me corrigir: você gostava de limonada com muito pouco concentrado. Será que houve, talvez, alguma mudança com o tempo?"

Aquela manhã, e a nossa conversa, naturalmente estou tentando recuperá-las de memória, como se tentasse reconstruir uma velha casa arrasada com base em sete ou oito pedras que restaram nas posições originais. Mas entre as poucas pedras que restaram exatamente nas posições originais, nem reconstituídas, nem com base em suposição, está a frase dita por ela: "Devo me corrigir: será que houve, talvez, alguma mudança com o tempo?". Foi exatamente o que disse Zelda naquela manhã de verão, no final do mês de junho de 1976. Vinte e nove anos depois de nosso verão-de-mel. E vinte e cinco anos antes da manhã de verão em que estou escrevendo estas linhas (no meu escritório em Arad, num caderno de rascunho cheio de linhas apagadas e correções, no dia 30 de julho de 2001: essa é, portanto, a recordação daquela visita que se destinava a despertar recordações e inventariar velhas feridas. Em todas essas reconstruções, meu trabalho se parece um pouco com o de quem tenta reconstruir alguma coisa com pedras de demolição escavadas, restos de alguma construção que, ela também, foi feita por ele próprio com pedras de demolição).

"Devo me corrigir", disse a Morá-Zelda, "será que houve, talvez, alguma mudança com o tempo?"

Ela poderia ter dito exatamente isso de muitas maneiras diferentes. Poderia ter dito, por exemplo: "Quem sabe agora você talvez não goste mais de limonada?". Ou: "Será que agora você gosta de limonada com bastante concentrado?". Ou ainda, simples e direta, a pergunta poderia ter sido, por exemplo: "O que você gostaria de tomar?".

Era uma pessoa que cultivava a precisão. Assim, sua intenção era, ao mesmo tempo, aludir, alegremente, sem nenhum travo de amargura, ao nosso passado particular, meu e dela (limonada, com pouco concentrado), mas sem atrelar o presente ao passado ("Será que houve, talvez, alguma mudança com o tempo?" — com ponto de interrogação —, como que me dando possibilidade de escolha, e transferindo para mim a responsabilidade pela continuação da visita; afinal fora eu quem tomara a iniciativa).

Eu disse (claro que não sem um sorriso):

"Obrigado, ficarei muito grato em tomar limonada como antes."

Ela disse:

"Foi o que pensei, mas achei melhor perguntar."

Depois disso nós dois tomamos limonada gelada (em lugar da geladeira com pedras de gelo, ela tinha agora uma pequena geladeira elétrica, de modelo antigo, já um tanto gasta). E conversamos sobre nossas memórias. Ela havia lido o meu livro, e eu os dela, mas sobre esse assunto só trocamos cinco ou seis frases, como ao atravessar rápido um trecho não muito seguro do caminho.

Conversamos sobre o paradeiro do casal Isabela e Getzel Nachnieli. Sobre alguns outros amigos comuns. Sobre as modificações no bairro de Kerem Avraham. Também sobre meus pais e sobre seu marido, que havia falecido cinco anos antes da minha visita, falamos rapidamente, e então voltamos ao nosso ritmo e conversamos sobre Agnon e talvez também sobre Thomas Wolfe (*Homeward, Angel*) que tinha sido traduzido para o hebraico mais ou menos por aquela época, mas era possível que ambos tivéssemos lido em inglês. Enquanto meus olhos se acostumavam à penumbra do quarto, surpreendia-me ao ver como as coisas tinham continuado exatamente nos mesmos lugares. A cristaleira marrom e tristonha, que era envernizada, tinha descorado e continuava deitada no seu canto, como um velho cachorrão. Pela porta de vidro, podiam-se ver as xícaras do serviço de chá. Sobre o aparador, estavam as fotos dos pais de Zelda, que pareciam mais jovens do que ela, e a fotografia de um homem de barba crescida, que imaginei que pudesse ser o seu marido, mas mesmo assim perguntei quem era. À minha pergunta, seus olhos de repente brilharam, sua juventude aflorou, ela sorriu para mim como se naquele momento nós dois nos lembrássemos de uma travessura secreta, mas se conteve e disse apenas:

"É Chaiim."

A mesa redonda marrom tinha murchado com o passar dos anos e me pareceu muito baixinha. Na estante havia livros religiosos antigos, grandes, suntuosos em suas encadernações de couro com letras gravadas em ouro, e a história da poesia espanhola de Schirmann, muitos livros de poesia e romances da nova literatura hebraica, e uma longa fileira de fascículos da *Biblioteca para o povo*. Na minha infância, essa estante era muito, muito alta; agora batia na altura dos meus ombros. Espalhados sobre as prateleiras, sobre o bufê e ainda sobre a estantezinha ao lado do sofá, havia castiçais prateados para as velas do shabat, algumas *chanukiót*, pequenos objetos decorativos feitos de oliveira ou de cobre. Uma plantinha tristonha sobre o armário e mais uma ou duas no peitoril da janela. Sobre tudo isso pairava uma obscuridade com cheiro de antigo: era inequivocamente um quarto de mulher religiosa. Não um aposento espartano, de convento, mas introvertido, reservado e de certa maneira triste. Tinha havido, como ela mesma dissera, uma mudança. Não porque tivesse envelhecido, nem porque agora fosse uma pessoa admirada e famosa, mas talvez porque tivesse se tornado mais séria.

Todavia, detalhista, séria e responsável, ela sempre fora. É difícil de explicar.

Depois daquela visita nunca mais voltei. Soube que ela afinal se mudou para outro bairro. Soube também que no decorrer do tempo teve alguns amigos-admiradores bem mais jovens do que ela, e mais jovens do que eu. Soube que teve um câncer, e que numa noite de shabat, em 1984, morreu em meio a terrível sofrimento. Mas não voltei a visitá-la, não lhe escrevi nenhuma carta nem enviei nenhum dos meus livros. E nunca mais a vi, exceto em algumas fotos estampadas nos suplementos literários e depois, no dia da sua morte, por meio minuto, ao final do noticiário da televisão (e escrevi sobre ela, e sobre o seu quarto, em O *mesmo mar*).

Ao levantar para me despedir, constatei que o teto também tinha encolhido com o passar do tempo, e quase tocava a minha cabeça.

Ela não tinha mudado muito ao longo dos anos. Não tinha ficado feia, não engordara nem enrugara. Os olhos ainda cintilavam de vez em quando durante a nossa conversa, como um raio desferido por ela para descobrir os meus segredos mais escondidos. Mas mesmo assim alguma coisa tinha mudado. Como se nas décadas em que eu não a tinha visto, a Morá-Zelda tivesse se tornado muito parecida com o seu velho e pequeno apartamento.

Era como um castiçal de prata. Como um castiçal com uma vela acesa, espargindo sua pouca luz no espaço escuro. Quero ser mais preciso: naquele encontro tardio, Zelda foi para mim o castiçal, a vela e o espaço escuro.

40

Todas as manhãs, um pouco antes ou um pouco depois do nascer do Sol, eu costumo dar uma volta para ver o que há de novo no deserto. O deserto começa aqui, em Arad, bem no final da nossa rua. Do oriente, dos montes Edom, vem o vento da manhã, provocando alguns pequenos remoinhos de areia, que tentam se erguer do chão, mas sem sucesso. Cada um deles rodopia um pouco no ar, perde sua forma de espiral e se extingue. Os montes Edom ainda estão encobertos pela névoa que sobe do mar Morto e barra os primeiros raios do nascer do Sol com seu véu opaco, como se não fosse verão, mas outono. Porém é um falso outono, em duas ou três horas tudo por aqui estará de novo quente e seco. Como ontem. Como anteontem, como na semana passada e como no mês passado.

Por enquanto, o frio da noite ainda persiste. Há um cheiro agradável de terra muito orvalhada, misturado a um leve odor sulfúreo, com um traço tênue de esterco de cabra, arbustos espinhosos e fogueiras apagadas. Esse é o cheiro de Eretz-Israel desde os primórdios. Desço até o *wadi* e avanço por uma trilha sinuosa até a beira de um rochedo de onde se pode descortinar o mar Morto, uns novecentos metros abaixo daqui, distante uns vinte e cinco quilômetros. A sombra das montanhas, a leste, é refletida pelo mar, que ganha assim uma pátina de cobre antigo. Aqui e ali, por um instante, uma fina agulha de luz consegue perfurar as nuvens e atingir o espelho do mar. O mar, por sua vez, logo devolve aquele clarão, como que tomado por uma tempestade submarina de relâmpagos.

Daqui até o mar Morto, há apenas suaves colinas calcárias em declive, vazias e pontilhadas de pequenas rochas escuras. E eis que por entre as rochas aparecem, exatamente no topo da colina que está bem à minha frente no horizonte, três cabras pretas, e entre elas o vulto de uma pessoa imóvel, vestida de preto da cabeça aos pés: será uma beduína? Com um cachorro também imóvel? E logo somem todos de vista, para além da linha das colinas, a mulher, as cabras e o cachorro. A luz cinzenta não permite discernir muito bem os movimentos. Enquanto isso, outros cachorros começam a latir, ao longe. Mais adiante, perto das pedras que margeiam o caminho, vejo um cartucho enferrujado, de obus. Como teria ele chegado até aqui? Talvez, numa dessas noites, tenha passado por este *wadi* uma caravana de contrabandistas sobre as corcovas dos camelos, em seu caminho do Sinai ao monte Hebron, e um deles perdeu esse cartucho. Ou não perdeu, apenas jogou fora, depois de se perguntar o que fazer com ele.

Agora já se ouve o profundo silêncio do deserto, não o silêncio que precede a tormenta, nem o silêncio que se estabelece quando tudo acaba, mas o silêncio que encobre ainda mais silêncio, mais profundo do que ele próprio. Deixo-me ficar por uns três ou quatro minutos imóvel, respirando o silêncio como se fosse um cheiro. Depois, subo o *wadi* de volta, até alcançar o final da minha rua, discutindo com um bando furioso de cachorros que começa a latir para mim, de todos os quintais. Devem pensar que estou bolando um jeito de trazer o deserto de volta à cidade.

Por entre as folhas de uma árvore, no jardim da primeira casa da rua, ouço um congresso completo de pardais empenhados em violentos debates. Todos berram com todos, é ensurdecedor, parece que esses pardais não piam, mas rugem: como se o findar da noite e o surgir da aurora fossem um acontecimento de suprema gravidade, justificando a convocação de uma assembléia-geral extraordinária.

No alto da rua, um carro velho se move por entre pigarros e ataques de tosse rouca, como um fumante inveterado. O distribuidor de jornais tenta inutilmente agradar um cachorro irado. Um vizinho atarracado, bronzeado, de tipo musculoso e elástico, com uma densa floresta de pêlos grisalhos no peito, coronel da reserva, cujo corpo compacto me lembra uma embalagem de metal, está meio nu, vestido apenas com um surrado short azul, regando com a mangueira o canteiro de rosas do seu jardim.

"As rosas estão lindas, bom dia, senhor Shmulévitch."

"O que tem de bom no dia?", ele me agride. "Será que Shimon Peres já parou de vender o país inteiro para Arafat?"

E quando lhe digo que há pessoas que encaram a situação de maneira diversa, ele acrescenta, desolado:

"Parece que um Holocausto ainda não foi suficiente para vocês aprenderem. Essa desgraça que está aí vocês ainda chamam de paz? Você por acaso já ouviu falar na região dos Sudetos? Em Munique? Chamberlain? Não?"

A verdade é que tenho respostas para tudo isso, repletas de detalhes e argumentos, mas ainda imerso naquele silêncio profundo do *wadi*, preferi dizer:

"Ontem à noite, mais ou menos às oito horas, ouvi tocar, da sua casa, a

"Sonata ao luar". Passei aqui em frente e fiquei ouvindo por alguns minutos. Era a sua filha? Tocou muito bem, pode dizer a ela."

Ele passa o ancinho pelo canteiro e dá um sorriso tímido, como um aluno que é escolhido de repente, em votação secreta, representante da turma: "Não foi a filha", disse ele, "a filha está em Praga, foi a filha da filha, minha neta, Daniela. Ganhou o terceiro lugar no concurso de jovens talentos de toda a região sul. E todos, sem exceção, disseram que ela mereceria pelo menos o segundo lugar. Ela também escreve poemas muito bonitos. Poemas cheios de sentimento. Você teria um tempinho para dar uma olhada? Talvez você pudesse encorajá-la. Ou, quem sabe, enviar para algum jornal, a fim de publicarem. Partindo de você, eles vão aceitar, com certeza".

Prometo ao sr. Shmulévitch ler as poesias de Daniela com todo o prazer. Claro! Por que não? Não tem de quê.

Com os meus botões, anoto essa promessa como minha modesta contribuição para o fortalecimento dos esforços para a paz. Depois, no meu escritório, com a xícara de café na mão e o jornal aberto sobre o sofá, ainda fico uns dez minutos à janela. Ouço no noticiário do rádio que uma jovem árabe de dezessete anos de idade foi gravemente ferida por uma rajada no peito quando tentou esfaquear um soldado israelense na barreira de Belém. A luz da manhã, que até agora estava misturada com a névoa cinzenta, começa a se definir como puro azul-celeste.

Minha janela dá para um jardinzinho, alguns arbustos, uma trepadeira e um limoeiro que não sei ainda se vai viver ou morrer: suas folhas estão pálidas, e o tronco, inclinado como um punho que alguém torce para trás. A palavra hebraica para "inclinado", que começa com as letras Ayn e Qof, faz-me lembrar do que meu pai dizia — que toda palavra começada com Ayn e Qof significa alguma coisa ruim. "E você deve ter reparado, vossa alteza, que suas próprias iniciais, por acaso ou não, são também Ayn e Qof, de Amós Klausner."

Estou pensando em escrever um artigo hoje para o jornal *Yedíót Achronót* no qual tentarei explicar ao sr. Shmulévitch que nossa retirada das áreas conquistadas na guerra não enfraquece Israel, pelo contrário. E fazê-lo entender que não tem cabimento ver somente o Holocausto, Hitler e Munique por toda parte.

O sr. Shmulévitch me contou, certa vez, numa longa tardinha de verão, quando parecia que o Sol nunca ia se pôr, ambos de camiseta e sandália, sentados sobre a mureta do seu jardim, como, criança ainda, aos doze anos, fora levado para o campo de extermínio de Maidenek, junto com os pais, três irmãs e a avó. E de como só ele conseguira se salvar. Não quis me dizer de que maneira se salvou. Prometeu me contar em outra ocasião. Mas nas duas vezes seguintes preferiu tentar abrir os meus olhos para eu parar de ser ingênuo e deixar de acreditar na paz. Enfiar na minha cabeça de uma vez por todas que tudo o que eles queriam era nos matar, a todos, e que essa conversa mole de paz, que eles tentavam jogar em cima da gente, não passava de uma armadilha ou de um soporífero que o mundo todo ajudava a preparar e enfiar na nossa boca para nos adormecer. Como naquele tempo.

Resolvi deixar o artigo para outro dia. Um capítulo inacabado deste livro me espera sobre a mesa, numa pilha de rascunhos rabiscados. Bilhetes amassados e meias folhas de papel cheias de correções e linhas apagadas: é a parte em que falo da Morá-Isabela Nachnieli, da escola Pátria da Criança e sua legião felina. Tenho de dar uma enxugada nesse capítulo, apagar algumas gracinhas dos gatos e alguns episódios de Getzel Nachnieli, o caixa do armazém: Será que as gracinhas são mesmo engraçadas? Será que contribuem para o andamento da história? Contribuem? Andamento? Mas eu ainda nem sei o que contribui para o desenrolar da história, pois ainda não tenho idéia de para onde esta história quer andar. E para que ela precisa de contribuições? E de desenrolar?

Bem, já ouvi o noticiário das sete da manhã, já tomei a segunda xícara de café e ainda estou à janela, olhando para fora: um passarinho bem pequeno, de cor turquesa, espia-me por um instante por entre as folhas do limoeiro. Ele vai de lá para cá, saltita entre os galhos, exibe para mim todo o brilho das suas penas entre as manchas de luz e sombra. A cabeça é quase violeta, o pescoço, azul-metálico. No peito tem uma espécie de colete amarelado. Bom dia, passarinho! Do que você veio me lembrar nesta manhã? Do casal Isabela e Getzel Nachnieli? Da minha mãe, que se postava à janela e lá se deixava ficar por muito tempo, enquanto o copo de chá esfriava em sua mão? Olhando o pé de romã e de costas para o quarto? Bem, chega, tenho de trabalhar. Tenho de usar agora o restinho do silêncio capturado no *wadi*, de madrugada, antes do alvorecer.

Às onze horas pego o carro e dou um pulo no centro da cidadezinha para acertar alguns assuntos no correio, no banco, no posto de saúde e na papelaria. O sol tropical arde nas ruas, com suas árvores débeis e empoeiradas. A luz do deserto já ganhou um tom esbranquiçado e fere os olhos, até que eles se tornem estreitos como fendas na blindagem dos tanques.

Há uma pequena fila para o caixa eletrônico e outra pequena fila no quiosque do jornaleiro Wenkin. Em Tel Aviv, nas férias de 1950 ou 1951, não longe do apartamento de tia Chaia e tio Tzvi, na parte norte da rua Ben Yehuda, meu primo Igal me mostrou o quiosque do irmão de Ben Gurion, e como qualquer interessado podia chegar e conversar à vontade, sem problemas, com esse irmão de David Ben Gurion, que, realmente, parecia-se muito com ele. Podia-se inclusive lhe fazer perguntas. Por exemplo: Como tem passado, senhor Gruen? Quanto custa um waffle com cobertura, senhor Gruen? Em breve vai estourar mais uma guerra, senhor Gruen? Só não eram admitidas perguntas sobre o irmão. Só isso. Ele simplesmente não gostava que fizessem perguntas sobre o irmão.

Eu tinha muita inveja dos habitantes de Tel Aviv. Em nosso bairro, Kerem Avraham, não havia pessoas famosas nem irmãos de pessoas famosas. Somente alguns profetas de pequeno calibre estavam presentes nos nomes das ruelas — rua Amós, rua Ovádia, rua Tzefânia, Zachária, Nachum, Malachi, Yoel, Habakuk e Hoshea. Todos eles.

Vejo um imigrante russo bem na esquina, na rua principal de Arad. À sua frente, na calçada, o estojo do violino permanece aberto para receber moedas. Toca baixinho. A melodia pungente lembra bosques de abetos, riachos, vales, ravinas e cervos, e traz de volta as histórias que minha mãe contava quando nós dois ficávamos escolhendo lentilhas ou abrindo vagens de ervilha, sentados à mesa da nossa cozinha sufocante e enegrecida pela fuligem.

Mas aqui, na alameda central de Arad, a luz do deserto espanta todos os fantasmas e dispersa qualquer lembrança de bosques de abetos e outonos nublados e sombrios. Esse violinista, com seu cabelo grisalho e farto bigode branco, lembra um pouco a figura de Albert Einstein, e um pouco, também, o professor Shmuel Hugo Bergman, que foi professor de filosofia de minha mãe no monte Scopus e de quem também ainda tive a sorte de assistir a aulas inesquecíveis sobre história da filosofia dialógica de Kierkegaard a Martin Buber em Givat Ram, em 1961.

Duas jovens, talvez de origem norte-africana, uma delas muito magra, vestindo um top semitransparente e saia vermelha, enquanto a amiga usa um conjunto jeans enfeitadíssimo, cheio de laços e fivelas, estão paradas em frente ao homem do violino. Ouvem a música por alguns momentos. Ele se mantém de olhos fechados enquanto toca, não os abre. As moças trocam sussurros, tiram as carteiras e deixam cair, cada uma, uma moeda de um shekel no estojo.

Diz a magra, cujo lábio superior é arrebitado em direção às narinas:

"Mas como se pode saber se eles são mesmo judeus de verdade? Metade dos russos que vieram para cá, ouvi dizer que é simplesmente gói que pega carona com a gente para cair fora da Rússia, e vem para cá para receber as facilidades e incentivos que o governo dá, na maior moleza."

Diz a amiga:

"Que importa, podem vir, que venham até tocar na calçada, judeu, russo, druso, grózni, qual a diferença? Os filhos deles já serão israelenses, servirão no Exército, comerão falafel com temperos, conseguirão empréstimos para comprar seu apartamento e ficarão reclamando de tudo."

A de saia vermelha reage:

"O que há com você, Sarit, se deixar todo mundo entrar aqui numa boa, inclusive os trabalhadores estrangeiros, esses caras de Gaza e dos territórios, aí sim, quem vai...". Mas a conversa já se afasta de mim, em direção ao estacionamento do shopping. E lembro a mim mesmo que hoje não progredi quase nada no trabalho, e que esta manhã já não está tão novinha. Volto ao meu escritório. O calor começa a aumentar, e o vento de areia traz o deserto para dentro de casa. Fecho janelas, venezianas, cortinas. Todas as frestas, exatamente como a minha babá, Gerta Gat, que também era professora de piano, costumava fazer, vedando cada frestinha e transformando sua casa em submarino.

Este quarto foi construído por operários árabes não faz muitos anos: assentaram os pisos e os nivelaram, ergueram esquadrias, marcaram os lugares de portas e janelas, e nas paredes colocaram os encanamentos de água e esgoto e também a instalação elétrica e as conexões telefônicas. Um marceneiro grandalhão, apreciador de óperas, fez para mim alguns gaveteiros e determinou onde ficariam as estantes de livros e prateleiras. Um empreiteiro de projetos de paisagismo, emigrado da Romênia no final dos anos 50, enviou de algum lugar para cá um caminhão cheio de terra fértil, úmida, adubada, e a espalhou, como um curativo sobre a ferida, no leito seco de calcário, giz, pedra e sal que desde sempre recobriu estas colinas. Nesta terra fértil trazida pelo empreiteiro, o morador que me precedeu plantou árvores, arbustos e grama, que procuro conservar, mas sem extremos de amor, para que o jardim não tenha o mesmo destino da horta que meu pai e eu criamos com a melhor das intenções.

Algumas dezenas de pioneiros, entre eles indivíduos solitários, amantes do deserto ou buscando isolamento, e também alguns casais jovens, vieram se estabelecer aqui no início dos anos 60: trabalhadores em firmas de mineração, oficiais do Exército e operários da zona industrial em vias de desenvolvimento. Luba Eliav e com ele um punhado de desbravadores tomados de entusiasmo sionista planejaram, desenharam e em seguida ergueram esta cidadezinha, com suas ruas, praças, alamedas e jardins, não longe do mar Morto, num lugar remoto que naquela época, início dos anos 60, não era servido por nenhuma estrada, rede de água ou de eletricidade. Não havia árvores, nem arruamento, nem casas, nem barracas, nem sinal de vida. Mesmo as aldeias beduínas das redondezas, quase todas surgiram depois de Arad. Os pioneiros que fundaram Arad eram entusiasmados, falantes, impacientes e ocupados. Sem pensar duas vezes, juraram "conquistar e domar o deserto". (À semelhança de meu pai, não resisto ao impulso de consultar o dicionário para verificar qual a relação entre o verbo "domar" e a palavra "deserto", e descubro que ambos têm a mesma raiz, *davar*.)

Alguém está passando agora em frente à minha casa com uma caminhonete vermelha, pára diante da caixa de correio na esquina e recolhe as cartas que enviei ontem. Alguém mais, um funcionário da prefeitura, veio consertar a calçada em frente. Preciso achar um jeito de agradecer a eles, a todos eles, mais ou menos como um jovem que acaba de fazer seu *bar-mitzvá* agradece na sinagoga a todos os que o ajudaram a chegar até ali: a tia Sônia e vovô Aleksander, a Gerta Gat e Morá-Zelda, ao vendedor árabe com grandes olheiras sob os olhos que me fez renascer do calabouço escuro em que fiquei trancado naquela loja de tecidos, a meus pais, ao sr. Zarchi, aos vizinhos Lamberg, aos oficiais italianos feitos prisioneiros, a vovó Shlomit, a inimiga jurada dos micróbios, a Morá-Isabela e seus gatos, ao sr. Agnon, aos Rodnitzky, a vovô-*papi*, o cocheiro de Kiriat Motzkin, a Saul Tchernichowski e a tia Lilinka Bar-Samcha, a minha esposa e meus filhos, meus netos, e também aos pedreiros, carpinteiros, eletricistas que construíram esta casa, ao marceneiro, ao jornaleiro, ao homem da caminhonete vermelha dos Correios, ao violinista da esquina, que lembra um pouco Einstein e Bergman, ao eletricista, à beduína e suas três cabras que vi hoje de madrugada, ou só pensei ter visto, a tio Yossef, que escreveu *Judaísmo e humanismo*, e ao vizinho Shmulévitch, com seu pavor de um novo Holocausto, a sua neta Daniela, que tocou a "Sonata ao luar" ao piano ontem à noite, ao ministro Shimon Peres, que viajou novamente ontem à noite para conversar com Arafat na esperança de encontrar apesar de tudo alguma fórmula de conciliação, ao passarinho que costuma visitar o limoeiro bem na frente da minha janela. E também ao limoeiro. E principalmente ao silêncio do deserto um pouco antes do alvorecer. Um silêncio que envolve tantos outros silêncios. É o terceiro café que tomo nesta manhã. Chega. Pouso a xícara vazia no canto da mesa. Pouso com muito cuidado. Para não fazer o menor ruído, para não ferir o silêncio que ainda não se desfez. Agora vou me sentar e escrever.

41

Até aquela manhã eu nunca tinha visto uma casa semelhante em toda a minha vida.

O pátio da casa era cercado por um grosso muro de pedra que escondia um pomar sombreado, com suas videiras e árvores frutíferas. Meus olhos admirados passeavam pelo pomar à procura da Árvore da Vida e da Árvore do Conhecimento. Defronte da casa havia um poço num amplo pátio calçado de placas lisas de pedra rosada, sulcadas por delicados veios azuis. Um pergolado de videiras sombreava um dos cantos desse pátio. Alguns bancos de pedra e uma grande mesa baixa de pedra no centro nos convidavam a entrar sob esse caramanchão e descansar à sombra das videiras, ouvindo o zunzum das abelhas de verão, o canto dos passarinhos vindo do pomar e o borrifo da água de um chafariz: ao lado do caramanchão havia um pequeno espelho-d'água ornamental, na forma de estrela de cinco pontas, construído com a mesma pedra rosada e revestido na parte interna de ladrilhos em tons de azul, decorados por textos em árabe. Bem no centro desse espelho emergia um pequeno e silencioso chafariz. Cardumes de peixinhos dourados nadavam de um lado para outro nos espaços livres deixados pelas plantas decorativas.

Embora intimidados e excitados, nós três subimos educadamente a escadaria de pedra talhada que nos levava do amplo pátio a um espaçoso terraço, de onde se descortinavam as muralhas do lado norte da Cidade Velha, seus torreões, cúpulas e campanários. No terraço, cadeiras de madeira forradas de almofadas e banquetas para apoio dos pés espalhavam-se um pouco por toda parte, com mesinhas com tampos revestidos de mosaicos entre elas. Ali também, como diante do caramanchão de videiras, sentia-se um impulso para se espreguiçar contemplando a paisagem com suas colinas e as muralhas da Cidade Velha, tirar uma soneca à sombra das ramadas das árvores ou simplesmente sorver o silêncio das montanhas e das pedras.

Todavia não nos detivemos no pomar, nem no caramanchão de videiras, nem no patamar da escadaria com sua bela paisagem, mas puxamos a correntinha do sino ao lado da porta dupla de ferro, pintada da cor de mogno e graciosamente esculpida em relevo com uma variedade de romãs, uvas e gavinhas espiraladas, entrelaçadas a flores simétricas. Antes que a porta se abrisse, o bom tio Stashek girou a cabeça em nossa direção de novo e pôs um dedo sobre os lábios, como a dar um último aviso a tia Mila e a mim: Sejam educados! Compostura! Diplomacia!

Ao longo das quatro paredes do espaçoso hall de entrada havia sofás macios, os encostos de madeira próximos uns dos outros, quase se tocando. A mobília era decorada com motivos vegetais gravados em relevo, folhas, brotos, frutos e flores, quase como se tivesse a missão de representar no interior da casa o jardim e o pomar que a rodeavam por fora. Os sofás eram estofados com tecidos listados em tons de vermelho e azul-celeste. Em cada sofá havia uma massa colorida de almofadas bordadas. Sobre o assoalho estendiam-se ricos tapetes, um deles tecido com uma cena de aves-do-paraíso. Em frente de cada sofá havia uma mesinha baixa, cujo tampo era formado por uma grande bandeja redonda de metal, ricamente gravada com desenhos abstratos de formas entrelaçadas que lembravam a escrita árabe, arabescos que, de fato, poderiam ser inscrições árabes estilizadas.

De dois lados desse salão abriam-se seis ou oito portas, que davam para aposentos internos. As paredes eram recobertas por tapetes, entre os quais despontava, aplicada sobre o fino estuque de gesso, uma pintura floral em tons róseos, lilás e verde-pálido. De quando em quando, pendentes do alto teto, viam-se armas antigas, expostas apenas como decoração: espadas de Damasco, uma cimitarra, adagas, lanças, pistolas, mosquetes de cano longo e um rifle de cano duplo. Em frente à entrada, guarnecida por um sofá bordô, de um lado, e um sofá em tons de limão, de outro, erguia-se um portentoso aparador marrom, uma espécie de cristaleira em estilo barroco, dividida em alas como um castelo, com inúmeras vitrines que mostravam coleções de serviços de porcelana, taças de cristal coloridas, taças de prata, taças de cobre e uma infinidade de outros ornamentos em vidro de Hebron ou de Sidon.

Em um nicho na parede, entre duas janelas, aninhava-se um vaso verde, incrustado em conchas e madrepérola, de onde se erguiam penas irisadas de pavão. Outros nichos abrigavam grandes jarros de cobre ou copos de vidro e porcelana. Quatro ventiladores de teto zumbiam como vespas, esfalfando-se para fazer circular o ar saturado da fumaça dos cigarros. No espaço livre entre os ventiladores, um magnífico lampadário de bronze brotava do teto em forma de imensa árvore, cuja profusão de galhos, folhas, ramos e gavinhas esplendia numa miríade de pingentes de cristal e de peras esmaltadas com lâmpadas elétricas acesas, apesar das amplas janelas abertas que deixavam entrar a luz da manhã de um sábado de verão. No arco superior dessas janelas, vitrais simétricos com desenhos de guirlandas de folhas de trevo coloriam a luz da manhã com os tons de vermelho, verde, violeta e dourado de suas pétalas.

Duas grandes gaiolas pendiam de ganchos colocados nas duas paredes opostas, cada uma delas abrigando um casal de festivos papagaios, cujas penas brilhavam numa exuberância de laranjas, turquesas, amarelos, verdes e azuis. De tempos em tempos, um desses papagaios gritava com voz rouca de fumante contumaz: *"Tfadal*! *S'il vous plaît*! Aproveitem!", e da outra gaiola no outro lado do salão, de imediato, uma voz coquete de soprano respondia em inglês: *"Ho, how very, very sweet! How lovely!"*.

Sobre as ombreiras das portas e janelas, nas paredes decoradas com motivos florais, versículos do Alcorão ou versos poéticos estavam inscritos em verde na sinuosa grafia árabe, e nos espaços livres entre os tapetes havia retratos de família. Alguns eram de efêndis imponentes, bem barbeados, gordos e de pele lisa, usando fez vermelho com pompons pretos, comprimidos em pesados ternos azuis, com duas correntes de ouro pendentes em volta da vasta barriga, desaparecendo nos bolsos dos coletes. Seus ancestrais eram tipos autoritários, de vastos bigodes e ar taciturno, investidos de responsabilidades, inspirando temor e respeito com sua presença dominadora, envergando mantos bordados e *kafias* imaculadas, presas com anéis de cordões pretos. E havia também dois ou três retratos de cavaleiros em magníficas montarias, homens barbados, primitivos e esplêndidos no seu ar feroz, as *kafias* como que sugadas para trás no turbilhão do galope, assim como a crina dos cavalos alvoroçada pelo vento; traziam longas adagas cruzadas no cinto e cimitarras pendentes das selas ou golpeando o ar, desembainhadas e ameaçadoras em suas mãos.

As janelas desse grande vestíbulo, com peitoris profundos, abriam-se para norte e para leste na direção do monte Scopus e do monte das Oliveiras, descortinando um bosque de pinheiros, escarpas pedregosas, a fortaleza de Augusta Vitória, com sua torre coroada por uma cúpula, como um capacete imperial, e seu telhado prussiano revestido de telhas cinzentas; um pouco à esquerda de Augusta Vitória, havia uma construção fortificada, com estreitas seteiras, coberta por um domo, tal um quipá: era o edifício da Biblioteca Nacional, onde meu pai trabalhava; à sua volta dispunham-se os demais edifícios da Universidade Hebraica e do Hospital Hadassa. Abaixo da linha do horizonte viam-se abrigos escavados na montanha, pequenos rebanhos entre pedras e moitas espinhosas, e aqui e ali algumas velhas oliveiras que pareciam ter desertado há muito tempo do mundo vegetal para se reunir ao reino das coisas inanimadas.

No verão de 1947 meus pais foram visitar alguns amigos em Natanya e me deixaram aos cuidados de tia Mila, tio Stashek, Chopin e Schopenhauer Rodnitzky no fim de semana. (E você, vê se se comporta!? Impecável, está ouvindo? Dê uma mão para tia Mila na cozinha, não atrapalhe tio Stashek e arranje alguma coisa para fazer, leve um livro para ler, para que eles nem percebam que você existe! E veja se os deixa dormir até tarde no sábado de manhã! Seja como ouro em pó para os tios! Como você sabe ser, quando quer!)

O escritor Chaiim Hazaz aconselhou certa vez a tio Stashek hebraizar seu nome polonês "que cheirava a pogrom", convencendo-o a adotar o nome Stav [outono], que lembrava Stashek, mas tinha certo perfume de Cântico dos cânticos. E assim estava escrito, na caligrafia de tia Mila, no cartão afixado à sua porta:

MALKA E STAV RODNITZKY
FAVOR NÃO BATER
NAS HORAS DE REPOUSO.

Tio Stashek era um homem robusto, atarracado, com ombros poderosos, narinas escuras e peludas como cavernas e sobrancelhas espessas, uma delas sempre um pouco erguida, numa expressão zombeteira. Havia perdido um dos dentes incisivos, o que às vezes lhe dava um ar moleque, especialmente quando sorria. Trabalhava na seção de correspondência registrada no Correio Central de Jerusalém, e nas horas vagas anotava, em pequenas fichas, dados para uma pesquisa original sobre a vida do poeta Emanuel de Roma.

Quem tinha nos convidado naquela manhã de sábado era *oustaz* Nagib Memaduach Al-Siluani, que residia no bairro de Sheikh Jarakh, na região noroeste da cidade. Era um rico comerciante e o representante local de inúmeras firmas francesas importantes, cujos negócios se estendiam até Alexandria e Beirute, difundindo-se de lá para Haifa, Nabulus e Jerusalém. No princípio do verão ocorrera o extravio de um cheque ou ordem de pagamento de alto valor, ou poderia ter sido um pacote de ações. A suspeita recaíra sobre Edouard Siluani, o filho primogênito e sócio do nosso gentil anfitrião, *oustaz* Nagib, na firma Siluani & Filhos. O rapaz fora interrogado, assim nos tinham contado, pelo ajudante-de-ordens do chefe do serviço de inteligência britânico, e em seguida fora conduzido para uma prisão em Haifa, lá permanecendo enquanto aguardava novo interrogatório. *Oustaz* Nagib, depois de tentar libertar o filho por todos os meios possíveis, decidiu, no seu desespero, apresentar-se ao sr. Kenneth Orwell Nox-Gilford, o diretor-geral dos Correios, implorando que recomeçasse a busca pelo envelope que, ele assim jurava, tinha enviado pessoalmente (e não o filho nem seu escrivão) no último inverno, como correspondência registrada.

Infelizmente ele havia perdido o recibo. Sumira, evaporara como se o próprio demônio o tivesse engolido.

O sr. Kenneth Orwell Nox-Gilford, por sua vez, após ter manifestado ao sr. Nagib sua simpatia e solidariedade, penalizado, o fez ver com toda a franqueza que não acreditava que uma nova busca tivesse a menor chance de sucesso. Em todo caso, encarregou Stashek Rodnitzky de realizar essa nova varredura, pesquisando, investigando e esclarecendo o que ainda pudesse ser esclarecido sobre o paradeiro de uma carta registrada enviada muitos meses antes, uma carta que poderia não ter existido, ou que poderia não ter sido perdida, e da qual, de qualquer maneira, não restara nenhuma pista, fosse com o remetente, fosse no livro de registro dos Correios.

Tio Stashek, porém, não perdeu tempo e se pôs a investigar cuidadosamente, revirando tudo de novo, e por fim descobriu que não só o registro daquela carta havia desaparecido, como a própria folha do livro de registros havia sido arrancada, sem deixar pista, como se nunca tivesse existido. Imediatamente, as suspeitas de tio Stashek despertaram. Inquiriu alguns funcionários procurando saber qual teria sido o que trabalhara no guichê das cartas registradas naquele dia, e interrogou outros tantos até descobrir a data precisa em que a folha fora arrancada do livro. De posse desses dados, não foi difícil descobrir o culpado (o rapaz tinha examinado o envelope contra a luz, a ordem de pagamento lhe parecera uma grande cédula de dinheiro, e a tentação fora grande).

Assim, a propriedade perdida foi devolvida ao verdadeiro dono, o jovem Edouard Siluani foi libertado da prisão em Haifa, a honra da respeitável firma Siluani & Filhos voltou a brilhar no timbre estampado sobre o finíssimo papel de correspondência da empresa, agora livre de mancha ou suspeita, enquanto o caríssimo sr. Stav era convidado a vir com sua esposa para tomar um café na vila Siluani, em Sheikh Jarakh, no sábado pela manhã. Quanto ao querido menino, filho de um casal de amigos que se encontrava sob sua guarda, e que não teriam com quem deixar no sábado de manhã, é claro, mas que pergunta, que poderia, sim, acompanhá-los, pois toda a família Al-Siluani estava ansiosa por expressar sua gratidão ao sr. Stav pela sua eficiência e integridade.

No sábado, depois do café da manhã, um pouco antes de nos pormos a caminho, vesti minha melhor roupa, a roupa de festa que papai e mamãe tinham tratado de deixar com tia Mila especialmente para a visita ("Os árabes dão muito valor à aparência", meu pai avisara). A camisa alvíssima e bem passada, com as mangas meticulosamente dobradas, os punhos parecendo recortados em cartão branco, calças azul-escuras com uma bainha bem vincada em todo o comprimento, cinto de couro preto com a fivela bem polida. Por alguma razão, a fivela ostentava a imagem de uma águia de duas cabeças, o símbolo do Santo Império Russo do tempo dos czares. Calcei sandálias, que tio Stashek tinha engraxado cedinho, com a mesma escova e a mesma graxa preta com que engraxara seus próprios sapatos e os sapatos de festa de tia Mila.

Apesar do calor daquele dia de agosto, tio Stashek fez questão de vestir seu terno escuro de lã (era o único que tinha), a camisa de seda branca como neve, que tinha emigrado com ele para Israel, fazia uns quinze anos, da casa dos pais em Lodz, e a discreta gravata de seda azul-marinho, que havia usado no casamento. Tia Mila, por sua vez, passou três quartos de hora na frente do espelho, mirou bem sua figura com o vestido de noite, mudou de idéia, experimentou uma saia plissada escura com blusa creme, mudou de idéia de novo, resolveu então tentar o vestido jovial e primaveril que havia comprado fazia não muito tempo na loja Mein Shtaub, com uma echarpe de seda e um broche, com um colar e sem broche nem echarpe, com colar e outro broche mas sem echarpe, com e sem brincos.

Mas de repente ela resolveu que aquele vestido era um pouco jovial e primaveril demais para a ocasião, esporte demais para a visita daquela manhã, e retornou ao vestido de noite, com o qual havia começado o seu desfile tão cheio de dilemas. Voltou-se então para tio Stashek e também para mim, e nos fez jurar que diríamos a verdade, nada mais que a verdade, doesse a quem doesse: esse vestido não era um pouco enfeitado demais? Não era um pouco teatral demais para uma visita matutina e informal num dia de verão? Não estava discordando completamente do penteado? Bem, se é que vocês já repararam no meu penteado, o que vocês acharam? De verdade? Mesmo? Prender ou não prender as tranças? Ou seria melhor deixar soltas, caindo sobre os ombros? Em qual ombro elas assentam melhor, neste ou neste?

Afinal, um pouco contrariada, decidiu-se por uma saia marrom-escura e uma blusa de manga comprida, enfeitada com um broche turquesa, e brincos azuis, transparentes, da cor dos seus belos olhos. E as tranças, tia Mila deixou mesmo soltas, caindo para onde bem entendessem.

No caminho, o corpo maciço desconfortavelmente enfiado no terno pesado, tio Stav me explicou alguns fatos da vida ligados às diferenças históricas entre duas culturas distantes: a família Al-Siluani, disse, era sem dúvida uma respeitável família européia, cujos filhos tinham sido educados em escolas de alto nível em Beirute e Liverpool, todos fluentes em línguas ocidentais. Nós, do nosso lado, também éramos perfeitamente europeus, embora talvez em sentidos diferentes da palavra. Nós, por exemplo, não dávamos nenhuma importância à aparência externa da pessoa, mas apenas aos seus valores morais e espirituais. Mesmo um gênio de renome internacional como Tolstoi não hesitara em andar vestido durante a vida toda como um simples camponês, e um grande revolucionário como Lenin sempre desprezara as roupas burguesas e preferira usar jaqueta de couro e boné de operário.

Mas nossa visita à vila Siluani não tinha nada a ver nem com Lenin visitando os operários, nem com Tolstoi entre o povo, ao contrário, era uma ocasião especial e muito importante. Devíamos ter em mente, disse tio Stashek, que aos olhos dos nossos vizinhos árabes, mais ricos e cultos, que adotavam padrões ocidentais a maior parte do tempo, nós, judeus modernos, que tínhamos emigrado para Israel, éramos erroneamente tomados por uma escória barulhenta de gente pobre e grosseira, sem nenhuma educação e incapaz de se ajustar a um grau mais alto de refinamento cultural. Até mesmo alguns de nossos dirigentes apareciam sob uma luz negativa para os nossos vizinhos árabes, porque se vestiam de modo simples e se comportavam de maneira rude, muito informal. Mais de uma vez, no seu trabalho nos Correios, tanto nos guichês de atendimento ao público como em funções burocráticas, tio Stashek notou que seu estilo israelense moderno — sandálias, bermuda cáqui, mangas arregaçadas e colarinho aberto, considerado por nós como um estilo pioneiro-democrático, a ser usado por qualquer pessoa — era visto por olhos ingleses, e em especial por olhos árabes, como algo muito grosseiro, ou como sovinice injustificada, como desprezo pela opinião das pessoas e pela dignidade do serviço público. Bem, estava claro que essa impressão que eles tinham de nós era inteiramente errônea, e não custava reiterar que acreditávamos numa vida simples, na idéia de que é possível se satisfazer com pouco e de que não é preciso dar nenhuma importância à imagem exterior. Entretanto, nas circunstâncias em questão, isto é, a visita à residência de uma família importante e muito respeitada, e em outras ocasiões semelhantes, era conveniente nos comportarmos como se estivéssemos em missão diplomática, como representantes da nossa comunidade, e portanto devíamos nos esmerar na aparência, em nosso comportamento e nos assuntos de nossas conversas.

Em reuniões desse tipo esperava-se que crianças e mesmo os jovens, tio Stashek insistiu, nunca viessem se intrometer na conversa dos adultos. Se alguém se dirigisse a eles, que eu notasse bem, somente no caso de alguém se dirigir a eles, deveriam dar respostas tão educadas e curtas quanto possível. Se fosse servido um lanche, a criança deveria escolher apenas coisas que não fizessem sujeira, nem derramassem, nem esfarelassem. Se oferecessem uma segunda rodada, sua obrigação seria recusar com toda a diplomacia, mesmo à vista de doces ou salgadinhos tentadores, mesmo que estivesse morrendo de vontade. E durante toda a visita, a criança deveria ficar sentada de costas eretas, sem se mexer demais, e acima de tudo, D'us nos livre, sem fazer cara feia para nada. Qualquer comportamento inadequado, em especial na sociedade árabe, que, ele nos assegurou, era conhecida por ser extremamente suscetível, sentindo-se ferida com facilidade e inclinada a tomar qualquer coisa como ofensa (e até, ele parecia acreditar nisso, disposta a se vingar do ofensor), seria visto não só como pouco educado, mas como uma quebra de confiança, uma ofensa irreparável, como ato que comprometeria o entendimento futuro e o diálogo entre povos vizinhos: seria como botar lenha na fogueira, exacerbando a hostilidade numa época em que diariamente se comentava a iminência de uma guerra sangrenta entre os dois povos.

Em suma, disse tio Stashek, são muitas coisas a evitar, e talvez minhas palavras estejam bem acima do entendimento de um menino de oito anos de idade, mas nesta manhã dependemos também de você, do seu juízo e do seu comportamento exemplar. E você, minha querida Málinka, o melhor é permanecer calada, não falar. Somente expressões triviais, de boa educação: como se sabe, pela herança cultural dos nossos vizinhos, assim como na tradição dos nossos antepassados, não é costume, de maneira nenhuma, que a mulher tome a palavra e se intrometa na conversa dos homens. Portanto, o melhor que tem a fazer desta vez é ficar calada e me deixar falar por você.

E assim aquela pequena comitiva diplomática partiu às dez da manhã, banhada e bem escovada, do apartamento de um quarto e meio dos Rodnitzky, na esquina da rua Hanevim com a Chancellor, bem em cima da floricultura Gan Poreach, o Jardim Florido, deixando para trás Chopin e Schopenhauer, o pássaro doente Alma-Mirabel e o pássaro pintado Estrobol, e tomou o rumo leste, em direção à vila Siluani, no extremo norte do bairro Sheikh Jarakh, a cavaleiro da estrada que levava ao monte Scopus.

Logo no início da nossa caminhada, passamos diante dos muros de Beit Tabor, a antiga casa do admirável arquiteto alemão Konrad Schick, um cristão devoto que adorava Jerusalém. Sobre o portão de Beit Tabor, o arquiteto Schick tinha construído uma pequena torre, que sempre me fazia imaginar muitas histórias de castelos, nobres e princesas. De lá continuamos pela descida da rua Haneviim até o Hospital Italiano, o qual, a julgar pelos seus amplos telhados e torres de formas estranhas, fora construído à imagem de um palácio florentino.

Na altura do Hospital Italiano, sem nenhuma conversa, voltamo-nos para o norte, em direção à rua Saint George, passando ao largo de Meá Shearim, o bairro ultra-ortodoxo, e penetramos no mundo dos ciprestes escuros, das grades, cornijas e muros de pedra. Aquela era a Jerusalém estrangeira, que eu desconhecia quase completamente, dos etíopes, árabes, cruzados, otomanos, missionários, alemães, gregos, astuta, armênios, americanos, monástica, italianos, russos, prenhe de intrigas, conspiradora, a Jerusalém dos conventos, dos renques de pinheiros, ameaçadora e no entanto fascinante, com seus campanários e seus encantos secretos vedados aos estranhos. Uma cidade velada, guardiã de segredos incendiários, apinhada de cruzes, torres, mesquitas e mistérios, uma cidade silenciosa e cheia de dignidade. Por suas ruas deslizavam, como sombras, sacerdotes das mais diversas religiões com suas túnicas negras, padres, freiras, virtuosos, peregrinos, cádis, muezins, veneráveis, mulheres veladas e monges encapuzados.

Era uma clara manhã de sábado no verão de 1947, somente alguns meses antes das sangrentas batalhas que estavam por explodir em Jerusalém, menos de um ano antes da retirada dos ingleses, antes do cerco, do toque de recolher, da fome, dos bombardeios, da sede e da divisão da cidade em duas partes. Naquele sábado, enquanto caminhávamos em direção à mansão da família Al-Siluani no bairro de Sheikh Jarakh, uma silenciosa tranqüilidade ainda imperava naqueles bairros a noroeste de Jerusalém. Porém, no interior daquela tranqüilidade já se fazia sentir um fio de inquietação, um tênue sopro de contida hostilidade. O que estavam fazendo ali três judeus, um homem, uma mulher e uma criança? De onde tinham surgido de repente? E tendo chegado até ali, àquele lado da cidade, melhor seria que não se demorassem demais, que deslizassem rapidamente por aquelas ruas. Enquanto ainda era tempo.

Já havia uns quinze ou vinte convidados e membros da família reunidos no hall à nossa chegada, como que flutuando numa nuvem de fumaça dos cigarros, a maior parte sentada nos sofás dispostos ao longo das quatro paredes e alguns poucos em pé, conversando em grupinhos, próximo aos cantos do salão. E entre eles estava o sr. Cardigan e também o sr. Kenneth Orwell Nox-Gilford, o diretor-geral do Correio Central e chefe de tio Stashek, que estava conversando com outros cavalheiros e saudou tio Stashek logo à nossa chegada, erguendo discretamente seu copo. A maior parte das portas que conduziam ao interior da casa estava fechada, mas por uma delas, que estava entreaberta, pude ver três meninas mais ou menos da minha idade, vestindo saias compridas, as três apertadas num banquinho, observando as visitas e cochichando.

O sr. Nagib Memaduach Al-Siluani, o dono da casa, apresentou-nos a alguns familiares e também a alguns convidados, homens e mulheres, entre as quais duas matronas inglesas em tailleurs cinza, um velho erudito francês e um padre grego, de túnica e barba encaracolada quadrada. Para todos o dono da casa se referia, nos termos mais elogiosos em inglês, às vezes em francês, ao seu convidado, tio Stashek, e explicava em duas ou três frases como o querido sr. Stav tinha evitado que se abatesse sobre a família Al-Siluani uma grande desgraça, que pairara ameaçadora por algumas terríveis semanas.

Nós, de nossa parte, apertamos mãos, conversamos, sorrimos, fizemos leves mesuras e repetimos inúmeras vezes *"How nice!"*, *"Enchanté"* e *"Good to meet you"*. Oferecemos até um modesto presente à família Al-Siluani, um álbum de fotografias sobre a vida num kibutz, o salão de refeições coletivas, fotos de pioneiros trabalhando no campo e no estábulo, de crianças nuas pulando muito felizes em volta de um aspersor de água, e de um velho *falach** árabe, em pé, segurando firme as rédeas de seu burro e observando atônito um gigantesco trator de esteiras passando à sua frente por entre nuvens de poeira. Todas as fotos eram acompanhadas de uma breve descrição em hebraico e inglês.

O dono da casa Al-Siluani examinou rapidamente o álbum, sorriu divertido, assentiu várias vezes com a cabeça, como se entendesse em profundidade o significado de cada uma das fotografias, agradeceu aos gentis convidados pelo presente e o colocou num dos nichos da parede, ou sobre um dos profundos peitoris. O papagaio de voz fina de repente se pôs a cantarolar de dentro da gaiola: *"Who will be my destiny? Who will be my prince?"*. E da outra ponta do salão o papagaio rouco respondia: *"Calmaat, ya, sir, Calmaat, ya sir, Calmaat"*.

Dois floretes de esgrima cruzados enfeitavam a parede bem acima da nossa cabeça, no canto em que estávamos sentados. Eu tentava inutilmente adivinhar quais dessas pessoas eram convidados e quais eram membros da família que nos tinha convidado: os homens, em sua maioria, tinham cinqüenta ou sessenta anos de idade, e um deles, muito velho, vestia um terno marrom bem gasto e puído na beirada das mangas. Era um velho encarquilhado, de faces chupadas, bigode grisalho amarelado pelo tabaco, assim como dedos de estucador, marcados por cicatrizes. Era muito parecido com um dos retratos pendurados na parede, em molduras douradas. Seria ele o avô da família? Ou quem sabe o pai do avô? À esquerda do *oustaz* Al-Siluani estava outro velho, alto e um tanto recurvado, como um tronco de árvore quebrado. A pele da face era bronzeada e coberta de pêlos cinzentos. Estava vestido com desleixo completo, somente alguns botões da camisa listrada estavam abotoados, e a calça parecia larga demais. Lembrei do velhíssimo Alleluyev das histórias de minha mãe, que criava em seu casebre outro velho, muitíssimo mais velho do que ele próprio.

Havia, também, na recepção dos Al-Siluani, alguns jovens vestindo imaculados uniformes de tênis, e dois cavalheiros barrigudos, de uns quarenta e cinco anos, sentados juntos, parecendo gêmeos velhos, ambos bastante sonolentos, os olhos prestes a se fechar por completo. Um deles passava entre os dedos um rosário de âmbar, enquanto o irmão fumava desesperadamente, contribuindo com boa parcela do nevoeiro de fumaça que se adensava no salão. Afora as duas senhoras inglesas, havia outras mulheres sentadas nos sofás, e algumas passeavam pelo salão tomando cuidado para não esbarrar nos garçons engravatados, que traziam bandejas cheias de refrescos, biscoitos, xícaras de chá e de café. Qual dessas mulheres seria a dona da casa, era difícil dizer: muitas delas pareciam estar em casa ali. Talvez aquela senhora corpulenta, com um vestido de seda florido, da mesma cor que o grande vaso contendo penas de pavão, pulseiras e braceletes de prata tilintando a cada pequeno movimento dos braços gorduchos, que discursava exaltada para os rapazes em uniformes de tênis. Outra senhora, num vestido estampado com uma profusão de frutas acentuando-lhe as curvas dos seios e das coxas, estendia a mão para o anfitrião, que a beijava, ao que ela imediatamente retribuía com três beijinhos na face, direita, esquerda e direita. Havia também uma velha matrona com buço grisalho e dilatadas narinas cabeludas, e também algumas jovens bonitas, de cintura fina e unhas pintadas, sussurrando e fofocando o tempo todo, com penteados elegantes e roupas esportivas. Stashek Rodnitzky, com seu escuro terno de lã presidencial, que tinha emigrado junto com ele diretamente de Lodz para Eretz-Israel quinze anos antes daquele verão, e sua esposa, Mila, com a saia bege, blusa de manga comprida e brincos de pingentes, pareciam ser os mais elegantes da festa (afora os garçons, claro). Até mesmo o diretor-geral dos Correios, o sr. Kenneth Orwell Nox-Gilford, compareceu usando uma simples camisa azul, sem gravata nem paletó. Da gaiola pendurada no canto do salão, gritou de repente o papagaio de voz de taquara rachada: "*Ma vie, ma vie, chère mademoiselle, ma vie, absolutement, naturellement"*. De sua gaiola pendurada na parede da esquerda, respondeu logo a mimada soprano: *"Bas! Bas! Iá Einai! Bas min padlak! Óskot! Bas VeHalas!"*.

De dentro da nuvem de fumaça se materializaram de repente alguns serviçais vestidos de preto, branco e vermelho que tentaram me convencer, um após outro, sem sucesso, a provar do conteúdo de suas travessas de cristal e porcelana, nozes, amêndoas, amendoins, sementes de abóbora e de melancia torradas, bandejas repletas de fatias de bolos ainda quentes do forno, frutas, fatias de melancia, xícaras fumegantes de café e chá e longos copos gelados com refrescos de frutas e suco de romã, com pedras de gelo dentro. E porções de um creme claro com perfume de canela: pedacinhos de amêndoas torradas tinham sido salpicados sobre esse creme tentador. Mas me contive, limitei minha gula a dois docinhos e um copo de suco e recusei todas as delícias que vieram em seguida, agradecendo com muita educação mas recusando firmemente os novos e tentadores petiscos. Não fraquejei nem por um momento. Não havia me esquecido, nem sequer por um segundo, dos deveres decorrentes de minhas funções de jovem diplomata em visita oficial a uma importante potência vizinha que me examinava de alto a baixo, cheia de suspeitas.

O sr. Siluani se deteve ao nosso lado e conversou por alguns minutos em inglês com tia Mila e tio Stashek, deve ter dito algo jocoso, pois todos riram, e elogiou os brincos de tia Mila. Depois, ao se desculpar por ter de deixá-los para dar atenção aos demais convivas, hesitou um pouco e, dirigindo-se a mim com um sorriso, perguntou num hebraico sofrível:

"Meu senhor, se for de sua vontade sair ao jardim, algumas crianças já estão lá."

Afora meu pai, que gostava de me chamar de "vossa alteza", ninguém no mundo jamais havia me chamado de "meu senhor". Por um precioso momento de glória, fui, então, agraciado com o título de jovem senhor hebreu, cujo valor não era menor que o dos jovens senhores estrangeiros que passeavam pelo jardim. Quando finalmente fosse criado o Estado judeu livre e independente, então se materializariam as palavras de Zeev Jabotinsky, que meu pai costumava citar, orgulhoso: "Nosso povo também poderá se dirigir aos demais povos do mundo como leão entre leões".

Assim, como leão entre leões, saí daquele salão sufocante de fumaça de cigarros para a ampla varanda, de onde podia observar a muralha da Cidade

Velha, suas torres, as cúpulas. Depois desci lentamente as escadas de pedra talhada, garboso, cônscio das minhas funções diplomáticas, e marchei impávido em direção ao caramanchão de figueiras, de lá prosseguindo até o pomar.

42

Lá estavam, no caramanchão, umas cinco ou seis meninas de uns quinze anos. Passei ao largo. Alguns meninos barulhentos passaram depois por mim. Um casal de namorados passeava pelo jardim, aos sussurros, mas sem se tocar. E num canto bem distante, quase chegando ao muro que limitava o jardim, ao redor de uma velha amoreira, alguém construíra um banco circular de madeira, sem pés, apoiado apenas em seu tronco áspero. Uma menina pálida, de cabelos e pestanas negros, estava sentada nesse banco, de pernas cruzadas. Tinha pescoço fino e ombros frágeis. Uma franja lhe caía sobre a testa, que me parecia iluminada por dentro com uma luz de curiosidade e alegria. Vestia uma blusa creme sob um longo vestido marinheiro azul-escuro, com grandes ombreiras. Um broche de marfim, que me lembrou o colar de minha avó Shlomit, adornava-lhe a gola da blusa.

À primeira vista, aquela menina parecia ter a minha idade, mas pelas leves convexidades em sua blusa e também pelo olhar não tão infantil, um olhar curioso e provocador que encontrou o meu olhar (que rápido, no mesmo instante, fugiu para bem longe), não devia ter a minha idade, mas uns dois ou três anos mais, talvez onze ou doze. Ainda pude notar que suas sobrancelhas eram espessas e se tocavam, desfazendo assim um pouco da delicadeza do rosto. Perto da menina, engatinhando pelo chão, havia um menino pequeno, de uns três anos, cabelo encaracolado, esperto e bastante ativo, que devia ser seu irmão; estava ajoelhado na grama, absorvido em catar folhas caídas para arrumá-las num círculo.

Com toda a coragem e de um só fôlego, falei à menina, gastando nisso um quarto de todas as palavras estrangeiras que sabia, talvez menos parecido com um leão entre leões e mais com os papagaios no salão. Sem perceber, falei fazendo uma leve mesura, de tão ansioso que estava para entrar em contato com ela e assim desmontar antigos preconceitos, deixando avançar o entendimento entre nossos povos.

"*Svach al chir*, senhorita. *Ana ismí Amós, ve inti ia binat?* *Votre nom, s'il vous plaît, mademoiselle? Please, your name, kindly?*"

Ela me olhou sem sorrir. As sobrancelhas unidas lhe conferiam um ar sério, que não era apropriado à sua idade. Meneou algumas vezes a cabeça, como quem tivesse chegado a conclusões e concordado com elas, e com isso desse por encerrado o exame e assinasse embaixo. Seu vestido azul-escuro descia abaixo dos joelhos, mas no espaço que ficava entre a barra do vestido e os sapatos com fivelas em forma de borboleta, pude ver por um instante um pouco da pele lisa e morena da sua perna, feminina; corei, e meus olhos fugiram para o irmãozinho, que me devolveu um olhar tranqüilo, sem medo mas também sem sorrir. E de repente ele me pareceu muito semelhante a ela, com seu rosto calmo e moreno.

Tudo o que eu tinha ouvido de meus pais, de meus vizinhos, de tio Yossef, das professoras e dos boatos, voltou para mim naquele momento. Tudo o que disseram, enquanto se tomava chá no quintal de casa aos sábados e nas noites de verão, a respeito da tensão crescente entre árabes e judeus, da suspeita e da hostilidade, o fruto podre das intrigas inglesas, e das mentiras contadas pelos muçulmanos fanáticos, que nos pintavam com tintas assustadoras para insuflar nos árabes um ódio mortal contra nós. Nossa obrigação, o sr. Rozendorff disse certa vez, era desfazer as impressões desfavoráveis e mostrar a todos que éramos pessoas positivas e até mesmo simpáticas. Em resumo, foi a missão de relações públicas que me deu coragem de me dirigir à menina estrangeira e tentar entabular algum tipo de diálogo. Minha intenção era explicar a ela, com palavras simples mas convincentes, como eram puras as nossas intenções, como era reprovável o propósito de alimentar o ódio entre os dois povos e que bom seria para toda a comunidade árabe, ali representada por aquela menina de lábios delicados, passar um tempo agradável em companhia do simpático e educado povo hebreu, representado pela minha pessoa, o impávido e eloqüente embaixador de oito anos e meio, quase.

Acontece que eu não havia imaginado o que fazer depois da primeira frase, que já esgotara quase todo o meu repertório de palavras estrangeiras. Como esclarecer de uma vez por todas para essa menina ignorante a justiça histórica do retorno a Sião? Por meio de pantomima? Por passos de dança? E como convencê-la, sem usar palavras, do nosso direito inalienável a Eretz-Israel? Como traduzir para ela, para língua nenhuma, o "Oi Artzi Moladeti" [Oh, minha terra, minha pátria], de Tchernichowski? E

Lá haverá muita fartura e felicidade
Para o árabe, o filho de Nazaré e o meu filho
Pois minha bandeira
É a bandeira da pureza e da retidão
Com ela serão purificadas
As duas margens do Jordão

...como traduzir? Numa palavra, eu era como o bobo que aprendera a avançar duas casas com o rei no tabuleiro de xadrez, e o movia sem hesitar, mas que depois disso não tinha a menor idéia do que fazer, nem do nome das peças, nem de como elas se moviam, nem para onde, nem para quê.

Perdido.

Mas a menina me respondeu, e em hebraico, sem me fitar, as palmas das mãos apoiadas no banco de cada lado do seu vestido, os olhos fixos no irmãozinho que estava colocando, com toda a precisão, uma pedrinha bem no meio de cada uma das folhas do seu círculo:

"Meu nome é Aysha. E esse pequeno é meu irmão. Auad."

E acrescentou:

"Você é o filho dos convidados dos Correios?"

Tive de explicar a ela que eu não era de modo nenhum filho dos convidados dos Correios, mas de amigos deles. E que meu pai era um intelectual muito importante, um *oustaz*, e que o tio do meu pai era um intelectual ainda mais importante, de renome internacional, e que tinha sido o respeitável pai dela, o sr. Siluani em pessoa, quem viera me sugerir que eu saísse um pouco para ir conversar com as outras crianças no jardim.

Aysha me corrigiu e disse que o *oustaz* Nagib Siluani não era seu pai, mas tio de sua mãe: ela e sua família não moravam ali em Sheikh Jarakh, mas em Talbye, e que ela já estudava piano havia três anos com uma professora em Rehávia, e tinha aprendido um pouco de hebraico com a professora e as outras meninas. Ela achava o hebraico muito bonito, e Rehávia um bairro bem-arrumado e calmo.

Talbye também é bem-arrumado e calmo, eu disse rapidamente, como um elogio respondendo a outro. Será que ela concordaria em conversarmos um pouco?

Bem, mas já estamos conversando. (Um pequeno sorriso aflorou em seus lábios por um instante. Alisou o vestido com as duas mãos e inverteu as pernas cruzadas. Por um segundo, vi os seus joelhos, joelhos de mulher adulta. No mesmo instante, ela puxou o vestido. Seu olhar agora estava fixado à minha esquerda, no muro de pedra que nos espiava por entre as árvores do pomar.)

Assumi então uma expressão diplomática, e disse a ela que em Eretz-Israel havia espaço bastante para dois povos, desde que concordassem em conviver em paz e respeitar-se mutuamente. De alguma forma, fosse por embaraço, fosse por arrogância, eu não estava mais falando o meu hebraico, mas o de meu pai e das visitas dele: formal, solene. Como um burro fantasiado com vestido de festa e sapatos de salto alto: certo de que só assim, com toda a pompa e estilo, podia-se conversar com árabes e com meninas. (Embora eu raramente tivesse conversado com árabes ou com meninas antes, imaginei que nos dois casos seria necessário tomar um cuidado todo especial: temos de falar como quem pisa em ovos.)

Ficou claro que o conhecimento que ela tinha do hebraico não era assim tão extenso, ou talvez se desse que suas idéias não casavam com as minhas. Em lugar de enfrentar o desafio apresentado por mim, ela preferiu desconversar: o irmão mais velho, disse ela, estudava em Londres para ser um *solicitor* e um *barrister*; em hebraico é advogado, não é?

Ainda inchado de presunção, pergunto o que ela pretende estudar quando crescer.

Ela me fita direto nos olhos, e dessa vez eu não enrubesço, mas fico pálido. E no mesmo instante desviei os olhos e olhei para baixo, para o irmãozinho sério, Auad, que nesse meio-tempo já tinha feito quatro precisos círculos de folhas em volta do tronco.

"E você?"

"Bem, veja", disse eu, ainda de pé à sua frente, enquanto esfregava na calça as mãos suadas, "bem, veja, comigo é assim..."

"Você também vai ser advogado. Pelo jeito de falar."

"E o que a faz pensar assim?"

"E eu", ela diz, em lugar de responder à minha pergunta, "eu vou escrever um livro."

"Você? Qual tipo de livro?"

"Poesia."

"Poesia?"

"Em francês e inglês."

"E você escreve poesias?"

Escreve, e em árabe. Mas não mostra para ninguém. O hebraico também é uma língua muito bonita. Existem poetas que escreveram em hebraico?

A pergunta me deixou abalado, revoltado, ofendidíssimo. Então, no mesmo instante comecei a declamar para ela uma série de trechos de poesias: Tchernichowski. Levin Kipnis. Rachel. Zeev Jabotinsky. E um poema de minha autoria. E o que mais me veio à cabeça. Furiosamente, com gestos amplos, voz estentórea, entonação apaixonada, e acho que mesmo com olhos fechados. Até o irmãozinho, Auad, deixou por um momento as suas folhas para erguer a cabeça cacheada e fixar em mim os olhos castanhos, atônitos, cheios de curiosidade e levemente temerosos. E de repente ele também começou a declamar em hebraico castiço: *Ten li rega, ein li rega!* [Me dê um momento, não tenho um momento!]. Aysha, nesse meio-tempo, não disse nada. De repente me perguntou se eu também sabia subir em árvores. Não?

Muito excitado, talvez já um tanto apaixonado e ainda trêmulo de exaltação nacionalista, ansioso por realizar qualquer coisa por ela, num átimo me transformei de Zeev Jabotinsky em Tarzan: tirei as sandálias engraxadas por tio Stashek com esmero naquela manhã até fazer o couro brilhar como um diamante negro, me esqueci das minhas roupas impecavelmente bem passadas, e com um salto me pendurei num galho baixo, agarrei com os pés descalços o tronco nodoso e, sem hesitar nem um instante, penetrei na folhagem da amoreira, subindo pelos galhos, até chegar aos mais altos, sem me importar de ficar arranhado, cheio de escoriações, esfoladuras, hematomas e manchas de suco de amora; não dei atenção a nada disso. Alto, mais alto do que a muralha de pedra, mais alto do que as copas das árvores, ao Sol, para fora das sombras do pomar, até o topo. Até me apoiar num galho inclinado que cedeu ao meu peso e me lançou para cima, como uma perfeita mola, e de repente, tateando, encontrei lá em cima uma corrente de ferro enferrujada, com uma bola de ferro presa na ponta, uma bola de ferro bem pesada, ela também enferrujada. Só o demônio sabia o que seria aquela engenhoca e o que tinha ido fazer bem no topo de uma amoreira. O menino, Auad, me lançou um olhar pensativo, e de novo me ordenou: *Ten li rega, ein li rega!*

Deviam ser essas as únicas palavras hebraicas que ele sabia, vindas não sei de onde. E não esqueceu.

Com uma das mãos me agarrei bem firme ao galho elástico, e com a outra, enquanto soltava gritos de guerra selvagens e guturais, rodava a corrente com a bola, cada vez mais rápido, como se exibisse à jovem mulher sentada muitos metros abaixo um raro fruto recém-colhido. Por sessenta gerações, assim tínhamos aprendido, eles nos consideraram uma miserável nação de confusos estudantes de *yeshivá*, frágeis mariposas que tremiam de pavor da menor sombra, *Olad-al-Maút*, os filhos da morte, mas agora, finalmente, um judaísmo vigoroso começava a se mostrar, a esplêndida nova juventude hebréia no auge dos seus poderes, fazendo todos que a ouviam tremerem aos seus rugidos: como um leão entre leões.

Acontece que esse indômito leão das árvores representado por mim com tanto entusiasmo para Aysha e seu irmãozinho, o leão oculto na folhagem, não podia prever nem imaginar de onde viria a desgraça: o leão estava cego, surdo e idiota. Tinha olhos, mas não enxergava. Tinha ouvidos, mas não ouvia. Só rodava e rodava a corrente, agarrado ao seu galho oscilante, agredindo o próprio ar com as voltas cada vez mais rápidas de sua fruta de ferro, como tinha visto no cinema, os corajosos caubóis rodando o seu laço em pleno galope, descrevendo círculos e mais círculos perfeitos no ar.

Não viu, não ouviu, não previu, não se cuidou, esse ardoroso imprevidente. O leão voador. Embora Nêmesis estivesse a caminho, tudo bem armado para a tragédia: a bola de ferro enferrujada na ponta da corrente enferrujada, as voltas cada vez mais rápidas, que pareciam querer arrancar seu braço. Arrogante. Tolo. O veneno do orgulho viril cada vez mais forte. Bêbado de patriotismo falastrão. O galho ao qual estava agarrado, e de onde realizou suas demonstrações aéreas, era apenas um ramo frágil, que já vergava e rangia pelo esforço. E a menina delicada e sensata das sobrancelhas negras e espessas, aquela menina poeta que o observava, em sua face já se desenhava certo sorriso indulgente, um sorriso não de admiração nem de estima pelo homem hebreu-eretz-israelense, mas com uma leve expressão de desdém, um tanto divertida, que perdoava certas fraquezas, como se dissesse: meu caro, isso não é nada, rigorosamente nada, todos os esforços que você está fazendo não levam a nada. Iguais a esses, e muito superiores a esses, nós já vimos. Tudo isso é pobre demais para me surpreender. Se você um dia quiser me surpreender, mas surpreender de verdade, meu caro, vai ter de se esforçar sete vezes mais. Ou setenta e sete.

(E das profundezas de algum poço sombrio, talvez um pouco antes daquele momento, surgiu rápido como um raio, e assim também se esvaiu, um tênue lampejo do fundo de sua lembrança daquela floresta labiríntica dentro da loja de roupas femininas, a floresta primeva através da qual ele certa vez perseguiu uma menininha, e quando finalmente ele conseguiu alcançá-la, ela se voltou e ele deparou com o horror.)

E o irmãozinho também estava lá, junto ao tronco da amoreira, já havia terminado de arrumar seus círculos de folhas caídas, precisos e misteriosos, e agora, todo desarrumado, sério e meigo, estava indo, com sua calça curta e seus sapatos vermelhos, atrás de uma borboleta branca, quando de repente, do alto, do topo da copa da amoreira ele é chamado, aos urros, pelo nome, Auad, Auad, foge, foge! E ele teve apenas, talvez, tempo de erguer os olhos redondos para a copa, e talvez tenha ainda conseguido ver a fruta de ferro enferrujada que ao cabo de muitas voltas velozes tinha se desprendido da ponta da corrente e voava agora na sua direção como um projétil, direto no seu encalço, aproximava-se, aumentava, voava em direção aos seus olhos, e com certeza num instante teria esmigalhado o crânio do menino se por dois ou três centímetros não tivesse passado voando bem em frente ao seu nariz para então, rápida e pesada, atingir com toda a violência o seu pezinho através do sapato leve e vermelho, o sapatinho de boneca que num instante se encheu de sangue, que correu aos borbotões pelo cadarço, pelas costuras, escapando em torrentes entre o pé e o sapato. E então soou por sobre as copas das árvores daquele pomar um longo urro de dor, fino e penetrante, de arrancar o coração, e depois todo o meu corpo foi tomado de um tiritar incontrolável, como que alvejado por mil agulhas de gelo, e de repente se fez um pesado silêncio à minha volta, como se me tivessem aprisionado numa geleira.

Não me lembro do rosto do menino desmaiado, carregado no colo pela irmã, não lembro se ela também gritou por socorro, não lembro se ela me disse alguma coisa e não lembro como foi que desci da árvore, ou não desci, mas caí junto com o galho, que se quebrou com o meu peso, não lembro quem me fez um curativo no queixo, do qual também jorrava sangue aos borbotões sobre a camisa de festa (até hoje tenho uma cicatriz no queixo), e quase não me lembro do que aconteceu entre aquele único grito do menino ferido e os alvos lençóis, à tardinha, onde eu ainda tremia encolhido em posição fetal, com pontos no queixo, na cama de casal de tio Stashek e tia Mila.

Porém eu me lembro muito bem, até hoje, como de duas brasas incandescentes, dos seus olhos sob a moldura enlutada das sobrancelhas espessas e ligadas: asco, desespero, choque, espanto e o ódio intenso com que me fitou, e sob o asco e o ódio havia também em seus olhos uma expressão muito triste, um discreto assentir de cabeça, como quem concorda consigo mesma, como quem diz: Desde o primeiro momento eu já deveria ter visto, ainda antes de você abrir a boca eu já deveria ter entendido, deveria ter me precavido, pois de longe já dava para sentir. Como um fedor.

E me lembro, indistintamente, de alguém, um homem peludo, baixo, de bigode espesso, usando um relógio de pulso dourado com a pulseira muito grossa, talvez um dos convidados, ou um dos filhos do anfitrião, arrastando-me de lá com maus modos, puxando pela camisa rasgada, quase correndo. E de longe ainda pude ver um homem ao lado do poço no centro do pátio calçado de pedras, batendo em Aysha, não com socos nem com tapas no rosto, mas com pesadas e violentas pancadas de mão aberta, muitas, batendo cruelmente, devagar, com toda a força, na cabeça, nas costas, nos ombros, no rosto, não como se castiga uma criança, mas como se despeja toda a raiva sobre um cavalo. Ou sobre um camelo rebelde.

É claro que meus pais, e também Stashek e Mila, tiveram a intenção de manter contato e procurar saber notícias do menino Auad e da gravidade dos ferimentos. É claro que tiveram a intenção de encontrar um jeito de transmitir a eles o quanto estavam pesarosos e envergonhados pelo acontecido. Devem ter cogitado oferecer-lhes uma generosa compensação. Talvez tenha sido importante para meus pais fazer ver aos nossos anfitriões que nós também não tínhamos saído ilesos, o menino cortara o queixo e fora necessário dar dois ou três pontos. Pode ser que meus pais e os Rodnitzky tenham chegado a pensar numa nova visita à mansão Siluani, quando então levariam presentes para o pequeno ferido, enquanto a minha parte seria expressar sincero e humilde remorso prostrando-me sobre a soleira da porta, ou me cobrindo com um saco e espargindo cinzas sobre a cabeça, para demonstrar à família Al-Siluani em particular e a todo o povo árabe em geral como estávamos sentidos e envergonhados, mas como também éramos demasiado altivos para procurar justificativas e circunstâncias atenuantes, e responsáveis o suficiente para arcar com todo o fardo do transtorno, do remorso e da culpa.

Mas enquanto procuravam chegar a um acordo sobre a melhor maneira e ocasião de apresentar essas desculpas, talvez sugerindo a tio Stashek que fosse pedir ao diretor-geral dos Correios, o sr. Kenneth Orwell Nox-Gilford, para sondar informalmente a família Al-Siluani e averiguar qual era a situação do outro lado para nós, quanta raiva ainda havia e como atenuá-la, quanto ajudaria apresentar pessoalmente um pedido de desculpas e como seria vista por eles a nossa intenção de reparar o erro, enquanto ainda estavam fazendo planos e tomando medidas exploratórias, chegou a época das festas. E ainda antes disso, no final de agosto de 1947, a comissão designada pela ONU, o UNSCOP (Comitê Especial da ONU para a Palestina), tinha enviado suas recomendações sobre a partilha da Palestina ao plenário da Assembléia-Geral.

E em Jerusalém, apesar de ainda não terem ocorrido explosões de violência, parecia que de repente um músculo invisível tinha se retesado. Já não seria prudente irmos àqueles bairros.

Então meu pai, corajosamente, telefonou para os escritórios da companhia Siluani & Filhos, na rua Princesa Mary, apresentou-se em inglês e francês e pediu, em ambas as línguas, para falar com o sr. Al-Siluani pai. Um secretário jovem respondeu a meu pai com gélida polidez, pedindo, em inglês e fancês, que tivesse a fineza de aguardar por um ou dois minutos, e voltou ao telefone para dizer que ele estava autorizado a receber e anotar qualquer mensagem dirigida ao sr. Siluani. Meu pai então ditou ao jovem uma curta mensagem em que expressava os nossos sentimentos, nossos veementes pedidos de desculpas, nossa preocupação com o estado do querido menino, nossa disposição de arcar com toda e qualquer despesa ocasionada pelo lamentável acidente e nosso sincero desejo de promover um encontro o mais breve possível para esclarecer e reparar qualquer mal-entendido ou, em inglês (pois ditara em ambas as línguas que usara para se comunicar com o secretário, *"to clarify and to try to right the wrong"* (em inglês a palavra *the*, com o pesado sotaque russo de meu pai, soava como "dsê", assim como *locomotiv* sempre se tornava "locomotziff").

Mas não recebemos nenhuma resposta da família Al-Siluani, nem diretamente, nem por intermédio do sr. Nox-Gilford, o chefe de Stashek Rodnitzky. Será que meu pai tentou averiguar por outros meios a gravidade dos ferimentos do menino Auad? Como estaria passando o jovem *Ten li rega, ein li rega*? O que Aysha teria contado e o que não teria contado sobre mim? Se de fato algo foi dito a meu pai, eu não soube, nunca me disseram nem uma palavra. Até a morte de minha mãe, e depois, até a morte de meu pai, nunca trocamos, meu pai e eu, nem uma única palavra sobre aquele sábado, nem de passagem. Nem mesmo muitos anos mais tarde, uns cinco anos depois da Guerra dos Seis Dias, por ocasião do enterro de Mila Rodnitzky, quando o pobre Stashek falou quase a noite inteira em sua cadeira de rodas e recordou tantas histórias sobre tempos bons e tempos terríveis, ele não falou nada sobre aquele sábado na vila Siluani.

E uma vez, em 1967, depois da conquista da parte oriental de Jerusalém, fui até lá, sozinho, bem cedo, num sábado de verão. Pelo mesmo caminho que trilhamos, nós três, naquela manhã de sábado. Deparei com um novo portão de ferro, e um lustroso automóvel preto de marca alemã estava estacionado na frente da casa, com cortinas cinzentas. No topo do muro que rodeava o jardim havia cacos de vidro, dos quais eu não me lembrava. As copas verdejantes das árvores do pomar despontavam por sobre o muro. A bandeira de um importante consulado estava desfraldada sobre o telhado, e ao lado do novo portão havia uma reluzente placa de bronze, com o nome, em árabe e inglês, do país lá representado, e as suas armas. Um segurança à paisana veio na minha direção, pedi desculpas e retomei o caminho rumo ao monte Scopus.

Em poucos dias, a ferida no meu queixo cicatrizou. A dra. Hollander, pediatra do posto da Kupat Cholim da rua Amós, removeu habilmente os pontos dados no pronto-socorro naquele sábado de manhã.

E a partir da retirada dos pontos desceu sobre aquele acidente uma impenetrável cortina de silêncio. Tia Mila e tio Stashek também estavam envolvidos naquela conspiração. Nem uma palavra. Nem sobre o bairro de Sheikh Jarakh, nem sobre criancinhas árabes, nem sobre correntes enferrujadas, nem sobre pomares e amoreiras, nem sobre cicatrizes no queixo. Tabu. Acabou. Sumiu.

Não aconteceu. Somente minha mãe, como de hábito, se rebelou contra a muralha de censura: uma vez, no nosso lugar especial à mesa da cozinha, e no nosso momento especial, quando meu pai estava fora de casa, ela me contou uma fábula indiana:

> Era uma vez dois monges que se infligiam toda sorte de penitências e mortificações. Entre outras coisas, resolveram cruzar a Índia a pé de ponta a ponta. E também decidiram fazer a jornada em completo silêncio: sem pronunciar uma única palavra, mesmo durante o sono. Mas numa ocasião, passando pela margem de um rio, ouviram os gritos de socorro de uma mulher se afogando. Sem uma palavra, o mais jovem saltou na água, trouxe a mulher nas costas até a margem e colocou-a sobre a areia. Os dois ascetas retomaram o seu caminho em silêncio. Seis meses ou um ano mais tarde, de repente o mais jovem perguntou ao mais velho: "Diga, você acha que eu pequei ao carregar aquela mulher nas costas?". E seu companheiro respondeu com outra pergunta: "Você ainda a está carregando?".

Meu pai, de sua parte, voltou às suas pesquisas. Naquela época ele estava imerso na literatura oriental antiga, Acádia e Suméria, Babilônia e Assíria, os achados dos primeiros arquivos em Tel El-Amarana e em Hatushash, a legendária biblioteca do rei Assurbanipal, que os gregos chamavam de Sardanapalo, as lendas de Gilgamesh e a breve narrativa mítica de Adappa. Pilhas de livros e dicionários voltaram a se acumular sobre a sua escrivaninha, rodeadas por exércitos de anotações em papeizinhos e pequenas fichas. Tentava de novo nos divertir, a mamãe e a mim, com as gracinhas de sempre: se você rouba seus conhecimentos de um livro, não passa de um plagiador, mas se rouba de cinco livros, então é um pesquisador. Porém, se chega a roubar de uns cinqüenta livros, aí você é um pesquisador emérito.

Dia após dia aquele músculo invisível se retesava cada vez mais sob a pele de Jerusalém. Boatos alarmantes, alguns deles de gelar o sangue. Diziam que o governo, em Londres, estava para retirar seu Exército em breve, por duas ou três semanas, a fim de permitir aos exércitos regulares dos países da Liga Árabe, que não passava de braço armado dos britânicos vestido de túnica e turbante, desafiar os judeus, conquistar-lhes a terra, e então, quando os judeus tivessem ido embora, deixar os ingleses entrarem pela porta dos fundos. Jerusalém, assim afirmavam alguns dos estrategistas do armazém do sr. Auster, logo se transformará na capital do rei Abdullah da Transjordânia, e nós, os habitantes judeus, seremos todos transportados por navios para campos de detenção* em Chipre. Ou talvez nos dispersem pelos campos de deportação nas ilhas Maurício ou nas ilhas Seychelles.

Outros, ainda, não hesitavam em acusar os nossos movimentos clandestinos, a Etzel, a Lechi e também a Haganá, e suas operações sangrentas contra os ingleses, em particular a explosão do centro de operações inglês no Hotel King David, de trazer desgraça para nós. Nenhum império na história fechara os olhos para episódios humilhantes como esses, e portanto os ingleses com certeza já tinham decidido nos castigar com um selvagem banho de sangue. Os ingleses estavam a tal ponto furiosos conosco por causa das afrontas estúpidas dos nossos dirigentes sionistas fanáticos que Londres simplesmente tinha resolvido deixar que os árabes nos trucidassem de uma vez por todas: até agora as forças britânicas tinham se colocado entre nós e o massacre geral ansiado por todos os povos árabes, mas agora simplesmente iriam se afastar, e nós, pobres de nós...

E havia também em nosso bairro aqueles que contavam que muitos dos que tinham ótimos contatos e ligações, como os ingleses, os judeus ricos de Rehávia, empreiteiros e fornecedores em ótimas relações com o governo britânico, funcionários judeus em altos cargos na administração do mandato, já tinham sido aconselhados a deixar Eretz-Israel o mais rápido possível, ou pelo menos a enviar suas esposas e filhos a um país mais seguro. Mencionavam tal e tal família, que um belo dia tinham feito as malas e emigrado para os Estados Unidos, e também vários homens de negócios, justo aqueles que falavam grosso, os donos da verdade, que uma noite daquelas tinham deixado Jerusalém e ido se estabelecer em Tel Aviv com suas famílias. E é claro que deviam estar sabendo de alguma coisa que nós aqui ainda nem imaginávamos. Ou imaginávamos em pesadelos.

Outros contavam sobre grupos de árabes jovens que percorriam o nosso bairro à noite com latas de tinta e pincéis na mão, marcando e dividindo entre si, com antecedência, as casas dos judeus. Contavam histórias de quadrilhas árabes armadas, comandadas pelo mufti de Jerusalém, que já dominavam praticamente todas as montanhas que rodeavam a cidade, enquanto os ingleses faziam vista grossa. Contavam que a Legião Árabe Transjordaniana, sob o comando do brigadeiro inglês sir John Glubb, ou paxá Glubb, já se apossara de pontos-chave estratégicos espalhados pelo país, para derrotar os judeus ainda antes de estes terem tempo de tentar erguer a cabeça. E que os combatentes dos Irmãos Muçulmanos, que os ingleses tinham permitido vir do Egito com suas armas e se posicionar nas montanhas ao redor de Jerusalém, já se entrincheiravam bem em frente ao kibutz Ramat Rachel. Havia aqueles que esperavam que, com a retirada dos britânicos, Truman, o presidente dos Estados Unidos, entrasse em cena e num instante enviasse suas tropas. Dois porta-aviões americanos gigantescos já tinham sido vistos em águas da Sicília, rumando para leste. O presidente Truman não permitiria de modo nenhum o massacre de judeus, um segundo Holocausto menos de três anos depois do Holocausto dos seis milhões: os judeus americanos, ricos e influentes, fariam pressão nesse sentido, não ficariam impassíveis.

Havia os que acreditavam que a consciência do mundo civilizado, ou a opinião pública progressista, ou a classe operária internacional, ou o amplamente difundido sentimento de culpa pelo terrível destino dos judeus na Europa, tudo isso junto neutralizaria o "Complô Anglo-Árabe para Nossa Extinção". Assim, pelo menos, alguns dos nossos amigos e vizinhos encorajavam a si próprios, no limiar desse estranho e ameaçador outono, com a idéia de que pelo menos restava o consolo de que, se os árabes não queriam nos ver por aqui, os povos europeus também faziam questão de não nos ver por lá, voltando à Europa para enchê-la novamente de judeus, e considerando que os povos europeus eram muito mais poderosos do que os árabes, quem sabe ainda não restava uma chance de continuarmos por aqui. Iriam obrigar os árabes a engolir o que a Europa queria vomitar.

De um modo ou de outro, quase todos profetizavam guerra. As rádios clandestinas transmitiam vibrantes canções patrióticas em ondas curtas. Torradas, óleo, velas, açúcar, leite em pó e farinha quase desapareceram das prateleiras do armazém do sr. Auster: as pessoas estavam começando a fazer estoques, preparando-se para o que estava por vir. Mamãe encheu o armário da cozinha com sacos de farinha, farinha de *matzá*, pacotes de biscoitos, latas de aveia Quaker, óleo, conservas, azeitonas e açúcar. Papai comprou duas latas fechadas de querosene e guardou sob a pia do banheiro.

Meu pai continuou saindo todas as manhãs, como de costume, às sete e meia, para seu trabalho na Biblioteca Nacional, no monte Scopus, no ônibus da linha 9, que saía da rua Gueúla, cruzava o bairro de Meá Shearim e o de Sheikh Jarakh, não longe da vila Siluani. Voltava do trabalho um pouco depois das cinco da tarde, trazendo livros e revistas em sua pasta surrada, e mais livros e revistas debaixo do braço. Mas mamãe pediu a ele várias vezes para não se sentar perto da janela no ônibus, acrescentando ainda algumas palavras em russo. Nossas caminhadas sabáticas a tio Yossef e tia Tzipora em Talpiót também foram provisoriamente suspensas.

Com nove anos de idade recém-completados, eu já era um ávido leitor de jornais, freguês permanente do noticiário, analista e debatedor ardoroso. Especialista em questões político-militares, com opiniões respeitadíssimas pelos meninos da vizinhança. Estrategista de fósforos, botões e pedras de dominó sobre o tapete. Deslocava tropas, empreendia operações táticas de ataque pelos flancos, firmava acordos com esta ou aquela potência, arquitetava argumentos engenhosos destinados a fazer pender a nosso favor o mais empedernido dos corações ingleses, concebia discursos que fariam os árabes não só entenderem nossa posição e abandonar sua atitude belicosa, como vir a nós pedir sinceras desculpas, e também fariam brotar dos olhos árabes lágrimas de simpatia pela nossa causa, pelo nosso sofrimento, e grande admiração pela nossa generosidade e nobreza de alma.

Naquela época mantive conversações em alto nível, mas objetivas, com Downing Street, 10, com a Casa Branca, com o papa, em Roma, com Stalin e com os reis dos países árabes. "Pátria Judaica! Imigração Livre!" era o lema proferido pelos líderes comunitários nas passeatas e nos comícios, aos quais meus pais concordaram em me levar uma ou duas vezes, enquanto os árabes urravam todas as sextas-feiras, na saída das mesquitas, suas rancorosas palavras de ordem: "*Idbá al Yahud!*" [Morte aos judeus!] ou também "*Falstin hí Ardona Veal Yehud-Kilbona!*" [A Palestina É Nossa Pátria, e os Judeus, Nossos Cães!]. Se eu tivesse uma chance, poderia facilmente convencê-los a desarmar seus corações sem o menor problema, provando-lhes por meio de simples lógica que enquanto em nossos slogans não havia nada que pudesse feri-los, os slogans deles, urrados por uma turba inflamada, não eram muito bonitos nem civilizados, ao contrário, eram muito feios e injustos, e os mostravam sob uma luz muito pouco lisonjeira. Naqueles tempos eu não era um menino, mas uma pilha ambulante de argumentos convincentes. Um pequeno chauvinista na pele de paladino da justiça. Nacionalista exaltado e eloquente. Propagandista ardoroso do sionismo aos nove anos de idade: nós somos os bons, nós temos razão, nós somos as vítimas sem ter nenhuma culpa, nós somos Davi enfrentando Golias, nós somos a ovelhinha frente aos setenta lobos, e nós somos o cordeiro da fábula, e nós somos a corça-Israel, e eles — todos eles, ingleses, árabes e todo o mundo gói —, eles são os setenta lobos, todo o mundo cruel, cínico, sempre sedento do nosso sangue, vergonha e ignomínia para eles.

Depois que o governo inglês anunciou a intenção de encerrar seu mandato em Eretz-Israel e de passá-lo para a jurisdição da Organização das Nações Unidas, a ONU designou uma comissão especial (UNSCOP) para levantar dados sobre a situação na Palestina e também sobre a situação de centenas de milhares de expatriados judeus que permaneciam havia já dois anos, e até mais, em campos de refugiados na Europa, salvos do assassinato em massa perpetrado pelos nazistas.

No final de agosto de 1947 essa comissão publicou seu relatório, que condizia com a opinião da maioria de seus membros, recomendando que o mandato britânico em Eretz-Israel se encerrasse na primeira oportunidade. Em seu lugar seriam criados dois países independentes — um para os árabes e um para os judeus. Segundo essa divisão, as respectivas áreas seriam praticamente iguais. A fronteira complexa e sinuosa entre eles foi determinada em parte pela distribuição demográfica de suas populações. Os dois Estados seriam ligados pelas economias compartilhadas, pela moeda comum etc. Jerusalém, assim recomendava a comissão, seria uma entidade autônoma, neutra, que estaria sob jurisdição internacional por meio de um governante designado pela ONU.

Essas recomendações foram apresentadas à Assembléia-Geral para aprovação, que requeria maioria de pelo menos dois terços. Os judeus concordaram com essa divisão, embora rangendo os dentes: o território destinado a eles não incluía Jerusalém nem a Galiléia Superior e Ocidental, e setenta e cinco por cento da área proposta para o Estado judeu era de terras desérticas. Mas os dirigentes árabes-palestinos e todas as nações da Liga Árabe anunciaram imediatamente que não fariam nenhuma concessão, e que pretendiam "impedir a implementação dessas propostas por meio da força e afogar em sangue toda e qualquer tentativa de criar uma entidade sionista na menor parcela que fosse do solo palestino". Argumentavam que toda a Palestina tinha sido árabe por centenas de anos, antes de os ingleses chegarem e incentivarem milhares de estrangeiros a vir para cá e se espalhar por todas as áreas, aplainando colinas, arrancando antigos bosques de oliveiras, comprando terras, lote por lote, usando de espertreza para corromper os proprietários de terras, e expulsando camponeses que nela trabalhavam há gerações. Se não fossem detidos, esses astuciosos colonizadores judeus seriam capazes de engolir toda a terra, apagando cada traço de cultura árabe, cobrindo-a com as suas colônias européias de telhados vermelhos, corrompendo-a com seus costumes libertinos e arrogantes, e assim em muito pouco tempo acabariam por controlar todos os lugares sagrados do Islã e iriam começar a se expandir para os países árabes vizinhos. Em pouquíssimo tempo, graças aos seus estratagemas e superioridade técnica, e com o apoio do imperialismo britânico, fariam aqui exatamente o que os brancos tinham feito com as populações nativas na América, na Austrália e em outros lugares. Se lhes fosse permitido estabelecer um Estado aqui, mesmo uma nação de dimensões modestas, com certeza iriam usá-la como trampolim, iriam vir para cá aos milhões, como nuvens de gafanhotos, iriam se fixar em cada vale ou montanha, apagariam todos os traços de cultura árabe desta paisagem milenar e engoliriam tudo antes que os árabes tivessem tempo para se sacudir do seu torpor.

Em meados do mês de outubro o alto comissário britânico, general sir Alan Kunningham, fez uma ameaça velada a David Ben Gurion, o presidente do Conselho da Agência Judaica: "Quando vier a desgraça", disse compungido o administrador-geral britânico para a Palestina, "temo não poder defender nem ajudar vocês".[10]

Disse meu pai:
"Hertzl era um profeta e sabia o que estava dizendo. Durante o primeiro congresso sionista na Basiléia, em 1897, Hertzl disse que em cinco anos, ou no máximo em cinqüenta, seria criado um Estado judeu em Eretz-Israel. Exatamente cinqüenta anos se passaram, e o Estado judeu bate à porta."

Mamãe disse:
"Não bate, não há porta nenhuma, o que há é um precipício."

Em resposta, meu pai a repreendeu com violência. Suas palavras soaram como o estalo de um chicote. Ele falou em russo (ou polonês), para que eu não entendesse.

---

10. Dov Yossef. *Kiriá Neemaná* [Cidade fiel: O cerco a Jerusalém, 1948]. Jerusalém e Tel Aviv, Editora Shoken (1960), p. 32.

E eu disse, com uma alegria que não consegui disfarçar:

"Mais um pouco, e haverá guerra em Jerusalém! E nós derrotaremos todos eles!"

Porém, às vezes, quando eu estava sozinho no pátio, ao entardecer, ou no sábado de manhã cedo, enquanto meus pais e o bairro ainda dormiam, um súbito terror me congelava ao recordar a cena da menina Aysha erguendo nos braços o menino desmaiado e carregando-o silenciosamente, pois de repente me parecia uma angustiante cena cristã que meu pai me mostrara e me explicara num sussurro, uma vez, durante a visita a uma igreja.

Lembrei-me das oliveiras vistas das janelas daquela casa, velhas oliveiras que pareciam ter desertado há muito tempo do mundo vegetal para se reunir ao reino das coisas inanimadas.

Ten li rega en li rega ten li en li tenlienli tenlienli.

Em novembro uma espécie de cortina já tinha começado a dividir Jerusalém. Os ônibus ainda mantinham seus trajetos de ida e volta entre uma Jerusalém e outra, e vendedores de frutas vindos das aldeias árabes vizinhas ainda passavam em nossas ruas com tabuleiros de figos, amêndoas, figos-da-índia, mas algumas famílias judias já tinham começado a deixar os bairros árabes, e famílias árabes da parte oeste se mudavam para bairros da zona sul ou da zona leste.

Agora, só em pensamento eu ainda poderia ir até a parte nordeste da rua Saint George e admirar com olhos embevecidos a outra Jerusalém: a cidade dos velhos ciprestes que eram mais pretos do que verdes, as ruas com muros de pedras e gradis entrelaçados, cornijas e muros sombrios, a outra. Uma Jerusalém estrangeira, silenciosa, taciturna e velada, a cidade etíope, muçulmana, peregrina, otomana, missionária, cidade estrangeira, meditativa, templária, grega, armênia, italiana, vergada ao peso das intrigas, anglicana, grego-ortodoxa, uma cidade monástica, copta, católica, luterana, escocesa, sunita, xiita, sufi, alawita, varrida pelos sons dos campanários e das lamúrias dos muezins, com seus muitos pinheiros, ao mesmo tempo ameaçadora e fascinante, com todos os seus encantos ocultos em labirintos de becos e vielas que nos eram interditos e nos ameaçavam em sua escuridão. Uma cidade secreta, maligna, prenhe de catástrofes, assim como os vultos escuros que deslizavam por suas ruelas à sombra dos muros negros.

* * *

Todos os membros da família Al-Siluani, assim eu soube após a Guerra dos Seis Dias, deixaram a Jerusalém jordaniana nos anos 50 e início dos 60. Alguns foram para a Suíça e para o Canadá, outros, para os principados árabes, alguns foram parar em Londres, e outros, na América do Sul.

E os papagaios? *"Who will be my destiny, who will be my prince?"*

E Aysha? E seu irmão coxo? Em que lugar do mundo ela estará tocando o seu piano, se é que ainda tem um, se é que não envelheceu e murchou em algum campo de refugiados batido pelo calor e pela poeira e onde o esgoto corre a céu aberto? E quem serão os judeus afortunados que moram agora na casa que outrora pertenceu à família de Aysha no bairro de Talbye, um bairro todo construído em pedra azul e rosa, com abóbadas e arcos de pedra?

Não por causa da guerra que se aproximava, mas por alguma outra obscura razão, fui tomado de um repentino horror naquele outono de 1947, e me encolhia todo por dentro, sentindo pontadas dolorosas de ansiedade misturada com vergonha, tomado de pânico pela certeza do castigo que iria se abater sobre mim e também por certa dor indefinível: uma espécie de nostalgia proibida, uma nostalgia cheia de culpa e mágoa, que me transportava às aléias daquele pomar, ao poço tampado por uma placa de metal verde e à piscina de cinco pontas com seus ladrilhos azuis onde centelhas douradas se expediam de peixinhos que brilhavam ao sol por um instante, antes de desaparecer por entre as plantas aquáticas. Para as almofadas macias entremeadas de finas rendas. Para os tapetes ricamente bordados, um dos quais mostrava uma cena com aves-do-paraíso por entre as árvores. Para os trevos de quatro folhas nos vitrais das janelas, cada folha colorindo a luz de uma tonalidade diferente: folha vermelha, folha verde, folha dourada, folha violeta.

E também para o papagaio, cuja voz era igualzinha à de um velho fumante: *"Mais oui, mais oui, chère mademoiselle"*, e para a sua companheira, a soprano, que lhe respondia com a voz trêmula de sininhos de prata: *"Tafadal. S'il vous plaît, enjoy".*

Estive lá uma vez, naquele pomar, antes de ser expulso, antes de cair em desgraça, mas ainda posso tocá-lo, com a ponta dos dedos...

"Bas! Bas! Iá Einai! Bas min padlak! Óskot!

De manhã bem cedo eu acordava com o cheiro da primeira luz e via, por entre as venezianas de metal fechadas, o pé de romã no canto do nosso quintal. Lá, escondido por uma romã, todas as manhãs um passarinho invisível repetia vezes seguidas, alegremente, as cinco primeiras notas de "Pour Élise".

Que idiota, que tonto eu fui de falar daquele jeito.

Em vez de ir ao seu encontro como o Novo Jovem Hebreu vai ao encontro do Nobre Povo Árabe, ou como um leão entre leões, não teria sido muito mais simples se eu tivesse me aproximado dela como um rapaz se aproxima de uma garota? Não teria?

43

"Veja como o menino estrategista já tomou conta de toda a casa: no corredor já não se pode passar, está repleto de torres e fortificações feitas de cubos, trincheiras de dominó, minas de tampinhas de garrafa e fronteiras de palitos. No quarto dele há batalhas de botões sobre o tapete, de parede a parede. Estamos proibidos de entrar lá, estamos banidos do território. São ordens. E até no nosso quarto ele já espalhou garfos e facas no chão, que possivelmente representam alguma Linha Maginot, ou esquadras, ou divisões blindadas. Daqui a pouco nós dois vamos ter de deixar nossa casa e ir morar no quintal. Ou no meio da rua. Mas no momento em que chega o jornal, o seu filho larga tudo, provavelmente decreta um cessar-fogo generalizado, deita-se no sofá e devora o jornal; lê tudo, acho que até os anúncios. Agora ele está esticando um barbante do seu quartel-general atrás do seu guarda-roupa por toda a casa até Tel Aviv, que, aparentemente, fica na beirada da banheira. E se não estou enganada, daqui a pouco, por esse barbante, ele vai começar a falar com Ben Gurion. Como ontem. Vai explicar a Ben Gurion o que deve ser feito nesta etapa e com que devemos ter cuidado. É possível que ele já esteja dando ordens a Ben Gurion."

Em uma das gavetas mais baixas de minha mesa de trabalho aqui em Arad, encontrei ontem uma pasta de cartolina surrada, com muitos papeizinhos de anotações que fiz quando estava escrevendo o livro *Har haEtzá haRaá* [O monte do Mau Conselho], há mais de vinte e cinco anos. Entre outras coisas, encontrei anotações bem rabiscadas que fiz na Biblioteca Municipal de Tel Aviv em 1974 ou 1975, ao consultar jornais de 1947. E assim, em Arad, numa manhã de verão de 2001, como a imagem refletida num espelho que por sua vez reflete outro espelho, essas anotações de vinte e sete anos atrás me fazem lembrar do que o "menino estrategista" lia no jornal de 9 de setembro de 1947:

> A polícia de tráfego judaica iniciou suas atividades em Tel Aviv com a permissão do governador inglês. Conta com oito policiais, distribuídos em dois turnos. Menina árabe de treze anos de idade é julgada por tribunal militar sob acusação de portar uma carabina na aldeia de Kfar Hauara, na região de Nabulus. Os imigrantes ilegais da operação Êxodus são deportados para Hamburgo, e declaram que enquanto tiverem forças se recusarão a desembarcar. Catorze ex-componentes da Gestapo são condenados à morte na cidade de Lubek. O sr. Shlomo Hamalnik, da cidade de Rehovot, foi seqüestrado e agredido com violência por membros de organizações radicais, mas retornou são e salvo para casa. A orquestra Kol Yerusháláim dará seu concerto sob a regência de Chanan Shlesinger. Mahatma Gandhi está no seu segundo dia de jejum. A cantora Edis de Phillipe estará impossibilitada de cantar esta semana em Jerusalém, e o Teatro Cameri teve de adiar sua apresentação. Em compensação, anteontem foi inaugurado em Jerusalém um novo edifício na rua Jafa, no qual, entre outras, estão as lojas Mikolinsky, Freiman & Beyn e uma unidade da Doctor Scholl. De acordo com o dirigente árabe Mussa Alami, os árabes jamais concordarão com a divisão territorial da Palestina; o próprio rei Salomão já determinava que a mãe que concordasse com a divisão do filho não seria a verdadeira mãe, parábola que os judeus devem conhecer muito bem e que não deve lhes opor nenhuma dificuldade à compreensão. Por outro lado, Golda Meyerson (Meir), membro do diretório central da Agência Judaica, anunciou que os judeus lutarão pela integração de Jerusalém ao Estado judeu porque Jerusalém e Eretz-Israel são sinônimos em nosso coração.

E passados alguns dias o jornal publicou:

> Tarde da noite, um árabe atacou duas jovens judias nas proximidades do café Bernardia ontem, entre os bairros de Beit HaKerem e Bait VaGan. Uma delas conseguiu escapar; a outra gritou por socorro, e alguns vizinhos ouviram e consegui-

ram impedir o atacante de fugir. No interrogatório feito pelo oficial O'Connor, descobriu-se que o homem trabalha na estação de rádio e é parente distante da influente família Neshashivi. Mas apesar disso o oficial se recusou a libertá-lo, dada a gravidade da acusação que lhe é imputada. Em sua defesa, o acusado alegou ter saído bêbado do café, quando teve a impressão de ter visto, no escuro, as duas moças nuas mantendo relações sexuais.

E num outro dia, em setembro de 1947:

> O tenente-coronel Aderly, presidente do Tribunal Militar, foi juiz no processo do sr. Shlomo Mansur Shalom, acusado de distribuir cartazes ilegais e que é considerado desequilibrado mental pelo tribunal. O auditor, sr. Gorodovitz, solicitou que o acusado não seja enviado para um hospício, onde seu estado poderá se agravar, mas seja provisoriamente internado em uma instituição particular, a fim de evitar que fanáticos se aproveitem de sua debilidade mental para fins criminosos. O tenente-coronel Aderly lamentou não poder atender à solicitação do sr. Gorodovitz, por se tratar de questão que ultrapassa a sua esfera de competência; terá de manter o pobre acusado preso, até que o alto comissário decida, em nome da Coroa, se neste caso há lugar para uma atenuação da sentença, ou mesmo para um perdão especial. Na rádio Kol Yerusháláim, a pianista Tzila Leibovitz dará um recital, e após o noticiário será apresentada uma análise dos acontecimentos pelo sr. Gorodus; encerrando a transmissão desta noite, a sra. Bracha Tzipora cantará trechos escolhidos de música popular.

Naquela noite meu pai explicava aos amigos vindos para o chá que pelo menos desde meados do século XVIII, muito antes, portanto, do surgimento do sionismo moderno e sem nenhuma ligação com ele, os judeus já eram parcela majoritária da população de Jerusalém. No início do século XX, ainda antes do início da *aliá* sionista, Jerusalém já se constituía, sob o governo turco-otomano, na cidade mais populosa de Eretz-Israel: cinqüenta e cinco mil habitantes, dos quais trinta e cinco mil eram judeus. E hoje, no outono de 1947, vivem em Jerusalém uns cem mil judeus e uns sessenta e cinco mil não-judeus, árabes muçulmanos e árabes cristãos, armênios, gregos, ingleses e muitas outras pessoas originárias de povos diversos.

Mas nas regiões norte, leste e sul da cidade havia extensos bairros árabes, dentre eles Sheikh Jarakh, a colônia americana, o bairro muçulmano e o bairro cristão no interior da Cidade Velha, a colônia alemã, a colônia grega, Katamon, Bak'a e Abu Tur. Havia também cidadezinhas árabes sobre as montanhas ao redor de Jerusalém, Ramallah, El-Bire, Beit Djala, Belém e muitas aldeias árabes: Al-Izrya, Silwan, Abu Dis, A-Tur, Isswya, Kalândia, Bir Nballa, Nebi Samuel, Bidu, Shuaft, Lifta, Beit Chanina, Beit Iqsa, Kolonye, Sheikh Badr e Deir Yassin, nas quais mais de cem habitantes seriam exterminados pela Etzel e a Lechi em abril de 1948, e ainda havia Tzova, Ein Kerem, Beit Mazmil, Malcha, Beit Tzafafa, Um Toba e Tzur Bachar.

Ao norte, ao sul, a leste e a oeste de Jerusalém havia zonas árabes, e apenas alguns poucos povoados judaicos dispersos ao redor da cidade: Atarot e Bnei Yaacov ao norte, Kália e Beit HaAravá às margens do mar Morto a leste, Ramat Rachel e Gush Etzion ao sul, e Motza, Kiriat Anavim e Maalé HaChamishá a oeste. Na guerra de 1948, a maior parte dessas colônias judias foi conquistada pela Legião Árabe Transjordaniana, junto com o bairro judeu no interior da Cidade Velha de Jerusalém. Todos os povoados judeus que caíram em mãos árabes durante a Guerra de Independência, sem exceção, foram completamente arrasados, e todos os habitantes judeus foram mortos ou feitos prisioneiros ou escaparam, mas a nenhum deles os árabes permitiram retornar ao seu povoado depois da guerra. Os árabes realizaram a mais completa "limpeza étnica" nas áreas conquistadas por seus exércitos, ainda mais radical do que a que os judeus fizeram: centenas de milhares de árabes fugiram ou foram expulsos da área do Estado de Israel durante a guerra, mas uns cem mil permaneceram em seu lugar. Em contraste, na Cisjordânia e na Faixa de Gaza, no período do governo jordaniano e egípcio, não restaram judeus. Nenhum. As colônias foram apagadas do mapa, as sinagogas e os cemitérios foram arrasados...

Na vida das pessoas, assim como na vida dos povos, os piores conflitos, na maior parte das vezes, são os que aparecem entre dois segmentos perseguidos. É mera hipótese otimista imaginar que o perseguido e o oprimido vão se unir em solidariedade e juntos derrubar as barricadas de um empedernido opressor. Na verdade, dois filhos de um mesmo pai que os maltrata nem sempre se unem num pacto solidário, não obstante terem sido unidos pela sorte compartilhada.

Muitas vezes eles se vêem não como parceiros de infortúnio, mas como a imagem de seu perseguidor comum.

Deve ser esse o caso entre árabes e judeus nesse conflito que já dura uma centena de anos.

A Europa que maltratou os árabes, humilhou-os e os explorou por meio do imperialismo e do colonialismo é a mesma que perseguiu e oprimiu os judeus e, por fim, permitiu ou ajudou os alemães a extirpá-los do continente e assassiná-los praticamente a todos. Mas os árabes nos vêem não como um punhado de pessoas salvas por milagre, meio histéricas, mas como os novos e únicos agentes da Europa colonialista, sofisticada e exploradora que espertamente se voltou de novo para o Oriente — desta vez com o disfarce do sionismo — para de novo explorar, oprimir, expulsar. E nós, de nossa parte, os vemos não como vítimas iguaizinhas a nós mesmos, não como irmãos na desgraça, mas como cossacos prontos a tramar mais um pogrom, anti-semitas sedentos de sangue, nazistas disfarçados, como se os nossos perseguidores europeus tivessem reaparecido por aqui em Eretz-Israel, coberto a cabeça com *kafias*, deixado crescer o bigode, mas sem deixar de ser eles mesmos, os nossos velhos inimigos sanguinários, cujo único interesse na vida é degolar os judeus por pura diversão.

Em setembro, outubro e novembro de 1947, em Kerem Avraham, as pessoas ainda não tinham resolvido o que fazer: rezar para que a Assembléia-Geral das Nações Unidas aprovasse as recomendações do UNOSCOP, ou torcer para que os ingleses não nos abandonassem à nossa própria sorte, "sozinhos e desprotegidos num mar de árabes". Afinal, muitos esperavam para breve o nascimento de uma nação judia livre; esperavam que as restrições à imigração impostas pelos britânicos fossem anuladas, e que fosse permitido às centenas de milhares de refugiados judeus que ainda permaneciam, desde a queda de Hitler, em campos de refugiados na Europa e nos acampamentos-prisões ingleses em Chipre, entrar afinal em Israel, considerado pela maior parte deles como seu único lar neste mundo. E contudo, como se fosse um contraponto a essas esperanças radiosas, havia o temor (sussurrado) de que o milhão de árabes que vivia em Eretz-Israel, com o apoio dos exércitos regulares dos países da Liga Árabe, se levantasse para matar os seiscentos mil judeus assim que os ingleses dessem por encerrado o seu governo.

No armazém, na rua, na farmácia, falava-se abertamente sobre a libertação que estava prestes a ocorrer com o surgimento do Estado judeu. Falava-se de Shartok e de Kaplan, que por certo seriam em breve ministros do governo hebreu a ser montado por Ben Gurion em Haifa ou em Tel Aviv, e se falava (aos sussurros) sobre renomados generais judeus que já tinham sido convidados a vir da Diáspora, do Exército Vermelho e da aviação americana, e até mesmo do almirantado britânico. E eles assumiriam o comando do Exército judeu que surgiria à saída dos ingleses.

Contudo, na intimidade, nos quartos, sob as cobertas, com as luzes apagadas, os sussurros eram bem diferentes. Quem sabe? E se apesar de tudo os ingleses desistissem de deixar Eretz-Israel? Quem sabe nunca pensaram em nos deixar, e tudo isso não passava de uma manobra da pérfida Albion, com o objetivo de fazer que os próprios judeus, diante da aproximação inevitável de sua aniquilação, decidissem se voltar para os ingleses e implorassem para não os deixarem à mercê desse destino cruel. E então Londres poderia exigir, em troca de proteção permanente, que os judeus cessassem definitivamente todas as atividades terroristas, dessem fim aos armamentos ilegais e entregassem todas as organizações subversivas ao serviço secreto inglês. E se os ingleses mudassem de idéia no último minuto e decidissem entregar nosso pescoço às adagas dos árabes? Quem sabe se pelo menos aqui em Jerusalém eles deixariam uma unidade militar que pudesse nos proteger de um pogrom árabe? E quem sabe se Ben Gurion e seus companheiros, lá na tranqüila Tel Aviv, que não era cercada de árabes por todos os lados, quem sabe se no último momento não iriam resolver abrir mão da idéia aventureira de um Estado judeu, optando, ao contrário, por um compromisso humilde com o mundo árabe e com as multidões de muçulmanos? Ou quem sabe a própria ONU talvez resolvesse enviar para cá o quanto antes uma força expedicionária composta de militares de países neutros, para substituir os ingleses e defender pelo menos a Cidade Santa, se não toda a Terra Santa, ameaçada por um iminente banho de sangue?

Azzam Pacha, secretário da Liga Árabe, fizera a seguinte ameaça aos judeus: "Se ousarem tentar constituir um Estado sionista nem que seja apenas sobre um palmo de solo árabe, então os árabes os afogarão em seu próprio sangue", e o Oriente Médio testemunharia horrores que, "comparados às atrocidades dos conquistadores mongóis, as fariam empalidecer". Por sua vez, o chefe do governo do Iraque, Muzarach Al-Badjadji, exortou os judeus da Palestina a "fazer as malas e sumir enquanto é tempo", pois os árabes tinham jurado que após a sua vitória só poupariam a vida daqueles poucos judeus que viviam na Palestina antes de 1917, e mesmo eles "só teriam permissão para se abrigar sob as asas do Islã, sendo tolerados sob a sua bandeira, com a condição de renegar de uma vez por todas o veneno do sionismo e voltar a ser uma comunidade religiosa que sabe qual é o seu lugar sob a proteção dos povos do Islã e que aceita viver segundo as leis e costumes islâmicos". Os judeus, acrescentou o imã na grande mesquita de Jafa, não são um povo, nem sequer uma religião: é bem sabido que Alá, o compassivo, o misericordioso, ele próprio os detesta, e os condenou, portanto, a serem odiados e perseguidos para sempre em todas as nações onde buscarem refúgio. Teimosos, filhos de teimosos, são esses judeus: o Profeta (Maomé) lhes estendeu a mão, e eles cuspiram nela; Issa (Jesus) lhes estendeu a mão, e eles o mataram; e até mesmo os profetas de sua própria e desprezível religião, eles costumavam apedrejar até a morte. Não é à toa que os povos da Europa resolveram se livrar deles de uma vez por todas, e agora a Europa trama despejá-los todos em cima de nós, mas nós, os árabes, não permitiremos que isso aconteça. Nós, os árabes, vamos frustrar com nossas adagas esse plano diabólico de transformar a terra sagrada da Palestina em cloaca do dejeto do mundo.

E o vendedor da loja de roupas femininas de tia Gerta? O árabe bom que me salvou do alçapão escuro e me levou no colo, quando eu tinha só quatro ou cinco anos? O homem das grandes olheiras, com seu cheiro agradável e soporífero, e sua fita métrica verde e branca de alfaiate pendurada no pescoço, com ambas as pontas balançando sobre o peito, a face cálida e a barba grisalha de toque agradável, por fazer, aquele homem amoroso que um sorriso tímido iluminava por um instante para logo se apagar sob o macio bigode grisalho? Com seus óculos de leitura quadrados, de armação marrom, pendurados no nariz, como um velho e bondoso marceneiro, uma espécie de Gepeto, o homem que andava tão devagar, exausto, arrastando os pés por aqueles labirintos de roupas, que tirando-me da minha solitária disse com voz um tanto rouca, uma voz de que sempre vou me lembrar, pelo resto da vida: "Acabou, menino, agora está tudo bem, menino, tudo bem". Ele também? Estaria agora "afiando sua cimitarra recurva, aguçando-lhe o fio e se preparando para nos degolar"? Será que também ele virá furtivamente à rua Amós, em plena noite, com uma faca longa e recurva entre os dentes para cortar o meu pescoço e o dos meus pais "e nos afogar em sangue"?

Perfumadas são as noites em Canaã
quando a brisa sopra sobre tudo.
Do Nilo as hienas respondem
quando o chacal sírio as chama.
Abd-Al-Kadar, Spirs e Khoury
Fervem seu veneno em rancor.

As tempestades de março rugem
empurrando as nuvens pelo céu.
Jovem, sólida e bem armada
Tel Aviv essa noite ataca
Manara vigia sobre o rochedo,
Atentos são os olhos de Hule.[11]

Porém a Jerusalém judia não era nem jovem, muito menos sólida e bem armada; era uma aldeia dos contos de Tchekhov, atônita, confusa, aterrorizada, varrida por mexericos e boatos alarmistas, paralisada pela desordem e pelo terror. No dia 20 de abril de 1948, David Ben Gurion, após ter conversado com David Shaltiel, o comandante militar da região de Jerusalém durante a Guerra de Independência, anotou em seu diário sua impressão sobre a Jerusalém judia:

Elemento humano em Jerusalém: 20% normais, 20% privilegiados (universidade etc.), 60% esquisitos (provincianos, medievais etc.).[12]

---

11. Nathan Alterman. "HaLeilot beCna'na" [As noites em Canaã], de *A sétima coluna*, vol. I. Tel Aviv (1950), p. 364.
12. David Ben Gurion. *Diário da Guerra 1947-48*. Edição a cargo de G. Rivlin e dr. E. Oren, vol. I. Tel Aviv, Edição do Ministério da Defesa (1983), p. 359.

(É difícil saber se Ben Gurion sorriu ou não quando escreveu essas linhas em seu diário; de um jeito ou de outro, o bairro de Kerem Avraham não estava incluído na primeira categoria nem na segunda.)

Na loja do sr. Babiuf, o verdureiro, a sra. Lamberg, nossa vizinha, dizia:

"Já não acredito em mais nada, não acredito mais em ninguém. É tudo uma grande farsa."

A sra. Rozendorff disse:

"Não se deve falar assim, de modo nenhum. Perdão, a senhora vai me desculpar, mas palavras como essas só vêm minar ainda mais o moral do nosso povo. O que a senhora está pensando? Que os nossos rapazes vão para a guerra para defender pessoas como a senhora, arriscar suas vidas jovens, enquanto a senhora fica dizendo que tudo isso não passa de uma grande farsa?"

O verdureiro disse:

"Eu não invejo esses árabes. Há judeus lá nos Estados Unidos. Daqui a pouco eles vão mandar umas bombas atômicas para nós."

Minha mãe disse:

"Estas cebolas não estão com bom aspecto. Nem os pepinos."

E a sra. Lamberg (que tinha sempre um leve odor de ovos cozidos, suor e sabonete) disse:

"É tudo uma grande farsa, é o que eu digo a vocês! Fazem teatro! Comédia! Pois Ben Gurion já concordou em vender por baixo do pano toda a Jerusalém para o mufti, para os bandos de arruaceiros e para o rei Abdullah, e em troca os ingleses e os árabes concordaram em talvez deixar para ele os kibutzim, Nahalal, aquele povoado, e Tel Aviv, com suas queridas Solel Boné e Comissão Central dos Trabalhadores. E isso é tudo o que interessa a eles! E o que vai ser de nós, se vão nos degolar ou nos torrar vivos, não interessa nem um pouquinho. Jerusalém, para eles, é até bom que suma do mapa. Assim, depois, no país que estão querendo criar, vão sobrar menos revisionistas, menos ortodoxos com suas *peiót* e menos intelectuais."

As mulheres todas se apressaram em fazê-la calar: que é que há, senhora Lamberg! Cale-se! *Shá! Bist du meshigue? Es shteit da a kind! A farshtendiker kind!*

A farshtendiker kind. Um menino que compreende as coisas. O menino estrategista então recitou o que tinha ouvido de seu pai, ou de seu avô:

"Quando os ingleses forem embora, a Haganá, a Etzel e a Lechi se unirão e com toda a certeza vencerão o inimigo."

E o passarinho invisível, o passarinho pousado no pé de romã, o passarinho alegre, manteve intactas as suas opiniões: "Ti-da-di-da-da". E mais uma vez, e de novo e de novo: "Ti-da-di-da-da". As primeiras cinco notas de "Pour Élise". E depois de refletir um pouco, em silêncio: "Ti-da-di-da-da!!".

44

Em setembro e outubro de 1947, os jornais traziam inúmeras conjecturas, análises, avaliações e suposições. A proposta da partilha da Palestina chegaria a ser apresentada na Assembléia-Geral? Em caso positivo, conseguiriam as manobras dos árabes mudar o teor dessa proposta? Ou anular a votação? E havendo votação, de onde viriam os votos para atingir a maioria de pelo menos dois terços?

Todas as noites, depois do jantar, meu pai se sentava entre mim e mamãe à mesa da cozinha. Depois de passar um pano úmido sobre o oleado que cobria a mesa, ele espalhava algumas fichas e começava a calcular, com lápis em punho, à luz mortiça da lâmpada amarela da cozinha, se tínhamos chance de vencer a votação. Noite após noite o seu desânimo só fazia aumentar. Os seus cálculos apontavam para uma derrota certa e devastadora:

"Todos os doze países árabes e muçulmanos naturalmente votarão contra nós, e a Igreja católica sem dúvida já está pressionando os países católicos para votar contra, pois a existência de um Estado judeu contradiz todos os dogmas da Igreja, e o Vaticano é mestre na arte de manobrar por baixo do pano. E assim provavelmente vamos perder os vinte votos das nações da América Latina! Por outro lado, Stalin, sem nenhuma dúvida, vai obrigar os seus capangas do bloco comunista a votar atrelados à sua posição declaradamente anti-sionista, e assim virá contra nós pelo menos mais uma dúzia de votos. Para não falar da Inglaterra, que conspira contra nós o tempo todo, especialmente nas suas ex-colônias, Canadá, Austrália, Nova Zelândia e África do Sul: elas vão juntar forças para derrotar qualquer possibilidade de surgimento de um Estado judeu. E a França? E os países que votam com ela? A França de maneira alguma vai ousar levantar seus milhões de muçulmanos na Tunísia, na Argélia e no Marrocos contra ela. A Grécia, por sua vez, mantém laços comerciais consideráveis com o mundo árabe, e há grandes comunidades gregas em todos os países árabes. E os próprios Estados Unidos? Será que seu apoio ao plano de partilha é definitivo? E o que vai acontecer se as manobras das gigantes petrolíferas aliadas aos nossos inimigos jurados do Departamento de Estado fizerem pender a balança e pesarem na consciência do presidente Truman?"

Meu pai calculava e de novo calculava a relação de forças na Assembléia-Geral. Noite após noite ele tentava, lápis em punho, desfazer a sentença cruel, montar alguma coalizão acrobática de países que costumavam votar de acordo com os Estados Unidos junto com outros, que talvez tivessem contas antigas a acertar com os árabes e países pequenos e corretos, como a Dinamarca, por exemplo. Ou a Holanda, países que viram de perto o horror que foi o extermínio do povo judeu e agora, quem sabe, teriam coragem de votar segundo a sua própria consciência, e não segundo cálculos ditados pela cotação do petróleo.

Será que na mansão Siluani, no bairro Sheikh Jarakh (a quarenta minutos daqui a pé), a família inteira também estaria agora sentada ao redor de uma folha de papel sobre a mesa da cozinha, fazendo esses mesmos cálculos, só que ao contrário? Estariam preocupados, assim como nós, com qual seria o voto da Grécia, roendo a ponta do lápis por qual seria a posição final dos países escandinavos? Será que a vila Siluani também teria os seus otimistas e pessimistas, seus cínicos e catastróficos? Será que estariam tremendo todas as noites, com a suspeita de que estivéssemos mexendo os pauzinhos para torcer a votação a nosso favor? Será que também todos estariam se perguntando como iria ser? O que o dia seguinte estaria reservando para eles? Será que tinham tanto medo de nós como tínhamos deles?

E Aysha? E seus pais, no bairro Talbye? Será que ela e toda a sua família também estariam sentadas numa sala cheia de homens de fartos bigodes e mulheres elegantes de rostos irados e sobrancelhas espessas e unidas, em volta de bandejas repletas de cascas de laranja glaçadas, sussurrando entre eles e conspirando "nos afogar em sangue"? Será que Aysha ainda tocaria ao piano as músicas ensinadas por sua professora judia? Ou agora ela estaria terminantemente proibida?

Ou não, em vez disso, talvez todos estivessem sentados em silêncio em volta da cama do seu caçula, Auad. Uma perna amputada. Por minha culpa. Ou agonizando de tétano. Por minha culpa. Seus olhos castanhos, de cachorrinho, olhos de filhote, curiosos e pasmos, agora estariam fechados, crispados de dor. Sua face estaria abatida e pálida como gelo. Sua testa, vincada pela dor. Os belos cachos repousando sobre o travesseiro branco. *Ten li rega en li rega*. Gemeria, tiritando de dor. Ou choraria em silêncio um choro fino, de bebê. O pequeno *tenlienli*. E a irmã sentada à sua cabeceira estaria me odiando, tudo por minha causa. Fora por minha causa que bateram nela, uma surra selvagem. Com mão fechada. Com crueldade, surraram com toda a paciência. Com pancadas fortes, bem aplicadas, surraram-na, mais e mais, nas costas, na cabeça, nos ombros estreitos, não como batem às vezes numa menina que fez algo errado, mas como se bate num cavalo rebelde. Por minha causa.

Vovô Aleksander e vovó Shlomit vinham nos visitar às vezes, naqueles dias, em setembro e outubro de 1947, vinham ficar conosco e participar das cotações da bolsa de votos de papai. E às vezes vinham também Hana e Chaiim Toran, ou os Rodnitzky, tia Mila e tio Stashek, ou a família Abramsky, ou os vizinhos, os Rozendorff, ou os Krochmal, Túshia e Gustav. O sr. Krochmal tinha uma lojinha mínima na descida da rua Gueúla, onde passava o dia inteiro com um avental de couro e óculos de aro de tartaruga:

CONSERTOS ARTÍSTICOS COM GARANTIA DE DANTZIG.
HOSPITAL DE BRINQUEDOS.

Certa vez, quando eu contava uns cinco anos, tio Gustav consertou minha boneca bailarina ruiva, Tzili, de graça, em sua pequena oficina. Seu nariz sardento de baquelita havia se quebrado. Com uma cola especial e mãos de artista, o sr. Krochmal a consertou tão bem que a cicatriz ficou quase invisível.

O sr. Krochmal acreditava na possibilidade de conversar com nossos vizinhos árabes. Na sua opinião, os habitantes de Kerem Avraham deveriam organizar uma pequena mas respeitável comitiva, que fosse dialogar com os *muchtars*, com os xeques e demais autoridades dos bairros e das aldeias árabes próximas. Afinal de contas, sempre tínhamos cultivado relações de vizinhança normais e até amigáveis, e mesmo agora, quando toda a região estava enlouquecendo, não havia nenhuma razão lógica pela qual nós, aqui da zona noroeste de Jerusalém, onde nunca houvera nenhum atrito e nenhuma disputa entre as partes...

Se ele soubesse um pouquinho de árabe ou de inglês, ele próprio, Gustav Krochmal, que curava os brinquedos árabes exatamente como curava os brinquedos judeus, sem fazer nenhuma diferença, ele próprio pegaria a sua bengala, atravessaria o campo vazio que ficava entre nós e eles e iria de porta em porta explicar-lhes, em linguagem simples, que...

O sargento Wilk, tio Dúdek, lindo como um coronel inglês de cinema, e que, de fato, naquele tempo, servia na polícia inglesa em Jerusalém, veio uma noite nos visitar e passou algum tempo conosco, trazendo de presente uma caixa de línguas-de-gato, de uma marca especial de chocolate. Tomou um copo de café misturado com chicória, comeu dois biscoitos marrons, e me deixou fascinado com seu esplêndido uniforme negro, meticulosamente bem passado, com suas fileiras de botões prateados, com a tira de couro atravessando o peito em diagonal, o revólver preto alojado na cartucheira de couro escovadíssima e reluzente na cintura. (Só a atraente coronha que ressaltava da cartucheira já me fazia tremer, secretamente, toda vez que a olhava.) Tio Dúdek passou uns quinze minutos conosco, e só depois de muitas súplicas de meus pais e de outros visitantes concedeu em nos insinuar em total sigilo dois ou três boatos do pouco que conseguira captar das conversas reservadíssimas e cochichadas entre oficiais da polícia britânica de alta patente e ótimos contatos:

"Esses cálculos todos que vocês vivem fazendo são inúteis, vocês estão perdendo seu tempo com essas projeções e suposições. Não vai haver partilha nenhuma. Não vão criar aqui nenhum Estado, nem dois Estados, considerando em que [*sic*!] todo o Neguev ficará nas mãos dos ingleses para que possam defender as suas bases gigantescas junto ao canal de Suez. E os ingleses ficarão ainda com Haifa, a cidade e o porto, e manterão também os grandes aeroportos de Lod, Ekron e Ramat David. E também o seu conjunto de grandes quartéis em Sarafend. Todo o restante, incluindo Jerusalém, ficará com os árabes, considerando em que os Estados Unidos querem que em troca eles concordem em deixar com os judeus um bolsão que vai de Tel Aviv a Hadera. Nesse bolsão será permitido aos judeus manter um cantão autônomo, uma espécie de Cidade do Vaticano judia. E para esse cantão nos autorizarão a deixar entrar cem mil, ou no máximo cento e cinqüenta mil refugiados judeus, vindos dos campos de trânsito da Europa. Se for necessário, alguns milhares de marines americanos, da Sexta Frota, com seus porta-aviões gigantescos, ficarão encarregados da defesa desse bolsão, considerando em que eles não acreditam que os judeus possam, nessas condições, se defender sozinhos."

"Mas isso será um gueto!", gritou o sr. Abramsky, horrorizado. "Área reservada! Prisão! Masmorra!"

Gustav Krochmal deu um conselho, sorrindo:

"Seria muito melhor se esses americanos ficassem com essa Liliput que estão querendo nos dar de presente, e em lugar disso simplesmente nos dessem dois porta-aviões: seria muito mais tranqüilo, mais seguro e menos apinhado de gente."

E então Mila Rodnitzky implorou ao sargento, como se estivesse implorando por nossas vidas a ele:

"E a Galiléia? A Galiléia, querido Dúdek? E os vales? Nem os vales? Será possível que nem eles vão ficar conosco? Por que nos roubar a última ovelhinha?"

Ao que meu pai replicou, com tristeza:

"Nada de última ovelhinha, Mila. Só temos essa. A única ovelhinha, isso sim. E vieram roubá-la."

Fez-se um breve silêncio, e vovô Aleksander arrematou, encolerizado, rubro de raiva, aos gritos, como se estivesse prestes a transbordar:

"Tem toda a razão, toda a razão a esse instigador asqueroso da mesquita de Jafa. Ele é que está certo! Nós somos um punhado de esterco, só isso. *Nu?* E daí? É o fim. Esses anti-semitas do mundo inteiro têm toda a razão! Toda a razão! Hamielnitzky está certo! Petliura está certíssimo! Hitler, também, tem toda a razão: *Nu?* E daí? Quem sabe se há mesmo uma maldição sobre nós, judeus? D'us nos odeia! E eu", acrescentou vovô, tomado de revolta, rubro, lançando gotículas de saliva para todos os lados e socando a mesa até fazer as colherinhas de chá tilintar nas xícaras, "e eu... eu... *nu*, e daí, se Ele, D'us, nos odeia, então eu também O odeio, pronto! Eu O odeio! Que morra. O assassino de Berlim já morreu torrado. Mas lá em cima está outro Hitler! Muito pior! *Nu*, e daí! Lá em cima, refestelado! Rindo de nós, às gargalhadas! O desprezível!"

Vovó Shlomit aperta seu braço e ordena:

"Zíssie! Chega! Basta! *Chto ty govorish! Genug, Íver genug!*"

Conseguiram acalmá-lo. Deram-lhe um cálice de conhaque e colocaram à sua frente uma travessa de biscoitos.

Mas tio Dúdek, o sargento Wilk, aparentemente deve ter considerado que as coisas urradas por vovô havia pouco no seu desespero não deveriam ser ditas na presença da polícia inglesa, e assim levantou-se, colocou seu esplêndido quepe de policial com a viseira soberba, símbolo da autoridade, ajeitou a cartucheira com o revólver do lado esquerdo da cintura, e da porta preferiu nos conceder uma segunda chance, um raio de luz, como se num rasgo de piedade fosse, apesar de tudo, considerar nossas reivindicações e tentar combater o desespero, pelo menos em parte:

"Mas há outro oficial, um irlandês, uma figura fantástica, que diz sempre uma única frase. E a frase é esta: 'Os judeus são muito mais espertos do que todo o resto do mundo junto, e no final eles acabam sempre passando uma rasteira e se dando bem'. É o que ele diz. A pergunta é simples: em quem vão passar uma rasteira? Shalom a todos. Só peço a vocês o grande favor de não repetirem a ninguém o que lhes contei esta noite, pois são, como se diz, dicas de cocheira." (Por toda a sua vida, mesmo depois de velho, tendo vivido em Jerusalém por sessenta anos, tio Dúdek sempre insistiu em dizer "considerando em que", e três gerações de devotados puristas falharam em ensiná-lo a dizer de outra maneira. De nada adiantaram os anos de serviço como oficial altamente graduado da polícia, finalmente como comandante da polícia de Jerusalém e mais tarde como vice-ministro de Turismo. Permaneceu sempre com o seu — "Considerando em que sou um judeu cabeçudo!".)

45

Durante o jantar, papai explicou que na reunião da Assembléia-Geral da ONU marcada para 29 de novembro em Lake Success, perto de Nova York, seria necessária uma maioria de pelo menos dois terços para que a recomendação do UNSCOP de criação de dois Estados independentes na área do mandato britânico, um judeu e um árabe, fosse adotada. Os países do bloco islâmico, junto com o governo inglês, fariam o possível para evitar que essa maioria se compusesse. Queriam que toda essa região se tornasse um Estado árabe sob o patrocínio da Inglaterra, exatamente como acontecia em outros países árabes, entre eles o Egito, a Transjordânia e o Iraque, que, na prática, eram dependentes do apoio britânico. De outro lado, o presidente Truman estava trabalhando, contrariando a opinião do seu próprio Departamento de Estado, para que a proposta do plano de partilha da Palestina fosse aceita.

Surpreendentemente, a União Soviética de Stalin se juntou aos Estados Unidos para apoiar a criação de um Estado judeu ao lado de um Estado árabe na Palestina. É possível que Stalin tivesse antevisto que a aprovação da partilha conduziria a um longo e sangrento conflito na região, e que na confusão ele teria como abrir uma brecha para os soviéticos numa área até então dominada pelos britânicos no Oriente Médio, próxima às jazidas petrolíferas e ao canal de Suez. Os cálculos das grandes potências são sinuosos e por vezes se cruzam, e desta vez, ao que parece, tinham coincidido com apetites religiosos: o Vaticano esperava conseguir uma influência considerável em Jerusalém, que pelo plano de partilha estaria sob controle internacional, isto é, nem muçulmano nem judeu. Razões de consciência e simpatia se mesclaram com razões egoístas e cínicas: vários países da Europa estavam procurando um meio de tentar, de alguma maneira, compensar o povo judeu pela perda de um terço de seus filhos e filhas nas mãos dos assassinos alemães e por gerações e gerações de perseguição implacável. Todavia, esses mesmos países não eram avessos à idéia de encaminhar essa maré de centenas de milhares de judeus indigentes deslocados de seus países na Europa Oriental — que tinham ficado abandonados à míngua em campos de refugiados em diversos países europeus desde a derrota da Alemanha — para tão longe quanto possível dos seus próprios territórios e certamente da Europa.

Até o momento da votação, era difícil prever qual seria seu resultado: pressões e seduções, ameaças e intrigas, e até mesmo o suborno funcionaram para fazer pender para este ou aquele lado o voto de três ou quatro pequenas repúblicas da América Latina e do Extremo Oriente. E os votos desses países poderiam decidir o resultado da votação. O governo do Chile, que tinha sido a princípio favorável à partilha, cedeu à pressão árabe e instruiu seus representantes na ONU para votar contra. O Haiti também declarou que votaria contra. A delegação da Grécia estava inclinada à abstenção, mas também decidiu no último minuto apoiar a posição árabe. O representante das Filipinas furtou-se a assumir qualquer compromisso. O Paraguai hesitava; seu delegado na ONU, o dr. César Acosta, se queixou de não ter recebido uma orientação clara de seu governo. Nesse meio-tempo, houve um golpe de Estado no Sião, e o novo governo descredenciou sua representação na ONU e não designou novos delegados. A Libéria, de sua parte, prometeu seu apoio. O Haiti mudou de idéia por influência americana e decidiu votar a favor.[14] Enquanto isso, na rua Amós, no armazém do sr. Auster ou na papelaria e banca de jornais do sr. Kalko, corria a história de que um diplomata árabe muito lindo teria conquistado o coração da representante de um pequeno país, conseguindo assim que ela votasse contra o plano de partilha, apesar de seu governo haver prometido apoiar os judeus. "Mas logo", assim nos contava alegremente o sr. Kolondi, o dono da Gráfica Kolondi, "logo, enviariam correndo um judeu esperto para contar tudo ao marido da diplomata apaixonada, e enviariam uma judia ainda mais esperta contar tudo à esposa do diplomata dom-juan. E caso nada disso funcionasse, prepara- riam para eles uma..." (e aqui a conversa passou a ser em ídiche, para eu não entender).

No sábado de manhã, diziam entre nós, a Assembléia-Geral se reuniria num lugar chamado Lake Success e lá decidiriam o nosso destino. "Quem deve viver e quem deve morrer!", disse o sr. Abramsky. E a sra. Túshia Krochmal trouxe o fio de extensão da máquina de costura elétrica do hospital de bonecas do marido, para que os Lamberg pudessem trazer o seu aparelho de rádio, preto e pesado, até a mesa colocada na varanda. (Era o único aparelho de rádio existente na rua Amós, se não o único em todo o bairro de Kerem Avraham.) Eles iriam ligar o rádio no último volume, e todos nós estaríamos reunidos aos Lamberg, no quintal, na rua, na varanda dos vizinhos de cima, nas varandas do prediozinho em frente, e assim a rua poderia ouvir a transmissão ao vivo e ficar sabendo qual seria o veredicto e o que nos reservava o futuro (se é que ainda haveria futuro depois desse sábado).

"Lake Success", disse papai, "significa Lago do Sucesso, ou seja, o contrário do mar de lágrimas que, segundo Bialik, simboliza o destino do nosso povo. E vossa alteza", continuou, "poderá tomar parte nesse acontecimento na condição de um consciencioso leitor de jornais e na sua função de nosso principal comentarista político e militar."

Mamãe disse:

"Tudo bem, mas com suéter — já está fazendo frio."

Porém no sábado de manhã ficamos sabendo que o debate fatal deveria

---

14. Jorge Garcia Granados. *The birth of Israel: The drama as I saw it*. Nova York, Alfred A. Knopf (1948).

começar à tarde em Lake Success, e portanto só começaria para nós à noite, por causa da diferença de fuso horário entre Nova York e Jerusalém, ou talvez porque Jerusalém fosse tão fora de mão, tão longe do grande mundo, para lá dos montes das Trevas e mais além, que tudo o que acontecesse fora daqui chegaria até nós apenas como um eco fraco, e sempre com grande atraso. A votação, assim calculavam na rua Amós, vai acontecer quando já for tarde da noite em Jerusalém, quase à meia-noite, numa hora em que esse menino já deverá estar na cama há muito tempo, porque amanhã também vamos ter de levantar cedo para ir à escola.

Entre meu pai e minha mãe houve então uma troca rápida de palavras, uma breve negociação em polonês e em russo, e por fim mamãe disse:

"Quem sabe não é melhor mesmo você se deitar para dormir normalmente, e nós ficaremos sentados no quintal perto da cerca ouvindo o rádio dos Lamberg. Se o resultado for a nosso favor, nós te acordamos, mesmo que seja à meia-noite, para contar. Prometemos."

Por volta da meia-noite, com a votação chegando ao final, acordei. Minha cama ficava bem embaixo da janela voltada para a rua; assim, tudo que eu tinha a fazer era me ajoelhar na cama e espiar pelas frestas da veneziana. Estremeci.

Como num pesadelo, uma multidão de sombras se aglomerava, muda e imóvel, em nosso quintal, à luz amarelada do lampião de rua, nos quintais vizinhos, nas calçadas, no meio da rua, como uma imensa assembléia de fantasmas. Em todas as varandas, centenas e centenas de homens e mulheres em completo silêncio, vizinhos, amigos, simples conhecidos e estranhos, alguns de pijama e chinelos, outros de terno e gravata, alguns de chapéu, outros de quepe militar, mulheres de cabeça descoberta e mulheres de penhoar e cabeça coberta por um lenço, algumas carregando crianças sonolentas no ombro, e, já nas beiradas da multidão, aqui e ali, eu via uma velhinha sentada num banquinho, ou um velho, muito idoso, para o qual tinham trazido uma cadeira, no meio da rua.

Toda aquela multidão parecia de pedra naquele aterrador silêncio noturno, como se não fossem pessoas, mas centenas de silhuetas sombrias pintadas na tela de uma escuridão lucilante. Como se todos tivessem morrido em pé. Silêncio tumular. Nem uma palavra, nem um pigarro, nem um ranger de sapatos. Nem um mosquito voando. Só se ouvia, vinda do rádio no último volume, a voz profunda e áspera do locutor americano que eletrizava o ar frio da noite, ou poderia ser a voz do presidente da Assembléia, Oswaldo Aranha, do Brasil. Um depois do outro, ele lia os nomes dos últimos países da lista, pela ordem alfabética inglesa, e repetia imediatamente a resposta do representante ao microfone. *United Kingdom: abstains. Union of Soviet Socialist Republics: yes. United States: yes. Uruguay: yes. Venezuela: yes. Yemen: no. Yugoslavia: abstains.*

Nisso a voz se calou de repente. E outro silêncio planetário desceu e congelou a cena, um silêncio aterrador, de mau agouro, trágico, um silêncio de multidões de pessoas de respiração presa, que nunca vi igual em toda a minha vida, nem antes, nem depois daquela noite.

Então voltou a voz profunda, um tanto rouca, para estremecer o ar por meio do som do rádio, e anunciar o resultado da contagem num tom seco e áspero, mas com indisfarçável regozijo: "Trinta e três a favor. Treze contra. Dez abstenções e um país ausente da votação. A proposta foi aceita".

E com isso a sua voz foi engolida pelo rugido que explodiu no rádio, transbordou, se alastrou em avalanche, vindo das galerias, das pessoas enlouquecidas de felicidade no salão de Lake Success, e passados dois ou três segundos de pasmo, de bocas entreabertas como se sentissem sede, de olhos bem abertos, de repente nossa remota ruazinha também urrou e rugiu, dos limites de Kerem Avraham, no extremo norte de Jerusalém, num estrondoso grito primal, cortando a noite, os prédios e as árvores, cortando a si próprio, não foi um grito de alegria, nem um pouco parecido com os urros dos estádios, nem com nenhuma manifestação de multidões arrebatadas de alegria, talvez como um berro de terror, de choque, um berro de assombro, de catástrofe, um grito de mover pedras, de congelar o sangue, como se todos os mortos e todos aqueles que ainda haveriam de morrer houvessem naquele mesmo instante juntado suas vozes ao rugido da multidão, que cessou de repente, e depois de mais um momento de assombro foi trocado por gritos de felicidade, e berros de *Am Israel Hai*, o Povo de Israel Vive, e alguém tentou puxar a *Hatíkva*, o hino nacional, e gritos de mulheres, e palmas, e canções patrióticas, e lentamente a multidão começou a girar em torno de si mesma, como num gigantesco caldeirão, e já nada era permitido e nada proibido, e eu pulei para dentro das calças e sem camisa nem suéter voei diretamente da nossa porta para a multidão na rua, e fui erguido nos braços por algum vizinho ou algum estranho, para não ser esmagado, e fui passado adiante, voando pelo ar, de mão em mão, até aterrissar nos ombros de meu pai junto do nosso portão: meu pai e minha mãe estavam lá abraçados, colados um ao outro como duas crianças perdidas na floresta, de um jeito que eu nunca os tinha visto, nem antes nem depois daquela noite, e eu logo estava no chão entre eles, entre abraços de todos, e depois de novo encarapitado no ombro de meu pai, e ele, aquele intelectual, erudito, educadíssimo, gritava com todas as forças, e não foram palavras nem jogos de palavras, nem lemas sionistas, nem foram gritos de prazer, mas foi um grito longo, nu e cru, anterior à invenção das palavras.

Mas outros já cantavam, todos cantavam creia, o dia vai chegar, aqui em Israel se realizarão as esperanças dos antepassados, o Sião me maravilha, nas montanhas nossa luz resplandece de Metula até o Neguev, mas meu pai, que não sabia cantar e talvez nem soubesse as letras desses hinos, não parou de berrar o seu longo berro, com todas as forças e com todo o ar dos pulmões, aaaaahhhhh, e quando o ar acabava, respirava rápido, como um afogado, e continuava a berrar, esse homem que quis ser professor emérito, e tinha qualidades para isso, agora todo ele era apenas um aaaaahhhhhh. Eu me espantei ao ver minha mãe afagando sua cabeça suada, suas costas, e logo senti sua mão afagar a minha cabeça, pois era possível que sem querer eu também estivesse ajudando meu pai com meus berros, e mamãe continuava a nos afagar e afagar, talvez para nos acalmar, ou não, nada disso, é possível que no fundo também ela quisesse participar junto conosco dos nossos urros selvagens, junto com toda a rua, com todo o bairro, com toda a cidade e com todo Israel, dessa vez minha mãe triste também tentava tomar parte — não, claro que não a cidade toda, mas só os bairros judeus, pois em Sheikh Jarakh, Katamon, Bak'a e Talbye certamente nos ouviram naquela noite para mergulhar em profundo silêncio, que foi talvez muito parecido com o silêncio aterrador que se fez em todos os bairros judeus antes que o resultado da votação fosse anunciado. Na mansão Siluani, em Sheikh Jarakh, e na casa dos pais de Aysha, em Talbye, e na casa do vendedor da loja de roupas, o querido Gepeto de olheiras inchadas e olhos piedosos, nessas casas não houve alegria naquela noite. Devem ter ouvido os gritos triunfantes dos bairros judeus, talvez tenham chegado à janela para ver os poucos fogos de artifício que riscaram a escuridão do céu, rangeram os dentes e se calaram. Até os papagaios se calaram, e se calou o pequeno chafariz da piscina dos peixinhos. Apesar de que nem em Katamon, nem em Talbye, nem em Bak'a ainda não se sabia, nem se poderia mesmo saber, que em cinco meses eles cairiam, inteiros e vazios, nas mãos dos judeus e que novas pessoas iriam morar em todas aquelas casas com suas abóbadas de pedra rosada e naquelas grandes vilas com seus muitos arcos e cornijas.

E depois, na rua Amós, em todo o baixo de Kerem Avraham e em todos os bairros judeus, houve muita dança e muito choro, e apareceram bandeiras, e palavras de ordem escritas em faixas de pano, e carros buzinaram com toda a força de suas buzinas, e *Sú Ziona Nes VaDeguel* [Venham a Sião, milagre e bandeira], e "Aqui em Israel se realizarão as esperanças dos nossos antepassados", e de todas as sinagogas se ouviam os sons do chofar,* e rolos da Torá foram tirados de seus escaninhos e levados para as rodas que dançavam pelas ruas, e *El Ívne haGalila* [D'us construirá a Galiléia], e *Shuru, Habitu VeReu/ Ma Gadol HaYom HaZé* [Despertem, cantem e vejam/ Como é grande este dia], e mais e mais e mais. Depois, já de madrugada, de repente as portas do armazém do sr. Auster foram abertas, e todos os armazéns da rua Tzefânia, e da rua Gueúla, e da rua Chancellor, e na Jafa, e na King George, os bares de toda a cidade abriram suas portas, e até o raiar do Sol distribuíram de graça refrescos e doces, bolos, bebidas, de mão em mão, de boca em boca passavam as garrafas de suco, de cerveja, de vinho, e estranhos se abraçavam pelas ruas e se beijavam chorando, e surpresos policiais ingleses também foram arrastados para as rodas de dança e logo "calibrados" pela cerveja e por todas as bebidas, e sobre as viaturas blindadas do Exército britânico foram desfraldadas bandeiras de um país que ainda não havia surgido, mas que por decisão vinda de Lake Success, a partir daquela noite, teria permissão para surgir. E ele deveria surgir dentro de cento e sessenta e sete dias e noites, numa sexta-feira, na noite de 14 de maio de 1948. Porém, um em cem dos habitantes judeus, um em cada cem homens, mulheres, velhos, e crianças, e bebês, um em cem daqueles que agora cantavam, dançavam, bebiam e comemoravam, e choravam de tanta alegria, um por cento desse povo que exultava e festejava nesta noite, nas ruas, morreria na guerra a ser deflagrada pelos árabes, menos de sete horas depois de o país ter nascido naquela noite de maio. E em auxílio de seus inimigos viriam, à saída do Exército inglês, os exércitos regulares da Liga Árabe, unidades de infantaria, e blindados, e artilharia, e aviação de caça, e bombardeiros, e do sul e do leste e do norte seríamos invadidos por forças regulares vindas de cinco países com a missão de dar um fim a este país em um ou dois dias, a partir da sua fundação.

Mas meu pai me dizia, na noite de 29 de novembro de 1947, enquanto errávamos pela multidão entre rodas de dançarinos delirantes, não como um pedido a mim, encarapitado em seu ombro, mas como certeza absoluta: Meu filho, veja isto, abra bem os olhos e observe muito bem tudo isto, porque esta noite, meu filho, você nunca vai esquecer, até seu último dia de vida, e sobre esta noite você ainda vai contar aos seus filhos, aos seus netos e bisnetos, ainda por muitos anos, depois que não estivermos mais neste mundo.

E de madrugada, numa hora em que aquela criança nunca tivera licença de ficar acordada, talvez às três ou às quatro, fui me deitar vestido e me enrolei nas cobertas, no escuro. E passado algum tempo, a mão de meu pai levantou o meu cobertor no escuro, não para me repreender por ter dormido vestido, mas para se deitar ao meu lado, ele também vestido, com as roupas cheirando ao suor de todas as pessoas aglomeradas, igual à minha própria roupa (entre nós vigorava uma lei inviolável: nunca, em nenhum caso e por nenhum motivo, se devia deitar na cama vestido). Papai ficou deitado ao meu lado em silêncio, por alguns minutos, embora normalmente fosse alérgico ao silêncio e sempre tratasse de expulsá-lo. Contudo dessa vez não chegou a tocar no silêncio que reinava entre nós, mas conviveu com ele, e só a sua mão acariciava de leve a minha cabeça. Como se nessa noite escura meu pai tivesse se transformado em mãe.

Depois, baixinho, contou-me, sem me chamar nem uma vez de vossa alteza ou de vossa senhoria, o que moleques de rua fizeram com ele e com o irmão David em Odessa e o que fizeram alguns jovens góim do ginásio polonês em Vilna, as moças também participando, e no dia seguinte, quando seu pai, vovô Aleksander, foi à escola se queixar pelo ultraje, os brutamontes não lhe devolveram as calças rasgadas mas o atacaram, à vista de todos, jogaram-no ao chão e arrancaram suas calças em pleno pátio do colégio, e as moças riram muito e também o insultaram, dizendo que os judeus eram todos assim e assado, enquanto os professores assistiram a tudo sem dizer nada, ou talvez também tenham rido.

E ainda com a voz do escuro e a mão passeando pela minha cabeça (pois não se costumava afagar), meu pai me disse sob o cobertor, à primeira luz da madrugada do dia 30 de novembro de 1947: "É possível que algum dia arruaceiros também possam vir a importunar você na rua ou na escola. E é possível que venham a fazer isso justamente por você talvez ser um pouco parecido comigo.

Mas de hoje em diante, a partir do momento em que temos uma nação, de hoje em diante os brutamontes nunca irão atormentar você porque você é judeu e porque os judeus são assim e assado. Isso — não. Nunca. Nunca mais vai acontecer. A partir desta noite, isso acabou. Acabou para sempre".

E eu acariciei a sua face com mão sonolenta, e um pouco abaixo de sua testa saliente, em lugar dos óculos meus dedos encontraram lágrimas. Nunca em minha vida, nem antes daquela noite nem depois, nem mesmo quando minha mãe morreu, eu tinha visto meu pai chorar. E a verdade é que não vi, nem naquela noite: o quarto estava escuro. Só a minha mão esquerda pôde ver.

Três horas depois, às sete da manhã, enquanto nós e provavelmente todo o bairro ainda dormíamos, tiros vindos de Sheikh Jarakh foram disparados contra uma ambulância judia que vinha do centro da cidade em direção ao Hospital Hadassa, no monte Scopus. Em todo o país, árabes atacaram ônibus, mataram e feriram passageiros e atiraram com armas leves e metralhadoras em bairros judeus remotos e comunidades judias isoladas. O Conselho Árabe, sob a presidência de Djamal Husseini, decretou greve geral e instigou toda a população árabe a ir às ruas e às mesquitas, onde seus líderes religiosos conclamavam os fiéis a declarar a jihad, a guerra santa contra os judeus. Dois dias depois, centenas de árabes armados saíram da Cidade Velha cantando hinos de sangue, urrando versículos do Alcorão, berrando *"Ydbach al Yahud"* e disparando rajadas para o alto. A polícia inglesa os acompanhava, e um carro blindado, assim dizem, liderava a turba que invadiu o centro comercial judeu na parte oriental da rua Mamila, saqueou e tocou fogo em todo o quarteirão. Quarenta lojas foram incendiadas. Policiais e soldados ingleses colocaram barreiras na descida da rua Princesa Mary e impediram assim que unidades da Haganá entrassem para defender os judeus presos na armadilha do centro comercial. Confiscaram as armas da Haganá e prenderam dezesseis de seus membros. No dia seguinte, homens da Etzel incendiaram o cinema Rex, supostamente pertencente a árabes.

Na primeira semana de tumultos foram mortos uns vinte judeus. Até o final da segunda semana uns duzentos judeus e árabes foram mortos em todo o país. Do início de dezembro de 1947 até março de 1948, a iniciativa esteve na mão dos árabes: os judeus em Jerusalém e em todo o país tiveram de se manter quase apenas na defensiva, imobilizados, pois os ingleses impediam a Haganá de tomar a iniciativa e desfechar contra-ataques. Seus integrantes eram presos, e as armas, confiscadas. Unidades árabes semi-regulares, reforçadas por centenas de voluntários armados vindos de países árabes vizinhos e por uns duzentos desertores ingleses que optaram por combater ao lado dos árabes, bloquearam as estradas, reduzindo a presença judaica a uma colcha de retalhos de povoações, ou a grupos de povoações isoladas, às quais só seria possível fornecer alimentos, armas e combustível por meio de caravanas blindadas.

Enquanto os ingleses se mantinham no governo, usado por eles principalmente para apoiar os árabes em sua guerra e tolher os movimentos das forças judaicas, Jerusalém foi gradualmente se isolando do restante do país. A única estrada que a ligava a Tel Aviv tinha sido bloqueada por forças árabes, e só de raro em raro, e com um pesado custo em vidas, conseguia-se fazer passar uma caravana da planície para Jerusalém. No final de dezembro de 1947, os habitantes judeus de Jerusalém já viviam, na prática, uma situação de sítio. Unidades regulares do Iraque, com permissão expressa do governo britânico, tomaram a estação de bombeamento de água de Rosh ha'Ayin e explodiram as máquinas, deixando a Jerusalém judia sem água, à exceção de poços e pequenos reservatórios. Bairros judeus isolados, como o setor judeu na Cidade Velha, Yemin Moshé, Mekor Chaiim ou Ramat Rachel, ficaram sitiados, desligados da rede de água da cidade. Uma "comissão para emergências", criada pela Agência Judaica (que exercia o governo na prática), organizou o racionamento de comida e a ronda dos tanques, que percorriam as ruas por entre os bombardeios distribuindo um balde de água por pessoa a cada três ou quatro dias. Pão, verduras, açúcar, leite, ovos e todos os outros alimentos foram submetidos a um racionamento rigoroso e fornecidos às famílias mediante cartões de racionamento, até que terminaram, e então passamos a receber ocasionalmente pequenas rações de leite em pó, torradas e ovos em pó, de cheiro muito estranho. Remédios e demais utensílios médicos quase não existiam, às vezes os feridos eram operados sem anestesia. A distribuição de eletricidade entrou em pane, pois era praticamente impossível obter combustível; passamos muitos meses no escuro ou à luz de velas.

Nosso pequeno apartamento semi-enterrado, considerado um lugar seguro por ser à prova de bombardeios, tornou-se uma espécie de refúgio para os moradores dos apartamentos mais altos. Todas as vidraças das janelas foram desmontadas e guardadas, e os vãos, protegidos por barricadas feitas de sacos de areia. Estávamos sempre, dia e noite, imersos numa penumbra cavernosa, de março até agosto ou setembro de 1948. Nesse ambiente escuro e apertado, e sob mau cheiro permanente, espremiam-se em nossa casa às vezes vinte ou vinte e cinco pessoas, vizinhos, conhecidos, estranhos, refugiados de bairros mais vulneráveis, que dormiam deitados sobre colchões ou tapetes. Entre eles duas velhinhas que passavam o dia todo sentadas no corredor, chorando, um velho meio maluco que se autodenominava Profeta Jeremias e vociferava o tempo todo suas lamentações pela destruição de Jerusalém, além de vaticinar para todos nós o nosso fim nas câmaras de gás dos árabes, em Ramallah, que, ele dizia, "já começaram a funcionar, passaram da fase experimental e agora já sufocam dois mil e cem judeus por dia", e também vovô Aleksander e vovó Shlomit, e o irmão mais velho de vovô Aleksander, tio Yossef (tia Tzipora tinha morrido em 1946), nem mais, nem menos, o próprio professor Klausner, e com ele sua cunhada, Chaia Elitzedek. Ambos conseguiram escapar quase no último minuto do bairro de Talpiót, isolado e sob bombardeio intenso, para se abrigar em nossa casa, ambos deitados vestidos e sem tirar os sapatos, cochilando e acordando nas horas mais improváveis, mesmo porque na penumbra permanente se tornava difícil saber se era dia ou noite. Ficavam deitados no chão em seu refúgio, um canto da cozinha, considerado por eles o lugar menos movimentado da casa. (Também o sr. Agnon, assim se comentava, teria deixado Talpiót com a família para se abrigar na casa de amigos em Rehávia.)

Tio Yossef estava sempre lamentando, com sua vozinha fina e chorosa, o destino da imensa biblioteca e dos valiosos manuscritos que havia deixado para trás, em Talpiót, e quem saberia dizer se um dia voltaria a vê-los. E o filho único de Chaia Elitzedek, Ariel, alistou-se na Haganá e combatia na região de Talpiót, e por muito tempo não tivemos notícias dele, sem saber se estava vivo ou morto, ferido ou se fora feito prisioneiro.[15]

O casal Miodovnik, cujo filho Grisha combatia nas fileiras da Palmach* em algum lugar, teve de deixar a sua casa, que ficava exatamente na linha de fogo, no bairro Beit Israel, e também veio se refugiar em nossa casa, entre algu-

---

15. O primo de meu pai, Ariel Elitzedek, escreveu sobre suas experiências na Guerra de Independência em seu livro A *espada sedenta*. Jerusalém, Achiassaf (1950).

mas outras famílias que se aglomeravam no quartinho que antes da guerra fora o meu quarto. Ao ver o sr. Miodovnik eu sentia repulsa, meu coração quase parava, pois soube que tinha sido ele quem escrevera aquele livro esverdeado pelo qual estudávamos na escola Tchachmoni: *Aritmética para crianças da terceira série*, de Matatiahu Miodovnik. Um dia, logo pela manhã, o sr. Miodovnik saiu de casa para resolver alguns assuntos, e não voltou à noite. Nem no dia seguinte. Sua esposa foi procurá-lo no necrotério municipal, deu uma boa olhada e voltou feliz da vida por não ter encontrado o marido entre os cadáveres.

Como o sr. Miodovnik não voltasse para casa no dia seguinte, meu pai, como de costume, começou com suas piadinhas em voz bem alta para afastar qualquer silêncio e desfazer qualquer tristeza: "Nosso querido Mátia", dizia meu pai, "com certeza já arranjou uma linda soldada de uniforme cáqui e agora devem estar numa boa". Mas de repente, depois de fazer suas gracinhas por um bom quarto de hora sem nenhum sucesso, o rosto de meu pai ficou sombrio, e ele se levantou e foi também ao necrotério municipal, onde pelas meias, o par de meias que ele próprio havia emprestado para Matatiahu Miodovnik na véspera, reconheceu o cadáver esfacelado por um projétil. A sra. Miodovnik por certo deve ter passado diversas vezes diante daquele corpo sem reconhecê-lo, pois nele não havia mais rosto.

Durante os meses de cerco, meu pai, minha mãe e eu dormíamos sobre um colchão no canto do corredor, e durante a noite inteira caravanas e mais caravanas de necessitados de utilizar o banheiro passavam por cima de nós. O banheiro exalava um mau cheiro terrível, porque não havia água para dar a descarga e porque a janelinha que deveria arejá-lo estava selada por sacos de areia. A intervalos de apenas minutos os projéteis de artilharia pesada atingiam a montanha e a faziam tremer, e com ela tremiam todos os prediozinhos das redondezas, feitos de pedra. Muitas vezes eu era acordado por gritos terríveis, de gelar o sangue, sempre que uma das pessoas abrigadas em nossa casa tinha pesadelos.

No dia 1º de fevereiro um carro-bomba explodiu junto à redação do *Palestine Post*, jornal hebraico em língua inglesa. A explosão destruiu completamente o edifício, e a suspeita recaiu sobre policiais ingleses que tinham se incorporado às forças árabes. No dia 10 de fevereiro, as milícias de defesa do bairro Yemin Moshé conseguiram resistir a um grande ataque de unidades árabes semi-regulares. No domingo, 22 de fevereiro, dez minutos após as seis da manhã, uma organização que se autodenominava Forças Fascistas Britânicas explodiu três caminhões carregados de dinamite na rua Ben Yehuda, no coração da Jerusalém judaica. Prédios de seis pavimentos ruíram, reduzindo-se a escombros, e boa parte da rua se transformou num monte de entulho. Cinqüenta e duas pessoas morreram dentro das casas, e umas cento e cinqüenta ficaram feridas.

Nesse mesmo dia, meu pai míope resolveu se alistar no posto do Mishmar HaAm, a Defesa Civil, instalada num beco próximo à rua Tzefânia: teve de confessar que sua experiência militar anterior se resumia a escrever os textos de cartazes subversivos em inglês, encomendados pela Etzel ("Nosso desprezo à pérfida Albion", "Não aos nazi-britânicos!" e outros do gênero).

No dia 11 de março, o automóvel do cônsul americano em Jerusalém, bem conhecido de todos, com o motorista árabe do consulado à direção, entrou no pátio interno do conjunto de edifícios da Agência Judaica, a sede do dispositivo de defesa judaica em Jerusalém e em todo o país. Parte do prédio da Agência voou pelos ares, e houve dezenas de mortos e feridos. Na terceira semana do mês de março, fracassaram as tentativas de fazer passar caravanas com alimentos e outros gêneros de primeira necessidade da planície para Jerusalém. O bloqueio se tornou ainda mais implacável, e a cidade estava à beira da fome, da sede e das epidemias.

Já em meados de dezembro de 1947, as escolas de nosso bairro fecharam as portas. Numa das manhãs, nós, as crianças do bairro, da terceira e quarta séries do Tchachmoni e do Educandário, fomos convidados a nos reunir num apartamento vazio da rua Malachi, onde um rapaz bronzeado, vestido descuidadamente de cáqui e fumando cigarros Satusian, recebeu-nos, apresentando-se apenas pelo seu nome de guerra, Garibaldi. Falou conosco uns vinte minutos, num tom muito sério, seco e prático, que até então só tínhamos ouvido em conversas de pessoas bem mais adultas. Garibaldi nos ordenou examinar todos os quintais, terrenos baldios e depósitos de todo tipo para recolher sacos vazios ("- Depois vamos encher de areia") e garrafas vazias ("Tem gente que sabe fazer uns coquetéis deliciosos para o inimigo provar").

Ele também nos ensinou a catar em terrenos baldios e quintais abandonados um tipo de mato chamado de *chélmit* em hebraico, mas que todos chamávamos pelo nome árabe de *choviza*: a *choviza* deveria atenuar um pouco a fome que já começava a aumentar em Jerusalém. As mães fritavam ou cozinhavam essa planta, preparando com ela cremes e bolinhos cor de espinafre, mas com um gosto muito pior. Fomos também incumbidos de manter um posto de observação permanente — a cada hora durante o dia, dois de nós, por turnos, deveriam montar guarda sobre um telhado na parte alta da rua Ovádia e observar a movimentação dentro do Schneller, o quartel dos ingleses, e de tempos em tempos despachar um mensageiro que deveria correr até o posto de comando na rua Malachi e relatar a Garibaldi ou a um de seus auxiliares o que se passava lá dentro, e se já se notava alguma movimentação especial, como se estivessem em preparativos para se movimentar.

Às crianças maiores, da quinta e sexta séries, Garibaldi ensinou a levar mensagens entre as posições da Haganá no final da rua Tzefânia e na esquina do bairro dos búlgaros. Mamãe chegou a implorar: "Mostre que tem juízo e pare com essas brincadeiras". Mas não obedeci. Minha especialidade era catar garrafas vazias; em uma semana eu tinha conseguido recolher cento e quarenta e seis garrafas e as levei em sacos ou caixas de papelão ao posto de comando. O próprio Garibaldi me deu uma palmadinha no ombro, com um olhar de simpatia. Recordo exatamente as palavras que me disse enquanto coçava os pêlos do peito pela abertura da camisa: "Muito bem. Acho que ainda vamos ouvir falar de você um dia". Palavra por palavra. Cinqüenta e três anos se passaram, e eu não esqueci.

46

Muitos anos mais tarde, descobri que uma mulher que eu havia conhecido na infância, a sra. Tzarta Abramsky, esposa de Yaacov-David Abramsky (ambos eram visitas freqüentes em nossa casa), manteve um diário naquele tempo. Lembro-me também, vagamente, de que às vezes minha mãe se sentava no chão num canto do corredor durante os bombardeios, com seu caderno aberto apoiado em um livro fechado sobre os seus joelhos, e escrevia, absorta, muito distante dos impactos das balas de canhão, dos morteiros e das rajadas de metralhadora, surda ao ruído dos vinte coitados que se amontoavam dia e noite em nosso submarino escuro e fedorento, escrevia em seu caderno, alheia às lamentações apocalípticas do Profeta Jeremias, aos queixumes de tio Yossef e ao choro ininterrupto e infantil da velha cuja filha muda trocava suas fraldas molhadas na presença de todos nós. O que minha mãe escrevia naquela época, eu nunca saberei: nenhum de seus cadernos chegou às minhas mãos. Talvez ela tenha queimado todos antes de se suicidar. Não me restou nem uma página escrita por ela.

No diário de Tzarta Abramsky, leio, entre outras coisas:

24.2.1948

Estou cansada [...] tão cansada [...] o depósito cheio de pertences dos mortos e feridos [...] Quase ninguém vem aqui para reclamar essas coisas: seus donos ou morreram, ou estão feridos, deitados em macas nos hospitais. Apareceu um homem, ferido na cabeça e na mão, mas que conseguia andar. Sua esposa morreu. Ele encontrou seus vestidos, suas fotos e alguns cortes de tecido [...] E esses objetos, que foram comprados com amor e com alegria de viver, acabaram aqui, neste porão [...] E entra um rapaz, G., para procurar suas coisas. Perdeu o pai e a mãe, dois irmãos e a irmã na explosão da rua Ben Yehuda. Ele só se salvou por não ter dormido em casa naquela noite, pois estava de sentinela nas trincheiras [...] Não estava interessado em objetos, mas em fotografias. Entre as centenas de fotos salvas da explosão, ele tentou descobrir suas fotos de família [...]

14.4.48

Fomos informados nesta manhã [...] de que, pelo cartão do racionamento de combustível (cartão do chefe de família), poderemos receber um quarto de frango por família em alguns açougues indicados. Alguns vizinhos me pediram para levar a sua cota para eles, pois trabalham e não podem ficar na fila. Yoni, meu filho, ofereceu-se para ficar em meu lugar na fila antes de ir à escola, mas eu disse a ele que eu mesma iria. Mandei Yair para o jardim-de-infância e fui à rua Gueúla, onde ficava o açougue. Cheguei às quinze para as oito e já encontrei uma fila de cerca de seiscentas pessoas.

Disseram que muitos deles tinham vindo já às três ou quatro da madrugada, pois a notícia da distribuição da carne de frango começara a se espalhar ainda ontem. Não tive vontade nenhuma de entrar na fila, mas havia prometido aos vizinhos apanhar as suas cotas, e não fica bem chegar em casa de mãos vazias. Resolvi ficar.

Enquanto estava na fila, fiquei sabendo que um "boato" que correu por Jerusalém ontem foi confirmado: cerca de cem judeus foram queimados perto de Sheikh Jarakh, na caravana que subia para o Hospital Hadassa e para a universidade. Cem pessoas. E entre eles cientistas famosos, médicos e enfermeiras, operários e estudantes, doentes e funcionários.

É inacreditável. Há tantos judeus em Jerusalém, e eles não conseguiram salvar da morte essas cem pessoas [...] e isso tudo a um quilômetro [...] Dizem que os ingleses não deixaram salvar. Para que, então, esse quarto de frango, se bem diante dos nossos olhos acontecem tragédias como essa? Porém as pessoas continuam fazendo fila, obstinadas, e ouço o tempo todo: "As crianças emagreceram [...] já faz meses que não experimentam o gosto de carne [...] leite não há, verduras não há [...]". É difícil ficar seis horas na fila, mas vale a pena, as crianças vão tomar canja [...] O que aconteceu em Sheikh Jarakh foi uma desgraça terrível, mas quem sabe o que nos espera, a todos nós, aqui em Jerusalém [...] Quem morreu morreu, e os vivos continuam vivendo [...] A fila prossegue. Os "felizardos" vão para casa apertando no peito o seu quarto de frango por família [...] Passa um enterro [...] Às duas da tarde eu também recebo minha cota e as dos meus vizinhos, e volto para casa.[16]

Meu pai deveria ter sido enviado para o monte Scopus com aquela mesma caravana em 13 de abril de 1948, quando foram assassinados e queimados vivos setenta e sete médicos, enfermeiras, professores e estudantes: meu pai havia sido encarregado pelo Mishmar HaAm, a Defesa Civil, e talvez pelos seus superiores na Biblioteca Nacional, de trancar determinados setores do subsolo da biblioteca e seus depósitos, pois as instalações no monte Scopus tinham ficado isoladas do resto da cidade. Mas na véspera do dia em que deveria ir, ele teve febre alta, de quarenta graus, e o médico o proibiu terminantemente de sair da

16. Tzarta Abramsky. "Trechos do diário de uma mulher durante o cerco a Jerusalém, 1948", in *A correspondência de Yaacov-David Abramsky*, editada e comentada por Shula Abramsky. Tel Aviv, Editora Sifriat Poalim (5751/1991), pp. 288-9.

cama. (Ele era impaciente, e seu corpo era frágil; todas as vezes que tinha febre seus olhos ficavam turvos, e ele perdia o equilíbrio por completo.)

Quatro dias depois de os homens da Etzel e da Lechi terem invadido a aldeia árabe de Deir Yassin, a oeste de Jerusalém, matando muitos dos seus habitantes, árabes armados atacaram a caravana que atravessava o bairro de Sheikh Jarakh às nove e meia da manhã a caminho do monte Scopus. O próprio secretário de Estado inglês responsável pelas colônias, Arthur Kritsch-Jones, havia prometido pessoalmente para representantes da Agência Judaica que, enquanto seu Exército estivesse em Jerusalém, as forças britânicas garantiriam o tráfego regular de caravanas para a troca de turnos do pessoal de guarda na universidade e no hospital (o Hospital Hadassa servia não apenas à população judaica, mas a todos os habitantes de Jerusalém).

Na caravana havia duas ambulâncias e três ônibus com janelas blindadas por chapas de metal pelo temor do fogo de franco-atiradores, alguns caminhões carregados de equipamento médico e dois automóveis. À entrada do bairro de Sheikh Jarakh, um oficial da polícia inglesa sinalizou para a caravana, como de costume, que o caminho estava livre e seguro. No centro do bairro árabe, quase em frente à mansão do grande mufti hadji Amin, o líder pró-nazista dos árabes da Palestina, e a uns cento e cinqüenta metros da vila Siluani, o primeiro veículo topou com uma mina, explodindo. Em seguida, de ambos os lados da estrada foram disparadas rajadas de metralhadora e lançadas granadas e coquetéis molotov. A descarga continuou durante toda a manhã.

O ataque aconteceu a uma distância de menos de duzentos metros do posto de guarda britânico, cuja função era a de assegurar o livre acesso ao hospital. Os soldados ingleses passaram muitas horas apenas observando o ataque, sem mover um dedo. (Será que também os Siluani saíram para assistir à carnificina? Ou ficaram sentados nas cadeiras estofadas, na varanda? Ou no caramanchão das uvas? Com copos altos de limonada, suando de tão gelados?) Às nove horas e quarenta e cinco minutos passou pelo local, sem deter o carro nem sequer por um momento, o general Gordon H. A. Macmillan, o comandante-em-chefe das tropas britânicas em Eretz-Israel (mais tarde o general Gordon alegou, cinicamente, que lhe parecera que o ataque já havia terminado).

Às treze horas, e novamente uma hora mais tarde, veículos militares ingleses passaram pelo local sem se deter. Quando o oficial de ligação da Agência Judaica se comunicou com o comando inglês pedindo autorização para enviar unidades da Haganá para salvar os feridos e moribundos, foi-lhe dito que "nosso Exército controla a a situação" e que a Haganá estava proibida de intervir. Apesar da proibição, unidades de salvamento da Haganá correram em auxílio da caravana emboscada, a partir da cidade e do monte Scopus bloqueado. Foram impedidas de se aproximar. Às treze horas e quarenta e cinco minutos, o reitor da Universidade Hebraica, professor Yehuda Leib Magans, telefonou ao general Macmillan pedindo socorro. A resposta foi que "o Exército tenta se aproximar do local, mas encontrou lutas violentas".

Não havia luta nenhuma. Às quinze horas os dois ônibus foram incendiados e quase todos os passageiros, a maioria já ferida ou agonizante, foram queimados vivos.

Entre as setenta e sete vítimas estavam o diretor do Hospital Hadassa, professor Haiim Yasky, os professores Leonard Doljinsky e Moshé Ben-David, fundadores da Faculdade de Medicina de Jerusalém, o físico Gunther Wolfson, o diretor da divisão de psicologia, professor Enzo Bonaventura, o dr. Aharon Chaiim Freiman, especialista em legislação judaica, e o filólogo dr. Biniamin Klar.

O Conselho Árabe Superior veio a público, mais tarde, num comunicado oficial, para descrever o morticínio como um ato de heroísmo praticado "sob o comando de um oficial iraquiano". O texto traz também uma censura aos ingleses pela sua intervenção apenas no último momento, e acrescenta: "Não fosse a intervenção do Exército britânico, não teria restado nem uma alma viva de todos os passageiros da caravana". Foi só por coincidência, graças à febre alta, e talvez porque minha mãe às vezes sabia como refrear os seus impulsos patrióticos, que meu pai também não foi queimado vivo naquela caravana.

Algum tempo depois do massacre da caravana no monte Scopus, unidades da Haganá desfecharam pela primeira vez uma série de ataques maciços em várias regiões do país, ameaçando também se lançar contra o Exército britânico já em retirada, se ousasse intervir. A estrada que liga Jerusalém à planície foi aberta após uma grande investida da Haganá, e novamente fechada, e de novo aberta, mas o cerco à Jerusalém judaica se reiniciou após um ataque das forças regulares da Liga Árabe. Durante o mês de abril e até maio de 1947, caíram nas mãos da Haganá muitas cidades árabes e grandes cidades de população mista, Haifa e Jafa, Tvéria e Tzfat, e também dezenas de aldeias árabes, de norte a sul.

Centenas de milhares de árabes perderam suas casas naquelas semanas e se tornaram refugiados. Alguns permanecem assim até os dias de hoje. Muitos deles escaparam, muitos deles foram expulsos à força. Milhares foram mortos.

Na Jerusalém sitiada daqueles dias não houve quem lastimasse o amargo destino daqueles refugiados palestinos. O bairro judeu da Cidade Velha, habitado por judeus há milhares de anos seguidos (exceto por uma interrupção no século XII, quando foram todos massacrados e expulsos pelos cruzados), caiu em mãos da Legião Árabe Transjordaniana, todos os seus prédios foram saqueados e arrasados e todos os seus habitantes foram mortos, expulsos ou feitos prisioneiros. As colônias do Gush Etzion também foram arrasadas, e seus habitantes judeus, massacrados ou feitos prisioneiros. Atarot e Nevé Yaacov, Kália e Beit HaAravá foram evacuadas de seus habitantes e arrasadas pelos árabes. Os cem mil habitantes judeus de Jerusalém temiam que a mesma sorte os aguardasse. Quando a rádio Kol HaMagen [A Voz do Defensor] noticiou a fuga dos habitantes árabes dos bairros de Talbye e Katamon, não me recordo de ter lamentado a sorte de Aysha e de seu irmãozinho. Só ampliamos um pouco, eu e meu pai, nossas fronteiras de fósforos sobre o mapa de Jerusalém: os meses de canhoneio, de fome e de medo tinham enrijecido o meu coração. Para onde teria ido Aysha? E seu irmãozinho? Para Nabulus? Para Damasco? Para Londres? Ou para um campo de refugiados? Hoje, se é que ainda vive, Aysha deve ser uma senhora de uns sessenta e cinco anos. E seu irmãozinho, aquele que teve, talvez, o pé esfacelado por minha causa, também ele estará chegando aos sessenta. Talvez seja possível, agora, tentar descobrir o destino de todas as ramificações da família Al-Siluani. Londres? América do Sul? Austrália?

E supondo que eu consiga um belo dia encontrar Aysha em algum lugar deste mundo, ou aquele que foi um dia o garotinho cacheado *tenlienli*: Como vou me apresentar a eles? O que vou dizer? O que explicar? O que sugerir?

Será que eles se lembram? E nesse caso, do que se lembram? Ou será que os tumultos violentos que os atingiram os fizeram esquecer aquele tolo exibicionista na árvore?

Pois não foi só por minha culpa. Não tudo. Eu só falei e falei e falei. Aysha também teve culpa. Pois foi ela quem disse vamos ver se você consegue subir na árvore. Se ela não tivesse me desafiado daquele jeito, eu não teria escalado na mesma hora, e o irmão...

Inútil. Já foi.

* * *

No comando local da Defesa Civil da rua Tzefânia, entregaram a meu pai uma velha carabina e o encarregaram de funções de guarda-noturno nas ruas do bairro de Kerem Avraham. Era uma arma escura e pesada, com o cabo muito gasto e repleto de inscrições feitas com canivete — garatujas, iniciais, palavras estrangeiras. Meu pai logo tratou de decifrar os escritos, antes mesmo de aprender a usar a carabina. Talvez fosse uma arma italiana da Primeira Guerra Mundial, ou uma velha carabina americana. Ele a revirou por todo lado, fez que fez, puxou daqui e empurrou dali, sem sucesso, e finalmente colocou a arma no chão e foi verificar o pente de balas. Ali, ao contrário, obteve um imediato e estrondoso sucesso: conseguiu sacar as balas. Brandiu vitorioso um punhado delas numa mão e o pente vazio na outra, e os agitou exultante na minha direção — eu, que espiava encolhidinho da porta, enquanto ele contava uma espécie de piada desdenhando a ignorância bélica dos estúpidos que tinham tentado desencorajar Napoleão Bonaparte.

Mas ao tentar encaixar de novo as balas no pente, sua vitória se transformou em completa derrota. As balas, depois de respirarem o ar puro da liberdade, recusaram-se terminantemente a voltar ao seu confinamento de cárcere. De nada adiantaram seus estratagemas e promessas sedutoras. Papai tentou enfiar diretamente e tentou enfiar de trás para a frente, tentou com jeitinho e tentou com toda a força que seus dedos de intelectual conseguiram fazer, tentou também enfiá-las uma por uma, a primeira bala apontada para cima, a segunda para baixo e a terceira de novo para cima, tudo em vão.

Mas meu pai não desistiu nem insultou a arma; em vez disso tentou demover tanto as balas quanto o seu tambor declamando para eles, emocionado, versos escolhidos do hino nacional polonês, trechos de Ovídio, uma citação de um poético prefácio de Pushkin ou de Lermontov, declamou o rol completo de poesias eróticas de poetas judeus espanhóis da Idade Média — tudo nos respectivos idiomas originais, tudo com pesado sotaque russo, tudo em vão. Até que por fim, desesperado, conseguiu sacar nova munição do arsenal de sua memória, recitando para as balas e o recalcitrante tambor trechos de um antigo poema de Homero em grego arcaico, e também trechos de O *anel dos Nibelungos* em alemão clássico, e Chaucer em inglês, e talvez até a *Calevala*, em tradução de Saul Tchernichowski, os Utnapishtim, o épico de

Gilgamesh, em todas as línguas, vernáculos, sotaques e idiomas possíveis. Tudo em vão.

Derrotado e cabisbaixo, meu pai caminhou então até o comando da Defesa Civil na rua Tzefânia, levando em uma das mãos a pesada carabina, na outra as preciosas balas num saco de pano bordado destinado originalmente a levar lanche, e no bolso, tomara que ele não o esquecesse no bolso, o pente de balas, vazio.

Lá na Defesa Civil, todos o consolaram, mostraram a ele num segundo como era simples e rápido encaixar as balas no tambor, mas não devolveram a ele nem a arma nem a munição. Nem naquele mesmo dia nem nos dias seguintes. Em lugar da arma, deram-lhe uma lanterna elétrica, um apito e uma vistosa braçadeira com as palavras DEFESA CIVIL. Meu pai voltou para casa esfuziante, explicou-me a importância da Defesa Civil, acendeu e apagou mil vezes a lanterna, apitou e apitou, até minha mãe vir tocá-lo no ombro e dizer: Chega, não, Árie? Por favor.

À meia-noite, entre 14 de maio de 1948, uma sexta-feira, e 15, sábado, com o final dos trinta anos do mandato britânico, surgiu o Estado de Israel, cujo nascimento fora anunciado algumas horas antes por David Ben Gurion em Tel Aviv. Depois de um intervalo de mil e novecentos anos, assim disse tio Yossef, novamente temos um governo de judeus aqui.

Mas à meia-noite e um minuto, sem declaração de guerra, colunas de infantaria, artilharia e blindados dos exércitos das forças regulares árabes precipitaram-se sobre Israel, vindas do Egito pelo sul, da Transjordânia e do Iraque pelo leste, e do Líbano e da Síria pelo norte. Na manhã do sábado, aviões egípcios bombardearam Tel Aviv. A Legião Árabe, o Exército semibritânico do Reino Hachemita da Transjordânia, as forças regulares do Iraque e ainda batalhões de voluntários armados vindos de vários países, todos tinham sido devidamente convidados pelo governo inglês a tomar posições-chave ao redor de Israel muitas semanas antes do encerramento formal do mandato britânico.

O cerco se apertava à nossa volta: a Legião Árabe Transjordaniana conquistou a Cidade Velha, bloqueou a única estrada para Tel Aviv e para a planície costeira com uma tropa numerosa, apossou-se dos bairros árabes, posicionou unidades de artilharia nas montanhas ao redor de Jerusalém e iniciou maciços bombardeios cujo objetivo era, afora causar vítimas entre a população civil, desgastada e faminta, quebrar o seu moral e levá-la à rendição: o rei Abdullah, sob os auspícios do governo inglês, já se via como rei de Jerusalém. As baterias de canhões eram comandadas por oficiais de artilharia britânicos.

Ao mesmo tempo, tropas de choque egípcias estavam alcançando os subúrbios ao sul de Jerusalém, e atacaram o kibutz Ramat Rachel, que por duas vezes trocou de mãos. Aviões egípcios bombardearam Jerusalém com bombas incendiárias e destruíram, entre outros alvos, o abrigo dos velhos no bairro de Romema, não longe de nós. Canhões egípcios se juntaram à artilharia transjordaniana nos bombardeios contínuos contra a população civil. Da colina próxima ao convento Mar-Elias, os egípcios bombardeavam Jerusalém com projéteis de quatro polegadas que atingiam os bairros judeus à razão de um a cada dois minutos, enquanto o fogo contínuo das metralhadoras varria as ruas da cidade. Gerta Gat, a babá pianista que sempre cheirava a lã molhada e a sabão de lavar roupa, a tia Gerta, que me rebocava para as lojas de moda feminina e para quem meu pai gostava de compor versinhos tolos ("De verdade de verdade/ Com Gerta papear/ Faz qualquer um/ Ao Paraíso chegar"), numa bela manhã saiu à sacada para pendurar a roupa lavada no varal. Uma bala de um franco-atirador transjordaniano penetrou, assim contaram, pelo seu ouvido e saiu pelo olho. Tzipora (Piri) Yanai, a tímida amiga de minha mãe que morava na rua Tzefânia, saiu por um momento ao quintal para apanhar um balde e um pano de chão e morreu no mesmo instante, atingida pelo impacto direto de uma bala de canhão.

Eu tinha uma tartaruguinha. Na época do Pessach de 1947, meio ano antes da guerra, meu pai participou de um passeio dos funcionários da Universidade Hebraica às ruínas da cidade de Garash, na Transjordânia: saiu de casa muito cedo, levando um saquinho com biscoitos e um verdadeiro cantil militar, que pendurou orgulhosamente no cinto. Voltou à noite cheio de boas lembranças do passeio, encantado pelo anfiteatro romano, e trouxe para mim uma tartaruguinha encontrada "sob um impressionante arco de pedra romano".

Apesar de ser inteiramente desprovido de senso de humor, e de talvez nem mesmo ter uma idéia clara do que fosse senso de humor, durante toda a sua vida meu pai adorou contar piadas, propor seus calembures, charadas, versinhos, trocadilhos; e se por acaso uma de suas tentativas conseguia provocar um ou outro leve sorriso, logo sua face resplandecia de orgulho. Assim foi com a tartaruguinha que havia me trazido de presente e que ele resolveu batizar com o nome engraçado de Abdullah-Garashon, em homenagem ao rei da Transjordânia e em homenagem à cidade histórica de Garash. Dali em diante, a todos que vinham à nossa casa, meu pai anunciava com toda a pompa o duplo nome do bichinho, como se anunciasse a presença de um duque, ou de um embaixador, e ficava perplexo com o fato de as pessoas não rolarem de rir. Então ele sentia a necessidade de explicar o porquê de Abdullah e de Garashon: talvez esperasse que aqueles que não tinham rido da piada antes das explicações viessem, então, a dar sonoras gargalhadas. Às vezes, de tão excitado ou distraído que ficava, ele repetia a piada, o nome e as explicações para visitas que já tinham ouvido pelo menos duas vezes a mesmíssima história, e já sabiam de cor por que Abdullah e por que Garashon.

Mas eu gostava muito daquela tartaruguinha, que se acostumou a rastejar todas as manhãs até o meu esconderijo sob o pé de romã para comer da minha mão as folhas de alface e as cascas de pepino que eu lhe levava. Não tinha medo de mim nem escondia a cabeça sob a carapaça, e enquanto devorava a sua comida fazia movimentos engraçados com a cabeça, como que concordando com tudo o que eu pudesse dizer, e assentia com grande entusiasmo, como certo professor Kirach, do bairro Reháviva, que também assentia vigorosamente até que o aluno terminasse de expor suas idéias, e continuava assentindo vigorosamente enquanto fazia picadinho do ponto de vista do aluno.

Com um dedo, eu acariciava a cabeça da minha tartaruga enquanto ela comia, espantado com a semelhança entre os dois furinhos das narinas e os das orelhas. Secretamente, e só quando papai não estava presente, eu não a chamava de Abdullah-Garashon, mas de Mimi. Em segredo.

Nos dias do canhoneio sobre a cidade não havia mais pepino nem folhas de alface, e não me deixavam sair para o quintal. Mesmo assim, de vez em quando eu abria a porta, escondido, e jogava para Mimi as sobras da nossa comida. Às vezes eu a via de longe, às vezes ela sumia por alguns dias.

No dia em que Gerta Gat e Piri Yanai, a amiga íntima de minha mãe, morreram, a minha tartaruguinha Mimi também foi morta. Um estilhaço de obus atingiu nosso quintal e a partiu ao meio. Quando pedi ao meu pai, em lágrimas, que ao menos me deixasse enterrá-la debaixo do pé de romã, sob uma pequena lápide para ser lembrada, meu pai me explicou sinceramente que não seria possível, principalmente por razões de higiene. Ele próprio, assim me disse, já havia jogado fora os restos, e não quis, de jeito nenhum, me revelar o local. Mas achou que naquela oportunidade devia me explicar o significado da palavra "ironia". Por exemplo: a nossa Abdullah-Garashon, nova imigrante do Reino Hachemita da Transjordânia. Muito bem, o estilhaço que a matou era parte de um projétil atirado, por evidente ironia, pelos canhões de Abdullah, rei da Transjordânia.

Naquela noite não consegui pegar no sono. Fiquei deitado sobre nosso colchão no canto mais escondido do corredor, cercado por roncos, palavras desconexas e os grunhidos entrecortados dos velhos — o coral desconjuntado do sono de uns vinte estranhos que dormiam pelo chão, por todos os cantos de nossa casa. Estava deitado e transpirava, entre meu pai e minha mãe, na escuridão trêmula (somente uma vela permanecia acesa no banheiro), no ar mofado e sufocante. Pensei ter visto de repente o vulto de uma tartaruga, no escuro, não Mimi, a tartaruguinha de que eu tanto gostava, e cuja cabecinha eu acariciava com o dedo (um gato ou cachorrinho? nem pensar! não quero saber! esquece!), mas uma tartaruga assustadora, monstruosa, gigantesca, nojenta, pingando sangue, pairando e remando no ar com as quatro patas e as garras afiadas, e zombando dos que dormiam no corredor. Sua face era horrível, esmagada e deformada pela bala que tinha penetrado pelo olho e saído por onde até as tartarugas têm um ouvido, sem orelha.

Talvez eu tenha tentado acordar meu pai, mas ele não acordou: estava deitado de costas, imóvel, e sua respiração era profunda e compassada, como a de um bebê satisfeito. Mas mamãe tomou minha cabeça ao seu peito. Como todos nós, também ela dormia vestida durante o bloqueio a Jerusalém, e os botões de sua blusa machucaram levemente a minha face. Mamãe me abraçou com força, mas não tentou me consolar, ficou soluçando junto comigo, num choro sufocado, para que ninguém nos ouvisse, repetia sempre, aos sussurros: Piri, Pirusshka, Piriiiii. E eu acariciava seu cabelo, e sua face, e a beijava, como se eu fosse o adulto, e ela, a minha filha, e sussurrava para ela: Chega, mãe, chega, mãe, chega, chega, chega, eu estou aqui ao seu lado.

Depois ainda trocamos sussurros, ela e eu, às lágrimas. E mais um pouco, depois que a vela que bruxuleava no fundo do corredor se apagou afinal, e só os assobios das balas de canhão feriam a escuridão, e cada explosão fazia tremer toda a montanha que nos protegia, colada à parede. Depois, em lugar de manter a minha cabeça encostada em seu peito, foi minha mãe quem colocou sua cabeça molhada de lágrimas no meu. Naquela noite, pela primeira vez me dei conta de que eu também ia morrer. De que todos iam morrer, e de que nada neste mundo, nem mamãe, poderia me salvar. E eu também não poderia salvá-la. Mimi tinha uma carapaça, e a cada pequeno perigo ela se encolhia e recolhia cabeça e patinhas para dentro dela, bem fundo. Mas isso não a salvou.

Em setembro, num cessar-fogo que interrompeu as lutas em Jerusalém, meus avós vieram nos visitar, e também os Abramsky, e talvez mais pessoas conhecidas. Tomaram chá no pátio, conversaram sobre as vitórias da Tzahal* no Neguev e sobre o terrível perigo do plano de paz proposto pelo representante da ONU, o conde sueco Bernadotte, um truque sujo inventado sem dúvida pelos ingleses, e cujo objetivo era retalhar até a morte o nosso jovem país. Alguém havia trazido de Tel Aviv uma moeda nova, grande demais, muito feia. Mas foi a primeira moeda judia que apareceu por aqui, e passou de mão em mão, com emoção generalizada. Vinte e cinco centavos. Com o desenho de um cacho de uvas, e esse motivo, segundo meu pai, tinha sido inspirado em uma moeda da época do Segundo Templo, e sobre o cacho de uvas havia uma palavra hebraica bem clara: ISRAEL. E para que não pairassem dúvidas, a palavra "Israel" também aparece em inglês e em árabe nessa moeda. Que vejam e que se cuidem.

A sra. Tzarta Abramsky disse:

"Se nossos pais, de bendita memória, e os pais de nossos pais, e todas as gerações, se apenas tivessem podido ver e tocar esta moeda, uma moeda judia..."

O nó na garganta a impediu de terminar.

O sr. Abramsky disse:

"Creio que devemos abençoá-la e ao Criador. 'Bendito sejas, ó Senhor Rei do Universo, que nos fizeste viver, nos mantiveste e nos fizeste chegar até este dia'."

E vovô Aleksander, aquele senhor elegante, aquele que sabia fruir as coisas boas da vida, o querido das mulheres, não disse uma palavra e apenas aproximou aquela moeda de níquel um pouco grande demais dos lábios e a beijou duas vezes, ternamente, com os olhos marejados de lágrimas, e a passou adiante. Nesse mesmo momento ouvimos da rua a sirene de uma ambulância correndo rápido em direção à rua Tzefânia, e passados dez minutos de novo ouvimos a sirene, no caminho de volta, o que talvez tenha inspirado meu pai a dizer uma de suas gracinhas sem graça nenhuma sobre o chofar do Messias, ou algo assim. E continuaram sentados e conversando, devem mesmo ter tomado mais um copo de chá, e passada meia hora os Abramsky se despediram, com votos de felicidades, e o sr. Abramsky deve ter recitado para nós, ao sair, dois ou três versículos sublimes e otimistas. Quando estavam já de saída, à porta, chegou um vizinho e os chamou, cortês, para o pátio, e dali saíram tão rápido que a tia Tzarta esqueceu sua bolsa em nossa casa. Quinze minutos mais tarde, vieram os vizinhos Lamberg, agoniados, contar que Yonatan Abramsky, Yoni, de doze anos de idade, estava brincando em seu quintal na rua Nachmia quando um franco-atirador transjordaniano atirou da escola de polícia, acertando sua testa — o menino agonizou por uns cinco minutos, vomitou, e morreu antes da chegada da ambulância.

No diário de Tzarta Abramsky encontrei este trecho:

23.9.48

Em 18 de setembro, às dez e meia de uma manhã de sábado, morreu meu Yoni, o meu filho, minha vida [...] um atirador árabe o atingiu, e o meu anjo só conseguiu dizer "mamãe", ainda correu alguns passos (meu maravilhoso, meu inocente filhinho estava perto de casa) e caiu [...] Não ouvi sua última palavra nem pude responder quando ele chamou por mim. Quando cheguei, minha doce, minha amada criança já não estava mais viva. Eu o vi no necrotério. Ele estava tão incrivelmente lindo, parecia dormir. Eu o abracei e o beijei. Tinham posto uma pedra sob a sua cabeça. A pedra se moveu, e sua cabecinha de anjo também se moveu um pouco. Meu coração disse: Ele não está morto, o meu filho, veja, sua cabeça se move [...] Seus olhos estavam entreabertos. E então "eles" vieram — os funcionários do necrotério — e me insultaram, e gritaram comigo dizendo que não era permitido abraçar e beijar os mortos [...] Fui embora.

Algumas horas mais tarde, voltei ao necrotério. Vigorava agora o toque de recolher (procuravam os assassinos do conde Bernadotte). A cada minuto eu era abordada por policiais [...] queriam ver a minha permissão para estar na rua durante o toque de recolher. Ele, meu filho morto, era minha única permissão. Os policiais me deixaram entrar no necrotério. Eu tinha trazido um pequeno travesseiro. Joguei fora aquela pedra. Não podia ver aquela cabeça linda, querida, apoiada sobre uma pedra. Então "eles" vieram de novo e tentaram me expulsar. Disseram para não ousar tocá-lo novamente. Não prestei a menor atenção a eles, continuei a abraçá-lo, a beijar o meu tesouro. Ameaçaram trancar a porta e me deixar lá dentro com ele, com a flor da minha vida. Era tudo o que eu queria. Então mudaram de idéia e ameaçaram chamar os soldados. Eu não estava assustada com eles [...] Saí do necrotério pela segunda vez. Antes de sair, eu o abracei e o beijei. Na manhã seguinte, voltei para ele, para a minha criança [...] Uma vez mais o beijei e abracei. Uma vez mais orei a D'us por vingança, vingança pela vida do meu bebê, e de novo fui expulsa de lá [...] E quando voltei ainda uma vez, o meu filho maravilhoso, o meu anjo, já estava fechado num caixão, mas eu me lembro bem do seu rosto, de tudo nele eu me lembro bem.[17]

47

Duas missionárias finlandesas viviam num pequeno apartamento no final da rua HaTurim, no bairro de Makor Baruch — Elli Havas e Rauha Moisio, tia Elli e tia Rauha. Mesmo quando a conversa escorregava para temas prosaicos como o bloqueio ou a falta de verduras, ambas falavam um hebraico bíblico e sublime, pois esse era o único hebraico que conheciam. Se eu batia à sua porta para pedir alguns pedaços de madeira sem uso, para fazer com eles a fogueira de Lag Ba-Omer, tia Elli dizia com um leve sorriso, enquanto me estendia uma caixa usada: "Que irrompa a ígnea chama noturna!". Se vinham a nossa casa tomar conosco um copo de chá e manter uma conversa de alto nível enquanto eu lutava contra uma colher de óleo de fígado de bacalhau, assim dizia tia Rauha: "E quanto estrépito por um peixe oceânico!".

17. Tzarta Abramsky. "Trechos do diário de uma mulher durante o cerco a Jerusalém, 1948", in *A correspondência de Yaacov-David Abramsky*, editada e comentada por Shula Abramsky. Tel Aviv, Editora Sifriat Poalim (5751/1991), pp. 288-9.

Às vezes, nós três íamos visitá-las em seu quartinho, espartano como uma cela de convento, parecendo talvez um quarto de moças num austero e modesto internato do século XIX: duas camas de ferro muito simples, uma defronte da outra. Entre elas uma mesa quadrada, de madeira, com uma toalha azul, e à sua volta três cadeiras sem nenhum estofamento. Ao lado de cada uma das camas gêmeas havia uma mesinha-de-cabeceira, e sobre cada uma delas uma lâmpada de leitura, um copo d'água e alguns livros sagrados encadernados de preto. Sob as camas, dois pares gêmeos de chinelos nos espiavam. No centro da mesa havia sempre um vaso com um arranjo de sempre-vivas e ramos espinhosos colhidos pelos campos da vizinhança. No centro da parede, entre as duas camas, havia um crucifixo talhado em madeira de oliva. E encostadas aos pés das camas, elas tinham baús de madeira com suas roupas. Os baús eram feitos de madeira grossa e lustrosa, que nunca havíamos visto em Jerusalém; mamãe me explicou que era pinho-de-riga e me disse para tocá-los com a ponta dos dedos e sentir a textura com a mão. Ela foi sempre de opinião que não bastava saber o nome das coisas, mas que devíamos conhecê-las cheirando com o nariz, com um leve tocar da ponta da língua, com o tato da ponta dos dedos, conhecer sua textura e seu calor, sua aspereza e sua rigidez, o ruído que faziam quando se batia com o nó dos dedos, tudo o que mamãe costumava chamar de "condescendência" e "resistência" das coisas. Cada material, assim dizia ela, seja ele roupa, móvel ou talher, cada objeto tem diferentes teores de "condescendência" e de "resistência", e esses teores não são constantes, mas podem variar de acordo com as estações do ano, as horas do dia (pois há a condescendência e a resistência do dia, e há as da noite), o toque, a luz e a sombra, e de acordo com fatores intrínsecos do objeto, que não temos meios de compreender, porém sabemos que existem. Não é por acidente, ela disse, que o hebraico usa a mesma palavra para designar objeto inanimado e desejo. Não somos apenas nós que temos desejo por uma coisa ou outra, objetos inanimados e plantas também têm seu senso interno de desejo, de vontade, e somente alguém que sabe sentir, ouvir, saborear e cheirar sem avidez pode às vezes discernir isso.

Então meu pai interveio brincando:

"Sua mãe supera o próprio rei Salomão. Diz o Midrash que ele conhecia as linguagens de todos os seres vivos, de cada animal ou pássaro, mas sua mãe faz ainda melhor, ela também entende a língua da toalha, da panela e da escova."

E acrescentou, esfuziante de alegria pela piada: "Ela faz as árvores e as pedras falarem a um simples toque: 'Toque as montanhas, e elas falarão', assim dizem os Salmos".

E tia Rauha disse:

"Como disse o profeta Joel: 'Os montes destilarão mosto, e os outeiros manarão leite'; e como também está escrito no salmo 29: 'A voz do Senhor faz parir as cervas'."

Meu pai disse:

"Vejam, para quem não é poeta, essa conversa toda está parecendo um tanto, como dizer... papo furado? Como se alguém estivesse fazendo bastante força para ser muito profundo, não? Muito místico? Meio sobrenatural? Muito hilozoísta? Tentando fazer parir as cervinhas...? Num instante vou explicar o significado dessas palavras duras — místico e hilozoísta. Por detrás delas se esconde uma claríssima intenção, embora nada saudável, de toldar a realidade, de obscurecer a luz da razão, de confundir todas as definições e misturar alhos com bugalhos, ciência com crendice."

Mamãe disse:

"Árie!"

E meu pai, apaziguando (pois ele gostava de se divertir um pouco às custas dela, provocá-la, e às vezes deixar até transparecer uma centelha de prazer nisso, mas gostava ainda mais de pedir desculpas e fazer as pazes. Igualzinho a seu pai, vovô Aleksander).

"Bem, chega, Fânitshka. Acabou, eu estava só brincando. Só brincando um pouquinho!"

Nos tempos do sítio e bloqueio de Jerusalém, as duas missionárias não deixaram a cidade: estavam imbuídas de um poderoso impulso de missão a cumprir. Como se o próprio Salvador as tivesse incumbido de encorajar os cristãos e de auxiliar, como voluntárias no Hospital Sha'arei Tzedek, no cuidado com os feridos em combates e bombardeios. Estavam convencidas de que cada cristão deveria tentar redimir com atos, e não apenas com palavras, tudo o que Hitler tinha feito com os judeus. A criação do Estado de Israel lhes parecia um feito divino (assim disse tia Rauha, em sua particular linguagem bíblica com sotaque finlandês: "É como da nuvem surgir o arco após o dilúvio". E tia Elli, com um levíssimo sorriso, apenas um franzir no canto dos lábios: "Pois D'us se compadeceu de todo aquele grande mal, e eis que nunca mais permitirá que sejam dizimados".

Entre salvas e salvas de fogo de artilharia, ambas percorriam o nosso bairro com seus sapatos de solas grossas e lenços na cabeça, e uma bolsa grande de juta cinzenta, distribuindo, a quem quisesse receber, vidros com pepinos em conserva, meias cebolas, um pedaço de sabonete, um par de meias de lã, uns rabanetes ou um punhado de grãozinhos de pimenta. Ninguém sabia como esses tesouros vinham parar em suas mãos. Entre os mais ortodoxos havia quem recusasse esses presentes das missionárias de maneira irredutível, havia os que as escorraçavam com escárnio da porta de casa, havia os que aceitavam os presentes mas que logo que as missionárias davam as costas cuspiam na terra pisada por seus pés.

Elas não se ofendiam: havia sempre em seus lábios versículos de profecias plenas de consolo, que nos pareciam muito bizarros em seu estranho sotaque finlandês, que soava como o som de seus pesados sapatos ao pisar o cascalho: "Assim virei a esta cidade para redimi-la", "E eis que o inimigo não chegará aos portões desta cidade para amedrontá-la", "Como são agradáveis sobre as montanhas os passos dos que trazem boas-novas, dos que vêm oferecer a paz", e também: "Não se amedrontará o povo de Jacó, pois estou ao seu lado e exterminarei todos os povos que repelirem o Meu nome...".

Acontecia às vezes de uma delas se oferecer para nos substituir na longa fila da distribuição da água trazida por carros-pipa, só nos dias ímpares da semana, meio balde por família, se e quando estilhaços de projéteis não tivessem perfurado os seus tanques d'água ainda antes de chegarem à nossa rua. E acontecia também de uma delas passar pela nossa casa-bunker, com suas janelas protegidas por sacos de areia, para distribuir entre nossos "hóspedes" meio tablete de composto vitamínico para cada um. As crianças recebiam um tablete inteiro. Onde essas missionárias conseguiam todos esses presentes maravilhosos? Onde enchiam sua bolsa, tecida em juta cinzenta? Havia os que diziam isso e havia os que diziam aquilo, e havia os que nos aconselhavam a recusar tudo, não receber nada das mãos delas, pois todo o seu objetivo era "aproveitar-se de nossa angústia para nos converter ao Jesus delas".

Uma vez me enchi de coragem e, mesmo sabendo de antemão a resposta, perguntei a tia Elli: "Quem foi Jesus?". Pelos cantos de sua boca perpassou um leve tremor ao me responder hesitante que Jesus não "tinha sido", mas "era", ainda estava vivo e nos amava a todos, principalmente aqueles que O desprezavam e d'Ele escarneciam, e se eu enchesse o meu coração de amor, Ele viria e habitaria meu coração e me traria sofrimento mas também imensa felicidade, pois de dentro do sofrimento brotaria a felicidade.

Essas palavras me soaram tão estranhas e contraditórias que resolvi perguntar a meu pai. Meu pai então tomou a minha mão e me levou ao colchão no canto da cozinha, o refúgio predileto de tio Yossef, e pediu ao laureado autor de *Jesus de Nazaré* para me esclarecer rapidamente quem e o que tinha sido Jesus.

Tio Yossef não foi nada rápido, continuou deitado, sonolento, triste e muito pálido, no canto do colchão. Apoiou as costas na parede enegrecida de fumaça, os óculos na testa. Sua resposta foi bem diferente da de tia Elli. Ele via Jesus de Nazaré como "um dos maiores judeus de todos os tempos, um maravilhoso moralizador que abominava os não-circuncidados de coração e lutou bravamente para devolver o judaísmo à sua simplicidade original e para salvá-lo das mãos dos rabinos melífluos e enganadores".

Eu não sabia quem seriam os não-circuncidados de coração nem os enganadores. Também não sabia como poderia conciliar, na minha cabeça, o Jesus de tio Yossef, agressivo, que odiou os adversários e travou o seu combate para recuperar a religião, com o Jesus de tia Elli, o exato oposto, que não odiou, não combateu, não recuperou, pelo contrário, amava em especial os pecadores e em especial os que d'Ele escarneciam.

Encontrei numa velha pasta uma carta escrita por tia Rauha, de Helsinque, datada de 1979, em seu nome e no nome de tia Elli. A carta foi escrita em hebraico, e entre outras coisas dizia assim:

> [...] *nós também ficamos contentes ao saber que vocês venceram no festival de música da Euro-Vision. E como é a música?*
> *Os crentes aqui ficaram muito felizes em saber que vocês em Israel cantaram "Aleluia"! Não poderia haver música mais adequada. Também pude assistir ao filme* Holocausto, *que provocou lágrimas e arrependimento das nações que perseguiram implacavelmente um povo, sem nenhum motivo. Os povos cristãos devem pedir muitos perdões aos judeus. Seu pai disse uma vez que não podia entender como o Senhor permite que aconteçam essas coisas terríveis [...] eu lhe disse que o segredo de D'us*

está nas Alturas. Jesus sofre junto com o povo de Israel, todos os sofrimentos. Os crentes também devem carregar uma parte do sofrimento de Jesus, que os deixou aqui para sofrer [...] Mas apesar de tudo a expiação do Messias na cruz resgatará todos os pecados do mundo. De toda a humanidade. Mas isso é impossível de ser compreendido pelo cérebro. Nunca será [...] Houve nazistas que se arrependeram dos seus terríveis pecados e se penitenciaram antes de morrer. Mas os judeus que foram mortos nunca ressuscitaram por causa desse arrependimento dos nazistas. Nós todos precisamos de absolvição e de misericórdia, todos os dias. Assim disse Jesus: Não temei os que matam o corpo, pois eles não conseguirão matar a alma. Esta carta, eu e também tia Elli enviamos. Eu tomei uma pancada muito forte nas costas há seis semanas, quando caí dentro do ônibus, e tia Elli não está enxergando muito bem.
    Com amor,
    Rauha Moisio

E estando em Helsinque, quando um dos meus livros foi traduzido para o finlandês, elas surgiram de repente na cafeteria do hotel, enroladas em mantilhas escuras que cobriam cabeças e ombros, como duas velhas camponesas. Tia Rauha, apoiada numa bengala, segurava ternamente o braço de tia Elli, já quase inteiramente cega, e a levava para uma mesa lateral. As duas fizeram questão de usufruir o seu direito de me beijar em ambas as faces e me cumprimentar. Só com muito esforço concordaram finalmente em me deixar pedir uma xícara de chá para cada uma delas, "mas nada mais, por favor!".

    Tia Elli sorriu um pouco, não um sorriso, mas apenas um leve tremor no canto dos lábios, ia dizer alguma coisa, voltou atrás, se calou, meneou a cabeça várias vezes, como se lamentasse, e por fim disse:

    "Abençoado seja o Senhor nas Alturas por nos ter concedido a graça de ver você aqui em nossa terra, mas não entendo por que a seus queridos pais não foi concedido estar aqui, entre os vivos. Mas quem sou eu para entender? D'us tem Seus desígnios, nós temos apenas o nosso pasmo. Por favor, você concordaria em me deixar tocar, desculpe, a sua querida face? É só porque meus olhos já se apagaram." Assim disse tia Rauha sobre meu pai: "Seja abençoada a sua memória, era um homem querido! Tinha um espírito nobre! Um espírito humanitário!". E sobre minha mãe ela disse: "Era uma alma tão torturada, que descanse em paz. Ela sofria muito porque conseguia ver dentro do coração das pessoas, e o que via não era tão fácil de suportar. Assim diz o profeta Jeremias: 'O coração é o grande mistério, e os mortais não o conhecerão'".

Fora do hotel caía uma chuva fina, misturada com alguns flocos de neve. A luz do dia estava baixa, sombria e turva, e os flocos, que derretiam ainda antes de chegar ao chão, não eram brancos, mas cinzentos. As duas anciãs vestiam roupas escuras, quase iguais, e grossas meias marrons, como duas alunas de um internato modesto. E as duas, isso eu senti ao beijá-las na despedida, emanavam um cheiro de sabonete simples e um leve odor de pão preto. Um funcionário da manutenção passou por nós apressado, um batalhão de canetas e lapiseiras aparecendo no bolso de sua camisa. De dentro de uma bolsa que estava embaixo da mesa, tia Rauha apanhou e me entregou um pacotinho envolto em papel pardo. E de repente reconheci aquela bolsa: era aquela mesma, feita de juta cinzenta, que trinta anos antes da minha visita a Helsinque, na época do sítio e bloqueio a Jerusalém, elas levavam pelas ruas para distribuir a todos que quisessem pedacinhos de sabonete, meias de lã, torradas, fósforos, velas, um maço de rabanete ou um precioso pacotinho de leite em pó.

Abri o pacote, e eis que, além de uma Bíblia impressa em Jerusalém em hebraico e finlandês em páginas alternadas e uma caixinha de música feita de madeira colorida e tampa de cobre, havia um buquê de flores silvestres, secas: estranhas flores finlandesas, muito lindas, mesmo mortas, flores das quais eu não sabia o nome, e que nunca tinha visto, até aquela manhã.

"Muito, muito, nós amávamos", disse tia Elli, seus olhos que não viam mais procurando os meus olhos, "os seus queridos pais. A vida deles neste mundo não foi fácil. E nem sempre foram piedosos e compreensivos um com o outro. Havia às vezes uma sombra pesada em seus olhares. Porém, agora que retornaram afinal ao abrigo das asas protetoras do Senhor, agora com certeza há entre seus pais somente amor, compreensão e piedade, como duas crianças inocentes que não conhecem pensamentos malvados, haverá apenas a luz, o amor e a compaixão entre eles por todos os tempos, com a mão esquerda ele apóia a cabeça de sua mulher, e a mão direita dela o abraça, e há muito tempo que entre eles toda sombra já se desvaneceu."

Eu, de minha parte, tencionava dar às duas tias dois exemplares do meu livro traduzido para o seu idioma, mas tia Rauha se recusou a recebê-los: um livro hebreu, disse ela, um livro sobre a cidade de Jerusalém que tinha sido escrito na própria Jerusalém, pois devemos lê-lo em hebraico e em nenhuma outra língua!

E além disso, desculpou-se com um sorriso, a verdade é que tia Elli não pode mais ler nada, pois o Senhor lhe tirou o que restava de luz em seus olhos. Só eu leio alto para ela, de manhã à noite, do Tanach e também do Novo Testamento, e dos nossos livros de orações e de nossos livros sagrados, porém também os meus olhos já desfalecem e se apagam, e em breve seremos duas cegas.

E quando eu não estou lendo para ela, e ela não está me ouvindo, nós duas nos sentamos à janela e olhamos através dos vidros as árvores e os pássaros, o vento e a neve, manhãs e tardes, luz do dia e luz da noite, e nós duas agradecemos humildes ao bom Senhor por todas as Suas graças e Suas maravilhas: seja feita a Sua vontade sobre os céus e sobre a terra. Será que você também vê, às vezes, mas somente nos momentos de repouso, como o céu e a terra, as árvores e as pedras, as cidades e os campos, tudo está repleto de grandes maravilhas? Como tudo está repleto de luz e tudo manifesta mil vezes o quanto é grande e gloriosa a Graça Divina?

48

E no inverno entre os anos de 1948 e 1949, a guerra terminou. Israel assinou armistícios com os seus vizinhos, primeiro com o Egito, em seguida com a Transjordânia, e finalmente com a Síria e o Líbano. Já o Iraque chamou de volta o seu Exército expedicionário sem assinar nenhum documento. Apesar de todos aqueles acordos, os países árabes continuavam a proclamar que um dia iriam partir para o "segundo round" da guerra, com a intenção de dar um fim no país que eles se recusavam a reconhecer; declararam que a própria existência de Israel configurava um ato de contínua agressão, e o chamavam de "país imaginário", *"Al-Daula al-Maz'uma"*.

Em Jerusalém, o comandante transjordaniano, coronel Abdullah A-Tal, e o comandante israelense, general Moshe Dayan, encontraram-se algumas vezes, para demarcar a fronteira entre as duas partes em que fora dividida a cidade e chegar a um acordo quanto ao acesso de caravanas ao campus da universidade no monte Scopus, que permanecera como um enclave israelense isolado no território guardado pelo Exército da Transjordânia. Altos muros de concreto foram erguidos para bloquear ruas agora divididas entre as duas partes da cidade, a Jerusalém israelense e a Jerusalém árabe. Em alguns pontos foram construídas barreiras de metal para ocultar os que passavam pela parte ocidental da cidade dos olhos dos franco-atiradores postados sobre os telhados da parte oriental. A cidade passou a ser atravessada por uma faixa fortificada de arame farpado, campos minados, trincheiras, posições de tiro e guaritas de sentinelas. Essa faixa cercava a parte israelense da cidade pelo norte, pelo leste e pelo sul, permanecendo aberto somente o flanco ocidental, e agora uma única estrada sinuosa ligava Jerusalém a Tel Aviv e ao restante do novo país. Mas como um trecho dessa única estrada continuava nas mãos da Legião Árabe Transjordaniana, era necessário construir uma estrada alternativa e estender uma nova tubulação adutora de água ao longo dela, em lugar do antigo encanamento do tempo dos ingleses, que tinha sido destruído em parte, e também substituir as estações de bombeamento que tinham ficado do lado árabe. A estrada alternativa ganhou o nome de Derech Burma, ou Estrada Birmanesa, e um ou dois anos depois foi asfaltado o trecho alternativo, chamado Kvish HaGvurá, Estrada do Heroísmo. Quase tudo no jovem país naquele tempo chamava-se pelos nomes de combatentes tombados, ou por nomes ligados ao heroísmo, às lutas, à luta da Haapalá,* ou à realização sionista. Os israelenses estavam extremamente orgulhosos por sua vitória, com a absoluta certeza de estar com a razão e tomados por sentimentos de supremacia moral. Naqueles tempos não havia quem se preocupasse com o destino de centenas de milhares de refugiados palestinos, dos quais muitos tinham fugido, e muitos outros simplesmente tinham sido expulsos das cidades e aldeias conquistadas pelo Exército de Israel.

A guerra é uma coisa terrível, muito amarga, e traz consigo muito sofrimento, diziam, mas quem mandou os árabes começarem? Pois já tínhamos aceitado o plano de partilha aprovado na Assembléia-Geral da ONU, e foram os árabes que rejeitaram qualquer acordo e tentaram nos trucidar. Além disso, é sabido que todas as guerras deixam vítimas por toda parte, milhões de refugiados da Segunda Guerra Mundial ainda estavam vagando por toda a Europa, populações inteiras tinham sido arrancadas dos seus territórios, e outras tinham se estabelecido no seu lugar. Os recém-criados estados do Paquistão e da Índia tinham permutado milhões de cidadãos, e o mesmo ocorrera com a Grécia e a Turquia. E afinal, tínhamos perdido o bairro judeu na Cidade Velha de Jerusalém, tínhamos perdido o Gush Etzion, Kfar Darom, Atarot, Kália, Nevé Yaacov, exatamente como eles tinham perdido Jafa, Ramallah, Lifta, Malcha e Ein Kerem. Em lugar das centenas de milhares de árabes que foram deslocados daqui, centenas de milhares de refugiados judeus que tinham sido perseguidos e escorraçados dos países árabes chegaram aqui. Os israelenses tomavam cuidado para não empregar a palavra "expulsão" ao expor esses argumentos. O massacre na aldeia de Deir Yassin se devera a "fatores radicais e irresponsáveis".

Uma cortina de concreto nos separava agora de Sheikh Jarakh e dos demais bairros árabes de Jerusalém.

Do nosso telhado eu podia ver os minaretes de Shuaft, Bidu e Ramallah, a torre solitária no cume do monte Nebi Samuel, a escola de polícia (de onde um franco-atirador transjordaniano tinha atirado e acabara por matar Yoni Abramsky quando ele estava brincando no quintal de sua casa), o monte Scopus e o monte das Oliveiras isolados em território transjordaniano, nas mãos da Legião Árabe, e os telhados de Sheikh Jarakh e das instalações americanas.

Às vezes eu imaginava que conseguia identificar, entre as fartas copas, a ponta do telhado da mansão Siluani. Achava que sua sorte tinha sido bem melhor do que a nossa: não tinham sofrido bombardeios implacáveis durante longos meses, não tinham passado fome nem sede, não tinham sido obrigados a dormir em colchões em porões infectos. E apesar de tudo eu conversava muitas vezes com eles em minha imaginação. Exatamente como o médico das bonecas, o sr. Gustav Krochmal, da rua Gueúla, eu também sonhava vestir as melhores roupas e ir ao seu encontro como chefe de uma expedição de paz e boa vontade, mostrar-lhes que tínhamos razão, pedir desculpas a eles e receber deles os seus pedidos de desculpas, ser recebido por eles com bandejas de cascas de laranja glaçadas, demonstrar nosso perdão e a nossa generosidade, e finalmente assinar com eles um acordo de paz e de amizade, de boas maneiras e respeito mútuo, e talvez até mostrar a Aysha, ao seu irmão e a toda a casa Siluani que aquele lamentável acidente não tinha ocorrido por minha culpa, ou melhor, não ocorrera só por minha culpa.

Às vezes, de madrugada, éramos acordados por rajadas de metralhadora vindas da direção da linha de cessar-fogo, a um quilômetro e meio de nossa casa, ou pelo som lamentoso do muezim do outro lado das novas fronteiras: como um uivo de arrepiar o cabelo, aquele som triste cortava o espaço para vir assombrar o nosso sono.

Todos os que tinham procurado abrigo em nosso apartamento foram nos deixando, até a casa ficar vazia: os vizinhos Rozendorff retornaram ao seu apartamento, um pavimento acima do nosso. A velha lamentosa e sua filha enfiaram sua esteira num saco de juta e sumiram. Também nos deixou Guita Miodovnik, a viúva de Matatiahu Miodovnik, autor da *Aritmética para crianças da terceira série*, identificado por meu pai no necrotério municipal pelo par de meias que ele próprio lhe emprestara. E tio Yossef e sua cunhada, Chaia Elitzedek, retornaram à casa Klausner em Talpiót, onde estava escrito sobre o umbral da porta de entrada, em letras de bronze: JUDAÍSMO E HUMANISMO. Tiveram de reformar a casa, muito danificada pela guerra. Por várias semanas o velho professor desfiou suas tristes lamúrias pelos milhares de livros que tinham sido arrancados das prateleiras e atirados ao chão, ou serviram de barricada, ou de proteção contra as balas nas janelas da casa Klausner, que havia se tornado uma posição de tiro. Também o filho desaparecido, Ariel Elitzedek, foi encontrado são e salvo depois da guerra, e não parou de argumentar e amaldiçoar o tempo todo, escarnecendo com palavras duras o comportamento covarde de Ben Gurion, que poderia ter libertado a Cidade Velha de Jerusalém e o monte do Templo, e não libertara, poderia ter empurrado todos os árabes de volta aos países vizinhos, e não o fizera, e tudo isso porque o socialismo pacifista e o tolstoísmo vegetariano tinham cegado seu coração e o coração dos seus colegas do governo vermelho, que dominavam o nosso querido país. Em breve, assim acreditava, teríamos outro governo, um governo nacionalista e altivo, e nossas forças armadas seriam rapidamente encarregadas de finalmente libertar todos os quadrantes da pátria ainda submetidos ao jugo dos exércitos árabes.

Entretanto, os habitantes de Jerusalém, em sua grande maioria, não estavam nem um pouco interessados em uma nova guerra, e não se preocupavam com o destino do Kotel HaMaaraví, o Muro das Lamentações, nem sentiam saudade do Kever Rachel, o Túmulo de Raquel, desaparecidos atrás dos muros de concreto e campos minados. A cidade fragmentada lambia as feridas. Filas cinzentas serpenteavam durante todos os dias daquele inverno, e também na primavera e no verão que se seguiram, à porta dos armazéns, quitandas e açougues. Veio o regime da *tzena*, a austeridade: filas se formavam em frente à carroça do gelo e em frente à carroça do querosene. Rações de alimentos eram distribuídas somente com a apresentação das cadernetas de racionamento. Ovos e a pouca carne de frango que havia eram destinados apenas às crianças e aos doentes com atestado médico. O leite era distribuído em quantidades mínimas. Frutas e verduras, quase não se viam em Jerusalém. Azeite e açúcar, torradas e farinha, apareciam esporadicamente, a cada mês ou a cada quinze dias. Quem quisesse comprar um simples par de sapatos, ou um móvel, deveria trocar por cartões de racionamento, que iam rareando. Os sapatos eram feitos de materiais precários que imitavam o couro, e as solas eram frágeis como papelão. Os móveis eram chamados de "mobília para todos", e eram da pior qualidade. Em lugar de café se tomava "*ersatz* café", ou um substituto feito de chicória. Em lugar de leite e ovos, usávamos leite em pó e ovos em pó. E comíamos todos os dias filé de bacalhau congelado, e aos poucos íamos todos sentindo uma repulsa crescente por aquele sabor. Esse peixe congelado tinha sido adquirido pelo novo governo, a preço de verdadeira pechincha, do excedente da produção de pescado norueguês.

Até mesmo para viajar de Jerusalém a Tel Aviv e demais localidades de Israel, precisávamos, nos primeiros meses após a guerra, de autorização especial. Mas havia muitos espertinhos, muitos com algum dinheiro na mão, que conheciam o caminho das pedras do mercado negro, e também os que tinham bons contatos com o novo governo; esses todos quase não sofreram com o regime de austeridade. E alguns se apoderaram das casas e apartamentos nos bairros árabes mais ricos, cujos habitantes tinham fugido ou sido expulsos, ou nos bairros fechados onde tinham vivido as famílias do governo e do Exército inglês até a guerra: Katamon, Talbye, Bak'a, Abu Tur e as instalações alemãs. E as casas das famílias árabes pobres em Musrara, em Lifta, em Malcha foram tomadas por famílias judias pobres que tinham fugido ou sido expulsas de países árabes. Grandes campos de permanência provisória foram erguidos em Talpiót, no acampamento Allenby e em Beit Mazmil, com filas de *maabarot*, casinhas feitas de chapa de zinco, sem eletricidade, água corrente nem esgoto. No inverno, as trilhas que ligavam as casinhas de lata se transformavam numa pasta pegajosa, e o frio era de cortar os ossos. Contadores do Iraque, ourives do Iêmen, mascates e balconistas do Marrocos e relojoeiros de Bucareste tiveram de se abrigar nesses barracos precários, e por uma pequena remuneração trabalhavam removendo pedras e reflorestando as encostas dos montes de Jerusalém, tarefas que o governo providenciava para eles como medida de emergência.

Os "anos heróicos" da Segunda Guerra Mundial tinham ficado para trás, o genocídio do povo judeu na Europa, os *partisans*, o recrutamento em massa para o Exército britânico e para a Brigada Judaica criada pela Inglaterra para o combate aos nazistas, os anos da luta contra os ingleses, das lutas clandestinas, da imigração ilegal, das colônias montadas em uma só noite, nos moldes da operação Torre e Paliçada, da guerra de vida ou morte contra os palestinos e contra os exércitos regulares de cinco países árabes. E então, findos os anos sublimes, terminada a euforia, chegou-nos de repente o *day after*, cinzento, melancólico, úmido, mesquinho e sovina (tentei descrever o sabor dessa "manhã seguinte" no romance *Meu Michel*). Foram os anos das lâminas de barbear azuis, da pasta dental Marfim, dos cigarros Knesset, fedidos, das vozes de Nechâmia Ben Avraham e Aleksander Aleksandroni na Kol Israel, a emissora estatal, do óleo de fígado de bacalhau, dos talões de racionamento, dos concursos de Shmulik Rozen e das análises políticas de Moshé Madzini, da hebraização dos sobrenomes, da escassez de alimentos, dos trabalhos de emergência para os imigrantes, das longas filas às portas dos armazéns, das sardinhas baratas, das conservas de carne marca Incoda, da Comissão Mista Israelense-Jordaniana de Cessar-Fogo, dos infiltradores árabes que penetravam pela linha do cessar-fogo, das companhias de teatro — Ohel, Habima, cabaré Dó-Ré-Mi, Tshisbatron —, dos comediantes Dzigan e Shumacher, da passagem Mandelbaum, das operações de retaliação, de esfregar gasolina na cabeça das crianças para matar os piolhos, da "contribuição para os campos de trânsito", das *Rechush Natush*, propriedades abandonadas, das *Shitchei HaEfker*, as terras de ninguém, do Fundo Nacional de Defesa, do *Damenu Ló Ihié Hefker*, nosso sangue não será mais derramado impunemente.

E eu voltei a freqüentar todas as manhãs a escola religiosa para meninos Tchachmoni, na rua Tchachmoni. Os alunos eram crianças pobres, acostumadas aos tapas na cara, cujos pais eram artesãos, operários e pequenos comerciantes; vinham de famílias com oito ou dez filhos, e alguns deles estavam sempre famintos e interessados no meu sanduíche; alguns tinham a cabeça raspada, e todos nós usávamos boinas pretas postas de lado. Eles gostavam de me atacar em bando perto das torneiras no pátio do recreio e espirrar água em mim, pois rapidamente descobriram que eu era o único filho único entre eles, o mais fraco de todos, e que era fácil me ofender ou me provocar. Quando paravam um pouco de me atormentar para imaginar novas humilhações, às vezes eu ficava ofegante, no centro de uma roda formada pelos meus sádicos atormentadores, que riam e zombavam de mim, arranhado, empoeirado, um cordeiro entre setenta lobos, e então, para espanto dos meus inimigos, eu começava a golpear a mim mesmo, arranhar-me histericamente, morder meus próprios pulsos com toda a força até aparecer uma espécie de relógio sangrento. Como tinha feito minha mãe, por duas ou três vezes, ao chegar ao limite do suportável.

Mas às vezes eu os entretinha com histórias de mistério em capítulos, histórias eletrizantes, no espírito dos filmes de ação a que íamos assistir no cinema Edison. Nas minhas histórias, eu promovia encontros bastante improváveis entre Tarzan e Flash Gordon ou entre Nick Carter e Sherlock Holmes, ou misturava o mundo dos índios e caubóis de Karl May com o mundo de Ben-Hur, ou com os mistérios dos espaços secretos do universo exterior ou com as quadrilhas de criminosos dos subúrbios de Nova York. Eu costumava contar um capítulo a cada intervalo de aula, como Sherazade adiando seu destino com suas histórias, sempre interrompendo no ponto mais dramático, justo quando parecia que tudo estava perdido para o herói, completamente perdido, sem nenhuma esperança, deixando a continuação (que ainda não havia sido inventada), sem dó, para contar no dia seguinte.

Assim eu passeava pelo pátio do colégio Tchachmoni nos intervalos de aula, como um rabi piedoso arrastando atrás de si um rebanho de discípulos sedentos por qualquer simples palavra que saísse de sua boca; andava para lá e para cá cercado por uma roda compacta de seguidores temerosos de perder qualquer palavra, e entre eles muitas vezes estavam os meus piores perseguidores, que eu, numa demonstração de magnanimidade ímpar, convidava para o meu círculo mais fechado e às vezes até os favorecia com a insinuação de uma preciosa pista de uma possível mudança no rumo da história ou de um fato sensacional e inesperado que deveria acontecer no capítulo seguinte, promovendo o detentor da dica preciosa a figura cortejada por todos, com o poder de conceder ou negar, à sua vontade, aquela valiosíssima informação.

Minhas primeiras histórias eram cheias de cavernas, labirintos, catacumbas, florestas virgens, oceanos profundos, masmorras, campos de batalha, galáxias habitadas por monstros, policiais corajosos e combatentes heróicos, traições terríveis mas também sublimes gestos de cavalheirismo e generosidade, enredos barrocos, imprevisíveis rasgos de altruísmo e atitudes emocionantes de renúncia e perdão. Se bem me lembro, os personagens centrais de minhas primeiras obras de ficção incluíam tanto heróis quanto vilões, sendo que não poucos vilões acabavam se arrependendo e se redimindo dos seus pecados por atos de generoso desprendimento ou por uma morte heróica. Havia também sádicos sedentos de sangue, e todo tipo de canalhas e de desprezíveis traidores, assim como exemplos de modéstia e humildade, prontos a entregar a própria vida com um sorriso nos lábios. As personagens femininas, por outro lado, eram todas, sem nenhuma exceção, sublimes: amando apesar de exploradas, compassivas embora sofrendo, torturadas e até degradadas, mas sempre puras e altivas, sempre pagando as loucuras dos homens com generosidade e perdão.

Mas se eu esticasse demais a corda, e também se não a esticasse o bastante, ao cabo de alguns capítulos, ou no final da história, quando o mal era fatalmente derrotado e a generosidade e grandeza de alma recebiam afinal o seu merecido prêmio, o pobre Sherazade era jogado de novo na cova dos leões e coberto de gritos e insultos até a sua última geração. Por que ele nunca fica com a boca fechada?

O Tchachmoni era uma escola para meninos. Os professores também eram todos homens. Afora a enfermeira da escola, nenhuma mulher era vista por ali. Os mais corajosos escalavam às vezes os muros da escola das meninas, defronte da nossa, para aprender, espiando, como era a vida do outro lado da cortina de ferro: meninas vestindo compridas saias azuis e blusas de manga curta mas bufante, assim contavam, passeavam duas a duas no pátio em frente, nos intervalos, brincando de amarelinha, fazendo as tranças umas das outras e às vezes até espirrando água das torneiras umas nas outras, igualzinho a nós.

Quase todos os alunos do Tchachmoni, menos eu, tinham irmãs mais velhas, cunhadas, primas, e assim fui o último dos últimos a saber, e mesmo assim por ouvir dizer, o que as meninas tinham que nós não tínhamos, e ao contrário, e também o que os irmãos mais velhos faziam com suas namoradas no escuro.

Em casa não se falava uma única palavra sobre esse assunto, nunca, exceto, talvez, quando um dos convidados era levado a fazer comentários maliciosos sobre a vida boêmia, ou sobre o casal Bar-Ytzhar-Ytzlovitch, que levava muito a sério o mandamento de crescei e multiplicai-vos, e nessa hora todos o faziam se calar advertindo: *Shto s tavoi? Videsh maltshik riadom s nami*! O menino já entende tudo!

Mas o menino não entendia nada. Se os colegas de turma urravam na sua frente o apelido árabe daquilo que as meninas tinham, ou se eles se aglomeravam para ver e passar fotografias de mulheres quase nuas de mão em mão, ou se um dos meninos trazia uma caneta esferográfica com uma jovem vestida em uniforme de tênis, mas quando a caneta era virada para baixo o uniforme se dissolvia de repente, todos iriam dar risadinhas abafadas e cotoveladas cúmplices nas costelas, esforçando-se para falar como seus irmãos mais velhos, e apenas eu sentia um grande terror: como se um vago desastre estivesse tomando forma ao longe, no horizonte. Ainda não tinha chegado, ainda não me atingira, mas já me apavorava de gelar o sangue, como um incêndio gigantesco no topo das colinas em volta. Ninguém iria escapar ileso. Nada seria como antes.

Quando sussurravam nos intervalos, animados e ofegantes, sobre certa Gina, a retardada da ruela Kineret, que costumava dar no bosque Tel Arza a quem lhe estendesse meia libra, ou sobre a viúva gorda da loja de utensílios domésticos, que sempre levava alguns garotos da quinta série para o depósito nos fundos da loja e os deixava ver o que ela tinha em troca de vê-los se masturbando, eu sentia uma pontada de angústia no meu coração, como se um horror muito grande e terrível estivesse à espreita das pessoas, homens e mulheres, um horror paciente mas cruel, um terror rastejante sem nenhuma pressa, capaz de insinuar-se devagar e estender em torno de mim uma invisível teia viscosa de fios de baba transparente: será que eu já estava preso e não sabia?

Quando passamos para a sexta ou a sétima série, a enfermeira da escola, uma mulher enérgica, irascível, militar, de repente adentrou a sala de aula, e lá se postou sozinha diante de trinta e oito garotos atônitos por duas aulas seguidas, revelando-nos todos os fatos da vida. Corajosa, descreveu para nós órgãos e funções, desenhou diagramas de toda a tubulação com giz colorido no quadro-negro, não nos ocultou nada: óvulos e espermatozóides, saliências e reentrâncias, testículos e ovários. Em seguida passou ao teatrinho do horror: aterrorizou-nos com descrições apavorantes dos dois monstros que nos espreitavam — o Frankenstein e o Lobisomem do mundo do sexo: o perigo da gravidez e o perigo da contaminação por doenças transmissíveis.

Atônitos e constrangidos, saímos daquela aula para fora, para o mundo, que me parecia agora um gigantesco campo minado, ou um planeta acometido pela peste. O menino que eu era entendeu, mais ou menos, o que era feito para penetrar onde, e o que era destinado a acolher o quê, mas de jeito nenhum conseguiu entender para que uma pessoa normal, homem ou mulher, iria querer se enfiar naquelas tenebrosas tocas de dragões: a enfermeira corajosa, que não hesitou em nos revelar tudinho, dos hormônios às regras de higiene, esqueceu de nos contar, ou mesmo insinuar muito por alto, que em todos aqueles estágios complicados e perigosos estava presente, às vezes, algum prazer. Sobre isso, nenhuma palavra. Talvez por ter querido preservar a nossa segurança. Talvez por não saber.

Nossos professores no Tchachmoni em geral vestiam ternos escuros, marrons ou cinzentos, um tanto gastos, ou calças avulsas e paletós que já tinham visto melhores dias, e não cessavam de exigir dos alunos respeito e temor: o sr. Monzun, o sr. Avissar, o sr. Neimann pai e o sr. Neimann filho, o sr. Alkalai, o sr. Dovshani, o sr. Ofir, o sr. Michaeli e o autoritário diretor, o sr. Ilan, que sempre aparecia vestido de terno e colete, e o irmão do diretor, sr. Ilan também, mas sem colete.

Tínhamos de nos pôr de pé quando cada um desses homens entrava na classe, e não podíamos nos sentar antes que um gesto magnânimo de qualquer um deles nos liberasse para tanto. A única forma permitida de nos dirigirmos a eles era "meu mestre", e só podíamos lhes dirigir a palavra na terceira pessoa. "Meu mestre me ordenou trazer um recado dos meus pais, mas meus pais viajaram para Haifa. Será que ele poderia me dar licença, por favor, de trazê-lo na segunda-feira?", ou: "Meu mestre, com licença, ele não acha que ele está exagerando um pouco?" (O segundo "ele" da frase, esse acusado de estar exagerando, não era o professor, nenhum de nós ousaria tachar um professor de exagerado, mas apenas o profeta Jeremias, ou o poeta Bialik, cujo poema acabávamos de aprender.)

Quanto a nós, os alunos, perdíamos os nossos nomes próprios, eram definitivamente apagados no momento em que cruzávamos os umbrais do Tchachmoni. Nossos mestres nos chamavam exclusivamente de Buzo, Saragosti, Valero, Rivatzki, Alfassi, Klausner, Hadjadji, Schleifer, De La Mar, Danon, Ben-Naim, Cordovero e Akselrud.

Os professores dispunham de uma vasta gama de punições no Tchachmoni. Tapas na cara, golpes certeiros de régua sobre os dedos estendidos, sacudidelas vigorosas ou exílio no pátio, convocação dos pais, anotação no diário de classe, copiar um versículo do Tanach vinte vezes ou escrever quinhentas vezes seguidas "Não devo conversar durante a aula" ou "Trabalhos de casa devem ser feitos logo". Todo aquele cuja caligrafia não fosse bem legível era obrigado a copiar páginas e páginas em casa escrevendo com uma caligrafia "limpa como a água do riacho". Quem fosse pego com as unhas não devidamente aparadas, ou com as orelhas não esfregadas, ou com a gola da camisa um pouco escurecida era mandado de volta para casa, não sem antes ser obrigado a declamar em alto e bom som na frente da turma:

Eu sou um menino sujo
sujo como um bicho
se eu não me lavar
serei jogado no lixo!

Toda manhã, a primeira aula no Tchachmoni começava com a canção "Modé aní lefanecha" [Eu Te agradeço]:

Eu Te agradeço
Ó rei vivo e eterno, que, misericordioso, devolveu-me a minha alma:
grande é a minha fé.

Depois todos nós recitávamos com voz aguda mas com prazer:

Senhor do mundo que reinava
Antes de tudo ser criado [...] E após o final dos tempos,
Somente Ele ainda reinará [...]

Só então, terminadas as canções e a (resumida) oração da manhã, nossos mestres nos mandavam abrir os livros e cadernos, preparar os lápis, e então, em geral, eles simplesmente se lançavam num longo e enfadonho ditado que prosseguia até o sinal libertador tocar, ou às vezes até um pouco depois. Em casa, devíamos decorar versículos, poesias completas e adágios rabínicos. Acordado no meio da noite, até hoje consigo desfiar a resposta do profeta a Rravshka, o enviado do rei da Assíria ou os *Pirkei Avot*, os textos dos patriarcas:

Sobre três coisas o Mundo repousa [...] Fala pouco e faz muito [...] Não encontrei no corpo nada melhor que o silêncio [...] Conhece o que está acima de ti [...] Não abandones as pessoas e não confies só em ti mesmo até o dia da tua morte, e não julgem o outro até que estejas em teu lugar [...] e onde não há homens, trata tu de sê-lo.

Na escola Tchachmoni aprendi hebraico: como se uma perfuratriz tivesse me penetrado e encontrado um filão mineral abundante, que eu já havia tocado na Pátria da Criança e no quintal da Morá-Zelda. Ficava feliz ao deparar com construções inusitadas, com palavras elegantes, já quase esquecidas, com sintaxes originais e com clareiras remotas nas densas florestas do idioma, espaços que quase nenhum ser humano palmilhara por centenas de anos, com a beleza requintada da língua hebraica: "E aconteceu de passar, aquela, na manhã — veja, era Léa"; "antes que qualquer criatura tivesse sido formada"; "não circuncidado de coração"; "a medida do sofrimento"; e ainda:

> Aquece-te ao fogo dos sábios, mas acautela-te com suas brasas brilhantes para que não sejas queimado, pois sua mordida é a mordida de uma raposa, e sua ferroada é a ferroada de um escorpião [...] e todas as suas palavras são como brasas incandescentes.

No Tchachmoni aprendi a Torá e o Pentateuco com interpretações do Rashi, sutil e engenhoso. Embebi-me da sabedoria dos mestres, da Hagadá e da Halachá,* erudição e leis, orações, hinos, interpretações e interpretações de interpretações, livros de orações para o shabat e para os dias de festa e das leis do *Shulchan Aruch* [A mesa posta], um compêndio das leis básicas do judaísmo. Nessa escola também encontrei velhos conhecidos da biblioteca dos meus pais, como *As guerras dos macabeus e a revolta de Bar Kochba*, a *História das diásporas*, biografias dos grandes rabinos e fábulas hassídicas com "moral da história", maravilhosamente escritas. E vi alguma coisa dos rabinos juristas, da poesia judia medieval na Espanha e de Bialik; às vezes, nas aulas de música do sr. Ofir, aprendíamos alguma canção dos pioneiros da Galiléia e do vale de Jezreel, tão fora de lugar no Tchachmoni como um camelo nas neves da Sibéria.

O sr. Avissar, o professor de geografia, levava-nos em aventurosas excursões à Galiléia e ao deserto do Neguev, à Jordânia, à Mesopotâmia, às pirâmides e aos jardins suspensos da Babilônia, tudo com o auxílio de grandes mapas e, às vezes, de slides e de um projetor decrépito. O sr. Neimann, o jovem Neimann, despejava sobre nós cascatas da fúria dos profetas, como Ashdod, cujo coração fervia, para logo nos mergulhar nas águas límpidas das profecias de consolo e regozijo. O sr. Monzun martelava com pregos de aço na nossa cabeça a eterna diferença entre *I do, I did, I have done, I have been doing, I would have done* e *I should have been doing*. "Até mesmo o rei da Inglaterra em pessoa!", ele trovejava como Jeová deve ter trovejado do alto do monte Sinai, "até mesmo Churchill! Shakespeare! Gary Cooper! — todos obedecem, sem reclamar, a essas regras da gramática, e só você, *honourable sir, mister* Abulafia, aparentemente está acima da lei! O quê? Acima de Churchill, você? Acima de Shakespeare? Acima do rei da Inglaterra? *Shame on you! Disgusting! Disgrace!* Agora, por favor, prestem atenção, a classe toda, anotem no caderno para nunca mais esquecer: *It is a shame, but you, the right honourable mister Abulafia, you are a disgrace*!!!

E o sr. Michaeli, Mordechai Michaeli, o querido de todos, o sr. Michaeli, cujas mãos macias estavam sempre perfumadas como as de uma dançarina, e o rosto sempre parecendo estar um pouco envergonhado. Ele se sentava, tirava o chapéu e o colocava sobre a mesa, bem à sua frente. Ajeitava o quipá e, em lugar de despejar um monte de matérias sobre nós, passava horas e horas nos contando histórias e fatos, acontecidos ou não: do Talmude se encaminhava para os contos do folclore ucraniano, e então, sem mais nem menos, mergulhava nas lendas da mitologia grega, para em seguida se deter nas histórias beduínas, nos contos hilariantes e exagerados em ídiche, e chegava até as fábulas dos irmãos Grimm, de Andersen, e às suas próprias histórias, que ia inventando, exatamente como eu fazia, à medida que contava.

A maioria dos alunos aproveitava a natureza boa e distraída do gentil sr. Michaeli para cochilar na sua aula, do começo ao fim, com a cabeça repousando nos braços cruzados sobre a carteira. Alguns passavam bilhetinhos e jogos por meio de bolinhas de papel. O sr. Michaeli não notava. Ou notava e não se importava.

E eu também não me importava: ele fixava em mim os olhos bondosos e cansados e contava aquelas histórias todas só para mim. Ou para três ou quatro interessados que não desgrudavam o olhar dos seus lábios, que pareciam ter o poder de criar mundos bem diante de nós.

49

Nossos amigos e vizinhos começaram a aparecer de novo no nosso quintal nas noites de verão, para conversar sobre política e sobre assuntos ligados à cultura, tomar um copo de chá e comer um pedaço de bolo. Entre eles Stashek Rodnitzky, Chaiim e Hana Toran e os Krochmal, que tinham reaberto a sua minúscula lojinha na rua Gueúla para novamente colar bonecas quebradas e fazer o pêlo crescer em ursos que estavam ficando carecas. Tzarta e Yaacov-David Abramsky vinham sempre. (Ambos tinham envelhecido muito nos meses que se seguiram à morte de seu filho, Yoni, o sr. Abramsky ainda mais falante do que era, e Tzarta cada vez mais calada.) Às vezes apareciam também vovô Aleksander e vovó Shlomit, meus avós paternos, ambos muito elegantes, transbordantes de empáfia odessiana. O dinâmico vovô Aleksander não esquecia seu eterno bordão "*Nu*, e daí?", acompanhado de um gesto de descaso, mas sem nunca ter coragem de discordar de vovó em nenhum assunto. Vovó chegava e ia me beijando o rosto, dois beijos molhados, para logo em seguida limpar seus lábios com um lenço de papel e, com um outro, minhas bochechas. Torcia o nariz para as bandejas trazidas por mamãe com o lanche, ou para os guardanapos, que deviam ser dobrados assim, e não assim, e também para o paletó do filho, que lhe parecia um tanto colorido demais, um tanto chegado ao mau gosto oriental:

"Mas o que é isso, Lúnia, tão *vulgar*! Onde é que você achou esse trapo? Em Jafa? Em alguma loja de árabes?". E ignorando completamente a presença de minha mãe, acrescentava tristemente: "Acho que só nas aldeias mais perdidas no fim do mundo, onde a cultura não passa de um boato, só lá é que as pessoas andam vestidas desse jeito!".

Sentavam-se numa roda em torno do carrinho de chá preto que tinha sido levado para fora para servir de mesa de jardim, e todos agradeciam o ventinho frio que começava a soprar, e analisavam, acompanhando o chá com bolo, as manobras espertas de Stalin e a postura determinada do presidente Truman. Trocavam idéias sobre o declínio do Império Britânico e sobre a independência da Índia, e dali a conversa zarpava para a política da jovem nação, quando então os ânimos começavam a se exaltar: Stashek Rodnitzky levantava a voz enquanto o sr. Abramsky rebatia com gracejos, amplos movimentos de braços e num hebraico culto e sofisticado. Stashek acreditava piamente na idéia dos kibutzim, na colonização dos pioneiros, e achava que o governo deveria enviar para lá todos os novos imigrantes, diretamente do navio. Quisessem eles ou não, para que lá as mazelas espirituais da Diáspora fossem extirpadas de uma vez por todas, assim como todos os complexos de inferioridade e de perseguição, pois era de lá, da faina do campo e do arado, que surgiria o novo homem hebreu.

Meu pai demonstrava estar amargurado pela tirania estilo bolchevique dos burocratas da Histadrut, a Confederação-Geral dos Sindicatos dos Trabalhadores em Israel, que se recusava a empregar aqueles que não possuíssem a carteirinha vermelha do Mapai, o partido trabalhista. O sr. Gustav Krochmal afirmava, cuidadoso, que Ben Gurion, apesar de seus defeitos, era o verdadeiro herói de nossa geração: o Senhor da história tinha nos oferecido Ben Gurion numa época em que outros homens, de espírito miúdo, talvez se assustassem diante dos imensos perigos, e perdessem a oportunidade histórica de criar uma nação. "Nossa juventude!", gritava vovô Aleksander, "foi nossa maravilhosa juventude quem nos deu a vitória e o milagre! Nenhum Ben Gurion! Os jovens!", e nisso ele se curvava na minha direção e afagava distraidamente minha cabeça duas ou três vezes como que retribuindo à juventude por sua vitória na guerra.

As mulheres quase não participavam da conversa. Naqueles tempos era costume elogiar as mulheres por prestarem atenção de maneira tão primorosa, e também pelos quitutes e pelo ambiente agradável que elas sabiam criar, mas não por sua contribuição à conversa. Mila Rodnitzky, por exemplo, meneava a cabeça afirmativamente às palavras de Stashek e em veemente negativa a quem discordasse delas. Tzarta Abramsky permanecia com as mãos cruzadas, abraçando os ombros, como se sentisse um pouco de frio. Desde a morte de Yoni, mesmo nas noites mais cálidas, Tzarta pendia a cabeça um pouco para o alto, como se observasse as copas dos ciprestes da vizinhança, enquanto abraçava os ombros com ambas as mãos. Vovó Shlomit, aquela mulher determinada e cheia de idéias próprias, interferia às vezes na conversa com sua voz autoritária: "É isso mesmo! Certíssimo!", ou: "É ainda muito pior do que você está dizendo, Stashek! Muito, muito pior!". E às vezes dizia: "Não! Não é possível! O que ele está dizendo, senhor Abramsky, simplesmente impossível!".

Somente minha mãe às vezes subvertia essa regra. Aproveitando um silêncio passageiro, ela fazia uma observação, ou colocava uma nova idéia, como se fosse um aparte que à primeira vista não tinha nada a ver com o tema da conversa, e poderia até demonstrar, a rigor, certa desatenção embaraçosa, para logo depois se constatar que o centro de gravidade da conversa tinha sido sutilmente alterado: sem se desviar do tema e sem discordar dos demais convidados, era como se ela tivesse aberto uma porta numa parede lateral do tema, uma parede que até então parecia não ter porta nenhuma.

Depois de ter colocado sua observação e se calado, ela sorria satisfeita e olhava triunfante, não para os convidados, nem para meu pai, mas para mim. Após as palavras de minha mãe, parecia que o assunto às vezes mudava seu ponto de apoio, transferia seu peso de um pé para o outro. E passado algum tempo, com seu sorriso delicado ainda percorrendo os lábios, um tanto hesitante, como de alguém que parecia duvidar de alguma coisa enquanto decifrava outra, minha mãe se levantava para oferecer às visitas mais um copo de chá: Sim? Mais forte, ou mais fraco? E um pedaço de bolo, o senhor aceita?

Aos meus olhos de criança, parecia que a breve intervenção de minha mãe na conversa dos cavalheiros causava certa inquietação, talvez porque eu sentisse entre os convidados uma espécie de espanto contido, um brevíssimo impulso de procurar pela porta de saída, como se por um instante temessem vagamente ter feito ou dito inadvertidamente algo que tivesse despertado em minha mãe uma crítica não explícita, embora nenhum deles soubesse dizer o que teria sido. Talvez fosse a sua beleza introvertida que sempre confundia aqueles homens reprimidos, e os fazia suspeitar que não estavam agradando, que ela os achava um tanto maçantes.

E nas mulheres, as intervenções de minha mãe na conversa causavam uma estranha mistura de preocupação e esperança de que um dia ela finalmente viesse a cometer uma gafe. E também um discreto regozijo pelo estupor dos homens.

O sr. Toran, o escritor e político Chaiim Toran, costumava dizer, por exemplo:

"Todos sabem que não é possível administrar um país como se administra um armazém. Ou como se fosse a associação de moradores de uma vilazinha remota."

Meu pai dizia:

"Talvez seja um pouco cedo para tirar conclusões, meu caro Chaiim, mas todos os que têm olhos para enxergar encontram em nossa jovem nação motivos para grandes decepções."

O sr. Krochmal, o médico das bonecas, acrescentava, desanimado:

"Além disso, nem a calçada eles consertam. Já escrevemos duas cartas ao prefeito, e não recebemos nenhuma resposta. Não digo isso para discordar do senhor Klausner, nem me passa pela cabeça, pelo contrário, pois temos o mesmo ponto de vista."

O sr. Abramsky citava as Escrituras:

"'E o sangue tocou o sangue', assim disse o profeta Oséias, 'e por isso nossa terra guardará o luto.' O que restou do povo de Israel veio para cá reconstruir o reino de Davi e de Salomão, veio para lançar os fundamentos do Terceiro Templo, e todos nós caímos nas mãos suadas dessa corja de tesoureiros de kibutzim de pouca fé, e na de outros politiqueiros de cara vermelha e coração não circuncidado, cujo mundo é estreito como o mundo de uma formiga. Um bando de ladrões, isso é o que eles são, que estão repartindo entre si, lote por lote, a insignificante faixa de terra que as nações houveram por bem nos conceder. Era a eles e a ninguém mais que o profeta Ezequiel se referia quando disse: 'Nada mais resta deles, nem o seu clamor [...]'."

E minha mãe, com o sorriso que pairava sobre os lábios quase sem tocá-los:

"Quem sabe se quando terminarem de distribuir os lotes de terra talvez eles comecem a consertar as calçadas? E então também vão consertar a calçada em frente à loja do senhor Krochmal."

Hoje, cinqüenta anos depois de sua morte, imagino que consiga ouvir na sua voz que dizia essas palavras, ou outras parecidas, uma tensa mistura de sobriedade, ceticismo, sarcasmo fino e cortante e eterna tristeza.

Naqueles anos algo já a carcomia por dentro. Certa lerdeza começava a travar os seus movimentos, ou talvez não lerdeza, mas certo alheamento. Já havia deixado de dar aulas particulares de história e de literatura. Às vezes assumia, por um pagamento mínimo, revisar o hebraico, dar um pouco de estilo e preparar para a impressão algum artigo científico escrito num hebraico-alemão capenga por um dos professores do bairro de Rehávia. Ela ainda cumpria, diariamente, sozinha, rápida e eficiente, todas as tarefas domésticas: durante a manhã, preparava, cortava, cozinhava, assava, comprava, limpava, enxugava, lavava, estendia, passava a ferro, dobrava, arrumava, até toda a casa ficar brilhando. Depois do almoço, sentava-se em sua cadeira e lia.

Era estranha sua postura ao ler: o livro estava sempre aberto sobre os joelhos; as costas e os ombros, curvados na sua direção. Como uma menininha tímida com os olhos cravados nos joelhos, assim me parecia minha mãe ao ler. Por vezes se postava à janela e por longo tempo olhava a nossa ruazinha tranqüila. Ou descalçava os sapatos e deitava de costas sobre a colcha da cama, vestida, os olhos bem abertos e fixos em algum ponto do teto. Às vezes se levantava de repente e trocava a roupa de usar em casa por roupa de sair. Ela me garantia que estaria de volta em quinze minutos, ajeitava a saia, prendia o cabelo sem olhar no espelho, levava a tiracolo sua bolsa simples, a de palha, e saía rápido para a rua, como se temesse chegar atrasada para alguma coisa. Se eu pedisse para ir junto com ela, ou se perguntasse aonde ia, minha mãe tinha sempre a mesma resposta:

"Tenho de ficar um pouco comigo mesma. Por que você não fica um pouco sozinho?". E de novo: "Volto em quinze minutos".

Sempre cumpria a promessa: passado algum tempo, voltava, os olhos brilhando, a face corada, como se tivesse estado sob frio intenso. Como se tivesse passado esse tempo correndo. Ou como se tivesse acontecido algo de sensacional no caminho. Voltava para casa muito linda, bem mais do que ao sair.

Uma vez a segui, sem ser notado. Mantive uma boa distância, rente às cercas vivas, como havia aprendido com Sherlock Holmes e nos filmes. O ar não estava muito frio, e minha mãe não corria, apenas andava com passadas rápidas, como se temesse chegar atrasada. Na esquina da rua Tzefânia, dobrou à direita e desceu, os sapatos brancos soando ritmados no asfalto, até chegar à esquina da rua Malachi. Lá se deteve ao lado da caixa do correio, onde se colocam as cartas para serem recolhidas pelo carteiro, e hesitou por alguns momentos. O jovem detetive que a seguira chegou então à conclusão de que ela havia saído para enviar cartas, discretamente, e já me agitava por dentro de curiosidade, com um leve tremor emocionado. Porém minha mãe não enviou nenhuma carta, só permaneceu por alguns momentos próxima à caixa de correio, imersa em pensamentos, e de repente bateu com a mão na testa e tomou o caminho de volta. (Anos mais tarde aquela caixa de correio ainda continuava naquele mesmo lugar, vermelha, as letras GR em alto-relevo, em homenagem a George v, rei da Inglaterra.) Corri então para um terreno baldio, de onde cortei caminho por um outro quintal, chegando em casa um ou dois minutos antes dela, que me pareceu um pouco ofegante. Pelo tom de sua face, parecia ter voltado da neve, e em seus olhos castanhos e penetrantes brilhavam centelhas de travessura e afeto. Nesses momentos ela se parecia muito com o pai, vovô *papi*. Apertou minha cabeça contra o seu corpo e me disse mais ou menos isto:

"De todos os meus filhos, é de você que eu mais gosto. Poderia me dizer de uma vez por todas o que é que você tem para eu gostar tanto de você, e não de outro?"

E também:

"Acho que é a sua inocência. Nunca encontrei alguém tão inocente na minha vida. Mesmo depois de viver por longos anos e, é claro, passar por muitas experiências, boas e ruins, essa inocência nunca vai abandonar você. Nunca — você vai continuar inocente para sempre."

E também:

"Há no mundo mulheres de um tipo que só serve para devorar os inocentes, e há outras, e eu entre elas, que adoram os inocentes e sentem um impulso interno de estender sobre eles suas asas protetoras."

E também:

"Acho que você vai crescer e se tornar uma espécie de cachorrinho irrequieto, buliçoso, como seu pai, e também vai ser um homem tranqüilo e discreto, como um poço numa aldeiazinha deserta, cujos habitantes se foram para sempre. Como eu. Dá para ser de um jeito e também do outro. Sim, acho que dá. Vamos brincar agora de inventar uma história juntos? Vamos, você um pedaço e eu outro? Posso começar?

> Era uma vez uma aldeia de onde todos os habitantes tinham sumido. Até os gatos e os cachorros. Até os passarinhos se foram. E assim a aldeia ficou silenciosa e abandonada por anos e anos. A chuva e o vento levaram os telhados de sapé. O granizo e a neve racharam as paredes dos casebres. As hortas foram arrasadas, e somente as árvores e os arbustos continuaram a florescer, e, como não havia quem os podasse, foram ficando cada vez mais frondosos. Uma noite, um viajante que havia se perdido chegou a essa aldeia. Bateu hesitante à porta do primeiro casebre, e eis que [...]

Você quer continuar a história?

Foi por aquela época, no inverno entre 1949 e 1950, dois anos antes de ela morrer, que começaram as dores de cabeça continuadas. Teve gripe e angina muitas vezes, e mesmo quando melhorava, continuavam as crises de enxaqueca. Colocou sua cadeira ao lado da janela, e ali ficava sentada por horas e horas metida em seu roupão azul de flanela, contemplando a chuva, com o livro sobre os joelhos, aberto, com o dorso virado para cima, que ela não lia, mas tamborilava com os dedos sobre ele. Por uma, duas horas, deixava-se ficar sentada na sua cadeira, ereta, observando a chuva, ou talvez algum passarinho molhado e friorento, sem parar, nem por um instante, de tamborilar e tamborilar com os dez dedos sobre a capa do livro. Como se tocasse piano e voltasse sempre e sempre aos mesmos compassos.

Aos poucos foi abreviando seus trabalhos domésticos: ainda tinha forças para colocar tudo nos devidos lugares, limpar, arrumar, recolher todo pedacinho de papel ou migalha. Ainda varria o chão todas as manhãs e a cada dois ou três dias o lavava com um balde d'água e um pano de chão. Mas já não preparava refeições completas; para ela agora bastavam apenas as comidas mais simples: batatas cozidas, ovo frito, verduras frescas. E às vezes pedaços de galinha flutuando em uma canja. Ou arroz cozido com atum tirado do vidro de conservas. Quase nunca se queixava das dores de cabeça terríveis que a acometiam, às vezes por dias seguidos, sem cessar. Foi meu pai quem me contou sobre as enxaquecas de minha mãe. Falou com voz contida, quando ela não estava presente, como uma conversa de homens preocupados. Ele colocou a mão sobre o meu ombro e me fez prometer que daquele momento em diante, enquanto ela estivesse em casa, eu falaria em voz baixa. Não berrar nem fazer barulho. E o mais importante de tudo: prometi que não mais bateria, por qualquer motivo que fosse, portas, janelas e venezianas. Tomaria muito cuidado para não deixar cair no chão objetos de metal e tampas de panelas. E também não bateria palmas dentro de casa.

Prometi e cumpri. Ele me chamava de filho sensato. E uma ou duas vezes me chamou de jovem.

Minha mãe sorria para mim amorosa. Mas era um sorriso sem sorrir. Naquele inverno pequenas rugas apareceram nos cantos dos seus olhos.

Os amigos começaram a rarear em suas visitas. Lilinka — Lilia Kalish, Léa Bar-Samcha, a professora que escreveu dois livros muito importantes sobre psicologia infantil — passou a vir a cada poucos dias em nossa casa; sentava-se em frente de minha mãe, e as duas conversavam horas em russo ou polonês. Eu tinha a impressão de que falavam da sua cidade, Rovno, e sobre seus amigos e professores que tinham sido fuzilados pelos alemães no bosque Sussanky. Porque de tempos em tempos mencionavam o nome de Issashchar Reiss, o carismático diretor pelo qual todas as meninas do Tarbut viviam apaixonadas, e os nomes de outros tantos professores, Bolsik, Berkovsky, Fanka Zaidman, e também nomes de ruas e praças dos tempos de infância.

Vovó Shlomit aparecia às vezes, inspecionava detalhadamente a geladeira de blocos de gelo e a despensa, fazia cara feia e ia cochichar com meu pai no canto do corredor, ao lado da porta do banheiro. Depois vovó dava uma espiada no quarto onde minha mãe descansava, e perguntava a ela com voz melíflua:

"Você precisa de alguma coisa, querida?"

"Não, obrigada."

"Então por que não se deita?"

"Estou bem assim, obrigada."

"Não está um pouco frio? Quer que acenda o aquecedor?"

"Não, obrigada, não estou com frio, obrigada."

"E o médico? Quando esteve aqui?"

"Não estou precisando de médico."

"É mesmo? E como é que você sabe que não está precisando?"

Meu pai então dizia alguma coisa para sua mãe em russo, preocupado, e logo ambos concordavam. Vovó o repreendia:

"Cale-se, Lúnia, não se meta na conversa. Agora estou falando com ela, não com você. Veja que exemplo você está dando ao menino!"

O menino tratou logo de se afastar para longe, embora uma vez tenha ouvido vovó cochichar para seu pai, que a acompanhava até a porta:

"É isso mesmo, uma artista, isso é o que ela é. Puro teatro. Quer a Lua e as estrelas para ela. E você, pare de discutir comigo. Quem vê pensa que só para ela está difícil por aqui. Quem vê pensa que fora ela todo mundo aqui está vivendo às mil maravilhas, lambendo mel. E você, veja se abre um pouco a janela. Estou sufocada."

Mesmo assim o médico foi chamado. E algum tempo depois, voltaram a chamá-lo. Mamãe foi fazer uma bateria de exames numa clínica da Kupat Cholim e também foi internada por dois ou três dias no hospital provisório de Hadassa, na praça Davidka. Examinaram, mas não acharam nada. Umas duas semanas depois de ela ter voltado do hospital, pálida e abatida, o nosso médico foi chamado de novo. E o chamaram mais uma vez, em plena noite, e eu acordei ao ouvir a sua voz agradável, uma voz espessa e áspera como cola de marceneiro, que dizia alguma coisa engraçada para meu pai no corredor. Na cabeceira do sofá que era aberto à noite e se transformava numa cama de casal estreita, nas dobras do estofamento, do lado da minha mãe, apareceram vários e vários vidros e caixas de vitamina, de comprimidos de Palgin, de uma pílula chamada A. P. C., e mais remédios em vidrinhos. Minha mãe não se deitava mais na cama. Passava horas e horas sentada em sua cadeira defronte da janela, e às vezes, naquele inverno, parecia estar de excelente humor: falava a meu pai com voz gentil, sempre com muito amor e carinho, como se o doente fosse ele, como se fosse ele quem estranhasse qualquer som mais forte. Cada vez mais ela se acostumava a falar com ele como com uma criança, docemente, com apelidos, às vezes estropiando a última sílaba, como se fala com um bebê. E comigo ela falava como quem trocasse segredos:

"Por favor, Amós, não fique zangado comigo", ela dizia, e seus olhos penetravam até a minha alma. "Não fique zangado, agora está um pouco difícil para mim, veja como estou tentando manter tudo em ordem."

Eu levantava cedo e varria a casa para ela, antes de ir para a escola. Duas vezes por semana eu passava um pano molhado com água e sabão no piso, e depois um pano seco. Aprendi a fazer uma salada, cortar uma fatia de pão e fritar um ovo todas as noites para mim, pois mamãe sofria de enjôos noturnos.

E meu pai começou, justo naqueles dias, a ser atacado por uma alegria inesperada, sem motivo aparente, e com grande esforço tentava disfarçar essa nova onda de bom humor. Murmurava o tempo todo consigo mesmo, ria de repente, sem nenhum motivo, e uma vez, não tendo me visto, saiu saltitando e dando passos de dança pelo quintal, como se tivesse sido picado por um inseto. Saía muitas vezes à noite para voltar quando eu já dormia havia tempo. Tinha de sair, assim dizia, porque no meu quarto era obrigatório apagar as luzes às nove horas, e no seu quarto mamãe não suportava a luz elétrica. A noite inteira, noite após noite, ela passava sentada sozinha em sua cadeira em frente à janela. Ele havia tentado sentar ao lado dela, em silêncio absoluto, como se compartilhando do seu sofrimento, mas seu gênio irrequieto e sua impaciência não lhe permitiam permanecer imóvel por mais de dois ou três minutos.

50

Meu pai começou batendo em retirada para a pequena cozinha: tentava fazer dela uma espécie de sala de leitura, à noite. Ou espalhar seus livros e suas fichinhas sobre o oleado da mesa bem precária, para trabalhar um pouco. Mas a cozinha era baixa e estreita e o deprimia, como se estivesse numa masmorra. Era uma pessoa muito sociável, adorava conversar e brincar com os amigos, gostava da luz, e quando era obrigado a ficar sozinho, noite após noite, naquela cozinha sufocante, sem divagações filológicas e sem polemizar sobre história ou política, seus olhos ficavam enevoados por uma espécie de mágoa infantil.

Minha mãe brincava com ele:

"Vai, vai, vai brincar um pouco lá fora."

E ainda:

"Mas tenha muito cuidado, hein? Tem mulheres de um jeito e de outro, nem todas são boas e honestas como você."

"*Shtó ti panimaiesh?!*", bufava meu pai, "*ti ni normalnaia? Videsh maltshik!!*"

Mamãe disse:

"Desculpe."

Sempre pedia a mamãe permissão para sair. Saía só depois de terminar tudo o que tinha que fazer em casa: lavar a louça, fazer compras, pendurar a roupa no varal, ou tirar do varal a roupa seca. Então engraxava os sapatos até brilharem, tomava banho, se barbeava, borrifava no rosto um pouco dessas novas águas-de-colônia que havia comprado, trocava de camisa, escolhia com cuidado uma bela gravata e, já segurando o paletó, curvava-se para a minha mãe e perguntava:

"Você concorda mesmo que eu vá me encontrar com os amigos? Jogar um pouco de conversa fora? Ou falar sobre assuntos do trabalho? Diga a verdade!"

Mamãe nunca negou, só fazia questão de saber exatamente aonde ele iria à noite.

"Quando você voltar, Árie, por favor, não faça barulho."

"Vou entrar em silêncio, prometo."

"Então, shalom, até logo."

"Você não se importa mesmo de eu sair? Não vou demorar."

"Não me importo, de verdade. Pode voltar quando quiser."

"Você ainda precisa de alguma coisa?"

"Obrigada, está tudo bem, não preciso de nada. Amós vai tomar conta de mim."

"Não demoro."

E depois de mais um silêncio hesitante:

"Então, tudo bem? Posso sair? Até logo, fique bem, tente dormir na cama, não na cadeira."

"Vou tentar."

"Então, boa noite. Até mais tarde. Quando voltar, não muito tarde, prometo entrar em silêncio total."

"Então vá."

Ele vestia o paletó, ajeitava a gravata e saía. Cantarolava para si mesmo quando passava embaixo da minha janela, com voz agradável, mas desafinado de arrepiar o cabelo.

O caminho parece tão longo,
o atalho serpenteia e foge de mim
prossigo na marcha mas você está distante,
a Lua está mais perto de mim...

Ou talvez:

O que dizem teus olhos, teus olhos, teus olhos,
sem dizer nada de nada?

Da enxaqueca ela passou à insônia constante. O médico receitou os mais variados tipos de comprimidos, soporíferos e tranqüilizantes. Tinha medo de ir para a cama e passava as noites sentada na cadeira, com cobertor, um travesseiro sob a cabeça e um outro sobre a cabeça, no qual ela afundava o rosto, para assim tentar adormecer. Qualquer barulhinho a assustava: o miado das gatas no cio, rajadas distantes na direção de Sheikh Jarakh, o uivo do muezim, de madrugada, vindo do alto de algum minarete da Jerusalém árabe, para além da fronteira. Se meu pai apagava todas as luzes, ela ficava com medo do escuro. Mas se meu pai deixava acesa a luz do corredor, sua enxaqueca só fazia piorar. Quando ele voltava para casa um pouco antes da meia-noite, de alma lavada mas com o coração cheio de vergonha, encontrava-a desperta, sentada em sua cadeira, olhando a janela negra com olhos distantes. Meu pai lhe oferecia um copo de chá, ou de leite quente, implorava que tentasse se deitar na cama e dormir um pouco, disposto a ceder a cama toda para ela e a dar uma cochilada na cadeira na frente da janela, quem sabe assim ela finalmente poderia pegar no sono. O sentimento de culpa o fazia até ajoelhar-se na frente dela e calçar meias quentes de lã em seus pés, pois temia que os pés gelados a fizessem adoecer.

Ao voltar para casa, altas horas, é claro que tomava um bom banho, ensaboava-se muito bem e cantava para si mesmo, animado, desafinando terrivelmente, a canção "*Iesh li gan/ Ub'er iesh lí* [...]", "Tenho um jardim, e nele um poço [...]", e interrompia de repente a sua canção, arrependido e envergonhado, vestia em silêncio o seu pijama listrado e voltava a oferecer a mamãe um copo de chá, leite ou suco, e mais uma vez tentava convencê-la com todo o carinho a se deitar na cama, ao seu lado ou sozinha. E lhe implorava para expulsar os maus pensamentos e pensar em coisas agradáveis. Enquanto entrava e se encolhia dentro das cobertas, ainda lhe sugeria alguns pensamentos agradáveis, que ela bem poderia pensar. E assim ele próprio adormecia como um bebê, de tantos pensamentos agradáveis. Mas suponho que ele acordava duas ou três vezes durante a noite para conferir a situação da doente em sua cadeira na frente da janela, dar a ela um remédio e um copo d'água, e voltar a dormir.

No final daquele inverno, ela já quase não comia. Molhava, às vezes, uma rosquinha seca no chá dizendo que para ela isso bastava. Sentia enjôo e não tinha nenhum apetite. Não fique zangado, Árie, você vê, eu quase não me mexo, se eu comer engordo, vou ficar como a minha mãe. Não se preocupe.

Meu pai me dizia, muito triste:

"Sua mãe está doente, e os médicos não sabem o que ela tem. Eu gostaria de consultar outros médicos, mas ela não deixa, de jeito nenhum."

Certa vez ele me disse:

"Sua mãe se castiga, só para me castigar também."

Vovô Aleksander dizia:

"*Nu*... Aflição. *Melancholia*. Tudo capricho. Sinal de que o coração ainda é jovem."

Tia Lilinka me disse, uma vez:

"É claro que para você também não está fácil. Você é um menino esperto e sensível. E sua mãe diz que você é um raio de luz em sua vida. E você é mesmo um raio de luz. Você não é do tipo que por puro egoísmo infantil vai colher flores lá fora sem se dar conta de que com isso agrava ainda mais a situação. Tudo bem, acho que estou falando sobre mim mesma, e não sobre você. Você é um menino um tanto solitário. E agora deve estar se sentindo ainda mais solitário do que nunca, então, quando sentir necessidade de falar comigo, com toda a franqueza, não hesite — lembre-se de que Lilinka não é só amiga de sua mãe, mas, se você permitir, sua boa amiga também. Amiga que não vê você como um adulto vê uma criança, mas sim como uma alma próxima."

É possível que com a expressão "colher flores lá fora", tia Lilia se referisse a meu pai e ao seu costume de sair à noite para visitar os amigos, embora eu não tivesse entendido que flores eram essas que cresciam na casa apertada dos Rodnitzky, com seu passarinho careca, e o outro, feito de um cone, e o bando de bichos de ráfia pendurados na cozinha. Ou na casa modesta dos pobres Abramsky, que em seu luto e tristeza quase não a limpavam nem arrumavam mais. Então eu adivinhei — essas flores ditas por tia Lilia eram algo impossível de acontecer, de existir, e portanto me recusei a entender, a pensar nelas, recusei-me a tentar estabelecer qualquer ligação entre essas flores e o fato de meu pai engraxar os sapatos com tanto capricho e os borrifos generosos da nova água-de-colônia.

A memória anda me traindo. Acabo de me lembrar de algo que esqueci completamente logo depois de acontecido. E me lembrei de novo aos dezesseis anos, para esquecer outra vez. E agora nesta manhã me lembro não do ocorrido em si, mas da última recordação que tive, já faz mais de quarenta anos, como se a imagem de uma velha Lua refletida no vidro de uma janela se refletisse, por sua vez, num lago no qual a memória fosse buscar não a reflexão em si, que não mais existe, mas apenas os seus ossos brancos.

Então aqui está. Agora, em Arad, num dia de outono, às seis e meia da manhã, posso de repente me ver, com extrema nitidez, passando pela rua Jafa junto com meu amigo Lolik, perto da praça Zion, numa tarde nevoenta do inverno de 1950 ou 1951, e Lolik me dá uma cutucada e diz: Ei, dá uma olhada, por acaso aquele não é o teu pai sentado lá dentro? Vamos cair fora rápido, antes que ele nos veja matando a aula do Avissar! E realmente fugimos de lá, mas na fuga ainda deu para ver, pela vitrine do Café Zichel, meu pai sentado a uma mesa perto da entrada, rindo bastante, sua mão trazendo para perto dos seus lábios a mão cheia de pulseiras de uma jovem que estava de costas para a vitrine. Fugi de lá, e fugi também de Lolik, e até hoje ainda não parei de fugir.

Vovô Aleksander costumava sempre beijar a mão das mulheres, e meu pai, às vezes, mas daquela vez ele apenas tomou a mão da moça e se inclinou para ver as horas no relógio dela e comparar com o seu próprio. Sempre fazia isso, com quase todas as pessoas que encontrava. Relógios eram o seu hobby. Aquela foi a única vez que matei aula, nunca havia acontecido antes, e o fiz especialmente para ir ver o tanque egípcio queimado que tinham exposto na Esplanada dos Russos. Nunca mais matei aula depois. Nunca.

Tive ódio dele. Por dois dias. De tanta vergonha. E depois de dois dias passei a odiar minha mãe, com todas as suas enxaquecas e todo o teatrinho, e toda a encenação na cadeira em frente da janela. Pois ela era a única culpada, era ela que o empurrava para fora de casa a procurar sinais de vida. E depois passei a odiar a mim mesmo, pois deixei que Lolik me encantasse, como a raposa e o gato em *Pinóquio*, para matar a aula do sr. Avissar. Será que não tenho um pingo de personalidade? Por que é que todo mundo pode me induzir a fazer qualquer coisa? Uma semana depois eu já havia esquecido tudo. E nunca mais me lembrei do que vi pela vitrine do Café Zichel, até uma noite difícil no kibutz Hulda, com dezesseis anos, mais ou menos. Esqueci o Café Zichel, assim como esqueci, por completo, para sempre, como se nunca houvesse existido, aquela manhã de outono, quando voltei mais cedo da escola e encontrei minha mãe imóvel, com seu penhoar de flanela, sentada não na sua costumeira cadeira em frente da janela, mas no quintal, na espreguiçadeira sob o pé de romã sem folhas. Ela estava sentada com expressão serena, em seus lábios pairava algo parecido com um sorriso, mas que não era bem um sorriso; sobre os joelhos, como de costume, havia um livro aberto, com a lombada para cima, e tudo isso sob uma chuva pesada. E já devia fazer umas duas horas que ela estava ali sentada sob a chuva fria e inclemente. Quando a levantei da cadeira e a levei para casa, eu a senti encharcada e gelada como um passarinho molhado que nunca mais voltaria a voar. Arrastei minha mãe até o banheiro e levei-lhe roupas secas, do armário, e a repreendi severamente, como um adulto repreende uma criança, e dei-lhe ordens através da porta do banheiro. Ela não respondeu, mas me ouviu muito bem, e fez tudo o que lhe ordenei, só não deixou de sorrir, e não era bem um sorriso. Não contei nada a papai, pois os olhos de minha mãe me pediam para guardar segredo. E, só para tia Lilia, eu disse mais ou menos isto:

"Tia Lilia, você está completamente errada. Eu nunca vou ser escritor, nem poeta, nem literato. De jeito nenhum, pois não tenho sentimentos. Os sentimentos me enojam. Vou ser agricultor, vou viver no kibutz. Ou quem sabe vou ser envenenador de cachorros. Com uma injeção cheia de arsênico."

Na primavera ela melhorou. Na manhã de Tu Bishvat. No dia em que Chaim Weizmann, o presidente do Estado provisório, abriu a Assembléia Constituinte, que se tornaria a primeira Knesset, o Parlamento de Israel, mamãe, vestida de azul, convidou-nos, papai e eu, para um pequeno passeio pelo bosque Tel Arza. Estava bonita e esbelta naquele vestido, e ao sairmos, afinal, de nosso porão atulhado de livros para o sol da primavera, de novo brilharam em seus olhos lampejos de ternura. Ela e papai deram-se os braços, e eu corri um pouco à frente deles, como um cachorrinho, de propósito, para que pudessem conversar à vontade, ou simplesmente de pura alegria.

Mamãe havia preparado sanduíches de queijo e sanduíches de ovos com pimentão e anchovas para o passeio, e papai providenciara uma garrafa térmica cheia de suco morno de laranja, que ele próprio havia espremido. Ao chegar ao bosque, estendemos uma pequena lona e nos acomodamos sobre ela, respirando fundo o perfume dos pinheiros impregnados da chuva do inverno. Por entre as copas das árvores nos espiavam as encostas pedregosas, que agora exibiam uma vegetação esverdeada. Para além da linha da fronteira, podíamos ver as casas da aldeia árabe de Shuaft, e mais adiante, sobre a linha do horizonte, erguia-se, alto e esguio, o minarete de Nebi Samuel. Meu pai observou que a palavra para "bosque" em hebraico, *churshah*, era semelhante às palavras para "silêncio", *choresh*, "surdo", "silencioso", *charishi*, "cultivo", *charish*, e *charoshet*, "arar", o que o levou a uma pequena preleção sobre os encantos da língua. Como mamãe estava de ótimo humor, ela lhe deu uma lista de outras palavras semelhantes.

Mamãe nos contou de um vizinho ucraniano, um jovem bonito e esperto, que sabia predizer em qual dia, exatamente, germinariam os primeiros brotos de centeio, e em qual manhã despontariam da terra as primeiras folhinhas de beterraba. Esse rapaz, chamado Stephan, ou Stepasha, como o chamavam, ou Stiopa, todas as moças gentias eram loucas por ele, mas ele se apaixonou perdidamente por uma das professoras do Ginásio Tarbut, justamente uma judia, e então, de tanto amor, ele tentou se suicidar e se lançou no turbilhão das águas do rio, mas, como era um ótimo nadador, não conseguiu se afogar, e foi arrastado até uma das grandes herdades à margem do rio, cuja proprietária o atraiu e, passados alguns meses, lhe deu de presente uma taberna, e lá ele passava seus dias, talvez até hoje continue por lá, e com certeza se tornou disforme e horrível de tanto beber e fornicar.

Dessa vez meu pai se esqueceu de repreendê-la por ter empregado a palavra "fornicar" na minha presença, e nem a advertiu *"videsh maltshik!"*. Ele pousava a cabeça sobre o joelho dela, estendeu-se sobre a lona enquanto mascava distraído uma folhinha de grama, e eu fiz exatamente como ele — me deitei sobre a lona e pousei a cabeça sobre o outro joelho de mamãe, masquei uma graminha e enchi os pulmões de ar puro, cheio de perfumes, e do zunzum dos insetos inebriados pela primavera. O ar era límpido, lavado pelas chuvas e pelos ventos do inverno. Como seria bom parar o tempo naquele exato momento, dois anos antes da morte de mamãe, e parar também de escrever estas linhas, bem naquela cena de Tu Bishvat, nós três no bosque de Tel Arza: minha mãe com seu vestido azul e um lenço de seda atirado com bom gosto em volta do pescoço, sentada ereta, recostada num tronco de árvore, a cabeça de meu pai apoiada sobre um dos joelhos dela, e a minha cabeça sobre o outro, e ela acariciando duas, três vezes, nossas faces e nossos cabelos com sua mão fria. E passarinhos e mais passarinhos voavam chilreando pelas copas lavadas dos pinheiros.

Naquela primavera, ela teve grandes melhoras. Não passava mais dias e noites seguidos sentada na cadeira em frente da janela, e não mais evitava a luz elétrica nem sofria com os ruídos. Voltou a se dedicar aos trabalhos da casa e às horas de leitura de que tanto gostava. As enxaquecas se tornaram mais esparsas, e o apetite voltou, embora bem moderado. E ela voltou a gastar seus cinco minutos na frente do espelho, um batom discreto, um pouco de pó-de-arroz e rímel, escova de cabelo e mais dois minutos de bom gosto diante da porta do armário de roupas, para voltar a nos oferecer o seu toque de mistério e beleza radiante. Os visitantes de costume reapareceram em nossa casa, o casal Bar-Ytzhar (Itzlévitsh), o casal Abramsky, revisionistas ferrenhos que devotavam um ódio mortal ao governo do Mapai, Hana e Chaiim Toran, os Rodnitzky, Túshia e Gustav Krochmal, vindos de Dantzig e donos do hospital de bonecas na rua Gueúla. Às vezes os cavalheiros arriscavam um olhar rápido e tímido a minha mãe, para logo desviar os olhos.

E de novo voltamos a visitar, todas as noites de sexta-feira, vovó Shlomit e vovô Aleksander, para acender com eles as velas do shabat e provar em sua mesa redonda do seu peixe recheado ou dos papos de galinha recheados e costurados. Nas manhãs de sábado íamos, às vezes, visitar os Rodnitzky, e depois do almoço, quase todos os sábados, saíamos para cruzar a pé a cidade de Jerusalém inteira, de norte a sul, em nossa peregrinação à casa de tio Yossef, no bairro de Talpiót.

Certa vez, durante o jantar, minha mãe falou, de repente, sobre uma luminária de pé que ficava ao lado de sua poltrona no quarto alugado em que morou, em Praga, na época em que ainda estudava história e filosofia. No dia seguinte meu pai parou em diversas lojas de móveis da rua King George, da rua Jafa e em lojas de aparelhos elétricos da rua Ben Yehuda, procurou, comparou, especulou, voltou à primeira loja e veio para casa trazendo para mamãe de presente a luminária de pé mais bonita do mundo. Gastou nesse presente quase um quarto do seu salário mensal. Mamãe beijou a sua testa e a minha, e prometeu, com seu estranho sorriso, que nossa nova luminária continuaria a nos banhar de luz, a papai e a mim, muito depois de ela ter partido. Meu pai, embriagado pela vitória, não ouviu suas palavras, fosse porque nunca tinha sido de prestar atenção às palavras dos outros, fosse porque a torrente avassaladora das suas próprias já o havia arrastado para bem longe, à antiga raiz semítica *nur*, luz, à forma aramaica *menarta* e a *manara*, a palavra árabe para "luminária".

E eu ouvi mas não entendi, ou não quis entender.

Depois disso, vieram as chuvas outra vez. Meu pai tornou a pedir, às vezes, depois das nove da noite, minha hora de dormir, a autorização de minha mãe para "sair, ver um pouco de gente". Prometia a ela voltar sem fazer nenhum ruído, e não muito tarde da noite; dava a ela um copo de leite morno e saía com seus sapatos triplamente engraxados, o triângulo do lenço branco despontando do bolsinho do paletó, como seu pai, e o rastro da loção de barba. Ao passar sob a minha janela, já com a luz apagada, eu o ouvia abrir com um golpe o guarda-chuva e cantarolar, desafinando terrivelmente:

> *Mãos delicadas ela tinha*
> *Nenhum homem ousava tocá-las.*

Ou:

> *Seus olhos eram como a Estrela do Norte*
> *E em seu coração, o calor do ha-a-a-amsin.*

Mas apesar de ele ser inflexível na hora precisa de apagar a luz do meu quarto, "exatamente às nove, nem meio minuto depois", mamãe e eu esperávamos até o eco dos seus passos desaparecer na ladeira da rua molhada, para eu voar da minha cama para ela, e ouvir mais e mais histórias. Eu ia ao seu encontro na cadeira em que ela permanecia sentada naquele quarto, no qual todas as paredes e metade do chão eram cobertos por prateleiras e prateleiras atulhadas de livros, e então me deitava de pijama sobre o tapete, recostava a cabeça nos seus pés, fechava os olhos e ouvia. Nenhuma luz permanecia acesa em nossa casa, salvo a nova luminária de pé, ao lado da cadeira de mamãe. O vento e a chuva fustigavam as venezianas. Rajadas de relâmpagos baixos riscavam às vezes o céu de Jerusalém. Meu pai saía e me deixava tomando conta de mamãe com suas histórias. Uma vez ela me contou sobre o apartamento vazio que havia acima do seu apartamento alugado, na época em que estudava em Praga. Ninguém tinha morado lá durante dois anos seguidos, exceto, assim as vizinhas contaram num sussurro, as almas de duas meninas. Tinha havido um grande incêndio naquele apartamento, e fora impossível salvar as duas meninas, Amália e Yana. Depois da tragédia, seus pais foram para muito longe, emigraram. O apartamento queimado e enegrecido ficou trancado, com as venezianas fechadas. Não foi reformado nem alugado. Às vezes, cochichavam as vizinhas, ouviam-se sons abafados de risos e brincadeiras, e outras, tarde da noite, sons de choro e gritos de socorro. Nunca ouvi esses sons, mamãe disse, mas às vezes eu tinha quase certeza de ouvir abrir-se uma torneira à noite, móveis sendo arrastados, ruído de pés descalços andando de um quarto para o outro. Talvez alguém estivesse usando aquele apartamento abandonado para encontros amorosos secretos, ou de outra natureza. Quando você crescer, vai descobrir que quase tudo o que ouvimos à noite pode ser interpretado de mais de uma maneira. Pensando bem, não só à noite e não só o que ouvimos, o que os olhos vêem, até mesmo em plena luz do dia, também pode ser entendido de várias maneiras.

Em outras noites, mamãe me contava a saga de Eurídice, do Hades e de Orfeu. Contava sobre a filha órfã de oito anos de idade de um conhecido nazista sanguinário que foi enforcado pelos americanos em Nuremberg, depois da guerra. Sua filha foi internada numa instituição para delinquentes juvenis apenas por ter sido pega enfeitando com flores a fotografia do pai. Contava sobre um comerciante de madeira de uma das aldeias próximas a Rovno que se perdeu na floresta e desapareceu numa noite tempestuosa de inverno, mas seis anos mais tarde alguém se esgueirou em plena noite para deixar os sapatos do comerciante, já aos frangalhos, aos pés da cama de sua viúva. Contava sobre Tolstoi, que no final da vida abandonou sua casa para morrer na casinhola do guarda ferroviário numa remota estação de trem chamada Astafobo.

Como Peer Gynt e Aase, sua mãe, éramos eu e minha mãe naquelas noites de inverno:

> *Sim, aquele jovem era meu companheiro de infortúnio,*
> *[...] e eu e o menino ficávamos sentados*
> *e procurávamos nos refugiar das angústias de nossa vida*
> *[...] e assim contávamos histórias*
> *sobre almas e fantasmas e reis poderosos,*
> *sobre feitiços e encantamentos*
> *e trolls das montanhas,*
> *e o rapto da noiva, sim, também sobre isso contávamos,*
> *mas quem se importa se nos lembramos de tudo?*

Vezes sem conta, naquelas noites, brincávamos de história aos pedaços: minha mãe começava uma história, eu continuava, então o fio passava de volta para ela, e de novo para mim. Um pedaço para ela, um pedaço para mim. Meu pai voltava para casa um pouco antes ou um pouco depois da meia-noite, e ao ouvir seus passos lá fora apagávamos rápido a luz e voávamos para as respectivas camas, como dois meninos levados, e fingíamos dormir o sono dos justos. Meio adormecido, eu o ouvia andar pelo pequeno apartamento, despir-se, tomar um pouco de leite da geladeira, entrar no banheiro, abrir a torneira, fechar, puxar a descarga do vaso, de novo abrir e fechar a torneira, cantarolar baixinho alguma velha canção romântica, voltar a tomar mais alguns goles de leite e se esgueirar, descalço, para a biblioteca, para o sofá convertido em cama de casal, e provavelmente se deitar ao lado de mamãe, que fingia dormir, cantarolar para si mesmo, para dentro, sem nenhum som, mais uns dois ou três minutos, até adormecer e dormir como um bebê até as seis da manhã. Às seis ele se levantava antes de nós, fazia a barba, vestia-se, punha o avental de mamãe e ia à cozinha espremer laranjas para o nosso suco — meu e de mamãe. Depois aquecia-o um pouco em banho-maria, para nos servir na cama. Pois todo mundo sabia que suco frio podia causar resfriado.

E numa daquelas noites mamãe voltou a ter insônia. Não se sentia bem deitada no sofá-cama ao lado de meu pai, que dormia o sono dos justos, enquanto seus óculos também dormiam na prateleira ao lado da cama. Então ela se levantava, e dessa vez não ia até sua cadeira diante da janela nem à cozinha tristonha, mas vinha descalça para o meu quarto, levantava o cobertor e se deitava de camisola ao meu lado, me abraçava e beijava até eu acordar. Quando eu acordava, ela me sussurrava uma pergunta, no ouvido, se eu concordaria em cochichar um pouco com ela naquela noite. Só nós dois? E desculpe por ter te acordado, mas para mim é muito importante conversar com você agora. E desta vez eu ouvi um sorriso em sua voz, um sorriso de verdade, não uma sombra.

Quando Zeus soube que Prometeu tinha conseguido roubar uma centelha do fogo que ele, Zeus, havia recusado aos homens como castigo, quase explodiu de raiva. Há muito tempo os deuses não viam seu rei ser tomado de tal cólera. Por dias e noites a fio despejou seus raios e trovões, e ninguém ousava se aproximar dele. Em sua fúria, o velho pai decidiu enviar aos homens uma grande desgraça disfarçada em presente. Ordenou então a Hefaístos, o deus ferreiro, que desse a um punhado de terra misturada com água a forma de uma linda mulher. A deusa Atenas ensinou-a a costurar, a bordar, e a enfeitou com trajes maravilhosos. A deusa Afrodite, por sua vez, deu a ela o poder do fascínio, para cegar os olhos de todos os homens e fazer ferver o seu desejo, enquanto Hermes, o deus dos comerciantes e dos ladrões, ensinou-a a mentir sem pestanejar, a agradar aos corações e os aprisionar. O nome dessa mulher maravilhosa era Pandora, isto é, a mulher de todos os dons. E Zeus, sedento de vingança, ordenou que Pandora fosse dada como noiva ao estúpido irmão de Prometeu. Inutilmente Prometeu advertira o irmão para desconfiar dos presentes dos deuses. O irmão viu aquela linda rainha e correu radiante para Pandora, que tinha trazido como dote uma caixa cheia de presentes de todos os deuses do Olimpo. Um belo dia Pandora levantou a tampa daquela caixa de presentes, e dela surgiram as doenças, a solidão, a tristeza, a crueldade e a morte. Assim vieram a este mundo todas as desgraças que vemos ao nosso redor. Se você ainda não adormeceu, eu gostaria ainda de acrescentar que, na minha opinião, o sofrimento já existia antes disso. Havia o sofrimento de Prometeu e de Zeus, e o sofrimento da própria Pandora, para não falar no dos mortais, como nós. O sofrimento não surgiu da caixa de Pandora, mas pelo contrário, a caixa de Pandora foi inventada por causa do sofrimento. E também a abriram pela mesma razão. Amanhã depois da escola você pode ir cortar o cabelo? Olha até onde o teu cabelo já está chegando.

51

Algumas vezes meus pais me levavam com eles "à cidade", isto é, à rua King George, ou à rua Ben Yehuda, a um dos três ou quatro cafés importantes que talvez lembrassem a eles alguma coisa dos cafés das cidades da Europa Central entre as duas guerras mundiais: os freqüentadores desses cafés tinham a sua disposição os jornais diários israelenses e estrangeiros, presos em compridas hastes, e também revistas semanais e mensais em diversos idiomas. Sob os candelabros de bronze e cristal, pairava um suave murmúrio estrangeiro misturado à nuvem azul-cinzenta da fumaça dos cigarros e a uma baforada de outros mundos, mundos em que uma vida tranqüila, de estudo e camaradagem, desenvolvia-se em compasso calmo.

Em todas as mesas havia senhoras e cavalheiros bem tratados, conversando em tom moderado. Garçons e garçonetes com jaquetas impecáveis, no braço uma toalhinha bem passada, esvoaçavam ágeis por entre as mesas servindo xícaras de café bem quente arrematado por um floco flutuante de creme chantilly fresco, ou chá tailandês servido concentrado em pequenos bules de porcelana para misturar à água que fervia em bules maiores, bombons recheados de licor, doces de frutas em conserva, frutas glaçadas, apfelstrudel com chantilly, doces de chocolate com baunilha, copos de ponche quente nas noites de inverno e cálices de licor ou conhaque. (Em 1949 e 1950, anos de contenção rigorosa, ainda se tomava apenas *ersatz* café, e parece que o chocolate e o creme também eram substituídos por equivalentes.)

Nesses cafés meus pais se encontravam, algumas vezes, com um grupo distinto de conhecidos, bem distante do círculo habitual dos humildes vizinhos consertadores de bonecas, como o casal Krochmal, ou de pequenos funcionários dos Correios, como Stashek Rodnitzky. Ali encontrávamo-nos com pessoas de alto gabarito, como o dr. Fefermann, o antigo chefe de meu pai na divisão de periódicos da Biblioteca Nacional, como Yehoshua Tshitshik, o editor, que de tempos em tempos vinha de Tel Aviv a Jerusalém a negócios, como algum filólogo ou historiador jovem e promissor, da idade dos meus pais, mas para quem os portões da universidade estavam abertos de par em par, e outros intelectuais, literatos, eruditos, entre eles livres-docentes, para os quais o caminho ao ápice da carreira, o grau de professor catedrático, já estava devidamente aplainado. Houve ocasiões em que meus pais conseguiram se encontrar ali com dois ou três renomados escritores de Jerusalém, de cuja amizade meu pai muito se orgulhava: Dov Kamchi, Shraga Kadri, Itzchak Shenhar, Yehuda Yaari. Hoje esses escritores já estão quase completamente esquecidos, e a maioria dos seus leitores também já desapareceu, mas, no seu tempo, eram muito conhecidos, e seus livros, bastante prestigiados em Israel.

Ao se preparar para esses encontros meu pai costumava esfregar vigorosamente a cabeça com xampu, engraxava e reengraxava os sapatos até luzirem como diamantes negros, prendia com um discreto alfinete de prata a gravata elegante, listrada de branco e cinza, explicava-me mil vezes as regras da boa educação, enfatizando a necessidade de responder brevemente e com toda a educação a qualquer pergunta que porventura me fizessem. Às vezes, antes de sairmos para esses encontros no café, meu pai acrescentava ao seu barbear de manhã um barbear da tarde especial, o barbear extraprograma. Mamãe também se enfeitava para a ida ao café, com o colar de coral vermelho-alaranjado, que combinava perfeitamente com o seu tom de pele moreno e acrescentava à sua beleza um toque exótico, fazendo-a parecer italiana, ou talvez grega.

Os literatos e autores famosos admiravam-se da cultura e da sagacidade de meu pai: sempre havia a certeza de poder contar com a fonte inesgotável da sua erudição em questões que seus dicionários e enciclopédias não conseguiam solucionar. Porém, mais do que as consultas à cultura de meu pai, apreciavam, e disso não faziam segredo, a participação de sua esposa — sua atenção profunda, de musa, deflagrava neles uma capacidade oratorial insuspeita: algo que a presença pensativa dela causava, suas perguntas inesperadas, seu olhar, suas observações, que muitas vezes vinham iluminar com uma luz nova e surpreendente o assunto da conversa, os levava a falar e falar, como se estivessem embriagados, sobre seu trabalho, sobre seu estafante processo de criação, sobre seus objetivos e suas realizações. Vez por outra minha mãe lançava uma fina observação a respeito dos escritos de um dos presentes, apontando certa proximidade de suas idéias com as de Tolstoi, ou comentava que teria identificado uma qualidade estóica no que estava sendo falado, ou dizia com uma leve inclinação de cabeça — e aqui a sua voz ganhava uma entonação de vinho tinto — que naquele ponto seu ouvido parecia ter captado um acento quase escandinavo no trabalho de um dos escritores ali reunidos, um eco de Hamsun ou de Strindberg, ou talvez até certo tom dos escritos místicos de Emanuel Swedenborg. E então minha mãe voltava ao seu silêncio e à sua observação irrestrita, fina e transparente, enquanto eles disputavam sua atenção contando a ela suas idéias e tudo o quanto lhes vinha, ou não, à cabeça.

Anos depois, ao me encontrar com dois desses interlocutores, disseram-me que minha mãe era uma mulher encantadora e também uma leitora fantástica, uma leitora com a qual todo escritor sonha na dura solidão de sua mesa de trabalho. Pena que não tenha deixado escritos. Quem sabe, diziam, sua morte prematura tenha nos privado de uma escritora inspirada, e isso no tempo em que se poderiam contar nos dedos de uma única mão as escritoras em hebraico.

Naquela época, quando por acaso um desses escritores e literatos afamados encontrava casualmente meu pai na biblioteca ou na rua, conversaria com ele por alguns minutos sobre a carta enviada pelo ministro da Educação, Dinor, aos reitores das universidades, ou sobre a expectativa de Zalman Shneur de se tornar Walt Whitman agora na velhice, ou sobre a questão crucial de quem viria a ser o herdeiro da cátedra de literatura hebraica do professor Klausner quando este se aposentasse, e então daria palmadinhas no ombro de meu pai e diria, com um brilho nos olhos e uma expressão iluminada: Transmita minhas efusivas lembranças à sua senhora, uma mulher fantástica, tão culta, tão artística, de gosto tão apurado!

E enquanto dava palmadinhas afetuosas e amigáveis no seu ombro, bem no fundo talvez o invejasse pela esposa que tinha e ficasse ruminando com seus botões: O que será que ela viu nele? Nesse sujeito pedante? Bem, ele tem uma cultura excepcional, na verdade é um pesquisador aplicado e honesto, "relativamente quase importante", mas, cá entre nós, é um tipo meio escolástico, não? Sem grande inspiração.

A mim cabia desempenhar um papel específico nessas conversas nos cafés. Em primeiro lugar, eu tinha de dar respostas educadas e inteligentes, como um adulto, a questões complicadas como: que idade eu tinha, em que série eu estava na escola, se colecionava selos ou estava fazendo um álbum de recortes, o que nos estava sendo ensinado em geografia, se eu era um menino comportado, o que tinha lido de Dov Kamchi (ou Yaari, ou Kadari, ou Even-Zahav, ou Shenhar), e se eu gostava dos meus professores. E às vezes perguntavam: Eu já tinha começado a me interessar por meninas? Ainda não? E o que ia ser quando crescesse — também iria ser professor? Ou um pioneiro? Ou general do Exército de Israel? (Para falar a verdade, eu havia chegado à conclusão naquela época de que os escritores eram uns tipos bem falsos. E talvez meio ridículos.)

Em segundo lugar, eu não poderia atrapalhar.

Não existir. Invisível.

Aqueles encontros deles nos cafés duravam pelo menos setenta e sete horas ininterruptas, e durante toda essa eternidade eu deveria me tornar uma presença mais invisível e silenciosa do que o ventilador que girava no teto.

O castigo por causar perturbações na presença de estranhos poderia ser prisão domiciliar absoluta, entrando em vigor todos os dias, imediatamente em seguida à volta da escola, por duas semanas, ou a proibição de brincar com os amigos, ou a suspensão do direito de ler livros antes de dormir nas próximas vinte noites.

E o grande prêmio pelas cem horas de solidão era sorvete. Ou até mesmo uma espiga de milho.

Sorvete, quase nunca me permitiram, pois podia fazer mal à garganta e causar resfriado. E o milho, vendido na esquina, era pescado de um caldeirão que fervia sobre um fogareiro. A espiga vinha quente e cheirosa, e o vendedor de barba por fazer a enrolava numa folha verde e salpicava sal. Quase nunca me permitiam comprar esse milho, pois o vendedor, que não fazia a barba, também não parecia tomar banho. Com certeza os micróbios pululavam felizes na água daquele caldeirão. "Mas se vossa alteza houver por bem demonstrar no Café Atara um comportamento exemplar, em nossa volta para casa será concedido a vossa alteza o direito de escolher entre sorvete e milho, à sua vontade."

É possível que tenha sido ali, sobre o pano de fundo das intermináveis conversas de meus pais com seus amigos acerca de política, filosofia e literatura, sobre as disputas dos professores na universidade e as intrigas entre os editores e as casas editoras, conversas que eu não conseguia entender, é possível que, levado pela solidão e pelo tédio que tudo aquilo me causava, eu tenha aos poucos me tornado um pequeno espião.

Inventei um pequeno jogo secreto, que eu poderia jogar por horas e horas sem sair do lugar, sem falar, sem peças ou cartelas, e até mesmo sem lápis nem papel. Eu ficava observando as pessoas no café e tentava adivinhar, pelas suas roupas e comportamento, pelo jornal que liam e pelo que tinham pedido, quem eram elas, de onde tinham vindo, o que faziam, o que tinham feito logo antes de vir ao café e para onde iriam depois. Pela expressão do rosto, eu podia imaginar quais eram os pensamentos daquela mulher que sorrira duas vezes para si mesma e o que estaria pensando aquele rapaz magro de quepe, que não tirava os olhos da porta de entrada e ficava imensamente desapontado cada vez que um novo freguês entrava. Como seria essa pessoa por quem ele tanto esperava? Eu apurava os ouvidos e roubava, do ar, retalhos de conversas. Inclinava-me para conseguir ver quem lia o quê. Quem ia chegando apressado, e quem dava uma volta por ali antes de escolher seu lugar.

Com base em alguns poucos sinais vagos, eu inventava para cada um daqueles freqüentadores do café intrincadas e até arrepiantes histórias de vida. Aquela mulher de lábios amargurados e um amplo decote, por exemplo, sentada à mesa do canto em meio a uma espessa nuvem de fumaça, fumando sozinha: por três vezes, em menos de uma hora, contada pelo grande relógio suspenso na parede atrás do balcão, ela se levantara para desaparecer no reservado das mulheres, retornara para se sentar de novo em frente à sua xícara já vazia, acendera mais um cigarro e de quando em quando lançara rapidamente um olhar para o escuro vulto de sobretudo sentado a uma mesa perto do cabide de chapéus. Uma vez chegou a se levantar e ir até o sujeito de sobretudo, inclinou-se e disse a ele duas ou três palavras, que ele respondeu apenas com um leve aceno de cabeça, sentou-se de novo e continuou fumando. Quantas possibilidades a cena encerrrava. Como era espantosamente rico o caleidoscópio de histórias e aventuras que esses retalhos permitiam imaginar! Ou quem sabe ela teria apenas pedido a ele para emprestar o jornal *Haboker* quando ele tivesse terminado de ler?

Meus olhos tentavam inutilmente se desviar do generoso decote da mulher da mesa do canto, mas quando eu os cerrava, aquele peito se aproximava de mim, deixava-me sentir o seu calor e até afundar nele o meu rosto. Os joelhos começaram a tremer. Aquela mulher esperava pelo seu amado, que prometera vir encontrá-la e esquecera, e por isso ela ficava sentada fumando daquele jeito, tomando uma xícara depois da outra, para aliviar o aperto na garganta. E de tempos em tempos ela desaparecia no toalete feminino para disfarçar com pó-de-arroz as marcas de suas lágrimas. O garçom tinha trazido para o sujeito de sobretudo um cálice de licor, para ele afogar as mágoas pela mulher que o abandonara por um jovem amante. Talvez naquele exato momento, num luxuoso transatlântico, ambos dançassem coladinhos à luz da Lua, que se refletia nas águas do mar, na festa oferecida pelo Capitão Nemo sobre o convés, embalados pela música sonhadora do cinema Edison, enquanto navegavam rumo a algum ponto turístico famoso pela dissolução dos costumes: Saint-Moritz, San Marino, San Francisco, São Paulo, Sans Souci.

E eu vou em frente, continuando a tecer a minha teia. O jovem amante, que imagino como o másculo marinheiro retratado no maço de cigarros Nelson, é na verdade o mesmo que prometeu à fumante desesperada vir encontrá-la esta noite, e agora ele se encontra a mil milhas daqui. Inutilmente ela o espera. "Por acaso o senhor, meu amigo, também foi abandonado à própria sorte? Por acaso, assim como eu, o senhor está sozinho neste mundo?" Assim, na linguagem das histórias românticas de outros tempos, a mulher se dirigiu ao sujeito de sobretudo, quando foi até a mesa dele ainda há pouco, inclinou-se, e ele respondeu com um simples meneio de cabeça. Logo o casal de abandonados sairá do café, e juntos, lá fora, na rua, caminharão de braços dados, sem que nenhuma palavra precise ser dita entre eles.

Para onde irão?

A imaginação me oferece imagens de parques e alamedas, bancos de jardim banhados pela luz da Lua, um caminho estreito levando a uma casinha cercada por um muro de pedra, luz de vela, venezianas cerradas, música, e daqui em diante a história se torna mais doce e assustadora do que eu agüentaria contar para mim mesmo, então trato de me despedir rapidamente desse casal que não é casal e bato em retirada. Em lugar deles, fixo os olhos em dois cavalheiros de meia-idade numa mesa próxima à nossa, que jogam xadrez e conversam em um hebraico germânico. Um deles está o tempo todo, alternadamente, chupando e batendo na mesa um cachimbo apagado feito de madeira vermelha, e o outro de tempos em tempos enxuga o suor invisível da testa alta com um lenço xadrez. Uma garçonete apareceu de repente e sussurrou algo para o cavalheiro do cachimbo, e ele pede licença ao seu companheiro, e também à garçonete, e dirige-se ao telefone que fica perto do balcão. Quando acaba de conversar, pousa o fone no gancho e se deixa ficar por alguns momentos, distraído, meio perdido, e então volta com passos incertos à sua mesa e parece de novo pedir ao seu parceiro para lhe dar licença, e lhe explica alguma coisa, desta vez em alemão, deixa em seguida algumas moedas sobre a mesa, mas seu amigo se irrita com seu gesto e quase à força tenta pôr as moedas no bolso do sujeito do cachimbo, mas este resiste, e então as moedas caem no chão e se espalham sob diversas mesas, e os dois cavalheiros param então de discutir e se põem de quatro para recolher as moedas caídas.

Tarde demais: eu já tinha decidido que eles são primos, os únicos sobreviventes de uma família que fora assassinada pelos alemães. E já havia até enriquecido a história com uma herança gigantesca e uma assombrosa cláusula de testamento, segundo a qual o vencedor desse jogo de xadrez ganhará dois terços dessa fortuna, enquanto o perdedor terá de se contentar com um terço apenas. E então introduzi na história uma orfãzinha da minha idade, que tinha sido enviada da Europa para um kibutz ou uma instituição educacional, e ela, e não os primos enxadristas, é a verdadeira herdeira. A essa altura eu também me enfiei no meio da história, no papel de cavaleiro defensor de órfãs, que salva aquela herança legendária das mãos dos que não têm direito a ela para entregá-la a quem tem direito, recuperando-a para o seu verdadeiro dono, e não apenas por uma questão de justiça, mas em troca de amor. Mas quando cheguei ao "amor", meus olhos se fecharam de novo, e de novo houve uma urgência incontrolável de acabar logo com essa história e começar a espiar outra mesa. Ou a garçonete manca, dos olhos negros e profundos. E esse parece ter sido o começo da minha vida de escritor: nos cafés, enquanto esperava pelo sorvete ou pelo milho.

Até hoje sou uma espécie de batedor de carteiras de histórias, um amigo do alheio. Especialmente de estranhos. Especialmente em lugares públicos, com muita gente. Na fila de uma clínica da Kupat Cholim, por exemplo, ou na sala de espera de alguma repartição pública, nas estações de trem e nos aeroportos. Às vezes, até quando estou guiando, no meio de algum engarrafamento, aproveito para dar uma espiada nos motoristas dos carros vizinhos. Espio e invento histórias. Invento, espio de novo e invento mais histórias. De onde será que vem essa mulher, pela roupa, pela expressão do rosto, pelos seus gestos enquanto retoca a maquiagem? Como é o seu quarto? Como é o seu namorado? Ou então aquele rapaz ali, com costeletas fora de moda, segurando com uma mão o celular enquanto a outra desenha no ar cortes, pontos de exclamação e sinais de aflição. Para que essa urgência toda de estar sem falta amanhã em Londres? Em que tipo de negócios ele anda metido? Quem o espera em Londres? Como são os seus pais? De onde eles são? Como ele era quando criança? E com quem vai passar a noite, depois de aterrissar em Londres? (Atualmente, já não me detenho apavorado diante da porta de quartos de dormir: levito silenciosamente no seu interior.)

Se as pessoas que eu observo notam meus olhares detetivescos, sorrio com a cara mais distraída do mundo e desvio o olhar. Não tenho a menor intenção de constranger ninguém. Vivo com medo de ser pego em flagrante nas minhas espiadas, minhas raivosas vítimas exigindo satisfações. Mas de qualquer maneira, alguns segundos, e eu não preciso mais observar meus heróis fortuitos. Estão no papo. Meio minuto, e já estão aprisionados na minha invisível máquina fotográfica de paparazzo.

Em uma loja, por exemplo, na fila do caixa: na minha frente está uma mulher de estatura mediana, no meio dos seus quarenta, cheinha, muito atraente porque alguma coisa em sua atitude ou expressão diz que ela já experimentou de tudo e nada mais pode surpreendê-la — mesmo a coisa mais bizarra não vai conseguir senão despertar nela uma divertida curiosidade. E esse rapaz bem-apessoado, na fila, atrás de mim, um soldado de uns vinte anos, está encarando essa mulher com um ar faminto. Eu me desvio um pouco para não obstruir sua visão, e preparo para eles um quarto com um tapete bem macio, desço as venezianas, fico apoiado na porta, pelo lado de dentro, e a fantasia corre solta, em todos os detalhes, até mesmo o detalhe engraçado da tímida e urgente afobação estabanada do rapaz, e a tranqüila e generosa compreensão da experiente parceira. Até que a moça do caixa é obrigada a me chamar, bem alto: O próximo, por favor! Com um sotaque que não é bem russo, mas provém de alguma república asiática — será? E já me vejo em Samarcanda, talvez na bela Bulgária: camelos bactrianos, com duas corcovas, mesquitas de pedra rosada, com espaçosos aposentos circulares para as preces, suas cúpulas sensuais e tapetes macios me acompanham até a saída da loja, saco de compras na mão.

Depois do serviço militar, em 1961, o kibutz Hulda me enviou à Universidade Hebraica, em Jerusalém, para estudar por dois anos. Fui estudar literatura porque o kibutz precisava urgentemente de um professor de literatura, e estudei filosofia porque fiz questão. Todo domingo, entre quatro e seis horas da tarde, no grande auditório do bloco Maiser, uns cem alunos se reuniam para ouvir a série de palestras do professor Shmuel Hugo Bergman sobre o tema "A filosofia dialética, de Kirkegaard a Martin Buber". Minha mãe também estudou filosofia com o professor Bergman no monte Scopus nos anos 30, ainda antes de se casar com meu pai, e o professor se recordava dela com muita simpatia e admiração. Em 1961, já aposentado, Bergman era um professor emérito, mas não nos cansávamos de admirar sua inteligência lúcida e incisiva. Eu ficava emocionado ao pensar que aquele homem diante de mim havia sido colega de turma de Kafka em Praga, e, como ele nos contou uma vez, que ambos tinham sentado juntos na mesma carteira durante dois anos do ginásio, até Max Brod vir tomar o seu lugar ao lado de Kafka.

Naquele inverno, Bergman costumava convidar cinco ou seis dos seus alunos favoritos, ou que pareciam mais interessados, para ir à sua casa por algumas horas depois das palestras. Assim, todos os domingos, pelas oito da noite, eu tomava o ônibus da linha 5, desde o campus novo da universidade em Givat Ram até o apartamento simples do professor Bergman em Rehávia. Um agradável odor de livros velhos, pão fresco e gerânios pairava no ar. Sentávamos no sofá ou no chão sobre o tapete aos pés de nosso grande mestre, o colega de juventude de Kafka e de Martin Buber, e o autor de livros a partir dos quais ensinava história da teoria do conhecimento e princípios de lógica. Fazíamos silêncio e aguardávamos ávidos as suas palavras. Shmuel Hugo Bergman era um homem vigoroso, mesmo na velhice. Com a sua cabeleira prateada, as ruguinhas irônicas e sorridentes nos cantos dos olhos, o olhar penetrante, que parecia ao mesmo tempo cético e inocente como o olhar de um menino curioso, Bergman guardava uma impressionante semelhança com Albert Einstein em idade avançada. Com seu sotaque tcheco-germânico, ele passeava pelo idioma hebraico não com desenvoltura nem com completo domínio, mas com uma espécie de alegria radiante, como um feliz cortejador que tivesse por fim conquistado a sua amada e agora devesse demonstrar a ela o quanto sua escolha fora acertada.

Praticamente o único tema que interessava ao nosso mestre nesses encontros era o da sobrevivência da alma, ou a possibilidade, se é que haveria alguma, de vida após a morte. Sobre esse tema é que ele nos falava nas noites de domingo naquele inverno, a chuva a tamborilar nos vidros das janelas, e o vento silvando no jardim. Às vezes perguntava qual era a nossa opinião e nos ouvia com toda a atenção, não com a paciente indulgência do professor orientando seus alunos, mas como quem ouvisse uma sinfonia muito complexa e tivesse de identificar, dentre muitos, um único som, um som menor, e tivesse de decidir se estava ou não desafinado.

"Nada", assim ele nos dizia numa daquelas noites de domingo, e eu não me esqueci, a ponto de achar que consigo repetir palavra por palavra o que ele disse, "nada se perde. Nunca. A própria palavra 'perder' supõe que o universo é finito e que se pode sair dele. Porém, na-a-da (e aqui ele esticou bastante a palavra) jamais saiu para fora do universo. E nada pode entrar dentro dele. Nem um simples grão de poeira pode aparecer ou desaparecer. A matéria se transformará em energia, e a energia, em matéria, os átomos irão se unir e novamente se dispersar, tudo muda e se modifica, mas na-a-da pode passar de ser a não-ser. Nem o menor pêlo, que talvez esteja neste momento bem na ponta da cauda de algum vírus. O conceito do infinito é, sem dúvida, aberto, infinitamente aberto, mas ao mesmo tempo é fechado e hermeticamente selado. Nada entra, e nada sai."

Pausa. Um sorriso franco e inocente se espalha como a luz do amanhecer pela enrugada paisagem da sua face expressiva, cativante. "E portanto, por que, talvez alguém possa me explicar, por que eles tanto insistem em dizer que a única exceção a essa regra, a única coisa no universo destinada a desaparecer, tornar-se nada, a única e exclusiva coisa destinada à extinção no universo, no qual nenhum átomo pode ser destruído, é exatamente a minha pobre alma? Cada partícula de poeira, cada gota de água continuará a existir pela eternidade, embora sob diferentes formas, exceto a minha alma?"

"Alma", assim murmura um jovem esperto do canto da sala, "ninguém ainda viu uma alma."

"Não viu", concorda Bergman, rápido, "mas as leis da física e da matemática também não são encontradas em cafés. Nem a inteligência, nem a ignorância, nem o desejo, nem o medo, nunca ninguém apanhou e enfiou um pedacinho de alegria ou de saudade num tubo de ensaio. Mas quem, meu jovem amigo, quem está falando com você agora? É a saliva de Bergman quem fala? Seu pâncreas? Seria por acaso o intestino grosso de Bergman que está filosofando com você? E quem, desculpe-me por mencionar, mas quem estampou agora esse sorriso contrafeito nos seus lábios? Não foi a sua alma? Ou foram as cartilagens? Ou os sucos gástricos?"

E numa outra ocasião ele disse:

"O que nos aguarda depois da morte? Nin-n-guém tem idéia. Pelo menos não com um conhecimento que se mostre suscetível de demonstração ou que contenha algum potencial de persuasão. Se eu contar a vocês aqui, esta noite, que tenho ouvido a voz dos mortos, e que ela é mais clara e compreensível para mim do que a maioria das vozes dos vivos, vocês terão todo o direito de replicar que este velho está senil. Que o medo da morte próxima o enlouqueceu. Portanto, não vou falar sobre vozes esta noite a vocês, mas vou propor um teorema matemático: considerando que nin-n-guém sabe se existe alguma coisa do lado de lá da nossa morte, ou se não existe nada, pode-se deduzir dessa ignorância completa que a possibilidade de existir alguma coisa é exatamente igual à de não existir nada. Cinqüenta por cento de possibilidade de extinção, e cinqüenta por cento de sobrevivência. Então, vejam: para um sujeito como eu, um judeu da Europa Central, da geração do Holocausto nazista, esse percentual de sobrevivência não é nada mau."

Também Gershom Scholem, amigo e adversário de Bergman, ocupava-se e até se preocupava bastante naqueles anos com a questão da vida após a morte. Na manhã em que o rádio noticiou a morte de Scholem, escrevi:

"Gershom Scholem faleceu esta noite. Agora ele sabe."

Bergman também já sabe. E Kafka. E meu pai e minha mãe. E seus amigos, e seus conhecidos, e a maior parte dos freqüentadores daqueles cafés, todos aqueles que usei para contar as minhas histórias, e todos os que foram completamente esquecidos. Todos agora sabem. Um belo dia também vamos saber. Mas por enquanto vamos continuar a recolher alguns detalhes. Nunca se sabe.

52

Eu era um fervoroso nacionalista nos tempos da quarta e quinta séries no Tchachmoni. Escrevi uma novela histórica, em capítulos, chamada "O fim do reino de Judá", e vários poemas sobre conquista, os macabeus, Bar Kochba, sobre grandeza nacional, muito parecidos com os versos patrióticos de vovô Aleksander, desejosos de se igualarem ao hino do Beitar, e com os demais hinos nacionalistas de Zeev Jabotinsky:

> [...] *Ergue alta a chama,*
> *Pois o silêncio é lama,*
> *Consagraremos sangue e alma*
> *Por nosso oculto esplendor!* [...].

E me inspirava também na canção dos *partisans* na Polônia e dos levantes nos guetos.

> [...] *Que importa se derramarmos o nosso sangue?*
> *Com essa façanha, nosso espírito florescerá!* [...]

E nos poemas épicos de Saul Tchernichowski, que meu pai nos lia, arrebatado:

> *Uma canção de sangue e fogo!*
> *Ascende ao monte e subjuga o vale — toma tudo o que vires!*

O que me influenciou mais que todos os outros foi "Soldado desconhecido", a sombria canção do comandante da Lechi, Avraham Sterne, cujo nome de guerra era Yair. Sozinho em minha cama, com as luzes apagadas, eu a declamava para mim mesmo, exaltado, mas em voz baixa:

> *Soldados sem patentes somos nós, precisamos lutar para ser livres;*
> *à nossa volta, imperam o terror e a sombra da morte.*
> *Nós nos alistamos para toda a vida, para lutar e resistir —*
> *só a morte nos fará desistir.*
> *Nos dias rubros e ferozes do nosso sangue derramado,*

> *nas negras noites do nosso desespero,*
> *sobre as cidades e os campos, nossa bandeira tremulará:*
> *nossa defesa e nossa conquista, ela será!* [...]

Tempestades de sangue, terra, ferro e fogo me embriagavam. Vezes sem fim eu imaginava o heroísmo sublime da minha morte nos campos de batalha, a dor e o orgulho de meus pais, e todavia, sem nenhuma contradição, depois da minha morte heróica, depois de merecer honras fúnebres, exéquias lacrimosas, discursos enlutados proferidos com emoção por Ben Gurion e Begin ao mesmo tempo durante o cortejo fúnebre e na emocionante cerimônia do meu enterro, depois de manter luto fechado por mim mesmo e conter o nó na garganta à vista dos monumentos de mármore e ao ouvir os cânticos gloriosos entoados em minha memória, eu sempre dava um jeito de ressuscitar são e salvo de minha morte temporária, cheio de admiração por mim mesmo, e me nomear comandante-em-chefe do Exército de Israel, e assim liderar as minhas legiões para libertar pelo sangue e pelo fogo todos os territórios que os diaspóricos vermes de espírito desprezível não tinham ousado arrancar das garras inimigas.

Menahem Begin, o legendário comandante da luta clandestina, era o principal ídolo da minha infância naquele tempo. Antes dele ainda, no último ano do mandato britânico, o comandante anônimo da luta na Resistência tinha incendiado a minha imaginação. Na minha cabeça a sua figura se revestia de antigo esplendor bíblico. Imaginava-o no seu quartel-general secreto em uma das cavernas inóspitas do deserto de Judá, descalço, com um cinturão de couro, flamejante como o profeta Elias no topo do monte Carmelo, expedindo comandos de sua caverna remota por intermédio de jovens cândidos. Todas as noites o seu longo braço atingia o coração das forças de ocupação britânicas, fazendo voar pelos ares com dinamite postos de comando e instalações militares, arrebentando muros, explodindo paióis de munição, despejando sua fúria sobre as fortalezas do inimigo, que era chamado, nos cartazes escritos por meu pai, de "inimigo anglo-nazista", "*Amalek*", "a pérfida Albion". (E mamãe diria uma vez, dos ingleses: "*Amalek* ou não *Amalek*, quem sabe daqui a pouco ainda vamos começar a sentir saudade deles").

Depois da fundação do Estado de Israel, o comandante-em-chefe do Exército clandestino finalmente pôde aparecer à luz do dia e teve sua foto publicada nos jornais, acima do seu nome: não algo heróico, como Árie Ben-Shimshon, o Leão de Sansão, mas Menahem Begin. Puxa, que surpresa. Esse nome, Menahem Begin, combinaria melhor, talvez, com o dono de alguma lojinha de bugigangas da rua Tzefânia, daqueles que viviam falando ídiche, ou um desses velhotes que faziam perucas ou que montavam espartilhos, os velhinhos cheios de dentes de ouro da rua Gueúla. E além disso, para minha profunda decepção, o herói da minha juventude se revelou na foto do jornal como um homem frágil, magro, com um par de grandes óculos apoiado sobre a face pálida; só o bigode poderia testemunhar suas atividades secretas. Mas passados alguns meses também esse bigode foi raspado e sumiu para sempre. A figura, a voz, o olhar, o sotaque e o vocabulário do sr. Begin me faziam lembrar não os conquistadores bíblicos de Canaã nem Yehuda Macabi, mas o jeito frágil, o andar arrastado dos meus professores do Tchachmoni, que também eram pessoas imbuídas de ruidosa exaltação nacionalista e indignação, mas sob cujo palavreado heróico dava para notar uma farisaica pretensão a donos da verdade e um azedume latente que por vezes vinham à tona.

E um belo dia, por causa do próprio Menahem Begin, eu perderia de vez a vontade de "Consagrar o sangue e a alma/ Por nosso oculto esplendor". Abandonei a atitude "pois o silêncio é a lama", e algum tempo depois eu chegaria à atitude inversa.

A cada poucas semanas, metade de Jerusalém vinha se encontrar às onze horas no sábado de manhã para ouvir os discursos flamejantes de Menahem Begin nas reuniões do movimento Herut, que aconteciam no salão Edison, o maior auditório da cidade. Na fachada, os letreiros anunciavam para breve a apresentação da Ópera de Israel, sob a batuta do maestro Fordhaus Ben Zisi. Vovô costumava vestir, para essas ocasiões, seu finíssimo terno preto com a gravata de cetim azul. O triângulo do lencinho branco despontava do bolso do paletó como um floco de neve num dia de verão. Quando entrávamos no salão, cerca de meia hora antes do início, meu avô acenava com o chapéu em todas as direções, inclinando-se de leve para cumprimentar os amigos e os conhecidos. Eu, compenetrado e bem penteado, vestindo camisa branca e sapatos engraxadíssimos, marchava ao lado de meu avô diretamente para a segunda ou terceira fila, onde lugares de honra estavam reservados para ativistas como vovô Aleksander, membros da diretoria do movimento Herut em Jerusalém, fundado pela Etzel, Organização Militar Nacional. Nós nos sentávamos entre o professor Yossef Yoel Rivlin e o sr. Elias Meridor, ou entre o dr. Israel Sheiv-Adler e o sr. Chanoch Kalai, ou ao lado do sr. Elias Ramba, editor do jornal *Herut*.

O auditório estava sempre lotado de simpatizantes e militantes da Etzel e de admiradores do legendário Menahem Begin, quase todos homens, entre eles muitos pais de colegas meus na escola Tchachmoni. Mas podia-se perceber uma fina linha divisória, embora invisível, separando as primeiras três ou quatro fileiras, reservadas a proeminentes figuras de intelectuais, veteranos das campanhas do Beitar, militantes do movimento revisionista, antigos comandantes da Etzel, quase todos originários da Polônia, da Lituânia, da Bielo-Rússia e da Ucrânia, da massa dos sefaraditas, búlgaros, iemenitas, curdos e judeus magrebinos do Norte da África, que enchiam o restante do auditório. Essa massa entusiástica se comprimia nas galerias, nos corredores, colada às paredes, e até no saguão de entrada e na rua em frente ao salão Edison. Nas primeiras fileiras se ouviam palavras de ordem nacionalistas e revolucionárias, impregnadas de um gosto por glórias e vitórias e citações de Nietzsche e Mantzoni, mas predominava um clima pequeno-burguês de maneiras muito elegantes: ternos, chapéus, gravatas, troca de gentilezas, refinadas regras de etiqueta, que já naquele tempo, começo da década de 1950, ressumavam um leve cheiro de mofo e naftalina.

E atrás dessas três ou quatro fileiras destinadas ao *inner circle* partidário estendia-se um mar de seguidores fiéis, uma devotada multidão de artesãos, verdureiros e operários, muitos ainda de quipá, vindos diretamente das orações matutinas nas sinagogas para ouvir o seu herói e líder, o sr. Begin, judeus de vida dura e roupas modestas, ardendo de idealismo, exaltados, sempre prontos a se deixar envolver e a levantar a voz em palavras de ordem.

Na abertura da reunião foram cantadas canções do Beitar, e ao final o hino do partido e o hino nacional, "Hatikva". Para aquelas ocasiões o palco do salão Edison era todo decorado com bandeiras de Israel, além de uma foto gigantesca de Zeev Jabotinsky e duas alinhadíssimas fileiras de jovens do movimento Beitar em seus belos uniformes e gravatas negras — como eu queria crescer logo para ser um deles! E ainda havia os slogans que soavam retumbantes dentro de mim: "Yodfat, Massada, Beitar!", "Se te esquecer, ó Jerusalém, que se esqueça a minha mão direita!" e "Pelo sangue e pelo fogo Judá caiu, pelo sangue e pelo fogo Judá se erguerá!".

Depois de dois ou três discursos "de aquecimento" proferidos pelos dirigentes da seção hierosolimita do partido, o palco e a mesa diretora se esvaziaram de repente. Até os jovens do Beitar desceram, com passo marcial. Um silêncio profundo, religioso, dominava o salão Edison. Todos os olhos fitavam o palco vazio, e os corações aguardavam tomados de devoção. Um longo momento transcorreu em silenciosa expectativa, e de repente algo se moveu no palco. Um leve movimento no centro, no encontro das cortinas de fundo, e um homem magro e pequeno caminhou sozinho, com passos delicados, em direção ao microfone, e se postou humilde diante do auditório superlotado. A cabeça baixa, como se estivesse envergonhado. Só passados alguns segundos de assombro, de alguns cantos do salão se ouviram as primeiras palmas, hesitantes, como se não acreditassem no que seus olhos viam. Como se todas as vezes que o viam se recusassem a crer que Begin não era um gigante que lançava raios e chamas ao seu redor, mas um homem pequeno e franzino. Porém logo estrugiram aplausos, vindos do fundo do salão, pontuados por verdadeiros rugidos de simpatia e consideração, que acompanharam praticamente todo o discurso de Begin.

Durante alguns segundos Begin permaneceu imóvel, cabeça inclinada, ombros caídos, como se dissesse: "Não sou merecedor de tantas homenagens", ou: "Minha alma inclina-se reverente sob o fardo do amor de vocês". Estendeu depois os braços como se abençoasse a multidão, sorriu timidamente, emudeceu, começou a falar, hesitante como um ator novato apavorado diante do público:

"*Shabat shalom umevorach*, um shabat de paz e bênçãos a cada um de vocês, meus irmãos e minhas irmãs, concidadãos, povo de Jerusalém, a eterna e sagrada."

E parou. E de repente acrescentou em voz baixa, muito triste, como que enlutado:

"Meus irmãos e minhas irmãs, estes foram dias muito difíceis para nossa jovem e amada nação. Dias excepcionalmente difíceis. Dias terríveis para todos nós."

Lentamente dominou sua tristeza, reuniu forças e continuou, ainda em voz baixa, porém com um vigor crescente, como se por trás desse véu de tranqüilidade um alarme silencioso mas extremamente sério estivesse pronto a soar :

"Novamente nossos inimigos rangem os dentes e juram vingança pela derrota avassaladora que lhes infligimos no campo de batalha. As grandes potências tramam de novo contra nós. Não há nenhuma novidade nisso. Em todas as gerações homens se ergueram contra nós para tentar nos aniquilar. Mas nós, irmãos e irmãs, nós os derrotaremos mais uma vez, pois já os derrotamos no passado, e não foi uma nem duas vezes. Nossa coragem os derrotou. Nossa fé. De cabeça erguida. Nunca se verá esta nação de joelhos. Jamais, jamais! Até a última geração!"

Às palavras "Jamais, jamais!", sua voz se transmudou num uivo lancinante, percorrido por vibrações trêmulas, repassadas de dor, e desta vez a multidão não aplaudiu, mas urrou enfurecida.

"A eternidade de Israel", disse o orador com voz mansa e autoridade, como se tivesse vindo naquele mesmo instante do setor de operações do quartel-general da eternidade de Israel, "a Rocha de Israel novamente se erguerá para aniquilar e reduzir a pe-da-ci-nhos todos os que tramam contra nós!"

Nesse ponto o público foi tomado por sentimentos de amor e alívio, expresso em brados ritmados: "Begin! Begin!". Também eu me pus em pé de um salto e urrei o seu nome com toda a força (nessa época eu estava trocando de voz).

"Com uma condição", o orador disse, solene, quase carrancudo, erguendo a mão, e então emudeceu, como que considerando a natureza dessa condição, refletindo se seria adequado partilhá-la com sua audiência. Fez-se um silêncio mortal. "Com uma única condição, uma condição vital, fundamental, crucial." Fez uma nova pausa. Sua cabeça descaiu, como que vergada pelo enorme peso daquela condição. O público aguardava magnetizado, com a respiração suspensa, e era possível ouvir o leve zumbido dos ventiladores no alto teto do salão.

"Com a condição de que o nosso governo, meus irmãos e minhas irmãs, seja o governo de uma nação, e não um bando de judeus do gueto, apavorados, com medo da própria sombra! Com a condição de que o governo Ben Gurion, fraco e hesitante, derrotado e derrotista, um governo desprezível, ceda agora mesmo o seu lugar para um governo hebreu altivo, destemido, um governo de emergência que saberá como fazer nossos inimigos tremerem de terror, exatamente como o nosso maravilhoso Exército, o Exército de Israel, do qual a simples menção do nome aterroriza e faz tremerem os nossos inimigos, estejam onde estiverem!"

Nesse ponto a platéia entrou em ebulição, e parecia transbordar de emoção. As palavras "o governo Ben Gurion, fraco e hesitante, um governo desprezível [...]" e tudo o mais desencadearam torrentes de rancor e desprezo da turba. De uma das galerias alguém gritou com voz rouca: "Morte aos traidores!", enquanto do corredor lateral novamente se berrava em coro *"Begin, Begin bashilton/ Lech habaita, Ben Gurion*!!" [Begin, Begin no governo/ Vai para casa, Ben Gurion!!].

O orador, porém, optou por arrefecer os ânimos, e declarou calmamente, como um professor severo repreendendo seus alunos:

"Não, meus irmãos e irmãs. Não dessa maneira. Não com gritos nem com violência, mas pela eleição democrática, ordeira e respeitável. Não pelos métodos enganosos e truculentos desses vermelhos, mas pela esplêndida dignidade que aprendemos com nosso grande mestre e líder, Zeev Jabotinsky. Não pelo ódio fratricida nem pelo confronto cego, mas pelo frio desprezo nós os mandaremos em breve diretamente para casa. Todos eles. Os que vendem a terra pátria e os vassalos de Stalin. Os gordos administradores dos kibutzim e toda a corja dos tiranetes arrogantes e presunçosos da Histadrut bolchevique. Todos os pilantras junto com todos os ladrões de alto coturno. Para casa! Já para casa! Pois não são eles que dia após dia vêm com essa conversa mole sobre trabalho físico e drenagem dos pântanos? Muito bem, muito bem. Então nós os enviaremos, com todo o respeito, para trabalhar um pouco, pois eles certamente há muito já esqueceram o que é trabalhar! Vai ser até engraçado ver qual de todos eles ainda consegue segurar uma enxada. Mas nós, meus irmãos e irmãs, nós vamos ser os grandes drenadores dos pântanos — mais um pouco, meus irmãos, só mais um pouco, tenham paciência, só um pouquinho mais de paciência —, mais um pouco, e secaremos de uma vez por todas o pântano desse governo enlameado do Mapai! De uma vez por todas e para sempre, meus irmãos e irmãs! E agora repitam comigo, como um só homem, e em alto e bom som, esta nossa promessa sagrada! De uma vez por todas! De uma vez por todas!! Para sempre! Para sempre!! Para sempre!!!"

A multidão enlouqueceu, e eu junto com ela. Como se todos nós tivéssemos nos tornado células de um mesmo corpo gigante, explodindo de raiva, fervendo de indignação.

E foi então que sobreveio a minha derrocada. Chegara o momento de minha expulsão do Paraíso: o sr. Begin começou a falar sobre a próxima guerra e sobre a corrida armamentista que estava em franco progresso por todo o Oriente Médio. Acontece que o sr. Begin resolveu utilizar em seu discurso palavras que tinham, todas elas, duplo significado para a geração mais jovem: "arma" era chamada por ele de *zaiin*, que também é o termo chulo para pênis; "armamento" era chamado de *ziun*, que é o termo chulo para o ato sexual; "armar" era *lezaien*, que é o termo chulo para "ferrar", "copular"; e "corrida armamentista" era chamada (é só ver nos jornais da época) de *merutz hahizdainut*, ou "corrida ao clímax sexual", termo chulo, claro. A lacuna entre gerações se dava entre a geração dos jovens nascidos em Israel, que naquela época tinham menos de vinte e cinco anos, para os quais o duplo sentido estava claríssimo, e a geração mais velha, a de Begin e, diga-se, dos veteranos de todos os partidos, que tinham aprendido o hebraico clássico, bíblico.

O sr. Begin tomou dois ou três goles de água, passou os olhos pela platéia, assentiu três ou quatro vezes, como que concordando com seu próprio ponto de vista, e continuou em tom amargo e lamentoso, como um promotor revoltado enumerando uma série de acusações irrefutáveis:

"O presidente Eisenhower 'arma' o regime de Nasser!"

"Bulganin 'arma' Nasser!"

"Guy Mollet e Anthony Eden 'armam' Nasser!"

"Todo o mundo 'arma', dia e noite, os nossos inimigos, os árabes!!!"

Pausa. A voz do orador se enche de nojo e desprezo:

"E quem 'arma' o governo Ben Gurion?"

Um pesado e atônito silêncio desaba sobre a platéia, mas o sr. Begin não se dá conta. Levanta a voz e anuncia vitorioso:

"Se eu fosse o chefe de Estado, agora, todos, todos, estariam nos 'armando' agora mesmo, dia e noite! To-dos!!!"

Alguns aplausos débeis e inseguros surgiram das três ou quatro filas asquenazes do auditório, enquanto o restante da multidão, na parte de trás, estava mudo e aturdido, como se não acreditasse nos próprios ouvidos, ou estivesse em estado de choque. E em meio ao silêncio pasmo que paralisava toda a platéia houve só um menino ultranacionalista, de uns doze anos de idade, um menino politizado até a raiz dos cabelos, admirador exaltado de Begin, de camisa branca e sapatos engraxados até brilharem como espelhos, que não conseguiu se conter e explodiu de repente numa estrondosa gargalhada.

E esse menino tentou com todas as forças conter o frouxo de riso, quis morrer ali mesmo, naquele instante, de tamanha vergonha, mas quanto mais tentava contê-la, mais a gargalhada histérica se tornava incontrolável: uma gargalhada sufocante, de encher os olhos de lágrimas, o riso rouco entremeado de explosões de urros constrangedores, o riso sufocado, parecido com um soluço.

Olhares de espanto e horror, vindos de todas as direções, cravaram-se no menino. E de todos os lados centenas de dedos pousaram sobre centenas de lábios e se ouviram centenas de shhhhhhhh!!! Vergonha! *Bushá vecherpá*! Desgraça e vergonha! E de todos os cantos pessoas importantes, líderes partidários lançavam olhares furibundos em direção a vovô Aleksander, que estava chocado e perplexo. O menino teve a impressão de que lá de trás, do hall de entrada, outra gargalhada anárquica ecoou a sua, seguida por mais uma. Mas aqueles risos, se é que aconteceram, tinham ocorrido nos afastados arrabaldes da nação, enquanto a sua gargalhada tinha espoucado justo na terceira fila, a respeitável fila cheia de veteranos do Beitar e de figurões do Herut, todos eles homens públicos, conhecidos e reconhecidos.

A essa altura o orador já tinha notado o menino e interrompera o seu discurso, e aguardava, paciente, sorrindo para ele com tato e bonomia, até que vovô Aleksander, rubro, furioso e aturdido como alguém cujo mundo tivesse desmoronado ao seu redor, agarrou o menino pela orelha, levantou-o à força da poltrona e o arrastou "pela orelha" por toda a terceira fila, na frente do salão inteiro, na frente da massa dos patriotas da cidade de Jerusalém, rosnando desesperadamente enquanto o arrastava e puxava. (E talvez tivesse sido exatamente assim, "pela orelha", que vovó Shlomit o arrastou até a casa do rabino em Nova York, ao descobrir que, embora noivo, ele já havia se apaixonado de repente por outra senhora a bordo do navio rumo aos Estados Unidos.)

E todos os três se encontravam fora do salão Edison, o avô furibundo, o neto rebocado, ainda sufocado e lacrimejante pela gargalhada incontrolável, e a pobre orelha, agora roxa como uma beterraba. O avô levantou a mão direita e assentou um formidável tapa no meu rosto, depois levantou a esquerda e me deu mais um com toda a energia represada da sua fúria, e por ser politicamente um obstinado direitista, não quis encerrar a sessão com a mão esquerda e me golpeou com um terceiro tapa, não um tapa fracote, hesitante, conciliatório, estilo Diáspora, mas um tapa altivo, enérgico, nacionalista, um magnífico tapa enfurecido.

Yodfat, Massada e o Beitar cativo me perderam: eles poderão decerto ressurgir em glória, mas sem mim. Quanto ao movimento Herut e ao partido Likud, eles perderam naquela manhã quem talvez pudesse, com o tempo, vir a ser um pequeno herdeiro, um orador ardente, um membro articulado da Knesset ou até um vice-ministro sem pasta.

Nunca mais na minha vida voltei a me confundir alegremente com a turba crédula, ou ser uma molécula cega e feliz num gigantesco corpo sobre-humano. Pelo contrário, desenvolvi uma alergia mórbida à multidão. A frase "O silêncio é a lama" agora significava uma doença grave, amplamente disseminada, para mim. Com a expressão "sangue e fogo" eu podia sentir o gosto do sangue e o cheiro de carne humana queimada, como na planície do norte do Sinai na Guerra dos Seis Dias, ou entre os tanques calcinados no planalto do Golan, durante a Guerra de Yom Kippur.

A autobiografia do professor Klausner, tio Yossef, de onde recolhi muitos dos fatos narrados aqui sobre as reuniões na casa Klausner em Talpiót, se intitula *Darkí Likrat HaTchiá VeHagueulá* [Meu caminho até o renascimento e a redenção]. Naquele mesmo sábado, enquanto o bom vovô Aleksander, irmão de tio Yossef, me arrastava pela orelha para fora do salão Edison, enquanto berrava comigo ensandecido, naquele mesmo dia comecei a fugir do renascimento e da redenção. E estou fugindo até hoje.

Mas essas não foram as únicas coisas das quais fugi. A sufocante vida semienterrada entre meu pai e minha mãe e entre eles os milhares de livros, as ambições escondidas e a nostalgia reprimida e negada por Rovno e por Vilna, por uma Europa que se materializava num carrinho preto de servir chá às visitas e nos seus guardanapos imaculados, o peso do fracasso de meu pai, a ferida aberta em minha mãe pelo seu fracasso na vida, a missão implícita que me tinha sido imposta de redimi-los e transformar, chegado o momento, seus fracassos em vitórias, tudo isso me oprimia a tal ponto que me deu vontade de fugir. Em outros tempos, jovens israelenses deixavam a casa paterna para encontrar a si mesmos, ou se perder, em Eilat, ou no deserto do Sinai; mais tarde, em Nova York ou Paris, e ainda mais tarde, em *ashrams* na Índia, em florestas nos Estados Unidos do Sul ou no Himalaia (onde Rico, filho único, foi se refugiar em meu livro O *mesmo mar* depois da morte de sua mãe). Mas no começo da década de

1950, o pólo oposto à casa paterna era o kibutz. Lá, longe de Jerusalém, "para além das montanhas das Trevas", na Galiléia, no Sharon, no deserto do Neguev e nos vales florescia — assim pensávamos na Jerusalém daquele tempo — uma nova raça, sólida, de pioneiras e pioneiros, sérios mas não complicados, de poucas palavras, que sabiam guardar segredos, capazes de dançar e rodopiar vertiginosamente até a embriaguez, mas também afeitos ao isolamento, à reflexão, e acostumados à vida no campo e às tendas dos acampamentos: rapazes e moças robustos, obstinados, prontos a realizar qualquer tipo de trabalho, mas mantendo uma vida espiritiual rica, plena, de sentimentos profundos. Eu queria ser como eles para não ser como meu pai, nem como minha mãe, nem como os literatos refugiados melancólicos que enchiam a Jerusalém judia. E assim, algum tempo depois, inscrevi-me no movimento escoteiro, o Hatzofim,* cujos membros se preparavam naquele tempo para se alistar na Nachal* ao terminar o segundo grau, de modo a continuar "no trabalho, na defesa e no kibutz". Meu pai não gostou muito da idéia, mas como aspirava a ser um verdadeiro liberal, limitou-se a dizer: "O movimento Hatzofim. Muito bem. Tudo bem, por que não? Mas kibutz? O kibutz é coisa para pessoas simples, fortes, e você não é nem uma coisa nem outra. Você é um menino talentoso, individualista, e sem dúvida seria melhor servir à nossa querida pátria com seus talentos, e não com seus músculos. Que não são assim tão musculosos...".

Minha mãe já estava longe. Já tinha nos dado as costas. E até concordei com meu pai. Portanto passei a me forçar a comer o dobro da quantidade e fortalecer meus músculos flácidos por meio de corridas e ginástica.

Três ou quatro anos mais tarde, depois da morte de minha mãe e das segundas núpcias de meu pai, já no kibutz Hulda, às quatro e meia da madrugada de um sábado, eu contava a Efraim Avneri o episódio das cópulas inadvertidas de Begin. Éramos voluntários para a colheita de maçãs no pomar. Eu estava com uns quinze ou dezesseis anos de idade. Efraim Avneri, assim como os demais fundadores do kibutz Hulda, tinha na época uns quarenta e cinco anos, mas ele e seus companheiros já eram chamados por nós, e mesmo entre eles, de "os velhos".

Efraim ouviu a história do discurso, sorriu, e por um momento tive a impressão de que ele não havia entendido onde estava a graça, pois ele também pertencia à geração para a qual *ziun* e *hizdainut* se referiam apenas a tanques e canhões. Passado um momento, disse: "Ah, sim, entendi. Begin se referia ao fornecimento de armas, e você entendeu pela gíria, sexo, transar etc. É verdade, deve ter sido engraçado. Mas ouça bem, meu jovem amigo" (estávamos próximos um do outro, cada um colhia maçãs sobre uma escada, em lados opostos da mesma árvore, mas a folhagem impedia que nos víssemos), "parece que você não percebeu o principal. O que é tão ridículo nesses caras, Begin e sua turma barulhenta, não é o uso da palavra *ziun* sem se darem conta do duplo sentido, mas o uso das palavras em geral. Eles classificam todas as coisas com o conciliatório medroso estilo Diáspora e 'másculo hebreu'. E não percebem o quanto essa divisão é, ela própria, 'estilo Diáspora'. Todo o encantamento deles pelo militarismo, pelas paradas, pelas exibições de força, tudo isso eles trouxeram diretamente do gueto".

E depois Efraim acrescentou, para minha grande surpresa:

"No fundo, esse Begin é um bom sujeito. Um grande demagogo, isso ele é mesmo, mas não é mau, não é um fascista nem um tipo sedento de sangue. Não mesmo, pelo contrário, é um tipo bastante suave. Mil vezes mais suave do que Ben Gurion. Ben Gurion é talhado em pedra, Begin é feito de papelão. E ele é tão antigo, esse Begin, tão anacrônico. Um aluno que resolveu abandonar a *yeshivá* e acredita que se nós, judeus, começarmos de repente a berrar com toda a força da nossa garganta que não somos mais os judeus de antigamente, não somos mais um rebanho de carneiros para o matadouro, nem um bando de fracotes pálidos, mas, pelo contrário, que agora somos uns tipos perigosos, uns lobos terríveis, se gritarmos bastante, todos os verdadeiros animais predadores vão morrer de medo e nos entregar de mão beijada tudo o que queremos, dominar Israel sozinhos, nos apossar dos lugares sagrados, engolir a Jordânia e ainda ganhar com isso a admiração e o respeito do mundo civilizado. Eles, Begin e seus amigos, falam sobre força de manhã até a noite, mas não têm uma sombra de noção do que é a força, do que ela é feita, da fraqueza da força. Pois a força representa também um perigo terrível para quem faz uso dela. Stalin, aquele tipo desprezível, não disse que a religião é o ópio do povo? Pois eu digo que a força é o ópio dos governantes. E não só dos governantes! A força é o ópio de toda a humanidade. A força é a isca do demônio, eu diria, se acreditasse em demônio. Acho até que acredito um pouco. Bem, onde estávamos? Estávamos na história de Begin e da gargalhada. Você, meu jovem amigo, riu muito naquele dia, na assembléia de revisionistas, mas não foi pelo motivo certo. Você riu porque o *ziun* pode ser entendido de duas maneiras? Tudo bem. Que seja. Mas você sabe do que deveria ter rido naquele dia? Rido até rachar o bico? Vou dizer do quê. Não do *ziun* ou do *zaiin*, mas da ingenuidade de Menahem Begin, que parece acreditar que, se ele fosse chefe do governo, na mesma hora todo o mundo, todos, iriam abandonar os árabes e passar correndo para o nosso lado. Por quê? Por que fariam isso? Pelos seus belos olhos? Pela sua língua afiada? Pela memória de Zeev Jabotinsky? Você deveria dar uma grande gargalhada mesmo, pois era esse o tipo de política que todos os ociosos, os vagabundos da nossa aldeiazinha faziam. Ao redor do aquecedor, na salinha da sinagoga, ficavam o dia inteiro fazendo esse tipo de política, jogando conversa fora: 'Primeiro vamos mandar uma *delegatzia* para o czar Nicolau, uma bonita *delegatzia*, muito importante, que vai falar bonito com ele, e prometer a ele que vamos providenciar aquilo de que a Rússia mais precisa, uma saída para o Mediterrâneo. Aí em troca pedimos ao czar para nos recomendar, com muitos elogios, ao seu bom amigo, o kaiser Wilhelm, pedindo a ele para convencer o seu bom amigo, o sultão da Turquia, a dar aos judeus, rapidinho e sem muita conversa, toda a Palestina, do Eufrates até o Nilo. E só então, depois que tivermos finalmente conseguido desse jeito a nossa redenção completa e definitiva, aí vamos resolver se o Fônia (era assim que chamávamos o czar Nicolau) merece ou não merece mesmo que cumpramos a nossa palavra de providenciar uma passagem para o Mediterrâneo'. Se você já terminou o seu lado, vamos agora esvaziar as sacolas nos engradados e passamos para a outra árvore. E de passagem vamos ver com Élek ou com Eliushka se trouxeram água para nós, ou se nós dois também vamos ter de ir reclamar com o czar Nicolau."

Um ou dois anos mais tarde, minha classe também participava da guarda noturna em Hulda: nos exercícios que fazíamos na Gadná, já havíamos aprendido a usar armas. Essa era a época dos atentados dos *fedayins* e das represálias antes da Campanha do Sinai, em 1956. Quase todas as noites os *fedayins* promoviam seus ataques a kibutzim, *moshavim* ou às periferias das cidade, explodiam casas com os moradores dentro, atiravam ou lançavam granadas pelas janelas e, na retirada, deixavam minas enterradas.

A cada dez dias, eu cumpria um turno de sentinela ao longo do perímetro do kibutz, a uns cinco quilômetros da linha de cessar-fogo entre Israel e a Jordânia, em Latrun. A cada hora eu me esgueirava, contrariando ordens explícitas, até a "casa de cultura", uma construção de madeira, vazia àquela hora, para ouvir o noticiário. A retórica arrogante e heróica de uma sociedade sitiada dominava aquelas transmissões, assim como dominava nossa educação kibutziana: "Ataremos uma flor na foice e na espada", "A canção da brigada desconhecida", "Recebam, montes Efraim/ Uma nova e jovem vítima". Ninguém ainda empregava, naquele tempo, a palavra "palestinos": eram chamados indiscriminadamente de "terroristas", "*fedayin*", "o inimigo" ou "refugiados árabes sedentos de vingança".

Era uma noite de inverno, e eu estava de sentinela junto com Efraim Avneri. Com botas, casacão surrado e gorro de lã pinicando a cabeça, tomamos posição na trilha enlameada junto à cerca que fica atrás dos estábulos e depósitos. Um cheiro forte de casca de laranja, que era usada no preparo da ração, misturava-se a outros odores agrícolas: esterco de vaca, palha molhada, o vapor quente do curral de ovelhas, a poeira do galinheiro. Perguntei a Efraim se durante a Guerra de Independência, ou durante os tumultos que a antecederam, nos anos 30, ele havia atirado em um desses assassinos, matando-o.

No escuro não pude ver a expressão de Efraim, mas uma certa ironia subversiva, uma estranha melancolia, sarcástica, transparecia em sua voz ao me responder, depois de refletir um pouco:

"Assassinos? Mas o que você espera deles? Do ponto de vista deles, somos estrangeiros vindos de outro planeta, que aterrissaram e invadiram as suas terras. Devagarinho fomos tomando pedaço por pedaço, e enquanto assegurávamos a eles ter vindo para o seu bem — para curá-los dos vermes e do tracoma, libertá-los do marasmo, da ignorância e da opressão feudal —, fomos espertamente garfando mais e mais de sua terra. Então, o que você acha? Que vão nos agradecer pela benevolência? Que viriam nos receber com fanfarras festivas? Que viriam nos oferecer numa cerimônia as chaves de todos os lugares que ainda não tomamos só porque nossos antepassados viveram por aqui um dia? Você ainda se surpreende quando eles empunham as armas contra nós? E agora, depois de impor-lhes uma derrota fragorosa e ter deixado centenas de milhares deles em campos de refugiados, ainda acha que vão fazer festinha para nós e nos desejar tudo de bom?"

Fiquei atônito. Apesar de já estar bem distante da retórica do Herut e da família Klausner, eu ainda não havia compreendido totalmente a realidade da argumentação sionista. As idéias noturnas de Efraim me assustaram e até me revoltaram bastante. Naquele tempo idéias desse tipo seriam facilmente catalogadas como traição. O assombro e a surpresa me levaram a fazer a Efraim Avneri uma pergunta inusitada:

"Se é assim, então por que você anda armado por aí? Por que não vai embora de Israel? Ou pega a sua arma e passa para o lado deles?"

Pude sentir seu sorriso triste na escuridão:

"Para o lado deles? Mas eles não me querem ao lado deles. Em nenhum lugar do mundo me querem. Ninguém neste mundo me quer, esse é o problema. Em todos os países, parece que tem gente demais do meu tipo. É só por isso que estou aqui. É só por isso que ando armado. Para que não me mandem embora daqui também. Mas a palavra 'assassinos', eu não vou usar, nunca, para os árabes que perderam suas aldeias. De qualquer modo, em relação a eles não vou usar facilmente essa palavra. Para os nazistas, sim. Para Stalin, sim. E para todo tipo de usurpador de territórios, sim, mas não para eles."

"Mas pelo que você diz, nós aqui também somos usurpadores de territórios, não? Mas os judeus não viviam aqui há dois mil anos? Não fomos expulsos à força?"

"Bem... é muito simples", disse Efraim, "muito simples, se não for aqui, então onde será o país do povo judeu? No fundo do mar? Na Lua? Ou será que só o povo judeu, de tantos e tantos povos no mundo, só nós não merecemos ter um pedacinho de pátria?"

"E o que nós tomamos deles?"

"Escuta, será que você por acaso esqueceu que em 1948 eles tentaram nos matar a todos? Em 1948 houve uma guerra terrível, eles colocaram a coisa nos seguintes termos: ou nós, ou vocês, e nós vencemos e tomamos deles. Na verdade não há muito do que nos orgulharmos! Mas se eles tivessem nos derrotado, aí haveria menos ainda do que se orgulhar: nem um único judeu teria sido deixado vivo. Nenhum! E na verdade em todo o território deles não vive hoje um único judeu. Então, aí está: como nós tomamos o que tomamos deles em 1948, temos agora o nosso território, e como já temos o nosso território, mais do que isso não vamos tomar deles. Acabou. Essa é a grande diferença entre nós e o seu

Begin: se um belo dia tomarmos mais terras deles, agora que já temos, *aí* então será um pecado muito grande."

"E se aparecerem uns *fedayins* agora mesmo, bem aqui na nossa frente?"

"Se aparecerem, então teremos de nos jogar rápido em posição de tiro, afundar na lama e atirar. E faremos o possível para atirar muito melhor e mais rápido que eles. Só que não vamos atirar porque eles sejam uns assassinos, mas pelo simples motivo de que também temos o direito de viver, e pelo simples motivo de que também merecemos ter uma pátria. Não só eles. E agora, por sua causa, eu estou me sentindo um Ben Gurion. Se me dá licença, vou rapidinho até o estábulo fumar tranqüilamente um cigarro, e você fica de sentinela, redobra a atenção, olho vivo, e faça o favor de guardar por nós dois."

53

Alguns anos depois dessa conversa noturna, oito ou nove anos após aquela manhã de sábado em que Menahem Begin e seus adeptos me perderam no salão Edison, eu me encontrei com David Ben Gurion. Naqueles anos, ele acumulava as funções de primeiro-ministro e ministro da Defesa, e era considerado por muitos como "o grande homem de sua geração", o fundador do país, o grande vitorioso da Guerra de Independência, em 1948, e da Campanha do Sinai, em 1956. Havia os que lhe devotavam o ódio mais profundo e desfaziam do culto à personalidade que o envolvia, mas seus seguidores o consideravam o "pai da pátria", uma mistura milagrosa de rei Davi, Yehuda Macabi, George Washington e Garibaldi, um Churchill judeu e até um messias todo-poderoso.

Ben Gurion se considerava não só um estadista, mas — principalmente, talvez — um pensador original e um mentor intelectual: aprendeu sozinho o grego arcaico para ler Platão no original, leu Hegel e Marx, interessou-se pelo budismo e pela filosofia oriental, aprofundou-se no pensamento de Spinoza e se considerava um spinozista consciente. (O filósofo Isaiah Berlin, um observador atilado, afiado como uma navalha, disse-me certa vez que Ben Gurion, já primeiro-ministro, costumava convocá-lo para o acompanhar pelas grandes livrarias de Oxford. "Ben Gurion", disse ele, "faria qualquer coisa pelo seu apetite de ser visto como intelectual. E esse apetite provinha de duas avaliações erradas. Primeiro erro: ele achava que Chaim Weizmann era um intelectual. Segundo erro: ele achava que Jabotinsky também havia sido um intelectual." Assim, o impiedoso Isaiah Berlin matou com elegância três respeitáveis coelhos com uma só cajadada.)

De tempos em tempos, o primeiro-ministro Ben Gurion se dava ao trabalho de encher o suplemento sabático do *Davar* com longos artigos teóricos especulando sobre questões filosóficas. Numa ocasião, em janeiro de 1961, ele publicou um artigo no qual sustentava que não havia nem poderia haver igualdade entre as pessoas. Embora fosse possível existir certa medida de cooperação.

E eu, que já me considerava o advogado de defesa dos princípios kibutzianos, escrevi e enviei à redação do *Davar* um pequeno artigo em resposta, no qual afirmava, com todo o tato e diplomacia, que o companheiro Ben Gurion não tinha razão.[18] Ao ser publicado, o artigo provocou grande cólera no kibutz Hulda. Meus companheiros ficaram revoltados com a minha ousadia: "Como é que você se atreve a discordar de Ben Gurion?".

E apenas quatro dias depois, contudo, os portões do céu se abriram para mim: o pai da pátria deixou por um momento os seus afazeres e desceu de sua estratosfera para publicar no *Davar* um longo e gentil artigo replicando o meu, que se estendeu por muitas e respeitáveis colunas, em que defendia os pontos de vista do "grande homem de sua geração" das críticas deste simples musgo na parede.[19]

Os mesmos companheiros do kibutz Hulda que ainda na véspera estavam dispostos a me enviar para uma instituição disciplinar pela minha ousadia, agora davam cambalhotas de alegria e faziam questão de vir me cumprimentar com apertos de mão e palmadinhas no ombro: "Você é o maior! Já pertence à eternidade! Seu nome vai aparecer no índice de todos os que se corresponderam com Ben Gurion! E por sua causa o nome do kibutz Hulda também vai entrar!".

Mas a fila dos admiradores só começou com aquela réplica do nosso líder. Dias depois veio o aviso, por telefone.

18. David Ben Gurion. "Pensamentos", in *Davar*, 27.1.1961; Amós Oz, "Cooperação não substitui a igualdade", in *Davar*, 20.2.1961.
19. David Ben Gurion. "Reflexões Ulteriores", in *Davar*, 24.2.1961.

Não veio para mim, ainda não tínhamos telefone em nossos quartinhos, mas para a secretária do kibutz, Bela P., uma companheira veterana que naquele dia dava plantão na secretaria: ela veio até mim, completamente branca e esvoaçante como uma folha de papel, aturdida, como se naquele mesmo momento tivesse visto as carruagens dos deuses envoltas em colunas de fogo se constelarem à sua frente. Avisou-me, balbuciando com os lábios pálidos, que a secretária do primeiro-ministro e ministro da Defesa me convocava para comparecer no dia seguinte pela manhã, exatamente às seis e trinta, no escritório do ministro da Defesa, na Kiriá,* em Tel Aviv, para um encontro pessoal com o primeiro-ministro e ministro da Defesa por convite exclusivo de David Ben Gurion. As palavras "primeiro-ministro e ministro da Defesa", Bela as pronunciava como *HaKadosh Baruch Hú*, "O Sagrado Um, bendito seja".

Era a minha vez de empalidecer. Em primeiro lugar, ainda estava servindo no Exército como soldado regular, era primeiro-sargento, e fiquei com medo de ter violado algum código disciplinar, ou lei, ou regulamento, por ter embarcado em uma disputa ideológica no jornal com meu próprio comandante-em-chefe. Segundo, porque afora minhas botinas tacheadas do Exército eu não tinha nenhum outro par de sapatos. Como iria me apresentar ao primeiro-ministro e ministro da Defesa? De sandálias? Terceiro, não havia no mundo jeito capaz de me fazer chegar a Tel Aviv às seis e meia da manhã: o primeiro ônibus do kibutz Hulda para Tel Aviv sairia só às sete, e com sorte eu conseguiria chegar às oito e meia da manhã à estação central.

Assim, passei aquela noite inteira rezando por um desastre: uma guerra, um terremoto, um ataque cardíaco — meu ou dele, tanto fazia.

Às quatro e meia engraxei pela terceira vez as botas tacheadas, calcei-as e as amarrei bem, vesti calça bege, civil, camisa branca, suéter e um casacão forrado, e fui para a estrada. Por milagre, consegui uma carona e cheguei, meio desfalecido, ao escritório, que ficava não, como eu havia imaginado, no edifício ameaçador, meio fortaleza, cheio de antenas, do Ministério da Defesa, mas no pátio mais afastado desse mesmo edifício, num chalé em estilo bávaro. Era uma casa de campo muito charmosa e acolhedora, de dois modestos pavimentos, com telhas vermelhas e toda recoberta de hera verde, construída ainda no século XIX por valorosos pioneiros alemães pertencentes à seita dos templários, que tinham implantado uma tranqüila aldeia agrícola nas dunas de areia, ao norte de Jafa, e que terminariam sendo expulsos pelos ingleses no início da Segunda Guerra Mundial.

O gentil secretário não deu atenção ao tremor do meu corpo nem ao nó na minha garganta, e tratou de me instruir, com uma solicitude quase calorosa, como se estivesse me aliciando pelas costas da divindade que habitava o aposento contíguo.

"O Velho", disse o secretário, usando o apelido carinhoso pelo qual Ben Gurion era chamado desde os seus cinqüenta anos de idade, "o Velho, você sabe, como dizer... ele nos últimos tempos é dado a longas conversas de cunho filosófico. Mas seu tempo, você bem pode imaginar, é precioso, muito precioso, ele coordena sozinho quase todos os assuntos de Estado, a começar pelos preparativos para uma eventual guerra, passando pelas nossas relações com as grandes potências e chegando até a greve dos carteiros de Rehovot. Portanto, você deverá se armar de muito tato e escapulir suave e diplomaticamente depois de vinte minutos, para que ainda possamos salvar a agenda dele para o dia de hoje."

Em todo o mundo não haveria coisa que eu mais gostaria de fazer naquele momento do que "escapulir suave e diplomaticamente", e não aos vinte minutos, mas de imediato, já, naquele mesmo instante. A certeza de que o todo-poderoso se encontrava ali ao lado em pessoa, de que não era um anjo nem um emissário do além, mas estava bem atrás daquela porta cinzenta, e de que em mais alguns momentos eu iria estar com ele quase me fazia desfalecer de temor ao *Kadosh*, o Sagrado Um.

Ao suave secretário não restou, portanto, outra alternativa senão a de me empurrar com as duas mãos para o *Kadosh HaKadoshim*, o Sanctus Sanctorum.

A porta foi fechada por fora, e lá fiquei, paralisado, em pé mas apoiado na porta pela qual havia entrado, e sobre os joelhos trêmulos. O escritório do rei David não passava de uma sala normal, assombrosamente espartana, não maior, quase, do que a sala de uma residência modesta no kibutz. À minha frente havia uma janela com uma cortina mais apropriada a uma casa de campo, deixando passar um pouco da luz do dia, que vinha se somar à luz elétrica de uma luminária comum. De ambos os lados da janela havia dois gaveteiros simples, de escritório, metálicos, e, no meio do aposento, uma grande escrivaninha, tomando quase um quarto da sua área. Era coberta por um tampo de vidro, sobre o qual se espalhavam três ou quatro altas pilhas de livros, revistas, jornais, folhas manuscritas, folhas em branco e pastas, algumas abertas e outras fechadas. À frente dessa mesa de trabalho havia duas burocráticas cadeiras cinzentas de metal, que naquele tempo poderiam perfeitamente estar em qualquer repartição pública, ou escritório militar, com o indefectível carimbo do lado interno: "Propriedade do Estado de Israel". Mais cadeiras, afora aquelas duas, não havia. Em toda a extensão de uma das paredes, do chão ao teto, se espraiava um mapa de toda a bacia do Mediterrâneo e do Oriente Médio, do estreito de Gibraltar até o golfo Pérsico. Nesse enorme mapa, Israel, do tamanho de um selo de correio, havia sido destacado por uma linha grossa de contorno. E à frente do mapa havia três estantes carregadas de livros, como se alguém pudesse ser atacado de repente por uma fúria urgentíssima e inadiável de leitura.

Entre as paredes desse escritório simples e austero, ia e vinha com passos pequenos e rápidos, mãos juntas nas costas, olhos fitos no chão, a cabeça grande inclinada para a frente como que investindo para uma chifrada, um homem parecidíssimo com Ben Gurion mas que de jeito nenhum podia ser Ben Gurion: qualquer criança em Israel, mesmo no jardim-de-infância, sabia naquele tempo, até dormindo, como Ben Gurion era. Como a televisão ainda não existia, era óbvio para mim que o pai da nação era um gigante cuja cabeça tocava as nuvens, ao passo que aquele impostor à minha frente era um homem sólido, baixinho e arredondado, com o corpo de uma mulher grávida e medindo menos de um metro e sessenta.

Fiquei pasmo. Quase ofendido.

Contudo, no silêncio ininterrupto que reinou naquele escritório durante dois ou três minutos longos como a eternidade, com as costas ainda apoiadas na porta, aterrado, me regalei olhando a figura estranha, hipnótica daquele homenzinho compacto e atarracado, algo entre um rijo patriarca montanhês e um velho anão apressado, que percorria incansável a sala de lá para cá com as mãos enlaçadas às costas, a cabeça baixa à frente, como se investisse contra muralhas invisíveis, imerso em pensamentos, distante dali, sem se incomodar em dar o menor sinal de haver percebido que alguém, alguma coisa, um grão de poeira, um musgo de parede, pálido e trêmulo, havia entrado em seu gabinete. David Ben Gurion tinha na época uns setenta e cinco anos de idade, e eu, pouco mais de vinte.

A basta cabeleira de prata rodeava sua calva como um anfiteatro. Abaixo da imensa testa se repartiam duas sobrancelhas brancas muito espessas, sob as quais um par de olhinhos perspicazes, de um azul acinzentado, aguçados como navalhas, perfurava o ar. Tinha um nariz largo, vulgar, um nariz vergonhosamente feio, pornográfico como o de uma daquelas caricaturas anti-semitas. Em contraste, os lábios eram bem finos, chupados para dentro, mas o queixo me parecia proeminente e desafiador como o de um velho marinheiro. A pele do rosto era vermelha e áspera, como se não fosse pele, mas carne. Sob o pescoço curto, os ombros eram grandes e largos. O peito era maciço. Pela camisa aberta se via o emaranhado de pêlos brancos. A barriga despudoradamente protuberante, como uma corcova de baleia, me parecia compacta e sólida, feita de concreto, e não de gordura. Mas todo esse esplendor terminava, para meu assombro, num par de perninhas de anão, perninhas que, não fora o meu temor de desmerecer o que havia de mais sagrado no país, diria serem quase ridículas.

Eu tentava respirar o menos possível. Provavelmente naquele momento eu estivesse invejando Gregor Samsa, o personagem de *Metamorfose*, de Kafka, que conseguira encolher até se transformar numa barata. O sangue me fugiu das extremidades do corpo e se concentrou no fígado.

As primeiras palavras a romper o silêncio vieram na voz metálica, alta e cortante, a voz que naquele tempo ouvíamos no rádio quase todos os dias. Ouvíamos aquela voz até em sonhos. O todo-poderoso me lançou um olhar furioso e disse:

"*Nu?* Por que não se senta? Sente-se!"

No mesmo instante me sentei numa das cadeiras à frente da escrivaninha. Rígido como uma tábua. Mas só na borda da cadeira, bem na beirada. Reclinar-me no encosto estava fora de cogitação.

Silêncio. O pai da nação continuava a ir e vir pela sala com passos curtos, mas rápidos e enérgicos como os de um leão enjaulado, ou como se estivesse decidido a não se atrasar. Nem um segundo. Passada meia eternidade, disse de repente:

"Spinoza!"

E se calou. Ao se afastar de mim, chegando à janela, virou-se subitamente, com um movimento brusco, e perguntou:

"Você leu Spinoza? Leu. Mas entendeu? São poucos os que entendem Spinoza. Muito poucos."

E com isso, sem interromper suas passadas, ida e volta, ida e volta, entre a porta e a janela, ele se lançou numa esclarecedora conferência matinal, nem um pouco resumida, sobre o pensamento de Spinoza.

Em plena conferência, abriu-se uma fresta hesitante na porta: o secretário, humilde, encolhido até a altura de uma folha de capim, enfiou a cabeça, sorriu amarelo, tentou balbuciar algo, mas o rugido de um leão ferido o enxotou:

"Caia fora! Saia já daqui! Não atrapalhe! Você não vê que estou tendo uma conversa interessantíssima? Que há muito, muito tempo eu não tenho? Saia já! Caia fora!"

O coitado desapareceu no mesmo instante.

E eu ainda não havia dito nem uma palavra. Nem aberto a boca.

Mas Ben Gurion, pelo visto, tinha um prazer imenso em descrever os meandros da filosofia spinoziana ainda antes das sete da manhã. E assim continuou a dissertar, sem ser interrompido, por mais alguns minutos.

De repente, no meio da frase, calou-se. Estacou sua caminhada bem atrás de mim. Eu quase podia sentir sua respiração na minha nuca congelada pelo medo. Mas não ousei me virar. Petrificado, os joelhos colados um ao outro em ângulo reto e as coxas fazendo ângulo reto com as costas esticadas, me mantive na mesma posição. Sem nem uma sombra de interrogação na voz, Ben Gurion me disse:

"Você ainda não tomou seu café da manhã!"

Não esperou pela resposta. Continuei mudo como uma ostra.

Desapareceu de repente, atrás da escrivaninha. Afundou como uma pedra grande atirada n'água. Não deu para ver nem um restinho da cabeleira prateada.

Passados alguns momentos, voltou à tona, segurando dois copos de vidro em uma das mãos e na outra uma garrafa de Mitz-Paz, um refresco colorido, baratíssimo. Levantou-se e encheu rápido o seu copo de refresco. Depois encheu o meu copo, ordenando:

"Tome!"

Tomei tudo, de um gole só. No mesmo instante, sem respirar. Até a última gota.

E Ben Gurion tomou dois ou três goles profundos, ruidosos goles de camponês sedento, e voltou a dissertar sobre Spinoza.

"Na qualidade de um spinoziano posso lhe afirmar, sem sombra de dúvida, que o fundamento da filosofia de Spinoza, Spinoza resumidíssimo, pode ser colocado da seguinte maneira: um homem deve sempre manter o sangue-frio! Nunca perder a calma! Todo o resto é perfumaria, comentário, paráfrase. Serenidade! Presença de espírito diante de qualquer situação!" (Ben Gurion tinha uma inflexão toda peculiar que o fazia prolongar a última sílaba de cada palavra, numa espécie de pequeno rugido.)

Nesse ponto não consegui mais continuar calado diante da afronta à memória de Spinoza, que eu tanto admirava. Reuni portanto toda a coragem possível, pisquei várias vezes e consegui finalmente abrir a boca na presença do grande líder e senhor da Terra de Israel, para guinchar, numa voz pequena:

"Serenidade e presença de espírito, sim, realmente Spinoza se refere a isso, mas talvez não devam ser consideradas o fundamento básico da teoria de Spinoza! Pois ele fala também de..."

Então fogo, enxofre e torrentes de lava incandescente foram despejados da boca do vulcão em erupção:

"Por toda a vida eu tenho estudado Spinoza! Sou um spinoziano desde muito jovem! Serenidade! Calma! Presença de espírito, essa é a essência da filosofia spinoziana! O coração da sua filosofia! Tranqüilidade! Nos bons e nos maus momentos! Na desgraça e na vitória! Nunca se deve perder a calma! Jamais!"

Os dois poderosos punhos de velho lenhador se abateram de repente coléricos sobre o tampo de vidro de sua mesa, onde ainda estavam os dois copos, e nisso ambos começaram a tilintar de puro medo:

"Nunca se deve perder a calma! Jamais!" As palavras foram urradas para mim como o trovão do dia do Juízo Final. "Nunca! E se você ainda não entendeu isso, não é digno de ser chamado de spinoziano!"

E com isso ele serenou de repente, passou a tempestade.

Sentou-se à mesa, à minha frente, e abriu os braços num gesto amplo como se estivesse prestes a me abraçar e trazer para si tudo o que havia sobre a placa de vidro. Uma luz agradável, uma luz de derreter corações irradiou dele quando sorriu, um simples sorriso, um sorriso feliz, não como se sorrisse apenas com a boca e os olhos, mas como se todo o corpo relaxasse e sorrisse junto, inclusive os punhos maciços, e a sala toda, e até o próprio Spinoza. Os olhos de Ben Gurion, que num instante tinham passado do cinzento-nevoeiro para um azul límpido, passearam por mim sem nenhum pudor, como se ele me apalpasse com os dedos. Havia nele algo de mercurial, algo em movimento contínuo, rápido, incansável. Seus argumentos eram como socos potentes, mas ao desanuviar sem nenhum aviso prévio, transformou-se num piscar de olhos de vingador implacável em um vovô alegre e efusivo, irradiando saúde e alegria de viver. Naquele momento, fluiu dele um calor humano intenso, e deparei com sua qualidade mais emotiva, mais humana — era como um menino animado, efusivo, um menino sincero, com irrefreável curiosidade.

"E você? Você escreve poesias? Escreve?", ele perguntou, e me deu uma piscadela jovial. Como se tivesse me preparado uma pequena armadilha. Como se, com essa pergunta, tivesse ganhado o jogo.

Fiquei atônito, de novo. Até então eu tinha publicado apenas dois ou três poemas bem medíocres, em remotas publicações semestrais do movimento kibutziano (publicações que eu torcia para já terem virado pó, junto com minhas pobres rimas).

Mas Ben Gurion, ao que parecia, tinha topado um dia com esses poemas: costumava ler tudo, todas as publicações, revistas tipo *Casa e Jardim*, revistas para defensores da natureza, para enxadristas, pesquisas sobre agronomia, anuários estatísticos. Tinha uma curiosidade insaciável.

E, aparentemente, tinha uma memória fantástica, fotográfica: uma vez que visse alguma coisa, nunca mais a esqueceria.

Balbuciei algo.

Mas o primeiro-ministro e ministro da Defesa não se deu ao trabalho de responder, seu espírito infatigável já voava longe. Agora que tinha explicado de uma vez por todas, definitivamente, de um só jato, tudo o que ainda restar para ser explicado sobre a filosofia de Spinoza, passou a dissertar com enorme energia a respeito de outros assuntos: o arrefecimento do entusiasmo da nossa juventude pela vida pioneira, ou a moderna poesia hebraica, que se perdia em todo tipo de experiências esquisitas em vez de abrir os olhos e celebrar o milagre que estava acontecendo ali mesmo, todos os dias, diante dos seus olhos: o renascimento de uma nação, o renascimento de uma língua, o renascimento do deserto do Neguev!

E de repente, de novo sem nenhum aviso prévio, no meio do seu monólogo torrencial e interminável, quase no meio de uma frase, de repente ele estacou. Enjoou. Chega.

Então ele se levantou rápido, num só movimento brusco, como um tiro de canhão, e aproveitou para me levantar também da minha cadeira, e enquanto me empurrava em direção à porta, e empurrava mesmo, com suas mãos poderosas, exatamente como o seu secretário, quarenta e cinco minutos antes, tivera de fazer, ao me empurrar para dentro da sala. E enquanto me empurrava, assim dizia David Ben Gurion, com calorosa simpatia:

"Foi bom conversar com você. Muito bom. E o que você tem lido nos últimos tempos? O que os jovens lêem hoje em dia? E você venha me visitar sempre que estiver aqui pela cidade, sem falta! Pode vir, venha mesmo, não tenha medo!"

E enquanto me empurrava para fora, com minhas botinas tacheadas e minha camisa branca de shabat, continuava dizendo:

"Venha, venha mesmo, a porta estará sempre aberta para você!"

Mais de quarenta anos se passaram desde aquela manhã spinoziana no gabinete monástico de Ben Gurion. Depois disso, já me encontrei com muitas pessoas famosas, entre elas líderes políticos e figuras carismáticas, que às vezes irradiavam um poderoso encanto pessoal. Mas nunca ninguém me impressionou tão fortemente: o impacto da presença física e o choque sentido por sua determinação avassaladora. Ben Gurion possuía, ao menos naquela manhã, uma energia hipnótica.

Isaiah Berlin tinha toda a razão: Ben Gurion, apesar de Platão e Spinoza, não era um intelectual. Longe disso. A meu ver, ele era um camponês visionário. Havia nele algo de muito antigo, algo que não pertencia à nossa época. Sua simplicidade mental era quase bíblica; sua vontade forte assemelhava-se ao disparo de um raio laser. Muito jovem ainda, na aldeiazinha de Plonsk, na Polônia Oriental, Ben Gurion tinha já duas idéias básicas: que o povo judeu devia voltar a ter sua pátria em Eretz-Israel, e que ele era a pessoa indicada para liderar esse povo. E durante toda a sua longa vida, ele nunca se afastou dessas duas decisões tomadas ainda na juventude; todo o resto se subordinaria a elas.

Era um homem honesto e cruel, e, como a maior parte dos visionários, nunca parou para pensar quanto custaria tudo aquilo. Ou talvez tenha parado por um instante para responder: custe o que custar.

Durante a minha infância, tendo crescido entre os Klausner e seus amigos de Kerem Avraham, todos antiesquerdistas ferrenhos, foi enfiado na minha cabeça que Ben Gurion era responsável por todos os problemas vividos pelo povo judeu. Nasci num bairro onde ele era o "homem mau", a personificação de todas as pragas de um governo de esquerda.

Durante os anos da juventude, porém, eu me opus a ele, mas por outro viés, o da esquerda. Assim como numerosos intelectuais da minha geração, eu via Ben Gurion — ainda no tempo do caso Lavon — como uma personalidade quase tirânica e repudiava os seus métodos ao tratar com mão de ferro os árabes durante a Guerra de Independência e na época das ações de represália. Só nos últimos anos tenho lido mais sobre o seu governo, e questionado essa minha posição. Talvez eu estivesse enganado.

As coisas são mais complexas do que imaginamos.

De repente, ao escrever aqui "mão de ferro", pude ver com absoluta clareza a mão cabeluda de Ben Gurion segurando o seu copo de refresco barato, que ele encheu antes de encher o meu. O copo também era barato, feito de vidro grosso. Grossos e muito curtos eram os seus dedos fortes, que empunhavam o copo como se fosse uma granada de mão. Eu estava apavorado: naquele momento tive medo de que, se eu desse um passo em falso e dissesse uma única palavra capaz de provocar sua ira vulcânica, Ben Gurion erguesse o braço sem hesitar e lançasse todo o conteúdo do seu copo de refresco barato no meu rosto. Ou arremessasse o copo contra a parede. Ou comprimisse o copo até espatifá-lo entre os dedos. Era assim que ele agarrava aquele copo: terrivelmente. Até que sua cólera arrefeceu, e ele mostrou saber de minhas tentativas de fazer poesia, sorrindo divertido ao ver minha expressão de choque e pavor. Por um breve instante pareceu ser quase um palhaço alegre e carinhoso que conseguira me pregar uma peça e já imaginava o que faria em seguida.

54

No outono, no final de 1951, o estado de minha mãe voltou a se agravar. Voltaram as enxaquecas e a insônia constante. Ela voltou a passar os dias sentada em sua cadeira na frente da janela, contando os passarinhos ou as nuvens. Suas noites também eram passadas naquela cadeira, com os olhos abertos.

Meu pai e eu dividimos os trabalhos de casa entre nós. Eu descascava os legumes, e ele os cortava em fatias finas. Ele cortava o pão, e eu passava margarina e queijo ou margarina e geléia. Eu varria e lavava o chão e tirava o pó de todos os móveis com a flanela, e meu pai se encarregava de jogar fora o lixo e de trazer, a cada dois ou três dias, um terço de bloco de gelo para nossa geladeira. Eu fazia as compras no armazém e na quitanda, e meu pai, no açougue e na farmácia. Nós dois anotávamos, quando era necessário, mais itens na lista de compras, que funcionava em uma das muitas fichas usadas por meu pai. Essa ficha era pendurada em um preguinho no batente da porta da cozinha, e íamos riscando o que já havia sido comprado. Todo sábado à noite, abríamos uma nova ficha de compras:

Tomate. Pepino. Cebola. Batata. Biscoito. Pão. Ovos. Queijo. Geléia. Açúcar.
Ver se já chegaram tangerinas e quando virão as laranjas.
Fósforos. Azeite. Velas, em caso de falta de luz.
Detergente para a louça. Sabão para a roupa. Pasta de dentes Shenhav.
Querosene.
Lâmpada quarenta watts. Mandar o ferro de passar para o conserto. Pilhas.
Borrachinha nova para a torneira da pia do banheiro. Consertar essa torneira, que não está fechando até o fim.
Iogurte. Margarina. Azeitonas.
Lavar as meias de lã de mamãe.

Naquele tempo, a minha caligrafia foi ficando cada vez mais parecida com a de meu pai, a ponto de ficar até difícil saber qual de nós tinha escrito "querosene" e qual de nós escrevera "precisamos comprar um novo pano de chão". Até hoje a minha caligrafia lembra a de meu pai: vigorosa, nem sempre legível, mas sempre enérgica, atestando a pega firme da caneta, muito diferente das letras serenas, redondas como pérolas, de minha mãe, um pouco inclinadas para trás, precisas e agradáveis de ver, escritas com mão leve, disciplinada, letras perfeitas e alinhadas como os seus dentes.

Estávamos muito próximos naquele tempo, meu pai e eu: como dois enfermeiros carregando na maca a sua paciente machucada ladeira acima. Nós lhe levávamos um copo d'água para que ela tomasse os tranqüilizantes receitados por dois diferentes médicos. Para isso também usávamos uma das fichas de papai: anotávamos o nome de cada remédio e a hora em que ela tinha tomado, e marcávamos com um pequeno "v" os que ela havia tomado e com um pequeno "x" os que ela recusara ou cuspira. Em geral ela colaborava conosco e engolia, mesmo que estivesse se sentindo enjoada. Às vezes se esforçava para nos conceder uma sombra de sorriso, que nos doía ainda mais do que sua palidez e as olheiras escuras, porque aquele era um sorriso vazio, como se não viesse dela.

E, às vezes, ela nos pedia para inclinar a cabeça e nos afagava, as duas cabeças, num só movimento, circular. Afagava durante muito tempo, até que papai tomava a sua mão com todo o carinho e pousava no seu colo, e eu fazia o mesmo.

Toda noite, durante o jantar, meu pai e eu realizávamos uma reunião diária de Estado-maior para passar em revista os acontecimentos do dia e planejar o dia seguinte. Eu lhe contava rapidamente o que havia acontecido de interessante na escola, e ele me contava algo do seu trabalho na Biblioteca Nacional, ou descrevia algum artigo de pesquisa que planejava escrever a tempo de ser publicado na *Tarbiz* ou na *Metsuda*, ambas publicações especializadas em filologia e lingüística.

Conversávamos sobre política, sobre o assassinato do rei Abdullah, sobre Begin e sobre Ben Gurion. Conversávamos como iguais, meu coração se enchia de amor por aquele homem fatigado, que encerrava a conversa com estas palavras, com toda a seriedade:

"Então, parece que permanecem ainda algumas importantes divergências entre nós. Sendo assim, por enquanto deveremos continuar cada um com suas próprias opiniões."

Depois disso, dedicávamos um pouco de tempo para trocar idéias sobre assuntos da casa, anotar nas fichas de meu pai o que mais haveria para providenciar e riscar o que já havia sido providenciado. Meu pai às vezes me punha a par inclusive do orçamento doméstico; dizia: ainda temos duas semanas até o meu pagamento, e já gastamos tanto e tanto. Todas as noites perguntava se eu tinha feito a lição de casa, e eu lhe mostrava a relação de deveres de casa anotada no caderno para aquele dia, e os próprios cadernos onde eu havia feito esses trabalhos. Às vezes ele dava uma olhada e fazia algum comentário preciso, pois em quase todas as matérias os seus conhecimentos eram muito mais amplos e profundos do que os dos meus professores, e em geral muito mais amplos e profundos do que os dos autores dos meus livros didáticos. Quase sempre ele me dizia:

"Não há nenhuma necessidade de que eu controle sua lição de casa. Confio em você, e estou certo de que você faz todos os seus deveres."

Eu sentia um secreto orgulho e gratidão ao ouvir essas palavras, e às vezes, de súbito, sentia-me tomado de muita pena.

Dele. Não de mamãe. Dela quase não tive pena naqueles tempos: ela era apenas uma longa lista de obrigações e restrições diárias. E motivo de embaraço, perplexidade, vergonha e tristeza: pois eu tinha sempre de explicar aos meus amigos por que nunca podiam ir brincar lá em casa, e sempre dar uma explicação aos vizinhos, no armazém, que me perguntavam, com tato: Por que ela não aparece mais por aqui? O que houve com ela? Até para os tios e tias, até para vovô e vovó, meu pai e eu não dissemos toda a verdade: atenuávamos, dizíamos que estava muito gripada, quando na verdade ela já não estava mais. Ou que estava com enxaqueca. Ou que tinha uma hipersensibilidade à luz do Sol. E às vezes dizíamos que ela estava muito cansada. Meu pai e eu tentávamos dizer a verdade, mas não toda a verdade.

Não sabíamos de toda a verdade. Porém estava claro para nós, sem ter de combinar, que não iríamos dizer a ninguém o que só nos dois estávamos sabendo, e que revelaríamos ao mundo exterior apenas um ou dois fatos. Nunca conversamos, meu pai e eu, sobre o estado de mamãe. Conversávamos sobre nossas tarefas para o dia seguinte, como dividi-las entre nós dois no dia-a-dia doméstico, e sobre as compras para a casa.

Nunca tocamos no assunto, meu pai e eu, da verdadeira doença dela, afora o refrão recorrente de meu pai, que costumava dizer: "Esses médicos não sabem nada. Nada de nada". Mesmo depois que ela morreu, não tocamos no assunto. Desde o dia da sua morte até o dia da morte de meu pai, quase vinte anos mais tarde, não conversamos sobre ela, nem uma única vez. Nem uma palavra. Como se ela nunca houvesse existido. Como se a sua vida tivesse sido apenas uma folha censurada arrancada da *Enciclopédia soviética*. Ou como se eu, tal qual Atenas, tivesse nascido diretamente da cabeça de Zeus. Uma espécie de Jesus ao contrário, nascido de um virgem e de algum espírito transparente. E todos os dias, à primeira luz da manhã, eu acordava com o canto de um passarinho pousado no pé de romã no quintal. Ele anunciava o raiar do Sol com as cinco primeiras notas de "Pour Élise", de Beethoven: "Ti-da-di-da-da!". E de novo, com mais entusiasmo: "Ti-da-di-da-da!". E eu, debaixo do cobertor, completava com todo o sentimento: "...Da-di-di-da!". Secretamente, eu chamava esse passarinho de Élise.

Eu tinha pena de meu pai, naqueles tempos. Como se ele estivesse sendo castigado por algo muito grave que não cometera. Como se minha mãe o torturasse de propósito. Estava sempre muito cansado e muito triste, embora sempre tentasse, como de costume, demonstrar sua bonomia falando sem parar. Durante toda a sua vida detestou o silêncio e se sentia culpado por qualquer momento de silêncio que pudesse acontecer. Olheiras escuras e profundas rodeavam os seus olhos, assim como os olhos de minha mãe.

Por muitas vezes deixou seu trabalho na Biblioteca Nacional, em pleno dia, para levar minha mãe aos exames. Nada deixou de ser examinado naqueles meses: coração, pulmões, ondas cerebrais, digestão, hormônios, o sistema nervoso, circulação do sangue. Em vão. Meu pai não economizava, consultou diversos médicos, arrastou-a a clínicas particulares, a especialistas, talvez tenha sido obrigado, naquela época, a pedir dinheiro emprestado a seus pais, apesar de seu horror a contrair dívidas, e em especial de seu horror à vontade incontida de sua mãe, vovó Shlomit, de se meter no seu casamento para consertá-lo.

Todas as manhãs, meu pai acordava antes do nascer do Sol para arrumar a cozinha, separar a roupa suja, espremer suco de frutas e o servir morno para minha mãe e para mim, para ficarmos um pouco mais fortes, e ainda conseguia responder, antes de sair para o trabalho, a três ou quatro cartas de lingüistas e editores. Depois corria para o ônibus, com uma bolsa de compras vazia bem dobrada dentro da sua pasta de trabalho muito surrada, a fim de chegar na hora ao Terra Sancta, para onde fora transferida a seção de periódicos da Biblioteca Nacional depois que o campus sobre o monte Scopus fora separado do resto da cidade, durante a Guerra de Independência.

Voltava às cinco horas da tarde, depois de dar uma paradinha no armazém, ou no eletricista, e ao chegar ia diretamente ver se minha mãe havia melhorado um pouco durante o dia, ou se conseguira dormir um pouco durante a sua ausência. Tentava dar a ela, com uma colherinha, purê de batatas, ou arroz cozido bem macio, que ele e eu aprendêramos a preparar. Depois trancava o seu quarto por dentro e a ajudava a trocar de roupa e tentava conversar com ela. É possível até que tentasse diverti-la contando piadas lidas no jornal, ou trazidas do trabalho, gracejos ou chistes, como ele dizia. E antes de escurecer, corria para fazer mais algumas compras, ou alguns pequenos consertos, não parava um minuto, lia, de pé, a prescrição dos novos remédios que ela deveria tomar, e tentava puxar conversa com ela sobre o futuro dos Bálcãs.

Depois vinha até o meu quarto me ajudar a trocar a roupa de cama, ou espalhar naftalina pelo armário como preparativo para a chegada do inverno, enquanto tentava cantar alguma canção romântica desafinando terrivelmente, ou tentava puxar conversa, comigo também, sobre o futuro dos Bálcãs.

Tia Lilinka aparecia às vezes, à tardinha. Tia Lilia. Tia Léa Kalish Bar-Samcha, a boa amiga de mamãe, vinda da mesma cidade, colega da mesma turma dos tempos do Ginásio Tarbut, em Rovno. Havia escrito dois livros sobre a alma da criança.

Tia Lilia costumava trazer consigo algumas frutas e um bolo de ameixas. Meu pai servia chá com biscoitos e o bolo de ameixas de tia Lilia, e eu servia para elas as frutas trazidas por ela, bem lavadas, e pratos com facas para descascar, e saíamos do quarto para deixá-las a sós, para conversarem à vontade. Tia Lilia passava uma ou duas horas fechada com minha mãe, e ao sair tinha os olhos vermelhos, enquanto minha mãe parecia tranqüila como sempre. Meu pai se esforçava para superar a aversão que nutria por essa senhora, convidando-a gentilmente para jantar em nossa companhia. Não? Por que não? Não nos dá uma chance para mimá-la um pouquinho? Fânia também vai gostar muito! Mas ela sempre recusava, pedia embaraçada muitas desculpas, como se a estivéssemos convidando para tomar parte numa história inconveniente. E ela não queria incomodar, D'us não permita, e além disso esperavam por ela em casa, mais um pouco e começariam a se preocupar.

Às vezes recebíamos a visita de vovô e vovó, vestidos e enfeitados como se fossem a uma festa. Vovó aparecia de salto alto, vestido de veludo preto e um colar de contas brancas, e fazia uma inspeção geral na cozinha antes de se sentar. Ao se sentar, ao lado de mamãe, dava uma boa olhada nas caixinhas dos remédios, nos vidrinhos, nos comprimidos e recipientes, depois puxava meu pai para um canto e inspecionava sua garganta, fazia uma careta enojada depois de checar as minhas unhas e comentava desolada que hoje já é um fato científico que a maior parte das doenças, se não todas, é causada pelos distúrbios da alma, e não do corpo. Enquanto isso vovô Aleksander, alegre e cordial, sempre ativo, otimista como um cachorrinho irrequieto, beijava a mão da nora, elogiava sua beleza: "Até doente você está linda! Imagine quando ficar boa, amanhã... não, ainda hoje. *Nu*... você está desabrochando! *Krassavitze*, linda!".

À noite meu pai ainda fazia questão — e nisso permanecia irredutível — que a luz do meu quarto fosse apagada exatamente às nove horas. E entrava na ponta dos pés no outro quarto, o que era ao mesmo tempo quarto dos livros, sala de visitas, escritório e quarto de dormir, colocava um xale de lã sobre os ombros de mamãe, pois o outono já estava chegando e as noites começavam a esfriar, e sentava-se ao lado dela, segurava sua mão gelada entre as suas, sempre cálidas, e tentava conversar com ela sobre algum assunto bem leve. Como o príncipe encantado da história, meu exausto pai tentava despertar sua Bela Adormecida. Porém, mesmo que a beijasse, suas tentativas não surtiam efeito: o sortilégio da maçã persistia. Ou o beijo não dava certo. Ou mamãe em seus sonhos não esperava por aquele príncipe loquaz, de óculos, uma enciclopédia ambulante, sempre pronto a fazer gracinhas e muito preocupado com o destino dos Bálcãs, mas desejava um príncipe completamente diferente.

Ele se sentava ao lado dela no escuro, pois naquele tempo ela não suportava a luz. Todas as manhãs, antes de sair para o trabalho, e antes que eu fosse à escola, tínhamos como tarefa fechar todas as janelas, cortinas e venezianas, como se minha mãe fosse a mulher terrível e infeliz presa no sótão do romance inglês *Jane Eyre*. No escuro do quarto e em silêncio, meu pai se sentava e segurava imóvel a mão de minha mãe, ou ambas as mãos, entre as suas.

Mas ele não conseguia ficar imóvel por mais de três ou quatro minutos, nem ao lado da esposa doente, nem em algum outro lugar, exceto à sua mesa de trabalho com as suas fichas. Era um tipo em permanente ebulição, agitado, irrequieto e falador.

Quando não suportava mais as sombras e o silêncio, ele apanhava seus livros e suas inúmeras fichas e ia trabalhar na cozinha. Desocupava uma parte do oleado que forrava a mesa, sentava-se no banquinho e tentava trabalhar. Mas logo a cozinha-calabouço de paredes enegrecidas amolecia sua mão. Então, uma ou duas vezes por semana ele se levantava, dava um longo bocejo, trocava de roupa, penteava-se, escovava muito bem os dentes, aspergia-se com um pouco de sua água-de-colônia e dava uma olhada em meu quarto para ver se eu estava dormindo (para ele, eu sempre fingia estar em sono profundo). Depois entrava no quarto de mamãe, dizia a ela umas tantas coisas, prometia outras tantas, ela nunca fez nenhuma objeção, pelo contrário, afagava sua cabeça e dizia vai, Árie, vai brincar um pouco lá fora, nem todas são chatas como eu.

Ao sair, de terno e chapéu estilo Humphrey Bogart, balançando no braço um guarda-chuva para o que desse e viesse, meu pai atravessava o pátio passando sob a minha janela enquanto cantarolava desafinando horrivelmente:

*Seu colo será meu refúgio
o ninho das minhas remotas preces...*

Ou

*Seus olhos são como duas pombas
E o som da tu-a voz é co-mo si-nos!*

Eu não sabia aonde ele estava indo, e contudo eu bem sabia, sem saber, e todavia não queria saber, e mesmo assim o perdoava; gostaria que ele se sentisse bem lá. Não ousava imaginar o que havia lá, naquele seu "lá", mas o que eu, de jeito nenhum, ousava imaginar vinha a mim às noites e me perturbava muito, e não me deixava dormir. Eu tinha doze anos de idade. O corpo já começava a ser um inimigo implacável.

Às vezes me parecia que de manhã, ao sairmos, quando a casa ficava vazia, mamãe se deitava sob as cobertas e conseguia dormir algumas horas durante o dia. E às vezes se levantava para caminhar um pouco pela casa, sempre descalça, apesar das súplicas de meu pai e dos chinelos que ele lhe estendia: ida e volta, ida e volta, mamãe percorria o corredor que durante a guerra fora nosso refúgio e que agora abrigava pilhas e pilhas de livros. E com seus grandes mapas pregados na parede, aquele corredor nos servia de sala de operações e quartel-general, de onde ambos planejávamos a defesa do país e a segurança do mundo livre.

Mesmo durante o dia, aquele corredor era completamente escuro, se a luz elétrica não estivesse acesa. E era esse corredor escuro que minha mãe palmilhava descalça, ida e volta, de modo invariável, por meia hora ou uma hora, como os prisioneiros costumam caminhar traçando círculos invariáveis entre os muros do pátio de uma prisão. E às vezes começava a cantar, como se disputasse com papai, mas muito menos desafinada. Sua voz era cálida e escura, como o gosto do vinho quente nas noites de inverno. Não cantava em hebraico, mas em russo, doce de ouvir. Ou em polonês sonhador. Uma ou duas vezes cantou em ídiche, como quem libertasse lágrimas represadas.

Nas noites em que meu pai saía, voltava sempre, como prometido, um pouco antes da meia-noite. Eu podia ouvi-lo se despir e ficar só de roupa de baixo, preparar um copo de chá, sentar-se no banquinho da cozinha e cantarolar baixinho enquanto molhava um biscoito no chá doce. Depois tomava um banho frio (pois para um banho quente havia uma preparação de três quartos de hora, que envolvia pedaços de madeira molhados em gasolina). Banho tomado, esgueirava-se na ponta dos pés para ver se eu dormia e ajeitava o meu cobertor. Só depois de tudo isso ele ia, na ponta dos pés, para o seu quarto de dormir. Algumas vezes eu chegava a ouvir suas vozes, dele e de mamãe, muito contidas, até finalmente eu conseguir adormecer. E outras vezes imperava um silêncio total, como se no quarto não houvesse viva alma.

Uma nova preocupação começou a assediar meu pai — quem sabe não era ele próprio, dormindo na cama de casal, que provocava as insônias de mamãe? Algumas vezes ele fez questão de deitá-la no sofá convertido à noite em cama de casal, enquanto ele se ajeitava para dormir na cadeira. (Quando eu era pequeno, chamávamos a cama de casal de "sofá que late", pelo som que fazia ao abrir.) Meu pai implorava, e dizia que desse jeito seria melhor para ambos, ele na cadeira e ela na cama, pois ele sempre dormia como uma pedra, em qualquer lugar que fosse, "até em frigideira fervendo". E sabendo que ela dormia na cama, o seu sono na cadeira, pelo contrário, seria mil vezes melhor do que o sono na cama, quando pensava que era por sua causa que ela passava horas a fio acordada na cadeira.

Numa noite, um pouco antes da meia-noite, a porta do meu quarto se abriu silenciosamente, e a silhueta de papai veio em minha direção. Como sempre, fingi que estava dormindo. Mas em vez de ajeitar minhas cobertas, ele as levantou e se deitou ao meu lado, como no dia 29 de novembro, depois de o nosso direito a uma pátria ter sido aprovado pela ONU, quando a minha mão viu as suas lágrimas. Fiquei surpreso e tive medo, e me encolhi como pude, os joelhos colados na barriga, rezando para que ele não notasse, de jeito nenhum, mas de jeito nenhum, o que eu estivera fazendo que não tinha me deixado dormir até aquela hora: se ele perceber, morro agora mesmo. O sangue me gelou nas veias quando papai entrou de repente sob os meus cobertores, e eu estava tão apavorado de ser pego fazendo algo reprovável que um longo minuto se escoou até eu perceber, de algum jeito, como num sonho, que a sombra que penetrara na minha cama não fora a de meu pai.

Ela nos cobriu até a cabeça e me abraçou sussurrando: "Não acorde".

De manhã ela já não estava na minha cama, e na noite seguinte veio de novo dormir no meu quarto, mas desta vez trouxe consigo um dos dois colchões do "sofá que late", estendeu-o no chão e dormiu aos pés da minha cama. Na noite seguinte eu me opus com todas as forças, imitei direitinho a argumentação autoritária-lógica-racional de papai, não abri mão e exigi que ela dormisse na minha cama, e eu, no colchão a seus pés.

Era como se nós três estivéssemos brincando de dança das cadeiras. Como se tivéssemos combinado brincar de dança das camas. Primeira parte, normal: meus pais na cama de casal, e eu na minha cama. Segunda parte, mamãe na cadeira, papai na cama de casal, e eu continuava na mesma. Na terceira parte, eu e minha mãe dormimos, ambos, na minha cama de solteiro, e papai dormia sozinho na cama de casal. Na quarta parte, meu pai continuava na mesma, eu tinha voltado a dormir sozinho, e mamãe no colchão aos meus pés. Depois trocamos, eu e mamãe, ela subiu e eu desci. Papai continuava na mesma.

E com isso o jogo ainda não estava terminado.

Pois, passadas algumas noites, enquanto eu dormia no colchão aos pés da cama, mamãe me assustou em plena noite com sons parecidos com tosse, mas não muito parecidos. Depois ela se aquietou, e eu voltei a dormir. E de novo, passada uma ou duas noites, acordei com aquela tosse que não era tosse. Levantei-me, os olhos bem abertos, e enrolado no cobertor, como um sonâmbulo, atravessei o corredor e me deitei, e logo adormeci, ao lado de meu pai na cama de casal. Assim foi também nas noites seguintes.

Até os seus últimos dias, quase, minha mãe dormiu no meu quarto, na minha cama, e eu com papai. Passados dois ou três dias, ela trouxe consigo, para seu novo quarto, suas caixas de remédio, seus vidrinhos e cápsulas de tranqüilizantes, as de soporíferos, e as pílulas contra enxaqueca.

Nem uma palavra foi dita por nós, nem um comentário sobre esse novo arranjo. Nem dela, nem de mim, nem de papai. Como se o arranjo tivesse acontecido sozinho.

Sozinho. Aconteceu. Sem nenhuma decisão familiar. Nem uma palavra.

E na sua penúltima semana, mamãe deixou a minha cama e voltou à sua cadeira na frente da janela, mas desta vez a cadeira passou do nosso quarto, meu e de meu pai, para o meu, que passara a ser o quarto dela.

Depois de tudo o que aconteceu, eu não quis mais voltar para aquele quarto. Quis continuar com papai. E quando finalmente voltei ao quarto que havia sido meu, não consegui dormir nele: era como se ela ainda estivesse lá. Sorria, mas sem sorrir. Tossia, mas não era bem tosse. Ou era como se me tivesse legado a sua insônia de herança, a insônia que a atormentou até o fim, e que passaria a me atormentar de agora em diante. A noite em que voltei a dormir na minha cama foi tão assustadora que meu pai, durante as noites seguintes, trazia um dos colchões do "sofá que late" para dormir comigo, no meu quarto. Durante uma semana, ou talvez duas, meu pai dormiu aos pés da minha cama. Depois disso ele voltou ao seu lugar, e ela também, ou a sua insônia, o seguiu ao quarto que agora era de papai.

Era como se uma onda gigantesca nos tivesse arrastado, a nós três, tivesse nos arremessado para o alto e para o fundo, aproximado e afastado, erguido, mergulhado, embaralhado, para afinal nos lançar, a cada um de nós, em uma praia que não era a nossa. E de tão exaustos, cada qual se conformou, calado, com a mudança. Pois estávamos muito cansados. Não só sob os olhos de meu pai e de minha mãe, mas também sob os meus, apareceram naquelas semanas olheiras fundas e escuras no espelho.

Juntos e ligados uns aos outros, passamos aquele outono como três condenados dividindo a mesma cela. E, contudo, cada qual continuava a viver sua própria vida: pois o que eles poderiam saber sobre minhas inquietações noturnas? Sobre a cruel e feia tortura que meu corpo me infligia? Como meus pais poderiam saber dos avisos e ameaças que eu fazia a mim mesmo, tantas vezes, com os dentes cerrados de vergonha, se você não parar com isso, se nesta noite você também não conseguir se controlar, eu engulo todas as pílulas da mamãe e assim dou logo um fim a tudo isso.

Meus pais não percebiam nada. Mil anos-luz os separavam de mim. Melhor dizendo, anos-trevas.

Mas o que eu sabia do sofrimento deles?

E eles próprios? Um do outro? O que sabia meu pai sobre a tragédia que devastava minha mãe? E o que ela entendia do sofrimento dele?

Mil anos-trevas entre um e outro. E entre os três condenados na cela. E até mesmo naquele sábado de manhã em Tel Arza, quando mamãe se sentou recostada numa árvore e eu e papai deitamos a cabeça em seu colo, um de cada lado, e mamãe nos afagou, a ambos, até mesmo naquele momento, o mais precioso da minha infância, mil anos-trevas nos separavam.

55

No livro de poesias de Zeev Jabotinsky, depois de "BeDam UbeZiá Iukam Lanu Guéza" [Com sangue e suor surgirá nossa raça], depois de "Shtei Gadot LaYarden" [O Jordão tem duas margens] e de "Min HaYom Bo Nikrati Lepele/Shel Beitar VeZion VeSinai" [Do dia em que fui chamado ao assombro de Beitar, Sião e Sinai], apareceram também suas traduções de poesias de autores estrangeiros. "O corvo" e "Anabel Lee", de Edgar Allan Poe, "A princesa distante", de Edmond Rostand, e a triste "Canção de outono", de Paul Verlaine.

Eu logo sabia todas de cor, e andava o dia inteiro bêbado das sublimes angústias românticas e dos tormentos funéreos que repassavam essas poesias.

Além das minhas poesias beligerantes e patrióticas, anotadas num belíssimo caderno preto, presente de tio Yossef, comecei a escrever poemas sobre as dores do mundo, cheios de tempestades, florestas e mar. E também versos de amor, ainda antes de saber o que era o amor. Ou melhor, não antes de saber, mas enquanto procurava febrilmente, em vão, conciliar os filmes de faroeste, nos quais, no fim, quem matasse mais índios ganhava de presente uma linda mocinha, com as juras transbordantes de lágrimas de Anabel Lee e de seu amado e seu amor além-túmulo. Era difícil juntar tudo isso numa coisa só, e ainda muito mais difícil conciliar, com os labirintos de dutos ovários e trompas de Falópio da enfermeira do Tchachmoni. E com as minhas implacáveis e imundas torturas noturnas que me faziam desejar morrer. Ou voltar a ser o que eu era antes de cair vítima desse bando zombeteiro de bruxas noturnas. Noite após noite eu decidia matá-las de uma vez por todas, mas todas as noites aquele bando de Sherazades cruéis descortinava diante dos meus olhos atônitos cenas tão suculentas que durante o dia todo eu aguardava impaciente para voltar à minha cama noturna. E às vezes não podia esperar mais, e me trancava no banheiro fedorento do pátio do Tchachmoni, ou no banheiro de casa, para ressurgir passados dois ou três minutos, cabisbaixo, abatido, com o rabo entre as pernas, arrasado como um pano de chão.

O amor de moças de verdade e tudo o que havia em torno me parecia um verdadeiro desastre, uma armadilha assustadora da qual jamais retornavam os que nela caíssem: primeiro eram sugados e, levitando como em sonhos, entravam num palácio encantado de cristal, para depois acordar afundados até o pescoço em esgoto imundo.

Eu corria a me refugiar na minha saudável fortaleza dos livros de mistério, de aventuras e de guerra: Júlio Verne, Karl May, Fenimore Cooper, Mayne Reid, Sherlock Holmes, *Os três mosqueteiros*, Capitão Nemo, *Hateras*, *Nas montanhas do Saara*, *A filha de Montezuma*, *O prisioneiro de Zenda*, *Pelo fogo e pela espada*, *Coração: Diário de um aluno*, de De Amicis, *A ilha do tesouro*, *Vinte mil léguas submarinas*, *Na solidão do deserto*, *O ouro de Kahamalca*, *A ilha misteriosa*, *O conde de Monte Cristo*, *O último dos moicanos*, *Os filhos do capitão Grant*, aventuras na África, granadeiros, índios, criminosos, cavaleiros, ladrões de gado e caubóis, e piratas, arquipélagos, hordas de crianças sedentas de sangue enfeitadas com penas coloridas na cabeça e pintadas para a guerra, gritos de guerra de congelar o sangue nas veias, encantamentos, cavaleiros andantes e dragões, cavaleiros sarracenos brandindo suas cimitarras recurvas, monstros, mágicas, césares e suas legiões, almas penadas, viajantes temerários e imprudentes, e principalmente jovens pálidos e miudinhos destinados a um belo futuro se superarem sua má sorte e suas desgraças. Eu gostaria de ser como eles, e também gostaria de saber escrever como os autores daqueles livros todos. Talvez ainda não tivesse percebido bem a diferença entre escrever e vencer.

Miguel Strogoff, de Júlio Verne, me deixou algo que me acompanha até hoje. O czar da Rússia enviou Strogoff em missão secreta, que consistia em passar informações cruciais às forças russas sitiadas nas paragens inóspitas da Sibéria. Para isso, teria de atravessar, no caminho, áreas dominadas pelos tártaros. Miguel Strogoff foi capturado pelos guerreiros tártaros e levado à presença do seu chefe, o Grande Khan, que ordenou que o cegassem com uma espada incandescente para que não pudesse prosseguir em sua jornada até a Sibéria. Strogoff tinha memorizado as informações cruciais da mensagem, mas como poderia chegar à Sibéria sem enxergar? Mesmo depois de ter os olhos queimados pelo ferro em brasa, o fiel emissário prosseguiu tateando seu caminho rumo ao Oriente, até que num ponto-chave da história descobrimos que ele não estava cego: o calor da lâmina tinha sido resfriado por suas lágrimas! Pois naquele momento fatal, Miguel Strogoff pensou que nunca mais veria seus parentes queridos, e a essa lembrança seus olhos se encheram de lágrimas, que resfriaram a lâmina rubra de calor salvando os seus olhos e salvando a sua missão, que resultou por fim na vitória das forças de seu país sobre o cruel inimigo.

Foram, portanto, as lágrimas de Strogoff que o salvaram e salvaram toda a Rússia. Mas onde eu morava não era permitido aos homens derramar lágrimas! Chorar era vergonhoso! Só mulheres e crianças podiam chorar. Aos cinco anos de idade eu já me envergonhava de chorar, e com oito ou nove aprendi a sufocar as lágrimas para poder ser aceito na confraria masculina. Daí o meu assombro, na noite de 29 de novembro, quando minha mão esquerda tocou, no escuro, a face molhada de meu pai. E nunca mais falei sobre isso — com ninguém — nem com meu pai, nem com nenhuma alma viva. E eis que aparece Miguel Strogoff, o herói sem jaça, o homem de ferro, capaz de enfrentar todos os perigos e todas as torturas, e contudo, ao ter pensamentos amorosos ele não se contém e chora. Não de medo, nem de dor, Miguel Strogoff chora, mas pela força dos seus sentimentos.

E mais: o choro de Strogoff não o rebaixava à categoria de um pobre coitadinho, nem à de mulher ou de covarde, mas era um choro consentido tanto por Júlio Verne como pelo leitor. E como se não bastasse, era esse choro consentido que salvava o herói e salvava a sua pátria. Assim, esse homem, o mais másculo de todos os homens, venceu os inimigos pela força de seu "lado mulher" que surgiu do fundo de sua alma no momento decisivo, e esse "lado feminino" não eliminou nem enfraqueceu o seu "lado masculino" (que nos era exigido nas nossas lavagens cerebrais naquele tempo), mas, pelo contrário, foi a sua salvação e a de seu povo. Então talvez houvesse uma saída honrosa que pudesse me libertar da escolha que me atormentava naquele tempo, a escolha entre a expressão dos sentimentos e a masculinidade? (Uma dúzia de anos mais tarde, também Hana, a figura central de *Meu Michel*, ficaria encantada com o personagem de Miguel Strogoff.)

E havia também o Capitão Nemo, de *Vinte mil léguas submarinas*, o indiano altivo e corajoso que detestava os regimes exploradores e se cansou de assistir à opressão dos indivíduos por tiranos cruéis e potências egoístas. Ele nutria uma aversão à condescendência arrogante dos países ocidentais que lembra Edward Said, se não Franz Fanon. Então decidiu se afastar de tudo e criar um pequeno mundo utópico sob a superfície do oceano.

E com isso parece que ele despertou em mim, entre outras coisas, uma pulsação sionista. O mundo nos perseguiu sem cessar e sempre nos impôs uma carga pesadíssima. Então nos levantamos e conseguimos criar para nós uma pequena bolha independente onde podemos viver uma vida limpa e livre, longe da crueldade dos que nos perseguem. Porém, exatamente como fez o Capitão Nemo, nós não estamos mais dispostos a ser vítimas indefesas, mas pela força do nosso espírito criativo equipamos o nosso *Nautilus* com sofisticados emissores de raios mortais. Ninguém mais neste mundo pode ousar tramar o nosso fim. Se for preciso, nosso longo braço o alcançará, nem que seja no fim do mundo.

Em A *ilha misteriosa*, de Júlio Verne, um punhado de sobreviventes de um navio afundado conseguira criar uma pequena civilização numa ilha árida e deserta. Esses náufragos eram todos europeus, todos homens, todos racionais, generosos e altruístas, todos com formação em áreas tecnológicas, todos corajosos e criativos: era bem essa a imagem que o século XIX fazia do futuro, saudável, sagaz, competente, esclarecido, másculo, capaz de resolver qualquer problema pelo poder da razão e em concordância com os dogmas da nova religião, a religião do progresso. (A crueldade, os instintos e o mal aparentemente teriam sido banidos para outra ilha, mais tarde: a ilha das crianças de William Gerald Golding, em seu livro *O senhor das moscas*.)

Pela sua engenhosidade e determinação, pelo seu bom senso, pelo seu entusiasmo colonizador, aqueles náufragos conseguiram sobreviver e até mesmo construir a partir do nada, com seus dez dedos, uma próspera aldeia numa ilha estéril. Desse modo, lavaram a minha alma, toda ela voltada para o ideal pioneiro sionista, do qual meu pai era um adepto fervoroso: um ideal laico, iluminista, racionalista, nobre, militante, otimista e voltado sempre para o progresso.

E todavia houve momentos em que pairou sobre esses pioneiros de A *ilha misteriosa* a ameaça de uma calamidade natural inevitável, momentos em que, expostos e indefesos, à mercê das forças da natureza, nem toda a sua inteligência e bom senso os poderia salvar; então, nesses momentos cruciais, sempre interferia na marcha dos acontecimentos uma misteriosa mão superior, vigilante, milagrosa e onipotente, que, no último instante, os salvava do fim inevitável: "Se existe justiça, que apareça agora", escreveu Bialik. Em *A ilha misteriosa* havia justiça, e ela surgia rápida como um raio quando tudo parecia perdido.

Mas essa era, exatamente, a outra lógica, a negação completa dos princípios racionais de meu pai: essa era a lógica dos livros de cabeceira de mamãe, as histórias de milagres, encantamentos e fantasmas, histórias do ancião que abrigava em seu casebre outro ancião, muito mais velho. A desdita, o mistério, a piedade, a caixa de Pandora, que apesar de todas as desgraças ainda abrigava a esperança no fundo de todo desespero. Assim era também a lógica plena de milagres dos contos hassídicos, que a Morá-Zelda começara a descortinar para mim, e o professor Mordechai Michaeli continuara do ponto em que ela havia parado.

Era como se ali, em *A ilha misteriosa*, ocorresse, enfim, uma espécie de reconciliação entre as duas janelas conflitantes através das quais o mundo se revelara para mim, no início da minha vida: a janela racional, cartesiana e otimista de meu pai e, do outro lado, a janela de minha mãe, que se abria para paisagens sombrias e estranhas forças sobrenaturais, a força dos sentimentos, da piedade e da compaixão.

E no final de *A ilha misteriosa* se revelava que a mão vigilante, superior, a mão que tantas vezes tinha interferido no curso da história para salvar da destruição o "empreendimento sionista" dos náufragos, era afinal de contas a discreta mão do próprio Capitão Nemo, aquele mesmo Capitão Nemo irado de *Vinte mil léguas submarinas*. Mas não houve nessa revelação nada que pudesse diminuir o prazer e o sentimento de plenitude que esse livro me proporcionava ao eliminar a contradição permanente entre minha pulsação infantil sionista e minha pulsação gótica, também ela infantil.

Foi como se meu pai e minha mãe tivessem se entendido e conseguido afinal viver em completa harmonia, embora não aqui em Jerusalém, mas em alguma ilha deserta. Como se tivessem sido capazes de se reconciliar e conviver.

O bom sr. Marcus, que além de vender livros novos e usados tinha uma biblioteca circulante na descida da rua Yona, quase esquina com a Gueúla, concordou afinal em me deixar trocar de livro todos os dias. E até duas vezes por dia.

No começo ele não acreditava que eu realmente tivesse lido, e me testava, fazendo-me passar por uma verdadeira bateria de testes ao devolver o livro algumas poucas horas depois de tê-lo tomado emprestado. Fazia todo tipo de perguntas espertas e capciosas sobre o conteúdo do livro. Aos poucos suas suspeitas foram se transformando em admiração, e a admiração, em devoção: achava que com minha memória prodigiosa e a capacidade de ler tão rápido, e sobretudo se eu me dedicasse ao estudo dos idiomas mais importantes, eu poderia, talvez, vir a ser o secretário ideal de um dos nossos grandes dirigentes: quem sabe se com o tempo até mesmo de Ben Gurion? Ou de Moshé Sharet? Assim o sr. Marcus resolveu que valeria a pena, com certeza, investir em mim, um investimento a longo prazo. Quem sabe? De repente ele poderia ter de renovar a licença para sua loja, ou furar alguma fila em alguma petição, ou lubrificar um pouco as engrenagens dos negócios das editoras, em que almejava entrar em breve — ter sua própria editora. E então os laços de amizade com o secretário particular de um dos chefões do governo seria um grande trunfo!

O meu cartão de leitor de sua biblioteca, repleto de carimbos e assinaturas, ele costumava exibir orgulhoso para alguns de seus fregueses, como fruto de seu incentivo: Vejam, vejam o que temos aqui! Uma verdadeira traça faminta! Fenômeno! Um menino que engole não livros, mas prateleiras inteiras todo mês!

Assim recebi a permissão especial do sr. Marcus para ficar à vontade em sua biblioteca, quase como se fosse a minha própria casa: tomar emprestados quatro livros de uma vez só para não passar fome no feriado de dois dias. E folhear, com cuidado!, os livros chegados fresquinhos da gráfica para serem vendidos na loja, e não emprestados. E até dar umas espiadas em romances não apropriados para a minha idade, como por exemplo os de Somerset Maugham, O. Henry, Stefan Zweig e até mesmo os do apimentado Maupassant.

Nos dias de inverno eu corria no escuro, fustigado pela ventania e sob rajadas de chuva penetrante, para chegar à biblioteca do sr. Marcus antes das seis da tarde, quando ela fechava as portas. Fazia muito frio na Jerusalém daquele tempo, um frio cortante como saraivadas de agulhas; bandos de ursos-polares famintos desciam diretamente da Sibéria para perambular pelas ruas de Kerem Avraham nas noites do final daquele dezembro. E como eu corria sem nenhum casaco impermeável, o meu suéter ficava encharcado e ganhava um cheiro especial, um odor deprimente de lã molhada.

Mais de uma vez fiquei sem nada para ler — nem uma simples migalha — naqueles sábados compridos e vazios quando, às dez da manhã, eu já havia esgotado toda a munição trazida da biblioteca do sr. Marcus. Insaciável, inconformado, eu vasculhava as prateleiras da biblioteca de meu pai e traçava o que caísse em minhas mãos: *Til Eulenspiegel*, traduzido por Shlonsky, e *As mil e uma noites*, traduzido por Rivlin, os livros de Israel Zarchi, Mendele Mocher Seforim, Cholem Aleichem, Kafka, Berditchevski, poesias de Rachel, Balzac, Hamsun, Yigal Mossensohn, Feierberg, Nathan Shaham, Gnessin, Brenner, Hazaz e até mesmo os livros do sr. Agnon. Desses, eu não entendia quase nada, salvo, talvez, o que eu já vira pelos óculos de meu pai, isto é, que a aldeiazinha judia na Diáspora era um lugar triste, miserável, ridículo. No fundo, eu achava que o amargo fim dessas aldeias não era nenhuma surpresa.

Meu pai havia comprado a maior parte das obras-primas da literatura mundial em seus idiomas originais, de modo que eu não podia nem folhear. Mas em quase tudo que havia em hebraico na sua biblioteca, se não li, dei pelo menos uma boa olhada: não restou pedra sobre pedra.

Claro que eu lia também o *Davar Lieladim*, o jornal destinado às crianças, e os livros infantis que sempre constaram do cardápio favorito de todos: as poesias de Léa Goldberg e Fânia Bergstein, a *Ilha das crianças*, de Mira Lobeh, e todos os livros de Nahum Guttmann. A África de *Lubangolo, o rei dos zulus* e a Paris de *Beatrice*, a Tel Aviv cercada de dunas, pomares e mar, todas foram passagens obrigatórias das minhas primeiras excursões imaginárias pelo mundo. A diferença entre Jerusalém e a Tel Aviv conectada com o resto do grande mundo me parecia ser semelhante à diferença entre a nossa vida aqui, a vida hibernal, em preto-e-branco, e a vida de verão, luminosa e colorida. O livro que me encantou em especial foi *Meal HaChurvót* [Sobre as ruínas], de Tzvi Libermann-Livne, que li muitas vezes. Era uma vez uma remota aldeia judia na época do Segundo Templo, uma aldeia pacífica, aninhada entre colinas, vales e vinhedos. Um dia, os legionários romanos chegaram, mataram todos os seus habitantes, homens, mulheres e velhos, saquearam as propriedades, incendiaram as casas e seguiram adiante. Porém os habitantes da aldeia tinham conseguido, antes do massacre, esconder as crianças pequenas, as que ainda não tinham doze anos de idade na ocasião e que portanto não poderiam combater em defesa da aldeia, em uma caverna oculta nas montanhas.

E quando, depois da chacina, as crianças saíram da caverna e depararam com aquele quadro de destruição, em vez de se desesperarem, decidiram, numa reunião muito parecida com a assembléia-geral do kibutz, que a vida deveria continuar e a aldeia deveria ressurgir das ruínas. Elegeram então comissões, das quais as meninas também participavam, pois aquelas crianças eram não só exemplarmente corajosas e empreendedoras, mas também modernas e esclarecidas. Devagar, trabalhando como formigas, conseguiram recolher os remanescentes das vacas e ovelhas, refazer o estábulo e o aprisco dos carneiros, reconstruir as casas incendiadas, retomar o trabalho no campo e criar uma organização de crianças modelar, como se fosse um kibutz ideal: uma comunidade de Robinsons Crusoés sem nenhum Sexta-Feira.

Nenhuma sombra iria empanar a vida comunitária, perfeita, de completa igualdade dessas crianças ideais: nem a luta pelo poder, nem a competição ou a inveja. Nem a atração sexual, nem os fantasmas dos pais mortos. O que lá houve foi o exato oposto, o contraponto positivo do que ocorrera com as crianças de William Golding em *O senhor das moscas*. É evidente que Tzvi Livne quis criar para as crianças de Israel uma emocionante alegoria sionista: a geração do deserto tinha morrido, e em seu lugar surgira a geração da Terra de Israel, heróica e desprendida, "Não provaremos o ferro dos grilhões", brotando, erguendo-se e florescendo pelas próprias forças, "Do massacre ao heroísmo", das sombras para a plena luz do Sol. Na minha versão particular, hierosolimita, que imaginei como continuação de *Sobre as ruínas*, as crianças não se deram por satisfeitas apenas com a ordenha, a semeadura e a colheita: elas descobriram um depósito de armas. Melhor ainda: conseguiram inventar e produzir sozinhas metralhadoras, morteiros e carros blindados. Ou teria sido o pessoal da Palmach que conseguira passar essas armas há cem gerações, recuando no tempo, diretamente às mãos estendidas das crianças de *Sobre as ruínas*. Então, de posse desse armamento, as crianças de Tzvi Livne (e minhas) correram e conseguiram chegar bem no último minuto aos contrafortes de Massada. Com uma devastadora barragem de fogo na retaguarda, e com longas rajadas precisas e o fogo arrasador dos morteiros, as crianças surpreenderam as legiões romanas, as mesmas legiões que tinham trucidado os seus pais, as mesmas legiões que estavam prestes a escalar as defesas de Massada. E então, bem no momento em que Eliezer Ben Yair terminava o seu inesquecível discurso de despedida, no instante em que os últimos defensores de Massada se preparavam para saltar no abismo para não serem feitos prisioneiros e humilhados em Roma, eu e minhas crianças tomamos de assalto o cume da montanha, salvamos da morte os seus defensores e da desgraça o nosso povo.

Em seguida, num contra-ataque fulminante, levamos a guerra ao território inimigo: posicionamos os nossos morteiros no topo das sete colinas em volta de Roma, fizemos voar pelos ares o arco do triunfo de Tito e obrigamos César a se prostrar ante nós de joelhos.

E quem sabe se, oculto nessa história, está mais um aspecto que Tzvi Livne por certo não cogitou ao escrever o livro, um aspecto didático, extremamente positivo: um aspecto edipiano, sombrio, pois as crianças sepultaram os seus pais. Todos eles. Nenhum adulto restou vivo naquela aldeia. Nenhum pai, nenhuma mãe, nenhum professor, nenhum vizinho, nenhum tio, nenhum avô ou avó. Nem o sr. Krochmal, nem tio Yossef, nem Stashek e Mila Rodnitzky, nem os Abramsky, nem os Bar-Ytzhar, nem tia Lilia, nem Begin, nem Ben Gurion. Assim transparece, por milagre, uma demanda muito bem camuflada do espírito sionista, mas também do menino que eu era: que morram. Pois eles carregam o espírito da Diáspora. Humilhados. A geração do deserto. Passam o tempo todo reclamando da vida, azucrinando e dando ordens. Não nos deixam respirar. Só depois que morrerem nós vamos poder, afinal, mostrar a eles como conseguimos fazer tudo sozinhos. Tudo, tudo. Tudo o que nos mandam fazer, exatamente, tudo o que esperam de nós. Vamos ser os realizadores. Tudinho. Vamos arar e semear, colher e construir, guerrear e vencer, mas sem eles. Pois o povo hebreu renovado tem por obrigação se separar deles. Pois tudo foi criado aqui com o propósito de se ter uma geração jovem, saudável, robusta, enquanto eles são os velhos, os implicantes, para eles tudo é complicado, e tudo neles é um pouco repugnante, e bastante ridículo.

Toda a geração do deserto, portanto, desapareceu em *Sobre as ruínas*, deixando em seu lugar muitos órfãos felizes, leves, livres como um bando de passarinhos em pleno céu azul. Não sobrou ninguém por ali para ficar atazanando o tempo todo com seu sotaque ídiche, para dar conselhos óbvios, cobrar comportamentos antiquados e boas maneiras fora de moda. Estragar a vida com todo tipo de exigências deprimentes, ordens e ambições. Não sobrou ninguém para nos ditar regras — isso pode, isso não pode, isso é feio. Só nós. Sozinhos no mundo.

A morte de todos os adultos me insinuou uma idéia fascinante, secreta e decisiva. E assim, aos catorze anos e meio, dois anos após a morte de minha mãe, matei meu pai e matei toda a Jerusalém, troquei o meu sobrenome e fui sozinho para o kibutz Hulda para viver, também eu, sobre as ruínas.

56

Eu o matei principalmente ao trocar o sobrenome. Por muitos anos a vida de meu pai foi toldada pela sombra poderosa de seu tio erudito, "de renome mundial" (meu pai sempre pronunciava essas palavras com unção religiosa). Por muitos e muitos anos Yehuda Árie Klausner sonhou em seguir os passos do professor Yossef Guedália Klausner, autor de *Jesus de Nazaré*, *De Jesus a Paulo*, *História do Segundo Templo*, *História da literatura hebraica* e *Quando uma nação luta pela sua liberdade*. No fundo do coração, meu pai sempre sonhou seguir os passos do tio que não tivera filhos, e herdar sua cátedra na universidade. Para tanto aprendera muitos idiomas, não menos do que o seu renomado tio tinha dominado. Para tanto passava noites e noites em claro, em sua escrivaninha, em meio a pilhas e pilhas de fichas. E ao renunciar às suas expectativas de vir a ser, no devido tempo, um professor famoso, começou a depositar secretamente todas as suas esperanças em passar a tocha para as minhas mãos. E em viver para presenciar.

Às vezes meu pai brincava, comparando-se ao Mendelssohn não famoso, o banqueiro Avraham Mendelssohn, cujo destino fora ser o filho do laureado filósofo Moses Mendelssohn e pai do compositor Felix Mendelssohn-Bartholdy. (Primeiro eu era filho de meu pai, e depois pai de meu filho, brincava Avraham Mendelssohn com sua própria sina.)

Como se fosse uma brincadeira permanente, como se fizesse comigo sempre a mesma gracinha, pelo afeto que sentia por mim, meu pai me chamava, desde muito pequeno, de sua alteza, vossa excelência, vossa senhoria. Só muitos anos depois, na noite seguinte à sua morte, foi que percebi, de repente, que disfarçada em gracinha estavam ocultos nessa brincadeira permanente, irritante, quase odiosa, seus sonhos de grandeza frustrados, e também a mágoa de constatar sua própria mediocridade e o dever secreto de me designar para a missão de conquistar para ele os objetivos que lhe tinham sido negados.

Em sua solidão e melancolia, minha mãe costumava me contar, na cozinha, histórias encantadas e apavorantes de fantasmas e almas do outro mundo, parecidas, talvez, com as histórias que Aase, a viúva, contava para o filho, Peer Gynt, em sua choupana, nas noites de inverno. E meu pai, pelo jeito, era Ion Gynt, o pai de Peer, não menos do que minha mãe era Aase: "Peer, você nasceu para ser famoso/ Peer, você vai ser um grande homem!".[20]

"O kibutz", dizia meu pai, desolado, "o kibutz talvez seja uma realização nada desprezível, mas ele necessita de trabalhadores braçais robustos, de nível intelectual mediano. E você sabe muito bem que não é mediano. Não estou, D'us me livre, querendo desmerecer a idéia do kibutz — os kibutzim em muito contribuem para a vida da nação —, mas você não vai conseguir se desenvolver lá dentro, e portanto, infelizmente, não posso concordar com o seu plano, de maneira alguma. E estamos conversados. Aqui se encerra nossa discussão."

Desde a morte de minha mãe, e desde o seu novo casamento, um ano depois, nós conversávamos quase exclusivamente sobre as necessidades cotidianas da casa. Ou sobre política. Sobre as novas descobertas da ciência e sobre valores e teorias morais. (Nessa época já vivíamos em nosso novo apartamento, na alameda Ben Maimon, 28, em Rehávia, o bairro que durante anos a fio fascinara meu pai.) Crises da minha adolescência, seu novo casamento, meus sentimentos, os últimos dias de vida de minha mãe e sua morte, sobre isso tudo não trocamos uma única palavra. Nunca. Muitas vezes tínhamos discussões acaloradas, cheias de agressividade bem camuflada mas extremamente tensas, sobre Bialik, ou Napoleão, sobre o socialismo, que começava a me encantar, e que meu pai chamava de "epidemia vermelha", e uma vez entramos num choque colossal por causa de Kafka. Mas de modo geral nossa atitude recíproca era a de dois inquilinos que compartilham um mesmo pequeno apartamento: O

---

20. Henrik Ibsen, *Peer Gynt.*.

banheiro livre, por favor. Comprar margarina e papel higiênico. Já está fazendo um friozinho, não? Posso acender o aquecedor?

Quando comecei a passar os sábados e feriados em Tel Aviv, com Chaia e Sônia, as irmãs de minha mãe, ou em Kiriat Motzkin, na casa de vovô *papi*, meu pai me dava o dinheiro da passagem e mais algumas libras "para você não ter de pedir dinheiro para alguém por lá". "E não se esqueça de avisar a eles lá que durante alguns dias você não pode comer frituras." Ou dizia: "E lembre-se de perguntar, por favor, a eles lá, se gostariam que eu enviasse com você da próxima vez um envelope com as coisas da gaveta dela".

As palavras "dela" ou "ela" escondiam a lembrança de mamãe como um bloco de pedra sem nenhuma palavra gravada. E as palavras "alguém por lá" ou "eles lá" marcavam bem o rompimento de todos os laços entre ele e toda a família de minha mãe, laços que nunca mais foram reatados: eles o consideravam culpado — suas aventuras com outras mulheres, assim achavam as irmãs de mamãe em Tel Aviv, mortificaram a irmã, assim como todas as noites que passava sentado à sua mesa de trabalho, de costas para ela e de frente para suas queridas pesquisas e fichinhas. Meu pai ficou chocado com essas acusações, do fundo do coração. Ele via as minhas viagens a Tel Aviv e a Haifa do mesmo modo como os países árabes, naqueles anos de bloqueio e atrito permanente, viam as viagens de emissários neutros para Israel: não podemos impedir, pode viajar à vontade, para onde quiser, mas não diga o nome daquele lugar em nossa presença; e ao voltar não me conte nada sobre eles, nem coisas boas nem ruins. E também não conte a eles sobre nós. Pois não queremos ouvir nem estamos interessados em saber de nada. E tome muito muito cuidado por lá para não ganhar algum carimbo indesejável no passaporte.

Três meses depois do suicídio de minha mãe, chegou o dia do meu *barmitzvá*. Festa, não houve. Tudo se resumiu em minha subida à *bimá*, o altar da sinagoga Tchachmoni, numa manhã de shabat, onde balbuciei a *parashat hashavúa*, o versículo da semana. Toda a família Musman estava presente, de Tel Aviv e de Kiriat Motzkin, mas acharam um canto para eles na sinagoga o mais distante possível de onde se sentaram os Klausner. Nem uma palavra foi trocada entre as facções. Somente Tzvi e Buma, os maridos de minhas tias, arriscaram um levíssimo aceno de cabeça, quase imperceptível. E fiquei indo e vindo, saltitando de um grupo para o outro como um cachorrinho alegre, tentando com todas as forças representar o menino feliz e loquaz, conversando com todos, o tempo todo, imitando meu pai, que durante a vida inteira abominou o silêncio, sempre se sentia culpado por deixar a conversa morrer e se via na obrigação de retomá-la.

Apenas vovô Aleksander rompeu sem hesitar a cortina de ferro, beijou minha avó de Haifa na face e as duas irmãs de mamãe, três beijinhos, esquerda, direita, esquerda, pelo costume russo. E me levou para acompanhá-lo, enquanto dizia a todos: "N*u*, *shtó*? Um menino de ouro, não? Um menino *molodietsh*! E muito talentoso! Muito, muito talentoso! Muito!".

Algum tempo depois das segundas núpcias de meu pai, sofri uma derrocada completa nos estudos, a ponto de quase ser expulso da escola (no ano seguinte à morte de minha mãe eu fora transferido do Tchachmoni para o Ginásio Rehávia). Meu pai se surpreendeu muito, ficou profundamente ofendido e me impôs castigos e mais castigos. Aos poucos começou a suspeitar que essa era a minha tática de guerrilha, que não cessaria até que ele concordasse com o meu plano de ir viver no kibutz. Mas ele também manteve a sua guerra: toda vez que eu entrava na cozinha, ele se levantava e saía, sem uma palavra. Porém, numa sexta-feira, meu pai deixou de lado a sua hostilidade para me acompanhar até a antiga estação rodoviária Egged, na rua Jafa. Quando eu estava para embarcar no ônibus para Tel Aviv, de repente ele me disse:

"Se você achar conveniente, faça a gentileza de perguntar a eles lá o que acham dos seus planos de ir viver num kibutz. É evidente que a opinião deles não vai nos obrigar a nada, nem nos interessa, mas não custa nada ouvir o que têm a dizer sobre esse assunto."

Muito tempo antes da tragédia, quando a doença de minha mãe estava apenas no começo, e possivelmente ainda antes disso, as tias de Tel Aviv consideravam meu pai um homem egoísta e talvez até um tanto despótico: tinham certeza de que, desde a morte de minha mãe, eu gemia sob o peso da sua opressão, e que desde o seu segundo casamento minha cruel madrasta só fizera agravar a situação. Porém em todas as visitas eu me esforçava, como se fizesse de propósito só para aborrecer minhas tias, para elogiar abertamente meu pai e sua esposa, comentando como eles se desvelavam para cuidar de mim com amor e carinho e como se preocupavam em não deixar que nada me faltasse. As tias se recusavam a ouvir: ficavam surpresas com a minha benevolência, enfureciamse comigo, ofendiam-se, como se eu estivesse elogiando Nasser, do Egito, e seu governo, ou justificando os *fedayins* e suas ações terroristas. Ambas me faziam calar tão logo eu começava minha apologia à dedicação de meu pai. Tia Chaia dizia:

"Chega, chega, você me ofende. Eles devem fazer em você uma lavagem cerebral em regra."

Já tia Sônia não me repreendia nesses momentos, mas simplesmente caía no choro.

Aos olhos atentos das duas tias, a realidade falava por si mesma: eu lhes parecia magro como um palito, pálido, abatido, nervoso e bem necessitado de um bom banho. É claro que não tratam bem de você por lá. Se não for algo bem pior. E o que é esta ferida na bochecha? Não mandaram você ao médico? E esse suéter em frangalhos, você só tem esse? E quando foi a última vez que ganhou roupa de baixo nova? Você tem dinheiro para a passagem de volta? Não? Por que você não aceita? Deixe eu enfiar aqui no bolso algumas libras, só para alguma emergência.

Da mochila que eu levava para a viagem de sábado a Tel Aviv as tias iam logo tirando as camisas, o pijama, as meias e a roupa de baixo, e até o lenço de reserva, piscavam uma para a outra e, sem dizer uma palavra, condenavam tudo a ser lavado, imediatamente. Ou arejado no varal da sacada, ou passado a ferro, ou às vezes ao simples e irrecorrível destino do lixo: como se aquelas roupas fossem portadoras de alguma epidemia, ou como se todas as minhas roupas e meus pertences precisassem ser reciclados em palestras educativas. Quanto a mim, logo à chegada, eu era enviado a um bom banho, e logo depois à varanda, tomar sol por meia hora: você está branco como cal. Quer um cacho de uvas? Uma laranja? Uma cenoura ralada? Depois vamos comprar alguma roupa de baixo para você. Ou uma camisa decente. Ou um par de meias. Ambas tentavam reforçar a minha saúde com fígado de galinha, com óleo de fígado de bacalhau, suco de frutas e muitas verduras. Como se eu tivesse chegado diretamente do gueto.

Sobre a questão de ir ou não viver no kibutz, tia Chaia respondeu de imediato:

"Claro que sim. É bom que você fique longe deles. No kibutz você vai crescer e ficar forte, e aos poucos vai recuperar a saúde."

E tia Sônia acrescentou, um tanto desolada:

"Tente viver no kibutz. Isso mesmo. E se, D'us o livre, lá você também não se sentir bem, então venha para cá, viver conosco."

Ao final da nona série no Ginásio Rehávia, resolvi deixar o Hatzofim, e quase abandonei também a escola. Passava o dia todo sozinho, deitado no quarto, de cueca e camiseta, devorando livros e mais livros, e pilhas de doces, praticamente o meu único alimento naquela época. Estava apaixonado, até as lágrimas, sem a menor chance de ser correspondido. Por uma das princesas da turma. Não era um amor juvenil, doce e amargo ao mesmo tempo, como nos livros que eu lia, em que a alma chegava a doer de tanto amor, mas também desabrochava feliz. Comigo não era nada disso — eu me sentia como se tivesse levado uma pancada de um malho de ferro na cabeça. E como se não bastasse, bem naquela época, meu corpo não parava de me torturar à noite e também durante o dia com a sua insaciável fome de imundícies. Eu queria me libertar, ficar livre de uma vez por todas desses dois inimigos — o corpo e a alma. Eu gostaria de ser nuvem. Ser uma pedra na superfície lunar.

Todas as noites eu me levantava da cama e saía a passear por duas ou três horas pela rua ou pelos campos vazios que rodeavam a cidade. Às vezes eu chegava às cercas de arame farpado e aos campos minados que dividiam a cidade, e uma ocasião, no escuro, devo ter penetrado na "terra de ninguém" e chutado, sem querer, uma lata vazia que fez um barulho infernal, como uma cachoeira de pedregulhos, e logo soaram dois tiros vindos das trevas, de muito perto. Fugi correndo. Mesmo assim voltei no dia seguinte, e no outro, e no outro, até a fronteira, a terra de ninguém, como se estivesse cansado de viver. Eu também costumava descer aos *wadis* ocultos, até suas reentrâncias, de onde não se via uma única luz de Jerusalém, apenas a sombra das montanhas, as estrelas desaparecendo no poente, o cheiro das figueiras e oliveiras, e o cheiro da terra sedenta, de verão. Voltava para casa às dez, onze horas, meia-noite, recusava-me a contar por onde tinha andado, não me importava com o horário estabelecido para apagar as luzes, embora meu pai já tivesse estendido o horário das nove para as dez da noite. Não me importava com as suas repreensões, não reagia às suas tímidas tentativas de lançar uma ponte sobre o nosso silêncio à custa de gracinhas agressivas:

"E onde, se é que me é dado perguntar, onde esteve sua alteza até quase a meia-noite? Será que aconteceu algum *rendez-vous*? Com alguma jovem e linda senhora? Ou vossa magnificência foi convidada para uma festa de embalo no palácio da rainha de Sabá?"

Meu silêncio o atemorizava mais do que os carrapichos presos na minha roupa, e ainda mais do que a minha desistência da escola. Ao perceber que sua raiva e seus castigos de nada adiantavam, trocou a raiva por pequenas agressões: "Sua senhoria quer assim? Então, que assim seja", ou: "Na sua idade eu já quase havia terminado o ginásio. Não o ginásio moleza, como esse de vocês! Ginásio clássico! Com disciplina férrea! Militar! Com grego clássico e latim! Eu já lia Eurípides, Ovídio e Sêneca no original! E você? Você fica deitado doze horas seguidas lendo essas porcarias! A revistinha *Haolam Hazé*, pura imprensa marrom! Lendo apenas esses pasquins desclassificados que atiram lama para todo lado! Uma vergonha! Uma degradação! Uns jornalecos feitos especificamente para o rebotalho humano! Quem diria, o neto do irmão do professor Klausner vai acabar um belo dia como um mero idiota! Como vagabundo de rua!".

Por fim sua agressividade cedeu lugar à tristeza pura e simples. Na mesa do café da manhã meu pai me dava uma olhada furtiva com olhos de cachorro muito triste, que logo fugiam dos meus para se enterrar no jornal, como se tivesse sido ele quem desertara do bom caminho e fosse ele quem deveria se envergonhar dos seus atos. Como se ele vivesse em pecado.

Finalmente, com o coração pesado como chumbo, meu pai me fez uma proposta conciliatória: seus amigos do kibutz Sde Nehemia, na ponta oriental da Galiléia Superior, estavam dispostos a me receber durante os meses de verão, quando eu poderia participar do trabalho no campo e experimentar a vida comunitária junto com outros jovens da minha idade, compartilhando os seus quartos. Será que eu iria me adaptar? Ou não? Se eu considerasse esse verão suficiente para chegar à conclusão de que aquela não era a vida dos meus sonhos, então eu deveria me comprometer a voltar ao ginásio ao final das férias de verão e passar a estudar seriamente, como se deve. E se, ao final desse período, eu ainda não tivesse chegado a nenhuma conclusão, então vamos nos sentar de novo, vamos conversar como dois adultos e tentar um acordo satisfatório para ambas as partes.

Tio Yossef em pessoa, o velho professor cuja candidatura fora apresentada pelo movimento Herut para a Presidência do Estado de Israel, disputando com Chaim Weizmann, o candidato do centro e da esquerda, ouviu desolado a minha intenção de ir viver num kibutz, ficou profundamente chocado — para ele os kibutzim representavam uma ameaça ao espírito nacional, se é que não eram uma agência stalinista. Portanto tio Yossef me convidou a sua casa para termos uma conversa particular muito importante, não como parte de nossas peregrinações dos sábados, mas, pela primeira vez na minha vida, num dia de semana. Com vistas a essa conversa particular e importante, eu me preparei com muito cuidado e cheguei a fazer três ou quatro anotações no papel: minha intenção era lembrar a tio Yossef algo que ele sempre considerou um milagre — a necessidade de nadar contra a corrente. A necessidade de se manter firme em defesa de suas idéias, de sua consciência, mesmo diante de fortíssima oposição por parte de pessoas queridas. Mas tio Yossef teve de desfazer o seu convite na última hora, por causa de outro compromisso, sério e inadiável.

E assim, sem receber nenhuma bênção ou votos de boa viagem, no primeiro dia das férias de verão eu me levantei às cinco da manhã para ir à estação central, na rua Jafa. Meu pai acordou meia hora antes. Quando o meu despertador tocou, ele já havia preparado e embrulhado em papel impermeável dois grandes sanduíches de queijo e tomate e outros dois com tomate, fatias de pepino, ovo cozido e salsicha. E também uma garrafa d'água bem tampada, para não pingar no caminho. Ao preparar os sanduíches com a faca bem afiada, meu pai cortou o dedo, que sangrou, e assim, antes de nos despedirmos, eu fiz para ele um curativo. Na porta ele me deu um abraço um tanto hesitante e logo depois outro, vigoroso, e inclinou a cabeça, dizendo:

"Se eu de alguma forma te ofendi nos últimos tempos, peço desculpas. Para mim também não está nada fácil."

De repente ele mudou de idéia, colocou rapidamente a gravata, vestiu o paletó e me acompanhou até a estação central. Nós dois carregamos juntos a minha mochila com meus objetos mais importantes, cada um por uma alça, pelas ruas de Jerusalém, que estavam desertas antes do amanhecer. Ao longo de todo o trajeto meu pai não parou de fazer gracinhas, contando velhas piadas e fazendo trocadilhos batidos. Dissertou sobre a origem hassídica da palavra "kibutz" e sobre a proximidade interessante entre o ideal kibutziano e a idéia grega de *koinonia*, "comunidade", que vinha de *koinos*, que significa "comum", "público". Ele observou que *koinonia* era a origem da palavra hebraica *kenounia*, "conluio", e talvez, também, do termo musical "cânone". Embarquei no ônibus para Haifa, e meu pai entrou também, discutiu comigo sobre o melhor lugar, e novamente nos despedimos. Por distração, parecia que ele havia esquecido que essa não seria mais uma viagem de sábado para a casa das tias em Tel Aviv, e me desejou shabat shalom, apesar de estarmos em plena segunda-feira. Ao descer, ainda brincou um pouco com o motorista, recomendou que redobrasse a atenção, pois daquela vez estava levando junto um precioso tesouro. Depois correu para me comprar um jornal, ficou pregado na plataforma, procurou-me com os olhos e acenou com expressão de tristeza para o ônibus errado.

57

No final daquele verão troquei meu sobrenome e me transferi, com mochila e tudo, de Sde Nehemia para Hulda. No começo, vivendo no kibutz como aluno externo, no curso de segundo grau para os alunos dos kibutzim da região (que se chamava, modestamente, de "turmas de continuação"). Ao terminar o ensino médio, um pouco antes de me alistar no Exército, tornei-me membro efetivo do kibutz Hulda, que foi a minha casa de 1954 até 1985.

E meu pai se casou novamente no ano seguinte à morte de minha mãe, e um ano depois, quando eu já vivia no kibutz, foi com sua esposa para Londres, onde viveu por cinco anos. Em Londres nasceram minha irmã, Marganita, e meu irmão, David, e lá, por fim, meu pai, em meio a dificuldades inimagináveis, conseguiu tirar a sua carteira de habilitação e completar sua tese de doutorado — "Um manuscrito desconhecido de I. L. Peretz" —, apresentando-a na Universidade de Londres. Costumávamos trocar cartões-postais. Às vezes ele me enviava cópias de seus artigos publicados, e livros ou pequenos pacotes com presentes destinados a me lembrar sutilmente qual era a minha verdadeira vocação, por exemplo canetas e porta-canetas, ou cadernos muito bonitos, ou um cortador de papéis decorativo.

Todos os verões ele vinha a Israel, sozinho, para me visitar, saber como eu estava passando e se tinha me adaptado à vida no kibutz. E aproveitava também para ver como estava o apartamento e como ia sua querida biblioteca. Numa carta bem detalhada, datada do verão de 1956, uns dois anos depois de nossa separação, meu pai escreveu:

Na próxima quarta-feira, se não for atrapalhar, estou pensando em ir visitá-lo em Hulda. Chequei os horários e descobri que todos os dias, ao meio-dia, sai um ônibus para Hulda, da estação central de Tel Aviv, chegando a Hulda aproximadamente à uma e vinte. E então pergunto: 1. Você poderia vir me esperar no ponto do ônibus? (mas com a condição de não ser difícil para você; se estiver ocupado etc., posso perfeitamente me informar com alguém e saber onde você está e ir ao seu encontro, sem problemas); 2. Seria conveniente que eu comesse alguma coisa em Tel Aviv antes de embarcar no ônibus, ou seria melhor almoçarmos juntos, logo à minha chegada? É claro que só se isso não for dar trabalho; 3. Verifiquei, também, que à tarde há um único ônibus saindo de Hulda para Rehovot, onde eu poderia tomar um segundo ônibus para Tel Aviv e de lá um terceiro, para voltar a Jerusalém. Mas nesse caso só teríamos duas horas e meia. Será suficiente?; 4. Ou, pelo contrário, quem sabe eu não poderia passar a noite em Hulda e retornar com o ônibus que sai às sete da manhã? Isso no caso de serem atendidos três requisitos: a) não ser difícil para você encontrar um quarto para mim (uma cama simples, ou mesmo um colchão já seria suficiente); b) que o kibutz não se oponha; c) que uma visita assim, relativamente prolongada, não lhe cause transtorno; peço a você que me avise; 5. O que eu deverei levar afora os meus objetos pessoais? (Toalha? Roupa de cama? Nunca me hospedei num kibutz!)

É claro que as novidades (que não são muitas), vou contar pessoalmente. E também sobre os meus planos, se você quiser ouvir. E você, se quiser, poderá me contar os seus planos. Espero que esteja gozando de boa saúde e também esteja bem-disposto. (Entre essas duas coisas, há uma clara ligação!) De resto, em breve conversaremos pessoalmente.

Com amor,
Seu pai

Naquela quarta-feira as aulas terminaram à uma hora da tarde, e eu pedi e me foi concedida a dispensa das duas horas de trabalho que teria de cumprir à tarde, depois da aula (naquela época eu trabalhava no galinheiro). Mesmo assim, corri da escola ao meu quarto e vesti uma roupa de trabalho azul empoeirada e calcei botinas grosseiras, de trabalho, corri até a garagem e encontrei as chaves do trator Massey-Ferguson escondidas embaixo do assento e saí com o trator a toda a velocidade direto para o ponto de ônibus, aonde cheguei em meio a uma nuvem de poeira, uns dois minutos depois da chegada do ônibus vindo de Tel Aviv. Meu pai, que eu não via há um ano, esperava-me, protegendo os olhos do sol com a palma da mão e olhando em torno com ansiedade, para ver de onde chegaria ajuda. Para minha grande surpresa, usava calça cáqui, camisa azul de mangas curtas e um chapéu de sol, típico dos agricultores em Israel, sem paletó nem gravata. De longe, chegava a parecer um dos nossos "velhos". Evidentemente, havia uma clara intenção na escolha dessas roupas — um gesto de homenagem a uma cultura que, mesmo não estando de acordo com seus sentimentos e seus princípios, não deixava de ser legítima e importante para ele. Em uma das mãos segurava a sua velha pasta surrada, e na outra, um lenço para poder enxugar a testa sem parar. Investi com o trator, freando a poucos centímetros do seu nariz, e o cumprimentei do alto do meu posto de comando. Estava vestido com minhas roupas camponesas, poeirentas, azul-escuras, uma das mãos ao volante e a outra sobre o pára-lamas. Disse: Shalom. Ele levantou os olhos, que os óculos ampliavam ganhando uma expressão de menino assustado. Logo me respondeu: Shalom, sem ter ainda me identificado.

Passado um momento, disse:
"É você?"
E depois de mais um momento:
"Como você cresceu, está forte."
E por fim, caindo em si:
"Permita-me observar que aquela freada foi um tanto imprudente. Você quase me atropelou."

Pedi a ele para me esperar na sombra, enquanto voltava à garagem com o Massey-Ferguson, cuja breve função havia terminado com pleno êxito, e em seguida levei meu pai ao refeitório comunal, e no caminho constatamos, de repente, ambos surpresos, que eu já estava da sua altura. Ele apalpou curioso os meus músculos como se estivesse na dúvida se valia a pena me comprar, e brincou com minha pele bronzeada em contraste com sua pele alvíssima: "Pretinho, você está um perfeito iemenita!".

No refeitório, quase todas as mesas já estavam vazias, e só uma mesa comprida ainda tinha pratos e talheres disponíveis. Servi a meu pai galinha com cenoura e batatas cozidas, e canja com bolinhos. Ele comeu com muita atenção, seguindo todas as regras de boas maneiras, e fingiu ignorar meu comportamento à mesa, propositalmente camponês-grosseiro-ruidoso. Ao final da refeição, enquanto tomávamos chá em xícaras de plástico, meu pai entabulou uma conversa animada com Tzvi Botnik, um dos veteranos de Hulda, que também almoçara na mesma mesa. Meu pai tomou todo o cuidado para não tocar em nenhum assunto que pudesse despertar uma discussão ideológica. Perguntou o país de origem de Tzvi Botnik, e ao saber que havia emigrado da Romênia, meu pai abriu um largo sorriso e começou a falar em romeno, embora o seu romeno fosse de um tipo incompreensível para Tzvi. Depois conversaram sobre a paisagem da planície de Judá, onde estávamos, e sobre Hulda, a profetisa, e sobre os portões de Hulda no Segundo Templo, assuntos que lhe pareceram imunes a qualquer divergência política. Mas antes de nos despedirmos de Tzvi, meu pai não resistiu e perguntou se estavam satisfeitos com o seu filho. Ele conseguiu se adaptar bem aqui? Tzvi Botnik, que não fazia a menor idéia, respondeu:

"Mas que pergunta! Perfeitamente!"

Ao que meu pai respondeu:

"Nesse caso, sou muito grato a todos vocês aqui."

Ao sairmos do refeitório, não se importando com a minha presença, meu pai acrescentou, como quem vem buscar o seu cachorro depois de uma temporada no canil:

"Eu o deixei com vocês em situação meio precária sob diversos aspectos, mas agora estou vendo que ele não está nada mal, nada mal!"

Eu o arrastei para um passeio completo por todo o kibutz, não perguntei se ele preferia descansar, não perguntei se gostaria de tomar um chuveiro frio, ou ir ao banheiro. Como um sargentão num quartel de recrutas, obriguei o coitado do meu pai a visitar tudo, com a face afogueada, enxugando sem cessar o suor com o lenço: fomos do estábulo ao galinheiro, passando pelo redil das ovelhas, e de lá seguimos para a marcenaria e a oficina mecânica, e para o depósito de azeitonas e de ferramentas para o cultivo de oliveiras, no topo da colina, enquanto dissertava para ele, sem cessar, sobre os fundamentos da vida no kibutz e sua economia, as vantagens do socialismo e a contribuição dos kibutzim às vitórias militares de Israel. Não deixei nenhum detalhe de lado. Estava imbuído de um estranho fogo didático-vingativo mais forte do que eu próprio. Não dei a ele a oportunidade de dizer uma palavra sequer, atropelei, verborrágico, suas raras tentativas de fazer alguma pergunta: falei, falei e falei.

Das casas das crianças, eu o reboquei, impiedoso, até a região das residências dos veteranos e ao posto médico, e de lá à escola, até chegarmos, afinal, à Casa de Cultura, com sua biblioteca, onde encontramos Shpatel, o bibliotecário, pai de Nili, com quem eu me casaria alguns anos mais tarde. O bom Shpatel, sorridente, recebeu-nos vestido com sua roupa de trabalho azul; e cantarolava alguma melodia hassídica, ia-ba-ba-ba-bai, enquanto escrevia a máquina, com dois dedos, num estêncil. Como um peixe agonizante que no último segundo é milagrosamente jogado de volta à água, meu pai despertou de sua letargia sufocante e poeirenta, e de seu quase-desmaio por causa do calor e do cheiro de esterco. A visão da biblioteca e do respectivo bibliotecário o devolveu à vida no mesmo instante, e logo os dois estavam conversando animadíssimos.

A conversa entre os futuros consogros durou uns dez minutos, sobre todos os assuntos que os bibliotecários têm em comum. Logo meu pai deixou que Shpatel prosseguisse em seu trabalho e foi atraído pelas prateleiras repletas de livros, que passou em cuidadosa revista, como um adido militar observando alerta as manobras de um exército estrangeiro.

Depois disso ainda passeamos um pouco, meu pai e eu. Tomamos um lanche, café com bolo, na casa de Hanka e Oizer Huldai, que tinham se oferecido para ser minha família adotiva durante os anos de minha juventude no kibutz. Ali meu pai teve chance de demonstrar toda a extensão de seu conhecimento de literatura polonesa, e depois de ter examinado por alto a estante de livros dos Huldai, iniciou uma agradável conversa com eles em polonês. Citou Julian Tuwim, e Hanka respondeu a ele citando Slovacki, lembrou Mickiewicz, e logo responderam com citações de Iwaszkiewicz, lembrou o nome de Reimont, e responderam com o de Vispiansky. Meu pai falava aos kibutznik* como quem pisasse em ovos, dosando as palavras ao máximo, como quem tomasse muito cuidado para não dizer algo terrível e de conseqüências imprevisíveis. Falou com todo o tato, como quem visse no socialismo deles uma doença grave, cujas pobres vítimas não fizessem idéia do estado desesperador em que se encontravam, enquanto ele, o visitante, que podia perceber tudo, tinha por dever se controlar o mais possível para não deixar escapulir nenhuma palavra que lhes abrisse os olhos e lhes permitisse avaliar o tamanho da tragédia em que estavam envolvidos.

Por isso se empenhou em demonstrar aos companheiros do kibutz Hulda sua admiração pelo que tinha ali diante dos olhos, demonstrou polido interesse, fez perguntas corteses sobre assuntos gerais ("Como estão as suas colheitas?", ou:

"A criação de animais compensa o trabalho?"), e de novo demonstrou sua admiração. Não despejou sobre eles sua costumeira torrente de palavras, e quase não fez suas demonstrações etimológicas. Conteve-se. Talvez para não me magoar.

Mas à noitinha desceu sobre meu pai certa tristeza, como se todas as gracinhas o tivessem abandonado, e a fonte das piadas, secado. Sugeriu que sentássemos num banco, no jardinzinho da Casa de Cultura, para apreciarmos juntos o pôr-do-sol. Calou-se, e observamos o entardecer juntos, em silêncio total. Meu braço bronzeado, onde já aparecia uma penugem clara, repousava no banco não longe do braço pálido de meu pai com seus pêlos escuros. Dessa vez meu pai não me chamou de vossa excelência ou sua alteza. E também não agiu como se estivesse encarregado da missão urgentíssima de manter a conversa e afastar os lapsos de silêncio. Parecia-me triste, e quase o toquei no ombro, em solidariedade. Mas não o fiz. Achei que ele queria me dizer alguma coisa, algo de importante e urgente, só que não conseguia. Pela primeira vez na vida senti que ele me temia. Tentei ajudá-lo a começar uma conversa sobre qualquer assunto, mas, assim como ele, eu também estava paralisado. De repente ele disse:
"Então."
E eu disse:
"É isso aí."
E caiu novamente o silêncio sobre nós. E nesse momento me lembrei da nossa horta, aquela que tentamos, ele e eu, cultivar no quintal de terra dura como cimento em Kerem Avraham. Lembrei-me do cortador de papéis e do martelo caseiro que ele usara em funções agrícolas. Das mudas trazidas por ele da Casa das Pioneiras, que tinha plantado à noite, escondido, para me consolar por causa do fracasso dos nossos canteiros estéreis.

Meu pai me trouxera de presente dois livros escritos por ele. Na primeira página de *HaNovela BeSifrut HaIvrit* [A novela na literatura hebraica] escreveu uma dedicatória: "Ao meu filho no aviário, do pai (ex) bibliotecário". E em seu *Toldot HaSifrut HaClalít* [História da literatura geral], sua dedicatória ocultava certa decepção: "Ao meu filho Amós, esperando que conquiste o seu lugar em nossa literatura".

À noite dormimos em um quarto vazio na casa das crianças, com duas camas para jovens e uma arara com cabides, para roupas. Nos despimos no escuro, e no escuro conversamos por uns dez minutos — sobre a OTAN, sobre a Guerra Fria. Depois desejamos boa noite um ao outro e nos deitamos, de costas um para o outro, e, assim como eu, meu pai custou a adormecer. Havia anos que não dormíamos no mesmo quarto. Sua respiração me pareceu opressa, como se lhe faltasse o ar. Ou como se respirasse pela boca, entre os dentes cerrados. Desde a morte de minha mãe não dormíamos no mesmo quarto: desde os seus últimos dias de vida, quando ela tinha se mudado para o meu quarto, e eu fugira para o dele, dormindo ao seu lado na cama de casal. E desde as primeiras noites após a morte de minha mãe, quando ele tivera de dormir num colchão no meu quarto, pois eu estava muito abalado.

Desta vez também houve um momento assustador: às duas ou três da madrugada, acordei apavorado; de repente, à luz da Lua, a cama de meu pai me pareceu vazia, e ele me pareceu estar passando a noite sentado em uma cadeira diante da janela, imóvel, de olhos bem abertos, em silêncio total, olhando a Lua, ou contando as nuvens que passavam. O sangue gelou em minhas veias.

Mas meu pai dormia um sono profundo e tranqüilo na cama que eu havia arranjado para ele, e o que julguei ser ele sentado na cadeira à luz da Lua, com os olhos arregalados, não era nem meu pai, nem algum fantasma parecido com ele, mas sua roupa empilhada na cadeira, a calça cáqui e a camisa simples, azul, escolhidas com todo o cuidado para evitar qualquer traço de esnobismo ou arrogância diante dos membros do kibutz, evitar a todo custo ferir, D'us não permitisse, seus sentimentos.

No início dos anos 60, meu pai retornou, com esposa e filhos, de Londres para Jerusalém. Foram morar no bairro de Beit HaKerem. Novamente meu pai ia trabalhar todos os dias na Biblioteca Nacional, não mais na seção de periódicos, mas no Instituto Bibliográfico, criado naquela época. Agora que ele finalmente havia conseguido o seu doutorado na Universidade de Londres e com um belo cartão de visita ressaltando o fato, tentou de novo obter um convite para lecionar, se não na Universidade Hebraica, em Jerusalém, a fortaleza do seu falecido tio, quem sabe pelo menos numa das novas universidades. Em Tel Aviv, Haifa ou Beersheba. Ele tentou até mesmo na Bar Ilan, a universidade dos religiosos, embora tenha sido um anticlerical ferrenho a vida toda.

Tudo em vão.

Na época, ele já passava dos cinqüenta anos de idade, velho demais para ser professor assistente, ou professor adjunto, e os demais filólogos em suas panelinhas impenetráveis não o consideravam merecedor de uma função acadêmica mais respeitável. Não o quiseram em nenhum lugar. Naqueles anos o prestígio de seu tio Yossef Klausner também declinava. Todas as suas pesquisas no campo da literatura hebraica já eram consideradas, nos anos 60, como envelhecidas e um tanto ingênuas. No conto "Ad Olam" [Para sempre], assim escreve Agnon:

> Durante vinte anos Adial Amza pesquisou o enigma de Gomlidata, que era uma grande cidade e o orgulho de muitos povos até ser invadida pelos batalhões góticos que reduziram seus palácios a montanhas de pó e transformaram seus habitantes em escravos. E durante todos os anos em que esteve trabalhando em sua pesquisa, ele não se preocupou em bajular os eruditos da universidade, nem suas esposas e filhas; agora, quando vem lhes pedir um favor, seus olhos irradiam um brilho tão gélido de raiva através dos óculos que é como se eles se dirigissem a ele nestes termos: Quem é o senhor, nós não o conhecemos. Então ele lhes deu as costas, humilhado, e os deixou. E aprendeu que, se almejasse o reconhecimento, deveria se aproximar deles. Mas ele não aprendera como se aproximar [...][21]

Meu pai nunca "aprendeu como se aproximar", embora durante toda a sua vida tivesse se esforçado bastante para chegar perto dos demais eruditos: por meio das suas gracinhas, suas brincadeiras, seus jogos de palavras, suas demonstrações de profundo conhecimento de etimologia, sua disposição permanente de ajudar sem medir esforços. Nunca soube bajular nem se aproximar dos círculos acadêmicos mais fechados. Não fez o papel de escudeiro de nenhum luminar nem escreveu artigos em louvor de ninguém, salvo dos já falecidos.

21. Shai Y. Agnon. "Ad Olam" [Para sempre], in *HaEsh VehaEtzim* [O fogo e as árvores], vol. 8. Jerusalém/Tel Aviv (1962), pp. 315-4.

Por fim, pareceu ter se resignado com seu destino. Passou mais dez anos trabalhando diariamente, sem nenhuma motivação, em sua salinha sem janelas no Instituto Bibliográfico, que funcionava no edifício da Biblioteca Nacional, no novo campus da Universidade Hebraica, acumulando notas de rodapé. Ao voltar para casa, sentava-se à sua mesa de trabalho e escrevia verbetes diversos para a *Encicopédia hebraica* que estava sendo escrita naquele tempo. Especialmente sobre a literatura da Polônia e da Lituânia. Aos poucos foi convertendo a sua tese de doutorado sobre I. L. Peretz em pequenos artigos publicados numa revista literária. E por uma ou duas vezes conseguiu ver seus artigos traduzidos para o francês, editados na revista *Revue des Études Slaves*, de Paris. Entre seus artigos guardados comigo aqui em Arad, encontro alguns sobre Saul Tchernichowski ("O poeta em sua pátria"), sobre Emanuel Haromi, sobre *Daphne e Chloé*, de Longo, e também um artigo denominado "Trechos de Mendele", com esta dedicatória:

> Em memória de minha esposa, de alma delicada e gosto apurado, que me deixou no dia 8 de Tevet de 5712.[22]

Em 1960, alguns dias antes de nosso casamento, meu e de Nili, meu pai sofreu seu primeiro ataque cardíaco, e não pôde comparecer à cerimônia, no kibutz Hulda, sob a tenda suspensa por quatro ancinhos, mantidos por quatro companheiros. (Pela tradição dos kibutzim, a *hupá*, ou tenda, seria mantida por dois ancinhos e dois fuzis, simbolizando a integração do trabalho, da defesa e do kibutz, mas Nili e eu armamos um grande motim e nos recusamos a nos casar à sombra de fuzis. Na assembléia-geral convocada para discutir o assunto, Zalman P. me chamou de "boa alma", e Tzvi K. perguntou se na unidade militar na qual eu servia me permitiam sair para operações de combate armado de ancinho. Ou de vassoura.)

Duas ou três semanas depois do casamento, meu pai se recuperava do infarto, mas seu rosto parecia cinzento e cansado. A partir dos anos 60, seu bom humor passou a abandoná-lo. Ainda acordava cedo e tinha ânimo para providenciar muitas coisas, porém à tarde sua cabeça pendia cansada, e à noitinha

---

22. Dia 6 de janeiro de 1952 no calendário gregoriano.

ele se deitava para descansar. Depois disso, já ao meio-dia suas forças se acabavam, e algum tempo depois ele dispunha apenas das primeiras duas ou três horas do dia para alguma atividade, ficando cinzento e exausto depois desse período.

Ainda gostava de seus calemburcs e jogos de palavras, e ainda tinha prazer em me explicar, por exemplo, que a palavra hebraica *berez*, "torneira", tinha sua origem, ao que tudo indicava, na palavra grega *vrisi*, ou "fonte", e que a palavra hebraica *machsan*, "depósito", assim como a palavra "magazine", ambas tinham origem na palavra árabe *machzan*, lugar onde se guardam diversos tipos de mercadorias.[23] E a palavra hebraica *balagan*, "bagunça", que muitos consideravam uma palavra russa, tinha sua origem não no russo, mas no persa *balakan*, que se referia a uma varanda de fundos, onde se jogavam objetos inúteis, e de onde vinha a palavra *balcon*, "balcão".

Ele se repetia cada vez mais, e apesar de ter boa memória contava o mesmo "chiste" duas ou três vezes na mesma conversa, ou explicava minuciosamente o que já havia explicado uma ou duas vezes. Vivia exausto e às vezes tinha dificuldade para se concentrar. Em 1968, quando foi publicado o meu livro *Meu Michel*, ele o leu em alguns poucos dias e em seguida ligou para mim, em Hulda, dizendo que "há algumas descrições bem convincentes, mas falta nele uma centelha de inspiração, falta uma idéia central". E quando enviei a ele uma cópia do meu conto "Ahavá Meuchéret" [Um amor atrasado], ele me escreveu esta carta, bastante otimista:

> [...] suas filhas são tão bem-sucedidas, e o mais importante, em breve nos veremos [...] sobre o seu conto, não está mau, porém, com exceção do personagem principal, na minha modesta opinião, todos os outros são caricaturas, mas o personagem principal, apesar de ser repugnante e ridículo, vive! Algumas observações: 1. p. 3: "o rio das galáxias". Galáxia vem do grego *gala* (= "leite"), e portanto fica melhor "Via Láctea". Melhor ainda, na minha modesta opinião, no singular, não há por que colocar no plural; 2. p. 3 (e ss.): está escrito "Liuba Kagnovska — é uma forma polonesa. Em russo seria Kagnovskaia!; 3. p. 7: em lugar de "Viajma", deve ser "Viazma" (não com *j*!).

---

23. *Al machzan*, "armazém", em árabe. (N. T.)

E assim por diante, por toda a carta, até a observação número 23, que depois dela só lhe sobrou um espaço em branco de meio centímetro no cantinho da folha, onde só pôde escrever: "Lembranças, Papai".

Porém, alguns anos mais tarde, Chaiim Toran me revelaria: "Seu pai ficava passando pelas salas da Biblioteca Nacional, radiante, e mostrava para todos nós, discretamente, o que Gershon Shaked tinha escrito sobre *Artzot HaTan* [Terras do chacal] e como Avraham Shaanan tinha elogiado o *Makom Acher* [Um outro lugar], e uma vez me disse que o professor Kurtzweil não tinha percebido a idéia central de *Meu Michel*. Parece que chegou até a telefonar a Agnon para reclamar do artigo de Kurtzweil. Seu pai se orgulhava de você, do jeito dele, e ficava sem jeito de mostrar a você o seu orgulho".

No seu último ano de vida, seus ombros se curvaram, e ele era acometido por sombrios acessos de fúria, passava descomposturas em todos, reclamava, acusava, trancava-se em seu escritório. Mas, passados cinco ou dez minutos, saía e pedia desculpas pelas suas explosões, que atribuía à sua saúde precária, ao seu cansaço, seus nervos, e suplicava que o perdoassem pelo que tinha dito com raiva, de maneira tão injusta e indigna.

A expressão "justa e digna" sempre fez parte do seu vocabulário, não menos do que "brilhante", "e portanto", "indubitável", "com certeza" e "justamente".

Naquele tempo da doença de meu pai, vovô Aleksander, então com noventa anos, florescia exuberante, gozava fisicamente de ótima saúde, e seu coração romântico estava no auge, a face rosada de bebê, o frescor de um jovem noivo, parecia radiante, espalhando energia o tempo todo: "*Nu, shtó!*" Ou: Esses *paskudniaks*! *Jiúliks*! Desprezíveis! Ou: *Nu, charashó*, chega! As mulheres o perseguiam. Muitas vezes tomava um golezinho de conhaque até mesmo de manhã, e logo sua face passava de rosada para um rosa-rubro, e resplandecia. Se meu pai e meu avô conversavam no pátio em frente de casa, ou caminhavam pela calçada discutindo, pela postura e pelo andar meu avô parecia ser muito mais jovem do que o filho caçula. Ele deveria sobreviver quarenta anos ao primeiro filho, David, e ao seu primeiro neto, Daniel Klausner, assassinados em Vilna pelos alemães; sobreviveria vinte anos a sua esposa e sete anos a Árie, o filho mais jovem.

* * *

No dia 11 de outubro de 1970, uns quatro meses depois de completar sessenta anos, meu pai se levantou cedo, como fora seu hábito a vida toda, muito antes dos demais, fez a barba, perfumou-se, borrifou um pouco de água no cabelo antes de passar a escova, comeu um pãozinho com manteiga, tomou dois copos de chá, leu o jornal, suspirou algumas vezes, deu uma olhada na sua lista de deveres, que mantinha sempre aberta sobre a mesa de trabalho, de modo a poder passar um traço no que já tinha sido providenciado, pôs a gravata, vestiu o paletó, escreveu uma listinha de compras e foi de carro até a esquina, à praça Dania, no cruzamento da alameda Hertzl com a rua Beit HaKerem, para comprar alguns artigos de papelaria na lojinha semi-enterrada onde costumava fazer esse tipo de compra. Estacionou, trancou o carro, desceu os cinco ou seis degraus, esperou na fila, até cedeu o lugar para uma senhora de meia-idade, e comprou tudo o que havia anotado na lista. Comentou com a dona da loja sobre algumas falhas nos serviços da prefeitura, pagou, recebeu o troco, apanhou o saco com as compras, agradeceu à senhora e pediu a ela para não se esquecer de transmitir suas lembranças ao simpático marido, despediu-se, desejou-lhe um bom dia, ainda disse shalom a dois desconhecidos que esperavam na fila, virou-se, foi até a porta, caiu e morreu ali mesmo, de um ataque cardíaco fulminante. Seu corpo, meu pai o doou à ciência, e sua mesa de trabalho, eu herdei. E é sobre ela que escrevo estas linhas, e não com lágrimas, pois meu pai sempre foi, por princípio, contra as lágrimas; para falar a verdade, contra lágrimas de homens.

No dia em que morreu, estava anotado na sua agenda: "Artigos de papelaria: 1. Bloco de cartas; 2. Caderno espiral; 3. Envelopes; 4. Clipes; 5. Perguntar sobre pastas de cartão". Todos eles, inclusive as pastas de cartão, estavam dentro do saco, que seus dedos ainda prendiam. Ao chegar à casa de meu pai em Jerusalém, passada uma hora ou uma hora e meia, peguei o seu lápis e passei um grande X por essa lista, como ele fazia ao completar todas as compras.

58

Ao deixar minha casa para ir viver no kibutz, aos quinze anos de idade, anotei numa folha de papel algumas resoluções essenciais, que eu deveria cumprir sem fraquejar. Se quisesse mesmo começar uma vida completamente nova, deveria conseguir me bronzear em duas semanas, até ficar igual a eles, parar de sonhar acordado, trocar meu sobrenome, tomar dois ou três banhos frios todos os dias, conseguir parar de uma vez por todas com aqueles feios hábitos noturnos, não escrever mais poesias, parar de bater papo o dia inteiro e não ficar contando um monte de histórias para todo mundo, mas aparecer no lugar novo como um sujeito caladão.

Depois joguei fora aquela folha de papel. Nos primeiros quatro ou cinco dias ainda consegui superar as tentações noturnas e as conversas constantes: se me perguntavam, por exemplo, se um cobertor só era suficiente, ou se estaria tudo bem se eu me sentasse no canto da sala de aula próximo à janela, eu respondia apenas com um movimento de cabeça, sem nenhuma palavra. Se me perguntavam, por exemplo, se eu me interessava por política e se gostaria de participar do grupo de análise do noticiário, eu respondia: Ah-ha. Se me perguntavam sobre a minha vida em Jerusalém, eu respondia com menos de dez palavras, e mesmo assim levava um tempão até responder, como se estivesse imerso em pensamentos cruciais. Que saibam todos por aqui que sou um tipo durão, sei guardar segredos, e tenho um mundo interior muito particular. Também sobre a promessa dos banhos frios, tive sucesso, embora tenha precisado convocar toda a minha força de vontade para me despir no banheiro coletivo dos meninos. Durante as primeiras semanas, consegui também finalmente parar de escrever.

Mas não parei de ler.

Depois das horas de trabalho e das horas na escola, as crianças do kibutz iam passar algum tempo na casa dos pais. Os alunos externos passavam o tempo no clube das crianças ou na quadra de basquete. Todas os dias, no final da tarde, funcionavam grupos para diversas atividades, por exemplo, ensaios de dança, ou noites para cantar, das quais eu escapulia para não ser alvo de zombarias. Quando todos sumiam, eu me deitava na grama em frente à nossa casa, seminu, bronzeava-me e lia algum livro até escurecer. (Tinha muito cuidado em não me deitar sozinho, no quarto, pois era lá que me espreitavam as feias bruxas tentadoras, com seus castelos de Sherazades.)

Ao escurecer, uma ou duas vezes por semana, já vestido de camisa, eu checava, no espelho, o progresso do meu bronzeado, reunia coragem e ia ao setor das residências dos veteranos para tomar um copo de suco e comer uma fatia de bolo na casa de Hanka e Oizer Huldai, que tinham se oferecido para ser minha família adotiva no kibutz. Era um casal de professores, ambos originários da cidade de Lodz, na Polônia, e foram durante muitos anos os grandes animadores das atividades educativas e culturais de Hulda. Hanka, professora das turmas do ensino fundamental, era uma mulher sacudida e enérgica, sempre tensionada como uma mola. Um halo intenso de disposição e de fumaça de cigarro a envolvia o tempo todo. Ela tomou a si toda a responsabilidade pelas comemorações, casamentos e festas de fim de ano escolar, e pelas apresentações de grupos de teatro, dando-lhes a forma e o espírito de uma tradição local da vida rural proletária, ainda em fase de elaboração. Essa tradição, do jeito que Hanka Huldai a imaginava, deveria reunir a atmosfera do Cântico dos cânticos à evocação idílica do gosto judeu pelos olivais e alfarrobais dos novos camponeses bíblicos, misturadas aos sons das aldeiazinhas hassídicas, aos costumes rústicos mas espontâneos e cheios de calor dos camponeses poloneses e aos de outras crianças da natureza, que retiravam a pureza da sua inocência e sua mística alegria de viver diretamente da terra que pisavam com seus pés descalços, ao estilo de Knut Hamsum.

Quanto a Oizer Huldai, Oizer, o diretor das "classes de continuação", ou do ensino médio, era um homem transparente, feito de uma peça só, cujas rugas na face bem judaica denotavam sofrimento e uma sagacidade irônica. Às vezes um lampejo travesso de um espírito brincalhão, anárquico, iluminava por um instante as linhas torturadas do seu rosto. Era um homem magro, curvado, de baixa estatura mas com olhos de aço e uma presença hipnótica. Tinha o dom da boa prosa e um sarcasmo radioativo. Emanava uma aura de simpatia que cativava todos que dele se aproximavam. Mas também era dado a explosões vulcânicas, e quem alguma vez tivesse sido alvo de uma delas nunca mais iria esquecer o terror de julgamento de Juízo Final que Oizer era capaz de deflagrar à sua volta.

Oizer combinava a argúcia de um intelectual lituano, ou de um estudioso do Talmude, com o pendor hassídico para o êxtase ditirâmbico, que o tornava capaz de fechar os olhos de repente e ser arrastado num transporte de emoção, como um louco, quase até a transfiguração, pelas melodias de danças hassídicas, iam-bam-bam... e ser arrebatado por elas até a perda completa de contato com a realidade. Cantarolava:

Acendamos novamente!
A nossa terra mãe
Será uma chama verde!

Em outros tempos, ou em outros lugares, talvez Oizer Huldai tivesse sido um reverenciado rabino hassídico, envolto em mistério e carisma, arrastando atrás de si um séquito de fiéis enfeitiçados. Poderia também ter chegado muito longe se tivesse escolhido a carreira política, um tribuno popular de primeira linha, deixando atrás de si um rastro de admiração de multidões ardorosas. Mas Oizer Huldai preferiu ser um kibutznik educador. Um sujeito obstinado, duro, irredutível em seus princípios, sem concessões, áspero e por vezes autoritário e despótico. Ele nos ensinava com igual dose de grande conhecimento, completo e detalhado, e de entusiasmo quase erótico, como se fosse um daqueles pregadores que visitavam as aldeiazinhas. Ensinava estudos bíblicos, biologia, música barroca e arte renascentista, sabedoria das Escrituras, fundamentos da doutrina socialista, observação de pássaros, classificação de espécies vegetais, e também nos ensinava a tocar flauta doce e desenvolvia temas como "A condição de Napoleão na história e seu registro na literatura e na arte européias do século XIX".

Era com o coração apertado que eu entrava na casa de um quarto e meio com varandinha no bloco situado no extremo norte do bairro residencial dos veteranos, de frente para o renque dos ciprestes: reproduções de Modigliani e de Paul Klee e também um desenho preciso, quase japonês, de um ramo de amendoeira em flor, decoravam as paredes. Uma mesinha para café separava duas poltronas muito simples, e sobre ela um vaso comprido exibia, em quase todas as épocas do ano, não flores, mas um arranjo de muito bom gosto de ramos de arbustos silvestres. Nas janelas havia cortinas claras, com um toque camponês, tecidos num estilo levemente oriental, mas de um oriental temperado, suavizado, como as canções populares compostas ali por músicos *iékes* cujo espírito almejava tocar a alma oriental bíblica e misturá-la à sua própria alma.

Se não estivesse caminhando rápido, ida e volta, pela estradinha em frente à casa, as mãos trançadas nas costas e a testa cortando o ar à sua frente, Oizer

Huldai estaria sentado em seu canto, fumando e cantarolando alguma melodia tipo *klezmer*, e lendo. Ou preparava alguma moldura para um quadro. Ou examinava com atenção uma página da Guemará. Ou observava uma flor com sua lente de aumento ao mesmo tempo que folheava seu manual de classificação de espécies vegetais, enquanto Hanke marchava resoluta pela salinha, de lá para cá, ajeitava a toalha, esvaziava e lavava um cinzeiro, concentrada, os lábios apertados, endireitava uma ponta da colcha ou recortava figuras decorativas de papel colorido. Dolly me saudava com dois ou três latidos, e Oizer lhe dava uma severa reprimenda, expedindo seus raios e trovões: "Tenha modos, Dolly! O que é isso? Para quem você está latindo? Pare com esse escarcéu!", ou então, às vezes: "O que é isso, Dolly! Estou surpreso! Surpreso e constrangido, e tudo por sua causa! Como pode? Você não tem vergonha?".

A cadelinha, toda encolhida ao som dessa torrente de fúria profética, murcha como um balão furado, procurava desesperadamente por algum lugar para esconder a sua vergonha, e, claro, acabava se enfiando embaixo da cama.

E Hanka Huldai me cumprimentava alegremente, enquanto anunciava para um público invisível: "Vejam, vejam quem chegou para nos visitar! Quer um café? Com bolo? Ou uma fruta?". E enquanto essas possibilidades ainda pairavam em seus lábios, por artes de alguma varinha de condão o café, o bolo e a travessa de frutas já aterrissavam na mesinha de centro. Vacilando um pouco, mas também tomado de secreta alegria, eu tomava um copo de café com toda a educação e provava uma ou duas frutas, e discutia durante um quarto de hora com Hanka e Oizer assuntos urgentíssimos e inadiáveis, como por exemplo a pena de morte, ou se as pessoas nascem dotadas de bom coração e somente as condições sociais e o meio ambiente as tornam más. Ou, pelo contrário, se as pessoas são fundamentalmente más, e só a educação consegue, em certas condições, transformá-las, dotando-as então de boa índole. As palavras "dotando-as", "fundamentalmente", "condições", "boa índole" preenchiam muitas vezes o espaço daquela sala refinada com suas estantes brancas repletas de livros, tão diferentes das estantes da casa dos meus pais em Jerusalém, porque aqui, separando grupos de livros, havia quadros, desenhos, estatuetas, pedaços de fósseis, colagens de ramos secos de arbustos nativos, mudas de plantas em vasinhos e um aparelho de som com uma coleção numerosa de discos.

Acontecia às vezes de nossas conversas, que versavam sobre refinamento, valores, liberação e opressão, serem acompanhadas pelo som pungente de um violino, ou pelo delicado som da flauta doce tocada por Shai, de cabeça cacheada, de costas para a platéia. Ou era Ron, trocando suaves confidências com seu violino, Roni, o esguio, a quem a mãe chamava sempre de "pequeno", e com quem melhor seria nunca tentar conversar, nem mesmo para lhe dirigir um simples Como vai, tudo bem?, pois ele estava sempre enterrado bem fundo na sua sorridente timidez, e só muito raramente deixava escapulir em atenção a nós alguma frase tipo "Legal". Ou uma frase bem mais comprida tipo "Tudo bem". Quase como Dolly, a cadelinha, que se enfiava bem fundo debaixo da cama aos brados furiosos de seu dono.

E às vezes, em minha visita, eu encontrava todo o naipe masculino dos Huldai, Oizer, Shai e Roni, sentado na grama. Ou nos degraus da varanda, como uma bandinha *klezmer* de aldeia, sorvendo o ar da tardinha ao som melancólico das flautas doces, que sempre me despertava um agradável aperto no coração misturado com uma pontada de tristeza por eu ser tão insignificante, tão estrangeiro, que nenhum bronzeado neste mundo poderia me tornar um deles, nunca. Eu seria sempre um mendigo grudado à sua mesa. Aluno externo. Um garoto franzino e impetuoso vindo de Jerusalém, se não fosse um coitado de um impostor. (Alguns desses sentimentos exacerbados eu repassei para Azária Gitlin no livro *Menuchá Nechoná* [O repouso certo]).

Ao escurecer eu costumava ir com meus livros para a Casa de Cultura, a Casa Hertzl, que ficava no limite do kibutz. Na Casa Hertzl, havia uma sala para leitura de periódicos, onde todas as noites era possível encontrar alguns dos solteirões do kibutz lendo metodicamente todas as páginas dos jornais e revistas. E se dilaceravam mutuamente em amargas discussões políticas, que me lembravam bastante as discussões em Kerem Avraham: Stashek Rodnitzky, o sr. Abramsky, o sr. Krochmal, o sr. Bar-Ytzhar e o sr. Lamberg (os "solteirões" tinham, no ano em que decidi ir viver no kibutz, uns quarenta, ou quarenta e cinco anos de idade).

Atrás da sala de jornais havia outra, quase abandonada, chamada sala de estudos, que servia às vezes para reuniões de comissões, mas que em geral, à noite, não era freqüentada por nenhum ser humano. Cheias de poeira, abandonadas atrás dos vidros do armário, enfileiravam-se coleções completas do *HaPoel Hatzair*, do *Davar HaPoelet*, do *Anuário Agrícola*.

Era para aquela sala que eu ia todas as noites para ler até quase meia-noite, até minhas pestanas grudarem. E foi naquela sala que voltei a escrever, sem que ninguém me visse, com um turvo sentimento de vergonha, de traição, de extravio e aversão a mim mesmo, pois se eu deixara Jerusalém e fora viver no kibutz, não tinha sido para ficar escrevendo poesias e contos, mas para renascer, para deixar para trás as montanhas de palavras, para me bronzear por inteiro, corpo e alma, e me tornar um agricultor, trabalhar a terra.

Porém, em Hulda, logo pude constatar que mesmo os agricultores mais convictos liam livros à noite e conversavam sobre eles o dia inteiro. Enquanto colhiam azeitonas, explodiam em discussões apaixonadas sobre Tolstoi, sobre Plekhanov e Bakunin, sobre a revolução permanente versus a revolução em um só país, sobre a social-democracia de Gustav Landauer e sobre a eterna tensão existente entre os valores da igualdade e da liberdade, e entre ambos e a busca pela fraternidade. E enquanto classificavam ovos no galinheiro, discutiam a renovação do enfoque agrícola a ser dado às antigas festividades do calendário judaico. Podavam canteiros de figueiras em meio a discussões acaloradas sobre arte moderna.

Alguns deles chegavam a escrever textos sem grandes ambições, para ser publicados, sem nenhum desacordo com sua dedicação total à vida agrícola e sua entrega incondicional ao trabalho manual. Escreviam, em geral, sobre os mesmos temas que tinham debatido entre si ao longo do dia, mas nos seus textos publicados a cada duas semanas no jornalzinho regional eles se permitiam, por vezes, alongar-se um pouco, em digressões, entre um argumento devastador e outro ainda mais devastador.

Igualzinho a minha casa.

Decidido a dar as costas, de uma vez por todas, ao mundo dos intelectuais, dos literatos e das tertúlias literárias de onde eu tinha vindo, acabei por cair diretamente na boca do fogo, como "quando um homem foge do leão, acaba esbarrando no urso". Só que aqui os debatedores eram muito, muito mais bronzeados do que aqueles em volta de tio Yossef e tia Tzipora, usavam chapéus de sol, roupas grosseiras de trabalho, botinas pesadas, e não falavam hebraico rebuscado com sotaque russo, mas um hebraico engraçado, com vestígios de ídiche galiciano ou sérvio.

Exatamente como o bom sr. Marcus, o dono da livraria na rua Yona, que funcionava também como biblioteca circulante, Shpatel, o bibliotecário, logo percebeu o meu insaciável apetite por livros. Ele me deixava tomar emprestado sem anotar, em flagrante desrespeito às normas da casa, que ele próprio escrevera em letras bem legíveis na máquina de escrever do kibutz. E pendurara bem à vista, em vários rincões de seu território, cujo cheiro vagamente empoeirado, de cola de encadernação antiga e algas marinhas, me puxava para lá, como o néctar atrai um inseto.

Li de tudo em Hulda durante aqueles anos: Kafka, Yigal Mossensohn, Camus, Tolstoi, Moshé Shamir, Tchekhov, Nathan Shaham, Brenner, Faulkner, Pablo Neruda, Haim Guri, Nathan Alterman, Amir Guilboa, Léa Goldberg, Shlonsky, O. Hillel, Ytzahar, Turguêniev, Thomas Mann, Jacob Wassermann, Hemingway, *Eu, Claudius* e todos os volumes das memórias de Winston Churchill, Bernard Lewis sobre os árabes e o Islã, Isaac Deutscher sobre a União Soviética, Pearl Buck, *O julgamento de Nuremberg*, *A vida de Trotski*, Stefan Zweig, *História da colonização pioneira em Israel*, as origens da saga escandinava, Mark Twain, Knut Hamsun, mitologia grega, *Memórias de Adriano* e Uri Avneri. Tudo. Com exceção dos livros que Shpatel não me deixava ler, e de nada adiantavam minhas súplicas: *Os nus e os mortos*, por exemplo (parece que mesmo depois do meu casamento, Shpatel hesitava bastante em me deixar ler Norman Mailer e Henry Miller).

Arco do Triunfo, o romance pacifista escrito por Erich Maria Remarque sobre a Primeira Guerra Mundial, começa descrevendo uma mulher solitária apoiada na balaustrada de uma ponte deserta, à noite, que hesita por um momento mais em saltar ao rio e dar fim à vida. Mas no último instante, um homem completamente desconhecido que passava pela ponte se detém, conversa com ela, segura firme o seu braço e assim salva sua vida e ainda ganha uma sensacional noite de amor. E essa era a minha fantasia — era bem assim que eu iria encontrar o meu amor: ela estará desesperada e solitária no parapeito de uma ponte, triste e abandonada numa noite de tempestade, e eu chegarei no último instante para salvá-la de si própria, e por ela matar o dragão, não um dragão de carne e osso, como os que matei, aos montes, na minha infância, mas o dragão interior, que é o próprio desespero.

Pela minha amada matarei esse dragão, o dragão interior, e logo ganharei a recompensa, e assim essa fantasia começava a tomar rumos doces e ousados, ao sabor da minha imaginação. Ainda não havia percebido que a mulher desesperada junto ao parapeito daquela ponte era, mais uma vez, e de novo, e de novo, minha própria mãe, morta. Ela e seu desespero. Ela e o seu dragão.

Ou *Por quem os sinos dobram*, de Ernest Hemingway: li esse romance umas quatro ou cinco vezes naquela época, um romance povoado por mulheres fatais e homens pensativos caladões, rijos, ocultando sob a cara impassível uma alma de poeta. Eu sonhava um dia também vir a ser um pouco como eles, um homem soturno e viril, com o corpo de um toureiro e a face marcada pela dor e pelo desdém: talvez um pouco como o próprio Hemingway da fotografia. E se eu não conseguisse ser um dia como aqueles homens, que ao menos pudesse um dia escrever sobre eles: tipos destemidos, que sabiam como zombar e odiar, ou desferir, quando preciso, um soco bem aplicado no queixo de algum atrevido. Que sabiam exatamente o que pedir no balcão de um bar e o que se devia dizer a uma jovem, a um inimigo ou a um camarada de armas, que sabiam usar muito bem um revólver e conquistar mulheres. E também as mulheres, sublimes, voluptuosas, tentadoras e suaves, mas encasteladas em fortaleza impenetrável, discretas, misteriosas, que sabiam guardar segredos, distribuir generosamente os seus favores sem pruridos ou remorsos, mas somente para os escolhidos, os que sabiam zombar e odiar, beber uísque e brigar quando fosse preciso etc. etc.

E havia também os filmes projetados todas as quartas-feiras no salão da Casa Hertzl, ou no gramado, sobre um telão de pano estendido defronte do refeitório coletivo. Aqueles filmes nos davam um testemunho sólido e palpável de que o grande mundo era habitado em geral por homens e mulheres tipo Hemingway. Ou tipo Knut Hamsun. E havia também as histórias dos soldados do kibutz, com suas boinas vermelhas, vindos diretamente das operações de retaliação da Unidade 101* para o descanso do shabat, tenazes, esplêndidos, magníficos, que sabiam guardar segredos, com seus uniformes de pára-quedistas e suas Uzi, seus cinturões e botas de combate, exalando o odor dos jovens hebreus.

Quase desisti de escrever, de uma vez por todas, pois, para escrever como Remarque ou como Hemingway, um belo dia eu deveria me levantar, cair fora dali e ir para o mundo real, o grande mundo, onde os homens eram mais homens, como punhos fechados, as mulheres eram mais mulheres, como a noite, as pontes atravessavam rios caudalosos, e altas horas da noite as luzes das tavernas ainda brilhavam, era lá que eram tecidas as vidas verdadeiras. Quem não passou por esses lugares não poderá ganhar nem meia permissão temporária para escrever contos e romances. O lugar de um verdadeiro escritor com toda a certeza não era ali, mas lá, no grande mundo. E enquanto eu não fosse viver num lugar desses, num lugar de verdade, simplesmente não teria sobre o que escrever.

Lugar de verdade: Paris, Madri, Nova York, Monte Carlo, desertos africanos ou florestas escandinavas. Em último caso, daria também para escrever, quem sabe, sobre alguma cidadezinha pitoresca no interior da Rússia, ou sobre uma aldeiazinha judia na Galícia. Mas ali? No kibutz? O que havia ali sobre o que se pudesse escrever? Estábulos e galinheiros? Casas de crianças? Comissões, turnos de guarda e lavanderia? Homens e mulheres revoltados por ter de acordar todos os dias para o trabalho, discutir, tomar banho, tomar chá, ler um pouco, na cama, e adormecer exaustos antes das dez? Também em Kerem Avraham, de onde vim, não me parecia haver nada que merecesse ser escrito: o que havia lá de tão especial, afora pessoas opacas, de vidas cinzentas e insípidas? Mais ou menos como ali em Hulda? Pois eu perdera até a Guerra de Independência: nascera atrasado, e dela só me restaram algumas reles migalhas: encher sacos de areia, catar garrafas vazias e correr com recados do posto de comando da Defesa Civil até o posto de observação no telhado da família Salominsky, e de volta ao comando da Defesa Civil.

Justiça seja feita, descobri na biblioteca do kibutz dois ou três autores decididos que conseguiram escrever contos quase autobiográficos sobre a vida no kibutz: Nathan Shaham, Yigal Mossensohn, Moshé Shamir. Mas eles ainda pertenciam à geração que tinha feito passar, nas barbas dos ingleses, armas e imigrantes clandestinos, dinamitara o comando-geral britânico e repelira o ataque combinado dos exércitos árabes; eram escritores cujos textos me pareciam envolvidos em vapores de conhaque, fumaça de cigarro e cheiro de pólvora. E todos eles viviam em Tel Aviv, que estava mais ou menos conectada ao mundo real, uma cidade de cafés cheios de jovens artistas bebericando vinho seco, onde sobravam cabarés, escândalos, teatro, vida boêmia repleta de amores proibidos, recheados de desesperado desejo. Não como Jerusalém, e muito menos como Hulda.

Alguém por acaso já tinha visto conhaque em Hulda? Alguém alguma vez já ouvira falar por ali em mulheres voluptuosas e amores sublimes?

Para escrever como aqueles autores resolutos, eu deveria antes de tudo chegar a Londres ou a Milão. Mas como? Pois simples camponeses de kibutz não resolvem um belo dia ir viver em Londres ou Milão para lá encontrar afinal a inspiração para sua obra. Para chegar a Paris ou a Roma eu precisava, antes de tudo, ser famoso, isto é, ter escrito um livro aclamado por todos, como aqueles escritores. Porém, para escrever esse livro aclamado, antes de tudo, eu devia ir viver em Londres ou Nova York: uma verdadeira cilada.

Foi Sherwood Anderson quem me salvou dessa armadilha. Ele "liberou minha mão criadora". Serei grato a ele por toda a vida.

Em setembro de 1959 foi publicado, na série Sifriá LaAm [Biblioteca para o Povo] pela Editora Äm Oved, um livro de Sherwood Anderson, *Winesburg, Ohio*. Até ler esse livro, eu não imaginava que existia no mundo uma cidade chamada Winesburg, nem a palavra Ohio. Talvez Ohio me lembrasse vagamente *Tom Sawyer* ou *Hukleberry Finn*, e eis que aparecia esse livrinho despretensioso e me fazia tremer até as bases. Durante uma noite inteira de verão, até as três e meia da madrugada, andei a esmo, como um possesso, em todas as direções, preso de uma excitação febril, arrebatado, bêbado, falando sozinho em voz alta, trêmulo como se estivesse apaixonado, cantando e pulando pelas trilhas do kibutz, soluçando de uma felicidade temerosa, em êxtase: eu tinha encontrado.

No final daquela noite, às três e meia da madrugada vesti a roupa de trabalho, calcei as botinas e corri ao depósito de ferramentas de onde costumávamos sair com o trator para o campo, para ir a um setor chamado Mansura carpir entre os pés de algodão. Apanhei uma enxada e carpi até o meio-dia entre as fileiras de pés de algodão, muito mais rápido que os demais, como se me tivessem nascido asas, delirante de felicidade, corria, carpia e urrava, corria, carpia e discursava eufórico, para mim mesmo, para as colinas, para o vento, carpia e uivava, arrebatado até as lágrimas.

O livro *Winesburg, Ohio* era um conjunto de contos e episódios que iam se encadeando naturalmente uns aos outros, e tinham em comum o fato de acontecerem na mesma cidadezinha remota, miserável, esquecida: pessoas muito secundárias povoavam esse livro, um marceneiro velho, um rapaz abobalhado, o dono de uma hospedaria e uma empregada. As diversas histórias se ligavam, também, porque os mesmos personagens deslizavam de uma para outra: o personagem central de uma delas voltava e reaparecia em alguma outra história como personagem secundário, figurante.

Os acontecimentos narrados em *Winesburg, Ohio* eram todos banais, cotidianos, tirados de mexericos sobre vidas banais, ou sonhos pequenos que nunca se realizavam — um marceneiro e um escritor, ambos velhos, que conversavam sobre como aumentar um pouco a altura de uma cama, um jovem sonhador, chamado George Willard, que trabalhava como redator principiante no jornalzinho local, ouvia a conversa e pensava isso ou aquilo. E havia também outro velho atrapalhado, chamado Bidelbaum, e seu apelido era Bidelbaum Asa. E uma jovem, alta e morena, que por algum motivo tinha se casado com um certo dr. Riff, mas morrera um ano depois. E Avner Groff, o padeiro, e também o dr. Parsival, um homem grande, com boca caída, coberta por um bigode amarelo. Ele sempre usava um colete branco fedorento, de cujos bolsos despontavam algumas cigarrilhas finas e baratas. E outros personagens desse calibre, uns tipos que até aquela noite eu achava que nunca poderiam aparecer em nenhum livro, exceto, talvez, como figuras de fundo, que despertariam no leitor, no máximo, meio minuto de piedosa diversão. E ali, em *Winesburg, Ohio*, eles compareciam como protagonistas em todos os contos, pessoas comuns que eu considerava situadas bem abaixo do nível literário: abaixo do limite mínimo para ser admitido em qualquer livro, fosse qual fosse. As mulheres de Sherwood Anderson não eram nem um pouco arrojadas, nem mesmo misteriosas, nem provocantes. Os homens não eram corajosos, nem pensativos caladões, nem envoltos em nuvens de fumaça e melancolia.

Assim os contos de Sherwood Anderson me trouxeram de volta o que eu tinha posto de lado quando deixara Jerusalém, ou melhor, o chão que meus pés tinham pisado por toda a minha infância e que eu nunca me dera ao trabalho de me abaixar e tocar. A banalidade que cercava a vida dos meus pais. O cheiro tênue de cola de farinha misturado ao cheiro de arenque que sempre acompanhara os Krochmal, que consertavam brinquedos e colavam bonecas. O apartamento sempre imerso em penumbra da Morá-Zelda, com seu aparador cujo folheado descolava. E a casa do escritor, o sr. Zarchi, o cardíaco, cuja esposa, Ester, sofria de enxaqueca permanente. A cozinha enegrecida de fumaça de Tzarta Abramsky e os dois passarinhos que Stashek e Mila Rodnitzky criavam numa gaiola em seu quarto, o velho pássaro careca e o pássaro feito de um copinho de sorvete. E o bando de gatos da professora Isabela Nachnieli, e Getzel, o marido da Morá-Isabela, o caixa do armazém, de boca sempre semi-aberta. E também Stach, o velho e triste cachorro de trapos de minha avó Shlomit. O cachorro de olhos melancólicos feitos de botões, no qual eles enfiavam bolas de naftalina por temer os ataques das traças, e que surravam cruelmente para tirar o pó — até que um dia se enfastiaram do pobre Stach, enrolaram-no num jornal velho e o jogaram na lata de lixo.

Compreendi de onde eu tinha vindo: de uma bolha de tristeza e de pretensão, de saudade e de fingimento, de miséria espiritual e prestígio provinciano, de educação sentimental e ideais que tinham perdido o frescor, como flores abafadas, traumas reprimidos, resignação, submissão e desespero. Desespero do tipo caseiro, azedo, em que pequenos mentirosos se fingiam de perigosos terroristas e destemidos combatentes da liberdade, e pobres encadernadores desfraldavam a bandeira da redenção universal. Dentistas confidenciavam a todos os vizinhos sobre sua prolongada correspondência particular com Stalin. Professoras de piano, professoras de jardim-de-infância e donas de casa rolavam na cama em lágrimas reprimidas, ansiando por uma vida plena de arte e nobres sentimentos. Escritores compulsivos escreviam mais e mais cartas indignadas à redação do *Davar*. Padeiros barbudos viam em seus sonhos Maimônides ou Baal Shem Tov, zelosos funcionários da Histadrut, todos com carteirinha do Mapai, viviam de olho em todos os outros habitantes do bairro. Bilheteiros de cinema e caixas de armazém escreviam à noite seus poemas e suas brochuras.

Ali também, no kibutz Hulda, vivia o encarregado da criação de vacas especialista na história do movimento anarquista na Rússia, um professor que uma vez tinha entrado na listagem do Mapai para a segunda Knesset sob o número oitenta e quatro. E uma costureira bonita, apreciadora de música clássica, que desenhava, noite após noite, paisagens de sua aldeiazinha natal na Bessarábia guardadas na memória, antes que a aldeiazinha tivesse sido arrasada. E havia também um solteirão barbado que gostava de ficar sentado sozinho num banco de jardim, ao vento da tarde, olhando as menininhas. E um motorista de caminhão, com uma bela voz de tenor, que secretamente acalentava o sonho de se tornar um cantor de ópera. E dois ideólogos furiosos que, em suas discussões intermináveis, havia vinte e cinco anos se compraziam em expor um ao outro ao ridículo, pessoalmente e também por escrito. E a mulher que na juventude, na Polônia, fora a mais bonita da sala, chegando a aparecer no noticiário do cinema uma vez, e que passava os dias de avental sentada num banquinho tosco atrás do depósito de mantimentos. Gorda, enrugada, descuidada, desfolhava e limpava o dia inteiro pilhas imensas de legumes, e às vezes limpava o rosto com a ponta do avental: suor ou lágrimas, ou ambos.

O livro *Winesburg, Ohio* me despertou de repente para o mundo de Tchekhov, antes ainda de conhecer a própria obra de Tchekhov, não mais o mundo de Dostoievski, Kafka e Knut Hamsun, e também não mais o mundo de Hemingway e de Yigal Mossensohn. Não mais mulheres misteriosas sobre as pontes nem cavalheiros de colarinho alto, envoltos na fumaça das estalagens.

Esse livro modesto teve em mim o efeito de uma revolução de Copérnico, só que ao contrário: Copérnico descobriu que nosso mundo não é o centro do universo, conforme se acreditava na sua época, mas apenas um planeta entre outros que compõem o sistema solar, enquanto Sherwood Anderson me abriu os olhos para escrever sobre o que acontecia ao meu redor. Graças a ele, entendi que o mundo da escrita não dependia nem de Londres nem de Milão, mas girava em torno da mão que escrevia, no lugar em que ela escrevia: aqui está você — aqui é o centro do universo.[24]

Na sala dos jornais, do outro lado da parede fina, Moishe Kalker, Eliushka e Élek discutem furiosamente o discurso de Moshe Dayan, no qual ele "atira uma pedra através da janela do quinto andar" no prédio do sindicato, onde o comitê central se reúne. Três homens, nenhum deles mais bonito ou jovem ainda, digladiando-se sem parar, com a entonação dos alunos de *yeshivá*. Élek, um

---

24. Anos mais tarde consegui pagar um pouco da minha dívida. Nos Estados Unidos, o fantástico Sherwood Anderson, amigo e contemporâneo de William Faulkner, tinha sido quase completamente esquecido; só num punhado de departamentos de língua inglesa ainda dava mostras de vida. Então, um dia recebi uma carta dos seus editores (da Norton), que estavam reeditando uma coletânea de suas histórias, intitulada *Death in the woods and other stories*, e tinham ouvido dizer que eu era um admirador. Na carta indagavam gentilmente se eu consentiria em escrever algumas linhas elogiando o livro para a quarta capa dessa nova edição. Eu me senti como um tocador de rabeca num restaurante a quem perguntam se consentiria em ceder o seu nome para promover a música de Bach.

homem vigoroso, energético, sempre tenta desempenhar o papel do "boa-praça" que fala direto, sem enrolar. É casado com uma mulher que não está bem, chamada Zushka, mas ele gosta em geral de passar as noites em companhia dos homens solteiros. Tenta fazer que os outros dois, Eliushka e Moishe Kalker, o ouçam: "Um momento, vocês dois não estão com a razão" ou: "Deixem-me, deixem-me, por favor, dizer uma coisa que vai esclarecer de uma vez por todas essa discussão".

Eliushka e Moishe Kalker não têm filhos e estão em permanente desacordo, seja qual for o assunto, mas, à noite, são quase inseparáveis: jantam juntos no refeitório coletivo, passeiam juntos e assim vão até a Casa de Cultura, à sala de periódicos. Eliushka é tímido como um garoto, risonho, de cara redonda, humilde, uma boa pessoa, mas seus olhos confusos estão sempre voltados para o chão, como se a sua vida fosse alguma coisa vergonhosa e humilhante. Porém, no calor da discussão, acontece às vezes de Eliushka ficar furioso e expedir raios e trovões, os olhos quase escapando das órbitas. Ao discutir, estampa-se de repente em sua face infantil e meiga não uma expressão de confronto, mas uma expressão de pânico e de ofensa, como se suas idéias o fizessem sentir-se humilhado.

Já Moishe Kalker, o eletricista, é um homem magro e irritadiço, amargo, cuja face se torna tensa ao discutir, e ele quase dá umas piscadelas malignas, cheias de más intenções, sorrindo para você com um ar de quem está satisfeito consigo mesmo, e pisca de novo com uma alegria mefistofélica, como se finalmente tivesse descoberto o que vinha procurando todos esses anos, o lugar em que você ocultou os seus segredos mais terríveis, que você conseguiu manter escondidos do mundo por todo esse tempo, mas que agora não dissimula mais aos olhos dele, que com seu olhar implacável penetra em seus disfarces e se compraz em verificar o verdadeiro pântano que eles encobrem dentro de você: todo mundo pensa que você é um homem sensato, razoável, um bom sujeito, honrado, acima de qualquer suspeita, mas a verdade repelente, estamos sabendo muito bem qual é, você e eu, mesmo que você consiga ocultá-la sob setenta e sete véus, para mim está tudo mais do que evidente, meu querido, tudo, inclusive a sua natureza mais íntima, chocante e terrível. E assim, tudo exposto, só me causa mais prazer.

Élek tenta contornar gentilmente a divergência entre Eliushka e Moishe Kalker, mas no mesmo instante os dois ferozes adversários se unem contra ele e o censuram — pois segundo eles Élek ainda nem começou a perceber onde residiria o desentendimento entre ambos.

Eliushka diz:

"Élek, vai me desculpar, mas pelo visto você simplesmente não está rezando pela mesma cartilha que nós."

Moishe Kalker diz:

"Você, Élek, quando todos estão tomando sopa de feijão, você de repente começa a cantar o hino nacional, e quando chega Tish'á BeAv, o dia de luto, você está em pleno Purim, em pleno Carnaval."

Élek se ofende, levanta-se para ir embora, mas os dois solteirões, como sempre, insistem em acompanhá-lo até a porta da sua casa e assim continuar discutindo mais um pouquinho, e Élek, como sempre, convida-os a entrar, por que não, Zushka vai ficar feliz em recebê-los, e vamos todos tomar um copo de chá bem quente, mas eles vão agradecer muitíssimo e vão recusar o convite. Sempre vão recusar. Há anos e anos a cena se repete, ele os convida para um copo de chá em sua casa depois do encontro na sala dos jornais, entrem, entrem, venham tomar um copo de chá, por que não, Zushka vai ficar feliz em vê-los, e há anos e anos ambos recusam educadamente o convite. Até que um dia...

É assim que eu vou escrever meus contos.

E porque já é noite alta, e os chacais uivam famintos muito próximo à cerca externa do kibutz, vou incluí-los também no conto, por que não, que uivem um pouco sob as janelas. E também o sentinela, que perdeu o filho numa operação militar, e também a viúva fofoqueira, chamada disfarçadamente por nós de viúva-negra. E os latidos dos cachorros, e o movimento leve dos ciprestes balançando ao vento na noite escura. E assim, oscilando, eles me parecem por um momento uma fileira de judeus ortodoxos rezando aos sussurros.

59

No kibutz Hulda vivia uma professora de jardim-de-infância, ou educadora do ensino fundamental, vamos chamá-la de Orna. Era uma professora contratada, de uns trinta e cinco anos, e vivia no último quarto de uma das casas antigas. Todas as quintas-feiras ela viajava para a cidade, ao encontro do marido, e voltava aos domingos de manhã, para retomar o trabalho. Um dia ela me convidou, e a mais duas colegas da minha sala, para ir visitá-la, conversar sobre os poemas de Nathan Alterman, *CochavimBaChutz* [Estrelas lá fora], e ouvir o concerto para violino e orquestra de Mendelssohn e um octeto de Schubert. O toca-discos estava sobre um banquinho de vime no canto do quarto, e nesse quarto havia também uma cama, uma mesa e duas cadeiras, uma chaleira elétrica, um guarda-roupa fechado por uma cortina estampada de flores e um cartucho de bala de canhão na função de vaso de plantas, com um amarrado de ramos secos espinhosos e flores violeta.

Orna tinha decorado as paredes do seu quarto com duas reproduções de Gauguin, com mulheres do Taiti cheias de corpo, seminuas, meio adormecidas, e alguns desenhos a lápis feitos por ela, emoldurados. Talvez por influência de Gauguin, ela também tinha desenhado mulheres nuas, de formas arredondadas, deitadas ou recostadas. Todas aquelas mulheres, as de Gauguin e as de Orna, pareciam saciadas e relaxadas, como depois de uma orgia. E todavia pareciam também estar dispostas, pelas posições convidativas, a distribuir muito mais prazeres para quem ainda não estivesse saciado.

Na prateleira de livros sobre a cabeceira da cama de Orna, achei o livrinho *Os quadrados*, de Omar Khayyam, e *A peste*, de Camus, *Peer Gynt*, Hemingway, Kafka, poesias de Nathan Alterman, de Rachel, Shlonsky, Léa Goldberg, Chaim Guri, Nathan Yonathan e Zerubavel Gilead, contos de Ytzahar, *Derech Guever* [Caminho do homem], de Yigal Mossensohn, poesias de Amir Guilboa, O. Hillel, *Presente de amante* de Rabindranath Tagore (passadas algumas semanas, comprei para Orna, com os trocados que recebia para as miudezas, seu *Vaga-lumes*, e na capa escrevi uma dedicatória apaixonada, com a palavra "tocado").

Os olhos de Orna eram verdes, o pescoço, fino, e sua voz, suave e melodiosa, as mãos eram pequenas, e os dedos, delicados, mas tinha os seios fartos e firmes, e suas coxas eram robustas. Seu rosto costumava ser sereno e sóbrio, mas essa expressão mudava de repente quando ela sorria: o sorriso era cativante, quase cúmplice, como se fosse uma rápida piscadela, como se penetrasse fundo na nossa alma, descobrindo todos os nossos segredos, e os perdoasse. Suas axilas eram aparadas, mas não por igual, como se tivesse acentuado uma delas com seu lápis de desenho. Em pé, Orna deixava quase sempre o seu peso recair sobre a perna esquerda, dobrando um pouco o joelho direito. Gostava de trocar idéias sobre arte e inspiração, e encontrou em mim um ouvinte dedicado.

* * *

Passados alguns dias, tomei coragem, me armei do livro *Leaves of grass* [Folhas da relva], de Walt Whitman, na tradução de Elkin (sobre o qual já havia comentado com Orna na primeira noite) e voltei a bater na porta do seu quarto, à noite, desta vez sozinho. Dez anos antes, eu corria assim para a rua Tzefânia, à casa da Morá-Zelda. Orna trajava um vestido longo, com uma fileira de grandes botões na frente. O vestido era de cor creme, mas a luz elétrica, ao passar pela luminária de ráfia laranja, mudava o tom para avermelhado. Ao se postar entre mim e a luminária, a silhueta de suas coxas e da calcinha se delineavam discretas, sobressaindo ante meus olhos sob o tecido de sua roupa. O toca-discos desta vez tocava *Peer Gyint*, de Grieg. Orna estava sentada ao meu lado na cama coberta por uma colcha oriental e me explicava quais as emoções expressa por cada uma das partes da música. Eu, do meu lado, li alguns trechos de *Leaves of grass* e parti decidido a analisar a influência de Walt Whitman na poesia de O. Hillel. Orna descascou para mim uma tangerina, deu-me água gelada de um filtro de cerâmica, colocou a mão sobre minha coxa para me calar e leu para mim uma poesia triste de Uri Tzvi Grimberg, mas não da coletânea *Rehovot HaNahar* [Ruas de um rio], que meu pai adorava declamar emocionado, mas de um livrinho que eu não conhecia, de nome bastante estranho, *Anacron al Kotev HaAtzvon* [Anacreonte sobre o pólo da tristeza]. Depois pediu para lhe contar alguma coisa sobre mim mesmo, eu não soube o que dizer e acabei falando montes de coisas desconexas sobre a idéia da beleza. Até que Orna colocou a mão sobre meu ombro dizendo: Chega, vamos ficar um pouco em silêncio? Às dez e meia eu me levantei, me despedi e saí para passear um pouco sob a luz das estrelas, entre os silos e os galinheiros, todo feliz por ter sido convidado por Orna a voltar lá numa dessas noites, depois de amanhã, ou amanhã mesmo.

Uma ou duas semanas se passaram, e já corria pelo kibutz o boato, e alguns já me chamavam de "o novo bezerrinho de Orna". Ela tinha alguns cortejadores, mas nenhum deles tinha dezesseis anos incompletos, e nenhum deles sabia declamar, de cor, como eu, os poemas de *Simchat Eináim* [Alegria dos olhos] e *Barak BaBoker* [Raio na manhã]. Uma ou duas vezes, um de seus paqueras a aguardava no escuro, entre os eucaliptos, defronte da sua casa. Esperava que eu saísse, enquanto eu, mordido de ciúme, me detinha à sombra da cerca viva e conseguia vê-lo entrando no quarto onde poucos momentos antes Orna havia me preparado um café bem forte no *findjan*,* lera poesias e até permitira que eu fumasse com ela um cigarro, apesar de ser ainda apenas um garoto loquaz da décima primeira série. Eu ficava entre os eucaliptos por uns quinze minutos, sombra entre sombras, até apagarem a luz.

Certa vez, naquele mesmo outono, às oito da noite, fui até o quarto de Orna, mas não a encontrei. Porém, como dava para ver a suave luz alaranjada acesa através da cortina, e como a porta não estava trancada, entrei no quarto e me acomodei sobre o tapete para esperar por ela. Esperei bastante tempo. Até que as vozes de homens e mulheres nas varandas começaram a escassear, e os sons da noite começaram a ser ouvidos — o choro do chacal, os latidos dos cachorros e o mugido distante das vacas, o jato dos aspersores e os corais dos sapos e dos grilos. Duas mariposas ficaram presas entre a lâmpada e o quebra-luz laranja-avermelhado. Os espinhos no vaso-cartucho projetavam uma sombra fragmentada sobre a cerâmica do chão e o tapete. As mulheres de Gauguin na parede e os desenhos a lápis de mulheres nuas feitos pela própria Orna me despertaram uma vaga vontade de saber como seria o seu corpo, despida, no chuveiro, e como seria ali, naquela cama, à noite, depois da minha visita, não sozinha. Talvez com Yoav ou com Mandi. Apesar de ter, em algum lugar, um marido, oficial do Exército.

Sem me levantar do tapete onde estava deitado, abri a cortina do seu guarda-roupa e vi roupas de baixo, e uma camisola de náilon, quase transparente, cor de pêssego. Ainda deitado sobre o tapete, meus dedos percorreram aquele pêssego, e enquanto a outra mão procurava a saliência sob a minha calça, meus olhos se fecharam, e eu sabia que tinha de parar com aquilo, tinha de parar, mas não agora, só mais um pouco. Por fim, quase chegando ao auge, parei, e sem deixar de acariciar o pêssego nem afastar a mão do volume sob a calça, abri os olhos e vi que Orna havia entrado no quarto sem que eu percebesse, e lá estava ela me observando, descalça, na borda do tapete. Seu peso recaía quase todo sobre a perna esquerda, e portanto o lado direito de sua cintura estava um pouco mais alto, uma das mãos pousada na cintura, e com a outra coçava o ombro de leve, sob o decote. Assim ela permaneceu me observando, e um sorriso doce e esperto se espalhou pelos seus lábios, e seus olhos verdes sorriam para mim, como se dissessem: Eu sei, sei muito bem que você gostaria muito de morrer agora mesmo, e sei também que você estaria menos atônito se aqui, em meu lugar, estivesse um assassino com uma metralhadora na mão, e sei que por minha causa você está se sentindo o mais desgraçado dos homens. Mas por que você precisa se sentir tão miserável? Olhe para mim, eu não estou surpresa pelo que vi ao entrar no quarto, e você, pare de se sentir um desgraçado.

Tomado de terror e desespero, fechei os olhos e resolvi fingir que dormia, assim Orna poderia pensar que não tinha acontecido nada, ou, se acontecera, tinha sido só em sonho, caso em que eu continuava a ser culpado e era um tipo abominável, mas muito menos abominável do que se tivesse ido até o fim.

Orna disse: Eu interrompi você. E não riu ao dizer isso, mas pediu desculpas, me perdoe, e de repente, jovialmente, ela deu um passo complicado de dança dizendo que não, não vou pedir desculpas, foi bom ter me visto, pois naquele momento eu tinha uma expressão ao mesmo tempo de dor e de êxtase. E mais não disse, simplesmente começou a desabotoar o vestido, desde o botão mais alto até a cintura, e se manteve bem à minha frente, para me ver continuar. Mas como? Cerrei os olhos com toda a força, depois pisquei, depois olhei bem para ela, e seu sorriso jovial me incentivou a não temer, qual o problema, vá em frente, e os seios rijos também me encorajavam, e depois ela se ajoelhou no tapete, do meu lado direito, e afastou a minha mão da saliência da calça para colocar a sua própria, e um rastro de centelhas como uma chuva compacta de meteoritos varreu todo o meu corpo, e de novo cerrei os olhos, mas notei antes disso que ela levantava o vestido e se ajoelhava, e depois veio a mim e tomou as minhas mãos e as conduziu, ali e ali, e seus lábios tocaram a minha testa e tocaram os meus olhos fechados e depois tomou-me em suas mãos, e se fez penetrar, e no mesmo instante vibraram pelo fundo do meu corpo algumas trovoadas suaves, e logo depois senti perpassar um relâmpago, de ponta a ponta, e por causa das paredes finas, Orna teve de tapar com toda a força a minha boca, e quando achou que eu não gritaria mais, afrouxou um pouco os dedos para me deixar respirar e teve de cobrir rapidamente de novo os meus lábios, pois para mim ainda não havia terminado. E depois ainda sorriu e me acariciou, como a um menino pequeno, e me beijou a testa, e de novo me acariciou o cabelo, e eu com lágrimas nos olhos comecei a retribuir com tímidos beijos de agradecimento em sua face, em seu cabelo e no dorso de sua mão, e quis dizer alguma coisa mas ela não deixou, e de novo tampou minha boca até me fazer desistir de falar.

Passadas uma ou duas horas, ela me acordou, e meu corpo pedia dela mais e mais, e me senti envergonhado, ela porém não se negou, mas sussurrou sorrindo, vem, toma, e ainda sussurrou, vejam que menino levado, e suas pernas eram bronzeadas castanho-douradas, e as coxas tinham uma leve penugem dourada, quase invisível, e depois de sufocar mais uma vez com a mão a minha torneira de gritos, ela me ergueu e me ajudou a me vestir e me serviu um copo d'água do seu filtro de cerâmica e acariciou minha cabeça e a acolheu para dentro do peito e me beijou pela última vez, longamente, bem na ponta do nariz, e me mandou de volta ao frio e compacto silêncio das três da madrugada de uma noite de outono. Mas quando voltei a ela no dia seguinte para pedir desculpas, ou orar aos céus pela reiteração do milagre, ela disse: Vejam só, ele está pálido como giz, o que houve, entre, entre, venha tomar um copo d'água, e me sentou na cadeira e me disse mais ou menos isso: Olhe, não aconteceu nada de mais, mas a partir de agora eu quero que tudo volte a ser como era antes de ontem à noite, está bem?

Foi difícil para mim cumprir o seu pedido, e é claro que Orna também sentiu isso, e assim nossas noites de leitura e poesia se desvaneceram, e também os sons de Schubert e Grieg e Brahms na vitrola, em mais uma ou duas vezes, terminaram de vez, e só o seu sorriso pousava sobre o meu rosto, de longe, ao cruzarmos nossos caminhos, e era um sorriso transbordante de alegria, orgulho e afeto, não como um filantropo que sorri para o seu protegido, mas como uma pintora que admira seu quadro pintado, e mesmo que já tenha passado para outros desenhos, ela ainda está satisfeita com seu quadro, se orgulha ao lembrar-se dele e se alegra ao revê-lo de longe.

E desde esse dia tenho me entendido muito bem com as mulheres, como meu avô Aleksander, e com o passar dos anos aprendi ainda um pouco mais. E apesar de ter sentido algumas vezes uma agulhada dolorosa, ainda me parece — como naquela noite no quarto de Orna — que na mão das mulheres estão todas as chaves do desejo. A expressão "ela concedeu a ele os seus favores" me parece certíssima. Pois os favores concedidos pelas mulheres me despertam, afora o desejo e a admiração, uma onda de gratidão infantil e uma vontade de me prostrar aos seus pés: não sou merecedor de todas essas maravilhas. Pois mesmo por um único grãozinho de areia, eu agradeceria tomado de assombro e maravilha, quanto mais pelo mar e tudo o que ele contém, sempre agradecido como um miserável postado humilde à porta, pois a mulher é sempre maior e mais ampla do que eu, e só em suas mãos está a escolha, conceder ou não conceder.

E também, talvez eu tenha certa inveja reprimida pela sexualidade da mulher, por ser muito mais rica, mais sutil e requintada que a dos homens, como um violino se comparado a um tambor. Ou como um eco longínquo de minhas lembranças, do início da minha vida: o seio se comparado à faca. Pois logo que cheguei ao mundo, bem na porta, uma mulher, à qual eu havia causado dores terríveis, aguardava-me, e ela me retribuiu com amor, pagou o mal com o bem e me deu o seio. O sexo masculino, pelo contrário, logo me armou uma emboscada, empunhando a faca do *mohel*, da circuncisão.

Orna tinha uns trinta e cinco anos, mais que o dobro da minha idade naquela noite. Foi como se derramasse um rio inteiro de púrpura, carmim, turquesa e pérolas diante de um porquinho que não sabia o que fazer com isso, e apenas investiu impetuoso e engoliu sem mastigar, e quase se sufocou de tão arrebatado. Alguns meses mais tarde, Orna deixou o seu trabalho no kibutz. Eu não soube para onde foi. Anos depois vim a saber que ela havia se separado e se casado novamente, e durante um período manteve uma coluna em uma revista feminina. E então, há pouco tempo, nos Estados Unidos, depois de ter dado uma palestra e antes do coquetel de recepção, de dentro de um círculo compacto de pessoas que me faziam perguntas e discutiam animadas, Orna surgiu de repente, brilhou para mim, luminosa com seus olhos verdes, só um pouco mais velha do que quando eu era adolescente, vestindo uma roupa clara, de botões. Seus olhos brilharam para mim em seu sorriso que sabia de todos os segredos, aquele sorriso tentador, consolador, compadecido, o sorriso daquela noite. Eu, como que fulminado pelo encanto, interrompi a frase no meio e abri caminho em sua direção empurrando quem quer que estivesse na minha frente, até uma velha mulher que Orna conduzia numa cadeira de rodas, para finalmente agarrá-la e abraçá-la dizendo por duas vezes o seu nome e até beijando ardoroso os seus lábios. Ela se desvencilhou num movimento suave e sem deixar de me conceder a graça daquele sorriso que me fez corar como um rapazinho, apontou para a cadeira de rodas e disse em inglês: Esta é Orna, eu sou só a sua filha. Infelizmente minha mãe não está mais podendo falar. E também não está mais reconhecendo muito bem.

60

Uma semana antes de morrer, minha mãe teve grandes melhoras. Um novo sonífero receitado pelo novo médico fez maravilhas rapidamente. No final da tarde minha mãe tomou duas dessas pílulas e às sete e meia já dormia, vestida, em minha cama, que se tornara a sua cama, e dormiu por quase vinte e quatro horas corridas, até as cinco da tarde do dia seguinte. Levantou-se, tomou banho, um chá, e provavelmente tomou outra vez um ou dois comprimidos do novo remédio, porque adormeceu de novo no final da tarde, às sete e meia, e dormiu até a manhã seguinte. De manhã, quando meu pai se levantou para se barbear e espremer dois copos de suco de laranja e os amornar um pouco, minha mãe também se levantou, vestiu um penhoar e um avental, penteou-se e preparou para nós dois um café da manhã de verdade, como antes de adoecer, um ovo frito dos dois lados, salada, um pote de iogurte, uma bandeja com fatias de pão, cortadas por ela de um jeito que saíam muito mais finas do que as fatias de meu pai, que ela chamava de "troncos de árvore".

De novo nos sentamos os três, às sete da manhã, nos banquinhos de palha ao redor da mesa da cozinha forrada com oleado estampado de flores, e mamãe nos contou a história de um rico comerciante que vivia na sua cidade, em Rovno, um judeu muito esperto que era procurado por compradores até mesmo de Paris e de Roma por causa da qualidade de suas peles de raposa prateadas, peles que brilhavam como geada numa noite de Lua cheia.

E um belo dia aquele comerciante se tornou um vegetariano intransigente. Transferiu todo o lucrativo negócio das peles para as mãos do seu sogro e sócio. Passado algum tempo, construiu uma cabana na floresta, abandonou sua casa e foi viver por lá, por lamentar muito os milhares de raposas mortas por seus caçadores para sua indústria de peles. Por fim, o homem sumiu do mapa completamente. E, ela disse, quando minhas irmãs e eu queríamos nos assustar umas às outras, deitávamos no tapete no escuro e ficávamos imitando, uma de cada vez, como o sujeito que um dia tinha sido um rico comerciante de peles agora vagava nu pela floresta, talvez até contaminado pela raiva, lançando uivos de raposa de gelar o coração de dentro do arvoredo, e se alguém por acaso o encontrasse na floresta, no mesmo instante o seu cabelo ficaria branco de pavor.

Meu pai, que não gostava nada dessas histórias, perguntou, com expressão azeda: Com licença, mas isso é o quê? Uma alegoria? Um exemplo de crendice primitiva? Ou uma história da carochinha? Mas como se sentia muito feliz pela melhora de mamãe, fez com a mão um gesto de pouco-caso, dizendo:

"Tudo bem."

Mamãe nos apressou, para não perdermos a hora, ele para o trabalho e eu para a escola. À porta de casa, enquanto meu pai calçava as galochas sobre os sapatos e eu lutava com as botas de borracha, lancei um longo uivo de raposa, de gelar o sangue nas veias, e meu pai se zangou e chegou a se levantar para me dar um tapa. Mas minha mãe se colocou entre nós dois e me protegeu com seu corpo, tranqüilizou-nos a ambos, sorriu e disse: "Foi tudo por minha culpa, me perdoem". Foi seu último abraço.

Às sete e meia saímos, meu pai e eu, não trocamos nenhuma palavra, pois ele ainda estava zangado por causa daquele uivo de raposa. No portão de nosso pátio, tomou a esquerda, em direção ao edifício Terra Sancta, e eu a direita, em direção à escola Tchachmoni.

Ao voltar da escola naquele mesmo dia encontrei minha mãe trajando um vestido de cor clara com duas fileiras de botões. E um suéter de lã azul-marinho. Pareceu-me bonita e jovial. Tinha a expressão serena, como se todos os dias de sua doença tivessem se apagado num passe de mágica. Disse-me para deixar em casa a mala da escola e continuar de casaco, pois ela mesma estava vestindo o seu, e que tinha uma surpresa para mim:

"Hoje, nós não vamos comer em casa. Resolvi convidar os dois cavalheiros da minha vida para almoçar comigo no restaurante, por minha conta. Mas o seu pai ainda não está sabendo. Vamos fazer uma surpresa para ele? Nós dois vamos agora dar uma volta pela cidade, e depois vamos ao edifício Terra Sancta e arrancamos ele de lá à força, como se arranca uma traça espantada da poeira dos livros, e nós três iremos almoçar num lugar que não vou revelar nem para você, só para atiçar sua curiosidade."

Minha mãe estava irreconhecível: sua voz não estava normal, mas solene e alta, como se estivesse recitando o seu papel numa peça escolar, uma voz cheia de luz e calor no "Nós dois vamos agora", mas um pouco trêmula em "traça espantada" e "poeira dos livros"; por um instante, sua voz despertou em mim um vago temor, que logo deu lugar à alegria pela surpreendente jovialidade dela, pela sua volta a nossa vida.

Meus pais quase nunca comiam em restaurantes, embora de tempos em tempos costumássemos nos encontrar com seus amigos nos cafés da rua Jafa ou da rua King George.

Certa vez, em 1950 ou 1951, quando nós três estávamos hospedados na casa das tias em Tel Aviv, papai extrapolou, e no último dia de nossa visita, logo antes de voltarmos a Jerusalém, ele se apresentou de repente como "barão Rothschild por um dia", e convidou a todos, as duas irmãs de minha mãe, seus respectivos maridos e o filho único de cada uma delas para almoçar no restaurante Hamozeg, na rua Ben Yehuda, esquina da Cholem Aleichem. Prepararam para nós uma mesa para nove pessoas. Meu pai se sentou à cabeceira, entre as duas cunhadas, e arranjou os lugares de tal jeito que nenhuma das irmãs se sentaria ao lado do marido, e nenhum de nós, os meninos, se sentaria ao lado do pai ou da mãe. Tio Tzvi e tio Buma, um tanto desconfiados, não entenderam muito bem a idéia do novo barão Rothschild, não quiseram acompanhar meu pai num copo de cerveja por não estarem acostumados, e não estavam se sentindo muito à vontade. Abriram mão de fazer discursos, e preferiram deixar todo o show por conta de meu pai. Ele, por sua vez, resolveu que a descoberta dos pergaminhos nas cavernas próximas ao mar Morto, no deserto de Judá, seria por certo o assunto mais urgente e mais interessante aos olhos de todos os convivas. E assim enveredou por uma palestra detalhadíssima, durante toda a sopa e o prato principal, sobre o significado dos rolos encontrados nas cavernas de Kumran e a possibilidade de haver mais e mais tesouros ocultos à espera de quem os descobrisse em algum lugar, entre penhascos desertos, até que mamãe, sentada entre tio Tzvi e tio Buma, deu um toque, com jeito:

"Quem sabe já chega, Árie?"

Meu pai entendeu e abriu mão do restante da palestra, e daí em diante a conversa enveredou por diversos assuntos separados. Meu primo mais velho, Igal, pediu licença e levou o primo pequeno, Efraim até a praia, perto dali. Passados alguns momentos, eu também abri mão da companhia dos adultos e saí do restaurante Hamozeg para a praia.

Não era espantoso que justo mamãe tivesse resolvido promover uma ida ao restaurante? Mamãe, a quem tínhamos nos acostumado a ver dia e noite sentada em sua cadeira olhando pela janela, imóvel? Mamãe, para quem alguns dias antes eu havia deixado o meu quarto, fugindo do seu silêncio para dormir com meu pai no sofá-cama? Como ela estava bonita e elegante naquela manhã em Jerusalém, em seu vestido claro e seu suéter de lã azul-marinho, com meias de náilon com a marca da costura na parte de trás, e os sapatos de salto alto, a ponto de fazer homens estranhos se voltarem para admirá-la em nosso passeio pelas ruas. Seu casaco, ela o levava dobrado no braço, e o outro braço estava enlaçado no meu:

"Hoje você será o meu *chevalier*."

E como que assumindo o papel permanente de meu pai, continuou:

"*Chevalier* quer dizer 'cavaleiro', 'nobre', *cheval* é 'cavalo' em francês, e *chevalier*, um 'nobre cavaleiro'."

Continuou:

"Muitas mulheres são atraídas por homens despóticos, como as mariposas pelo fogo. E há mulheres que precisam, mais do que de qualquer outra coisa, não de um herói, nem mesmo de um amante, mas de um amigo. Você, lembre-se bem — fuja das mulheres que gostam de um déspota e, entre as que procuram um amigo, tente identificar quais as que necessitam de um amigo por se sentirem um pouco vazias e quais as que gostam de te preencher. E lembre-se que a amizade entre homem e mulher é algo raro e precioso, muito, muito mais do que o amor. O amor, afinal de contas, é algo bem tosco e até mesmo bruto em comparação com a amizade. A amizade inclui também certa dose de amabilidade, de atenção, de dedicação, e uma dose especial de cautela e prudência."

"Bom", disse eu, pois gostaria que ela parasse de falar sobre coisas que não me diziam respeito e mudasse logo de assunto. Já fazia semanas que não conversávamos, e era pena desperdiçar esses momentos, que eram só meus e dela. Ao nos aproximarmos do centro da cidade, ela me deu de novo o braço, riu e perguntou, de repente:

"O que você acharia de um irmãozinho? Ou irmãzinha?"

E sem esperar resposta acrescentou com certa tristeza um tanto divertida, ou não divertida, só envolta em um sorriso que não vi, mas apenas senti em sua voz quando me disse:

"Um dia, quando você se casar e tiver família, eu lhe peço encarecidamente que não tome como exemplo nossa vida em comum, minha e de seu pai."

Essas últimas palavras, não estou reconstituindo agora pela memória, como fiz dezenove linhas atrás ao reconstituir suas palavras sobre o amor e a amizade. Pois desse seu pedido — para não tomar como exemplo o casamento dos meus pais — eu me recordo exatamente de como foram ditas as palavras, uma por uma. E até mesmo da sua voz, com um sorriso contido, eu me lembro perfeitamente agora. Estávamos na rua King George, minha mãe e eu passávamos de braços dados em frente ao edifício chamado Talita Kumi, em direção ao edifício Terra Sancta, onde iríamos apanhar meu pai no trabalho. Era uma e meia da tarde. Um vento frio mesclado de pingos de chuva soprava da direção leste. Por causa desse vento, os transeuntes fechavam os guarda-chuvas, para que não se entortassem. O nosso, nem tínhamos tentado abrir. De braços dados, minha mãe e eu fomos andando na chuva, passamos em frente ao Talita Kumi e ao edifício Frumin, a sede temporária da Knesset, e depois defronte do rabinato. Estávamos no início da primeira semana de janeiro de 1952. Quatro ou cinco dias antes de sua morte.

E quando a chuva apertou, mamãe sugeriu, e em sua voz ainda havia um tom divertido:

"Venha, vamos entrar num café? Seu pai não vai fugir."

Por meia hora ficamos num café *iéke*, no acesso ao bairro de Rehávia, na rua Keren Kaiemet, defronte da sede da Sochnut, que naquele tempo abrigava o escritório do chefe de governo. Até a chuva estiar. Enquanto isso, mamãe tirou da bolsa um estojo de pó-de-arroz com um espelhinho redondo e um pente, e retocou o penteado e o tom da face. Eu sentia uma mistura de sentimentos: orgulho por sua beleza, alegria por ter se recuperado da doença e a responsabilidade que pesava sobre os meus ombros, de tomar conta dela com toda a atenção, protegê-la de uma sombra cuja existência eu apenas suspeitava. Nem mesmo suspeitava, mas no máximo sentia-não-sentia, como um desconforto leve e estranho em minha pele. Como um menino sente às vezes certas coisas sem senti-las, por estarem fora do alcance da sua compreensão. Mas sente, e tem medo, sem saber de quê.

"Mamãe, você está bem?"

Ela pediu uma xícara de café preto, forte. E para mim uma xícara de café com leite, apesar de nunca terem me deixado tomar — café não é para criança. Pediu também, para mim, um sorvete de chocolate, apesar de sabermos muito bem que sorvete causava inflamação na garganta, ainda mais num dia frio de inverno como aquele. E antes do almoço. Com tanta responsabilidade, achei melhor me contentar só com duas ou três colheradas do sorvete. E também perguntar à minha mãe de tempos em tempos: Não está um pouco frio aqui para você? Você não está cansada? Não está sentindo calafrios? Pois você acaba de ficar boa da doença. E tome muito cuidado, mamãe, pois na entrada dos banheiros há uma passagem escura, com dois degraus. Orgulho e responsabilidade e temor enchiam o meu coração. Era como se enquanto permanecêssemos ali, naquele café em Rehávia, ela fosse a menina desamparada, carente da ajuda de um amigo generoso, e eu fosse o seu *chevalier*. Ou seu pai.

"Mamãe, você está bem?"

Ao chegarmos ao edifício Terra Sancta, onde funcionavam diversas seções da Universidade Hebraica desde que o campus sobre o monte Scopus fora isolado, durante a Guerra de Independência, perguntamos onde ficava o departamento de periódicos e subimos pela escada ao terceiro andar. Num dia de inverno como esse, Hana, a personagem central de *Meu Michel* subira essa mesma escadaria, torcendo o tornozelo, e o estudante Michel Gonen a segurara firme pelo braço, dizendo de repente que achava bonita a palavra "tornozelo". Quem sabe se minha mãe e eu cruzamos com Hana e Michel naquelas escadas e nem prestamos atenção. Treze anos separaram aquele dia de inverno com minha mãe no edifício Terra Sancta do inverno no qual comecei a escrever *Meu Michel*.

Ao entrarmos no departamento de periódicos deparamos com seu diretor, o gentil e generoso dr. Fefermann, que levantou os olhos da pilha de papéis sobre sua escrivaninha, sorriu para nós e nos convidou com um gesto das duas mãos: Venham, venham, entrem. Também meu pai nós vimos, pelas costas, e durante um longo momento. Estava vestido com um guarda-pó cinzento de bibliotecário destinado a proteger sua roupa da poeira dos livros. Ele estava no degrau mais alto de uma escadinha, de costas para nós, e toda a sua atenção estava concentrada numas grandes pastas de cartão que ia tirando uma a uma de uma prateleira alta, examinava o conteúdo, devolvia ao lugar e puxava outra e mais outra, como se não tivesse ainda encontrado o que procurava.

Durante todo esse tempo o bom dr. Fefermann não disse uma palavra, mas continuou em sua cadeira atrás da grande mesa de trabalho, e só o seu sorriso gentil se espalhava pela face, como se estivesse se divertindo muito. E também dois ou três outros funcionários do departamento de periódicos deixaram por um momento as suas tarefas para nos observar, e as costas do meu pai, sem dizer nada, como se também tomassem parte no jogo do dr. Fefermann e esperassem com divertida curiosidade quando afinal ele perceberia a presença das suas visitas postadas na entrada do salão, de onde observavam pacientes as suas costas, e a mão da mulher bonita pousada sobre o ombro do menino.

Do degrau superior da escadinha, meu pai falou ao diretor do departamento: "Com licença, um instante, doutor Fefermann, parece que temos aqui...", e de repente percebeu o amplo sorriso do diretor, e talvez tenha se surpreendido por não entender o que lhe despertara o sorriso, e os olhos do dr. Fefermann guiaram o olhar de meu pai da escrivaninha à porta, e ao nos ver tive a impressão de ele ter empalidecido. Devolveu à prateleira mais alta a grande pasta de cartão que segurava com ambas as mãos e desceu cuidadoso a escada, e olhando para os lados percebeu que todos os funcionários sorriam, e como se não tivesse outra alternativa, resolveu sorrir também, dizendo-nos: "Que grande surpresa!", e com voz mais baixa perguntou se estava tudo bem, se tinha acontecido alguma coisa.

Seu rosto estava tenso e preocupado, como o de um menino que no meio de uma brincadeira de beijos numa festinha de crianças da sua turma levantasse os olhos e desse com os pais com um ar muito sério, sabe-se lá há quanto tempo, parados na porta, observando em silêncio, e o que será que eles já puderam ver.

No começo, pelo espanto, meu pai tentou nos empurrar suavemente, com as duas mãos, de onde estávamos, na entrada, para fora, para o corredor, dizendo a todo o departamento, e em especial ao dr. Fefermann: "Peço licença, por alguns minutos".

Mas logo voltou atrás, parou de nos empurrar para fora e nos puxou para dentro, para a mesa de trabalho do diretor do departamento, e começou a nos apresentar a ele, mas se lembrou e disse: "Doutor Fefermann, o senhor já conhece a minha esposa e o meu filho". Em seguida nos fez dar meia-volta e formalmente nos apresentou aos demais funcionários do departamento de periódicos com as palavras: "Gostaria de lhes apresentar minha esposa, Fânia, e meu filho, Amós. Um estudante. Está com doze anos e meio".

Quando já estávamos no corredor, meu pai perguntou um tanto assustado: "O que houve? Meus pais estão bem? E os seus pais? Estão todos bem?"

Mamãe o acalmou, mas a idéia do restaurante o deixou meio aflito: Mas hoje não é aniversário de ninguém, começou ele, hesitou, e logo depois atalhou:

"Tudo bem, tudo bem, por que não, vamos comemorar a sua volta à saúde, Fânia, ou a grande melhora que você teve, de um dia para o outro. Sim, vamos comemorar em alto estilo."

Porém, ao dizer essas palavras seu rosto não denotava alegria, mas preocupação.

Logo depois meu pai relaxou, encheu-se de entusiasmo, colocou os braços ao redor dos nossos ombros, pediu e obteve do dr. Fefermann licença para encurtar um pouco seu dia de trabalho, despediu-se dos demais funcionários do departamento, tirou o guarda-pó cinzento e nos levou a um breve passeio guiado por uma seção especial da biblioteca, no subsolo, onde se encontram os manuscritos raros. Lá nos mostrou e explicou muito bem o funcionamento da nova máquina fotográfica, enquanto nos apresentava orgulhoso a todos os que encontrava pelo caminho, emocionado como um garoto que apresenta os pais importantes à diretoria da escola.

Era um restaurante agradável e pouco movimentado, numa das ruelas que ficam entre as ruas Ben Yehuda e Shamai, ou Hilel. A chuva apertou bem quando entramos, e meu pai disse que esse era mais um bom presságio, como se a chuva estivesse nos aguardando para recomeçar. Como se hoje o céu nos tivesse sorrido.

E logo se corrigiu:

"Isto é, eu diria isso se acreditasse em presságios, e se acreditasse que o céu se interessa por nós. Mas o céu é indiferente. Com exceção do *Homo sapiens*, todo o universo é indiferente. E para falar a verdade, a maior parte das pessoas também é indiferente. Considero a indiferença a grande característica de todo o universo."

E de novo se corrigiu:

"Como pude dizer que o céu nos sorriu se hoje ele está cinzento e sombrio, e ainda despeja sobre nós essa chuva torrencial?"

Mamãe disse:

"Não, hoje vocês dois vão escolher primeiro porque eu estou convidando. E ficarei feliz se escolherem os pratos mais caros do cardápio."

Mas o cardápio era bem espartano, apropriado à época do bloqueio e da austeridade. Meu pai e eu pedimos sopa de legumes e bolinhos de frango com purê de batatas. Como se eu fizesse parte de uma conspiração secreta, evitei contar a meu pai que no caminho para o edifício Terra Sancta me fora permitido, pela primeira vez na vida, provar o gosto de café, e também pudera tomar sorvete de chocolate antes do almoço, e ainda num dia de inverno.

Minha mãe examinou longamente o cardápio, deixou-o emborcado sobre a mesa e só depois de meu pai ter insistido bastante pediu apenas um prato de arroz branco. Meu pai pediu desculpas bem-humoradas à garçonete por isso ou aquilo, ela ainda não está de todo curada da doença etc. Enquanto papai e eu devorávamos as nossas porções, minha mãe provou o seu arroz como se estivesse se forçando a comer, remexeu um pouco, desistiu e pediu uma xícara de café preto e forte.

"Mamãe, você está bem?"

A garçonete voltou à nossa mesa e serviu uma xícara de café para minha mãe, um copo de chá para meu pai, e colocou à minha frente uma gelatina trêmula e amarela. No mesmo instante meu pai, sempre impaciente, puxou a carteira do bolso interno do paletó, mas mamãe insistiu, você ponha a carteira de volta no bolso, por favor, hoje vocês são meus convidados. E meu pai obedeceu, depois de ter feito algumas gracinhas sobre os poços secretos de petróleo que couberam à minha mãe como herança, de onde por certo vinha sua nova fortuna e generosidade. Esperávamos uma interrupção na chuva. Papai e eu estávamos sentados de frente para a cozinha, fitando o rosto de mamãe, que observava a chuva teimosa por entre os nossos ombros, pela janela que dá para a rua. Sobre o que conversamos, não me lembro, mas suponho que meu pai tratava de afastar todo e qualquer silêncio. Talvez nos falasse sobre as relações da Igreja católica com o povo judeu. Ou analisasse para nós o debate que surgira em meados do século XVIII entre o rabino Yaakov Amran, também chamado de Yabatz, e os seguidores de Shabetai Tzevi, e especialmente entre o rabino Amran e o rabino Yochanan Aivshitz, suspeito de ser um adepto de Shabetai Tzevi.

Os outros únicos clientes no restaurante naquela tarde chuvosa além de nós eram duas senhoras de idade que conversavam num alemão refinado, em voz baixa, bem-educadas. Pareciam-se uma com a outra, o cabelo grisalho e os traços que, de alguma maneira, lembravam os de passarinhos, pomos-de-adão acentuados. A mais velha parecia ter mais de oitenta anos de idade, e observando melhor imaginei que poderia talvez ser a mãe da mais nova. Resolvi que mãe e filha eram viúvas e viviam juntas, pois afora uma à outra não tinham mais ninguém neste mundo. Chamei-as de sra. Gertrude e sra. Magda, e tentei imaginar o seu apartamento pequeno e limpíssimo, talvez ali por perto, em frente ao hotel Eden.

De repente a sra. Magda, a menos idosa, levantou a voz e lançou sobre a outra uma palavra em alemão. Com um berro furioso e cortante como uma ave de rapina mergulhando sobre sua presa. E em seguida jogou a sua xícara contra a parede.

Pelas linhas da face enrugada da senhora mais velha, a que eu tinha chamando de Gertrude, começaram a correr lágrimas. Chorava em silêncio e sem nenhuma expressão de choro. Chorava de cara limpa. A garçonete se curvou para recolher em silêncio os cacos da xícara: recolheu, terminou a tarefa e se afastou. Nem uma palavra mais foi pronunciada depois daquele grito. As duas mulheres continuavam sentadas uma de frente para a outra, sem uma palavra. Ambas eram muito magras. Ambas tinham cabelo grisalho, encaracolado, começando muito alto, na testa, como homens que vão ficando carecas. A mais velha continuava a chorar sem nenhum som e sem nenhuma expressão, e as lágrimas rolavam até o queixo uma a uma, como numa caverna de estalactites. Ela não tentava conter o choro, ou enxugar os olhos, embora a filha lhe tivesse estendido silenciosa o lenço branco e bem passado. Se é que era mesmo sua filha. A mais velha, Magda, não recolheu o lenço bem passado de cima da mesa. Durante longo tempo essa cena ficou congelada, como se as duas, mãe e filha, fizessem parte de uma fotografia antiga, em sépia, um tanto descorada, dentro de um álbum empoeirado, e eu perguntei de repente:

"Mamãe, você está bem?"

Isso porque minha mãe resolvera ignorar todas as regras de boas maneiras e girar um pouco a cadeira, e seu olhar não se desviou das duas mulheres. Naquele momento tive a impressão de que a face de minha mãe ficou de novo muito branca e pálida, como durante toda a sua doença. Depois de algum tempo, mamãe nos pediu desculpas, estava se sentindo um pouco cansada e gostaria de voltar agora mesmo para casa, deitar um pouco. Papai assentiu, levantou-se imediatamente, perguntou à garçonete onde haveria um telefone próximo e chamou um táxi. Ao sairmos do restaurante, minha mãe se apoiava no braço e no ombro de papai. E eu mantive a porta aberta para eles e os avisei a respeito do degrau, e também abri a porta do táxi para eles. Depois de termos acomodado mamãe no banco de trás, meu pai voltou rapidamente ao restaurante para pagar a conta. Ela estava sentada muito ereta dentro do táxi, e seus olhos castanhos estavam bem abertos. Talvez abertos demais.

À noite o novo médico foi chamado, e depois de ele ir embora meu pai chamou também o antigo. Não havia nenhuma discordância entre eles — ambos recomendaram repouso absoluto. Meu pai sugeriu então que ela usasse a minha cama, que passara a ser a sua, ofereceu a ela um copo de leite morno com mel e implorou que ela tomasse pelo menos três ou quatro goles junto com o novo sonífero, e perguntou de quanta luz ela gostaria no quarto. Quinze minutos depois, fui enviado para espiar pela fresta da porta e vi que minha mãe dormia. Dormiu até a manhã seguinte, acordou cedo novamente e se levantou para nos ajudar um pouco nas tarefas da manhã. Ela nos preparou ovos fritos dos dois lados, enquanto eu arrumava a mesa e meu pai cortava as verduras bem finas para a salada. E quando chegou a hora de sair de casa, meu pai para o Terra Sancta e eu para o Tchachmoni, minha mãe resolveu de repente sair também, acompanhar-me até a escola, pois sua amiga Lilinka, Lilia Bar-Samcha, morava nas redondezas.

Depois ficamos sabendo que mamãe não encontrou Lilinka em casa e foi à casa de outra amiga, Fânia Waissman, que também havia sido aluna do Ginásio Tarbut, em Rovno. E da casa de Fânia Waissman minha mãe andou um pouco, antes do almoço, até a estação central Egged, no meio da rua Jafa, e embarcou no ônibus para Tel Aviv, para visitar as irmãs. Ou talvez planejasse apenas baldear de ônibus em Tel Aviv e continuar até Haifa, para Kiriat Motzkin, até a casinha de madeira dos seus pais. Mas ao chegar à estação central de Tel Aviv, ela pareceu ter mudado de idéia, tomou um café na estação e voltou à tardinha para Jerusalém.

Ao chegar em casa, queixou-se de estar muito cansada. E de novo tomou duas ou três pílulas do novo sonífero. Ou tentou dessa vez voltar às pílulas anteriores. Mas naquela noite não conseguiu dormir — a enxaqueca voltou com toda a força. Passou a noite toda vestida, sentada na cadeira, defronte da janela. Às duas da manhã resolveu passar a ferro. Acendeu a luz elétrica no meu quarto, que passara a ser o seu, armou a tábua de passar, preparou uma garrafa d'água para borrifar sobre a roupa e trabalhou durante algumas horas, até o raiar do dia. Quando todas as roupas estavam passadas, tirou do armário todas as roupas de cama e voltou a passar. E quando também essas terminaram, passou também a colcha que servia de coberta no meu quarto. Mas de tão fraca ou cansada que mamãe estava, queimou a coberta, e meu pai acordou com o cheiro e me acordou também. E ficamos espantados ao ver como mamãe conseguira passar todas as meias, lenços, toalhas de mesa e guardanapos que havia em casa. A colcha queimada, nós nos apressamos a apagar com a água do banheiro. Acomodamos mamãe em sua cadeira, ficamos de joelhos, e ambos, meu pai e eu, descalçamos os seus sapatos, meu pai um, e eu o outro. Depois meu pai me pediu para sair, por gentileza, do quarto por alguns instantes, fechando a porta à minha saída. Fechei a porta, mas dessa vez fiquei postado do lado de fora da porta trancada, pois estava preocupado com minha mãe. Queria ouvir. Falaram em russo por uma meia hora. Depois meu pai me pediu para tomar conta de minha mãe por uma meia hora, foi à farmácia e comprou um remédio, ou xarope. E também telefonou da farmácia para o escritório de tio Tzvi, que trabalhava no hospital municipal de Jafa, e telefonou também ao escritório de tio Buma no posto Zamenhoff, da Kupat Cholim, em Tel Aviv. Como resultado desses telefonemas, ficou combinado entre meu pai e minha mãe que ela viajaria naquela mesma manhã de quinta-feira para a casa de uma das irmãs em Tel Aviv para descansar e mudar um pouco de ares, ou de ambiente. Ela poderia ficar com as irmãs até domingo, ou até a segunda-feira pela manhã, pois na tarde de segunda-feira Lilia Bar-Samcha conseguira marcar para ela um exame no Hospital Hadassa, na rua Haneviim. Exame pelo qual, não fossem os bons contatos de tia Lilinka, ela deveria esperar no mínimo alguns meses.

E considerando que mamãe estava debilitada e se queixando de vertigens, meu pai fez questão de não permitir que ela viajasse sozinha para Tel Aviv dessa vez — ele deveria viajar com ela e acompanhá-la até a casa de tia Chaia e tio Tzvi. E era possível mesmo que ele pernoitasse por lá. E no dia seguinte, sexta-feira, deveria retornar a Jerusalém no primeiro ônibus, e ainda poderia ir ao trabalho por algumas horas, pelo menos. Não deu ouvidos aos argumentos de minha mãe de que não era necessário que ele a acompanhasse nessa viagem. É pena desperdiçar assim um dia de trabalho. Ela poderia muito bem ir sozinha para Tel Aviv e encontrar a casa das irmãs. Não iria se perder.

Mas meu pai não a ouviu. Dessa vez foi teimoso e sem graça. Insistiu, inflexível. Eu, de minha parte, prometi a ele que depois da escola iria diretamente, sem parar em nenhum lugar, para a casa de vovó Shlomit e de vovô Aleksander, no beco Prag. Explicaria a eles o que acontecera e ficaria lá até o dia seguinte. Até a volta de papai. Só não devia dar trabalho a vovô e vovó. E ajudar em casa. E tirar a mesa: louças e talheres. E me oferecer para descer o lixo. E fazer lá todos os deveres de casa: não deixar nada para o shabat. Ele me chamou de filho sensato. E do jardim veio se juntar a nós naquele instante o passarinho Élise, que cantou três ou quatro vezes sua alegre e límpida melodia matinal, o trechinho de "Pour Élise", de Beethoven: "Ti-da-di-da-da". Ele cantou maravilhado, com reverência, júbilo, gratidão, como se até aquele momento noite alguma houvesse jamais terminado, como se aquela fosse a primeira manhã do universo, e sua luz fosse uma luz magnífica, qual nunca houvera antes outra igual a atravessar a imensidão das trevas.

61

Ao vir para Hulda, eu tinha quinze anos de idade e haviam se passado uns dois anos após a morte de minha mãe. Um branquelo entre bronzeados. Magro, miúdo entre jovens gigantescos. Falante, impertinente entre lacônicos. Rimador de versos entre tratoristas filhos de plantadores de uvas, filhos de tratadores de gado, filhos de semeadores de trigo. Todos. Todas as moças e rapazes de minha nova turma da escola, das "turmas de continuação" de Hulda, eram *mens sana in corpore sano*, e só eu era uma mente enferma num corpo quase transparente. Pior que isso: por duas ou três vezes me pilharam em cantos remotos do pátio do kibutz com tintas e folhas de papel, tentando pintar aquarelas. Ou metido na sala de estudo escondida atrás da sala dos jornais, no andar térreo do Beit Hertzl, escrevendo e apagando. Rápido se espalhou por todo o Hulda o boato macarthista de que eu era um pouco ligado ao Herut, pois havia brotado de uma família francamente revisionista. De alguma maneira me tornei suspeito de manter laços sombrios com o arquidemagogo Menahem Begin, o grande inimigo do Partido Trabalhista. Resumindo: genes condenados e educação distorcida, nenhuma esperança de recuperação.

De nada me adiantou o fato de ter vindo para Hulda em meio a uma revolta violenta contra o mundo de meu pai e de sua família. Não me ajudou o fato de ter saído em franca rebelião contra o Herut. Não contou pontos a meu favor a gargalhada selvagem que eu dera no comício de Menahem Begin no salão Edison — o menino corajoso da história do rei nu, justo ele suspeito, ali em Hulda, de pertencer à Associação dos Alfaiates Canalhas.

Em vão eu tentava me distinguir nos trabalhos de campo e relaxar nos estudos. Em vão torrei a pele e andei por ali como um bife de carne crua em meus esforços para me bronzear como eles. Em vão eu me destacava no grupo de estudos Actuália, como o socialista mais socialista de Hulda, se não de toda a classe operária. De nada me adiantou — aos seus olhos eu era um *chóizer*, um ser estranho e esquisito, e assim meus colegas de turma não deixaram de me importunar sem nenhuma compaixão para me livrar de toda estranheza e esquisitice, a fim de que eu logo me tornasse um deles. Certa vez me mandaram correndo até o estábulo à meia-noite, sem lanterna, para verificar, e voltar correndo para relatar, se não havia por acaso nenhuma vaca no cio necessitando urgentemente dos cuidados de um touro. De outra vez me designaram para trabalhar no turno da noite da limpeza de banheiros. E ainda outra vez me enviaram para o setor das crianças, com a missão de separar os pavões das pavoas: tudo isso para que eu jamais me esquecesse de onde eu viera e não tivesse nenhuma ilusão ou idéia equivocada a respeito do lugar onde aterrissara.

Eu encarava isso tudo com humildade, pois sabia que o processo de erradicação da jerusalemice de dentro de mim, o meu novo trabalho de parto, seria necessariamente doloroso. Considerei as brincadeiras como trabalho e as humilhações justificadas não porque sofresse de algum complexo de inferioridade, mas porque eu era realmente inferior. Eles, os rapazes robustos, tisnados de sol e poeira, e as moças esbeltas e charmosas, de coque e vestidos de dança, eles eram a canção da terra, o sal da terra, os senhores de toda a terra. Lindos como deuses. Lindas como as noites de Canaã.

Todos, menos eu.

Por mais que viesse a conseguir me bronzear, ninguém se deixaria enganar. Todos sabiam muito bem — a começar por mim — que mesmo quando a minha pele finalmente estivesse bronzeadíssima, por dentro eu continuaria sendo um branquelo. Todo esforço que me obriguei a fazer, reunindo todas as forças de que dispunha, para aprender a carregar tubos de irrigação pelos campos de feno, dirigir tratores, atirar com boa pontaria com o velho fuzil *tchéchi* nos campos de tiro da Gadná, não consegui fazer para mudar por dentro, livrando-me do meu jeito de ser. Através de todas as redes de camuflagem que estendi sobre mim, surgia sempre o menino da cidade, fracote, bom sujeito, sensível, falante, incansável, capaz de fantasiar e inventar todo tipo de histórias malucas que nunca tinham existido nem acontecido e muito menos interessavam a alguém por ali.

E eles, todos eles, me pareciam sublimes: aqueles rapazes bem nutridos, capazes de marcar um gol com a perna esquerda de uma distância de vinte metros, cuspir bem na cabeça de um pintinho sem piscar, assaltar a despensa-geral do kibutz e levar biscoitos e vinhos para as festinhas, e as moças corajosas, capazes de marchar trinta quilômetros por dia carregando nas costas uma mochila de trinta quilos, e ainda ter energia para dançar até altas horas da noite com suas saias azuis rodopiando como se a força da gravidade não ousasse desafiá-las, e depois ainda ficar conosco numa roda até de madrugada cantando para nós sob o céu estrelado canções de enternecer o coração, em duas ou três vozes, cantando apoiadas costas contra costas, espargindo ao seu redor uma aura de sedução e inocência. E a sedução acontecia exatamente por ser tudo tão inocente, tão celestial, como a música dos anjos mais puros.

Claro, eu sabia muito bem qual era o meu lugar. Tinha consciência dos meus limites. Não dê passo maior do que a perna. Não vá ter idéias, imaginando que pode conseguir o que é destinado aos melhores. É verdade, todos os seres humanos nasceram iguais — esse é o fundamento da vida no kibutz, mas o campo do amor pertence às forças da natureza, e não à assembléia-geral. E o campo do amor, como se sabe, está destinado apenas aos mais altos cedros, e não aos tufos de capim.

Mas até a um gato é permitido contemplar o rei, como diz o provérbio. E assim eu os contemplava o dia inteiro, e na minha cama, à noite, também, depois de fechar os olhos, eu não parava de olhar para eles, aqueles rapazes esplêndidos, descabelados, e sobretudo, eu não parava de olhar para as moças. E como olhava! Cravava nelas meus olhos febris. Até dormindo eu cravava nelas meus olhos de bezerro faminto desamparado. Não que eu alimentasse falsas esperanças. Sabia que não eram destinadas a mim. Eles, os machos magníficos, o trunfo de Israel, e eu, o verme de Jacó. Elas, o bando de gráceis gazelas, e eu, o chacal solitário que uivava do outro lado da cerca. E entre todos, a cereja do bolo, Nili.

Cada uma delas era bela como o próprio Sol. Porém Nili — à sua volta tremulava sempre um círculo de felicidade. Nili andava e cantava — na estradinha, sobre o gramado, entre os canteiros —, andava e cantava para si própria. E mesmo quando andava e não cantava, parecia andar e cantar. O que será que ela tem?, eu me perguntava às vezes, atormentado pelas minhas angústias dos dezesseis anos. Como ela canta sem parar?

O que é tão bom neste mundo, o quê?
Dos sofrimentos de um destino amargo,
das angústias de uma vida cruel,

*de um passado desconhecido
a um destino sem ilusão.*

Será ainda possível extrair alegria desta vida? Irradiar uma aura de felicidade como a dela? Será que ela ainda não soube que

*Receberam, receberam os montes Efraim
mais um jovem em sacrifício,
como você nós vivemos,
pelo povo morreremos [...]?*

O quê, Nili, então você não soube? Você não tem noção de

*que perdemos tudo
o que nos era caro
e que jamais voltará para nós* [...]

Deixava-me maravilhado. Chegava quase a me exasperar, mas também me encantava: como um vaga-lume.

Em torno do kibutz Hulda a escuridão era profunda. Todas as noites um abismo negro se abria a dois metros das luzes amareladas que pontuavam a cerca externa e se estendia até os confins da noite, até as estrelas mais distantes. Para além da cerca de arame farpado se espraiavam campos vazios, bosques isolados nas trevas, colinas sem viva alma, jardins abandonados ao vento noturno, ruínas de aldeias árabes. Não como hoje, que de Hulda se vêem, de todas as direções, aglomerados compactos de luzes. Nos anos 50 ainda era tudo completamente vazio em toda a volta. E dentro desse grande vazio se esgueiravam silenciosos os terroristas *fedayin*, e dentro desse grande vazio havia também o bosque sobre a colina, os olivedos, os pomares, e entre eles, nas trevas, erravam chacais babando, cujo uivo enlouquecido arrepiava o cabelo, dividia o nosso sono e fazia gelar o sangue nas madrugadas (foram esses os chacais que anos mais tarde vieram trabalhar comigo, convocados para os contos de *Artzot HaTan* [Terras do Chacal]. Embora entre aquela época e hoje os chacais tenham se calado. Deixaram de uivar. Por muitos anos os chacais sumiram da planície central de Israel e só recentemente voltaram a aparecer por lá.

Mesmo dentro do pátio interno do kibutz, bem cercado e vigiado, à noite, não havia muita luz. Aqui e ali uma lâmpada exausta derramava no chão uma débil poça de luz, e de novo a escuridão compacta reinava soberana até a próxima lâmpada. Entre os estábulos e os galinheiros, vigiavam as sentinelas noturnas encolhidas de frio, e a cada hora, ou meia hora, a vigia do turno da noite se levantava do seu tricô na copa da casa dos bebês e dava uma volta desde o berçário até as casas das crianças maiores, ida e volta.

Tínhamos de fazer bastante barulho, todas as noites, para espantar a sensação de vazio e a tristeza. Noite após noite, nos reuníamos para fazer juntos algo bem barulhento, quase selvagem, até a meia-noite. Até depois da meia-noite. Para a escuridão não se infiltrar nos quartos nem nos ossos e não apagar a alma. Precisávamos cantar, gritar e nos empanturrar de comida, discutir, brigar, fofocar, contar piadas, tudo para afastar a escuridão, o silêncio e os uivos dos chacais. Naqueles tempos não havia televisão, nem videocassete, nem estéreo, nem internet, nem jogos de computador. Nem danceterias, nem pubs, nem música de discoteca. Filmes eram exibidos no Beit Hertzl, ou fora, no gramado, só uma vez por semana, às quartas-feiras.

Todas as noites devíamos nos reunir e começar a produzir luz e alegria para nós mesmos.

Os adultos do kibutz, costumávamos chamar de "os velhos", apesar de terem apenas passado dos quarenta. Entre eles havia não poucos cuja luz interior já se apagava sob o peso de tantos deveres, compromissos, obrigações, decepções, trabalho pesado, reuniões, comissões, mobilizações para a colheita, discussões, turnos, dias de estudo, convocação para cuidar do jardim, excesso de atividades culturais e o modo intenso de vida. Não poucos dentre eles já eram pessoas derrotadas. Às nove e meia ou quinze para as dez, uma após a outra, as luzes débeis iam sumindo das janelas das pequenas residências dos veteranos. No dia seguinte tínhamos de nos levantar novamente às quatro e meia da manhã para a colheita, ou para a ordenha da manhã, ou para as culturas mecanizadas, ou para o trabalho na cozinha coletiva. Naquelas noites, a luz era um produto raro e caro em Hulda.

E Nili era um vaga-lume. Melhor, era um gerador. Uma usina completa.

* * *

Nili espalhava ao seu redor um tipo perdulário de alegria de viver. Transbordava uma exuberância incontida. Alegria pura. Sem motivo e sem desculpa. Sem justa causa. Sem base. Nada precisava acontecer para provocar nela uma impetuosa avalanche de alegria. Certo, não foi uma nem duas vezes que a vi triste por um momento, sem esconder o choro, por lhe terem feito, ou por ela achar que lhe tinham feito alguma ofensa, ou alguma injustiça, ou se desfazia em prantos durante um filme triste, ou derramava lágrimas amargas sobre uma passagem melancólica de um romance. Entretanto a sua tristeza estava sempre bem aparafusada entre um par de ferrolhos reforçados de poderosa, permanente e infinita alegria de viver, como uma fonte de água quente que nenhuma neve e nenhum gelo jamais poderão resfriar porque seu calor deriva diretamente do coração da Terra.

Talvez essa alegria tenha vindo de sua casa, de seus pais: Riva, por exemplo, a mãe de Nili, sabia ouvir sua música interior, mesmo quando não havia nem poderia haver nenhuma música por perto. E Shaptel, o bibliotecário, passeia pelo kibutz vestido com sua camiseta de trabalho cinzenta, passeia e canta, cuida do jardim e canta, carrega nas costas sacos pesados e canta, e quando ele diz, *Ihié Tov*, vai melhorar, é porque acredita mesmo que vai melhorar. Acredita sempre. Piamente. Não vacila. Não hesita. Não se preocupe, cara, *Ihié Tov*. Logo, logo.

Aluno externo. Aos quinze, dezesseis anos, eu admirava a alegria transbordante de Nili como quem admira a Lua cheia: distante, inatingível, mas emocionante e arrebatadora.

Claro, só de longe. Luzes intensas como essa, só nos é permitido admirar. Nos dois últimos anos da escola, e depois, durante os anos de serviço militar eu tive uma namorada de fora de Hulda. E Nili teve um rosário cintilante de admiradores, e em volta desse rosário um segundo círculo de seguidores encantados. E outra corrente, a terceira, de cortejadores coitadinhos meio desesperançados, e ainda um quarto rosário dos que ouviam um boato longínquo, e no quinto ou sexto círculo também estava eu, o musguinho na parede, e às vezes também o tocava, até a ele, inesperado, um raio distraído, tocava, e ele não tinha idéia do efeito devastador produzido por esse toque passageiro.

Quando fui pego rimando versos na semi-abandonada sala dos fundos da Casa de Cultura de Hulda, já havia ficado claro para todos que de mim não sairia nada de bom. Mesmo assim, julgando que não custaria nada tentar, depois de terem me pilhado rimando, acharam que deviam me encarregar de compor versinhos adequados para todo tipo de eventos, festas e comemorações, casamentos, solenidades e outros acontecimentos, e, em último caso, também obituários e elegias fúnebres. As poesias mais poéticas e sentimentais, consegui esconder bem fundo na palha de um colchão velho, mas às vezes não conseguia me controlar e não resistia à tentação de mostrá-las a Nili.

Por que, de todas, justo para ela?

Talvez eu tivesse uma necessidade de checar qual das minhas poesias das trevas se dissolveria no momento em que entrasse em contato com os raios do Sol. E o que conseguiria, apesar de tudo, subsistir. Até hoje Nili é a minha primeira-leitora. E quando encontra algo de errado no rascunho, ela me diz: Isto aqui simplesmente não funciona. Apague isso. Escreva de novo. Ou: Chega, já ouvimos isso antes, não precisa repetir. Mas quando algo lhe agrada, Nili levanta os olhos do papel e me olha de um jeito, e o quarto aumenta de tamanho e fica enorme, e quando o trecho sai triste, ela diz: Esse trecho me faz chorar. E quando sai engraçado, ela não diz, mas cai na gargalhada. Depois as minhas filhas lêem e o meu filho lê. Os três munidos de olhos de lince e ouvido apurado, e passado algum tempo alguns amigos também lerão. E depois os leitores de livros. E depois virão os especialistas, os eruditos, os literatos, os críticos e as brigadas de demolição. Mas aí eu não vou mais estar presente.

Naqueles anos, Nili mantinha firme seu prestígio e seu séquito fiel, enquanto eu não colhia grandes sucessos: se a princesa passava seguida pelo seu reluzente cortejo de admiradores defronte da casinhola de um de seus vassalos, no máximo ele alçaria por um momento o seu olhar, seria ofuscado pela sua luz, que abençoaria o seu dia. Daí o impacto fulminante que teve a notícia em Hulda, e mesmo nos povoados vizinhos, quando um belo dia foi revelado que a luz do Sol descera para banhar a face sombria da Lua. Naquele dia, em Hulda, as vacas puseram ovos, das tetas das ovelhas jorrou vinho, e dos eucaliptos brotaram leite e mel. Por detrás do galpão do estábulo, apareceram uns ursos-polares, o imperador do Japão foi visto vagando a esmo ao lado da lavanderia enquanto declamava cartas seletas de Aron D. Gordon, das montanhas minaram sucos, e todas as colinas se dissolveram. Setenta e sete horas seguidas o Sol pairou por sobre as copas dos ciprestes se recusando terminantemente a se pôr. E eu fui ao banheiro vazio dos rapazes, tranquei a porta muito bem trancada e me postei diante do espelho e perguntei em voz bem alta: Espelho, espelho meu, me diga, como foi acontecer? Por que razão eu mereço tanto?

62

Ao morrer, minha mãe tinha trinta e oito anos de idade. Hoje, com a minha idade, eu já poderia ser seu pai.

Depois do seu enterro, eu e meu pai permanecemos por alguns dias em casa. Ele não foi trabalhar, e eu não fui ao Tchachmoni. A porta do apartamento ficava aberta durante todo o dia. Desde as primeiras horas da manhã não cessavam de nos visitar: vizinhos, parentes e conhecidos. Vizinhas generosas trataram de providenciar refrescos para oferecer a todos os que nos visitavam, e também café, chá e biscoitos. De tempos em tempos me convidavam para dar um pulinho na casa delas e comer alguma coisa quente. Eu provava, por educação, uma colher de sopa e meio bolinho, e corria de volta para casa, não queria que meu pai ficasse sozinho. Embora ele nunca estivesse sozinho — desde a manhã até as dez ou dez e meia da noite, nossa casa ficava cheia de amigos desejosos de nos consolar. As vizinhas trouxeram cadeiras e as dispuseram em círculo ao longo da parede do quarto-biblioteca. Durante todo o dia casacos estranhos se empilhavam sobre o sofá-cama de meus pais.

A pedido de papai, vovô e vovó se isolaram durante a maior parte do dia no outro quarto, pois a presença deles lhe fazia mal: de tempos em tempos, vovô Aleksander caía num choro russo, ruidoso, com soluços, e vovó Shlomit não parava de ir e vir entre os visitantes e a cozinha. Recolhia de suas mãos as xícaras e os pratinhos com migalhas de bolo, lavava cada xícara em separado com detergente, enxugava e devolvia ao armário das louças, e voltava à sala de visitas. Toda colherinha não lavada era vista por vovó Shlomit como agente das forças malignas que causaram a tragédia.

Na sala de visitas ficavam vovô e vovó com alguns dos amigos que já haviam encerrado a visita a mim e a meu pai mas achavam por bem se deter por mais alguns momentos. Vovô Aleksander, que gostava muito da nora e temia por suas crises de melancolia, não cessava de caminhar pelo quarto, assentindo com a cabeça, como por ironia, e lançando de repente uivos altos e amargurados:

"Como é possível? Como? Bonita! Jovem! E tão talentosa! Brilhante! Como é possível? Me expliquem, só me expliquem, como?" Ficava postado no canto, de costas para todos, soluçava alto, os ombros tremiam com violência.

Vovó o repreendia:

"Zíssie. Pare com isso, por favor. Chega. Lúnia e o menino. Eles não agüentam mais quando você age desse jeito. Chega! Comporte-se! Tome o exemplo de Lúnia e do menino, veja como eles sabem se comportar! Sério!"

Vovô piscava para ela, se sentava e cobria o rosto com as mãos. Mas, passados quinze minutos, de novo seu coração explodia em lamentos desesperados:

"Tão jovem! E bonita! Bonita como um anjo! Jovem! Talentosa! Como? Me expliquem, como é possível?"

Vieram as amigas de minha mãe, Lilia Bar-Samcha e Rúchele Engel e Estérke Wiener e Fânia Waissman e mais uma ou duas amigas dos tempos da juventude, do Ginásio Tarbut. Tomaram chá e conversaram sobre a época da escola, e recordaram fatos da juventude de minha mãe, e sobre o charmoso diretor Reiss, a paixão secreta de todas as alunas da escola, e sobre o seu casamento, que não era tão bem-sucedido. Conversaram também sobre outros professores, e aqui tia Lilinka perguntou gentilmente a meu pai se esses assuntos, essas recordações, os fatos engraçados, não o entristeciam? Não? Não seria melhor conversarmos sobre outra coisa?

Mas meu pai, que passava o dia inteiro exausto e com a barba por fazer, na cadeira onde minha mãe atravessava as suas noites de insônia, apenas meneava a cabeça, indiferente, e com um gesto desinteressado dava a sua permissão: Continuem.

Tia Lilia, a dra. Léa Bar-Samcha, insistia na idéia de ter uma conversa particular comigo, apesar de eu ter conseguido dar um jeito de escapar dessa anunciada conversa. Como no outro quarto estavam meu avô e minha avó e mais alguns dos parentes de meu pai, e a cozinha estava tomada pelas vizinhas generosas, e também tinha vovó, que entrava e saía de lá o tempo todo para esfregar cada pires e cada colherinha, a tia me tomou pela mão, me levou ao banheiro e trancou a porta. Estranha e desagradável foi para mim a reclusão com essa mulher no banheiro trancado por dentro. Só em medonhas alucinações eu havia passado por momentos como esse. Mas tia Lilia ficou de frente para mim, sentada no tampo fechado do vaso, e me sentou à sua frente, sobre a borda da banheira. Me fitou por um ou dois minutos em silêncio, com muita piedade. Lágrimas rolavam de seus olhos, e depois falou durante alguns minutos, não sobre minha mãe nem sobre o ginásio em Rovno, mas sobre a grande força da arte, e sobre a relação entre a arte e a vida interior da alma. Essa conversa só me fez encolher mais um pouco para dentro dos sapatos.

Depois disso tia Lilia mudou o tom de voz e me falou sobre minhas novas responsabilidades de adulto dali por diante: tomar conta de meu pai, trazer um pouco de luz à sua vida sombria e dar a ele ao menos um pouco de alegria, por exemplo, dedicando-me bastante aos estudos. Daí em diante passou a falar de mim e dos meus sentimentos: ela precisava saber em que eu tinha pensado ao tomar conhecimento da tragédia. Quais foram meus sentimentos naquele exato instante? E quais eram meus sentimentos agora? E para me ajudar, tia Lilia começou a desenrolar para mim um inventário enorme de nomes de sentimentos diversos, como se os espalhasse à minha frente para que eu escolhesse, ou como se pedisse que eu apontasse o errado: tristeza? medo? preocupação? saudade? um pouco de raiva, talvez? espanto? ou culpa? Pois você com certeza já ouviu falar, ou já leu que em casos como esse também aparecem às vezes sentimentos de culpa. Não? E um sentimento de desconfiança? dor? ou certa negação da nova realidade?

Pedi licença com toda a educação, e me levantei para sair. Por um momento temi que ao trancar a porta tia Lilia tivesse enfiado a chave do banheiro no bolso, e agora eu estaria impedido de cair fora até ter respondido, uma a uma, a todas as suas perguntas. Mas a chave estava em seu lugar, na fechadura. Ao sair, ainda pude ouvir, pelas costas, a sua voz preocupada:

"Quem sabe se é mesmo ainda um pouco prematuro para você ter uma conversa como essa. Mas lembre-se: no momento em que se sentir preparado para ter essa conversa, não hesite um só instante, venha a mim, e vamos conversar. Creio que sua pobre mãe gostaria muito que entre nós dois continuassem a existir laços profundos."

Fugi.

* * *

Vieram os Toran, e também os Lamberg, e os Rozendorff, e os Bar-Itzhar, vieram Getzel e Isabela Nachnieli, da Pátria da Criança, e outros vizinhos e conhecidos de Kerem Avraham, e veio tio Dúdek, o chefe da polícia, com sua bela esposa, e veio o dr. Fefermann, e com ele os funcionários do departamento de periódicos. E vieram outros bibliotecários de todos os outros departamentos da Biblioteca Nacional. Vieram Stashek e Mila Rodnitzky, e mais alguns intelectuais e literatos, e alguns donos de livrarias, e o sr. Yehoshua Tshitshik, o editor dos livros de papai em Tel Aviv, e até tio Yossef apareceu, o professor Klausner veio uma noite à nossa casa, muito comovido e assustado, e verteu sobre o ombro de meu pai uma lágrima silenciosa, de velho. Vieram os nossos conhecidos dos encontros nos cafés, e vieram os escritores de Jerusalém, Yehuda Yaari, e Shraga Kadari, e Dov Kamchi, e Ytzchak Shenhar. E vieram o professor Halkin e sua esposa, e também o professor Ban'at, o especialista em história do Islã, e o professor Ytzchak Fritz Be'er, o especialista em história dos judeus na Espanha cristã. E com eles vieram três ou quatro jovens professores e assistentes, cujas estrelas já começavam a galgar os céus da universidade. Vieram também dois dos professores da escola Tchachmoni e alguns dos meus colegas de turma, e os Krochmal, Túshia e Gustav, da oficina de consertos de brinquedos e curativos em bonecas machucadas, cujo nome foi trocado para Hospital de Bonecas. Vieram Tzarta e Yaacov-David Abramsky, cujo filho, Yonatan, havia sido assassinado no final da Guerra de Independência quando um franco-atirador transjordaniano disparou da janela da escola de polícia, além da linha de cessar-fogo. Yoni tinha doze anos de idade quando a bala atingiu a sua testa, enquanto brincava no quintal de sua casa numa manhã de shabat. Quando ele morreu, seus pais estavam nos visitando, tomavam chá conosco e comiam uma fatia de bolo. E quando a ambulância passou por nossa rua, com a sirene a mil, em seu caminho para recolher Yoni, e quando passou de volta, alguns minutos depois, minha mãe observou que fazemos todos os dias os mais diferentes planos para o futuro, mas eis que alguém, nas sombras, ri de nós e de todos os nossos planos. E Ttzarta Abramsky concordou: É isso mesmo, é a vida, e mesmo assim as pessoas vão continuar sempre a fazer planos, pois sem eles se instalará o desespero. Dez minutos depois chegou um vizinho que delicadamente levou os Abramsky até o pátio, e lá contou a eles menos do que a verdade, e eles se apressaram de tal modo a segui-lo correndo que tia Tzarta esqueceu em nossa casa a sua bolsa com sua carteira e documentos. No dia seguinte, quando fomos fazer uma visita de pêsames a eles, meu pai lhe devolveu em silêncio essa bolsa depois de abraçá-la, e ao sr. Abramsky. Agora ambos nos abraçavam em lágrimas, a mim e a meu pai, mas não trouxeram com eles nenhuma bolsa.

Meu pai continha o choro. Em todo caso, na minha presença ele não chorou uma única vez. Sempre foi de opinião que lágrimas ficam bem em mulheres, mas não em homens. Ficava sentado durante todo o dia na cadeira que havia sido de mamãe. Dia a dia sua face ia ficando mais escura por causa da barba que ia crescendo. Cumprimentava os visitantes com um aceno de cabeça e com um aceno também se despedia deles, ao saírem. Naqueles dias quase não falou. Era como se a morte de minha mãe o tivesse curado de uma vez por todas de sua mania de romper todo silêncio. Agora permanecia sentado dias a fio, mudo, e deixava que outros falassem, sobre minha mãe, sobre livros e idéias, sobre as novidades na situação política. Eu tentava sempre me sentar ao seu lado: quase não despregava dele os olhos durante todo o dia. E ele, por sua vez, me dava um tapinha leve e cansado quando eu passava perto de sua cadeira. Ou dois, no meu braço ou nas minhas costas. A não ser por esses tapinhas, não conversávamos.

Os pais de minha mãe e suas irmãs não vieram a Jerusalém durante o luto nem nos dias que se seguiram: mantiveram seu luto em separado, na casa de tia Chaia, em Tel Aviv, pois atribuíam a meu pai toda a responsabilidade pela tragédia, e não podiam mais encará-lo. Mesmo no enterro, assim me contaram, meu pai esteve sempre junto dos seus pais, e as irmãs de minha mãe com os seus pais, e durante todo o cortejo fúnebre e o enterro, nenhuma palavra foi trocada entre os dois campos.

Eu não estive no enterro de minha mãe. Tia Lilia, Léa Kalish Bar-Samcha, tida entre nós como especialista em sentimentos em geral, e particularmente em educação infantil, temia pelo choque negativo que o enterro pudesse causar na alma da criança. E desde esse dia nenhum membro da família Musman pisou em nosso apartamento em Jerusalém, e meu pai, de sua parte, também não mais os procurou e não tentou retomar o contato com eles, por estar muito sentido com as graves suspeitas que recaíram sobre ele. Durante anos fui o único elo entre os dois grupos. Nas primeiras semanas, eu repassava informações indiretas sobre tudo o que dizia respeito aos pertences de minha mãe, e por duas ou três vezes repassei os próprios pertences. Nos anos que se seguiram, as tias me questionavam sutilmente sobre a vida cotidiana de nossa casa, sobre a saúde de meu pai e de meus avós, sobre a nova esposa de meu pai e até sobre a situação financeira, e contudo faziam questão de abreviar minhas respostas com as palavras: Não estou interessada. Ou: Chega, o que ouvimos já basta.

Mesmo meu pai, de sua parte, fez algumas tentativas para receber pistas do que as tias andavam fazendo e de como estavam seus familiares, e de como estavam passando meu avô e minha avó em Kiriat Motzkin. Mas dois minutos depois de eu ter começado a resposta, sua face já se torcia em esgares de desagrado, e ele fazia um gesto impaciente me pedindo para parar, para não entrar em detalhes. Quando minha avó Shlomit faleceu, em 1958, as duas tias, e também meu avô e minha avó maternos, me pediram para transmitir, por favor, nossos pêsames para vovô Aleksander, considerado pela família Musman o único dos Klausner com um verdadeiro bom coração. E passados quinze anos, quando contei a meu avô Aleksander sobre a morte de meu outro avô, ele tomou o rosto com as palmas das mãos e levantou a voz, dizendo com raiva, e não com pena: "*Buje Moi*, meu D'us, mas ele ainda era um rapaz tão jovem! Uma pessoa simples, mas interessante! Profundo! Você, diga a eles todos que meu coração chora por ele! Com essas palavras, essas mesmo, você diga a eles: o coração de Aleksander Klausner chora pela morte prematura do querido sr. Hertz Musman!".

Mesmo ao findar o período de luto, quando nossa casa afinal se esvaziou e meu pai e eu trancamos a porta e ficamos só nós dois, quase não trocamos palavra. A não ser as coisas mais corriqueiras — a porta da cozinha está empenada, hoje o carteiro não veio, o banheiro está livre mas não tem papel higiênico. Também evitamos cruzar olhares: era como se estivéssemos muito envergonhados por alguma coisa errada que ambos tínhamos cometido, que teria sido melhor se não tivéssemos feito, mas em todo caso seria bem melhor se fosse possível se envergonhar em silêncio e sem um parceiro que sabia tudo que você sabia sobre ele.

Nunca falamos sobre minha mãe. Nem uma única palavra. Nem sobre nós mesmos. Nem sobre nada que tivesse a menor relação com sentimentos. Falávamos sobre a Guerra Fria, sobre o assassinato do rei Abdullah e sobre a ameaça de um segundo round da Guerra de Independência. Meu pai tentava me explicar a diferença entre significado e significante, símbolo e alegoria, e entre saga e lenda. E também me explicava com precisão e clareza as diferenças entre o liberalismo e a social-democracia. E todas as manhãs, à primeira luz, mesmo naquelas manhãs cinzentas, sombrias e úmidas de janeiro, vinha de fora, das folhas molhadas, o som dos trinados joviais daquele passarinho otimista: "Ti-da-di-da-da"; mas então, no frio do inverno, ele não repetia três ou quatro vezes, como fazia no verão — dava o seu recado uma vez só e desaparecia. Eu raramente falei sobre minha mãe até agora, até escrever estas linhas. Nem com meu pai, nem com minha mulher, nem com meus filhos, nem com ninguém mais. Depois da morte de meu pai, também quase não falei dele. Como se eu fosse um órfão enjeitado.

Nas primeiras semanas depois da tragédia, a casa decaiu bastante. Nem eu nem meu pai recolhíamos as sobras de comida do oleado da mesa, não tocávamos nos talheres, que mergulhávamos na água da pia, até que terminavam todos e tínhamos de pescar os que estavam de molho, dois pratos, dois garfos e facas, lavá-los na torneira, usá-los e depois devolver para a pilha enorme de louça e talheres, que já exalava mau cheiro. A lata de lixo também já transbordava e cheirava muito mal, pois nenhum de nós se dispunha a esvaziá-la. Nossas roupas, jogávamos sobre qualquer cadeira da casa, e se precisássemos da cadeira simplesmente jogávamos no chão tudo o que havia nela. Folhas de papel, cascas de frutas, livros, lenços usados e folhas amareladas de jornal velho recobriam o assoalho. Grossos rolos cinzentos de poeira vagavam por todo o piso. Até que o vaso sanitário já estivesse meio entupido, não movemos uma palha. Montes de roupas para lavar transbordavam do banheiro para o corredorzinho onde já as aguardavam pilhas de garrafas vazias, papelão, envelopes velhos e embalagens usadas da quitanda (foi mais ou menos assim que descrevi o apartamento da personagem principal em *Fima*).

E contudo, mesmo naquele caos, reinava em nossa casa silenciosa uma profunda dedicação de cada um de nós ao outro: meu pai abriu mão, afinal, do horário de apagar as luzes e deixou a meu critério a decisão de quando apagá-las, e eu, de minha parte, ao voltar da escola para a casa vazia e desamparada, preparava para mim uma refeição simples, um ovo cozido, pão, queijo, verdura e um pouco de sardinha ou atum em lata. E preparava para meu pai duas fatias de pão com tomate e ovo cozido, embora em geral meu pai tomasse um lanche ainda antes de voltar para casa, na cantina do edifício Terra Sancta.

Apesar da vergonha e do silêncio, eu e meu pai estávamos bem próximos naqueles dias, próximos como no inverno anterior, algo como um ano e um mês antes da tragédia, quando a situação de mamãe piorou e ele e eu éramos como dois enfermeiros carregando juntos a sua ferida na maca, subindo a ladeira íngreme.

E agora carregávamos um ao outro.

Durante aquele inverno não abrimos a janela uma única vez. Como se temêssemos abrir mão do mau cheiro que imperava no apartamento. Como se nos sentíssemos bem cada qual com o cheiro do corpo do outro. Até mesmo quando esses cheiros nos pressionavam e eram repulsivos. Sob os olhos de meu pai apareceram olheiras muito escuras, como as que apareceram sob os olhos de minha mãe na época de sua insônia. Eu acordava apavorado à noite e me esgueirava descalço até seu quarto para espiar, verificar se ele por acaso não estaria acordado, como ela ficava, sentado na cadeira diante da janela, olhando tristemente as nuvens passarem. Meu pai não ficava sentado durante as noites na cadeira diante da janela e não observava tristemente o desfilar das nuvens, ou da Lua. Comprou um pequeno aparelho de rádio verde-musgo, marca Phillips, e o instalou junto à cabeceira da cama, e deitado, no escuro, ouvia tudo: à meia-noite, quando terminavam as transmissões da Rádio de Israel e seu lugar era tomado pelo som triste e prolongado de uma sirene, meu pai estendia a mão e procurava no dial a BBC de Londres.

Uma tarde, vovó Shlomit apareceu de repente trazendo duas bandejas cheias de quitutes preparados especialmente para nós. No momento em que abri a porta, ela quedou imóvel e estarrecida diante do que seus olhos viram, ou seu nariz sentiu. Quase sem dizer palavra, deu as costas e desapareceu. Mas logo no dia seguinte, às sete da manhã, surgiu de novo, dessa vez armada de duas empregadas e de um arsenal completo de material de limpeza e desinfecção.

Montou um posto avançado de comando num banco do quintal, próximo à porta de entrada, e dele, por três dias, dirigiu irredutível suas operações bélicas.

Assim a casa voltou ao normal, e eu e meu pai não mais descuidamos de nenhum dos deveres domésticos. Contratamos uma das empregadas para vir duas vezes por semana. A casa se tornou limpa e arejada, e dois ou três meses depois chamamos um pintor.

Mas desde aquelas semanas de caos não me curei mais da mania compulsiva de ordem que até hoje inferniza a vida dos que dividem comigo a minha casa: todo pedacinho de papel fora do lugar, todo jornal não dobrado ou xícara não lavada ameaçam meu equilíbrio. Quando não me enlouquecem por completo. Como um comissário da KGB. Ou um monstruoso Frankenstein. Ou como a mania mórbida de ordem e limpeza de vovó Shlomit. A cada tantas horas, faço uma inspeção completa na casa, recolho e degrado cruelmente para as profundezas da Sibéria qualquer pobre objeto que tenha o azar de surgir no meu caminho. Vai para as profundezas abissais de alguma gaveta esquecida toda carta ou folha aberta que alguém deixou largada por um instante em cima da mesa enquanto o chamavam ao telefone. Passo logo sob a torneira da pia, lavo e coloco emborcada no escorredor toda xícara de café que uma de minhas vítimas tiver deixado por um instante para esfriar um pouquinho. E faço sumir da vista impiedosamente todo chaveiro, par de óculos, bilhete, remédio, pratinho de biscoitos que o dono reservou mas deu as costas por um momento: tudo vai cair nas garras do monstro que devora e some com tudo para que haja finalmente um pouco de ordem nesta bagunça. Para que esta casa não lembre, nem por um traço, nem pelo mais remoto indício, a casa que foi minha e de meu pai na época em que combinamos, ele e eu, num acordo tácito e silencioso, que o melhor para nós seria ficar prostrados no pó e nos coçando com caco de telha só para ela ficar sabendo.

Depois disso, um belo dia meu pai resolveu investir implacável contra as gavetas de mamãe e seu setor no guarda-roupa — foram salvos de sua sanha apenas alguns objetos que as irmãs e os pais de minha mãe pediram que eu levasse a eles para guardar como lembrança. E assim, numa de minhas viagens a Tel Aviv levei, numa caixa de papelão amarrada com barbante grosseiro, tudo o que restou: saias, vestidos, sapatos, roupas de baixo, cadernos, meias, lenços de cabeça e echarpes, e envelopes cheios de fotografias de infância. Tudo isso meu pai empurrou com força para dentro de sacos de papel grosseiro trazidos da Biblioteca Nacional. E eu o acompanhei como um cachorrinho pelos quartos da casa observando sua investida intempestiva sem ajudar nem atrapalhar. Observei quando ele abriu a gaveta do criado-mudo de mamãe e retirou duas ou três bijuterias simples, cadernos, caixinhas de remédios, livros, lenços, um protetor para o excesso de luz e algumas moedinhas. Despejou tudo num dos envelopes. Não pronunciei uma única palavra. E o estojo de pó-de-arroz, a escova de cabelo de mamãe e seus apetrechos de higiene, e a escova de dentes. Tudo. Imóvel, chocado e mudo, me deixei ficar apoiado no batente da porta vendo meu pai arrancar com um ruído rascante de rasgado o seu penhoar azul do cabide do banheiro e o enfiar impiedoso, também ele, num dos sacos. Quem sabe se foi quase assim que os vizinhos cristãos se deixaram ficar, paralisados e chocados, apoiados no marco da porta, os olhos cravados na cena incompreensível, confusos e com sentimentos conflitantes, quando vieram arrancar à força os seus vizinhos judeus para os enfiar a todos brutalmente em caminhões de transporte de carga. Qual foi o fim dado por meu pai a esses sacos, se foram todos doados aos pobres, às vítimas das enchentes do inverno, sobre isso ele jamais me disse uma palavra. Ao cair da noite, nada havia restado dos pertences de minha mãe, nem uma lembrança. E somente um ano depois, quando a nova esposa de meu pai veio se instalar em nossa casa, apareceu um envelope com seis grampos simples de cabelo que havia conseguido se salvar de algum jeito e também se esconder durante um longo ano bem no fundo do espaço existente entre a gaveta e o tampo do criado-mudo. Meu pai crispou os lábios e jogou também esses grampos no lixo.

Algumas semanas depois da intervenção das empregadas e da limpeza completa da casa, meu pai e eu voltamos aos poucos a manter na cozinha, à noite, uma espécie de reunião diária de Estado-maior. Eu dava início à conversa com um resumo dos acontecimentos na escola. Meu pai me contava sobre alguma troca de idéias ocorrida naquele dia, em pé entre as prateleiras da biblioteca, com o professor Gwittein, ou com o dr. Rotenstraich. Trocávamos idéias sobre a situação política, sobre Begin, sobre Ben Gurion e sobre o levante dos jovens oficiais de Muhammad Nagib no Egito. Voltamos a dependurar uma folha de papel na parede da cozinha, na qual anotávamos à mão, e nossas caligrafias já não estavam tão parecidas quanto antes, quais as compras que deveriam ser feitas no armazém e quais na quitanda. E a ir juntos ao barbeiro na segunda-feira à tarde ou comprar um presentinho para tia Lilinka pela conquista de um novo título, ou para vovó Shlomit — cuja idade é mantida em segredo indevassável —, pelo seu aniversário.

Passados mais alguns meses, meu pai voltou ao seu hábito de engraxar os sapatos até soltarem faíscas ao refletir a luz elétrica. E tomar um bom banho na noite do shabat e vestir uma camisa engomada, e colocar uma de suas gravatas de seda e umedecer seu cabelo escuro antes de escová-lo para cima, passar loção de barba e sair para "bater papo com os amigos" ou para "consultas sobre assuntos de trabalho".

Eu ficava sozinho em casa, lia, sonhava, escrevia, apagava e escrevia. Ou saía para passear um pouco pelos *wadis* nos limites da cidade e checar a situação das cercas que demarcavam a "terra de ninguém" e os campos minados ao longo da linha de cessar-fogo entre Israel e o Reino Hachemita da Jordânia. Caminhava no escuro e cantarolava para mim mesmo, de lábios cerrados "Ti-da-di-da-da". Não queria mais "...morrer ou conquistar a montanha". Queria que tudo terminasse. Ou pelo menos queria deixar para sempre minha casa e Jerusalém, e ir viver no kibutz: deixar para trás todos os livros, todos os sentimentos e ressentimentos e ir viver uma vida simples, uma vida no campo, uma vida de trabalho pesado e suor.

63

Minha mãe deu fim à vida no apartamento de sua irmã, na rua Ben Yehuda, em Tel Aviv, na noite entre o sábado e o domingo 6 de janeiro de 1952. Naquela época, Israel estava tomada por uma discussão furiosa e histérica sobre a pertinência de o Estado exigir e receber da Alemanha uma reparação pelos bens usurpados dos judeus assassinados por Hitler. Havia os que concordavam com a opinião de David Ben Gurion, segundo a qual não devíamos permitir que os assassinos fossem também os herdeiros, e segundo a qual era perfeitamente viável que o dinheiro de propriedade dos judeus saqueados pelos alemães fosse integralmente devolvido ao Estado de Israel e viabilizasse a absorção dos sobreviventes do morticínio. Por outro lado, havia os que sustentavam, com muita dor e muita raiva, o líder da oposição, Menahem Begin, à frente, que seria uma transgressão grave, um pecado moral e mesmo a profanação da memória das vítimas o fato de o país dos assassinados possibilitar aos alemães, em troca de dinheiro contaminado, a remissão de um crime hediondo.

Naquele inverno, o inverno de 1951-2, tempestades copiosas, quase ininterruptas, assolaram Israel. O rio Eilon, ou *wadi* Musrara, transbordou e inundou o bairro de Montefiori, em Tel Aviv, e já ameaçava se alastrar por outros bairros. Deslizamentos causaram pesados estragos nas *maabarot*, os acampamentos provisórios dos novos imigrantes. Eram construções de lata, de compensado e papelão laminado com pano grosseiro onde foram socadas naquela época centenas de milhares de refugiados judeus vindos dos países árabes sem nada no bolso, e outras centenas de milhares de sobreviventes de Hitler chegados da Europa Oriental e dos países balcânicos. Algumas *maabarot* foram isoladas pelas águas das enchentes e chegaram a ser ameaçadas pela fome e epidemias. O Estado de Israel tinha então menos de quatro anos de idade, e nele vivia pouco mais de um milhão de habitantes, sendo um terço deles refugiados miseráveis e desmoralizados. Como conseqüência dos encargos com o Exército e com a vinda e absorção desses novos imigrantes, e por causa da máquina estatal inchada e complicada, as finanças estavam arruinadas, e os serviços de educação, saúde e bem-estar se encontravam à beira do colapso. No início daquela semana, David Horowitz, o diretor-geral do Ministério da Fazenda, voou aos Estados Unidos para uma visita de emergência com o intuito de levantar em um ou dois dias um empréstimo de curto prazo no total de dez milhões de dólares para evitar uma debacle. Sobre isso tudo, nós conversamos, meu pai e eu, em seu retorno de Tel Aviv: na quinta-feira ele havia levado minha mãe à casa de tia Chaia e de tio Tzvi, chegou a pernoitar por lá, e ao voltar na sexta-feira soube por vovó Shlomit e por vovô Aleksander que eu talvez estivesse resfriado, mas mesmo assim insisti em me levantar e ir à escola. Vovó sugeriu que eu e meu pai ficássemos com eles no shabat: para ela, nós dois parecíamos ter contraído algum vírus. Mas preferimos voltar para casa. No caminho entre a casa de meus avós, no beco Prag, e nossa casa, meu pai resolveu me relatar, com toda a franqueza, de adulto para adulto, que na casa de tia Chaia o estado de espírito de mamãe melhorou logo: na noite de quinta-feira os quatro saíram para passar algum tempo num café simpático e acolhedor, a dois passos da casa de Chaia e Tzvi, na rua Dizengoff, esquina da Jabotinsky. Acabaram ficando até a hora de fechar e conversaram sobre pessoas e livros. Tzvi contou montes de histórias engraçadas acontecidas no hospital, e mamãe estava com uma cara ótima, participou da conversa e à noite adormeceu e dormiu por algumas horas, mas acordou de madrugada e foi se sentar na cozinha, provavelmente para não perturbar o sono dos demais. De manhã cedo, ao se despedir de meu pai, que voltava para Jerusalém para trabalhar mais algumas horas na divisão de periódicos da Biblioteca Nacional, mamãe garantiu a ele que não havia com que se preocupar, que o pior já tinha passado, e por favor, tome conta do menino: ontem, ao sair de casa, ela teve a impressão que ele estava ficando resfriado.

Meu pai me disse:

"Sua mãe tinha toda a razão sobre esse seu resfriado, e espero que ela tenha razão também ao garantir que para ela o pior já passou."

Eu disse:

"Tenho só algumas lições ainda por fazer: quando eu terminar, você teria tempo para colarmos selos novos no álbum?"

Choveu durante quase todo aquele shabat. Choveu e choveu. Sem parar. Meu pai e eu passamos horas e horas debruçados sobre nossa coleção de selos. Minha cabeça tocou algumas vezes a sua. Fomos comparar cada selo novo à figura impressa no nosso grosso catálogo filatélico inglês, e meu pai encontrou o lugar certo no álbum para cada um dos novos selos, ou incorporando a uma série já iniciada, ou abrindo uma folha nova. Depois do almoço nos deitamos para descansar, ele no seu quarto e eu de volta ao meu, na cama que havia se tornado nos últimos dias a cama de doente de mamãe. Depois de descansar, meu pai e eu estávamos de novo convidados à casa de vovô e vovó, para comer com eles *guefilte fish*, peixe recheado mergulhado numa geléia amarela e todo rodeado por fatias de cenoura cozida. Mas como nós dois já estávamos resfriados, tossindo e de olhos injetados, e como lá fora a chuva era intensa e fustigava os vidros, e as nuvens estavam baixas e roçavam as casas de pedra, eu e meu pai decidimos ficar em casa. O céu pesado nos fez acender a luz elétrica já às quatro horas da tarde. Meu pai estava sentado à escrivaninha e trabalhou por duas ou três horas num artigo que já havia sido adiado por duas vezes, os óculos no meio do nariz, debruçado sobre os seus livros e suas fichas. Durante todo esse tempo fiquei deitado aos seus pés, sobre o tapete, lendo um livro. À tardinha jogamos dama, ele ganhou uma partida de mim, a outra eu ganhei, e a terceira terminou empatada. É difícil saber se meu pai tinha chegado a esses resultados de propósito ou não. Comemos alguma coisa leve, tomamos chá quente e apanhamos nas caixinhas de remédios de mamãe dois comprimidos de Palgin, ou de A. P. C. Para combater o resfriado, nós dois nos deitamos para dormir e acordamos às seis da manhã, e às sete veio Tzipi, a filha do farmacêutico, para nos avisar que tinham acabado de telefonar de Tel Aviv e que em dez minutos voltariam a nos ligar, que por favor o sr. Klausner fosse à farmácia imediatamente, papai pediu para avisar que é urgente.

Tia Chaia me contou que na sexta-feira tio Tzvi, que era diretor administrativo do Hospital Tzahalon, tinha chamado um especialista desse hospital que se dispusera a ir à casa deles depois do expediente. Esse especialista examinou muito bem mamãe, sem pressa, conversou longamente com ela e voltou a examiná-la, e por fim concluiu que ela estava cansada, tensa e um pouco deprimida. Afora a insônia, não encontrou nenhum problema especial. Muitas vezes a alma é a maior inimiga do corpo: não deixa o corpo viver, não o deixa ter prazer quando ele quer e não o deixa descansar quando ele implora por descanso. Se fosse possível tirar a alma com uma cirurgia simples, mais ou menos como extraímos as amígdalas, ou o apêndice, todos poderíamos viver saudáveis e satisfeitos por mil anos. Ele achava que o exame marcado para a segunda-feira no Hospital Hadassa, em Jerusalém, era quase um exagero, embora não fosse prejudicial. De sua parte, recomendava repouso absoluto e que se evitasse qualquer emoção. Era especialmente importante, ele disse, que a paciente permanecesse fora de casa por no mínimo uma hora ou duas diariamente; ela poderia se agasalhar bem e levar um guarda-chuva e deveria dar uma volta pela cidade, olhar vitrines ou olhar os rapazes jovens e bonitos, não importava, o importante era a caminhada ao ar livre. Afora isso, o médico lhe receitou um sonífero novo e muito potente, que parecia mais novo e mais potente do que o remédio novo receitado pelo novo médico de Jerusalém. Tio Tzvi correu para comprar aqueles comprimidos na farmácia de plantão na rua Bograshov, pois era sexta-feira à tarde, e todas as outras farmácias já haviam fechado por causa do início do shabat.

Na sexta à noite tia Sônia e tio Buma chegaram com uma vasilha de metal com sopa para todos, e outra com compota para a sobremesa. As três irmãs se aboletaram por uma hora, ou uma hora e meia, na pequena cozinha de Chaia, e prepararam o jantar. Tia Sônia sugeriu que mamãe fosse ficar na casa dela, na rua Wiesel, para não sobrecarregar tia Chaia. Mas tia Chaia nem sonhava em abrir mão da sua hóspede, e até a chamou de caçulinha por essa estranha sugestão. Tia Sônia se ofendeu um pouco, mas não disse nada. Na ceia do shabat, o clima estava um tanto desanimado por tia Sônia ainda estar meio ofendida. Parece que minha mãe assumiu a função que era em geral de meu pai e deu um jeito de não deixar a conversa esmorecer. No final da noite, minha mãe se queixou de cansaço e pediu licença a Tzvi e Chaia, desculpando-se por não estar se sentindo bem para ajudá-los a tirar a mesa e lavar a louça. Ela tomou os comprimidos novos receitados pelo especialista de Tel Aviv e, talvez para maior segurança, tomou também o remédio novo anterior, receitado pelo especialista de Jerusalém. Às dez, adormeceu e dormiu profundamente, mas apenas por duas horas, depois acordou e foi à cozinha, onde preparou café forte, preto, e se deixou ficar sentada até o final da noite em um dos banquinhos de vime. Às vésperas da Guerra de Independência, o quarto em que minha mãe estava hospedada tinha sido alugado para um oficial de informações da Haganá, Yigal Yadin, que, com a fundação do Estado, fora promovido a general, tornando-se o sub-comandante-em-chefe do Estado-maior e chefe do setor de operações, mas continuou a viver naquele mesmo quarto. A cozinha onde minha mãe passou toda aquela noite e a noite anterior era, portanto, uma cozinha histórica, pois durante a guerra fora palco de não poucas deliberações decisivas que traçaram os rumos daquela campanha. Não há como saber se minha mãe por um momento cogitou esse fato durante aquela noite, entre uma e outra xícara de café forte. E se cogitou, duvido que tenha visto nisso algum interesse.

    Na manhã do shabat ela disse a Chaia e Tzvi que havia resolvido acatar os conselhos do especialista e sair para dar uma volta na rua por uma hora e, como havia prometido ao médico, olhar os rapazes jovens e bonitos. Pediu emprestados à irmã um guarda-chuva e um par de botas de borracha forrado, e saiu na chuva. É claro que havia muito poucas pessoas na rua no norte de Tel Aviv naquela manhã de shabat de chuva e vento. Naquela manhã, 5 de janeiro de 1952, a temperatura em Tel Aviv era de cinco ou seis graus centígrados. Às oito ou oito e meia, minha mãe saiu da casa da irmã, na rua Ben Yehuda, 175. Ela deve ter atravessado a rua Ben Yehuda e tomado à esquerda, para o norte, em direção ao bulevar Nordau. Vitrines, quase não havia em seu caminho, exceto a vitrine não iluminada da leiteria da Tnuva, onde tinha sido afixado por dentro, com quatro tiras de fita adesiva marrom, um anúncio em tons verdes com a figura de uma menina de aldeia robusta e feliz sobre um fundo de campinas verdejantes, e sobre ela um céu azul e límpido com a inscrição: LEITE DE MANHÃ E À NOITE BEBER, ALEGRIA DE VIVER. Naquele inverno, ainda havia entre os prédios da rua Ben Yehuda muitos terrenos baldios, remanescentes das dunas de areia, com arbustos selvagens, espinhosos, cobertos por uma grande quantidade de lesmas brancas, assim como por carcaças enferrujadas, destroços e lixo ensopado de chuva. Minha mãe viu as fileiras de prédios de acabamento barato, com reboco branco, que, três ou quatro anos depois de terem sido construídos, já estavam desgastados pelo tempo, a tinta descolorida, a argamassa carcomida pelo mofo, esverdeada, descascada e podre, os vergalhões de ferro corroídos pelo ar salgado do mar, varandas com quartinhos agregados, feitos de tábuas e compensado, como em um acampamento de refugiados, placas cujas letras pintadas já tinham se tornado ilegíveis, plantas decorativas que agonizavam abandonadas nos quintais por não ter quem as amasse, depósitos precários construídos entre os prédios, feitos de lona, tábuas usadas e folhas de zinco. Fileiras de latões de lixo, alguns deles entornados pelos gatos de rua, que despejavam tudo o que havia neles sobre a calçada cinzenta. Cordas de varais estendidas de varanda a varanda. Aqui e ali, sobre esses varais, algumas peças de roupa brancas e coloridas se contorciam ensopadas sob o vento forte. Naquela manhã, minha mãe estava muito cansada, e certamente sentia a cabeça pesada pela privação de sono, pela fome e pelo excesso de café preto e comprimidos, e por isso seus passos eram lentos e trôpegos como os de uma sonâmbula. Talvez, ainda antes de chegar ao bulevar Nordau, minha mãe tenha deixado a rua Ben Yehuda e virado à direita no belvedere Alley — "bela vista", mas que apesar do nome, de bela vista não tinha nada, apenas uma fileira de casas baixas, construídas com blocos grosseiros de cimento, com pontas espetadas de barras de ferro aparecendo —, e essa rua a levou ao bulevar Motzkin, que também não era nenhum bulevar, apenas uma rua vazia, curta e construída pela metade, que em parte ainda não havia sido asfaltada nem tivera os passeios calçados. De Motzkin suas pernas exaustas a levaram à rua Dizengoff, onde começou a chover forte, mas ela não se lembrou do guarda-chuva pendurado no braço e continuou a caminhar com a cabeça descoberta sob a chuva, com sua bolsa bonita dependurada no ombro, e atravessou a rua Dizengoff e foi para onde quer que seus pés a tenham levado, quem sabe até a rua Zangwill, e dela à travessa Zangwill. E nesse ponto ela havia realmente se perdido, não tinha a menor idéia de como ou por que voltar à casa da irmã, nem sabia por que havia saído senão para obedecer a uma ordem do médico especialista que receitara a ela passear pelas ruas de Tel Aviv para admirar os rapazes jovens e bonitos. Mas não havia nenhum rapaz, nem jovem nem bonito, naquela manhã chuvosa de shabat na rua. Nem na rua Zangwill, nem na travessa Zangwill, nem na rua Sokolov, de onde se chegava à rua Basel, nem na rua Basel, nem em nenhum lugar. Quem sabe naquele momento ela tenha se lembrado do bosque profundo de árvores frutíferas que se estendia atrás da casa de seus pais em Rovno, ou de Ira Stilietskaia, esposa do engenheiro de Rovno que ateara fogo a si mesma dentro do casebre abandonado de Anton, o belo filho de Phillip, o cocheiro. Ou talvez tivesse se lembrado do Ginásio Tarbut e das paisagens do rio e dos bosques. Ou das ruelas da cidade velha de Praga e seus tempos na universidade, e também de alguém sobre quem minha mãe nunca, com toda a certeza, contara nada para ninguém, nem para nós, nem para as irmãs, nem para Lilinka, a sua melhor amiga. Um ou outro transeunte passava apressado à sua frente para se abrigar da chuva. Aqui e ali um gato vira-lata atravessava o seu caminho, e minha mãe talvez o tenha chamado, ou tentado perguntar algo a ele, trocar idéias, ou impressões, pedir a ele um simples conselho felino, mas todo gato convidado por ela para um bom papo fugia apavorado, como se de longe pudesse farejar a sentença fatal já decretada.

Por volta do meio-dia ela retornou à casa da irmã, e lá eles se assustaram com o seu aspecto, por estar gelada e ensopada e porque se queixava brincando que nas ruas de Tel Aviv não havia nenhum rapaz jovem e bonito: se tivesse encontrado pelo menos um ou dois, quem sabe não teria tentado seduzi-los, pois os homens sempre a fitavam muito interessados, mas logo já não haveria mais pelo que se interessar. Sua irmã Chaia encheu rápido a banheira de água quente, e mamãe tomou banho, não provou da comida, nem uma colher, pois toda comida lhe causava náuseas, dormiu por duas ou três horas e então se vestiu novamente, agasalhou-se com o casaco que ainda não havia secado por completo, calçou as botas de borracha que também ainda estavam ensopadas da água fria da chuva, e de novo saiu para cumprir a receita do especialista, procurar rapazes jovens e bonitos nas ruas de Tel Aviv. Mas dessa vez, no final da tarde, tendo a chuva diminuído um pouco, as ruas não estavam tão vazias, e mamãe não caminhou a esmo, mas foi em direção à rua Dizengoff, esquina com a Keren Kaiemet, e de lá para Dizengoff-Gordon e Dizengoff-Frishman, e com sua bolsa preta e bonita dependurada no ombro do vestido observou as vitrines charmosas e os cafés, e deu uma espiada no que Tel Aviv considerava sua vida boêmia, mas tudo aquilo lhe pareceu muito gasto, surrado, melancólico, como a imitação da imitação de algo que a seu ver mesmo no original era pobre, ralo, carente. Tudo lhe parecia merecedor de compaixão, mas sua compaixão já havia terminado. Voltou para casa à noitinha, declinou também desta vez da comida, tomou um copo de café preto e depois mais um copo, e se sentou para examinar um livro que havia sido deixado emborcado no chão, a seus pés. Fechou os olhos e por uns dez minutos tio Tzvi e tia Chaia julgaram ouvir um ressonar muito leve vindo de sua direção. Não ritmado. Depois acordou e disse que precisava descansar. Sentia que o especialista tinha toda a razão ao recomendar suas caminhadas diárias de algumas horas pelas ruas da cidade, e sentia também que esta noite iria se deitar cedo e conseguiria afinal dormir um sono muito profundo. Ainda eram oito e meia quando a irmã a levou novamente para a cama, trocou os lençóis e até colocou uma bolsa de água quente sob o acolchoado, pois as noites estavam muito frias, e a chuva tinha acabado de voltar a fustigar furiosa as venezianas. Minha mãe resolveu dormir vestida naquela noite, e, para ter certeza de que não voltaria a acordar para uma noite angustiante na cozinha, encheu uma xícara com o chá vertido da garrafa térmica que sua irmã deixara preparada junto à cabeceira da cama, esperou esfriar um pouco, e quando esfriou tomou o chá e os seus soníferos. Se eu estivesse ao seu lado naquele momento, naquele quarto que dá para o pátio dos fundos do prediozinho de Chaia e Tzvi, às oito e meia ou quinze para as nove daquela noite de sábado, teria tentado com todas as forças lhe mostrar por que não devia. E se não conseguisse, teria feito de tudo para despertar sua compaixão, para que ela tivesse pena de seu filho único. Choraria e imploraria sem nenhuma vergonha, e abraçaria suas pernas e talvez até fingiria desmaiar, ou daria socos em mim mesmo e me arranharia até correr sangue, como a tinha visto fazer, ela própria, em momentos de grande desespero. Ou me atiraria sobre ela como um assassino, e sem hesitar empunharia um vaso e bateria em sua cabeça. Ou bateria com o ferro de passar que estava na prateleira, no canto do quarto. Ou aproveitaria sua exaustão para dominá-la e amarrar suas mãos às costas e tomaria dela todas as suas cápsulas, pílulas e comprimidos e xaropes e infusões. Mas não me deixaram estar lá. Nem no enterro deixaram que eu fosse. Minha mãe adormeceu, e dessa vez o seu sono não teve nenhum pesadelo e nenhuma insônia, e de madrugada vomitou e de novo adormeceu vestida, e como Tzvi e Chaia começaram a achar estranho, eles chamaram uma ambulância um pouco antes de o Sol nascer, e dois enfermeiros a deitaram em uma maca e a levaram suavemente, para não atrapalhar o seu sono, e no hospital ela também não quis ouvi-los, e apesar de eles terem tentado de várias maneiras perturbar o seu bom sono ela não lhes deu atenção, nem ao médico especialista que havia lhe dito que a alma é a mais terrível inimiga do corpo, e também não despertou de madrugada, nem quando o dia clareou, nem quando de entre os ramos do fícus no jardim do hospital o gentil passarinho, Élise, a chamou espantado, e repetiu mais uma vez, e mais outra, inutilmente, e ainda assim tentou de novo, e outra vez, e ainda tenta, às vezes.

Arad, dezembro de 2001

Glossário

AGNON (Samuel Yossef Agnon, ou Shai Agnon, 1888-1970): Escritor israelense nascido na Polônia, ganhador do prêmio Nobel de literatura em 1966.

ALIÁ (substantivo hebraico, literalmente "subida"): A emigração dos judeus para Israel. A terceira, especialmente, foi uma onda imigratória proveniente da Europa Oriental para a então Palestina, entre o final da Primeira Guerra Mundial e 1923, muito influenciada por idéias socialistas igualitárias.

ALTE SACHEN ("coisas velhas", em ídiche): Era o pregão dos mascates que percorriam as ruas de Jerusalém comprando roupas, sapatos e objetos usados.

ASQUENAZE (asquenazim, asquenazita, adjetivo e substantivo de dois gêneros em hebraico): Judeu oriundo de países europeus setentrionais, em especial da Alemanha (que em hebraico clássico se diz *Askhenaz*), mas também da Rússia e de outros países da Europa Oriental. Falante de ídiche, pertence a uma das duas grandes divisões do povo judeu (a outra é a dos sefaraditas), que remonta às primeiras comunidades judias, do século VI, no noroeste europeu — Alemanha e norte da França.

BAR KOCHBA (nome próprio hebraico, literalmente "Filho da Estrela"): Foi o comandante de uma violenta rebelião dos judeus contra o domínio romano do imperador Adriano em 132 d. C. No ano 70 (da denominada "era comum" pelos judeus), os romanos tinham invadido Jerusalém e destruído o Segundo Templo. A série de eventos que levou à revolta liderada por Bar Kochba começou em 117, quando o então governador da Síria, Adriano, tornou-se soberano do Império Romano. Ao assumir o governo, prometeu liberdade e tolerância religiosa aos judeus. Mais do que isso, garantiu que lhes seria permitido reconstruir Jerusalém e restaurar os serviços religiosos no Templo. Todavia, em pouco tempo, Adriano, ao mudar de maneira dramática sua política em relação aos judeus, provou que suas promessas tinham sido vãs: decidiu arrasar definitivamente Jerusalém e, em seu lugar, construir uma nova cidade e um templo dedicado a Júpiter. Com a derrota de Bar Kochba em 135, Jerusalém é novamente destruída e tem início o segundo momento da Diáspora judaica (o primeiro tivera início em 586 a. C., quando o imperador babilônico Nabucodonosor invadiu o reino de Judá, destruiu o Templo de Jerusalém e deportou a maioria dos habitantes para a Babilônia), que só terminará em 1948, com a criação do Estado de Israel.

BIALIK (Haim Nahman Bialik, 1873-1934): Poeta e escritor, nascido em Radi, Ucrânia (antiga Volínia), na Rússia. Filho de uma família judaica tradicional, aproximou-se do movimento Chovevei Zion, mudou-se para Odessa, em seguida para Berlim e finalmente para Israel, onde foi aclamado "o poeta da nação". Sua poesia reflete as angústias do seu povo no exílio.

BORSHT: Sopa da cozinha tradicional russa; adocicada, é feita de beterraba com creme de leite.

BUND ("liga", "união", em ídiche): Partido Social-democrata judaico, fundado em Vilna em 1897, com ampla atividade e centenas de milhares de adeptos, em especial na Alemanha, Rússia e Polônia.

CHALÁ: O pão trançado ou redondo, brilhante, que se originou no sul da Áustria e na Alemanha, na Idade Média; consumido no shabat e em todas as outras comemorações religiosas e eventos festivos.

CHAMETZ (substantivo hebraico): Literalmente "pão com levedura", "pão com fermento", em oposição a matzá, ou pão ázimo, não fermentado; por extensão, alimentos proibidos na época do Pessach.

CHAMSIN (substantivo, "cinqüenta", em árabe; em hebraico, *sharav*): O vento quente que sopra do deserto, em pleno verão. Pela tradição popular, por exatos cinqüenta dias por ano.

CHANUKAH (substantivo hebraico, literalmente "inauguração", "consagração"): Festa do calendário judaico, a Festa das Luzes, que comemora a vitória, em 165 a. C., de Yehudá Macabi (Judá Macabeu) sobre o rei grego Antíoco Epifanes, que havia profanado e saqueado o Segundo Templo em Jerusalém; comemora ainda a subseqüente reconsagração do Templo. Os macabeus (ou *chasmonaim* ou *hashmonaim*) são os membros ou seguidores da dinastia originária da família sacerdotal judia do sumo sacerdote Matatias Macabeu, que se rebelou contra o helenismo e o domínio sírio em 168 a. C. e reinou sobre a Palestina de 142 a. C. a 63 a. C.

CHANUKIÓT (singular, *chanukiá*; substantivo hebraico): Candelabro de oito velas e mais uma, *shamash* (ver verbete), que serve para acender as demais. Essas velas são acesas uma a uma durante os oito dias de comemoração de Chanukah.

CHAZANIM (singular, *chazan*; substantivo hebraico): São os cantores litúrgicos da sinagoga, aqueles que encaminham pelos recitativos e pela música as diversas etapas do serviço religioso ao lado do rabino.

CHAZANUT (substantivo hebraico): A atividade do *chazan*, o campo de atuação do *chazan*.

CHEDER (substantivo hebraico, literalmente "quarto", "recinto"): Designa o curso básico de iniciação à religião judaica e às Sagradas Escrituras ministrado num quartinho anexo à sinagoga, pelo rabino, aos meninos da comunidade.

CHEVRA KADISHA (substantivo aramaico, literalmente "sagrada confraria"): A sociedade funerária cuja principal missão é proceder aos enterros e à manutenção dos cemitérios de acordo com as prescrições judaicas.

CHIBAT ZION (hebraico, literalmente "amor a Sião"): Movimento de tendência sionista surgido na Rússia em 1882.

CHOFAR (substantivo hebraico): Trombeta ritual feita de chifre de carneiro, tocada nas sinagogas em ocasiões solenes, especialmente em Rosh Hashaná e Yom Kippur.

CHOVEVEI ZION (hebraico, literalmente "os que amam Sião"): Adeptos ou partidários do movimento Chibat Zion.

CHREM (substantivo hebraico): Pasta feita à base de raiz-forte, que faz parte do ritual do Seder do Pessach.

DAVAR (substantivo hebraico, literalmente "palavra"): Nome de um jornal diário filiado ao partido social-democrata Mapai.

DUNAM: Unidade de medida de superfície; um dunam é igual a mil metros quadrados.

ERETZ-ISRAEL (substantivo, hebraico, literalmente Terra de Israel): Nome pelo qual era designada a parte da Palestina que viria a se tornar o Estado de Israel, antes de sua criação.

ETZEL: Acrônimo de Igud Tzvaí Leumí, Organização Militar Nacional, o braço militar do partido Herut, comandado por Menahem Begin.

FALACH (substantivo árabe): O camponês árabe sem terra, pago para trabalhar.

FINDJAN (substantivo árabe): Pequeno bule de cobre ou latão onde se ferve o café, originalmente na fogueira.

GADNÁ (substantivo hebraico): Acrônimo de Gdudei Noar, ou Batalhões Juvenis, nos quais os jovens que ainda não completaram dezoito anos fazem seu treinamento pré-militar enquanto freqüentam a escola.

GÓIM (substantivo hebraico, singular, gói): Literalmente "povo", ou "povo estrangeiro", os que não são judeus.

GRUSH (substantivo, variante da palavra alemã *Groschen*): Um tostão, a menor moeda.

GUEMARÁ (nome próprio hebraico, literalmente "conclusão"): Um dos dois livros que compõem o Talmude; consiste em comentários sobre a Michná, o outro livro (consultar verbete). Foi compilada paralelamente em dois centros: na Palestina (Galiléia), onde foi concluída por volta do ano 400, e na Babilônia, concluída por volta do ano 500. Em ambos, foi redigida em aramaico.

HAAPALÁ (hebraico, literalmente "ação de derrubar, de solapar"): Durante o mandato britânico (1922-48), havia um número máximo de judeus aos quais era permitido imigrar para a Palestina. Mas sempre havia uma quantidade enorme de refugiados — sobretudo durante e após o final da Segunda Guerra Mundial, em 1945 — ansiosos por imigrar. Numa tentativa de resolver esse problema, a Agência Judaica, o governo provisório da comunidade judaica na Palestina sob o mandato britânico, fretava navios na Europa e trazia esses refugiados até as costas da Palestina, onde desembarcavam secretamente com a ajuda do pessoal da Haganá, solapando assim os decretos britânicos. Nem sempre essas operações eram bem-sucedidas, e muitas vezes esses refugiados eram feitos prisioneiros e enviados para campos de concentração em Chipre e até devolvidos para a Alemanha.

HAGADÁ (substantivo hebraico, literalmente "narrativa"): O livro lido no Pessach, a Páscoa judaica, no qual se narra a saída dos judeus do Egito.

HAGANÁ (hebraico, literalmente "defesa"): Organização militar sionista da Palestina, que antes da fundação do Estado de Israel constituía o embrião do que viria a dar origem ao Exército de Defesa de Israel (Tzvá Haganá leIsrael).

HALACHÁ (substantivo hebraico): É a lei oral, regra, preceito rabínico. A parte dos preceitos legais da literatura talmúdica, em contraposição à Hagadá, que compreende os textos não jurídicos.

HASKALÁ (substantivo hebraico, literalmente "instrução", "educação", "iluminismo", "ilustração"): Movimento em favor da disseminação da moderna cultura européia entre os judeus, sobretudo no século XX.

HASSIDISMO: Corrente mística moderna, nascida em meados do século XVII na Polônia e na Ucrânia, inspirada na Cabala. Esse movimento religioso e social foi fundado por Israel Ben Eliezer, conhecido como Baal Shem Tov, "aquele de bom nome", ou Baal Shem, ou ainda pela sigla BASHT. São estes os fundamentos do hassidismo: 1. todos — letrados e ignorantes — são iguais perante D'us; 2. a pureza do coração vale mais do que o estudo; 3. a devoção à oração deve ser estimulada, e as orações devem se caracterizar pelo êxtase e pela alegria, que têm o poder de aproximar o coração do homem de D'us; 4. o princípio básico da conduta diária é o amor a Israel.

HATZOFIM (substantivo hebraico, literalmente "os observadores", "os batedores", ou "os patrulheiros"): É o movimento escoteiro israelense, organização juvenil ligada a partidos social-democratas de centro.

HUPÁ (substantivo hebraico, literalmente "pálio"): Uma espécie de toldo, ou tenda, sob o qual devem ser realizados os casamentos judaicos.

ÍDN (substantivo ídiche): Literalmente "os judeus".

IÉKE (substantivo): Possivelmente o acrônimo de *Iehudí Ktzer Havaná*, ou "judeu de compreensão limitada", como se denominam os judeu-alemães, com suas peculiaridades de pontualidade, rigidez, obstinação etc.

IÉLED CHUTZ (substantivo hebraico, literalmente "criança de fora"): Criança que vive no kibutz sem família.

KAFIA (substantivo árabe): Espécie de xale usado na cabeça pelos árabes.

KASHRUT (substantivo hebraico): É a norma pela qual se estabelece o que é *kasher* ("adequado", em hebraico, "ritualmente puro"); consiste num conjunto de regras, compreendidas como prescrições de origem divina, que determinam a dieta alimentar judaica. Assim, *kasher* é a comida preparada segundo os preceitos dietéticos judaicos, de acordo com os rituais da *kashrut*. Estabelece restrições principalmente quanto ao consumo de carne de certos animais, à ingestão de sangue e à mistura da carne com o leite e seus derivados. Por extensão, *kasher* designa tudo aquilo que se comporta de acordo com a lei judaica, o que é digno de confiança.

KEREN KAIEMET (hebraico, por extenso Keren Kaiemet LeIsrael, literalmente Fundo Permanente para Israel, ou Fundo Nacional Judaico): Estabelecido em 1901 no V Congresso Sionista com a finalidade de arrecadar fundos para comprar terras que se tornariam propriedade do povo judeu na Palestina. O KKL é a maior fundação do movimento sionista, e foi responsável pela compra de terras em Israel destinadas a assentamentos e reflorestamento desde 1905.

KIBUTZIM (singular, kibutz; substantivo hebraico, literalmente "comunidade" ou "reunião"): Comunidade economicamente autônoma baseada no trabalho agrícola e agroindustrial. Caracteriza-se como sendo uma organização igualitária e democrática, administrada por todos os seus membros, também eles proprietários, coletivamente, dos meios de produção. Kibutznik é o membro do kibutz.

KIDUSH (substantivo hebraico): Literalmente "santificação", "sagração". Designa a bênção do vinho.

KIRIÁ (substantivo hebraico, literalmente "aldeia"): Assim é chamada uma região da cidade de Tel Aviv onde se localiza o comando-geral das forças armadas de Israel. Primitivamente foi uma aldeia de missionários alemães construída sobre dunas de areia nos arredores de Jafa.

KNESSET (substantivo hebraico, literalmente "assembléia"): o Parlamento do Estado de Israel, composto de cento e vinte membros eleitos. Pelo sistema parlamentar, um desses membros, do partido majoritário, é eleito primeiro-ministro, sendo que o presidente tem funções apenas representativas.

KRÄCHTCHEN (verbo ídiche-alemão): Falar com voz rouca, voz de velho, voz de taquara rachada.

LAG BA-OMER (substantivo hebraico, literalmente "o trigésimo terceiro dia da contagem do Omer"): É o trigésimo terceiro dia dos quarenta e nove que se contam entre o Pessach e o Shavuot, lembrando as sete semanas que decorreram entre o Êxodo do Egito e a chegada ao monte Sinai trinta e três séculos atrás. Lag Ba-Omer é uma data importante no calendário judaico, em que se celebram a vida e os ensinamentos de dois dos mais notáveis sábios da história judaica, rabi Akiva e rabi Shimon Bar Yochai. É também especialmente associado à cabala, a "alma" ou dimensão mística do judaísmo. Introduz uma nota festiva em meio à tristeza das semanas de Omer.

LIVRO BRANCO: Na verdade, foram inúmeros os "Livros Brancos" editados pelo governo inglês como diretrizes básicas para o mandato britânico na Palestina. Praticamente todos eles, desde o primeiro, de junho de 1922, até o último, de maio de 1939, restringiam a imigração de judeus e apoiavam explicitamente o governo exercido pelos árabes. O Livro Branco mais conhecido, o último, de 1939, impunha um limite de setenta mil imigrantes judeus a serem admitidos nos cinco anos seguintes, e ao cabo de cinco anos o mandato britânico seria substituído por um governo de maioria árabe. A Agência Judaica, virtual governo provisório, apresentou à Liga das Nações um protesto veemente contra esse documento.

MA'APILIM (hebraico, literalmente "aqueles que derrubam"): Os imigrantes ilegais que conseguiam chegar à costa de Israel, derrubando assim a proibição imposta pelo mandato britânico à imigração de judeus para Israel.

MAPAI (acrônimo de Mifléguet Poalim shel Eretz Israel ou Partido dos Trabalhadores de Israel): Partido trabalhista liderado por David Ben Gurion, que governou Israel durante o período que antecedeu a declaração de independência.

MAROR (substantivo hebraico, literalmente "amargo"): Creme amargo provado durante o Seder do Pessach, simbolizando a vida amarga do povo de Israel durante os anos de escravidão no Egito.

MASSADA (ou Metzadá): Fortaleza construída no topo de uma montanha escarpada na costa do mar Morto, onde se refugiaram os remanescentes dos judeus após a conquista de Jerusalém pelos romanos no ano 70. As legiões romanas foram no encalço desses sobreviventes, e nessa última fortaleza uma encarniçada batalha foi sustentada por mais de dois anos pelos seus novecentos e sessenta defensores. O intuito dos romanos era aprisioná-los e levá-los a Roma como escravos. Para escapar desse destino humilhante, todos preferiram saltar para a morte.

MATZÁ (substantivo hebraico): Pão ázimo (não fermentado). Pão que não teve tempo de fermentar, comido pelos judeus durante a fuga do Egito. No Pessach, durante uma semana, é obrigatório comer *matzá* em lugar de massas fermentadas.

MEÁ SHEARIM (hebraico, literalmente "Cem Portões"): Nome do bairro ultra-ortodoxo de Jerusalém, fundado em 1875, fora do perímetro da Cidade Velha.

MICHNÁ (substantivo hebraico, literalmente "reestudo"): Coleção das leis tradicionais judaicas, interpretação e codificação legal das leis essenciais da Torá. É um dos dois livros que compõem o Talmude. O outro é a Guemará.

MIDRASH (substantivo hebraico, literalmente "estudo"): Uma tentativa de encontrar novos significados, além dos literais, nos textos das Escrituras. Consta de homilias, sermões, estudos, tendo sido elaborado paralelamente à Michná e à Guemará.

MIDRASHIM (substantivo hebraico): O termo Midrashim é derivado do radical hebraico *darash*, que significa pesquisar, investigar e designa os ensinamentos morais da Torá, codificados como histórias, enigmas, parábolas e ditos enigmáticos.

MITZVÁ (plural *mitzvót*; substantivo hebraico, literalmente "boa ação"): Mandamento, preceito obrigatório a ser seguido pelos judeus. *Bar-mitzvá* é o jovem do sexo masculino que, ao completar treze anos, torna-se apto a cumprir plenamente suas responsabilidades religiosas, entre elas a de praticar boas ações. Designa também a cerimônia de iniciação que legitima a condição de *bar-mitzvá* do jovem.

MIZRACHI (adjetivo hebraico, literalmente "oriental"): Designa uma corrente religiosa dentro do sionismo. É possível que o significado "oriental" seja apenas coincidência, já que essa corrente não tem um viés oriental, sendo Mizrachi a aglutinação das palavras hebraicas *Merkaz Ruchani*, "centro espiritual".

MOSHAV: Cooperativa agrícola em que a terra pertence ao agricultor. Nessas áreas a produção é diversificada e inclui o cultivo de verduras, legumes e frutas.

MURO DAS LAMENTAÇÕES OU MURO OCIDENTAL: O Muro Ocidental é o único vestígio remanescente do Templo Sagrado de Jerusalém, destruído por Tito no ano 68 de nossa era. O Templo, centro do mundo espiritual, era o principal conduto do fluxo da santidade divina a este mundo terreno. Constitui o que hoje se chama de Muro das Lamentações. Foi construído com pedras ciclópicas na base ocidental do monte Moriá, onde Abraão levou seu filho Isaac para ser sacrificado. Atualmente aí se encontram duas mesquitas — o Templo do Domo, ou Kipat Zahav, e El Aksa.

NACHAL: Acrônimo de Noar Chalutzí Lochem [Juventude Pioneira Combatente], unidade do Exército de Israel onde servem os jovens que freqüentaram os movimentos juvenis e que pretendem viver em kibutzim depois do serviço militar. A Nachal alterna períodos de treino em quartéis e períodos em kibutz, como preparação para a vida futura, e os rapazes são voluntários para as unidades pára-quedistas.

NU: Expressão russa, muito usada pelos asquenazes. Significa "e então?", "e daí?".

PALMACH: Acrônimo de Plugot Machatz, ou Tropas de Choque. Unidades de elite da Haganá no tempo da Guerra de Independência, constituídas em sua base por jovens de kibutzim e *moshavim*.

PESSACH (substantivo hebraico, literalmente "pular", "saltar"): Comemoração da saída dos judeus do Egito, onde eram escravos, liderados por Moisés; a Páscoa judaica.

PRIMAVERA DAS NAÇÕES: Em 1918, com o final da Primeira Guerra Mundial, a Europa se reestruturou. Nesse processo, ocorreram grandes e importantes mudanças em suas fronteiras. Os povos subjugados há séculos pelas potências centrais derrotadas na guerra criaram novos Estados, e os que se alinharam com os vencedores expandiram seus territórios. As novas nações assim criadas foram a Finlândia, a Estônia, a Letônia e a Lituânia (que se tornaram independentes da Rússia), a Polônia, reconstituída a partir dos restos dos três impérios (austro-húngaro, alemão e russo) que participaram de sua divisão no século XVIII, a Tchecoslováquia, que abrangia as antigas "Terras da Coroa", e a Iugoslávia, que reagrupou os antigos territórios da Sérvia e Montenegro, as ex-províncias turcas da Bósnia-Herzegóvina, e as províncias dos Habsburgo na Eslovênia e Dalmácia.

PURIM (substantivo hebraico, literalmente "sorteio"): Festa que comemora a salvação da comunidade judaica da Pérsia pela rainha Ester ao obter a anulação do decreto de aniquilação do povo judeu pelo rei Assuero. Com o tempo se transformou, pela proximidade das datas, numa espécie de Carnaval.

QUESTÃO DE UGANDA: Em 1903, o governo britânico ofereceu a Theodor Herzl uma área de cinco mil milhas quadradas pertencente a Uganda, para estabelecimento do Lar Nacional Judaico, como alternativa à sua criação na Palestina. Ao fim de dois anos de intensas discussões no âmbito do movimento sionista, essa oferta acabou sendo rejeitada

RASHI: Rabi Solomon Ben Isaac, um dos maiores comentaristas da Torá.

RESISTÊNCIA: Movimento militar clandestino organizado pela comunidade judaica da Palestina na fase anterior à declaração de independência de Israel. Era a forma de resistir às restrições impostas pelo mandato britânico, em geral articulado com os comandos militares árabes.

REVISIONISTA: Na política interna de Israel, uma forma de se declarar alinhado com partidos da direita, por exemplo o partido Herut, liderado por Menahem Begin.

ROSH HASHANÁ (substantivo hebraico, literalmente "cabeça do ano"): O ano-novo judaico, comemorado (pelo calendário civil) por volta de agosto–setembro.

SEDER (hebraico, literalmente "ordem"): É a cerimônia do Pessach, com sua refeição festiva e leitura da Hagadá, quando então se conta a história da saída do povo judeu do Egito, liderado por Moisés. Numa ordem determinada, sucedem-se cânticos, provas de alimentos rituais, goles de vinho e orações. A Última Ceia foi o Seder do Pessach comemorado por Jesus e seus discípulos, daí a aproximação entre o Pessach e a Páscoa.

SEFARADITA (sefardim, sefardi, sefardita): Diz-se de judeu cuja ascendência remonta às comunidades judaicas ibéricas (Espanha e Portugal) estabelecidas na Idade Média e dispersas por várias regiões (Europa Ocidental, Norte da África, Turquia, Bálcãs, Holanda e Américas) após a expulsão da Espanha, em 1492, ou que é membro de comunidade que apresenta influência cultural-religiosa do judaísmo ibérico medieval. Um dos dois grupos que compõem o povo judeu (ver asquenaze).

SHÁ! (ídiche): Exclamação equivalente a "cale-se!", "controle-se!".

SHAMASH (substantivo hebraico, literalmente "aquele que serve"): O bedel da sinagoga. Assim também é denominada a vela do *Chanukiá* cuja função é acender as demais.

SHARAV (substantivo hebraico): O mesmo que *chamsin*, o vento quente que sopra no verão, vindo do deserto (ver *chamsin*).

SHAVUOT (substantivo hebraico, literalmente "semanas"): Festa das Semanas, que conclui o período de sete semanas contadas a partir do segundo dia do Pessach, ou seja, a contagem do Omer. Associada à colheita do trigo, comemora a entrega dos dez mandamentos ao povo judeu por D'us. É celebrada nos dias 6 e 7 do mês de Sivan, quando termina a colheita de cereais. Shavuot é uma das três festividades de peregrinação, nas quais a visita a Jerusalém e ao Templo era obrigatória. As outras duas festividades são Pessach e Sucot.

SHOCHATIM (singular, *shochet*, substantivo hebraico): Aqueles que têm por ofício o abate ritual de animais para servir de alimento de acordo com as regras judaicas estritas da *kashrut*.

SHTETL (substantivo ídiche, literalmente "cidadezinha"): Pequenas aldeias situadas na Rússia czarista e na Europa Oriental, com predominância da população judaica. O *shtetl* surgiu como o resultado de dois processos intimamente ligados: a exclusão social dos judeus da sociedade na Rússia czarista e na Europa Oriental, e a colocação dos mesmos em uma região (Zona de Residência Judaica), restringindo seus direitos de circulação em cidades em certas regiões da Rússia e de posse de campos de cultivo.

SIDURIM (singular, *sidur*, substantivo hebraico, literalmente "ordem"): É o livro das orações diárias a serem lidas na sinagoga.

SUCÁ (substantivo hebraico, literalmente "cabana"): Moradia provisória, na qual, segundo a Torá, os judeus devem viver durante a semana de Sucot, simbolizando os acampamentos onde viveram durante a fuga do Egito.

SUCOT: É a chamada Festa das Cabanas. A festa de Sucot é comemorada para recordar aos judeus que D'us os tirou de Mitzraim (Egito) e fez que se estabelecessem em cabanas temporárias no deserto. É a festa da celebração da unidade judaica.

TALMUDE (substantivo hebraico, literalmente "estudo" ou "aprendizado"): É o livro que define e dá forma ao judaísmo, pois contém a lei e as tradições judaicas. Reúne os compêndios da lei oral, em complemento à lei escrita, a Torá, e discute cada decisão legal e religiosa. Consiste na Michná, escrita em hebraico, e na Guemará, ou comentários da Michná, escrita em jargão hebraico-aramaico.

TANACH: Acrônimo das palavras Torá, Neviim, Ctuvim, ou seja, o Pentateuco, Profetas e Escritos (Hagiógrafos). É o conjunto de escritos que formam a Bíblia judaica, ou o Velho Testamento. A compilação e redação desses livros foi concluída durante o século II a. C. Com isso se encerrou o cânone das Sagradas Escrituras, ou lei escrita, para além da qual se descortina o campo da lei oral.

TFILIN (substantivo aramaico, literalmente "orações"): Em português, filactérios, que são duas caixinhas de couro negro ligadas a tiras de couro contendo rolinhos de pergaminho nos quais são escritos quatro trechos do Pentateuco (Êxodo 13, 2-10 e 13, 11-16; Deuteronômio 6, 4-9 e 11, 13-21). Os judeus religiosos os colocam, segundo um ritual, no braço e na testa para as orações matinais dos dias de semana (*shacharit*).

TNUVA (substantivo hebraico, literalmente "colheita"): Cooperativa agrícola nacional que recolhe e distribui os produtos agrícolas.

TORRE E PALIÇADA (em hebraico, Chomá Umigdal): O período entre os anos de 1932 e 1939 foi muito violento para quem quisesse fundar novas colônias, enfrentando grande resistência por parte dos árabes. Foi então desenvolvida uma estratégia para construir colônias defensáveis em apenas um dia: de madrugada, membros da nova colônia, com auxílio de voluntários, chegavam de caminhões ao local preestabelecido; ao nascer do Sol a torre de sentinela já estava erguida, ao meio-dia já estava construído o muro externo, e à tarde já havia um embrião de comunidade funcionando, com máquinas, animais etc.

TOSSAFTA (substantivo hebraico): Literalmente "suplemento". Trata-se de um acréscimo à Michná: observações sobre os comentários do Rashi a respeito do Talmude, escritas por sábios na França e na Alemanha nos séculos XII e XIII.

TREIFÁ, TAREF (substantivo hebraico, literalmente "proibido", "vedado"): Alimento proscrito pelas lei judaicas da *kashrut*.

TZAHAL: Acrônimo de Tzvá Haganá LeIsrael, ou Exército de Defesa de Israel, as forças armadas de Israel.

UNIDADE 101: Uma unidade de comandos do Exército de Israel, formada e chefiada pelo então comandante das unidades pára-quedistas, Ariel Sharon. Ficou famosa na época das investidas de *fedayins* e operações de retaliação a aldeias árabes, geralmente executadas com mão de ferro.

WADI (substantivo árabe): Leito de rio, caudaloso nos três ou quatro meses chuvosos de inverno e seco no restante do ano.

YESHIVÁ (substantivo hebraico, literalmente "onde se sentam"): Escola tradicional judaica, que funcionava nas aldeiazinhas como um anexo à sinagoga, onde se estudavam principalmente o Talmude e a literatura rabínica.

Z'L: Iniciais de *Zichronô LeVrachá*, ou "Que sua memória seja bendita", ou "De bendita memória".

1ª EDIÇÃO [2005] 12 reimpressões

ESTA OBRA FOI COMPOSTA EM ELECTRA PELA SPRESS E IMPRESSA EM OFSETE
PELA GRÁFICA BARTIRA SOBRE PAPEL PÓLEN NATURAL DA SUZANO S.A.
PARA A EDITORA SCHWARCZ EM NOVEMBRO DE 2023

A marca FSC® é a garantia de que a madeira utilizada na fabricação do papel deste livro provém de florestas que foram gerenciadas de maneira ambientalmente correta, socialmente justa e economicamente viável, além de outras fontes de origem controlada.